世说新语 详解

[南朝宋] 刘义庆 著
陈美锦 编译

中国華僑出版社
·北京·

图书在版编目（CIP）数据

世说新语详解／（南朝宋）刘义庆著；陈美锦编译.—北京：中国华侨出版社，2014.3（2022.6重印）

ISBN 978-7-5113-4473-1

I.①世… Ⅱ.①刘… ②陈… Ⅲ.①笔记小说—中国—南朝时代 ②《世说新语》—注释 Ⅳ.①I242.1

中国版本图书馆CIP数据核字（2014）第040297号

世说新语详解

著　　者：［南朝宋］刘义庆
编　　译：陈美锦
责任编辑：张　玉
封面设计：冬　凡
文字编辑：于海娣
图文制作：北京东方视点数据技术有限公司
经　　销：新华书店
开　　本：720mm×1020mm　1/16　印张：18　字数：507千字
印　　刷：三河市万龙印装有限公司
版　　次：2014年1月第1版　　2022年6月第8次印刷
书　　号：ISBN 978-7-5113-4473-1
定　　价：78.00元

中国华侨出版社　北京市朝阳区西坝河东里77号楼底商5号　邮编：100028
发 行 部：（010）88893001　　传　　真：（010）62707370
网　　址：www.oveaschin.com　　E-mail：oveaschin@sina.com

·前言·

魏晋六朝是中国政治上最混乱、社会上最痛苦的时代，然而却是精神上自由解放，并富于智慧和热情的时代。在中国历史上，也许没有任何一个时代能像它一样，社会黑暗混乱而风韵流动，士人出路艰难却个性张扬。皇帝登基邀请臣子并坐；士族掌权却以过问政事为耻；人们推崇美貌男子而当街掷果盈车……刘伶纵酒、嵇康锻铁、阮籍狂啸，他们寻求清高，却流于孤僻，追求明敏，却流于放纵；他们狂放不羁、率真洒脱，形成了中国历史上绝无仅有的“魏晋风度”。《世说新语》恰恰真实地记载了魏晋名士的种种奇异之举，成为“魏晋风度”的形象演绎。

《世说新语》是中国魏晋南北朝时期“笔记小说”的代表作，主要记载士族阶层的言行风貌和逸事趣闻及统治阶级当时的情况。书中涉及的内容包括政治、经济、社会、文学、思想等许多方面，它真实地反映了当时人们的思想、生活和社会风貌，因而也是研究这一时期历史的重要资料。《世说新语》行文言简意赅、意境深远，保留了许多脍炙人口的佳句名言，是一部文学价值极高的古典名著，对后世小说的发展产生了重大影响。陈寅恪称其为“清谈之全集”，鲁迅则说它是一部“名士的教科书”，并将其艺术特色概括为“记言则玄远冷隽，记行则高简瑰奇”。

千年虽逝，但那个追求率性、珍惜自我、强调精神自由的时代却久久地为后人所怀念。这本《世说新语详解》从现代人的角度去平视两千年以前的社会，探幽烛微，通过平实而耐读、思辨而生动的语言，对《世说新语》记载的魏晋名士的逸闻轶事进行了具有创见性的解读，并恰到好处地与现代生活进行对接，通过一些人、一些事的有趣细节，使遥远的“魏晋风度”亲切可感，让读者真切体会那个朝代的贵族、庶民和文人的欢乐、痛苦与无奈，在领略那个时代的魅力的同时，也给自己的内心以深深的启示。同时，为了便于读者更好地理解这部经典作品，我们选取了原书中的精华内容，精编精校，搭配译文，为读者扫清了阅读障碍。

《世说新语》无疑是研究魏晋六朝历史文化以及士人心态最值得研读的一部珍贵文献，同时，它也是古代文化爱好者的案头珍品。试想，茶余饭后，看阮籍的“青白二眼”，看王猛的“扪虱而谈”，看王子猷的“兴尽而返”；听魏晋名士的“非常之言”、看魏晋名士“非常之行”、悟魏晋名士“非常之道”，其文化领悟与心性滋养不言而喻……

·目 录·

德行第一

【原文】

陈仲举言为士则，行为世范，登车揽辔，有澄清天下之志。为豫章太守，至，便问徐孺子所在，欲先看之。主簿曰："群情欲府君先入廨。"陈曰："武王式商容之闾，席不暇暖。吾之礼贤，有何不可！"

【译文】

陈蕃的一言一行，堪称当时读书人的典范。他只要登上马车去就任，就有匡正社会弊端、维护人间正义的志向。陈蕃在豫章当太守的时候，人一到任，马上就打听徐孺子住在什么地方，想要去拜访他。主簿禀告说："大家希望大人先进官府。"陈蕃说："周武王乘车经过商容巷道的时候，会毫不犹豫地向贤人致敬。现在，我尊重有才之人，有什么不可以的呢？"

【解读】

商容是商朝末期的重臣，因为直谏商纣王而被罢免官职，流放东鲁。后来，周武王攻克商纣之后，因为钦慕商容的为人和操守，便沐浴更衣，亲自驾车前往东鲁拜见。周武王还没有走到巷口，就从马车上下来，扶着车前的横木，一直步行到商宅。从此，周武王礼贤下士的故事便流传下来。

生活在东汉时期的徐孺子，素来恭俭义让，淡泊明志，不愿为官且乐于助人，被当时的人们尊称为"南州高士"和"布衣学者"。

周武王到商容的居所致敬，反映出他对有德之人的推崇。与周武王相似，陈仲举对贤德之人也是极为敬仰的。一到豫章，就问徐孺子家之所在，"欲先看之"。陈蕃想聘请徐孺子到府衙任功曹，他坚辞不就。出于对陈蕃的敬重，徐孺子经常造访太守府。陈蕃还专门为徐孺子做了一个床榻，平时挂在墙上。徐孺子来访的时候，就把床榻放下来。后来，唐代诗人王勃的名篇《滕王阁序》中，便有了"人杰地灵，徐孺下陈蕃之榻"的不朽名句。

【原文】

李元礼尝叹荀淑、钟皓曰："荀君清识难尚，钟君至德可师。"

【译文】

李元礼曾经赞美荀淑和钟皓说："荀君的见识非同一般，没有人能超越他；而钟君的道德高尚，可以作为人们效仿的对象。"

【解读】

什么样的人可以称得上是人才？荀淑和钟皓，一个富于见识，一个德行高尚，虽然才能并不完备，依然得到了李元礼的认可与肯定。可见，人才并不是全才，只要在博学广识的基础上，在某一个领域或者某一些领域拥有专长，就是人才。

因此，在识别和选拔人才的时候，一定不能求全责备。俗话说，金无足赤，人无完人。一个人身上有优点，也必定有缺点；有长处，也必定存在短处。李元礼位高权重，依然能客观地评价他人，并从他人身上看出最好的东西，难怪以善于识人著称。

【原文】

陈太丘诣荀朗陵，贫俭无仆役，乃使元方将车，季方持杖后从，长文尚小，载著车中。既至，荀使叔慈应门，慈明行酒，余六龙下食。文若亦小，坐著膝前。于时太史奏："真人东行。"

【译文】

陈寔准备拜访荀淑，由于家境贫困，出门没有什么仆人跟从，只是叫大儿子元方驾车，小儿子季方拿着手杖跟在马车的后面。孙子陈群的年纪还小，就和祖父陈寔一块儿坐在车里。就这样，他们出发访友去了。

到了荀家之后，荀淑让三儿子荀靖在门口迎接客人，让六儿子荀爽在饭桌上劝酒，剩下的六个儿子端菜上饭。孙子荀彧这时候年纪也还小，便被荀淑抱着，坐在祖父的膝盖前。

就在陈、荀两家相聚的这一天晚上，当时的太史发现天象有变化，赶紧向皇帝报告说："有才德的贤人向着东边去了。"

【解读】

陈寔、荀淑都是当时以德行闻名的人物，他们与同地方的钟皓、韩韶合称为"颍川四长"。陈寔的德行在于他为官清廉、爱民勤政。荀淑博学多识却不愿为官，他辞官归乡后，凭借自己的勤俭而发家致富。陈寔和荀淑的身份、地位虽然不同，但他们在待人接物和教育孩子方面却有着相同之处。陈寔为了表示自己对荀淑的尊重，以自家的儿子为仆从。荀淑家境虽然宽裕，却不表现出对陈家的傲慢，而是同样出动家人来表示自己对陈寔的敬重。

人与人交往，贵在尊重。陈寔和荀淑，一个是有名的清官，一个是博学富裕的文人。他们都有骄傲的资本却都不自傲，而是谦虚有礼待人，把对对方的敬重完全体现于行动之中。这种低调做人的处世态度，正是他们能够被人称赞的原因。

【原文】

客有问陈季方："足下家君太丘有何功德而荷天下重名？"季方曰："吾家君譬如桂树生泰山之阿，上有万仞之高，下有不测之深；上为甘露所沾，下为渊泉所润。当斯之时，桂树焉知泰山之高，渊泉之深？不知有功德与无也。"

【译文】

有客人问陈季方："令尊太丘到底有什么功业与德行，能担当得起天下人对他这样的仰慕？"陈季方回答说："我父亲就像是一棵生在泰山某个角落的桂树，上面有是高达几万尺的山峰，下边有难以测量的深渊；处在这样的一种位置上，上可以承接到甘露的浸渍，下可以得到泉水的滋润。这时候的桂树，只是停留在那里生长着，它哪里会去计较泰山有多高，泉水有多深呢？同样，我父亲也是这种情况，他并不知道自己到底有没有功德。"

【解读】

陈季方的父亲有很高的道德修养，但是他不刻意去追求那种好名声，就像桂树虽然生得高，但却不是为了高而生在泰山山腰。

凡俗之辈，无论有没有功德业绩，往往首先在乎的是名誉地位和他人对自己的评价、看自己的眼光。他们做任何事情功利性都太强。有了成绩就要争功求名，唯恐天下无人不知。而真正有德之人，是不会计较这些的，他所要做的，是在名利场之外自由自在地生活。做好本分的同时，从不刻意去追求什么。清心寡欲，恬然自得，是他们最为真实的写照。

【原文】

陈元方子长文，有英才，与季方子孝先，各论其父功德，争之不能决。咨于太丘，太丘曰："元方难为兄，季方难为弟。"

【译文】

陈元方的儿子长文天生就有雄才伟略，他跟陈季方的儿子孝先一起争论各自父亲的功德。两个人争执不下，便到祖父陈太丘那里询问。陈太丘对他们说："你们两人的父亲，如果论功德高下，元方虽然是哥哥，却很难说占了上风；而季方虽然是弟弟，也很难说处于下风。"

【解读】

人们习惯了评比权势、财富、功绩、名誉，借此评出一个人的优劣高低。这些东西属于有形的，可掂量的，确实是可以比。但道德是无形的，且包含十分复杂的东西，又怎能比出谁高谁低呢？道德品行具体到某一个人身上，受制于内在的成分多，显露于外在的成分少。有许多看不见的因素，比如个人的性格倾向、主观能动性、世界观、人生观以及价值观等，综合影响着人的道德品行。对于这些内在的抽象因素，是没有固定统一的标准予以评判的。陈太丘正是深明这一道理，才发出了"元方难为兄，季方难为弟"的感叹。

【原文】

华歆遇子弟甚整，虽闲室之内，严若朝典。陈元方兄弟恣柔爱之道，而二门之里，两不失雍熙之轨焉。

【译文】

华歆对待家里的晚辈十分严肃，即使是在家里这样轻松休闲的场合，也要求他们行为严谨，就像在正式的场合那样。陈元方兄弟一家的门规与之完全不同，他们推行温柔的爱护之道。虽然两家的门风不同，但是都没有违背家人之间和睦欢乐的准则。

【解读】

不同的家庭，所采取的教育方式是不同的，华歆与陈元方两家，虽然所使用的方法有严柔之分，但却达到了相同的教育效果。其中的原因有很多，但作为家长的能准确地把握家庭成员的个性，因材施教，应是最为重要的一个。从这点来说，现代父母要想正确地教育自己的孩子，也应该根据自己孩子的特性，找到一种适合自己孩子的教育方式，持之以恒地坚持下来。

此外，华歆与陈元方以家庭和睦快乐为基准的家庭教育也说明了一个生活道理：一个家庭最重要的不是孩子要多优秀，而是整个家庭要有温暖快乐的气氛。所以说，无论什么样的家教，最终都要回归到生活上，应使自己的孩子、家人能够处在融洽平和的家庭环境中。

【原文】

管宁、华歆共园中锄菜，见地有片金，管挥锄与瓦石不异，华捉而掷去之。又尝同席读书，有乘轩冕过门者，宁读如故，歆废书出看，宁割席分坐，曰："子非吾友也！"

【译文】

管宁和华歆一起在菜园里锄草，看见地上有一片金子。管宁只把金子当成一块瓦石，继续干他的活儿。华歆就不一样了，他一看到金子，连忙捡了起来。但是，当他发现管宁不为所动时，便很羞愧地将金子扔掉。两个人又在同一张席子上读书。这时候，有一个大官乘坐华丽的车子从门前经过。管宁就像什么也没有发生一样，继续读书，而华歆却扔下书本，跑出去看热闹。后来，管宁割断席子，与华歆分开来坐，并对他说："你不是我的朋友。"

【解读】

只有两个志同道合的人走在一起，才算是朋友。管宁和华歆的故事，说的就是这个道理。

对于金钱，管宁只是当作瓦石，是视而不见的；而华歆却是十分看重的。读书的时候，管宁专心致志，绝没有二心；而华歆却容易分心。虽然这些是平常的小事，但是足以反映出两个人的个人品质以及他们做事的态度。

【原文】

王朗每以识度推华歆。歆蜡日，尝集子侄燕饮，王亦学之。有人向张华说此事，张曰："王之学华，皆是形骸之外，去之所以更远。"

【译文】

王朗经常在别人的面前推崇华歆，认为他的见识和气度很了不起。有一年腊月初八，华歆将子侄辈召集在一起，摆席设宴。王朗知道后，也跟着这样做。有人向张华提起王朗学华歆这件事，张华说："王朗学华歆，只是在皮毛上下功夫，越学距离华歆越远。"

【解读】

发现别人的长处和优点，并勤于向别人学习，是值得肯定的事情。但是，一定要从自己的实际出发，取人之长，补己之短。如果一味地崇拜别人，生搬硬套，结果必然是人家的优点没学来，自己的长处也丢光了。只看到华歆外在状态的王朗，知其然却不知道其所以然，盲目地模仿外在形式，结果只能像张华所说的那样，徒有其表，适得其反。

【原文】

华歆、王朗俱乘船避难，有一人欲依附，歆辄难之。朗曰："幸尚宽，何为不可？"后贼追至，王欲舍所携人。歆曰："本所以疑，正为此耳。既已纳其自托，宁可以急相弃邪？"遂携拯如初。世以此定华、王之优劣。

【译文】

华歆和王朗一起乘船避难。途中遇到一个人，想要搭船同行。华歆脸上露出为难的神情，而王朗则不假思索地说："幸好船上还有空间，有什么不可以的？"于是，那人上了船。眼看贼兵就要追上来，王朗很着急，想要舍弃那个搭船的人不管。这时候，华歆说："我本来担心的就是这种情况。既然我们已经接受了人家的托付，又怎能在危急时刻弃之不顾呢？"于是，仍旧携带那个人一起逃命。后世的人就根据这件事评判华歆和王朗孰优孰劣。

【解读】

做事情，要考虑周全，不能凭一时的喜好或者外在的虚荣就答应别人的请求。一旦答应别人的请求，就应该落实到底，不能在关键时刻失信于人。失信于人，不如之前对人无诺言，无承担。华歆深知这点，所以他一开始不愿载人，而后又宁愿"好人做到底，送佛送到西"。

【原文】

王祥事后母朱夫人甚谨。家有一李树，结子殊好，母恒使守之。时风雨忽至，祥抱树而泣。祥尝在别床眠，母自往闇斫之。值祥私起，空斫得被。既还，知母憾之不已，因跪前请死。母于是感悟，爱之如己子。

【译文】

王祥侍奉后母极为恭敬谨慎。家里有一棵李树，结出来的果实非常好。后母让王祥小心照看李树，不能少一个果实。忽然有一天，刮起了大风，下起了暴雨，王祥就抱着李树痛哭。还有一次，王祥在床上睡觉，后母拿着刀，暗中要杀死他。碰巧当时王祥出去小便去了，后母扑了个空，只砍到他睡觉盖的被子。王祥回来后，知道后母一定因为没有杀死他而感到懊丧，于是他主动跪在后母的跟前，请求后母将他杀死。后母这时突然深受感动而醒悟，从此以后，她对王祥就像对待自己的亲生儿子一样。

【解读】

在种种不和睦的家庭中，作为子女，应该怎样化干戈为玉帛，维系整个家庭关系？王祥给出了最好的答案，那就是用真诚的孝心去感动家人。王祥的一片赤子孝心，纯粹是出于天性，没有任何做作。

孝，说到底是一种爱的责任和义务，需要至性的情感融汇其中。尊敬父母，赡养老人，发自自己的内心，尽到自己的力量，这就是孝。

【原文】

王戎、和峤同时遭大丧，俱以孝称。王鸡骨支床，和哭泣备礼。武帝谓刘仲雄曰："卿数省王、和不？闻和哀苦过礼，使人忧之。"仲雄曰："和峤虽备礼，神气不损；王戎虽不备礼，而哀毁骨立。臣以和峤生孝，王戎死孝。陛下不应忧峤，而应忧戎。"

【译文】

王戎、和峤两个人同时遭遇大丧。平日里，两人都以孝顺父母著称。结果，两个人的反应却不相同。王戎哀恸过度，瘦得只剩下一把骨头，躺在床上难以动弹；而和峤则依照礼法守孝，在吊唁的人面前哭泣不已。晋武帝对刘仲雄说："你最近常去探望王、和两家的丧事吗？我听说，和峤哀伤过度，真是让人担心啊！"刘仲雄说："和峤办理丧事，虽然恪守礼数，但是每天仍能维持正常的作息，所以，他的元神并没有受损；王戎虽然办理丧事的礼数不周全，但因为内心哀恸过度，早已将他销蚀得很瘦。我认为，和峤守孝不会对自己的生命造成危险，倒是王戎极尽哀恸，会有生命危险。所以我认为，陛下您不必为和峤担心，倒是该为王戎的健康多费费心了。"

【解读】

王戎和和峤两人办理丧事，显然都是按照常规的礼数来的，只是一个礼数周全，一个礼数不周。和峤礼数周全，是有礼然后情全；王戎礼数欠缺，是有情而无礼。不管怎样，两人对待父母的丧事，都流露出真诚的哀痛，并没有因为专注于外在的形式——礼，而丧失内在的真性情。孔子说："人而不仁，如礼何？人而不仁，如乐何？"一个人如果没有内在的仁爱之心，外在的礼乐就只能沦落为无用的空壳。

【原文】

桓常侍闻人道深公者，辄曰："此公既有宿名，加先达知称，又与先人至交，不宜说之。"

【译文】

桓常侍听见有人对高僧深公议论纷纷，就会说："这位先生的名声早就远扬，加上前辈显达都很推崇他，又和先人是至交好友，所以不应该在背后议论他。"

【解读】

对于他人的功过是非，有两种对待方式：第一，避而不谈，背后非议；第二，坦诚公布，当面提出。事实上，背后议论他人，与当面提出批评意见，是完全不同的两码事。前者只求一己之快，而后者意在提出建设性意见。无论是在工作还是生活中，我们都要竭力避免前者而努力做到后者。

【原文】

庾公乘马有的卢，或语令卖去，庾云："卖之必有买者，即复害其主，宁可不安己而移于他人哉？昔孙叔敖杀两头蛇以为后人，古之美谈。效之，不亦达乎？"

【译文】

庾公骑乘的马中，有一匹叫作"的卢"的马，谁骑了谁倒霉。因此，有人劝他说将这匹凶马卖掉。庾公说："如果我遵照你的意见，将这匹马卖了，那岂不是要危及其他买者的安危吗？在我们看来不安全的东西，能够转嫁给别人吗？从前孙叔敖杀死了两头大蛇，就是避免后来的人遭害，因此成为古人津津乐道的佳话。现在，我效仿他的做法，不也是很通情达理的吗？"

【解读】

孙叔敖小时候到外面玩耍，在路上遇到一条两头蛇。于是，他就将两头蛇杀死并埋掉。后来，他哭着跑回家。母亲问他为什么哭，孙叔敖回答说："我听说凡是见到两头蛇的人，以后一定会死。刚才我在路上见到了它，要是我死了，以后再也看不到母亲了。"

母亲又问："那条蛇在哪里呢？"孙叔敖说："我害怕别人又看到这条蛇，已经把它杀掉，并埋在了一个其他人看不到的地方。"母亲听了后很满意，对他说："我听说积了阴德的人，上天会给他福气，所以你是不会轻易死的。"后来，孙叔敖担任楚国丞相，还没上任之前，人们就已经知道他是一个仁爱之人。

孙叔敖的德行深入民心，也感动了庾亮。他们都具有这样的高尚情怀：宁可不安于己，也不移于他人。这种情怀，比儒家倡导的"己所不欲，勿施于人"还要高一境界。"己所不欲，勿施于人"，其出发点是个人的利益得失；而庾亮的做法，则完全立足于他人的利益得失。有德之人的行为，通常为有德之人所效仿，以世俗的自私之心去看待，自然是没有办法理解的。

【原文】

阮光禄在剡，曾有好车，借者无不皆给。有人葬母，意欲借而不敢言。阮后闻之，叹曰："吾有车，而使人不敢借，何以车为？"遂焚之。

【译文】

阮裕在剡县的时候，曾经拥有一辆上等的马车，人见人爱；不管是谁借车，他都没有不答应的。有一次，有人为了埋葬母亲，想要借车却不又不敢向阮裕开口。后来，阮裕知道了这件事，感慨万千，说："我有上等的马车，却让别人不敢来借，那我还要这么好的马车做什么呢？"于是，他就烧掉了那辆马车。

【解读】

阮裕为人乐善好施，却不想仍有人不理解他，认为他有一颗斤斤计较的世俗之心而不敢向他开口借马车。阮裕也许认为是因为自己做得还不够好，才让人对他有所怀疑，于是烧了马车表明自己的心志。

在有德之人看来，好的东西与众人分享，是为了让更多的人得到其使用价值。一旦这种好东西不能体现使用价值时，他们就会毫不犹豫地舍弃。他们能够这么做，是因为内心具有正直的、不可玷污的道德精神。在他们看来，这种道德精神远远大于有形东西的价值。

【原文】

晋简文为抚军时，所坐床上，尘不听拂，见鼠行迹，视以为佳。有参军见鼠白日行，以手板批杀之，抚军意色不说。门下起弹，教曰："鼠被害，尚不能忘怀，今复以鼠损人，无乃不可乎？"

【译文】

晋简文帝担任抚军的时候，坐榻上的灰尘从来不让人擦拭。如果灰尘上有老鼠爬行过留下的痕迹，他就认为这是好的兆头，因此心里感到格外高兴。

有个参军不知道晋简文帝有这样一个怪毛病，白天看见一只老鼠爬行，就拿起手板拍死了它。简文帝知道这件事后，心里有点儿不高兴。部下的人看到他这个样子，便提议弹劾那个参军。简文帝知道人们误解了他的意思，连忙下了一道旨意："老鼠被杀，我心里就已经过意不去，再因为这件事而惩罚他人，恐怕更加不妥吧？"

【解读】

人与人不同，生活中也会有不同的生活习惯和爱好。然而，不少人会执着于自己的习惯爱好，以致变成一种偏执。一旦他人的言行触犯了这一偏执的喜好，他就会大发雷霆。而通常越是位高权重的人，越容易被一己喜好所蒙蔽，也越容易失去理性。简文帝的习惯虽然被触犯了，但他却能忍住怒气，理智处理问题，这说明他的理智和情感是紧密结合的。如果他被自己偏执的习惯爱好所控制，又只听从情感来处事，那位无心的参军也许早就被他黜免甚至勒令杀死了。

控制愤怒和悲伤本就不是件容易的事，有权势的人就更懒得控制自己，而是根据自己的喜怒哀乐来处理问题。简文帝能够忍住愤怒，从情理上分析那位参军是否该受惩罚，这表明他既具有理智，又具有仁德，有着圣君的情怀。此外，他的处理方式也向我们说明：一个人可以有自己的喜好，但一定要对自己的喜好有清醒的认识，一旦沉溺其中，就容易被人牵制，丧失个人的自主性。

【原文】

范宣年八岁，后园挑菜，误伤指，大啼。人问："痛邪？"答曰："非为痛，身体发肤，不敢毁伤，是以啼耳。"宣洁行廉约，韩豫章遗绢百匹，不受；减五十匹，复不受。如是减半，遂至一匹，既终不受。韩后与范同载，就车中裂二丈与范，云："人宁可使妇无裈邪？"范笑而受之。

【译文】

范宣八岁那一年，在他家后面的菜园里锄草，一不小心，伤到了手指。顿时，他号啕大哭。有人问他："很痛吗？"范宣一边擦鼻涕和眼泪，一边回答说："其实手指并不是很痛，只是因为身体的皮肤和毛发，都是父母赐予的，不敢有丝毫的损伤。现在我却没有保护好它们，所以心里非常难受。"范宣长大后，家境虽然贫寒，但是为人品行高洁，清廉寡欲。有一次，韩豫章送给他一百匹绢布，他不接受；减了五十匹，他还是不接受。就这样，韩豫章不断减少，最后只剩下一匹，结果他还是不接受。后来，范宣和韩豫章一起乘车。在马车里，韩豫章扯下两丈布给范宣，并说道："一个人，总不至于让老婆没有裤子穿吧？"范宣这才笑着接受了那两丈布。

【解读】

身体受伤，一般的小孩会因为身体疼痛而哭，但是范宣却因为害怕父母担忧而哭，他对父母的孝敬与关爱由此可见一斑。这也说明他是一个至亲至孝之人。

生活简朴，没有欲望，是德行高尚之人的共同特征。他们心中丝毫不会想到自己，为自己谋利益，但却时刻装着他人。也正是因为这一点，范宣才接受了朋友的稍许馈赠。可见，他又是一个至性至情之人。

【原文】

王子敬病笃，道家上章，应首过，问子敬："由来有何异同得失？"子敬云："不觉有余事，惟忆与郗家离婚。"

【译文】

王子敬病得很重，遍寻药物无效后，便请来道士帮忙，要他写好奏折上表天帝，请求消除灾患。按照老规矩，病人先要说出自己所犯的过错。于是，道士问王子敬："从你小时候到现在，有什么过失吗？"王子敬想了想，脸上现出茫然的神情，说："只是与郗家的女儿离婚，这件事有愧于心，其他的就没有什么了。"

【解读】

一个人在弥留之际，究竟会想些什么呢？也许，每个人的想法各不相同，但无一例外地都会想起这一生最为遗憾的事情。对于王子敬来说，这件终生抱憾的事情，是一份刻骨铭心的爱和一段无法释怀的感情。

王子敬与郗道茂从小青梅竹马，两小无猜。成婚后，两人过着幸福美满的生活。可这时候，简文帝女儿司马道福和桓温的儿子桓济离婚了。司马道福倾心王子敬已久，便央求时任皇帝司马曜将自己改嫁给王子敬。司马曜对王子敬之也很欣赏，就下了一道诏书，命令王子敬休妻再娶。迫于君王的权势，王子敬依言而行，但心中始终牵挂着前妻。后来，在王子敬的传世法帖《奉对帖》中有这样一段话："虽奉对积年，可以为尽日之欢，常苦不尽触类之畅。方欲与姊极当年之足，以之偕老，岂谓乖别至此。诸怀怅塞实深，当复何由日夕见姊耶？俯仰悲咽，实无已无已，唯当绝气耳。"从中可以看出，王子敬离婚后对郗道茂的一片深情留恋以及感伤无奈。

王子敬为人清高傲慢，被当时不少名士批评。然而这么一个人，在病重时回想自己的一生，却认为自己只愧对过一个女子。纵使是为人妻子，一个女子在当时地位也是卑微的。王子敬能如此重视前妻，除了可见他对前妻的爱情至深，也可见他的性情至真。

【原文】

殷仲堪既为荆州，值水俭，食常五碗盘，外无余肴，饭粒脱落盘席间，辄拾以啖之。虽欲率物，亦缘其性真素。每语子弟云："勿以我受任方州，云我豁平昔时意，今吾处之不易。贫者士之常，焉得登枝而捐其本？尔曹其存之。"

【译文】

殷仲堪出任荆州刺史以后，连续两年碰上洪涝灾情，老百姓的收成不是很好。殷仲堪吃饭，只有五只很小的碗盘，弄一点菜，其他的什么都没有。每次吃饭，饭粒掉在坐席上，他都要捡起来吃掉。他经常对身边的子弟们说："不要以为我现在接任一州的刺史，就会放弃平素的志向。其实直到今天，我依然坚守往常的生活习惯。作为一个读书人，最为本分的生活状态就是清贫。所以，尽管我登上了高位，但从来也没有忘记自己的本分。我说的这些话，你们一定要记住了。"

【解读】

孟子曾经说过："无恒产而有恒心者，唯士为能。"没有固定的资产而有恒定不变的道德水准，只有士人才能做到。这句话与殷仲堪的"贫者士之常"说的是一个道理：读书人因为没有太多的欲望和物质追求，因而能够坚持一颗求道的恒心。

殷仲堪没有被物质欲望牵着鼻子走，并非由于他出身下层，也不是因为他是个读书人，而是因为他拥有良好的道德修养，且他一直以恒定的标准来要求自己。无论处于什么环境、什么地位，他对自己最初的要求始终不改。

一个人无论做什么，最难得的都是坚持。能够对自己坚持高标准，克己厉行，更是难中之难。这样的人除了恒心，心中还有一种强大的足以感染人的道德信念，所以令人敬佩。从这点来说，无论是古时还是现在，不管是对谁来说，身体力行，奉行节俭决不会让他丢脸，而只会换来他人的尊重。

【原文】

桓南郡既破殷荆州，收殷将佐十许人，咨议罗企生亦在焉。桓素待企生厚，将有所戮，先遣人语云："若谢我，当释罪。"企生答曰："为殷荆州吏，今荆州奔亡，存亡未判，我何颜谢桓公？"既出市，桓又遣人问："欲何言？"答曰："昔晋文王杀嵇康，而嵇绍为晋忠臣。从公乞一弟以养老母。"桓亦如言宥之。桓先曾以一羔裘与企生母胡，胡时在豫章，企生问至，即日焚裘。

【译文】

桓玄打败了殷仲堪之后，抓捕了殷仲堪手下十几个幕僚武将。殷仲堪的咨议参军罗企生也在其中。桓玄对企生一直都很好，所以在处决被捕之人时，派人给企生传话说："如果你肯向我认罪，我就放过你。"企生回答说："我是殷荆州的部下，现在他兵败逃亡，生死未卜，我有什么脸面向桓公谢罪求生呢？"等到了刑场，桓玄又派人问企生还有什么话要交代的。企生说："从前晋文王杀了嵇康，可是嵇康的儿子嵇绍却成为晋朝的忠臣。换句话说，父亲和儿子之间是不同的，兄弟之间也是这样。所以，我请求桓公能够赦免我的弟弟，这样他就可以照料我年事已高的母亲。"桓玄答应了企生的请求，赦免了他的弟弟。桓玄曾经送给企生的母亲胡氏一件羊皮大衣。那时候，胡氏正在豫章。她听到儿子遇害的消息后，当天就把那件羊皮大衣烧毁了。

【解读】

罗企生恪守气节，宁死不事二主，是常人难以企及的。桓玄也感受到了这一点，一再想要挽留，但是企生岂能因为个人的生死而混淆大是大非，做一个不忠不义的人？

自古忠孝难以两全，先有真正爱国爱民的忠臣，再有真正意义上的孝子。罗企生明白这一点，所以欣然赴死。然而，他仍不忘家中的老母，其孝敬之心，也感人肺腑。

【原文】

王恭从会稽还，王大看之。见其坐六尺簟，因语恭："卿东来，故应有此物，可以一领及我。"恭无言。大去后，既举所坐者送之。既无余席，便坐荐上。后大闻之，甚惊，曰："吾本谓卿多，故求耳。"对曰："丈人不悉恭，恭作人无长物。"

【译文】

王恭从会稽回到家里，同宗的王大听到这个消息，连忙赶去看望他。到了王恭家中，王大看见他正坐在一张竹席上。那竹席有六尺来长。王大对王恭说："你从东边回来，想必一定有这种东西，也送一张给我吧！”王恭听说后，一言不发。等王大离去后，他派人把自己所坐的竹席送给王大。由于他没有多余的竹席，此后只能坐在草垫上。后来，王大听说了这件事，感到十分惊讶。他找到王恭，说：“我原以为你从会稽回来，一定带了不少那样的竹席，所以才贸然开口向你索要。”王恭不好意思地说：“叔叔，你不了解我，我为人处世，向来没有多余的东西。”

【解读】

庄子在《逍遥游》里说：“鹪鹩巢林，不过一枝，鼹鼠过河，不过饱腹。”鹪鹩停在整片森林，要筑巢也不过占用一棵树而已，整片森林对它没有用；鼹鼠从一条河里经过，能带走的水也不过一肚子而已，整条河流对它也没有用。所以，鹪鹩也好，鼹鼠也罢，只需要取自己需要的部分，不可有霸占之心。王恭说他做人没有多余的东西，也是这个道理。人活在世界上，为了满足自身的发展，适当的索取是必要的，但要知足。现实生活中，有些人活得太累，就是因为欲念太深，只顾索要，不知满足，想得到的东西太多而能力无法兼顾，所以纠结、愤怒、不幸福。这时候，就多要向王恭学习了。

【原文】

吴郡陈遗，家至孝，母好食铛底焦饭，遗作郡主簿，恒装一囊，每煮食，辄贮录焦饭，归以遗母。后值孙恩贼出吴郡，袁府郡即日便征。遗已聚敛得数斗焦饭，未展归家，遂带以从军。战于沪渎，败。军人溃散，逃走山泽，皆多饥死，遗独以焦饭得活。时人以为纯孝之报也。

【译文】

吴郡有个叫陈遗的人，在家里十分孝。他母亲有个嗜好，喜欢吃锅底的焦饭。后来，他做了郡县的主簿，仍然没有忘记母亲的这个嗜好。他随身携带一个布口袋，每一次烧饭的时候，将锅底的焦饭取出来，留在布口袋里，等回到家后再拿出来献给母亲。后来，孙恩在吴郡犯上作乱，一时间，老百姓受到贼兵的骚扰。当时，吴郡的太守袁山松召集地方武力进行清剿。陈遗在应召之列，由于情势紧迫，他没有来得及将焦饭带给母亲，就随着军队一起出发了。在沪渎，袁太守兵败，士兵们四下逃亡。路上经过山林水泽地带，很多人都饿死了。然而，陈遗凭借口袋里的焦饭，却存活了下来。这件事传开后，人们都认为是他的孝心挽救了他的生命。

【解读】

陈遗得救是一件合情合理的事情。因为他养成了良好的孝行习惯，而有句话说“行为决定习惯，习惯决定性格，性格决定命运”。所以说，陈遗得救，是有前后关联的因果关系的。

很多人也有孝心，也行孝，但并非每个人都能像陈遗一样在关键时刻成为因孝得福的幸运儿。陈遗的幸运是有缘由的。他行孝不在于一天或一时兴起，而是持之以恒，善始善终。正因为这样，他才会在出战前还想到母亲，由此带上了干粮，救了自己一命。

【原文】

孔仆射为孝武侍中，豫蒙眷接。烈宗山陵，孔时为太常，形素羸瘦，着重服，竟日涕泗流涟，见者以为真孝子。

【译文】

孔仆射在晋孝武帝时期担任过侍中，受到了皇帝的赏识和信任。后来，皇帝驾崩，孔仆射亲自去送葬。当时，孔仆射已经官至太常。他向来身体瘦弱，到送葬那一天，他穿着沉重的孝服，整日以泪洗面。看见他的人没有一个不说他是真孝子的。

【解读】

有一种恩情叫“知遇之恩”，如果说是父母创造了一个人，那么有知遇之恩的人则是成就了一个人。所以，正常人，但凡有一丝的良心，对他人给予自己的知遇之恩都会感激。这种感激往往是真挚的，因为知遇之恩不亚于父母对他的恩情。春秋时期的管仲就曾说过：“生我者父母，知我者鲍叔也。”

晋孝武帝在生前赏识信任孔仆射，这对孔仆射来说就是知遇之恩。所以，晋孝武帝去世对孔仆射来说，跟他的父亲去世差不多，所以难怪他会哭得像个真孝子一样。

【原文】

吴道助、附子兄弟居在丹阳郡后，遭母童夫人艰，朝夕哭临，及思至、宾客吊省，号踊哀绝，路人为之落泪。韩康伯时为丹阳尹，母殷在郡，每闻二吴之哭，辄为凄恻，语康伯曰：“汝若为选官，当好料理此人。”康伯亦甚相知。韩后果为吏部尚书。大吴不免哀制，小吴遂大贵达。

【译文】

吴道助和吴附子两兄弟居住在丹阳郡官署的后面。母亲童夫人去世后，两个人整天吊丧哭泣。守孝期间，每当有宾客吊唁，他们两人哭得更加悲痛。过路的人从他们家门口经过，听见了哭声无不悲伤落泪。韩伯当时正担任丹阳郡的太守，他的母亲殷氏也住在官署里，与吴家的宅院相邻。每次听到吴家兄弟的哭声，殷氏就悲伤不已。于是，殷氏对韩伯说：“你以后如果当了选拔人才的官吏，一定要好好地任用这样的人啊！”韩伯对吴家兄弟的品性十分了解。后来，他果真担任了吏部尚书。这时候，吴道助已经因为丧母悲伤过度而去世，韩伯便提拔弟弟吴附子，让他在官场上显露头角。

【解读】

对父母极为孝顺的人，是至情至善的人。他们的性情淳朴，为人忠厚，自然可以委任重要的事情。韩伯的母亲正是有感于这一点，才极力推荐吴家兄弟。

从另一个角度说，生老病死本是自然法则，人类是无法与之对抗的。所以，吴道助因母亲的去世而悲伤不顾惜自己，乃至自己也被连累致死，这一做法是不可取的。身体来自父母，不珍惜自身性命，本就是对父母最大的不孝。

言语第二

【原文】

边文礼见袁奉高，失次序。奉高曰："昔尧聘许由，面无怍色。先生何为颠倒衣裳？"文礼答曰："明府初临，尧德未彰，是以贱民颠倒衣裳耳！"

【译文】

边文礼是一个谈笑自若的人。但是，他去拜见袁奉高的时候，却方寸大乱。袁奉高素知边文礼以善于应答出名，就故意问他："从前，尧王聘请许由的时候，许由坦荡自若，一点儿也不为所动。今天先生见到我，怎么这样惊慌失措，就像穿反了衣服一样呢？"边文礼回答说："您刚刚就任，尧王的风范还没有显露出来，所以小人才会这般颠倒衣裳，慌乱不堪！"

【解读】

民怕官在古代史普遍存在的现象。民之所以怕官，主要在于官的权势大，而民的身份卑微，相遇相见时稍有不慎，就会招来杀身之祸。边文礼虽然善于言辞，一身才华，也仍免不了经历一番战战兢兢。袁奉告机警幽默，借用"尧聘许由"的典故，轻嘲边文礼的口吻中又饱含着赞许。这样一来，民见官的紧张气氛顿时被化解，代之以生动活泼的调侃场景。两人一来二去，一个问得好，一个答得妙。

魏晋时期，清谈之风盛行，细心琢磨语言的技巧，追求巧思妙谈，成为名流雅士标榜自身修养的重要方式。喜欢引经据典，借古讽今，是魏晋时期清谈的主要特点之一。这一特点在故事中也得到了很好的体现。

【原文】

徐孺子年九岁，尝月下戏，人语之曰："若令月中无物，当极明邪？"徐曰："不然。譬如人眼中有瞳子，无此，必不明。"

【译文】

徐孺子九岁的那一年，曾经跟着玩伴们在月光下玩耍。这时候，有一个人指着天上的月亮，对他说："如果月亮上面什么东西也没有，会不会变得更加明亮？"徐孺子说："你说的不对，这就好比人的眼睛有黑眼珠一样，如果没有这东西，人的眼睛会漆黑一片。"

【解读】

一个问题不容易直接回答的时候，不妨借用一个比喻，用浅显易见的事物对深奥奇妙的道理加以描述。这样一来，原本遥不可及的道理，瞬间便可以化抽象为具体。不但如此，好的比喻，还能使说话者的语言生动形象，具有很强的说服力。这正是徐孺子不同凡响之处。徐孺子回答的精妙之处在于，他说出了一个道理：有时候，一些看似无用的东西，却是真正发挥作用的关键。没有眼珠，光线无法进入眼睛并投射到视网膜，人根本看见东西。而如果月亮没有那些不知名的东西，月亮也不能成为月亮。

【原文】

孔文举年十岁，随父到洛。时李元礼有盛名，为司隶校尉；诣门者，皆俊才清称及中表亲戚乃通。文举至门，谓吏曰：“我是李府君亲。”既通，前坐。元礼问曰：“君与仆有何亲？”对曰：“昔先君仲尼与君先人伯阳有师资之尊，是仆与君奕世为通好也。”元礼及宾客莫不奇之。太中大夫陈韪后至，人以其语语之，韪曰：“小时了了，大未必佳。”文举曰：“想君小时，必当了了。”韪大踧踖。

【译文】

孔文举十岁的时候，跟随着父亲来到洛阳。当时，李元礼声名远扬，官运亨达，已经当上了司隶校尉。凡是去李家拜访的人，只有名士才子或者近亲才能得到差役的通报。孔文举年纪虽然不大，但是胆量不小，他来到李家的门前，对看门的差役说：“我是李府君的亲戚，烦请通报。”通报后，孔文举被请入内，并坐了下来。李元礼一看是个小孩，而且素未谋面，就问道：“你和我有什么亲戚关系啊？”孔文举回答说：“从前我的先祖孔子，曾经向您的先祖老子请教过关于礼的事情。后来，孔子将老子尊奉为老师。所以，我和你家是世代交好的啊！”对于这番回答，李元礼和在座的宾客，没有一个不感到惊奇的。这时候，太中大夫陈韪来到厅堂。有人将孔文举的这番惊人之举告诉了他。陈韪不怀好意地评说道：“小时候聪明伶俐，长大后不一定有出息。”孔文举听后，不紧不慢地回应道：“照先生这么说，想必您小时候是很聪明的了！”陈韪听后，一时无言以对。

【解读】

怎样把话说好是一门学问，也是一门艺术。年仅十岁的孔文举，深谙这门学问和艺术，才得以在李元礼的府上推销自己。

虽然我们几乎每天都要讲话，但未必人人都能把话说得恰到好处。想要把话说好，说得中听，就必须搞清楚对方的心思和喜好。做到这一点，说话的时候，才有可能有的放矢。

当然，在与人交流的时候，我们也要能够沉得住气，仔细倾听对方，并探清对方的口气。等摸清楚对方的来意后，再做出适当的回应。这时候，需要说话者本人综合考虑，话一旦说出口去所产生的客观效果。一个好的说话者，能根据不同的场合和对象，将主观意愿和客观效果得心应手地协调起来。孔文举舌战士大夫陈韪时所表现出的机变能力，就是一个很好的例证。聪明人说话，善于借力使力，这样才能显露锋芒，震慑对方。言语不在多，在于能否一针见血，恰到好处。

【原文】

孔文举有二子：大者六岁，小者五岁。昼日父眠，小者床头盗酒饮之，大儿谓曰：“何以不拜？”答曰：“偷，那得行礼！”

【译文】

孔文举有两个儿子，大的六岁，小的五岁。有一次，小儿子趁着父亲睡午觉悄悄地爬到床头喝酒。大儿子看见，对他说：“阿弟喝酒，怎么不行礼呢？”小儿子说：“既然是偷酒喝，哪里还顾得上行礼呢？”

【解读】

言为心声，心里是怎么想的，嘴上就怎么说，两个孩子的纯真与可爱跃然纸上。语言的幽默和风趣，并不在于说话者本身有多么好的语言天赋，掌握多么灵活的语言技巧以及丰富的知识量，而在于说话者本身是否率性而为，真性流露。

【原文】

孔融被收，中外惶怖。时融儿大者九岁，小者八岁，二儿故琢钉戏，了无遽容。融谓使者曰：“冀罪止于身，二儿可得全不？”儿徐进曰：“大人岂见覆巢之下，复有完卵乎？”寻亦收至。

【译文】

孔融被朝廷抓捕，家中内外，没有一个人不惊恐的。当时，孔融的两个儿子，大的九岁，小的八岁，他们依然在玩耍喜欢的琢钉游戏，丝毫没有注意到紧张恐怖的氛围。孔融对使者说：“希望罪行只加在我一个人身上，这两个孩子能不能放过？”使者还没有说话，两个儿子走上前，说：“父亲大人难道见过倾覆的鸟巢里，还会有完整的鸟蛋吗？”果然，没过多长时间，两个孩子也被抓起来了。

【解读】

孔融曾说：“父之于子，当有何亲？论其本意，是为情欲发耳！子之于母，亦复奚为？譬如寄物瓶中，出则离矣！”大意是说子女对于父亲，根本不算什么，子女只是父亲情欲的结果；子女对于母亲也不算什么，就像是暂时寄存在花瓶中的东西，一旦脱离花瓶，就什么关系也没有了。据说正是由于这个父母无恩论，曹操才下令诛杀孔融。孔融被捕时，对前来抓捕他的人所说的话，与他的父母无恩论形成明显而又强烈的矛盾。

面对必然要发生的事情，人到了一定的年纪，反而心中牵挂太多，对什么都放不下。与成人相比，孩子却完全不同。他们的一言一行，无不透露着自然的天性；他们心中一片澄明，对问题的看法往往包含着真知灼见。

【原文】

颖川太守髡陈仲弓。客有问元方：“府君何如？”元方曰：“高明之君也。”“足下家君何如？”曰：“忠臣孝子也。”客曰：“《易》称：‘二人同心，其利断金；同心之言，其臭如兰。’何有高明之君，而刑忠臣孝子者乎？”元方曰：“足下言何其谬也！故不相答。”客曰：“足下但因伛为恭，而不能答。”元方曰：“昔高宗放孝子孝己，尹吉甫放孝子伯奇，董仲舒放孝子符起。唯此三君，高明之君；唯此三子，忠臣孝子。”客惭而退。

【译文】

颖川太守对陈仲弓实施剃发的刑罚。有一个客人想借这件事刁难陈仲弓的儿子陈元方。他问陈元方：“颖川太守究竟是怎样的一个人啊？”陈元方说：“他是一位高明的地方长官。”客人又接着问：“那么，你的父亲又是怎样的一个人呢？”陈元方没有犹豫，立即回答道：“对国家来说，他是一个大忠臣；对于家庭来说，他是一个大孝子。”客人继续问：“《周易》上说：‘如果两个人同心，他们的合作就可以无坚不摧，甚至能够切断金子；他们所说的话也会像兰花一样芳香。’既然是这么一个道理，那为什么高明的地方长官，要处罚当地的一个忠臣孝子呢？”陈元方听了客人的话，淡然地说：“你的话没有一点儿道理，所以我不准备回答。”客人以为陈元方理穷词尽，便说：“驼背的人，总被误认为是恭敬之态，其实，你是回答不上来，才拒绝回答的吧？”陈元方听到这里，说：“从前，殷高宗放逐孝子孝已，尹吉甫放逐孝子伯奇，董仲舒放逐孝子符起。这三位先生，都是极为高明的君子；而被放逐的三个人，也都是忠臣孝子啊！”客人听后，惭愧地走开了。

【解读】

俗话说：“金无足赤，人无完人。”在这个世界上，没有绝对的好人，也没有绝对的坏人。因此，不能拿统一的标准去衡量和评判人。好人有时候也会犯错误，所以殷高宗放逐孝子孝已，尹吉甫放逐孝子伯奇，董仲舒放逐孝子符起。但是，这并不能说他们不是高明的君子。相反，正是这些偶尔的错误，才使得他们身上那些优秀的品质突显出来，所谓"瑕不掩瑜"，说的就是这个道理。陈元方与来客的争辩，从空洞的说理到中间的僵持，再到最后陈元方引用例证胜出，不难看出，当辩论僵持不下，对方又紧逼不舍的时候，不妨以摆事实替代讲道理。这是因为道理是由人讲的，并配之以思维的不同方式而展开，其间所掺杂的人的主观成分要多一些；而事实不同，它的客观性很强，人的主观成分很少或者几乎没有。事实胜于雄辩，其原理也就在于此。

【原文】

祢衡被魏武谪为鼓吏。正月半试鼓，衡扬枹为《渔阳掺挝》，渊渊有金石声，四坐为之改容。孔融曰："祢衡罪同胥靡，不能发明王之梦。"魏武惭而赦之。

【译文】

祢衡被曹操贬黜为鼓吏。正月十五的时候，准备尝试敲鼓。祢衡拿起鼓槌，敲起了《渔阳掺挝》。只听鼓声深远，音节精妙，在座的宾客听了，没有一个不动容的。孔融说："祢衡的罪过，与古代服劳役的刑徒傅说差不多，只不过没有激发明君思贤若渴的愿望罢了！"曹操感到很羞愧，便放过了祢衡。

【解读】

孔融和祢衡是忘年之交。孔融时常称赞祢衡的才华，这使得一向爱才的曹操，急欲将其拉拢到自己的门下。然而，祢衡天性放荡不羁，加之对曹操的为人深感不满，总是在各种场合发表一些让曹操恼羞成怒的话。这样，曹操暗下决心，一定要当众羞辱一番祢衡。

曹操费尽周折，总算将祢衡招致麾下，却没有委任他要职，而是要他当击鼓的乐师。曹操的心意，祢衡岂能不知？然而，按照祢衡的性子，他是不会屈就的。于是，在众人面前，他慷慨激昂地演奏了自己独创的乐曲。曹操精心安排的报复机会，不但落空，反而被祢衡的鼓声敲得满脸通红。要不是老友孔融起身打圆场，曹操岂能放过祢衡？

由于人生的阅历深浅不一，所处的地位有高有低，因而看问题的角度各异，在同样的问题上，不同的人有不同的想法。然而，这并不能说明人们没有办法相处共事。有度量的人，往往能舍弃些许不同的地方，而在更大的层面取得一致的看法，争取有合作的机会。所以说，学会包容，是一种度量，也是聪明。孔融不说废话，只以一句感叹说出了这个道理。曹操也不笨，听出了其中的意思，于是羞愧作罢。

【原文】

南郡庞士元闻司马德操在颍川，故二千里候之。至，遇德操采桑，士元从车中谓曰："吾闻丈夫处世，当带金佩紫，焉有屈洪流之量，而执丝妇之事！"德操曰："子且下车。子适知邪径之速，不虑失道之迷。昔伯成耦耕，不慕诸侯之荣；原宪桑枢，不易有官之宅。何有坐则华屋，行则肥马，侍女数十，然后为奇！此乃许、父所以慷慨，夷、齐所以长叹。虽有窃秦之爵，千驷之富，不足贵也。"士元曰："仆生出边垂，寡见大义。若不一叩洪钟、伐雷鼓，则不识其音响也。"

【译文】

南郡庞士元听说司马德操住在颍川，就不辞劳苦，走了两千里路，去拜访他。到了司马家时，正巧遇上司马德操在采摘桑叶。庞士元在马车上问道："我听说男子汉大丈夫，为人处世理应谋求高官厚禄，你怎么这样屈就自己，空有一身雄才伟略，却干起养蚕妇的事情来？”司马德操说：“你先下车吧。走小路，确实很方便，但是你却忽视了迷路的危险。从前，伯成宁愿在荒野种地，也不羡慕诸侯的荣华富贵；原宪的桑木老屋，破陋不堪，却不愿意住到官府的邸宅。难道非要住着豪华的房屋，出门乘坐高大的马车，生活起居有数十个婢女伺候，才算是与众不同吗？这正是许由、巢父让天下，伯夷、叔齐叹息国家灭亡，不吃周朝的粮食，而饿死首阳山的原因。就算吕不韦得到了秦国的相位，齐景公拥有四千匹马，那有什么可赞叹的呢！”庞士元说：“我出生在边远的地方，没有见识过什么大道理，今天要不是来敲洪钟，击雷鼓，哪里知道它们的声响能有这么洪亮！”

【解读】

一个人处处以世俗的标准来规范自己，他便能够得到世俗的认可与欢迎，原因很简单，他舍弃自我，做了一个大家都认可的人。没有自我的人生，也许没有痛苦，也许没有他人的指责，因为你所走的路，是他人为你设计好，并被他人所接受的路。然而，没有自我的人生，对于我们自己却是一件极为可怕的事情——在忙碌地为他人而活当中，自己原来只是一个空壳而已。长此以往，这个人就会感到莫名的空虚与悲叹。

反观司马德操，他坚持自我，知道自己想要的是什么。即使他看起来一无所有，却给人一种无可摧毁的强大感。这种强大，其实来源于他自知、自足、自持的坚韧，和对自由幸福的感悟。

做人自然不必做到司马德操那样严苛自己，但我们要知道：真正的幸福来源内心的坚强和充实，而所有依靠物质支撑的幸福感，都不能长久地维系。这种幸福感的存在，会因为物质因素的不断消失而消亡。只有心灵淡定宁静，才能达到身心愉悦，才是幸福的真正源泉。所以说，追求财富权力也好，享受怡然自得的生活也罢，这些追求的目标，并没有高低优劣之分，关键在于它们是不是你内心真正想要的。只有按照自我的真实意愿生活，才能活出精彩的人生。

【原文】

司马景王东征，取上党李喜以为从事中郎。因问喜曰：“先公辟君不就，今孤召君，何以来？”喜对曰：“先公以礼见待，故得以礼进退；明公以法见绳，喜畏法而至耳。”

【译文】

司马景王东征的时候，准备任用上党的李喜为从事中郎。李喜知道后，答应出任。司马景王问李喜：“从前我父亲在世的时候，他征召你出来为官，你不肯就职；现在我召请你，你为什么答应呢？”李喜回答说：“您的先父是以礼相待，所以我能够以礼来进退；现在您是以法令召唤我，我是因为害怕法令才应召的。”

【解读】

乱世出英雄，这因为乱世对于能征善战的将才、帅才，有着更为迫切的需要。但乱世中，也有人甘于自我埋没，不愿出来做官。李喜正是这样的人。然而，在朝的官员都想让这些有识之士出来辅佐自己，所以会想办法让他们出山。

虽说同是请人，但不同的人所用的请人方式也不相同。司马懿以礼邀请李喜，而他的儿子司马师却是以命令召唤。面对的是不同的人以及不同的处境，那处理的方法自然也不能相同。兵书上，这就叫“因时制宜，随机应变”。做人不能太古板，一根筋，而应懂得根据在不同的形势下做出不同的应变。这是一个人善于保护自己的体现。从李喜的回答和应对，可见其聪明。

【原文】

邓艾口吃，语称“艾艾”。晋文王戏之曰：“卿云‘艾艾’，定是几艾？”对曰：“‘凤兮凤兮’，故是一凤。”

【译文】

邓艾有口吃的毛病，说话的时候，经常会连发“哎……哎……”。有一回，司马昭戏弄他说：“你总是说‘哎……哎……’，到底有几个‘哎’呢？”邓艾回答说：“古人云：‘凤兮凤兮，何德之衰’时，难道是指有两只凤吗？”

【解读】

《论语·微子》记载，楚国有个狂人，名叫接舆。他唱着歌从孔子的马车旁走过。只听他唱道：“凤兮！凤兮！何德之衰？往者不可谏，来者犹可追。已而，已而！今之从政者殆而！”孔子听到这里急忙走下马车，想要与他交谈，可他却匆忙离去，避而不谈。邓艾以接舆的“凤兮凤兮”来比喻“艾艾”，不但引经据典，还把自己比喻成凤凰。对于一般人来说，口吃结巴一定会倍感自卑。然而，在邓艾那里，积极向上的乐观精神，使得他的自信大放光彩。由此可见邓艾心思之灵活。所以说，一个人天生嘴笨并不可怕。只要头脑灵活，思维缜密，他就值得自己骄傲。

【原文】

嵇中散既被诛，向子期举郡计入洛，文王引进，问曰：“闻君有箕山之志，何以在此？”对曰：“巢、许狷介之士，不足多慕。”王大咨嗟。

【译文】

嵇中散被杀之后，向子期应征郡中计吏来到洛阳。晋文王接见了他，问道：“听说你有退隐山林的意愿，那为什么又来到京师呢？”向子期回答说：“巢父和许由，都是些孤傲不合群的人，他们不值得效仿。”晋文王听后，十分欣赏向子期的回答。

【解读】

嵇中散因坚持不与司马氏苟合而被杀，向子期焉能不识时务？识时务者为俊杰。向子期舍弃退隐之志，选择表面臣服司马氏，这样就保全了自己的性命。

对比嵇康和向子期，虽说嵇康自有可称赞的清高和坚持自我的精神，但相对来说，向子期的委曲求全却更为理智。形势所逼之下，采取暂时的退步，适当地低下头，等待时机继续坚持自己的理想。这是一种更为聪明的选择。

【原文】

过江诸人，每至美日，辄相邀新亭，藉卉饮宴。周侯中坐而叹曰：“风景不殊，正自有山河之异！”皆相视流泪。唯王丞相愀然变色曰：“当共戮力王室，克复神州，何至作楚囚相对！”

【译文】

南渡过江之后，晋朝的达官贵人和世家大族，每次遇到天气好的时候，便相约来到新亭，在草地上尽情地饮酒言欢。周侯坐在人群中，唉声叹息说：“风景没有什么不同，只是河山不再像从前那样了！”在座的众人听了，无不相视落泪。这时候，王丞相脸色一沉，慷慨激昂地说：“现在正是我们报效国家，收复失地的时候，你们为什么要像囚徒那样，哭丧着脸，相互落泪呢？”

【解读】

东晋王室凭借长江天险，苟延残喘于江南一隅，那些仓皇南下的中原士族，自然免不了黯然神伤，唏嘘不已。山河风景依旧，只是身在他乡，这是每一个被迫流亡的人最为悲哀的事情。此情此景，追忆起往日的故土，谁人能不落泪呢？不同的是，有些人只是把眼泪挂在脸上，却早已丧失了收复中原的大志；而另外一些人，则却把眼泪吞进肚里，等待时机，匡扶旧业。

东晋王室安定以后，在政治意见上，周顗和王导明显不同。周顗主张北伐，王导主张偏安；周顗主张严肃朝政，而王导则主张无为而治。所以，周顗的忧伤叹息是出自内心志向的失落。而王导的那一番豪言壮语，不过是作为一种政治作秀的手段，有名无实。然而，王导能够在众人需要的时候说出违背自己心意的话来鼓励大家，从中也可见他作为一名政客的聪明。这也从反面告诉我们，对于政治人物公开场合的话语，不可不信，但也不能全信。

【原文】

卫洗马初欲渡江，形神惨顇，语左右云："见此芒芒，不觉百端交集。苟未免有情，亦复谁能遣此！"

【译文】

卫洗马当初随晋朝王室渡江的时候，形貌和神情显得极为凄惨憔悴。到了江边，他对身边的人说："看见这渺渺茫茫的江水，各种酸甜苦辣的情绪，奔涌着直上心头。如果人免不了要有情感，那么谁也没有办法排解这些愁绪。"

【解读】

人非草木，孰能无情。即将离乡的时刻，对于故土的依恋与不舍，比以往任何时候都要强烈。这份情怀，任谁也是无法超脱的。

【原文】

庾公尝入佛图，见卧佛，曰："此子疲于津梁。"于时以为名言。

【译文】

庾公曾经进去一座佛堂，看见里面有一尊卧佛，说："这个人一定是因为普度众生太疲惫了，所以才躺下来。"此话一出，一时间传为名言。

【解读】

庾公富于联想，妙言洞出，将高高在上的救世主还原到了众生中间，拉近了佛家与众生的距离。其实，佛祖在成佛之前，也是一个凡人，只是有了一颗持之以恒的善心，才成了佛。

仁者见仁，智者见者。庾公一直有为社会做贡献的心思，他能够作此比喻，或许说明他有成佛之心，哪怕为了百姓，自己也甘愿如这卧佛一样躺倒下来。

【原文】

谢仁祖年八岁，谢豫章将送客。尔时语已神悟，自参上流。诸人咸共叹之，曰："年少，一坐之颜回。"仁祖曰："坐无尼父，焉别颜回？"

【译文】

谢仁祖八岁的时候，父亲谢豫章带着他一起送别客人。这时候，他的言谈举止已经非同凡响，可以算是上等人物。大家对他都很叹服，说："年纪轻轻，就已经是在座之人里的颜回了。"谢仁祖说："在座的人当中，没有孔夫子，又怎么会有人能识别颜回呢？"

【解读】

谢仁祖的回答，既有清醒的谦虚，又有自信的骄傲。他表明："如果我是颜回，那必定是因为在座的有孔子。而如果在座的没有孔子，那我也不是颜回。"

在面对他人夸赞时，谢仁祖的这种清醒是很难得的。更多人会在这种时候轻飘飘以为然，即使表面谦虚，内心里还是直接地接受了别人的赞美。谢仁祖虽然年幼，在受到别人的吹捧时却能够保持足够的理智，最后仍回到客观的角度上看待自己和他人。他的这种清醒，来源于他性格中的不卑不亢，也源于他有自知之明。因为知道自己是个什么样的人，也知道"三人行必有我师"这一道理，所以才不会在别人的吹捧中迷失自己。这种有清醒的自我认知的人，在面对他人的恶意贬低时，同样也不会受到影响。

【原文】

陶公疾笃，都无献替之言，朝士以为恨。仁祖闻之，曰："时无竖刁，故不贻陶公话言。"时贤以为德音。

【译文】

陶公病危，没有留下一句关于朝政的建议。为此，朝野上下的大夫议论纷纷，都感到很遗憾。谢仁祖知道后，说道："因为当前没有像竖刁那样的奸佞小人，所以陶公没有留下话来。"当时，很多有识之士都认为谢仁祖的话说得好。

【解读】

《吕氏春秋》记载：管仲病，桓公问曰："群臣谁可相者？"管仲曰："知臣莫如君。"公曰："易牙如何？"对曰："杀子以适君，非人情，不可。"公曰："开方如何？"对曰："背亲以适君，非人情，难近。"公曰："竖刁如何？"对曰："自宫以适君，非人情，难亲。"管仲死，而桓公不用管仲言，卒近用三子，三子专权。

管仲虽在弥留之际，但是识人还是极为准确的。管仲的临死前的遗言，相当于政治遗嘱。然而，齐桓公充耳不闻，最终导致"三子专权"的局面。

陶公是东晋重臣，按理说，他也应该在临死前留点忠告之话。然而，陶侃生前就是一个实事求是，不爱妄自评断的人，他既已在活着的时候尽力做了该做的事情，死而无憾，又何须留忠告给后世的人。毕竟，后事再怎么样，自己也是无能为力了。管仲留有忠告又有何用呢？从这点看来，陶公不留遗训也就不足为奇了。

满朝文武却不理解陶公为何"不辞而别"，由此议论纷纷。虽说谢仁祖或许也不明白陶侃为何不留下遗言，然而他却不同于常人。他知道死者为大，活着的人应该尊敬死去的人。所以他用一句"时无竖刁，故不贻陶公话言"来堵住了众人的嘴巴。其实，大家都知道谢仁祖的解释不过也是猜测，但他代替陶侃暗示了"如今天下太平，后事无可担忧"，这无疑给了大家一种美好的幻想。

【原文】

简文作抚军时，尝与桓宣武俱入朝，更相让在前。宣武不得已而先之，因曰："伯也执殳，为王前驱。"简文曰："所谓'无小无大，从公于迈'。"

【译文】

简文帝司马昱担任抚军大将军的时候，曾经和桓温一起上朝。两个人相互礼让，让对方走在前头。最后，桓宣武耐不住简文帝的谦让，不得已走在前面。于是，桓宣武说："我手持着殳，走在国君的前面做先锋。”简文帝听了，便接着说：“所谓‘不论大小尊贵，大家都跟着您一块走’。”

【解读】

司马昱当时虽是将军，但他毕竟属于皇室子弟，有一天可能是要登位的。桓温权势再大，也不敢有造次之心，所以在礼仪上尽力谦虚。但从结局看，他的谦虚其实不如简文帝来得真诚。真正的谦虚，要不就不坚持，要不就坚持到底。桓温最终走到了前面，说明他的谦虚不够。走在前方之后，他还要为自己解释一番，这又表明他是有点心虚的。后来桓温发动兵变，立了司马昱为皇帝，却想控制他。这也证明桓温此次承让确实做作，他对司马昱并没有真正的敬重。

【原文】

顾悦与简文同年，而发蚤白。简文曰：“卿何以先白？”对曰：“蒲柳之姿，望秋而落；松柏之质，经霜弥茂。”

【译文】

顾悦和简文帝是同龄人，可是他的头发早就白了。简文帝问他：“你的头发为什么比我先白呢？”顾悦回答说：“蒲柳还没有到秋天，叶子就先掉光了；而松柏越是久经风霜，反而更加茂盛。”

【解读】

保持内在的生命活力以及求知的欲望，才是一个人经久不衰的秘诀。然而，要做到这一点，非有足够的自知之明不可。换句话说，当你明白自己是一个什么样的人，知道自己需要什么、缺少什么时，你才能沿着这个方向去努力，进而达到一个又一个更高的目标。所谓的年轻，就是这样一种不断超越自我的状态。顾悦的回答正基于这层道理。蒲柳不自知，只顾张扬自己有限的美丽，反倒早早失去了风采，而松柏有着高洁的精神追求，不断超越自己，所以他在岁月的长河中越挫越勇，更加青葱茂盛。

【原文】

支道林常养数匹马。或言道人畜马不韵。支曰：“贫道重其神骏。”

【译文】

支道林曾养了几匹马。有人说僧人养马不高雅。支道林说：“贫僧喜欢的是马的内在风骨。”

【解读】

僧人养马，喜欢的不是马的外形，而是马的内在神韵。这种神韵的体现，是僧人自身审美的观照。所谓“仁者见仁，智者见智”，内在的禀赋与修养与别人不一样，自然所看到的马也就不同。

【原文】

刘尹与桓宣武共听讲《礼记》。桓云：“时有入心处，便觉咫尺玄门。”刘曰：“此未关至极，自是金华殿之语。”

【译文】

刘尹与桓宣武一起听人说《礼记》。桓宣武听完后，说：“讲到心领神会的地方，心中感到很高兴，好像觉得真理之门就在眼前了。”刘尹说：“这还不是根本的真理所在，只是一些老生常谈而已。”

【解读】

任何一门学问，进门容易，但是想要登堂入室，却非要下一番苦功夫。子曰：“学而时习之，不亦说乎！”对于相同的东西，即便第一次掌握了，仍旧要不断地复习。虽然复习的是旧东西，但仍会有新的体会和感悟，甚至预见没有学到的东西。反复领悟而最终彻悟真理的过程，就是做学问从“登堂”到“入室”的过程。桓温认为真理之门在眼前，其实只是掌握了皮毛而已，所以刘真长说他的领悟不过是肤浅的老生常谈。

【原文】

王右军与谢太傅共登冶城，谢悠然远想，有高世之志。王谓谢曰：“夏禹勤王，手足胼胝；文王旰食，日不暇给。今四郊多垒，宜人人自效；而虚谈费务，浮文妨要，恐非当今所宜。”谢答曰：“秦任商鞅，二世而亡，岂清言致患邪？”

【译文】

王羲之与谢安一起登上冶城。谢太傅悠然产生遐想，大有超越尘世的高尚情志。王羲之对谢安说：“夏禹一直忙于公众的事情，连手脚都长出了老茧；周文王忙于国事，白天连吃饭的时间都没有。现在，我们的周边强敌四起，正是人人该为国家效力的时候，可是大家都在崇尚清谈，连国事也荒废了。这恐怕不是我们现在该有的作为吧！”谢安回应道：“秦国任用商鞅，结果两代就灭亡了，这难道是清谈所导致的吗？”

【解读】

和王羲之共登冶城时，谢安向王羲之倾诉了自己向往田园的志趣，表露了自己不愿为官的想法。王羲之虽然也淡泊名利，志在山水，但其当时正是盛年时期，而国家也正处于危难时刻，所以他还是壮志凌云，想要做一番大事业。因此，当谢安倾诉心声之后，王羲之便以夏禹文王之事规劝起他来，希望他能暂时放弃山水田园之志，做一些报效国家的实事。

国家兴亡，匹夫有责。当国家处于危难时刻，任何人都是不能逃脱责任的。一旦国家灭亡，即便是纵情山水，也是不可能的了。从这一点来说，王羲之的眼光很长远，他能舍弃个人的志趣，服从国家的需要，这种爱国情怀是伟大的。

但是王羲之规劝谢安的论点确是站不住脚的。因为他所举的夏禹、周文王振兴国家之例，跟清谈并无关系。所以，谢安也引用秦国灭亡这一事例来反驳他，说明清谈既然跟国家兴盛无关，跟国家衰亡也是无关的。

【原文】

谢太傅寒雪日内集，与儿女讲论文义，俄而雪骤，公欣然曰：“白雪纷纷何所似？”兄子胡儿曰：“撒盐空中差可拟。”兄女曰：“未若柳絮因风起。”公大笑乐。即公大兄无奕女，左将军王凝之妻也。

【译文】

一个天冷下雪的日子，谢安在家中聚会，和子侄辈们谈论诗文的义理。不一会儿，下起了大雪。谢安笑着说：“纷纷飘落的大雪，像什么啊？”侄儿谢朗说：“差不多就像是空中撒盐的景象。”侄女谢道蕴说：“不如说像是柳絮随风而起的样子。”谢公听后，开怀大笑起来。谢道韫是谢安的大哥谢奕的女儿，左将军王凝之的妻子。

【解读】

谢朗的比喻——空中撒盐，追求的是与雪花形似，而谢道蕴的比喻——柳絮随风而起，则形神兼备。相较之下，孰优孰劣，即见分晓。

虽说两个孩子的才能高低分明，但谢安并没有当场做出点评，而是以一声大笑来表明自己的评判结果。这种委婉的教育方式是极为可取的。有时候，直接评判子女或学生，反而没有间接的暗示更有益于孩子身心的发展。

【原文】

王中郎令伏玄度、习凿齿论青、楚人物，临成以示韩康伯，康伯都无言。王曰："何故不言？"韩曰："无可无不可。"

【译文】

王中郎让伏玄度和习凿齿评判青州和荆州两地人物的优劣。评判快要完成的时候，王中郎将评判的结果出示给韩康伯看。韩康伯看完后，没有提出任何意见。王中郎感到奇怪，便问道："为什么不说话啊？"韩康伯回答说："没有什么好说的，也好，也不好。"

【解读】

伏玄度和习凿齿分别属于青州和荆州人士，王中郎让他们评判青州和荆州两地人物的优劣，分明是没事找事，有意要挑唆两人的矛盾。他又让韩康伯加入评判，其实等于拉韩康伯下水，让他一起做坏人。韩康伯不笨，不想参与是非，干脆沉默应对。他最后逼不得已所作的评价，也等于没说。

对于一个不好回答的问题，最好的表态就是不表态。所以，有时不动声色的沉默是必要的。它暗含着力量，无声胜有声，足以保全尴尬乃至危险处境中的自己。

【原文】

刘尹云："清风朗月，辄思玄度。"

【译文】

刘惔说："每逢明朗的月色，清风慢慢吹来，让人不由得想起玄度。"

【解读】

西汉刘向在《列仙传·关令尹赞》有："尹喜抱关，含德为务，挹漱日华，仰玩玄度。"这里的"玄度"意指月亮。刘惔借用刘向的诗句，以月亮比喻许玄度，既表达了他对许玄度的思念，也表达了他对许玄度的赞赏。

【原文】

荀中郎在京口，登北固望海云："虽未睹三山，便自使人有凌云意。若秦、汉之君，必当褰裳濡足。"

【译文】

荀中郎在京口的时候，登上北固山，眺望着大海，说："虽然我没有看到过仙人居住的蓬莱三山，但是眼前的情景，就已经有进入仙境的感觉了。如果秦始皇和汉武帝见此情景，也一定会撩起衣裤，下海涉水，寻找梦寐以求的仙境。"

【解读】

荀子在《劝学篇》中有言："吾尝跂而望矣，不如登高之博见也。"人如果想要看得更远更多，必须往高处走。这是亘古不变的真理。所以，当荀羡登上北固山，远眺东海时，他自然就有了一种高远而超脱的情怀，以致感叹自己也像秦始皇、汉武帝那样，有了求仙得道的心愿。

那么，人为什么总是急于看到正常视野之外的东西呢？原因就在于人对自我生命的体认。人的生命是短暂的，想要活出精彩，就必须不断超越。这是生命的本能，也是人们的共同诉求。

然而，有求道的志愿固然可以。但我们也应该知道，生老病死的现实是无法更改的。我们只能从精神上去超越自己，而不是从身体上寻求永恒。

【原文】

谢公云："贤圣去人，其间亦迩。"子侄未之许，公叹曰："若郗超闻此语，必不至河汉。"

【译文】

谢安说："圣贤与一般人之间的差距，其实没有多少。"子侄辈们听说了，纷纷表示不同意这一看法。谢公叹息地说道："如果郗超听了我的这番话，他也一定会认为说得有道理，不会觉得不着边际。"

【解读】

圣贤与常人原本就无多大差别。圣贤之所以为圣贤，是因为他把常人身上多余的或者坏的东西全都剔除，并将留下来的"好"发挥到极点。因此，越是圣贤的人，越具有极致的人性。他与常人的不同，不过在与他少了常人的"坏""恶"。从常人到圣人，需要改变。而变或不变取决于个人，只在一念之间，一言一行之间。所以说，"圣"或"常"的差距其实很短。只要每天进步一点点，常人也会越来越接近圣人。

谢安的话说的正是上述道理。道理其实很浅显，但他的子侄辈们却不理解。谢安对他们应该是失望的，但他教育孩子的原则是坚持不当面批评，所以他拿郗超之才来宽慰自己。这也说明他对郗超是极为赏识的。

【原文】

支公好鹤，住剡东岇山。有人遗其双鹤，少时翅长欲飞，支意惜之，乃铩其翮。鹤轩翥不复能飞，乃反顾翅垂头，视之如有懊丧意。林曰："既有陵霄之姿，何肯为人作耳目近玩！"养令翮成，置使飞去。

【译文】

支遁生性喜欢白鹤，在剡县东岇山居住的时候，有人送给他一对白鹤。没过多久，白鹤的翅膀长硬了，想要展翅飞到天上去。支遁舍不得让它们飞走，就折断了它们的翅膀。白鹤张开翅膀后，没有办法飞行，就回过头来看看翅膀，然后低下头，显出一副懊丧的样子。支遁看到这一幕，说："既然有冲入云霄的壮志，哪里还肯屈就做人家的玩物？"后来，支遁继续喂养它们，等它们的翅膀长好之后，就放它们飞走了。

【解读】

支遁是个性情中人，也是个悟性极高的人。他对白鹤的喜爱原本停留在自私的层面上，只想着占有。这种爱无疑不是真正的爱，而是每个自私的人都会有的占有欲。一个真正有感情的人，他会对别人乃至一只动物产生理解和怜悯。这种慈悲之心会让他发现自己占有欲的丑陋，从而使得他学会真正的爱。真正的爱，无论是爱人还是物，都不会有一丁点的出于一己之私的占有之心，而是会想着给对方自由的幸福。所以说，支遁后来彻悟了爱。

支遁的悟性高还体现在"既有陵霄之姿，何肯为人作耳目近玩？"这句话上。他说明了做人的一个道理：一个人如果有志气，就不应该受人摆布，做他人的玩物。如果人没有独立自主的尊严，自己不珍重自己，难免遭到别人的随意践踏。如此做人，跟受人玩弄的笼中之鸟又有何区别？

【原文】

谢中郎经曲阿后湖，问左右："此是何水？"答曰："曲阿湖。"谢曰："故当渊注渟著，纳而不流。"

【译文】

谢中郎路过曲阿湖时，问身边的随从："这片水域叫什么名字啊？"左右随从回答说："这里是曲阿湖。"谢中郎说："原来此湖深不可测，是因为四方之水都积聚到这里，包容而不流出。"

【解读】

海纳百川，有容乃大。谢中郎的感慨，指出做人也应该如曲阿湖一样，虽然历经周折坎坷，但仍应具有兼容并蓄的大度。

人的一生能够一帆风顺，事事如意，当然是每一个人所热切期盼的。然而，现实的情况却是几乎每一个人都要经历这样那样的波折与不平。我们不能因此就失去方向，随波逐流，甚至自暴自弃，而是应该在曲折中不断提升自己接人待物时的胸怀与气度，如此，我们就能收获一种淡定从容，并将挫折转化为成功道路上的财富。

【原文】

晋武帝每饷山涛恒少，谢太傅以问子弟，车骑答曰："当由欲者不多，而使与者忘少。"

【译文】

晋武帝每次赏赐给山涛的东西非常少，谢安问子侄晚辈们是怎么回事。侄子谢玄回答说："大概是因为山涛的要求不多，因此给予的人就没有意识到赏赐得太少。"

【解读】

谢安之问，其实并非他不知道原因，而是他想考察他的子侄晚辈。谢玄是谢安的子侄辈中相当出色的一位，这次他的回答又证明了他的见识很高。

同样的物质，在不同人眼里的分量是不一样的。这是因为个人的物质欲望有所不同。有的人贪婪无比，给他再多，他也觉得不够。有的人清心寡欲，你给或不给对他都是没有影响的。所以，当别人觉得山涛得到的少时，对于物质欲望本就不高的山涛来说，那已经很多了。晋武帝应该是了解并尊重山涛的，所以才按着他的本性和志趣，给予他同等的需求。

【原文】

谢胡儿语庾道季："诸人莫当就卿谈，可坚城垒。"庾曰："若文度来，我以偏师待之；康伯来，济河焚舟。"

【译文】

谢胡儿对庾道季说："大家可能要找你清谈，你要做好充分的准备。"庾道季回答说："如果是文度来，我只要用偏师应对即可；如果是康伯来，我只好渡河烧舟，决一死战。"

【解读】

庾道季将交谈比喻为一场战争，看似夸张，其实很恰当。说话是表达意志的一种方式，而一个正常人都是有自己的意志而不愿屈服于他人的。所以，与人交谈，在观念不一致时，谈话就等于是拿自己的权力意志对抗他人的权力意志。魏晋时期的清谈双方都争个输赢，而平常生活中，吵架的双方也都互不相让，其道理就在于此。虽说表达个人意志这个出发点并没有错，但也应该知道人各有志，在无关利益得失的情况下，我们根本没必要为了逞口舌之快而争吵。

毕竟，个人观点谁对谁错，最终是要靠事实证明的。

庾道季还未与人交谈，却已先放出话来，说明他的权力意志很强大，是个争强好胜之人。此外，从他所说的话还可见他对王坦之的轻蔑，以及对韩康伯的赏识。

【原文】

李弘度常叹不被遇。殷扬州知其家贫，问："君能屈志百里不？"李答曰："《北门》之叹，久已上闻；穷猿奔林，岂暇择木？"遂授剡县。

【译文】

李弘度时常感叹自己没有受到重用。殷扬州知道他的家境不好，便问他说："你愿意迁就自己的高远抱负，做一个县令吗？"李弘度回答说："我的感叹，想必您早就知道了。处于危难境地中的人，哪里还有时间选择在何处安身呢？"于是，李弘度被派往剡县，担任那里的县令。

【解读】

人生最大的遗憾，就是有才而得不到重用。然而，任何成就大事业的人，并非一蹴而就。罗马不是一天建成的，想要成就大事业，须从最为底层的地方干起。李弘度的选择虽然出于无奈，但也不失为明智之举。

【原文】

王子敬语王孝伯曰："羊叔子自复佳耳，然亦何与人事，故不如铜雀台上妓。"

【译文】

王献之对王孝伯说："羊祜确实才能出众，可是又有什么了不起呢，还不如铜雀台上的歌伎。"

【解读】

魏晋时代，崇尚清谈，重在玄理，此外还大力倡导张扬人的个性——率情适意，恣意随性。在这种社会风气下，个性率直傲慢的王献之对一代政治家羊祜作出如此不敬的评价，也就不奇怪了。

从王献之的评论还可见他与羊祜有着不同的人生观。羊祜一生为西晋效命，作为西晋的开国元勋，他作出了极大的贡献。晋武帝司马炎曾评价他说："始在内职，值登大命，乃心笃诚，左右王事，入综机密，出统方岳。"虽然羊叔子德行高、贡献大，但他的出世理念与王羲之这类崇尚及时行乐的风流雅士格格不入，所以王献之说他不如一个歌伎。

生命短暂，是励精图治，有所作为好，还是只求个人洒脱，今朝有酒今朝醉更好？其实，一个是行动，一个是心念，这两者并不矛盾，我们完全可以做一个洒脱却又有实际追求的人。

【原文】

林公见东阳长山曰："何其坦迤！"

【译文】

林公看见东阳郡的长山，说："多么绵延漫长啊！"

【解读】

对于古人来说，看山不只是看风景。徐霞客曾说："五岳归来不看山，黄山归来不看岳"，一座山可以改变一个人的视野。支道林寄情山水，看过的山应该不少。他感慨长山的平缓绵延，望不到头，其实是感慨自己的视野还不够高远。这是他谦虚的写照，也是他追求更高远的境界的理想表达。

【原文】

顾长康从会稽还，人问山川之美，顾云："千岩竞秀，万壑争流，草木蒙笼其上，若云兴霞蔚。"

【译文】

顾长康从会稽山回来后，有人问他当地的山川有什么美丽的景色。顾长康回答说："众多的山岩，竞相秀美，数不清的山壑，奔淌着河水。草木郁郁葱葱，笼罩在山岩上，就像云雾彩霞一般升腾弥漫。

【解读】

顾长康不做多余的感慨，只从客观的角度用几句话去描绘他的所见，已将大自然的山水之美生动地呈现出来。他的语言言简意赅，所说景物却分明如画般展现出来，这说明他不仅善于观察、领悟，还可见他的文采极好。

【原文】

简文崩，孝武年十余岁，立，至暝不临。左右启："依常应临。"帝曰："哀至则哭，何常之有？"

【译文】

简文帝驾崩时，孝武帝才十多岁。即位以后，孝武帝每天傍晚时分并不哭丧。身边的人对他说："依照常理，应该哭丧的。"孝武帝说："哀恸到了极点，自然就会哭，有什么常理不常理的？"

【解读】

外在的礼节只是形式，内在的真诚才是最为重要的。孝武帝司马曜即位的时候，才十多岁，对于礼仪规范还没有达到完全熟知的地步。也正因为如此，外在的教条规范才不至吞没他那份至诚至纯的真性情。"哀至则哭，何常之有"，这样的话，也只有孩子才说得出口。其实，相对于孩子来说，成人往往是最不真诚的。童真的可爱与可贵，也就在于此。所以说，司马曜不假装悲痛到极点，其实是对逝去的父亲的尊敬。

其实，诚实不但要做到对人，首要的应该做到对己。试想，一个人如果无法忠实于自己的内心，又何谈真诚地与他人交往呢？

【原文】

顾长康拜桓宣武墓，作诗云："山崩溟海竭，鱼鸟将何依！"人问之曰："卿凭重桓乃尔，哭之状其可见乎？"顾曰："鼻如广莫长风，眼如悬河决溜。"或曰："声如震雷破山，泪如倾河注海。"

【译文】

顾长康祭拜桓温的坟墓，并做了一首诗："高山已经崩塌，深海里的水也已经枯竭，山林中的鸟儿，深水里的鱼儿，将要到哪里去依存呢？"有人问顾长康说："你这么倚重桓玄武，能不能描述一下哭他的样子？"顾长康说："从鼻孔出来的哀鸣，就像是呼号的北风；从眼睛里流出来的泪水，就像是倒挂的瀑布从天而降。"

【解读】

顾长康曾经既是桓温的部下，又是桓温的好友，路过桓温的坟墓进行祭拜，按照常理是无可厚非的。问题关键在于，桓温曾有篡位之心，只是最后未能得逞，而他的儿子桓玄却发动兵变，谋反作乱过。作为东晋的子民，顾长康去祭拜叛逆之臣的坟墓，自然会受到非议。所以，让顾长康描述自己悲痛之状的人，就是为了取笑顾长康。

人在悲痛哭号的时候，是没有办法体察到自己悲伤的表情的。顾长康自然听得出对方的恶意，但他毫不计较，把抽泣比喻为北风呼号，把鼻涕比喻为瀑布。从他的比喻可以看得出他的度量之大，文采之高。

【原文】

毛伯成既负其才气，常称："宁为兰摧玉折，不作萧敷艾荣。"

【译文】

毛伯成对自己的才华非常自负，常常宣称："宁可做遭受摧折的兰花，也不愿意当茂盛蔓延的野草。"

【解读】

在毛伯成看来，兰花高贵，野草低贱。他宁可为高贵折腰，也不肯委曲求全，做低贱卑微的野草。毛伯成的做人理念，无法评说是对是错。毕竟，个人有个人的志向和坚持。毛伯成本就是自负之人，他有这样的生活理念并不奇怪。

事实上，大概很多人都不同意毛伯成的看法。因为，野草虽然没有兰花那样最贵的名誉和身份，但它们也自有自己的精神。"野火烧不尽，春风吹又生"的野草，它们的坚强和彪悍，它们爆发的力量，是很多物种都比不上的。所以说，是做高贵却相对脆弱的兰花，还是强悍的小草，关键仍在于你的理想和追求是什么。

【原文】

范甯作豫章，八日请佛有板，众僧疑，或欲作答。有小沙弥在坐末，曰："世尊默然，则为许可。"众从其义。

【译文】

范甯在豫章做太守的时候，碰上四月八日佛诞生的日子，准备请佛像。他在简牍上写了一篇文书。寺庙里的僧人看到了，猜想太守可能希望有一个答复，有人便准备应答文字。有一个小沙弥坐在最后面，说："佛祖世尊一句话也没有说，就是默许了。"于是，众多僧人遵从了他的意见。

【解读】

相传，佛祖释迦牟尼传道授佛，讲求心领神会，无须文字言语表达。佛祖默然无语，其实所传的是一种至为祥和宁静、安闲淡然的心境。这种心境纯净豁然，超脱一切，是一种无名无相的最高境界。因此，这种心境只能依靠感悟和领会，不能用言语表达。

寺庙里的小沙弥所作的回答也许是一种机巧反应，也可能表明他对佛法的领悟到了一定高度。从交谈技巧来说，有时候有些答案是可以用沉默应对的。

【原文】

司马太傅斋中夜坐，于时天月明净，都无纤翳，太傅叹为佳。谢景重在坐，答曰："意谓乃不如微云点缀。"太傅因戏谢曰："卿居心不静，乃复强欲滓秽太清邪？"

【译文】

司马太傅晚上坐在房间里。这时候，天空里一点儿云彩也没有，月光皎洁。看到这种美景，司马太傅极为赞叹。坐在旁边的谢景重说："这样的月色确实很美，但如果再有一点云彩环绕，就更美好了。"司马太傅听说后，便开玩笑地说："你居心不清净，难道想把这明净的天空弄脏？"

【解读】

司马太傅既然是开玩笑，那他未必不认同谢景重的看法。不过，他说的话倒说明了一个玄妙的哲理：自然风景的美丽，并不在于多了什么或者少了什么，而在于它原本就是那样。有云环月时，月是美的。无云环月时，月也自有它形单影只的美。所以，在大自然面前，你看不看得到美，关键在于你当时有没有一颗欣赏美的心。带着一颗要求更多的心，有了月亮想要环绕的云彩，有了云彩又想要它环绕的角度好一点，如此欣赏美，一个人是永远不会看见美，发现美的。

【原文】

宣武移镇南州，制街衢平直。人谓王东亭曰："丞相初营建康，无所因承，而制置纡曲，方此为劣。"东亭曰："此丞相乃所以为巧。江左地促，不如中国。若使阡陌条畅，则一览而尽；故纡余委曲，若不可测。"

【译文】

桓宣武接受调派，前往南州镇守。到了那里以后，桓宣武将街道修理得平整开阔。有人对王东亭说："王丞相当初建造都城的时候，没有样板可以效仿沿袭，所以修建的街道弯弯曲曲，与桓宣武修建的街道比起来差远了。"王东亭说："这正是丞相的高明巧妙之处。江左一带，地域狭小，是不能与中原相提并论的。如果每一条街道都修建得笔直通达，那么整个城市一眼看去，所有的景物全都看见了。因此，王丞相因地制宜，顺着蜿蜒曲折的山势修建道路，这样一来，整个城市的风光便难以估量，一眼望不到边。"

【解读】

王导重建京都建康，是在苏峻之乱后。当时国库空虚，资金缺乏。基于此，王导一切从简，没有进行大规模的改制和扩建，而是依据天然的地理条件布置街道，兴建楼宇。而大司马桓温将姑孰的街道修建得宽阔平直，十分气派，也自有他的道理。他曾改建过江陵城，气势恢宏，被顾长康称之为"遥望层城，丹楼如霞"。姑孰和江陵的地势相似，所以这一次改建姑孰，桓温依旧沿袭原来的理念。

王导和桓温的改建方式不一样，是由两地的现实条件所决定的。建康的地势高低不平，蜿蜒曲折，想要平直通畅，是不可能的；而姑孰地势平坦，开阔辽远，想要蜿蜒曲折，也是行不通的。他们的做法虽然不同，但理念和方式都是对的。做一件事情，因地制宜，是最简单且最有效的方法。所以，即使是贤才，做同一件事情也不见得应用同一标准。聪明的人自然知道自己在做什么，而好事者不知始末，往往胡言乱语，厚此薄彼。

【原文】

桓玄诣殷荆州，殷在妾房昼眠，左右辞不之通。桓后言及此事，殷云："初不眠，纵有此，岂不以贤贤易色也？"

【译文】

桓玄去拜访殷荆州。这时候，殷荆州正在小妾的房里睡午觉。大门口的侍从没有一个人肯替桓玄通报。后来，桓玄在殷荆州跟前提起这件事，殷荆州说："我根本就没有睡觉。即使真的睡觉了，我怎能不像喜好女色那样去礼遇贤人呢？"

【解读】

桓玄造访殷荆州，虽然吃了闭门羹，但也在情理之中。众所周知，古时候的人们是极为讲究礼仪的。选择什么样的时间造访他人，在桓玄那里应该是一清二楚的。因此，殷仲堪闭门不见，并无过分之处。

在日常生活中，每个人都有许多朋友，相互拜访，可以增进彼此之间的感情。尤其在现代社会，交互交流，也有利于获取更多有效信息。然而，拜访朋友前，一定要事先约好时间，以免打乱朋友的日常安排。更为重要的是，拜访的时间一定要选择好，这样可以避免很多麻烦。从殷仲堪的回答中看不出来他是否知道桓玄的来访，但却可以看出他是个聪明人。他模糊了自己当时的知觉，同时有表明自己是个爱才之人，间接赞誉了桓玄。这样一来，就将桓玄吃闭门羹过后的不爽给消减了。

【原文】

桓玄问羊孚："何以共重吴声？"羊曰："当以其妖而浮。"

【译文】

桓玄问羊孚："为什么人人都喜欢吴地的声乐呢？"羊孚回答说："大概是因为它娇媚动听而显得轻浮。"

【解读】

产生于江南吴文化地区的吴歌，具有清新婉转、情意缠绵、含蓄柔美的特点。所以，吴歌不仅听起来好听，而且内容多表达情爱，直指人心。这与北方的民歌是完全不同的。北方的民歌，多表现国家祭祀、战事等主题，大多具有豪放粗犷、深沉雄壮的特点。听南方的民歌，你会感受到音乐如同涓涓的流水，柔韧之余，又含情脉脉，让人越听越舒畅；听北方的民歌，你会体验到沙场的凄凉，高山草原的寂寥，听着听着，不免让人伤怀。一般说来，人都是追求快乐而不喜悲伤的，所以轻柔宁静的吴地声乐自然更受欢迎。

【原文】

谢混问羊孚："何以器举瑚琏？"羊曰："故当以为接神之器。"

【译文】

谢混问羊孚："为什么器皿中首推瑚琏呢？"羊孚回答说："这是因为它是祭祀神灵的器具。"

【解读】

器举瑚琏的典故，来源于《论语·公冶长》。

子贡问曰："赐也何如？"子曰："女，器也。"曰："何器也？"曰："瑚琏也。"

瑚琏是古代最为高贵且华丽的一种祭祀用具，孔子的回答肯定了子贡的才干与能力。羊孚给出的回答延伸了孔子以瑚琏比喻贤才的意思，进一步指出：人才是国家的根本，某种程度上主宰着一个国家的命运，无异于承担了天命授予的重任。所以，贤才的本质正如瑚琏，都是能够与神灵相通的器具。

【原文】

桓玄既篡位后，御床微陷，群臣失色。侍中殷仲文进曰："当由圣德渊重，厚地所以不能载。"时人善之。

【译文】

桓玄篡位以后，他的御床有些塌陷。在场的臣子无不感到惊慌失措。这时候，侍中郎殷仲文进言说："必定是因为圣上的德行深远厚重，以至连厚重的大地也没有办法承受。"当时的人们都很欣赏这话。

【解读】

殷仲文看不到皇帝的身体发胖，却埋怨起大地来，阿谀奉承的嘴脸可见一斑。

【原文】

桓玄既篡位，将改置直馆，问左右："虎贲中郎省应在何处？"有人答曰："无省。"当时殊忤旨。问："何以知无？"答曰："潘岳《秋兴赋叙》曰：'余兼虎贲中郎将，寓直散骑之省。'"玄咨嗟称善。

【译文】

桓玄篡位以后，准备调整值班的官署。他问身边的人说："虎贲中郎省应该设置在什么地方？"有人回答说："虎贲中郎并没有专属的官署。"这种说法在当时是很忤逆圣旨的。桓玄又接着问："你怎么知道没有呢？"那个人回答说："潘岳的《秋兴赋》里说：'我兼任虎贲中郎，在散骑的官署当差。'"桓玄听了后，夸赞那人回答得好。

【解读】

魏晋时期，中央王权的势力日渐衰弱，地方上的割据政权却不断壮大。一般而言，这些割据势力可以行使自己的权力。桓玄篡位之前，也属于地方割据势力，深知地方势力的利害关系。所以，当他篡位以后，立刻开始实施改革，试图抑制地方势力的发展，扩大中央集权的影响。在这种背景之下，他提出了设置虎贲中郎省的建议。

其实，反对设置虎贲中郎省的那个人，未必就是真的与桓温政见不合，他也有可能是为了表现自己的见识。为何要冒着被杀头的危险去表现自己呢？这跟当时的风气有关。魏晋时期的人们，言行举止讲究率性适意，提倡与众不同的个性。很多人心直口快，有时候可能是为了显示自己的特立独行。这一点，从那人后来做出的回答中也可以看出。

【原文】

谢灵运好戴曲柄笠，孔隐士谓曰："卿欲希心高远，何不能遗曲盖之貌？"谢答曰："将不畏影者未能忘怀。"

【译文】

谢灵运喜欢戴曲柄笠，孔隐士对他说："你想要追求高远的理想，为什么不扔掉这顶貌似曲盖的斗笠呢？"谢灵运回答说："恐怕是害怕影子的人，始终不能忘怀影子吧？"

【解读】

《庄子·渔父》里讲了一个害怕影子的人，他由于害怕自己的影子，便想甩开它，于是拼命地奔跑，可是影子仍然跟着他。结果，他不断地奔跑，直到累死。

古代帝王出巡的时候，身后必定撑着一顶曲盖，以彰显气势派头。看到谢灵运的曲盖帽子，孔隐士就讥讽谢灵运空有高远理想，却一心没有忘掉富贵。然而，谢灵运借用畏影者的典故，反讽是孔隐士追名求利，所以才认为他的帽子像帝王的曲盖。看来，真正为名物所累的人是孔隐士。

政事第三

【原文】

陈仲弓为太丘长，时吏有诈称母病求假。事觉，收之，令吏杀焉。主簿请付狱考众奸，仲弓曰："欺君不忠，病母不孝，不忠不孝，其罪莫大。考求众奸，岂复过此？"

【译文】

陈仲弓做太长丘的时候，手下有个当差的官吏，声称自己的母亲生病，因此请假。陈仲弓发现事情的真相后，就将这个官吏拘捕起来，并命令其他官吏将他处决。主簿请求将这个人打入牢房，详加考问其他的罪行。陈仲弓说："欺骗长官是不忠，说自己母亲生病是不孝，不忠不孝，没有比这更大的罪行了。即便追究出其他的罪行，难道还有比这更大的罪行吗？"

【解读】

自从西汉董仲舒"罢黜百家，独尊儒术"的建议被汉武帝采纳后，孝道从家庭伦理逐渐扩展为社会政治伦理。

魏晋时期，推崇玄学，儒家思想退居其次，但是"孝"道在这一时期仍受到统治阶级及名士贤人的崇尚。为何如此呢？因为自古以来，皇帝之位也好官位也好，都是主张世袭相传的。而魏晋这个动乱的年代，国家四分五裂，"忠"已经失去了具体的标准，但"孝"还有着原始的可遵循的道义。所以，魏晋时期极为重视以孝治理天下。晋孝武帝亲自讲解《孝经》，中正机构察举孝廉等等，都是两晋时期以"孝"治天下的明证。对于当政者和士人来说，推崇"孝"其实是一种政治谋略。陈仲弓指责其下属的话并非来源于无故的夸张，而是受了当时的政治风气的影响。

【原文】

陈仲弓为太丘长，有劫贼杀财主，主者捕之。未至发所，道闻民有在草不起子者，回车往治之。主簿曰："贼大，宜先按讨。"仲弓曰："盗杀财主，何如骨肉相残？"

【译文】

陈仲弓担任太丘长的时候，有一个盗贼杀害财物的主人，主管刑律的官吏逮捕了他。陈仲弓还没有到达案发现场，路上听说有个民妇刚生完孩子就将其杀掉。陈仲弓立刻调转车头，准备处理这件案子。主簿见此，有些迷惑，问道："盗贼杀人，夺取财物，这件案子很严重，应当先去审理。"陈仲弓回应道："强盗杀死物主，哪里比骨肉相残更加严重呢？"

【解读】

在古代，法律并不完善，而父母的权力又大于子女的权力。所以，一个家庭中，父母如何对待自己的子女，以及他们的行为是否构成犯罪，很少有人去管。陈仲弓的主簿说盗贼杀人的严重性大于孕妇杀婴，就是基于这种社会文化制度的因素。可见，他的见识是被时代环境所束缚的。然而，陈仲弓却表现出了思想的进步性。他认为骨肉相残比盗贼杀人严重得多，这一理念无疑更符合人性。作为一个女人，她本来就应该有着温柔善良的情怀，当她成为一个母亲，她的温柔善良和无私应该会更加浓烈才对。然而，一个民妇却杀死了自己的初生婴儿，足见她的无情残一个人忍心杀害亲人的恶人，还有谁是他不敢杀的？

【原文】

山司徒前后选，殆周遍百官，举无失才，凡所题目，皆如其言。唯用陆亮，是诏所用，与公意异，争之不从。亮亦寻为贿败。

【译文】

山司徒为朝廷选拔官员，前前后后所荐举的人才，遍布整个朝廷，几乎没有一个人才被遗漏掉。凡是山司徒所评判过的人，言行举止都和他所说的一致。只有陆亮的任用，不是山公所为，而是皇帝的旨意。这一次，皇帝与山司徒的意见不一致。山司徒虽然几番诤谏，但是皇帝并没有听从他的意见。没过多久，陆亮因为贿赂的罪行而被免去官职。

【解读】

司马炎当政时期，羊祜、山涛是一派，贾充是另外一派，而陆亮是站在贾充这一边的。公元年，吏部郎空缺，山涛推荐竹林七贤之一、阮籍的侄子阮咸。

在山涛看来，阮咸是“真素寡欲，深识清浊，万物不能移”的典型人才，也是“妙绝于时”的“整风俗理人伦”的人选。但是，为了牵制山涛，贾充便举荐陆亮任职。虽然山涛极力推荐阮咸，司马炎最终还是启用了陆亮。

一气之下，山涛辞去尚书左仆射和吏部尚书的职务。但没过多久，陆亮被揭发受贿，被罢免官职。这时候，司马炎才意识到山涛的预见性，便派人用舆车将山涛请回朝中。

从这个故事可以看出，山涛确实有识人之能。而司马炎用人失误的事例也从反面说明：一个聪明理智的执政者，也应该正确地识别人才，知道谁的意见才是真知灼见。否则，用错一人，可能会牵连到很多事情。

【原文】

嵇康被诛后，山公举康子绍为秘书丞。绍咨公出处，公曰：“为君思之久矣。天地四时，犹有消息，而况人乎！”

【译文】

嵇康被杀以后，山涛举荐嵇康的儿子嵇绍担任秘书丞。嵇绍向山涛请教到底是出来做官还是隐居山林。山涛回答说：“我早就为你谋划好长时间了。天地间的一年四季，随着时间的推移不断地交替变化，更何况是人呢？”

【解读】

山涛举荐嵇绍，发生在晋武帝灭吴之后的太康年间。这时候，距离司马氏政权杀死嵇绍的父亲嵇康已经有二十多年的时间了。因此，要不要出仕为官，辅助司马氏政权，对于嵇绍来说，确实是一个艰难的选择。

作为嵇康的好友，山涛出面负责说服嵇绍。这里，山涛借用了《周易·丰卦》中一段话：“日中则昃，月盈则食。天地盈虚，与时消息。而况人乎！”整个宇宙一直处在变化之中，而位于其中的人也要随机应变，不能太过执着。后来，嵇绍接受了山涛的建议，到洛阳担任秘书丞。嵇绍的父亲嵇康“龙章凤姿”，嵇绍自然也如人中蛟龙。所以，他一到洛阳，立刻引起极大的轰动。时人一睹他的风采后，称其为“昂昂然如野鹤之在鸡群”。

进入仕途之后，嵇绍果然不负众望，从秘书丞转任豫章郡内史。元康初年，嵇绍又担任给事黄门侍郎，封弋阳子，迁散骑常侍，后征召为御史中丞，未拜受，又任侍中。

公元年，东海王司马越挟持晋惠帝北征成都王司马颖。在荡阴，司马颖大败司马越，并包围了晋惠帝的车队。当时，嵇绍跟随晋惠帝同行。面对血淋淋的屠刀，文武百官和侍卫随从都四散逃命，只有嵇绍一个人留下来，誓死保卫晋惠帝。最后，晋惠帝得以幸存，嵇绍被乱箭射死。

嵇康拥护曹魏王权，不与司马昭合作，最后死于司马氏之手；而身为嵇康的儿子，嵇绍却在成年后辅助司马氏执政，并为司马氏战死。表面上看，父子二人的行为有些矛盾。但实际上他们都捍卫了儒家最为基本的精神内核：任何谋反篡位，试图颠覆儒家人伦纲常的人，都会遭到他们的誓死反抗。说到底，他们父子二人都是舍身求仁，以身殉道。

【原文】

王安期为东海郡。小吏盗池中鱼，纲纪推之。王曰："文王之囿，与众共之。池鱼复何足惜！"

【译文】

王安期担任东海内史的时候，手下有个小吏偷盗池塘里的鱼。地方上的主簿准备追查这件事。王安期知道后，说："周文王狩猎的场所，都能与平民百姓一起共用，池塘里的鱼又有什么值得吝惜的呢？"

【解读】

"文王之囿，与众共之"出自《孟子·梁惠王下》：

有一次，齐宣王问孟子说："周文王的园林有七十里见方，真有这回事吗？"孟子回答说："文献上是这样记载的。"齐宣王接着问："竟然有那么大吗？"孟子回答说："老百姓还觉得小了呢！"齐宣王听了很奇怪，又问道："寡人打猎的场所，方圆也就四十里，为什么老百姓还觉得大呢？"孟子回答说："周文王的园林七十里见方，老百姓有割草砍柴的，可以进去；有捕鸟打猎的，可以进去。周文王的园林是与老百姓共同享用的，老百姓认为小，这不是很自然的事情吗？我刚到齐国边境的时候，问明了齐国的重要禁令才敢入境。我听说国都郊外有个四十里见方的园林，谁要是杀了其中的麋鹿，谁就算是犯了杀人罪。这就好比在那里设下了一个四十里见方的陷阱，老百姓认为太大了，这也不是情理之中吗？"

一个地方是大是小，有时候不是从它的面积去判定的，而是从它的用途去判定。王安期由文王和齐宣王的园林故事引出这个道理，并说明自己亦如文王一样，有无私的分享之心，由此就将小吏的偷鱼过错变成了正当的行为。从中可见王安期以德为政的宽容之心。

一个执政者就应该有王安期这种仁德。当处理违法案件时，如果犯罪之人还不至于十恶不赦，就应该宽容对待，这样有利于违法者悔过自新。如果凡事都用严刑峻法，容易造成执法者与民众的对立，甚至引起民怨沸腾。宽容是一种高尚的品质，宽宥一个人有时候将会造福更多的人。

【原文】

王安期作东海郡，吏录一犯夜人来。王问："何处来？"云："从师家受书还，不觉日晚。"王曰："鞭挞甯越以立威名，恐非致理之本！"使吏送令归家。

【译文】

王安期在东海郡担任内史的时候，手下的官吏抓捕了一个犯宵禁的人。王安期问那个人说："你从哪里来？"那人回答说："从老师家读完书回来，不知不觉天色已黑，错过了时间。"王安期说："依靠鞭笞甯越这样发奋读书的人来树立威严的名声，恐怕不是社会长治久安的根本措施。"于是，王安期派官吏送那个人回家。

【解读】

犯夜，就是在夜晚禁止出行的时间里活动。它是中国古代传统的一项罪名。古时候，在有官府机构的城市里，一到晚上，都是要实行宵禁的。这为了落实这项治理措施，城市到了晚上就要锁上城门。城门的钥匙，也要交送到地官方的内衙。即使城市里最高级的文官晚上有紧急公务要出城，也必须向驻军长官申领钥匙。与此同时，城内的大街上，每个岔路口，都要拦起栅栏。栅栏上设有木门，木门口都有关卡把守。

一般来说，实行宵禁对于人民生活来说，不会造成多大的妨碍和麻烦。但是对于违反宵禁令的人，轻则抓捕囚禁，重则就地正法，对一部分因事出有因而不都不夜行晚归的人来说，无疑是过于严苛的罪罚。

王安期主张实行仁政德治，并以实际行动贯彻自己的为政理念。他能够突破法律常规，这既是他尊重文化的证明，也是坚持自己理念的体现。而且，他的做法其实更有利于维护社会的长治久安。因为，相比无情的审判，宽容的制度更容易感化人心。

【原文】

成帝在石头，任让在帝前戮侍中钟雅、右卫将军刘超。帝泣曰："还我侍中。"让不奉诏，遂斩超、雅。事平之后，陶公与让有旧，欲宥之。许柳儿思妣者至佳，诸公欲全之；若全思妣，则不得不为陶全让。于是欲并宥之。事奏，帝曰："让是杀我侍中者，不可宥！"诸公以少主不可违，并斩二人。

【译文】

苏峻叛乱，晋成帝被软禁在石头城。当着晋成帝的面，任让杀戮了侍中钟雅和右卫将军刘超。晋成帝哭着说："把我的侍中和右卫将军还给我。"对于皇帝的旨意，任让不予理睬，最终还是斩杀了刘超和钟雅。苏峻叛乱平定后，陶公因为和任让有老交情，便想赦免他。许柳的儿子思妣人很好，朝廷的诸位官员都想保全他。但是，如果保全思妣的话，就不能不替陶公保全任让。于是，诸位官员想要将两个人一起赦免。这件事上奏后，晋成帝说："任让是杀害我侍中的人，不能赦免。"诸位官员因为年轻皇帝的旨意不可违背，结果还是将两个人一起斩首。

【解读】

苏峻叛乱时，晋成帝司马衍才七岁。他被苏峻安置在南京的石头城时，侍中钟雅和右卫将军刘超想要将他救出。钟雅和刘超欲救司马炎的消息外漏，未等到出手，苏峻的大司马任让就入宫杀死了他们。没过多久，陶侃等人起兵讨伐苏峻，苏峻战败被杀，苏峻之乱也被平定。

司马炎虽然是皇帝，但他只有七岁，是没有什么说话权利的。即便如此，他仍以孩子的坦率直接坚持自己的判断。他坚持的理由很单纯，然而却力量十足。为何这么说呢？因为，在门阀制度之下，东晋的皇帝本身是没有多大权力的。面对豪强世族，当时的皇帝处理一件事情要考虑各方面因素，是不能随心所欲地按照制度来施行某项决策的。如果换做是一个成年的皇帝，他可能未必有司马衍的胆量，直接说出自己的意见。所以说，司马衍年幼的坦率和直接，其实是一种勇敢无畏的纯真力量。一个孩子会铭记在危难时刻保护自己性命的人，这本属理所当然。而一个皇帝会为自己的忠臣辩护，乃至为他报仇，也是情理之中的事情。司马衍的理由很简单，没有任何私心，然而他的角度却是最公正的也是最自然的。所以，即使他年少无权，居然也有了威慑他人，让众臣臣服的力量。

【原文】

王丞相拜扬州，宾客数百人并加沾接，人人有说色。唯有临海一客姓任及数胡人为未洽。公因便还到过任边，云："君出，临海便无复人。"任大喜说。因过胡人前，弹指云："兰阇！兰阇！"群胡同笑，四坐并欢。

【译文】

王导担任扬州刺史的时候，对于前来的宾客招待得极为周到。在场的客人，没有一个不感到高兴的。只有临海的一位姓任的客人，还有几个胡僧与周围的人好像不太融洽。王导于是便走到任姓的客人身边，说："您一出来，临海便没有人了。"任姓的客人听后，顿时倍感亲切欢喜。王导接着走到那几个胡僧跟前，弹着手指说："兰阇，兰阇！"几个胡僧听后，也一起欢笑起来。就这样，满堂皆欢。

【解读】

王导根据个人的特点，以有效的手段调和气氛，让那些不合群的宾客不再有被疏远冷落的感觉。这说明他善于应酬交际，能够随机应变。王导这一能力，也反映在他执政期间。西晋灭亡以后，晋朝王室渡过长江，在南京重新建立政权。北方人到南方执政，必须与当地人打交道。因此，王导有时也讲南方话，消减北方人和南方人的隔阂。而他的这一做法，取得了明显成效。

人际交往中，有时候，我们须谨慎对待不同的人。这并非是为了讨得他人的欢喜，而是为了让自己的交际关系不至于陷入尴尬或者危险的境地。面对陌生人，说一些他愿意听的话，听得懂话，拉近彼此的距离，这样才能够使交流继续，关系也能够建立起来。

【原文】

陆太尉诣王丞相咨事，过后辄翻异，王公怪其如此。后以问陆，陆曰："公长民短，临时不知所言，既后觉其不可耳。"

【译文】

陆太尉到王丞相那里请教一些事情。每次离开之后，陆太尉总是改变自己原先的说法。对于他的这种做法，王丞相感到十分奇怪。后来，王丞相问陆太尉其中的缘由。陆太尉回答说："您的地位远在我之上，一时之间，我不知道该说什么。可是事后我却发觉，之前的决定有不稳妥的地方。"

【解读】

面对权势和高位，人往往由于感官上的惧怕而委曲求全。陆太尉不能免俗，说明他在王导面前自信不足，也可以说他对权势有着一种莫名的崇拜。然而，值得庆幸的是，陆太尉对这种崇拜是警醒而防范的。他过后向王导重新表明自己的意见，说明了他在冷静之后有了新的思考，而他对之前在权势面前战战兢兢的自己是否定的。

虽说陆太尉前后不一，变来变去，但他还是一个具有自我坚持的人。孟子曰："大人者，言不必信，行不必果，惟义所在。"意思是说通达的人，说话不一定句句守信，做事也不一定非要有结果，只要合乎道义就行。陆太尉前后说法不一，虽说不是为了追求真理，但也是为了维护自己认为的道义。这种不顾毁坏自我形象而做出的坚持，是十分难得的。此外，这也表明陆太尉不拘小节，而他的大胆直白又是他坦率的证明。

【原文】

王、刘与林公共看何骠骑，骠骑看文书，不顾之。王谓何曰："我今故与林公来相看，望卿摆拨常务，应对玄言，那得方低头看此邪？"何对曰："我不看此，卿等何以得存？"诸人以为佳。

【译文】

王濛、刘惔和林支遁一起看望何骠骑。然而，何骠骑只顾着看文书，根本没有理会他们。于是，王濛对何骠骑说："我们今天和林公专门来看望你，希望你能放下日常的事务，与我们一起畅谈玄理，你怎么总是低着头看这些东西呢？"何骠骑回答说："如果我不看这些文书，你们哪里还能活命呢？"众人听后都认为他说得好。

【解读】

魏晋时期的名士，皆以见识高明、勇于探求生命的意义为首要，而把处理具体的日常事务看作是次要的，甚至是低下的。何骠骑不是清谈名士，而是一个具有为国家效命的情怀的官员，他自然没有王濛等人的闲情雅致。所以，他会被王濛讥笑。但是何骠骑也不笨，他的回答指出：一个国家能有一部分人无所事事地高谈阔论，必定建立在另外一部分人辛勤劳作的基础之上。如此一来就打击了王濛等人自以为是的文人傲慢。

何骠骑所说的话是对的，一个国家需要有发扬文化的文才学士，也需要有做实际事情的踏实官员。否则，整个国家是不会长久维系的。纵观历史，两晋时期的政局动荡混乱，与那时候人们崇尚清谈、不务实业有很大关联。

【原文】

桓公在荆州，全欲以德被江、汉，耻以威刑肃物。令史受杖，正从朱衣上过。桓式年少，从外来，云："向从阁下过，见令史受杖，上捎云根，下拂地足。"意讥不著。桓公云："我犹患其重。"

【译文】

桓公在荆州担任刺史的时候，一心一意想要使用仁德教化江汉地区的百姓，而不愿意用严刑峻法威慑民众。令史接受杖刑的时候，刑杖只是从红色的官服上轻轻带过。桓式年纪轻轻，从外面走进来，说："刚才我从官署前面经过，看见令史接受杖刑，举起的刑杖，上面掠过云边，下面触及地足。"意思是讽刺没有打在身上。桓公说："即便这样，我仍旧担忧惩罚有些严重。"

【解读】

德治与法治，是治理国家两种不可或缺的手段。法家注重政令法治，而儒家倾向德治教化。

孟子曰："仁言不如仁声之入人深也，善政不如善教之得民也。善政民畏之；善教民爱之。善政得民财，善教得民心。"仁德的言辞不如仁德的声望那样深入人心，好的政令不如好的教化那样赢得民众。好的政令百姓畏服；好的教化百姓喜爱。好的政令聚敛百姓的财富，好的教化赢得民心的拥护。

由此可见，政令法治治人，德治教化治心。治人人畏，治心心服。所以，在桓温的眼里看来，德治教化才是最重要的，依法惩戒，是不得已才为之。

不过，如果一个官员过于仁慈，使得刑罚只是停留在表面上，那刑罚就失去了意义。这样，就会导致一些人无视律法的存在，屡教不改。长此以往，后果不堪设想。所以，德治与法治，是相辅相成，相互作用的。执政者过于注重哪一种手段，都是有失偏颇的。

【原文】

殷浩始作扬州，刘尹行，日小欲晚，便使左右取襆。人问其故，答曰："刺史严，不敢夜行。"

【译文】

殷浩刚刚担任扬州刺史的时候，刘惔每次外出，西边的日头刚刚偏西，他就命令左右的侍从，取出行李包袱，准备歇宿。别人问他有什么原因，他说：“新上任的刺史执法严峻，我不敢在晚上赶路。”

【解读】

古时候，道路的两旁是没有路灯的，半夜里出来走动的人，通常都是作奸犯科之辈。因此，一到晚上，平民百姓是不允许外出的。这就是“宵禁”。

当时的官员对待“宵禁”这一罪行有不同的看法。殷浩出任扬州刺史，一上任就励精图治，严格执行宵禁。刘惔见识高明，行政宽纵，“居官无官官之事，处事无事事之心”，着眼于维持大局的稳定，所以他对殷浩的严苛不以为然。他与殷浩同为清谈之士，本来就因为争清谈水平的高低而有间隙，这次他就借用回答讽刺了殷浩的严苛。

【原文】

谢公时，兵厮逋亡，多近窜南塘下诸舫中。或欲求一时搜索，谢公不许，云：“若不容置此辈，何以为京都？”

【译文】

谢公当政时，经常有士兵和奴仆逃跑后隐藏在南塘一带的船舶中。有人想要发起全面的搜捕行动，谢安不同意这样做。他说：“如果连这些人都没有办法包容，怎么能称得上京都呢？”

【解读】

古时候，京都是天子所居之地，聚集众人之所。京，大也。因此，“京都”之所以为京都，就在于它能容纳各色人等。因此，谢安说：“若不容置此辈，何以为京都？”

其实京都地区的士兵和奴仆逃跑，并不是没有原因。当时，豪强世族为了充实自己的势力，暗地里收容窝藏私兵、佃户等流民。谢安当政的时候，这一问题依旧存在，而且十分严重。谢安虽然主张在江浙地区清查人口，但并不支持在京都也这样做。这是因为京都地位敏感，豪强世族势力蔓延，一旦开始严格治理流民问题，一定会触动各方利益，最终引起社会混乱。

【原文】

王大为吏部郎，尝作选草，临当奏，王僧弥来，聊出示之。僧弥得，便以己意改易所选者近半，王大甚以为佳，更写即奏。

【译文】

王忱担任吏部郎的时候，曾经草拟过一份选用官员的名单。快要上奏的时候，王珉来了。于是，王忱便将这份名单拿给他看。王珉拿到手，就按照他自己的意思，更换了将近一半的人选。王忱认为改得很好，便重新抄写了一份即刻上奏。

【解读】

王忱选用官员，名单已经列好，王珉随手一改却能让这份名单原本的一半人员得不到任用。王珉越俎代庖，王忱听之任之。这件事，且不论是王珉有识人之才还是王忱与王珉在看人时不谋而合，从中倒是可以看出当时朝政混乱，已经到了选拔制度作废的地步。

【原文】

王东亭与张冠军善。王既作吴郡，人问小令曰：“东亭作郡，风政何似？”答曰：“不知治化何如，唯与张祖希情好日隆耳。”

【译文】

王东亭与张冠军交情很深。王东亭担任吴郡的太守以后，有人问他的弟弟王珉说：“你哥哥在吴郡主事之后，那里的教化风气怎么样？”王珉回答说：“我也不知道他把那里治理得怎么样，只知道他与张冠军的交情越来越深了。”

【解读】

物以类聚，人以群分。一个人的为人处世如何，只需要看看他所交往的朋友就知道了。反过来，一个人的处世风格，也受到所交往的朋友影响。王珉的回答避实就虚，虽然没有直接给出答复，却已经给出了答案。

张玄之年少的时候，才华就已经享誉于世，并且德行厚重，与东晋名士谢玄合称为“南北二玄”。王珉说王东亭与张玄之交情越来越深，意在借张玄之的名气说明王东亭的为人和政绩也应该不错。

【原文】

殷仲堪当之荆州，王东亭问曰：“德以居全为称，仁以不害物为名。方今宰牧华夏，处杀戮之职，与本操将不乖乎？”殷答曰：“皋陶造刑辟之制，不为不贤；孔丘居司寇之任，未为不仁。”

【译文】

殷仲堪将要去荆州担任刺史，王东亭问他说：“能够保全大局称之为德，不以伤害人物称之为仁。现在您手中握有治理华夏的权力，身处杀戮的职位，这难道不与您仁德的操守相悖吗？”殷仲堪回答说：“皋陶制定刑律，没人说他不贤德；孔子担任司寇之职，也没听说过他不仁啊！”

【解读】

皋陶虽然首创刑律，但他主张实行德政，以“法治”辅助“德治”，认为君主群臣应该注重自身的品德修养，由上而下，推己及人。他执法公允，对于过失犯罪的人，尽量宽恕；对于故意犯罪和屡教不改的人，从严惩戒。在某些疑团重重的案件上，他经常是从轻处罚，决不伤害无辜。皋陶的种种做法，真正是大德大仁之举。

皋陶的这些政令思想和做法，为后世的孔子所继承并发扬光大。孔子是个具有仁德的人，这是众所周知的。他担任了掌管刑事案件的司寇，也不会妨碍他具有仁义之心。

殷仲堪没有直接回答王东亭，却以皋陶和孔子做官的事例表明：一个人为人处世的风格，与他所拥有的权力和地位无关，而是由他的本性决定的。

文学第四

【原文】

郑玄在马融门下，三年不得相见，高足弟子传授而已。尝算浑天不合，诸弟子莫能解；或言玄能者，融召令算，一转便决，众咸骇服。及玄业成辞归，既而融有“礼乐皆东”之叹，恐玄擅名而心忌焉。玄亦疑有追，乃坐桥下，在水上据屐。融果转式逐之，告左右曰：“玄在土下水上而据木，此必死矣。”遂罢追。玄竟以得免。

【译文】

郑玄在马融的门下求学。三年的时间过去了，他没有见过一次老师，只是由马融门下才学出众的弟子负责教授。有一次，马融测算天体的位置，始终算不出来。他门下的弟子也没有办法解决。这时候，有人说郑玄可以算出来，于是马融就把郑玄召来测算。郑玄转动仪器后，很快就解决了问题。大家看到后，既惊讶又佩服。等到郑玄学成准备回家的时候，马融叹息地说：“儒家的礼乐，都要到东边去了。”由于害怕郑玄独自享有盛名，马融的嫉妒心日渐强烈。郑玄在回家的路上，也怀疑马融会派人来追赶他，就座在一座桥下，手里抓着木屐，让其漂浮在水面上。马融果然旋转栻盘追踪郑玄的所在。测算完后，他对左右的人说：“郑玄在土下水上，而且还依托着木，这样看来，他一定非死不可。”于是，马融停止追逐郑玄。郑玄因此得以逃脱。

【解读】

通过这个故事可以看出：尽管知识分子以追求真理，获取知识为荣，但往往也被真理和知识所累。当手中的真理和知识掌握到一定程度后，便成为他们的一种权力象征。权力欲望大的人，他们往往见不得别人比自己强。这时候，便出现了老师嫉妒学生这种奇怪的现象。于是，真理和知识也变成了一种迫害他人的工具。为师者，传到授业解惑，不该有马融这种执着权力的心态。

【原文】

郑玄欲注《春秋传》，尚未成，时行与服子慎遇，宿客舍。先未相识，服在外车上与人说已注《传》意，玄听之良久，多与已同。玄就车与语曰：“吾久欲注，尚未了。听君向言，多与吾同，今当尽以所注与君。”遂为《服氏注》。

【译文】

郑玄想为《春秋左氏传》作注解，但一直没有完成。有一次出门，郑玄遇到了服子慎。两个人一起住在一家客店。刚开始的时候，两个人并不认识。服子慎在客店外面的车上与人交谈，说自己有注解《春秋左氏传》的想法。郑玄听了好长时间，发现有很多想法与自己不谋而合。于是，郑玄走到马车跟前，对服子慎说：“我好久以前就想注解这部书，只是还没有完成。刚才我听到你说的话，很多地方与我相同，现在我把自己注解好的部分全都送给你。”于是，后来就有了《春秋左传服氏注》。

【解读】

作为经学大师，郑玄几乎对儒家的所有经典都做过注。《后汉书》中说：“郑玄囊括大典，网罗众说，删裁繁芜，刊改漏失，择善而从，自是学者略知所归。”孔子说：“君子成人之美。”君子要想方设法地帮助他人，促使他们实现自己的美好愿望。郑玄路遇服子慎，无意中听说对方要注解《春秋左氏传》，便主动将自己尚未完成的作品交给对方。郑玄以学术为公器，诚恳无私的做法，境界高远，具有成人之美的君子风范。

【原文】

郑玄家奴婢皆读书。尝使一婢，不称旨，将挞之，方自陈说，玄怒，使人曳著泥中。须臾，复有一婢来，问曰：“胡为乎泥中？”答曰：“薄言往愬，逢彼之怒。”

【译文】

郑玄家里的奴婢都读过书。有一次，郑玄让一个奴婢做事，结果做得不合心意，准备用鞭挞的方式惩罚她。可是，那个婢女还是不断为自己辩解。郑玄很生气，让人将这个奴婢拖到泥地里。过了一会儿，另外一个婢女走了过来，见此情景，问道：“你为什么站在泥地里？”对方回答说：“着急地向他申诉，却赶上他正在气头上。”

【解读】

孔子说：“诗可以群，可以怨”，两名婢女引用《诗经》的做法，恰如其分地说明了这一点。她们通过文学这种方式，将不幸的遭遇演化成一场风雅的对话。其间流露出的性情气质，也令人读来倍感亲切。可见，不管是说话还是写文章，一定要贴切、自然，毫不做作。当然，这个故事也从侧面反映出，郑玄的家学十分渊博，连家里的奴婢都懂得引用诗文。

【原文】

服虔既善《春秋》，将为注，欲参考同异。闻崔烈集门生讲传，遂匿姓名，为烈门人赁作食。每当至讲时，辄窃听户壁间。既知不能逾己，稍共诸生叙其短长。烈闻，不测何人。然素闻虔名，意疑之。明蚤往，及未寤，便呼：“子慎！子慎！”虔不觉惊应，遂相与友善。

【译文】

服虔擅长《春秋》，准备为它做注解，只是还需要参考一些不同的意见。听说崔烈召集门下的弟子讲经论学，于是他隐姓埋名，受雇于崔烈的弟子，去给他们做饭。每当崔烈开讲的时候，服虔就在墙壁外偷听。后来，服虔知道崔烈的见解，没有办法超越自己，服虔就和众弟子们评论短长。崔烈听说了，猜不出是什么人。然而，在很早之前，崔烈就听说过服虔的名字，便怀疑是他。第二天早晨，崔烈趁着服虔还没有睡醒，就叫道：“子慎，子慎！”服虔惊醒，不自觉地答应了一声。于是，这两个人成为好朋友。

【解读】

古时候，书籍和参考资料是相当少的。对于服虔来说，注解《春秋左传》，仅有郑玄贡献出来的那部分是远远不够的。为了获取更多有益的信息，服虔到处求学，甚至不惜假扮厨师，潜入崔烈的门下。古人这种不达目的誓不罢休的求学精神，与今人相比显得异常可贵。

【原文】

傅嘏善言虚胜，荀粲谈尚玄远，每至共语，有争而不相喻。裴冀州释二家之义，通彼我之怀，常使两情皆得，彼此俱畅。

【译文】

傅嘏善于谈论道无形无象的境界，荀粲也喜欢玄妙高远的义理，两个人常常一桶讨论，时常会产生争论，但是谁也没有办法说服对方。裴冀州理解两人各自的言论，总能沟通彼此的心意。因此，他经常使得双方都很满意。

【解读】

两个人在一起交流，重要在于沟通，而沟通的前提是排除门户之见，彼此抱有真诚的态度。然而，人们在争论的时候，往往忘记说话的目的。他们执着于各自的观点，相持不下，结果便丧失了人与人之间交流的意义。傅嘏和荀粲争论，谁也没有让谁满意，而裴冀州却能让他们达成和解，就是因为裴冀州身在局外，能够秉承公正客观的态度去看待问题。这说明只要摆脱了“争”的心态，我们对他人和自己的观点、能力会看得更清，也更容易找到双方的异同点。有了一种和谐探讨的心态，交流才有意义。

【原文】

卫玠总角时，问乐令梦，乐云：“是想。”卫曰：“形神所不接而梦，岂是想邪？”乐云：“因也。未尝梦乘车入鼠穴、捣齑啖铁杵，皆无想无因故也。”卫思因经日不得，遂成病。乐闻，故命驾为剖析之，卫即小差。乐叹曰：“此儿胸中当必无膏肓之疾！”

【译文】

卫玠年幼时，问乐令梦是什么。乐令回答说：“梦，就是你心里所想的东西。”卫玠还是有疑问，接着问：“形体和精神都没有接触到的东西也梦到了，怎么能说是心里所想的呢？”乐令进一步解释道：“那也是凭借‘因缘’而来的。从来没有听说过有人梦到乘着马车钻到老鼠洞里；也没有听说过，有人捣碎了菜以后，不吃菜反而吃铁杵的。这些都是因为人没有这样想过，所以就不可能成为人梦见的东西。”卫玠整天思考梦与因缘的关系，始终弄不明白，结果因思虑过度病倒了。乐令听说后，急忙命人准备马车，前往卫玠的住所，再次为他分析梦的成因。果然，卫玠的病情迅速有了好转。乐令颇为感慨，说：“这孩子心里一定不会有什么不治之症。”

【解读】

做学问，看得多，听得多，思考得多，就会有所收获。但是，这些个人的所思所得，仅仅停留在求证的层面上时，它们就不成体系，不能算作真正的学问。学问之道，需要日积月累，才能做到厚积薄发，这是一个沉淀的过程。这个过程中，求学的人必须保持沉静的心去思考，才能有所领悟。而当遇到百思不得其解的问题时，最好的办法是先搁置一段时间。《大学》有言：“知止而后有定，定而后能静，静而后能安，安而后能虑，虑而后能得。”这句话说的就是学习应该“知止”，让心安定下来。“知止”不是停止思考，而是沉淀自己的思考，暂时把问题悬置起来。当我们的心灵达到空明澄澈的境界，问题的答案便会突然出来，这便是所谓的“顿悟”或“茅塞顿开”。

对于做学问来说，好奇心和探求心是不可少的。然而，一味地急于求成，非但解答不了心中的疑惑，反而会因为过度思虑而影响身体健康。卫玠正是因为不知道“知止”，心神过度消耗，才导致身体生病。乐令知道他的病因，所以连忙帮他消除疑惑，病情这才好转。

【原文】

庾子嵩读《庄子》，开卷一尺便放去，曰：“了不异人意。”

【译文】

庾子嵩读《庄子》，刚展开书卷一尺来长，就放下了。他说：“这和我的思想没什么不同。”

【解读】

世界是无限广阔的，探求真理、获取知识的道路也是永无止境的。一个人如果把自己所看到的冰山一角当作整个世界，把自己所知道的知识当作人类全部文明的结晶，那他好比是井底之蛙，见识短浅，且又盲目自大。学习中如果容易自我满足，不思进取，那一个人永远不会进步，也无法知道知识海洋的浩瀚。

学习应该也必须不断地调整自己的视野，认清自己长处和优点的时候，也要立足整个宏观环境，找出自己的不足和短处来。这样，才能把自己摆放在一个合理恰当的位置，也才能打消自满的情绪，不断地完善和发展自己。

【原文】

阮宣子有令闻。太尉王夷甫见而问曰："老庄与圣教同异？"对曰："将无同。"太尉善其言，辟之为掾。世谓"三语掾"。卫玠嘲之曰："一言可辟，何假于三！"宣子曰："苟是天下人望，亦可无言而辟，复何假一！"遂相与为友。

【译文】

阮宣子有美好的名声。有一次，太尉王夷甫见到他问道："老庄的主张和孔圣人的见解有什么不同啊？"阮宣子回答说："差不多。"对于他的回答，王夷甫十分欣赏，于是提拔他到官署做掾吏。他回答了三个字做了官，因此人们称他为"三语掾"。卫玠知道之后，嘲笑他说："说一个字就可以了，何必要说三个字。"阮宣子说："如果真是天下众人所仰望的人，连一个字也不说就会得到重用。何必还要借用一个字呢？"于是，两个人成为好朋友。

【解读】

"三"和"一"的差别，只是数量上的多少，并没有超越质性的范围。而"一"和"无"却是质的差别，已经不属于同一个范畴。对于个人的修养和见识来说，质性上的识度比量性上的见解更为重要。卫玠以为阮宣子是有才而被王夷甫重用，但认为他的才华不足。阮宣子却指出德行更重于才华，他的认知是从"质"上去认知，比卫玠从"量"上认知更高一层境界。

【原文】

旧云，王丞相过江左，止道声无哀乐、养生、言尽意，三理而已，然宛转关生，无所不入。

【译文】

过去，人们相互传说王丞相到了江左以后，只谈论"声无哀乐""养生"和"言尽意"三个命题而已。然而，这三个命题经他阐述，派生出许多有关联的观点，将万事万物的一切道理都包容进去了。

【解读】

世界万物本就息息相关，事情也是一环扣一环的。洞察这个道理并对世事有所思考、有所领悟的人，在看待问题时，他的角度和视野就不会单一的，而是会无限拓展延伸，由此及彼。做学问到了这种高度，任何细小的问题也都能由小及大，以简驭繁。有时候，一个问题说简单也不简单，原因正在于此。

【原文】

殷中军为庾公长史，下都，王丞相为之集，桓公、王长史、王蓝田、谢镇西并在。丞相自起解帐带麈尾，语殷曰："身今日当与君共谈析理。"既共清言，遂达三更。丞相

与殷共相往反，其余诸贤略无所关。既彼我相尽，丞相乃叹曰："向来语，乃竟未知理源所归。至于辞喻不相负，正始之音，正当尔耳。"明旦，桓宣武语人曰："昨夜听殷、王清言，甚佳，仁祖亦不寂寞，我亦时复造心；顾看两王掾，辄 如生母狗馨。"

【译文】

殷中军担任庾公的长史，顺着长江而下，到达京都。王丞相为他举办了一次聚会，桓公、王长史、王蓝田和谢镇西都在座。王丞相起身，亲自解下挂在帷帐上的麈尾，对殷中军说："我今天要和你好好谈谈玄理。"清谈开始之后，场面激烈，始终不能停止，一直延续到半夜三更。王丞相与殷中军不断辩难，其余的几个人都没有参与。等到两个人倾尽所学，尽情阐述完后，王丞相叹息地说道："刚才的清谈，竟然不知道义理的起源与出处；其中的言辞和比喻，没有相互矛盾的地方。正始年代的清谈盛况，恐怕就是这样吧！"第二天，桓宣武对其他人描述头一天晚上的清谈场景，说："昨天晚上，听了王丞相和殷中军的清谈，感觉非常好。谢仁祖没有感到寂寞，而我也有心得。回头看王丞相的那两个属官，都听得发呆，活像母狗一样。"

【解读】

自古文人相轻。有些文人因为彼此的观点和见解不同，而双方之中又无人有包容之心，他们便互相轻视对方，甚至诋毁对方。其实，只要秉着包容、谦虚的学习态度去与人交流，即使对方的见解与自己相悖，彼此间仍是能够存在和谐的交流关系的。正如王丞相和殷中军，他们互相辩驳，场面激烈，犹如战场上的敌我双方，但最后两人却仍能达成统一。缘由就在于他们辩驳不是为了取胜，而是为了从对方那里获取同一论题的相关知识，完善自己的见解。抱着这种包容、学习的心态，我们就可以从"对敌"那里得到更多的知识信息，获得更多的进步。

【原文】

殷中军见佛经，云："理亦应在阿堵上。"

【译文】

殷中军看了佛经说："玄学义理都应该在这里了吧！"

【解读】

魏晋时期，佛学理论试图与玄学相结合，借助玄学在东晋时期的影响，促进其在江左地区的传播与发展。殷浩的这一句话，正好验证了这一历史事实。

【原文】

谢安年少时，请阮光禄道《白马论》，为论以示谢。于时谢不即解阮语，重相咨尽。阮乃叹曰："非但能言人不可得，正索解人亦不可得！"

【译文】

谢安年少时，请阮光禄讲解《白马论》。于是，阮光禄写了一篇论文给谢安看。当时，谢安不能立刻通晓阮光禄的意思，就不断询问，想要解决心中所有的疑惑。阮光禄叹了口气，说："不要说能讲解《白马论》的人不多见，就是力求理解《白马论》的人也不常见啊！"

【解读】

"白马非马"是《白马论》的核心观点，由战国时期的公孙龙提出。公孙龙说："马本来有颜色，所以有白马。如果马没有颜色，那么只有'马'而已，又怎么能称它为白马呢？但是，规定马是白色的马，那么就与'马'有区别。所谓白马，是马限定于白色的，限定于白色的马自然与马是有区别的，所以说'白马非马'。"

公孙龙从内涵和外延上，论证了“白马”与“马”的不同：“马”指的是马的形态，“白马”指的是马的颜色，而形态不等于颜色，所以白马不是马。

孟老夫子有言：“得天下英才而教育之，三乐也。”谢安的求知欲望，以及不断探索的学习态度，是每一个好为人师者所喜闻乐见的。因此，阮光禄便有最后面的那番感叹。

【原文】

褚季野语孙安国云：“北人学问渊综广博。”孙答曰：“南人学问，清通简要。”支道林闻之，曰：“圣贤故所忘言。自中人以还，北人看书如显处视月，南人学问，如牖中窥日。”

【译文】

褚季野对孙安国说：“北方人的学问，博大精深，包罗万象。”孙安国说：“南方人的学问，通达清晰，简明扼要。”支道林听说后，评论说：“圣贤进入‘得意忘言’的境界，是不会谈论这些问题的。自中等人以下才像他们两个人所说的那样，北方人看书好像在空旷的地方看月亮，而南方人做学问好像是透过窗户看太阳。”

【解读】

晋朝王室南迁以后，清谈玄理的风气在江左地区逐渐盛行。这时候，佛学在江左的传播，更加促进了清谈家对玄理的深剖析究。因此，南方人做学问，把重点放在精深的义理上。而北方人一直承袭汉代经学的特点，即重视训诂章句，因而显得基础深厚，知识广博。

褚季野和孙安国在这里谈论的，正是北方人与南方人做学问的区别。他们得出的观点是，北方人追求广博，南方人追求精深。其实，真正做学问的大家，他们的境界正如支道林指出的，是同时达到了广博和简洁，所以能够能看得更多也更深远。当一个人知道的越多，他想要说的也就越少，也就是到了“得意忘言”的地步。

【原文】

刘真长与殷渊源谈，刘理如小屈，殷曰：“恶！卿不欲作将善云梯仰攻？”

【译文】

刘真长和殷渊源一起谈论玄理。在辩难的过程中，刘真长清谈稍微受到挫折。殷渊源说：“哎！你不想制造一架上好的云梯强行进攻吗？”

【解读】

在东晋初期，清谈玄理，当首推殷渊源，刘惔的确不是对手。但是，一个善于从对决中汲取乐趣的人，定然少不了强劲的对手。因此，殷渊源鼓励刘真长，希望他能再接再厉。

【原文】

殷中军云：“康伯未得我牙后慧。”

【译文】

殷中军说：“康伯没有领会我的言外之意。”

【解读】

东晋王室渡江以后，殷浩素来以恢复中原为己任。晋康帝时，他被任命为建武将军，统领扬州、豫州、徐州、兖州和青州的兵马。后来，在率军北伐的时候，由于攻打后秦姚襄惨败而归，被流放到信安。当时，他的外甥韩伯一直跟随在他身边。

殷浩虽然为武官，但也善于清谈，极为推崇老庄玄学。有一次，殷浩看见韩伯正在和他人清谈，仔细一听，康伯所阐述的论点都是自己讲过的。但是由于论据与论点不合，显得牵强附会，生搬硬套。事后，殷浩对身旁的人说："康伯连我牙齿后面的污垢都还没有得到，就洋洋自得，实在不应该啊！"成语"拾人牙慧"便源于这一典故。

虽说学习的第一步是要向比自己优秀的人借鉴，但正确的学习方法不应是死记硬背、生搬硬套，而是应在汲取知识后消化并吸收。只有深入了解所学，将别人的智慧变为己有，运用起来才会自如通畅。

【原文】

谢镇西少时，闻殷浩能清言，故往造之。殷未过有所通，为谢标榜诸义，作数百语，既有佳致，兼辞条丰蔚，甚足以动心骇听。谢注神倾意，不觉流汗交面。殷徐语左右："取手巾与谢郎拭面。"

【译文】

谢镇西年轻的时候，听说殷浩善于清谈，便前去造访他。殷浩没有过度地阐发议论，只是为谢镇西揭示了几条义理。就这几条义理，殷浩前后说了几百句，既有美好的情趣，又有华丽的辞藻，可以说很能打动人心，震撼听闻。谢镇西全神贯注地听着，不知不觉中已经汗流浃背。殷浩看到了，慢慢地对身旁的人说道："拿一块手巾来，给谢郎擦脸。"

【解读】

魏晋时期，涌现出不少清谈的名士。到了东晋时期，殷浩的清谈美名曾经一度名扬内外。其实，殷浩年长谢尚仅有三岁，两人的学识和见解相差并不太远。只是当时殷浩的清谈美名早已人尽皆知。当一个人的名声在外，众多人都纷纷赞叹他的时候，人们往往会不加思索地全盘认可与肯定他。所以，谢尚在殷浩面前的表现，也可能是因为他给殷浩预设了一个高大的形象，在心里把他想得很厉害。其实，如果他有一颗平常心的话，可能不至于被殷浩震撼成那样。

【原文】

孙安国往殷中军许共论，往反精苦，客主无间。左右进食，冷而复暖者数四。彼我奋掷麈尾，悉脱落满餐饭中。宾主遂至莫忘食。殷乃语孙曰："卿莫作强口马，我当穿卿鼻！"孙曰："卿不见决牛鼻，人当穿卿颊！"

【译文】

孙安国到殷中军那里一起清谈。两个人你来我往，辩驳得异常激烈。不论是客方还是主方，清谈的过程中没有一点儿漏洞。侍者送饭上来，他们两个人也顾不上吃饭。因此，饭菜冷了又热，热了又冷，反反复复，弄了好几次。两个人在清谈时都用力挥动麈尾，那上面的羽毛全都落到了饭菜上。主客两人从白天一直谈到傍晚时分，竟然忘记吃饭。殷中军对孙安国说："你不要以为自己是匹嘴巴硬的马，我照样可以将你的马鼻子刺穿！"孙安国说："难道你没有见过挣脱绳环的牛？人们通常是要刺穿它的面颊的。"

【解读】

做学问应有孙、殷二人这种坚持不懈、废寝忘食的精神，为了证明自己是对的，坚决不向他人屈服。然而，另一方面也要注意，辩驳并非做学问。辩驳是拿自己的观点和别人的碰撞，让双方互相学习，从对方的论点中找到自己不足的地方。所以，真正的辩驳精神不是"争"，而是"论"。"争"带有求胜的欲望，而"论"更多的是就事论事的客观。唯有客观，一个人才能在与人交流时获取有利的信息，更加完善自己的知识。从这一点来说，孙、殷二人的清谈辩驳已经变质了。

他们最后互相辱骂，不仅降低了自己的气度修养，也让一场本来精彩的讨论变成了一场没有意义的吵骂。

【原文】

庄子《逍遥篇》，旧是难处，诸名贤所可钻味，而不能拔理于郭、向之外。支道林在白马寺中，将冯太常共语，因及《逍遥》。支卓然标新理于二家之表，立异义于众贤之外，皆是诸名贤寻味之所不得。后遂用支理。

【译文】

长久以来，《庄子·逍遥游》一直是人们难以理解的篇章。名士贤人所钻研品味的境界，始终没有超出郭象和向秀的解说。有一次，支道林在白马寺和冯太常一起清谈，因而涉及《逍遥游》。支道林在郭、向两人解说的基础上，阐述了新的解释，还提出不同于各家的见解。他的这些解释和见解，是其他贤人名士所达不到的。因此，后人便采用支道林所阐发的义理。

【解读】

前人的理论学说，有时候可以促进人的思想意识发展，但如果过度沉溺其中，也有可能限制和束缚人的思想意识。正确的对待态度是，采取百家学说之长，融会贯通，并提出自己的看法和主张，这样才能更好地发展和完善自己。

【原文】

殷中军尝至刘尹所，清言良久，殷理小屈，游辞不已，刘亦不复答。殷去后，乃云："田舍儿强学人作尔馨语！"

【译文】

殷中军曾经到刘尹的住所，清谈了好长时间的玄理。殷中军所谈论的议题，不着边际，但是他一直说个不停。刘尹见到这种情况，就不再与他辩驳。殷中军离开后，刘尹说："乡巴佬硬要学读书人的样子清谈！"

【解读】

殷浩和刘惔是东晋永和年间最有名的玄学家，他们两个人时有往来，都喜欢清谈，但彼此嘴上都不饶人。有时候，为了坚持各自的观点，他们不惜用羞辱的方式对待对方。其实，他们已经不是在讨论问题，而是在保全各自的虚荣心。

真正的讨论应该是真诚的，真诚首先就要做到尊重。从殷浩来讲，他不应为了争赢而漫无边际地岔开话题，毕竟，没有主题的交流是无法让人提起兴趣的。但另一方面，即使殷浩的辩论真的脱离了主题，刘尹也应该是当面提出，而不是背后骂人。背后骂人这种事情，除了表现出骂人者的心胸狭隘，还可见他的素质很低。刘尹作为一名学者却做出这样的事情，说明他的气度不足，修养也不够。

【原文】

王逸少作会稽，初至，支道林在焉。孙兴公谓王曰："支道林拔新领异，胸怀所及乃自佳，卿欲见不？"王本自有一往隽气，殊自轻之。后孙与支共载往王许，王都领域，不与交言。须臾支退。后正值王当行，车已在门，支语王曰："君未可去，贫道与君小语。"因论《庄子·逍遥游》。支作数千言，才藻新奇，花烂映发。王遂披襟解带，留连不能已。

【译文】

王逸少出任会稽内史，刚到那里的时候，支道林也在。孙兴公对王逸少说："支道林总能提出新的理论和不同见解，他胸中的见识非同一般，你想见他吗？”王逸少向来傲气逼人，听说是支道林，便很轻视他。后来，孙兴公与支道林一起坐车到王逸少那里去。王逸少故作矜持，没有和支道林说一句话。不一会儿，支道林就告辞了。后来，王逸少出门，马车在门口等候的时候，支道林对王逸少说：“您且慢走，我和您稍微说几句。”于是，支道林就谈起了《庄子·逍遥游》。支道林说了很多，才思敏捷，辞藻华丽，如同繁花竞相盛开一样。王逸少披着衣襟，解开衣带，被深深地吸引，始终不愿意离去。

【解读】

山外有山，人外有人。人要有自信，但不能自负。人一旦自负起来，就会一叶障目，不见泰山。相反，如果不故步自封于所拥有的东西，超然其上，一定能有新的收获和发现。

【原文】

三乘佛家滞义，支道林分判，使三乘炳然。诸人在下坐听，皆云可通。支下坐，自共说，正当得两，入三便乱。今义弟子虽传，犹不尽得。

【译文】

佛家三乘的教义，艰难晦涩，不容易理解。支道林经过仔细的分析探究，三乘的教义很明显地彰显出来。在座的听众，经过支道林的讲解，都说明白了。支道林从讲坛上走下来，让众人彼此研讨。可是，这些人往往只能说通到两乘，到了第三乘就说不清楚了。今天，三乘的教义虽然被弟子们传授下来，但仍然没有完全弄通三乘教义。

【原文】

许掾年少时，人以比王苟子，许大不平。时诸人士及支法师并在会稽西寺讲，王亦在焉。许意甚忿，便往西寺与王论理，共决优劣，苦相折挫，王遂大屈。许复执王理，王执许理，更相覆疏，王复屈。许谓支法师曰：“弟子向语何似？”支从容曰：“君语佳则佳矣，何至相苦邪？岂是求理中之谈哉？”

【译文】

许掾年少的时候，有人拿他和王苟子相比。许掾知道后，心里很不服气。那时候，许多名人贤士和支道林一起在会稽西寺清谈，王苟子也在其中。许掾心中愤愤不平，就到西寺找王苟子辩论义理，以分出胜负优劣。许掾煞费苦心，百般诘难，王苟子终于招架不住，理亏词穷。许掾和王苟子又相互交换论点，重现展开辩论。结果，王苟子又一次遭受挫折。许掾对支道林说：“弟子刚才的义理辩论怎么样？”支道林神情自若地说道：“你的论辩好是好，不过何必竭力相逼呢？这哪里是探究折中之理的清谈呢？”

【解读】

清谈虽然讲求彼此双方坦诚相见，直抒胸臆，却不提倡带着挑衅的态度去争抢输赢。真正的清谈高手，都善于隐藏自己的锋芒，即便想要证明自己是对的，他的气势也不会是嚣张的。因为有理不在声高，更不在咄咄逼人。如果自己所说的话是真知灼见，那用最柔和的口气说出来，话也仍是有力的。许掾因为不服气众人把他等同于王苟子，而在与王苟子的辩论中百般挑衅。他的辩论已经不是为了探求真理而来，而是想借助胜利炫耀自己。所以，正如支道林所说的，许掾诚然思维敏捷，善于辩论，但他的个人涵养不足，也不知何为真正的清谈。

在人际关系越来越重要的今天，像许掾这样的做法，是不得人心的。为了显示自己强大，把他人逼到一个尴尬的境地。这种行为无疑是让人讨厌的。真正的强者，对人可以宽容，对己可以克制。即使手中握有真理，占据绝对的优势，也应该保持一颗平常心。

【原文】

林道人诣谢公，东阳时始总角，新病起，体未堪劳，与林公讲论，遂至相苦。母王夫人在壁后听之，再遣信令还，而太傅留之。王夫人因自出，云："新妇少遭家难，一生所寄，唯在此儿。"因流涕抱儿以归。谢公语同坐曰："家嫂辞情慷慨，致可传述，恨不使朝士见！"

【译文】

林道人去拜见谢安。当时，谢安的侄儿谢朗还很年幼，生病刚刚好，还不能过分劳累。然而，即便如此，他和林道人之间的辩难，很快就变得异常激烈。谢朗的母亲王夫人在隔壁听到他们不断辩论，就派人去叫儿子回来。可是，谢安却挽留了侄儿。于是，王夫人亲自出来，说："我年轻的时候就遭遇不幸守寡，一生的期望全都寄托在这孩子身上了。"说完，王夫人抱着谢朗回家了。王夫人走后，谢安对在座的人说："我嫂子刚才的那番话，慷慨激昂，感人至深，实在值得传扬称颂，遗憾的是不能使满朝文武目睹这番情景。"

【解读】

人最宝贵的有两样东西，一个是生命，一个是心灵。王夫人对于谢朗身与心的精心呵护，可谓用心良苦。她这种爱，因为朴实所以显得分外伟大。谢安的赞叹，正是源于此。

王夫人这种关爱孩子的方式值得现代人学习。现代，有的母亲只着眼于当下，以一种非常功利化的心态去培养孩子。为了让孩子成名，他们尽可能地让孩子接触所谓的名人。让孩子过早地成人化、社会化，这对孩子的身心健康是极为不利的。有的孩子迫于父母的强烈意愿，虽然实现了所谓的成功，但是他们内心并不快乐。所以说，学习王夫人这种真正的母爱方式，克制自己的私心，那才是对孩子最好的教养。

【原文】

支道林、许掾诸人共在会稽王斋头。支为法师，许为都讲。支通一义，四坐莫不厌心。许送一难，众人莫不抃舞。但共嗟咏二家之美，不辩其理之所在。

【译文】

支道林、许掾等人在会稽王的书房里聚集清谈。支道林担任主讲法师，许掾担任唱经的都讲。支道林每阐明一条经义，在座的人无不感到钦佩。许掾每提出一个诘难，众人没有不拍手叫好的。大家只顾赞赏两人一讲一唱的美好氛围，却忘却仔细探究他们所说的义理到底是什么。

【解读】

《庄子·外物》有言："筌者所以在鱼，得鱼而忘筌；蹄者所以在兔，得兔而忘蹄；言者所以在意，得意而忘言。"意思是说，筌、蹄、言都只是一种工具，最终的目标却是鱼、兔、意。只要我们实现了目标，领会了其中实质内涵，那么这些工具都可以忘掉了。

但是，支道林和许掾的听众，显然本末倒置，只在乎其言，而不顾其意。这样的一种清谈，有什么意义呢？不过是跟风起哄，让别人娱乐自己而已。清谈沦落到这种地步，那些狂热欢呼的人，俨然一具具空壳。

【原文】

佛经以为祛练神明，则圣人可致。简文云："不知便可登峰造极不？然陶练之功，尚不可诬。"

【译文】

佛经上说，只要对人的精神进行净化与修炼，就可以达到圣人的境界。简文帝说："不知道能不能达到登峰造极的境界？不过，修炼陶冶的功夫，所带来的好处，是不容诋毁的。"

【解读】

简文帝的意思是："我"不仅想达到圣人的境界，还想达到比圣人的境界更高一级的境界，即登峰造极的境界。然而"我"也知道，有些理想是无法实现的。不过，事在人为，只要努力修养自己，总是会有好处的。

简文帝即表达了他对精神境界有着高远的追求，也表现了他做事情有着踏实诚恳的态度。他相信一件事情有利而定下最高的目标，但是绝对不会急功近利，而是从实际角度出发，本着"有付出就会有收获"的心态，去努力做最好的自己。

【原文】

于法开始与支公争名，后情渐归支，意甚不分，遂遁迹剡下。遣弟子出都，语使过会稽。于时支公正讲《小品》。开戒弟子："道林讲，比汝至，当在某品中。"因示语攻难数十番，云："旧此中不可复通。"弟子如言诣支公。正值讲，因谨述开意，往反多时，林公遂屈，厉声曰："君何足复受人寄载来！"

【译文】

最初，于法开和支公争名。后来，人们都认为林公的义理较为透彻。于法开知道后，心里很不服气，便隐居到剡县。于法开派门下的弟子到京都，告诉他一定要经过会稽。当时，支公正在讲授佛经的简本。于法开告诫弟子说："支道林正在讲经，等你到那里的时候，他正好讲到某一品。"于是，于法开给这个弟子演示了几十多个诘难的问题，并说道："过去这些地方，一直没有人搞清其中的含义。"弟子按照他的话，去拜访了支公。支公正讲到那一品，这名弟子就谨慎地转述了于法开的意思。就这样，两个人来来回回，辩难了好长时间。最后，支公理亏词穷，严厉地呵斥道："你何必接受从别人那里授意过来的言论呢？"

【解读】

魏晋时期，名人贤士崇尚清谈，一个最为重要的目的，就是追求自由，解放自我。可是，于法开一味地沽名钓誉，钩心斗角。他为了争回面子，竟暗中备好论题和答案，让自己的弟子去打击"对手"。他这样做，其实已经背离了清谈的本质。

一个人一旦有名利之心，那他无论是做学问也好，做人也好，始终到达不了真正自由的境界。禁锢于名利的得失，失去了身心的通畅和自由，又如何达到更高的境界？

【原文】

殷中军问："自然无心于禀受，何以正善人少，恶人多？"诸人莫有言者。刘尹答曰："譬如写水著地，正自纵横流漫，略无正方圆者。"一时绝叹，以为名通。

【译文】

殷中军说："既然自然赋予人心的时候，没有受到任何外来的影响，那为什么只是善良的人少而邪恶的人多呢？"当时，在场的名人贤士没有一个人对此发表意见。这时候，只有刘尹一个人站出来，回答说："这就好比往地上泼水，只见它向着各个方向流淌，但完全没有正方或者正圆的。"一时之间，人们都称赞他回答得好，并认为是至理名言。

【解读】

关于人性的理论，中国古代曾经前后提出四种观点，即性善论、性恶论、性无善恶论、性有善恶论。上面的这段小故事，反映出魏晋时期人们倾向于“性无善恶论”。中国最先主张“人性无善无恶论”的是战国中期的告不害。告不害认为：“性无善与无不善也……性犹湍水也，决诸东方则东流，决诸西方则西流。人性之无分于善不善，犹水之无分于东西也。”刘尹的回答，说人生就像是一盆泼出去的水，正是告不害“人性无善无恶论”的另外一种阐述。

【原文】

康僧渊初过江，未有知者，恒周旋市肆，乞索以自营。忽往殷渊源许，值盛有宾客，殷使坐，粗与寒温，遂及义理，语言辞旨，曾无愧色，领略粗举，一往参诣。由是知之。

【译文】

康僧渊刚到江东的时候，还没有多少人认识他。他整天在集市上徘徊，以乞讨为生。有一次，康僧渊突然来到殷浩的住处。当时，殷浩家中正在宴请宾客。殷浩让康僧渊坐下，三言两语寒暄过后，就和他清谈起玄理来。康僧渊的言语辞藻，在清谈过程中，丝毫不逊于殷浩。他领会基本的主题后，就单刀直入，直奔最高境界。由于这次清谈，人们都记住了康僧渊这个人。

【解读】

子曰：“不患人之不己知，患其不能也。”人不用担心别人不知道自己，最应该放在心上的是自己有没有真才实学。只要自身有能力，等待时机，抓住机会，就能实现自我价值。所以说，康僧渊的成名并非偶然，而是因为他有厚实的基础。

另外，康僧渊由落魄到成名的事例还告诉我们：身处困境中时也不要放弃自己，而是根据自己的优势，寻找适合自己的平台。只要找对了平台，我们才能让自己的闪光点被人看见。康僧渊不找其他人而找殷浩，就是因为他懂得自己的长处和殷浩契合，而殷浩的朋友又都是一些有名望的人。他找准了殷浩设宴的时间，让自己出现在众多名士面前，那他就可以以最快的速度被众人知道。

【原文】

张凭举孝廉，出都，负其才气，谓必参时彦。欲诣刘尹，乡里及同举者共笑之。张遂诣刘，刘洗濯料事，处之下坐，唯通寒暑，神意不接。张欲自发无端。顷之，长史诸贤来清言，客主有不通处，张乃遥于末坐判之，言约旨远，足畅彼我之怀，一坐皆惊。真长延之上坐，清言弥日，因留宿至晓。张退，刘曰：“卿且去，正当取卿共诣抚军。”张还船，同侣问何处宿，张笑而不答。须臾，真长遣传教觅张孝廉船，同侣惋愕。即同载诣抚军，至门，刘前进谓抚军曰：“下官今日为公得一太常博士妙选。”既前，抚军与之话言，咨嗟称善，曰：“张凭勃窣为理窟。”即用为太常博士。

【译文】

张凭被推举为孝廉，来到京都，自认为才华横溢，一定能跻身于当时的名流之列。他想要拜访刘尹，同乡和一起被推举为孝廉的人知道后都嘲讽他。结果，张凭还是去拜访了刘尹。刘尹正在处理各种事务，只是安排他坐下，随便寒暄了几句，并没有深入地交谈。张凭想要提出议论，可是苦于没有好的话题。过了一会儿，王长史等名士都到刘尹这里清谈。当宾客与主人清谈时有不通达的地方时，张凭就远远地坐在尾座进行评析。张凭的话简练而又深远，宾客和主人的思路全都被打通了。满座的人听了后，没有一个不感到惊奇的。直到这时，刘尹才请张凭到上座。结果，两个人清谈了一整天。后来，张凭又留宿，两个人一直谈到第二天早晨。张凭将要告辞的时候，刘尹对他说："你暂时先回去，我会去接你，一起去拜见抚军。"张凭回到船上，同伴们问他在哪里过的夜，他笑了笑，并没有回答。没过多久，刘尹派传信人寻找张凭的船，同伴们知道后都感到很惊讶。张凭立刻与刘尹同坐一辆车去拜见抚军。走到门口，刘尹先走进去，对抚军说："下官今天为您找到了一位合适的人选，一定可以胜任太常博士。"见到张凭以后，经过交谈，抚军连连赞叹说："张凭文采缤纷，富于义理。"于是，抚军马上任命他为太常博士。

【解读】

"机不可失，时不再来"，机会不是等来的，而是争取来的。张凭抓住机会，展现自己，为自己的人生赢得了重要的一步。

生活中不乏有真才实学的人，但是他们当中很多人不会找一个合适自己的平台，只会终日空悲叹。其实，敢想敢做是成就事业的关键一步。要想获得成功，我们应该像张凭一样。抓住机遇，突破固有的成见，迈出常人不敢迈出的一步。只要在合适的平台上露一次脸，让他人记住我们，我们就有了机会。这并非高调，也并非哗众取宠，而是凭借自己的能力，自信地去争取成功。

【原文】

汰法师云："六通三明同归，正异名耳。"

【译文】

法汰法师说："'六通'和'三明'所讲的道理都是一样的，只是名称有所不同罢了。"

【解读】

"六通"是佛经中指通达事理的六种能力——第一，天眼通；第二，天耳通；第三，他心通；第四，神足通；第五，宿命通；第六，漏尽通。

"三明"一是宿命明，通晓自己与他人今生的命运；二是天眼明，知道自己与他人的来世的命运；三是漏尽明，知道现在和过去的一切烦恼根源，并拥有消除这些烦恼的智慧。

六通和三明都是想要超越一切时间和空间的形式，探寻生命的本源，人的命运。它们本质上是一样的，所以汰法师说他们道理相似。

【原文】

支道林、许、谢盛德共集王家，谢顾诸人曰："今日可谓彦会，时既不可留，此集固亦难常，当共言咏，以写其怀。"许便问主人："有《庄子》不？"正得《渔父》一篇。谢看题，便各使四坐通。支道林先通，作七百许语，叙致精丽，才藻奇拔，众咸称善。于是四坐各言怀毕，谢问曰："卿等尽不？"皆曰："今日之言，少不自竭。"谢后粗难，因自叙其意，作万余语，才峰秀逸，既自难干，加意气拟托，萧然自得，四坐莫不厌心。支谓谢曰："君一往奔诣，故复自佳耳。"

【译文】

等德高望重的人在王濛家聚会。谢安环视四座，说："今天可以说是群英荟萃。时间是没有办法挽留的，因此像这样的盛会是很难得的。大家一起尽兴清谈，借此抒发各自的情怀。"这时候，许询问主人："这里有没有《庄子》？"结果，王濛找了半天，只得到《庄子》其中的一篇——《渔父》。谢安从中选择了一个题目，就让在座的人准备阐发义理。支道林首先发表议论，谈了大概有七百句的样子。他的叙述，言辞华丽，思维清楚，众人都觉得很好。然后，众人依次发言，都把自己的想法和见解说了一遍。最后，谢安问："今天大家尽兴了没有？"众人都回答："今天的清谈如此酣畅，哪里有不尽兴的。"接着，谢安对众人的议论稍微加以辩难，在此基础上陈述了自己的观点。他前前后后说了有一万多句话，才华文思俊秀流畅，已经达到旁人无法企及的境界。他意气风发，不断地托物言志，洒脱自如的样子令众人无不衷心叹服。支道林对谢安说："你一人在义理的道路上越走越远，达到了高深的境界，真是好啊！"

【解读】

玄理的表达有两种：妙不可言和知无不言、言无不尽。它要不说不清，要不说得请，且只要无限延伸，就可说得意味深远。从谢安的发言来看，他对《渔父》的解读是透彻的，他从中得到的思考也是多的。所以，当许询只能说出七百句的发言时，谢安却能发表了洋洋洒洒的万句议论。

【原文】

殷中军、孙安国、王、谢能言诸贤，悉在会稽王许，殷与孙共论《易象妙于见形》，孙语道合，意气干云，一坐咸不安孙理，而辞不能屈。会稽王慨然叹曰："使真长来，故应有以制彼。"即迎真长，孙意己不如。真长既至，先令孙自叙本理，孙粗说己语，亦觉殊不及向。刘便作二百许语，辞难简切，孙理遂屈。一坐同时拊掌而笑，称美良久。

【译文】

殷中军、孙安国、王濛和谢尚等清谈名士，一起在会稽王府上聚会。殷中军和孙安国先就《易象妙于见形论》展开辩论。孙国安越说越合乎义理，精神振奋，气概豪迈。虽然所有人都认为他阐发的义理不是很满意，但在言辞上又不能驳倒他。见此情景，会稽王感慨地说道："如果刘真长来这里，一定有制服他的办法。"于是，会稽王即刻派人去请刘真长。孙安国明白，自己确实比不上刘真长。过了一会儿，刘真长来了，他先让孙安国陈述自己说过的义理。孙安国大概复述了一下观点，但没有之前说得好。刘真长开始议论，说了有两百多句，言辞简洁，含义确切。孙安国所持的义理最后被攻破了。在座的人看到这种情景，无不拍手称快，赞赏了很久。

【解读】

强中自有强中手，一山更比一山高。孙安国深知此理，也自知不如刘真长。他有自知之明，这是很难得的。然而，在崇尚清谈的魏晋，即便明知不如对方，也是要和对方辩论的。所以，孙安国在众人的造势下，也只得硬着头皮和刘真长较量起来。

孙安国第一次阐发义理，势不可挡，等到后来刘真长一到，虽然复述同样的观点，但却丧失了先前的气势。由此可见，自信是一个人做事的关键因素。没有了自信，气场上先输人一等。当然，如果没有相当的实力为基础，盲目的自信就是自负，到头来可能会输得更惨。

【原文】

僧意在瓦官寺中，王苟子来，与共语，便使其唱理。意谓王曰："圣人有情不？"王曰："无。"重问曰："圣人如柱邪？"王曰："如筹算。虽无情，运之者有情。"僧意云："谁运圣人邪？"苟子不得答而去。

【译文】

僧意居住在瓦官寺中，有一天王苟子来到寺中找他清谈。僧意先让王苟子阐发自己的观点。僧意对王苟子说："圣人有情吗？"王苟子回答说："没有。"僧意接着问："圣人像是柱子吗？"王苟子回答说："像是筹算。筹算虽然没有情感，但是使用它的人却是有感情的。"僧意问："那么，谁使用圣人呢？”王苟子回答不出，便离去了。

【解读】

按照王苟子的比喻，使用筹算的是人，圣人如筹算，那使用圣人的也就是人了。这么说来，倒不是圣人引导人们，而是圣人成为人们的工具——那圣人还能叫圣人吗？

王苟子一开始就错了，所以到最后只能无言以对。这并非他清谈功夫不够，而是他见识不足。见识不足而找高人谈论，当然只有败下阵来。王苟子还算有自知之明，最后会默默地离开，不再强辩下去，歪曲事理。

【原文】

司马太傅问谢车骑：“惠子其书五车，何以无一言入玄？”谢曰：“故当是其妙处不传。”

【译文】

司马太傅问谢车骑：“惠施所著的书，大概有五车那么多，怎么没有一句话是有关玄理的呢？”谢车骑回答说：“大概其中精妙玄奥的地方，是没有办法用言语表达的。”

【解读】

惠施是名家学派的创始人，其著作数量颇丰，真有庄子所说的“其书五车”。然而，惠施的著作几乎没有流传下来。他的大部分思想只是通过其他人的转述而为后世所知，《庄子》《荀子》《韩非子》《吕氏春秋》等书中都有对他思想的记载。所以，东晋时期的人们也是通过其他人的著述间接了解到惠施的。

名家学派以思维的形式、规律和名实关系为研究对象，主要探讨事物的名称、概念。这一学派的人，大都长于辩论，善于在语言自身上下功夫。正因为如此，惠施的很多理论和观点，是没有办法以文字的形式记载的。谢车骑说他的义理玄妙深奥，没有办法用言语表达，是有一定道理的。

【原文】

桓南郡与殷荆州共谈，每相攻难。年余后但一两番，桓自叹才思转退，殷云：“此乃是君转解。”

【译文】

桓玄和殷仲堪在一起谈论时，每次都争吵很久。一年多后，两人通常只争吵一两回就不再争吵了，桓玄自叹才情文思逐渐衰退，殷仲堪却说：“这是你对问题的了解逐渐深入的缘故。”

【解读】

“马车越空，噪音越响”，通常，一个人的阅历越浅薄，经验越少，就越想证明自己的能力。而随着年龄的增长，对事物的认知和了解逐渐深入，一个人会慢慢地走向成熟，不再年少轻狂，不再为了一份虚无的成就感做一些肤浅而毫无意义的事情。桓玄的才思并没有削减，他只是变得越来越成熟，成熟的人是稳重甚至是沉默寡言的，他们话语不多，但分量很重。

【原文】

文帝尝令东阿王七步中作诗，不成者行大法。应声便为诗曰：“煮豆持作羹，漉菽以为汁。萁在釜下然，豆在釜中泣；本自同根生，相煎何太急！”帝深有惭色。

【译文】

魏文帝曹丕曾经让东阿王曹植在七步之内作一首诗，倘若作不出来就处死他。曹植不假思索，出口成诗："煮熟豆子用来做豆羹，过滤掉豆渣后只剩下豆汁；豆秆在锅底下燃烧，豆子在锅里哭泣；本来是一个根上长出来的东西，为什么要急着相互残杀呢？"听完曹植的话，魏文帝面露愧色。

【解读】

危急时刻最能考验一个人的意志品质。魏文帝有意除掉曹植，因此想出让曹植"七步之内作诗"的要求。但曹植处变不惊，凭借自己的才学，含沙射影地驳斥了对方，让对方自感理屈，无力反驳，这种危急时刻的反应能力，是我们应该努力学习的东西。

生活不可能永远都是风平浪静的，难免会激起一些风浪。面对生活中的种种突发状况，我们要保持足够的冷静，尽快将焦躁、紧张、慌乱等负面情绪从身体里剥离出去，然后运用自己的智慧和能力做出反应。我们应该有勇气和胆识，但同时要有心如止水的定力，很多成功的决策和选择都是以冷静理智为前提的。

【原文】

魏朝封晋文王为公，备礼九锡。文王固让不受。公卿将校当诣府敦喻，司空郑冲驰遣信就阮籍求文。籍时在袁孝尼家，宿醉扶起，书札为之，无所点定，乃写付使。时人以为神笔。

【译文】

魏朝封晋文公司马昭为公，准备赐给他九锡大礼，但司马昭坚决不肯接受。朝廷里的文武大臣随即准备去他家里敦促劝说，希望他接受九锡大礼。司空郑冲派人骑马去找阮籍，希望他能帮忙写一篇劝进文。阮籍当时正在袁孝尼家里，醉酒不起，人们勉强把他扶起来，阮籍拿起毛笔，一蹴而就，痛快挥墨没有一处修改和涂抹的地方。于是人们将他写的文字重新誊写，交给来使。当时的人赞叹他下笔有神。

【解读】

酒精像是酵母，将阮籍体内蕴藏的才学不断发酵，并最终让他们喷薄而出，这是个水到渠成的过程，而非无中生有。这才是真中的潇洒，潇洒是一种人生态度，更是一种修行，它不同于狂放，因为狂放需要的可能只是冲动或者酒精的麻痹，但潇洒却是一种厚积薄发的张扬，一种不事雕琢的大气。

【原文】

左太冲作《三都赋》初成，时人互有讥訾，思意不惬。后示张公，张曰："此二京可三。然君文未重于世，宜以经高名之士。"思乃询求于皇甫谧，谧见之嗟叹，遂为作叙。于是先相非贰者，莫不敛衽赞述焉。

【译文】

左思刚刚写完《三都赋》的时候，人们对这部作品多有讥讽和诋毁，左思为此十分不愉快。后来他把作品拿给张华看，张华看完说："你的这部作品可以和《两都赋》《二京赋》并列为三篇佳作，然而却没有引起世人的重视，你最好请个高明的人士替你宣传宣传。"左思于是向皇甫谧寻求帮助，皇甫谧看过《三都赋》后惊叹不已，随即替左思写了一篇序文。从此，原本非议批评《三都赋》的人，都对这篇文章赞不绝口，争相传送。

【解读】

人们常说“酒香不怕巷子深”，但有时我们却不得不说：“酒香还怕巷子深。”好的作品不见得就不会被埋没，有时候，适当的宣传和包装是必需的。在生活节奏日益加快的当今，信息的更替非常迅速，一个人的精力毕竟有限，要想从浩如烟海的各类资源中索取自己中意的东西，必然要借助一定的宣传媒体和平台。你的作品或者其他资源再好，如果没有任何的宣传，将很可能淹没在同类的海洋里，它们良莠不齐，但却足以产生巨大的麻烦。如果你是一只千里马，一味地待在马厩里等待伯乐出现是不明智甚至是不现实的，你需要时不时地出去遛遛，能力和才学只是一方面，你还需要学会营销自己。

另一个方面，我们也不得不承认大众群体依旧存在“趋炎附势”“人云亦云”的状况。皇甫谧的一篇序文，就让《三都赋》蜚声文坛，甚至让那些之前批评该文的人也改变态度，这一方面可能是皇甫谧的话确实点醒了观点偏执片面的一些人，但另一个更可能的原因是，大众出于敬畏或者盲目信仰的原因，接受了皇甫谧的观点，最终促成了《三都赋》的成功。这个社会上，依旧有很多人缺乏自己的主见和判断，过于依赖少数权威人物的论断和观点，这其实是一个危险的信号，当一个时代的话语权和决断力掌握在少数人手里的时候，专制和暴虐就有可能盛行，时代也更有可能走向倾覆。

【原文】

刘伶著《酒德颂》，意气所寄。

【译文】

刘伶曾创作《酒德颂》一文，以此寄托自己的志趣。

【解读】

“人生得意须尽欢”大概可以概括刘伶的志趣和追求吧。对刘伶而言，酒已经不仅仅是一种液体，而是已经虚化为他的一种生活态度和信仰，酒要喝个痛快，人要活得自在，一醉方休。当然，著文以言志，弦断有谁听？刘伶借酒抒怀，除了与恣意豪放的性情有关，各种的落寞与孤独，恐怕也只有他一个人能够体会吧。

【原文】

乐令善于清言，而不长于手笔。将让河南尹，请潘岳为表。潘云：“可作耳，要当得君意。”乐为述己所以为让，标位二百许语，潘直取错综，便成名笔。时人咸云：“若乐不假潘之文，潘不取乐之旨，则无以成斯矣。”

【译文】

乐广善于说话，但不善于写文章。他想要辞去河南尹的职位，于是请潘岳替他写一篇表文。潘岳说：“文章可以写，但需要知道你的意思。”乐广随即说明了自己辞官的理由和想法，总共说了二百多句话。潘岳根据乐广的主旨大意错综成文，写出来的文章一时传为名篇。当时的人都说：“如果乐广不借助潘岳的文章，潘岳不借鉴乐广的旨意，那就不可能成就这篇好文章了。”

【解读】

相得而益彰，潘岳和乐广各自施展自己长处，相互合作，最终促成一篇佳作。生活就是这样，你有你的优点，我有我的长处，如果各自单干，闭门造车，那双方可能都不会取得什么傲人的成果，但如果两人优势互补，通力合作，却可能能够达成一个完美结果。一个人的能力毕竟是有限的，因此，如果两个人能够将事情处理得更好，就不要闭门造车，做些吃力不讨好的工作。

从文中看来，潘岳非常乐于帮助乐广，这是对他人的一种敬重和负责，实际上也是对自己负责。他帮助了别人，同时也凭借写出来的文章获得了时人的肯定，因此也在一定程度上成就了自己。

【原文】

江左殷太常父子，并能言理，亦有辩讷之异。扬州口谈至剧，太常辄云：“汝更思吾论。”

【译文】

江东的殷融和殷浩是叔侄俩，都善于谈论玄理，但一个善于雄辩，一个则言语迟钝一些。每当殷浩高谈阔论、咄咄逼人的时候，殷融总是说：“你再好好想想我说的话。”

【解读】

殷浩的话犹如清水，滔滔不绝，但终究淡了一些；殷融的话却像酒，虽然少一些，陈一些，但却有味，值得细品。优点和缺点都是相对的，盲者善听，口讷者善思，你可能在某一方面欠缺一些，但可能恰恰藉此在另一方面发掘并塑造自己的优势。每个人都有优点和缺点，当你在一些领域和方面逊于他人的时候，不要灰心丧气，更不要执迷不悔，尝试着在其他的领域取得突破。很多时候，你之所以没成功并不是因为你不够优秀，而是因为没找到自己的优秀之处。

我们应该学会谦虚，这会让我们更理智、更平静地思考事情，当我们忙着和别人争风较真的时候，我们的头脑就会开始丧失判断力。殷融忙着和殷浩辩驳，逞口舌之快，但实际上却还没有真正了解殷浩真正要表达的意思。凡事不去争执，谦让一些，平淡一些，你的终究是你的，实在不必着急。

【原文】

庾阐始作《扬都赋》，道温、庾云：“温挺义之标，庾作民之望。方响则金声，比德则玉亮。”庾公闻赋成，求看，兼赠贶之。阐更改“望”为“俊”，以“亮”为“润”云。

【译文】

庾阐刚刚写完《扬都赋》时，评价温峤和庾亮说：“温峤是伸张大义的榜样，庾亮则是民望所归。这两个人，影响比洪钟的声音还要遥远，品德比玉石还要鲜明光洁。”庾亮听说《扬都赋》写成，借去看了看，并馈赠了庾阐一些礼物。之后，庾阐为了避讳，将原文中的“亮”字改为“润”字，随即又为了押韵，把“望”字改成了“俊”字。

【解读】

对别人的肯定和赞美就是一种尊重，尊重是相互的，你尊重对方，对方自然也尊重你，这就是庾阐替庾亮避讳的原因。相应的，如果你对别人不尊重，别人也不会将你放在一个重要的位置上。

在生活中，当他人对我们的态度不够好时，我们应该更多地从自己身上寻找原因，通常情况下，一个人是不会无缘无故地厌恶、讨厌他人的，肯定是被讨厌的人身上有些令人无法容忍或者不齿的举止和言行。当我们习惯通过自身归因来改善人际关系时，你会发现很多困扰自己的人际矛盾都迎刃而解了。

“文章千古事，得失寸心知”，好的文章就像一件精美的工艺品，是通过作者的精雕细琢才得以成形的，这除了要求作者要有一定的天分和素养，也要有耐心和细心。写文著书如此，做人同样如此，所谓“细节决定成败”，一个人拥有再宏伟再英明的战略，如果没有严格、认真的细节执行，也很难将它们付诸现实。

【原文】

孙兴公作《庾公诔》，袁羊曰："见此张缓。"于时以为名赏。

【译文】

孙绰写成《庾公诔》，袁乔说："诔中张弛有度。"当时的人将这句话视为著名的评价。

【解读】

文字犹如旋律，一张一弛，有高有低的节奏才会动人。做文如此，做人同样如此，所谓过犹不及，事缓则圆，无论在生活还是工作中，我们都应该把持一个合理的度，什么时候该放松，什么时候该绷紧自己的神经，保持一个合理的平衡，让自己随时都能以一个收放自如的姿态学习和生活。

【原文】

庾仲初作《扬都赋》成，以呈庾亮，亮以亲族之怀，大为其名价，云可三《二京》、四《三都》。于此人人竞写，都下纸为之贵。谢太傅云："不得尔，此是屋下架屋耳，事事拟学，而不免俭狭。"

【译文】

庾阐写好《扬都赋》后，把它拿给庾亮看，庾亮出于同族之情，对文章大加赞赏，说它可以和《二京赋》《三都赋》相提并论。一时间，人人争相抄写此文，导致都城建业的纸价都上涨了。谢安说："不该这样，《扬都赋》只是只不过是屋下架屋而已，处处模仿抄袭，创意贫乏，行文小气。"

【解读】

庾亮仅仅出于同族之情就大加肯定和赞赏扬都赋，显然是一种有失公允的行为。然而更富有荒诞色彩的是，就是庾亮的一句肯定和赞扬，扬都赋就一纸风行，成了人们争相抄送传咏的对象。个人鉴赏力的缺失和盲目跟风让文学创作成为有限几个人操纵的游戏，当强势人物的发言成为评判文章好坏的标杆时，文学创作已经进入一个黑暗的时期。

推而衍之，一个时代需要不同的声音和观点，如果我们一味地跟风，一味地沉默，只会成为时代的奴隶，让话语权和操纵权掌握在极少数人手里，失去维护自我利益的能力。庆幸的是，还有少数像谢安一样的人，敢于发表自己的观点，坚持自己的立场，不要忽视了这看似微弱的力量，正是他们的坚持和敢于作为，逐渐地让更多的人站出来，说真话。一个有主见的人，是不会被人牵着鼻子走的。

【原文】

习凿齿史才不常，宣武甚器之，未三十，便用为荆州治中。凿齿谢笺亦云："不遇明公，荆州老从事耳！"后至都见简文，返命，宣武问："见相王何如？"答云："一生不曾见此人。"从此忤旨，出为衡阳郡，性理遂错。于病中犹作《汉晋春秋》，品评卓逸。

【译文】

习凿齿史学才能出众，颇为桓温器重，不到三十岁就被用为荆州治中。习凿齿在写给桓温的谢文中说："如果不是遇见你这样英明的主人，我到老也就是个荆州从事罢了。"后来，习凿齿到京都谒见简文帝司马昱，回来后，桓温问他："你觉得简文帝怎么样？"习凿齿回答说："我这辈子都没见过这种人。"习凿齿因为这句话违背旨意，被降职为衡阳郡太守，神智也随即变得错乱。但在病中，习凿齿依旧写成了《汉晋春秋》一书，对史事的评价和见解超出常人。

【解读】

桓温对习凿齿有知遇之恩，因此习凿齿非常敬重桓温，这是一种心怀感恩的体现，他和人的才学一样宝贵。此外，习凿齿也是一个敢于直言，性情耿直的人，有什么就说什么，这种人处理事情通常麻利而高效，但有时也难免失之武断和草率。生活中，我们应该做一个富有主见，敢于发表个人观点的人，但在发表任何观点和言论之前，我们都应该保持冷静和理智，以图通过一种最合理的方式阐述自己的观点，不要做一个无头无脑的无畏者。

病中依旧能够著书立作，且能发现人未发之声，这说明习凿齿一方面才学过人，一方面也拥有过人的意志力。一个人的才学固然重要，但真正促成《汉晋春秋》诞生的其实还是习凿齿的个人素质和品质。生活中有很多人其实非常富有才华，但他们却缺少毅力和行动力，无法将体内蕴藏的才学化为众人可见的成果，结果碌碌无为，平庸一生。毅力、行动力等素质非常重要，有时它们比能力和才学重要，它们是一个人取得成功的重要基础和保障。

【原文】

桓公见谢安石作简文谥议，看竟，掷与坐上诸客曰："此是安石碎金。"

【译文】

桓温看完谢安写的简文帝谥号奏议，扔给座位上的客人说："这不过是谢安的零篇而已。"

【解读】

我们常说爱屋及乌，有时候，恨屋同样及乌。桓温因篡权未遂忌恨简文帝，所以才对谢安歌功颂德的奏议抱以非议。恨一个人就对所有与之有关的事物敌对，这种因个人的恩怨而对事物报以有失公允的评价显然是一种人格的缺失，是不可取的。其实无论喜欢一个事物还是讨厌一个事物，我们都应该足够理性，"金无足赤，人无完人"，任何人或事物都不可能是十全十美的，全盘肯定或者全盘否定都是有失客观的。不要让自己的主观情感和个人喜好左右了自己的认知和判断，否则你只会让自己的世界变得越来越狭隘。

【原文】

袁虎少贫，尝为人佣载运租。谢镇西经船行，其夜清风朗月，闻江渚间估客船上有咏诗声，甚有情致；所诵五言，又其所未尝闻，叹美不能已。即遣委曲讯问，乃是袁自咏其所作《咏史诗》。因此相要，大相赏得。

【译文】

袁宏小的时候家里十分贫穷，曾经被人雇佣运送租米。谢尚曾经乘船出行，当晚月朗风清，听到江中小洲旁的一艘商贩船上传来吟诗的声音，很有情趣；所吟诵的五言诗，又是他从来没有听到过的，随即赞叹不已。于是立即派人详细地询问打听，知道是袁宏在吟诵自己写的《咏史诗》。于是将袁宏邀请过来，并对他大加赞赏。

【解读】

每个人或长或短都会经历一段"怀才不遇"的岁月，对此，有些人选择了放弃和妥协，将自己的才华和梦想搁置在一边，开始了忙碌平庸的生活；有人却像袁宏一样，即使在贫贱的生活里，也一直不放弃自己的爱好，结果他们最终等到了机会和转机。有信念才有希望。

谢尚在听到江上有人吟诗时，首先想到的是诗作本身的优劣与否，而丝毫没有考虑吟诗的人是否该交往，是否该予以帮助和提携，这是对人才的一种非常纯粹的渴求，不带有任何的功利心。这种人通常能够网罗人才，是真正的人才推手。

【原文】

孙兴公云："潘文浅而净，陆文深而芜。"

【译文】

孙绰说："潘岳的文章浅显而洁净，陆机的文章深奥却杂芜。"

【解读】

深奥但却杂芜，这种文章或许蕴含很多的道理但却令人难以吸收，结果可能还没有浅显的文章带给人的启发大。其实好的文章通常都是简单而明了的，这并不是说好的文章幼稚，而是文章的作者善于将艰涩杂乱的道理写得浅显易懂，这才是写作的真功夫。生活中，我们在处理事情时都应去秉持删繁就简的原则，能够一步到位的事情就不要分两步来做，能够一句话说清的事情就不要用两句话来解释，我们的行动应该直指结果，不要将精力和时间消耗在没有必要的事情上面。

【原文】

裴郎作《语林》，始出，大为远近所传。时流年少，无不传写，各有一通，载王东亭作《经王公酒垆下赋》，甚有才情。

【译文】

裴启作《语林》，刚写完，便被远近的人们大相传送。当时的名流人手一份，没有不抄写的。其中载录有王珣的《经王公酒垆下赋》，非常有才华。

【解读】

好的文学作品就像是读者的代言人，它们可以说出你能够想到却又说不出口的道理和话语，或者它提供了一种符合你审美情趣的创作风格，因此你拿来代表你的品位和追求。不管是一种代言人式的追捧，还是一种偶像式的追捧，我们都不能迷失自己。有时候，我们可以按照某些人的想法和观点生活，但最终，我们还是要拥有自己的价值观和判断。观念和思想都会随着时间不断变化，昨天的金科玉律不见得就不会成为明天的桎梏。我们可以拥有信仰，但不能拥有盲目的信仰。

【原文】

谢万作《八贤论》，与孙兴公往反，小有利钝。谢后出以示顾君齐，顾曰："我亦作，知卿当无所名。"

【译文】

谢万作《八贤论》，和孙绰辩论，稍受挫折。后来，谢安将《八贤论》拿给顾夷看，顾夷说："我也曾写过一篇，估计你的文章确实没有什么好称赞的。"

【解读】

顾夷写过《八贤论》，了解此类话题可能存在的固有观点和局限，因此才给予谢安回复，不管他的观点是怎样的，至少他是尊重谢万的。如果我们对一个事物或者某个领域不够了解，就不要轻率地作出评价和判断，否则除了会误导他人之外，还会对我们的个人形象和素质造成不好的的影响。

此外，顾夷能够客观地评价和分析《八贤论》，没有因为个人情感而说一些奉承的话，这一点是值得肯定的。

【原文】

王东亭到桓公吏，既伏阁下，桓令人窃取其白事，东亭即于阁下另作，无复向一字。

【译文】

王珣到桓温手下当官，已经等候在官署门前，桓温让人偷走了他的文书。王珣随即在官署门前重新写了一份，与之前的那一篇相比，没有更改一个字。

【解读】

王珣是富有真才实学的，因此才能在面对突发状况时迅速地采取措施，我们常说“兵来将挡，水来土掩”，但前提是我们要有“将”和“土”，面对意外的唯一方法是我们提前拥有抵挡和解决他们的能力和举措。我们当然不希望意外发生，但必须努力成为一个敢于面对并能够解决意外的人。

王珣能够一字不差地记起之前写过的文书，这一方面可能因为其出色的记忆力，但也可能是因为他在写文时投入了精力和情感。对于一个真正用心创作的人来说，文字就像是自己的孩子，它们的音容笑貌，你怎么会忘记呢？生活和创作一样，要投入自己的情感和精力，那些总是喜欢敷衍了事的人，很难成大器。

【原文】

桓宣武北征，袁虎时从，被责免官。会须露布文，唤袁倚马前令作。手不辍笔，俄得七纸，殊可观。东亭在侧，极叹其才。袁虎云：“当令齿舌间得利。”

【译文】

桓温北征时，袁宏跟在身边，后来被免去官职。一天，桓温碰巧需要写一篇檄文，于是将袁宏叫到跟前，让他倚在马前写作。袁宏手不停笔，不一会儿就写了七张纸，非常有文采。王珣站在一旁，非常欣赏他的才华。袁宏说：“我应该因此而得到一些好处吧。”

【解读】

文思泉涌，说的大概就是袁宏这种人吧。但所谓“厚积薄发”，一个人只有积蓄的够多，才能在关键时间一下子爆发出来。因此我们不要幻想自己平白无故地就能爆发惊人的能量，这是要有一定的先决条件进行支撑的，书读多了才能下笔如有神，路走多了才能够熟悉通往目的地的捷径。只有足够勤劳，不断地努力和进步，成功和奇迹才会降临到我们头上。

袁宏希望通过自己的文章争取一些利益，虽然有些耍小聪明，但也是人之常情，无可厚非。而且需要意识到的是，袁宏并没有替自己的开拓，而是在自己“有所作为”时表达了将功赎罪的意愿，这说明他没有失去基本的理智。当我们身处逆境时，不要惊慌冲动，盲目地行动和举措只会让我们更加被动。要知道，危难时刻，拯救一个人的不是冲动，而是理智。

【原文】

或问顾长康：“君《筝赋》何如嵇康《琴赋》？”顾曰：“不赏者作后出相遗，深识者亦以高奇见贵。”

【译文】

有人问顾恺之：“你的《筝赋》和嵇康的《琴赋》比起来，怎么样？”顾恺之回答说：“不欣赏的人认为《筝赋》是步人后尘，不值得重视；读懂的人则觉得它高深奇妙，珍宠不已。”

【解读】

步人后尘并不等同于抄袭，它同样可以出新，带给人不一样的新鲜感。因此当我们在借鉴和汲取先人的营养时，完全没有必要背负任何的包袱，步人后尘又怎样，我们完全能够“旧瓶装新酒”，推陈出新。

生活中，我们难免会有被人泼冷水的时候，世界可以是冰凉的，但别忘了我们还有一颗火热的心，坚韧和乐观就是对他们的最好回击，何况即使身处逆境，我们也不会孤身一人，总有些人会和我们站在一起。我们要做的，就是继续走下去，坚持下去，用结果让那些冷漠乃至心怀叵测的人闭嘴。

“得之我幸，失之我命”，这个世上有些事情是我们无法改变的，对此应该以一颗平常的心态来看待，有人喜欢你，也有人讨厌你，顺其自然就好了，你的好终究是你的，忌恨你的人也不会让你的好变成坏。你只需要坚持做你认为正确的事情即可。

【原文】

殷仲文天才宏赡，而读书不甚广博，亮叹曰：“若使殷仲文读书半袁豹，才不减班固。”

【译文】

殷仲文才华横溢，只是读书不够广博，傅亮曾经感慨说：“如果殷仲文读的书有袁豹的一半，那么他的才气将不输班固。”

【解读】

“读书破万卷，下笔如有神”，读书可以养心，可以益智，或者如文中所言，可以增加一个人的“才气”。每一本书里都包含着作者的智慧和感悟，读一千本书好比吸纳一千个人的智慧。永远不要忽视书籍的力量，读书可以让我们变得更加强大。

生活中常常有人说“如果”，但这世上本来就没有如果的事，一件事情或者发生，或者不曾发生，没有任何其他状态。因此，永远不要耽于幻想，对于任何一件事情来说，如果你觉得可能就立即采取行动去做，否则一切的空想和展望都是没有意义的。每个人都可以在心中想象一栋楼阁，但真正付诸实施并最终达成预想结果的，寥寥无几。不要犹疑和拖延，采取行动才是关键的，而且当你行动起来时，你常常会发现，自己曾经设想过的困难和阻隔并没有想象中那样艰巨和可怕。

【原文】

羊孚作《雪赞》云：“资清以化，乘气以霏。遇象能鲜，即洁成辉。”桓胤遂以书扇。

【译文】

羊孚在《雪赞》中写道：“凭借清风变化，乘着大气变化成雪，落到地上使事物变得光鲜，熠熠生辉。”桓胤随即将这首诗写在扇面上。

【解读】

《雪赞》是一手玄言诗，羊孚通过对雪的形态和变化过程的描述，概括了世间万物生成和变化的基本规律，同时借此寄托了自己清高的胸怀，迎合了魏晋时期的追求和风流。

什么样的时代孕育什么样的人才，在特定的文化背景和历史条件下，一个人通常很难摆脱时代的拘束和束缚，至少在一段时间内，我们都可能处于时代的操纵和包围之中，直到我们足够成熟，在积累了足够的阅历和经验后，才慢慢摆脱时代的束缚，逐渐拥有并发出自己的声音。其实成长不过是一个渐渐走向独立的过程，这除了简单的生理上的独立自主，也包括心智上的独立自主，我们曾经是时代的附庸者，但在经历了足够长的时间后，我们会从一个新的高度审视自己所处的时代，也只有在这个时候，我们才可能成为改变时代的人。

【原文】

王孝伯在京，行散至其弟王睹户前，问："古诗中何句为最？"睹思未答。孝伯咏："'所遇无故物，焉得不速老？'此句为佳。"

【译文】

王孝伯在京城，服用五石散后走到了他弟弟王睹的门前，问道："你认为古诗中哪句写得最好？"王睹陷入沉思，不能回答。王孝伯说："'遇到的事物不似从前，怎么才能不变老呢'，这句诗写得最好。"

【解读】

魏晋时期的人都讲求长生不老，他们服药就有这方面的考虑。但人终究会变老，世上也根本没有长生不老药，因此人生的短暂和时间的流逝成了当时文人时常关心和感慨的问题。

"寄蜉蝣于天地，渺沧海之一粟"，相比于永恒的时间而言，人的生命确实是短暂的。但如果不能有所作为，即使我们能够长生不老也是没有任何意义的。

时间总是在不经意间改变事物的本来面貌，但这本身并不足以成为我们感慨唏嘘的原因。实际上，我们之所以常常对过往的事情抱以唏嘘，往往是因为我们在过去的某些阶段做得不够好，心存遗憾。人生没有草稿，不留遗憾才是一种最好的生活方式。

【原文】

桓玄尝登江陵城南楼云："我今欲为王孝伯作诔。"因吟啸随而下笔。一坐之间诔以之成。

【译文】

桓玄曾经登上江陵城的南楼说："我今天想给王孝伯写篇诔文。"于是吟咏很久之后，随即下笔，在大家坐谈的时候，诔文已经写完了。

【解读】

磨刀不误砍柴工，桓玄虽然花了很长时间酝酿，之后才动笔，但却一蹴而就写成诔文，他前期的积累和酝酿并不是没有意义地浪费时间，而是在为之后的发挥蓄力。在做一件事情之前，不要吝啬于准备和酝酿的时间，有些人在得到一项任务之后，几乎没有经过大脑的思考和分析就开始着手行动，忙碌了很长时间，自始至终都没有一个合理的计划，最终导致结果一塌糊涂。

准备也是一种行动，它会让你更加从容高效地进行接下来的每一步计划。磨刀不误砍柴工，你或许比别人起步晚，但最终，你依旧很可能成为第一个到达终点的人。

【原文】

桓玄初并西夏，领荆、江二州、二府、一国。于时始雪，五处俱贺，五版并入。玄在听事上，版至，即答版后，皆粲然成章，不相揉杂。

【译文】

桓玄刚刚兼并荆楚地区的时候，任职荆州和江州的刺史，统领八州都督府和后将军府，封南郡国公。当时的天气已经开始下雪了，五处全都来庆贺，五封贺笺也被一起送了过来。桓玄坐在厅堂里，贺笺一到，便在笺后答复，全都文辞华丽，下笔成章，各篇答复毫不混杂，没有重复的地方。

【解读】

一团乱麻，总有一个开始的地方，凡事先理清头绪再着手解决，要比毫无章法和准备地瞎忙一气划算许多。我们并不奢求拥有桓玄般迅速超凡的处事能力，但至少要努力变得更沉稳些，不要手忙脚乱。“兵来将挡，水来土掩”，手头事情太多并不可怕，怕的是你自乱阵脚，没了章法。

桓玄能够第一时间回复贺笺，除了说明他拥有出众的才学之外，也意味着他非常地重视和尊重他人。生活中，当我们向某些人求助时，对方可能表面上显出一副极其热情的样子，但在应付一番后却忘得一干二净，这种人是不值得信赖的，而我们也应该避免成为这样的一种人。当你将他人摆在心目中一个重要的位置上时，对方自然也会敬重和尊敬你。

【原文】

桓玄下都，羊孚时为兖州别驾，从京来诣门，笺云：“自顷世故睽离，心事沦蕴。明公启晨光于积晦，澄百流以一源。”桓见笺，驰唤前，云：“子道，子道，来何迟！”即用为记室参军。孟昶为刘牢之主簿，诣门谢，见云：“羊侯，羊侯，百口赖卿。”

【译文】

桓玄来到京都，羊孚当时担任兖州别驾，特地从京口赶来登门拜访，拜笺上说：“近来世事变迁，变故无常，心中郁结成疾。是您在黑夜里为我们带来了光明，让千百条泛滥的河流汇在一起。”桓玄看完拜笺，急忙将羊孚叫到跟前说：“子道啊，子道，你怎么来得这么晚。”随即任命他为记事参军。孟昶是刘牢之的主簿，登门向桓玄谢罪时，见到羊孚，说：“羊侯，羊侯，我们全家人的性命全寄托在你身上了。”

【解读】

桓玄之所以对羊孚有相见恨晚之情，除了看重羊孚的才学，肯定也有招募支持者和幕僚方面的考虑，而羊孚歌功颂德的文字背后，也无疑包含着超出文学创作本身的意图。可以说，桓玄和羊孚虽然可以称为文人，但他们心中都是拥有政治野心的人，文学上的交流和切磋只是他们的一种伪装，人际关系上的斡旋和较量才是他们的本来用意。

历史中并非只有战火与硝烟，也充斥着文人间的较量和争斗。在这场没有硝烟的战争里，语言和文字成了战场，心计成了一个人的武器。这场战争貌似比真刀真枪来得温柔得多，但它们的残酷性一点也不输戈矛相见。

方正第五

【原文】

陈太丘与友期行，期日中。过中不至，太丘舍去，去后乃至。元方时年七岁，门外戏。客问元方："尊君在不？"答曰："待君久不至，已去。"友人便怒曰："非人哉！与人期行，相委而去。"元方曰："君与家君期日中，日中不至，则是无信；对子骂父，则是无礼。"友人惭，下车引之。元方入门不顾。

【译文】

陈寔约好和朋友在中午一起出行。到了中午，朋友没有来，陈寔于是就独自出行了，走之后，朋友才赶过来。陈寔的儿子陈纪当年七岁，正在门外嬉戏。客人问陈纪："你的父亲在吗？"陈纪回答说："等你很久不见你来，已经走了。"友人非常生气，说："简直不是人啊！约好和人一起出行，现在却抛下别人自己走了。"陈纪说："你和我父亲说好中午会面，到了中午你还没来，这就是言而无信；当着别人的儿子指责他的父亲，这就是无理。"听完陈纪的话，友人十分惭愧，急忙下车拉陈纪，陈纪没理他，头也不回地跑到门里去了。

【解读】

言而有信，是每一个人都该把持和坚守的原则之一，就这一点而言，陈寔的朋友无疑是理亏的一方；当着对方的面指责对方的家属，这显然有失道德和礼貌的，何况指责本身就站不住脚。既无德，又失礼，这么看来，陈寔的这位朋友活脱脱一副无理取闹的模样，也难怪年幼的陈纪不想搭理他了。

尊重是相互的，你尊重对方，对方自然也会尊重你；而如果你不把别人放在眼里，就不要太期望别人把你摆在尊贵的位置上了。很多人都责怪世界对自己无情、冷漠，但在归因的时候，应该更多地考虑一下自己的态度和做法，如果自己摆着一副冷若冰霜的面容，又怎能苛求世界还你一个拥抱呢？

【原文】

南阳宗世林，魏武同时，而甚薄其为人，不与之交。及魏武作司空，总朝政，从容问宗曰："可以交未？"答曰："松柏之志犹存。"世林既以忤旨见疏，位不配德。文帝兄弟每造其门，皆独拜床下。其见礼如此。

【译文】

南阳的宗承和晋武帝曹操是同时代的人，但非常鄙薄曹操的为人，不与他交往。等到曹操做了司空，总揽朝政之后，他从容地问宗世林："可以和我交往了吗？"宗世林回答说："松柏之志还在。"随后，宗世林因为忤逆曹操被疏远，德高而位低。曹丕和曹植每次登门拜访他，都恭敬地拜在他的床榻之下。他被人尊敬到这种地步。

【解读】

"贫贱不能移，威武不能屈"，宗承是个有气节和坚守的人，在曹操发迹之前如此，在曹操发迹之后同样，这一点尤为可贵，很多人在面对威逼利诱时无法坚守内心的准则，但宗承却能一如既往坚守最真的自己，这一点尤为可贵。在生活中，难免有些事情会和我们心目中的价值观和世界观产生冲突，这时我们要坚守原则，否则很可能会在这个混乱的世界里迷失自己。

在宗承受到曹操排挤之后，曹丕和曹植作为曹操的子嗣，却依然能够发自内心地尊重和钦佩宗承的为人，他们同样是值得尊重的。从本质上讲，他们的为人原则和宗承其实是一样的，都能够始终坚持自己的本性，坚持真正正确的选择，不管外界的情形是怎样的。这种坚守足以成为很多人的榜样。

【原文】

魏文帝受禅，陈群有戚容。帝问曰："朕应天受命，卿何以不乐？"群曰："臣与华歆服膺先朝，今虽欣圣化，犹义形于色。"

【译文】

魏文帝曹丕即位，陈群面露忧愁。曹丕问道："我顺应天命继位登基，你为什么不高兴呢？"陈群说："我和华歆都忠心于前朝，现在虽然欣喜于魏朝建立，但怀念旧主之情依旧难以掩盖。"

【解读】

改朝换代是历史的大趋势，从整体上看来，在时代的不断变迁中，社会形态在不断地完善，生活水平在不断地提高，人们的意识和素养也在不断地进步，推陈方能出新，这一点儿错也没有。当然，新生事物的出现，通常意味着某些旧事物的沦落和逝去，这几乎是一个无法规避的过程，但这并没有什么好惋惜的，因为我们在抛弃旧有事物时，并非一股脑地将过往积攒的东西全部废弃，而是"去其糟粕，取其精华"，不断追求进步，这也是我们一直提倡改变和创新的原因。

陈群之所以面露忧愁，一方面可能确实对前朝倾注了太多情感，在行将告别时，心中难免有所不舍和怀念；另一方面也可能有些因循守旧，缺乏对新生事物的接受能力。这一点，是陈群包括其他许许多多的人应该摒弃的。因循守旧的人，通常有懒惰和胆怯的通病，他们不愿意付出，害怕改变带来的一切不确定因素，结果他们总是故步自封，致使自己与这个时代越来越远，直至被彻底淘汰。

【原文】

郭淮作关中都督，甚得民情，亦屡有战庸。淮妻，太尉王凌之妹，坐凌事，当并诛，使者征摄甚急。淮使戎装，克日当发。州府文武及百姓劝淮举兵，淮不许。至期遣妻，百姓号泣追呼者数万人。行数十里，淮乃命左右追夫人还，于是文武奔驰，如徇身首之急。既至，淮与宣帝书曰："五子哀恋，思念其母。其母既亡；五子若殒，亦复无淮。"宣帝乃表，特原淮妻。

【译文】

郭淮任职关中太守，很得民心，并多次立下战功。郭淮的妻子是太尉王凌的妹妹，因为王凌谋逆受到株连，依法将被处死，朝廷的官吏急于缉拿她。郭淮让妻子准备行装，按照限定的日期出发。州府里的文武官员还有关中的老百姓都劝郭淮起兵，但郭淮没有同意。到了郭淮妻子出发的日子，哭喊着追逐郭淮妻子的百姓有好几万人。走了几十里地，郭淮才命令手下的人把夫人追回来，于是文武官员奔驰着追上郭淮妻子一行，像营救她的性命一般着急。追回来之后，郭淮给司马懿写了封信说："五个儿子十分悲痛，思念他们的母亲，如果母亲死了，那他们也就没法活了；五个儿子没了，那郭淮我也活不下去了。"司马懿随即特别宽赦了郭淮妻子的罪。

【解读】

中国古代的权势之争是非常残酷而血腥的，“宁可枉杀千人，毋使一人漏网”，统治者为了铲除异己，消除隐患，常常不择手段，株连之罪可以算作其中的极端表现之一。显然，郭淮的妻子是无辜的，但因王凌谋逆受到牵扯，惹来杀身之祸，表面上已经难逃一死。郭淮肯定比其他任何人更想解救自己的妻子，但他在危急时刻表现出了超出常人的冷静和镇定，并没有听取老百姓的建议起兵造反，而是先利用群众制造足够的舆论压力，而写信给司马懿，动之以情，晓之以理，最终成功地救了自己的妻子。

以郭淮的实力，如果当初他选择起兵造反，结局大概十有八九会战败，作出这种基本的判断对于一个身处正常环境条件中的人来说并不困难，但对于危急时刻中的人来说却难能可贵，这也正是郭淮的高人之处。当我们遇到紧急状况时，一定不要盲目急促地采取行动，如果条件和实际允许，尽量给自己多一些选择和考虑的时间，让理性占据你的大脑之后，再作出判断和选择，当你的大脑失去理智时，思维会非常混乱单一，但当你冷静下来时，你却能想到更多的选择和解决问题的途径，而转机和机会，可能就隐藏在其中。

郭淮凭借什么打动了司马懿？是真情，是诚挚而毫不掺假的情感。生活中，很多争执和纠纷的起因其实正是双方彼此欺骗、隐瞒或者背叛，结果他们越纠缠，矛盾就越激化，直到一方忍无可忍而采取极端的处理方式。如果他们从一开始就坦诚相待，真诚地对待彼此，平静客观地承担自己的责任，承认自己不对的地方，问题早就迎刃而解了。

【原文】

诸葛亮之次渭滨，关中震动。魏明帝深惧晋宣王战，乃遣辛毗为军司马。宣王既与亮对渭而陈，亮设诱谲万方，宣王果大忿，将欲应之以重兵。亮遣间谍觇之，还曰："有一老夫，毅然仗黄钺，当军门立，军不得出。"亮曰："此必辛佐治也。"

【译文】

诸葛亮驻兵在渭河岸边，关中人民大为震惊。魏明帝深怕司马懿出战，于是派遣辛毗担任司马懿的军司马。司马懿和诸葛亮在渭河两岸排兵布阵，诸葛亮多次引诱司马懿动兵，司马懿果然大怒，准备用重兵迎战诸葛亮。诸葛亮暗中派遣间谍刺探，间谍回来说："有一个老人，手持黄钺坚定地站在魏军军营门口，军队没法出发。"诸葛亮说："这人一定是辛毗。"

【解读】

诸葛亮多次用计，无非就是想激怒司马懿，结果司马懿果然落入圈套。由此可见，沉着冷静对于一个人来说是非常重要的，如果没有辛毗，司马懿可能已经为自己的鲁莽和冲动付出代价了。而另一方面，我们也可以看出诸葛亮的知人之明，他了解司马懿的性情，因此“对症下药”，专捏司马懿的软肋，结果事半功倍，很快就让战局出现了“转机”。

所谓“棋逢对手，将遇良才”，诸葛亮胜券在握，无奈魏军营中还有一个老谋深算的辛毗。当属下将情况告知诸葛亮时，他自然没有见过间谍口中的老人，但他却一口咬定对方就是辛毗，这再一次印证了诸葛亮的知人。“知己知彼，百战不殆”，诸葛亮是历史上杰出的军事、指挥家，他之所以能够运筹帷幄，胸有成竹，关键还是在于他善于了解对方，善于审时度势，根据对方的特点采取行动，从来不盲目决策。

【原文】

和峤为武帝所亲重，语峤曰："东宫顷似更成进，卿试往看。"还，问何如。答曰："皇太子圣质如初。"

【译文】

和峤被晋武帝司马炎器重，司马炎曾对和峤说："太子进来似乎有所长进，你可以去看看。"和峤回来后，司马炎问他怎么样，和峤说："太子的资质和从前一样，没有改变。"

【解读】

司马炎知道太子生性愚笨，因此十分担心他能否继任王位，让和峤去观察太子其实是想让和峤给他一些心理上的支持。司马炎清楚太子并没有改观，但他肯定希望和峤给他一个太子已经变好的消息。然而，和峤并没有成为谎话和权势的附庸者，最终在司马炎心头浇了一盆冷水。

无疑，和峤是一个有气节和坚守的人，没有在权贵面前露出丝毫阿谀奉承的相貌，坚持说真话、讲实情。而另一方面，我们也可以看出和峤说话的艺术，他并没有说太子像之前一样愚笨，而是说太子的资质和从前一样，但对太子的资质如何不作任何的评判，这就是他的高明之处。太子的资质如何司马炎心里自然清楚，和峤的这盆冷水够冷却也没有留下任何把柄和破绽，司马炎自然也就无从苛责了。

生活中，我们应该有自己的主张和观点，但这并不意味着就要为此和人针锋相对，直截了当地点明自己的立场，甚至不惜恶语伤人。我们完全可以采取一种迂回而间接的方式，委婉地表达自己的主张，最终在表面不伤害对方的情况下，让自己的立场和观点击垮对方。这就像打太极，太极的每一招每一式都是非常和缓的，但就是这些看似绵软无力的招式，最终却可以四两拨千斤，释放出惊人的力量。

【原文】

诸葛靓后入晋，除大司马，召不起。以与晋室有雠，常背洛水而坐。与武帝有旧，帝欲见之而无由，乃请诸葛妃呼靓。既来，帝就太妃间相见。礼毕，酒酣，帝曰："卿故复忆竹马之好不？"靓曰："臣不能吞炭漆身，今日复睹圣颜。"因涕泗百行。帝于是惭悔而出。

【译文】

诸葛靓后来到了晋都洛阳，被封为大司马，但不肯应诏。因为和晋王室有仇，常常背对洛水而坐。他和晋武帝司马炎有旧交，司马炎想见他，但是没有合适的理由，于是便让他的姐姐诸葛妃请他。诸葛靓到了后，司马炎去诸葛妃那里见到了他。叙礼之后，两人饮酒正酣，司马炎问道："你还记得我们小时候的友谊吗？"诸葛靓说："我不能像豫让一样吞炭漆身，所以才在今天又见到您。"随即泪流不止。司马炎听完惭愧不已，起身离去。

【解读】

诸葛靓的父亲被司马家族所害，杀父之仇终生不忘，这是诸葛靓始终如一的坚守；念及姐姐的邀请赴宴，这又体现了诸葛靓重视亲情、富有人情味的一面。可以说诸葛靓是个有情又有义的人，有自己的气节和坚守，同时又不会因此摒弃和遗忘身边的人。

而从诸葛靓的哭诉里，我们看出他对自己不够果决、不够勇武的悔恨和自责。从这一点我们可以看出，虽然他的性格确实多少有些软弱和犹疑，但他至少是个能够自我检省和自我审视的人。

人最难了解的就是自己，这句话颇有道理。现实生活中，很多人根本不了解自己，对于自己，不是纵容就是无视。这种人其实是最不负责的，因为他们可以将巨大的精力投入到周遭的事物上面，却从来不关心自己，一个对自己都不负责和关心的人，又何谈对其他人负责呢？

论语中曾提到“吾日三省吾身，为人谋而不忠乎？与朋友交而不信乎？传不习乎？”生活中我们应该时不时地停下脚步，静下心来想想自己做过什么，哪些做得不够好。当你不断地审视自己时，之前隐藏的过失和错误就会逐渐暴露出来，当你将他们都消灭和剔除之后，你的人生将走向真正的快车道。

【原文】

武帝语和峤曰：“我欲先痛骂王武子，然后爵之。”峤曰：“武子俊爽，恐不可屈。”帝遂召武子，苦责之，因曰：“知愧不？”武子曰：“尺布斗粟之谣，常为陛下耻之！它人能令疏亲，臣不能使亲疏。以此愧陛下。”

【译文】

晋武帝司马炎对和峤说：“我想先痛骂王济一通，然后再封他爵位。”和峤说：“王济清俊豪爽，恐怕不会屈服。”司马炎随即召见王济，狠狠地骂了他一顿，然后说：“你知道羞愧吗？”王济说：“想到一尺布一斗栗这样的歌谣，我就会替你感到羞愧，他人可以和疏远自己的亲人亲近，我却不能使亲近的人疏远，因此愧对陛下。”

【解读】

晋武帝有意排挤自己的弟弟司马攸，和峤曾多次阻止，因此惹怒司马炎。面对司马衍的辱骂，和峤既没有忍气吞声，也没有暴跳如雷，而是照着司马炎的意思继续说下去，最后让晋武帝成了真正应该羞愧的人。和峤首先通过“一尺布一斗栗”的歌谣讽刺了晋武帝容不下自己的兄弟，这种通过既有的古训或者歌谣讽刺对方的方式，能够很大程度抵消和峤讽刺的主观性和恶意，但又能够比较深入透彻地影响对方；而紧接着，和峤又声明自己作为司马炎的辅臣，有责任帮助君主改变这种局面却没有成功，并承认这是值得自己羞愧的。这样一来，和峤既有力地回击了晋武帝，同时又体现了一个臣子对君主的尊重和忠诚。面对这样的臣子，想必晋武帝也没有什么好说的，一个既敢直言，又有意辅佐自己的人，他怎么会下得了手呢？

和峤处理矛盾和突发状况的能力的确突出，他能够最大限度地保持自己的尊严和处事原则，同时又能有力驳斥对方。这一方面要有一个处变不惊的心态，另一方面也要有一定的阅历和修养。一个人的外表可以是柔弱的，但内心一定要坚强。

【原文】

晋武帝时，荀勖为中书监，和峤为令。故事：监、令由来共车。峤性雅正，常疾勖谄谀。后公车来，峤便登，正向前坐，不复容勖。勖方更觅车，然后得去。监、令各给车，自此始。

【译文】

晋武帝时，荀勖是中书监，和峤任中书令。按照惯例，中书监和中书令向来都是乘坐同一辆车。和峤性情正直，常常痛恨荀勖阿谀奉承，不愿和他坐一辆车。后来官车来了，和峤就先上车，坐在前排中间，车里无法容下荀勖。荀勖只好另找一辆车，这才得以离开。从此以后，中书监和中书令要分别派官车接送。

【解读】

“道不同不相为谋”，偏偏和峤还要更进一步，连坐车都不想跟荀勖挨在一起。由此可以看出和峤的率真性情，喜欢就是喜欢，讨厌就是讨厌，绝不掩饰，绝不伪装。但不得不说，和峤虽然性情率直，但行动也未免有些过激。魏晋时期是门阀和政治争斗非常激烈的时期，有些人仅仅因为举止言行上的过失就招来杀身之祸，因此和峤的做法其实是很危险的。表明立场和观点的方式很多，而通过肢体上的动作和行为来表现通常是最鲁莽也是最危险的方式。

荀勖虽然被“排挤”，但并未因此与和峤爆发言语乃至肢体上的冲突，由此可见他用有一定的忍耐力和宽容心，这是值得我们借鉴的。宽容的人通常不会身处危险之中，因为他们与人不争、与世无争，总是能够给别人足够的空间和余地，很少与人发生争执。

【原文】

山公大儿著短帢，车中倚。武帝欲见之，山公不敢辞，问儿，儿不肯行。时论乃云胜山公。

【译文】

山涛的大儿子山允带着便帽，倚在车边。武帝想要见他，山涛不敢推辞，于是询问儿子，儿子不肯去。当时的舆论认为山涛的儿子胜过父亲。

【解读】

表面上来看，山涛的儿子山允不畏权贵，坚守自己的选择，这看起来确实比惧怕权贵的山涛“更胜一筹”，但这可能也只是大部分人认同的一种观点而已。在魏晋时期，权贵通常掌控着生杀予夺的权力，山允这种不顾一切的处事方式其实无异于鲁莽，它虽然能够捍卫山允的原则和尊严，但同时也很可能会给自己带来杀身之祸，而一个人一旦失去了生命，他的原则和尊严也就无从谈起了。当然，这并非意味着我们就可以为了生存放弃自己的原则和尊严，只是很多事情的处理并非只有一个途径，如果能够以一种间接又相对安全的方式来捍卫自己的人格，我们就不要贸然赌上自己的性命。

在山允拒绝了司马炎的邀见后，山涛谎称山允患有疾病才使他“逃过一劫”。由此看来其实山涛还是胜过儿子，他并非没有正骨和傲气，他只是懂得以最合理的方式保全自己，他的智慧和通达，是山允欠缺并需要学习的。

【原文】

向雄为河内主簿，有公事不及雄，而太守刘准横怒，遂与杖遣之。雄后为黄门郎，刘为侍中，初不交言。武帝闻之，敕雄复君臣之好。雄不得已，诣刘再拜曰：“向受诏而来，而君臣之义绝，何如？”于是即去。武帝闻尚不和，乃怒问雄曰：“我令卿复君臣之好，何以犹绝？”雄曰：“古之君子，进人以礼，退人以礼；今之君子，进人若将加诸膝，退人若将坠诸渊。臣于刘河内，不为戎首，亦已幸甚，安复为君臣之好？”武帝从之。

【译文】

向雄任职河内主簿时，有一件公事本来和向雄没有关系，但太守刘准却无缘无故地大发脾气，对向雄施以杖刑并将其革职。后来，向雄任职黄门郎，刘准任侍中，两人从来不说话。晋武帝听说后，命令向雄重修君臣之好。向雄迫不得已，前往刘准门下拜了两次说：“我奉旨来你这里，但我们之间的君臣友谊已经决裂，你想怎么样？”说完不辞而别。武帝听说两人依旧没有和好，随即生气地问向雄：“我让你和刘准恢复君臣之好，可你为什么依旧和他断绝关系？”向雄回答说：“古代的君子，任用人的时候讲究礼仪，罢免人的时候也讲究礼仪。现在的君子，任用人时恨不得把对方抱到膝盖上，罢免人时却恨不得把人推进深渊里。我没有和刘准刀兵相见，已经万幸了，怎么可能重新恢复君臣之好呢？”武帝听从了向雄的话，从此不再强迫他和刘准和好。

【解读】

观察一个人品行的最佳方式之一，就是看他怎样对待一个对自己已经没有利益可言的人。因为已经失去利益的纠缠，一个人已经不需要再伪装和遮掩什么，这时候，他的本性通常会真实地展现出来。

不得不说，有时候，一个人在没有任何威胁和负担的情况下表现出来的言行是非常可怕的，肆无忌惮的辱骂和暴力，对他人的冷酷、轻蔑等。自我约束力的沦丧和缺失，将让一个人随时都可能成为一个疯狂而无所拘束的人，而长时间的恶行或者恶习终将给他们带来严重的后果。因此我们要学会约束管理自己，你的内心应该拥有一个道德的标尺，什么事情该做，什么事情不该做，都要有清晰的既定。很多人都追求“自由”，但自由不是放纵，自由也是有原则的。

【原文】

齐王冏为大司马，辅政，嵇绍为侍中，诣冏咨事。冏设宰会，召葛旟、董艾等共论时宜。旟等白冏：“嵇侍中善于丝竹，公可令操之。”遂送乐器。绍推却不受，冏曰：“今日共为欢，卿何却邪？”绍曰：“公协辅皇室，令作事可法。绍虽官卑，职备常伯。操丝比竹盖乐官之事，不可以先王法服为伶人之业。今逼高命，不敢苟辞，当释冠冕，袭私服，此绍之心也。”旟等不自得而退。

【译文】

齐王司马冏任职大司马，辅佐朝政。嵇绍任职侍中，到司马冏那里咨询事情。司马冏随即设置宴会，邀请官吏们集会，召集葛旟、董艾等人一起讨论时政。葛旟等人对司马冏说：“听说嵇绍善于弹奏乐器，主公可以让他献奏一曲。”司马冏于是命人取来乐器，但嵇绍坚辞不受。司马冏说：“今天我们一起玩乐，你为什么要推辞呢？”嵇绍回答说：“主公辅佐皇室，命人做事应当合乎礼法，我虽然官职卑微，但也相当于周朝的常伯一职，演奏乐器是乐官们的事情，我不能穿着先王指制定的法服干伶人乐师们干的事情。但现在迫于您的命令，不敢轻易推辞，因此请让我先脱掉礼帽和官服，穿上便服，再弹奏乐器，这是我的意思。”葛旟等人听完，自觉没趣，起身退下。

【解读】

嵇绍不肯接受穿着法服奏乐，这可以视为他自尊自爱的一种体现，只不过在别人眼里可能有显得有些“别扭”乃至做作。每个人都有他的处事原则和坚守，区别在于，有的人活得自由无拘一些，有的人活得严谨周密一些，但不论你的人生精度在什么层面，你都需要坚守这种精度。就这一点而言，嵇绍做得十分出色，因为它能够时刻按自己的人生准则为人处事，这种执行力是值得众人学习的。

【原文】

卢志于众坐，问陆士衡：“陆逊、陆抗是君何物？”答曰：“如卿于卢毓、卢珽。”士龙失色，既出户，谓兄曰：“何至如此，彼容不相知也？”士衡正色曰：“我父、祖名播海内，宁有不知，鬼子敢尔！”议者疑二陆优劣，谢公以此定之。

【译文】

卢志当着众人的面问路机：“陆逊和陆抗是你的什么人？”陆机回答说：“就好比你和卢毓、卢珽的关系一样。”陆云听完大惊失色，走出房门后对陆机说：“何必要这样呢，他或许真的不知道呢？”陆机回答说：“我们的祖父和父亲名扬海内，他怎么可能不知道呢？这个龟儿子竟敢如此无礼！”当时舆论一直无法判断二陆孰优孰劣，谢安据此做出了判断。

【解读】

陆逊和陆抗分别是陆机的祖父和父亲，因此卢志直呼姓名地提问无疑非常粗鲁和无理，而且他并非不知道陆逊和陆抗的身份，这也让他的提问无异于挑衅。面对挑衅，陆机并没有丝毫怯懦，而是毫不客气地予以还击，可谓“以其人之道，还治其人之身”，这足见陆机是富有血性的，不肯轻易地屈服于他人之下。相反，面对同一件事情，陆云表现出来的却是惊慌和软弱。对比来看，陆机显然比陆云更高一筹，想必这也是谢安做出的判断。

当个人的尊严或者利益受到损害时，首先想到的不应该是逃避和妥协，而是捍卫和斗争，逃避和妥协于事无补，实际上它只会让你越陷越深。陆云的做法其实就是在纵容卢志，这只会让卢志在日后越来越没有顾忌，肆意妄为。而陆机则选择一个正确的渠道，面对问题和挑战，他没有退缩和避让，而是迎难而上，勇敢地面对他们、克服它们，这种做法虽然可能会带来风险，但同样会希望和转机。

【原文】

羊忱性甚贞烈，赵王伦为相国，忱为太傅长史，乃版以参相国军事。使者卒至，忱深惧豫祸，不暇被马，于是帖骑而避。使者追之，忱善射，矢左右发，使者不敢进，遂得免。

【译文】

羊忱性情刚烈正直，司马伦当宰相的时候，羊忱做太傅长史，司马伦于是任羊忱做参相国军事。传达命令的使者突然赶到，羊忱生怕因此惹上灾祸，来不及备马，就骑着没有马鞍的马匹逃走了。使者一路追赶，羊忱善于射箭，箭矢左右齐射，使者不敢继续追赶，羊忱这才得以逃脱。

【解读】

魏晋时期的权势争斗非常激烈，但很多门派间的制约和排挤都是通过相对隐蔽和间接的方式进行的，包括在文学作品中进行各种的讽喻和映射，像羊忱这种直接将自己的反抗表现在行动上的人并不多见，由此可见他的性情有多么的刚烈耿直。

司马伦杀害贾后、司马张华等人，自立宰相，为了自己的权势和利益可以说不择手段，被当时很多的正义之士鄙视。羊忱不想与司马伦为伍，他的逃亡，不只是为了自由，也是在捍卫自己的品格和尊严。羊忱如果听从司马伦的安排，他或许能够过上荣华富贵的生活，但在物质上的满足以及生命的品质和尊严之间，他最终选择了后者。人并不是为了物质而活，人活着说到底还是为了精神上的满足和自由。

【原文】

王太尉不与庾子嵩交，庾卿之不置。王曰：“君不得为尔。”庾曰：“卿自君我，我自卿卿；我自用我法，卿自用卿法。”

【译文】

王衍不和庾敳结交，但庾敳总是用“卿”称呼王衍。王衍说：“你不能这样称呼我。”庾敳说：“你用‘君’称呼我，我用‘卿’称呼你，你有你的叫法，我有我的叫法。”

【解读】

“卿”在古代是一种敬称，到了魏晋时期，则逐渐演化成同辈之间不拘礼节的称谓。庾敳有意和王衍交往，因此想通过“卿”这个称谓来拉近与王衍的关系；而王衍则恰恰相反，他并不想与庾敳结交，因此对庾敳的做法表现出抵触和反对。但庾敳的回应似乎又让王衍无从辩驳，每个人都有自己的习惯，你可以表达异议，但你无权强制他人改变。

生活中，人们难免会遇到一些像庾敳一样“难缠”的人，他们的行为影响了我们的生活，却也没有做出更加过分的举动来，因此我们无法直接地阻止他们继续“为非作歹”下去。对于这类人，比较好的方式是与他们保持一定的距离，不要与他们结成敌对关系，同时尽可能地约束好自己的言行，不要因为自己的举止不当而把自己推到一个不利的环境中去。此外，我们大可宽容大度一些，只要他们的言行还未损伤我们的根本利益。予人空间其实就是予己空间，当一个人得到足够的自由时，他就会倾向于自省和改变自己，一旦他们意识到自己的过失和不对之处，也就不会再来纠缠你了。

【原文】

阮宣子伐社树，有人止之，宣子曰：“社而为树，伐树则社亡，树而为社，伐树则社移矣。”

【译文】

阮修砍伐社庙附近的树，有人阻止他，阮修回答说：“如果为了树修建社庙，那砍了树之后，社神就会消失；如果种树是为了社庙，那伐完树后，社神就转移了。”

【解读】

面对他人的阻止，阮修并没有采取过激的行为，而是晓之以理，且不论他的道理是否正确，至少他这种处理问题的方式是正确的。生活中，我们难免要面对他人的指责和非议，这时，我们应该尝试以一种平和的心态去面对，任何冲动而盲目的行为都无益于问题的解决。我们应静下心来，努力思考是否真的是自己的过错导致了他人的不满，即使确信自己的言行没有不当之处，我们也应以一种和善的姿态回应对方，避免彼此间的分歧和矛盾升级，从而在最短的时间内解决问题。

【原文】

阮宣子论鬼神有无者。或以人死有鬼，宣子独以为无，曰：“今见鬼者，云著生时衣服，若人死有鬼，衣服复有鬼邪？”

【译文】

阮修和人谈论到底有没有鬼神，有人觉得人死了会成为鬼，阮修却认为没有。他说：“看到鬼的人说鬼穿着生前的衣服，如果人死了会变成鬼，难道衣服也有鬼吗？”

【解读】

人要学会思考，不停地思考，深入地思考，严谨地思考。那些认为有鬼的人就是典型的缺乏思考的人，他们想当然地认定这个世界上有鬼但却从来不去深入考虑这种理论是否站得住脚，结果他们的人生过得肤浅而杂乱，在很长的时间里甚至终其一生都没有什么作为和建树。深入的思考可以帮助我们远离荒谬的误区，培养自己的主见，当你认真地看待问题，开动脑筋时，所有的假象和谬论就会自动地开始崩塌，你不在被他人牵着走，开始真正属于自己的生活。

【原文】

元皇帝既登阼，以郑后之宠，欲舍明帝而立简文。时议者咸谓：“舍长立少，既于理非伦，且明帝以聪明英断，益宜为储副。”周、王诸公并苦争肯切，唯刁玄亮独欲奉少主以阿帝旨。元帝便欲施行，虑诸公不奉诏，于是先唤周侯、丞相入，然后欲出诏付刁。周、王既入，始至阶头，帝逆遣传诏，遏使就东厢。周侯未悟，即却略下阶。丞相披拨传诏，径至御床前，曰："不审陛下何以见臣？"帝默然无言，乃探怀中黄纸诏裂掷之。由此皇储始定。周侯方慨然愧叹曰："我常自言胜茂弘，今始知不如也！"

【译文】

元皇帝司马睿登基之后，因为宠爱郑后，因此想废掉明帝，改立简文帝为皇位继承人。当时的舆论认为舍弃年长的而另立年幼的，不符合常理，而且明帝聪明机智，更适合成为皇储。周顗和王导等重臣苦心劝说元皇帝慎重，唯独刁协一人尊奉少主，以此来迎合元皇帝的心意。元皇帝想要实施计划，但又担心众臣不接受诏命，于是事先将周顗、王导传入宫中，然后再把诏书交给刁协。周顗和王导进入宫中后，刚刚到达宫殿门前台阶，元帝便派预先守候在此的使者传诏，让两人去东厢等候。周顗不明真相，随即顺着台阶往后退了几步，王导却一把推开使者，闯进宫里，径直来到御床前，说："不知道陛下因为何事想见微臣？"晋元帝无言以对，从怀里掏出另立太子的诏书，撕碎然后扔到了地上。从这以后，皇位继承人才确定了下来。周敳感慨说："我常常说自己比王导优秀，现在才知道比不上他啊！"

【解读】

晋明帝能够成为皇储，王导是"关键人物"，这种人在平日里可能与常人并没有什么两样，但在关键时刻却总是最富洞见力并敢于挺身而出。这种人在社会中并不多，为人处事也大都比较低调谨慎，但却是足以影响整个时代的人。

推而衍之，生活中有些富有才学和能力的人，无意展示自己，甘心在幕后付出和贡献，从不去追取名声和地位；相反一些没有真才实学的人，却可能整天都在忙着叫喧和炒作。因此我们实在应该培养一颗具有辨别力的眼睛，看清哪些人是绣花枕头，哪些人值得相信，否则我们很可能被假象迷惑，逐渐失去对真相和现实的感知能力。

【原文】

王丞相初在江左，欲结援吴人，请婚陆太尉。对曰："培塿无松柏，薰莸不同器。玩虽不才，义不为乱伦之始。"

【译文】

王导初到江东一带，希望通过结交吴人以获得帮助，于是请求和陆玩家族通婚。陆玩回答说："小山丘上没有高大的松柏，香草和臭草不能放在同一个器皿中。我虽然没有什么才能，但也不会开乱伦的先例。"

【解读】

魏晋时期，名门望族之间的通婚是讲求"门当户对"的，王导的王氏家族是当时的名门望户，而陆氏家族则相对逊色许多。王导主动要求与陆氏家族通婚，这对陆家来说无疑是一个绝好的"高攀"机会，但在当时，这种婚姻将会让陆家背负巨大的批评和非议。最终，在利益和尊严之间，陆完选择了后者。人贵有自知之明，清楚你的位置，这不是一件坏事，虽然它可能让你清楚地看到自己的卑微，但它至少不会让你迷失方向。

为了拉拢吴人，王导就可以不顾自己家族的名望和地位。当尊严和地位成了利益的牺牲品，我们实在应该好好地反思一下自己活着究竟是为了什么。很多时候，利益可以通过其他的方式来获取，但尊严一旦被涂黑了，可能就很难回到当初了。

【原文】

王大将军既反，至石头，周伯仁往见之。谓周曰："卿何以相负？"对曰："公戎车犯正，下官忝率六军，而王师不振，以此负公。"

【译文】

王敦造反后，来到石头城，周顗去见他。王敦对周顗说："你为什么要辜负我？"周顗回答说："你的军队侵犯朝廷，我没有率领王师打败你们，确实辜负了你。"

【解读】

痴人难免说梦，却还责怪清醒者没有帮助自己成就不切实际的美梦。这么说来，清醒者确实有负造梦者，因为没有及时地让他们从不切实际的梦中醒来。保持清醒，做任何事情之前都仔细考虑自己的策略和方法是否得当，包括你将要从事的这件事情本身是否是有意义的，否则我们很可能徒劳无功，就像做了一场黄粱美梦一样，自以为得到了一切，最终却一无所获。

【原文】

苏峻既至石头，百僚奔散，唯侍中钟雅独在帝侧。或谓钟曰："见可而进，知难而退，古之道也。君性亮直，必不容于寇雠，何不用随时之宜，而坐待其弊邪？"钟曰："国乱不能匡，君危不能济，而各逊遁以求免，吾惧董狐将执简而进矣！"

【译文】

苏峻的军队已经到达石头城，朝廷百官纷纷逃跑，唯独钟雅一人留在皇帝身边。有人对钟雅说："见机行事，量力而行，这是古时候传下来的道理。你生性耿直，必然无法被贼寇收容，为什么不随机应变，而在这里坐以待毙呢？"钟雅回答说："国家动荡而不能匡正，君王危险而不能救助，现在你们反而各自逃避以求保命，我害怕董狐会拿着竹简向我走过来啊。"

【解读】

钟雅的选择，可以说是出于一种"胆怯"。这种"胆怯"，更确切地说是一种敬畏，是一种对正义、良知、美德等毫无条件的遵循和跟随。

【原文】

梅颐尝有惠于陶公，后为豫章太守，有事，王丞相遣收之。侃曰："天子富于春秋，万机自诸侯出，王公既得录，陶公何为不可放！"乃遣人于江口夺之。颐见陶公，拜，陶公止之。颐曰："梅仲真膝，明日岂可复屈邪？"

【译文】

梅颐曾经有恩于陶侃，后来梅颐担任豫章太守时，犯了事，丞相王导派人抓捕他。陶侃说："天子年纪轻轻，众多政务全都由诸侯处理，王公既然可以抓他，那我为什么不能放他呢！"于是派人到渡口夺回梅颐。梅颐见到陶侃，准备下跪致谢，被陶侃制止了。梅颐说："我的膝盖，明天可就不会再弯曲了。"

【解读】

陶侃救梅颐，虽然有人情在里面，但也足见他的刚直敢为。

天子随意地将权力交给身边的大臣，身边的大臣也毫不客气地滥用权力，率先做了"不仁"的一方，陶侃这才做出了违背旨意营救犯人的"不义"之举。因此陶侃算不上无理取闹，他只是在遵循当时"游戏规则"的前提下，做了自己能够做的事情。梅颐通过跪拜答谢陶侃，可谓性情之致，陶侃的阻止对于梅颐来说无疑算得上一个考验，而最终梅颐通过一句略带调侃意味的话语，既给足了陶侃面子，又维护了自己的尊严，可谓“一箭双雕”。

【原文】

王丞相作女伎，施设床席。蔡公先在坐，不说而去，王亦不留。

【译文】

王导安排歌女表演，并布置了床榻坐席。蔡谟开始也在座，见到歌女表演很不高兴，起身离去，王导不加阻拦。

【解读】

一个喜好分明，毫不掩饰，一个去留随意，绝不强求。可以说，王导和蔡谟都是性情中人，蔡谟率真，王导心宽，率直的人，从来不积压心事，想什么做什么，怎么看怎么说；心宽的人自在，笑脸常在，活得舒坦。

人活着，就要活得率真，活出真性情，活出真自我，虚情假意只会消磨你自己的个性，逐渐地让你不再是你自己。人也要活得大度，不轻易地迷恋一些东西，也不轻易地忌恨一些东西，待人接物学会宽容和谦卑。生活中充满形形色色的人，为了生存，我们无可避免地要与各类人接触，这些人中，有的成了你的朋友，有的则成了你的敌人。因为性格和人格的分歧，和他人成为对手是很正常的，但你要意识到学会肯定对手也是一种智慧，给予他人赞美，你得到的将是感激，而且，在你欣赏他人的同时，你其实也在不断提升和完善自我。

【原文】

何次道、庾季坚二人并为元辅。成帝初崩，于时嗣君未定。何欲立嗣子，庾及朝议以外寇方强，嗣子冲幼，乃立康帝。康帝登阼，会群臣，谓何曰：“朕今所以承大业，为谁之议？”何答曰：“陛下龙飞，此是庾冰之功，非臣之力。于时用微臣之议，今不睹盛明之世。”帝有惭色。

【译文】

何充和庾冰二人都是当朝宰相。晋成帝司马衍驾崩后，继位的国君还没定下来。何充想让嫡长子即位，但庾冰等人认为敌寇势力强大，嫡长子年纪尚小，于是拥立司马衍的弟弟康帝即位。康帝登基后，会见群臣，对何充说：“我今天能够继承大业，是谁的建议呢？”何充回答说：“陛下能够继位，全是庾冰的功劳，我没有出力。当时如果采纳了我的建议，现在就看得不到眼前的盛世了。”康帝听完，面露愧色。

【解读】

何充是诚实的，诚实的人从来不说谎，是非功过任人评论，我自坦荡无欺。康帝本想让何充难看，看他怎样狡辩，怎样阿谀，但何冲却毫不掩饰，也不辩驳，将事情的真相告诉康帝，结果倒显得康帝得势不饶人，居心不正。做错了事情要勇于承担责任，不掩饰，不欺瞒，当你将坦荡诚实的胸怀呈现在他人面前时，他人也会以一个公正宽容的心对待你。

言辞立其诚，一个人的言辞应该建立在诚信的基础上。做人应该诚实无欺，实事求是，守信义、不虚假。这不仅能得到别人的信任，本身也是你个人素养和道德品质的升华。所谓“人而无信，不知其可也”，不讲诚信的人可能会在一定的时间里蒙住他人的眼睛，掩盖真相，但他却很难欺人一世，一旦被识破和戳穿，他就很难在社会上立足，因为没有人愿意和虚伪狡诈的人相处。

【原文】

江仆射年少，王丞相呼与共棋。王手尝不如两道许，而欲敌道戏，试以观之。江不即下。王曰："君何以不行？"江曰："恐不得尔。"傍有客曰："此年少戏乃不恶。"王徐举首曰："此年少，非唯围棋见胜。"

【译文】

江彪年少时，王导叫他一起下棋。王导的棋艺输江彪两个子左右，但却想和江彪对等下棋，以此来观察他。江彪没有急着落棋。王导问道："你为什么不落子呢？"江彪说："我恐怕不能和你这样下。"旁边的人看出其中玄机，说："看来这个少年的棋艺确实不一般啊。"王导慢慢地抬起头，说："这个少年，岂止棋艺胜过我呀。"

【解读】

江彪确信自己的棋艺技高一筹，但又无意让王导输得太惨，因此久久不肯落子。以他的意思，自己还是先让王导两个子，王导事先承认自己技不如人，然后两人再对弈，不必收着手，恣意挥洒棋艺，下个痛快。生活就是这样，将胜负和名誉放到一边，没有了名利的困扰，我们才能活得痛快，江彪深谙其中的道理，这也是王导敬佩他的真正原因。

王导虽然在棋艺上略逊江彪一筹，但对人生的解读和透悟上其实一点都不输江彪，而且更难能可贵的一点是，他能够做到"知人"。对很多普通人而言，了解自己就已经够难了，但王导却能够发现其他人身上的优点和光辉，清楚他人的长处。这对他人来说意味着被发掘的机会，而对王导自己而言，也是非常有益的，他可以借此网罗天下的能士，为己所用。历史上的很多领袖和人物往往如此，他们或许没什么过人的才能，但却知人，能够识人用人，而恰恰是这一点成就了他们。

【原文】

孔君平疾笃，庾司空为会稽，省之，相问讯甚至，为之流涕。庾既下床，孔慨然曰："大丈夫将终，不问安国宁家之术，乃作儿女子相问！"庾闻，回谢之，请其话言。

【译文】

孔坦病重，庾冰当时任会稽太守，前往探望。到了之后，庾冰关怀备至，并为孔坦哭泣。庾冰下了座榻后，孔坦感叹道："大丈夫行将就木，你不询问治国平天下的方法，却像个妇人一样哭哭啼啼！"庾冰听完，急忙转过身来，向孔坦道歉，并请他留下遗言。

【解读】

孔坦重病缠身，依旧心忧社稷和苍生，确实称得上是一名大丈夫。这种博大的情怀不是人人都能拥有的，因此孔坦实在没必要苛责庾冰，不是庾冰不想做，只是他根本做不到罢了。

大丈夫关心大问题，普通人则往往沉溺于小情怀。这两种人，活在同一个世界里，在人生的境界和高度上却可能有着天壤之别，促成这种差距的原因，有一部分是因为天赋上的差距，而另一部分不可忽视的原因就是人的惰性。很多人很早就固化了自己的思维和价值观，他们过早地失去了改变的动力，变得懒惰无为，觉得知晓一定的道理就足以生活，结果时间一长，连意识到这种缺陷的能力也消失了。而孔坦这样的人，却一直处于改变和学习之中，他们的人生感悟和价值观总是处于变化之中，结果他们总是能够不断地总结和进步，最终比其他人看得更长远，目光更高，认识更深刻。因此不要再说"一辈子就这样了"，真正扼杀你的未来和改变可能的，只有你自己。

【原文】

孙兴公作《庾公诔》，文多托寄之辞。既成，示庾道恩，庾见，慨然送还之，曰："先君与君，自不至于此。"

【译文】

孙绰写《庾公诔》，里面多有攀附之词。写成之后，孙绰将它拿给庾羲看。庾羲看完，愤慨地还给孙绰说："我父亲和你的交情还没有达到这种地步。"

【解读】

文贵在真，贵在诚，好的文字可能并不华美，但它必定是真实的。这就好比花朵，好的花朵或许并不漂亮，但它一定是有种子的，这种文字看起来似乎没有什么亮点和吸引人的地方，但它们确是长久存在的，会不断地传承和延续下去；而浮华却没有真情实感的文字就像结不出种子的花朵一样，或许非常美丽，但却只能光鲜一时，等到花季结束，等待它们的就是枯萎和消陨，而曾经的辉煌和耀眼，永不再来。

文学创作如此，做人处世同样如此，我们应该摒弃浮华而没有意义的东西，脚踏实地，自信而不虚浮，远离浮华和作弄。一个人只有脚踏实地，才能发现自己的优点和不足，从而扬长避短，不断地改变和完善自己，朝着自己的目标和理想进发。如果一味地追求浮华和名利，只会一步步地架空自己，最终就像一根断了线的风筝一样，彻底被外力所操纵，无法掌控自己的命运。

【原文】

王长史求东阳，抚军不用。后疾笃，临终，抚军哀叹曰："吾将负仲祖。"于此命用之。长史曰："人言会稽王痴，真痴。"

【译文】

王濛求任东阳太守，简文帝没有同意。后来，王濛病危，临终之前，简文帝哀叹着说："我对不住你啊。"随即下令任用王濛。王濛说："人们都说简文帝性痴，现在看来果然如此。"

【解读】

"人之将死，其言也善"，王濛临终前的这一句"善言"，但愿能够点醒生性痴笨的简文帝。一个人或许觉悟的晚一些，但所谓"亡羊补牢，为时未晚"，只要问题还没有到完全无法改变的地步，我们就应该不放弃改变自我的信心和动力。即使损失已成定局，我们要做的也不是抱残守缺，碌碌无为，而是主动改变和行动，抓住一切可能的希望和转机，改变结果，挽回可能的损失。生活就是如此，只要希望尚存，就要努力去争取，不放弃任何可能。

【原文】

刘简作桓宣武别驾，后为东曹参军，颇以刚直见疏。尝听讯，简都无言。宣武问："刘东曹何以不下意？"答曰："会不能用。"宣武亦无怪色。

【译文】

刘简曾任桓温的别驾，后来又任东曹参军。因为生性耿直，刘简颇被疏远。一次，刘简在听取教令时，自始至终都没有说一句话。桓温问道："刘简，你为什么不发言？"刘简回答说："说了你也不会采纳。"桓温听完，丝毫没有责怪的意思。

【解读】

一个人的沉默无非就两种原因，一种是确实无话可说，另一种是自知说了也没有作用。刘简沉默的原因显然是后者，但多少又带点赌气的意味。从桓温的反应来看，在那个时代，真知灼见或许被遮盖，但至少还没有被埋葬，“敢谏言，善纳言”的愿景依旧还有希望。

生活中，有些人自认为事情的走向和结局无法改变，就主动放弃了争取和改变的努力，这其实无异于自暴自弃。做人应该百折不挠，意志坚强，无论受什么样的挫折都不退缩，即使失败一百次，我们也应该勇敢地做一百零一次的尝试。

【原文】

刘真长、王仲祖共行，日旰未食。有相识小人贻其餐，肴案甚盛，真长辞焉。仲祖曰：“聊以充虚，何苦辞？”真长曰：“小人都不可与作缘。”

【译文】

刘惔、王濛一起出行，天色已晚还没有吃东西。有认识他们的普通百姓，为他们提供了丰盛的菜肴。刘惔推辞不受。王濛说：“不过是临时充饥罢了，为什么要推辞呢？”刘惔说：“凡是普通百姓都不能和他们打交道。”

【解读】

魏晋时期，身份差别和等级的悬殊往往决定着两个人是否能够相处和交好。相比于普通的老百姓，刘惔的身份地位无疑会更高一些，而这也正是他拒绝吃百姓家里的饭的原因。我们可以说刘惔的举止是有原则性的，是一种对魏晋时期规则的坚守和遵循，但他的作为其实谈不上“方正”。刘惔已经完全成为一个时代的附庸者，就像被拴在线上的木偶一样，任由时代操纵和左右。百姓热情地为他们提供菜肴，本是感人的义举，结果却被他严词拒绝，他已经失去了对善良和美好的最基本判断。

【原文】

王修龄尝在东山，甚贫乏。陶胡奴为乌程令，送一船米遗之，却不肯取。直答语：“王修龄若饥，自当就谢仁祖索食，不须陶胡奴米。”

【译文】

王胡之曾经住在东山一带，生活非常贫困。陶范当时任乌程令，送给他一船米。王胡之坚持不肯收下，直截了当地说：“我如果饿的话，自然会去跟谢尚讨要，因此不需要你的米。”

【解读】

“志士不饮盗泉之水，廉者不受嗟来之食”，最困厄的时候，往往也是最能体现一个人气节与坚守的时候。跟谢尚讨要米食只是王胡之的一个的说法，他真正想要做的其实是维护自己的尊严。人应有骨气和气节，为此我们应该努力克制自己作为一个普通人自然而强烈的欲望，物质的满足是次要的，有时甚至连生命也是次要的。王胡之宁愿饿死，也不肯摧眉折腰，这种气节令人敬畏。

【原文】

阮光禄赴山陵，至都，不往殷、刘许，过事便还。诸人相与追之。阮亦知时流必当逐己，乃遄疾而去，至方山不相及。刘尹时为会稽，乃叹曰：“我入，当泊安石渚下耳，不敢复近思旷傍。伊便能捉杖打人，不易。”

【译文】

阮裕去参加晋成帝司马衍的葬礼，到了京都建康，没有到殷浩、刘惔等人的住处，丧事一结束就离开了。众人听说后都去追赶他。阮裕料到当时的名流会追自己，于是便急速离去，众人追到方山都没有追上他。刘惔当时任会稽郡守，于是叹息道："我如果去会稽，一定到谢安那里去居住，不敢再靠近阮裕了，否则他一定会拿棍子打我。"

【解读】

阮裕素来有遁隐之志，但如此不想见人却也算得上一则奇闻。魏晋时期的门阀氏族斗争十分激烈，很多人都因为卷入政治风波而惹来杀身之祸，因此，当时的许多知识分子都有逃避现实的心态——远离政治漩涡，遁世隐居，与世无争。

一个人不管是遁世也好，入世也好，真正珍贵和应当坚守的都是他的本性。内心的是非判断决定了一个人的选择，一旦失去了对本性的坚守，也就不再是自己，此时的遁世或者入世都将失去意义。

【原文】

王文度为桓公长史时，桓为儿求王女，王许咨蓝田。既还，蓝田爱念文度，虽长大，犹抱着膝上。文度因言桓求己女婚。蓝田大怒，排文度下膝，曰："恶见，文度已复痴，畏桓温面？兵，那可嫁女与之！"文度还报云："下官家中先得婚处。"桓公曰："吾知矣，此尊府君不肯耳。"后桓女遂嫁文度儿。

【译文】

王坦之做桓温手下的长史时，桓温想让王坦之的女儿做自己的儿媳妇。王坦之答应跟父亲王述请示一下。回到家里，王述因为疼爱儿子，虽然儿子已经成人，依旧把他抱在膝盖上。王坦之随即将桓温的意思转告了父亲。王述听完后非常生气，将王坦之从膝盖上推下来，说："你怎么这么糊涂，难道是因为顾忌桓温的颜面吗，我们怎么能够把女儿嫁给一个当兵的呢？"王坦之于是找到桓温，委婉地回答说："小女的婚事，家父已经定下来了。"桓温说："我知道，是你的父亲不同意这门婚事吧。"后来，反倒是桓温的二女儿嫁给了王坦之的儿子。

【解读】

在魏晋时期的门阀制度下，"门不当户不对"的亲事是很难被容忍的。桓温虽然执掌兵权，官居显位，却出身寒门，因此被当时的士大夫鄙视，桓温之子想娶王坦之的女儿自然也是困难重重。但在当时，寒门女子是可以嫁给士族大夫的儿子的，因此桓温的女儿得以嫁给王坦之的儿子。在一个扭曲的等级制度中，个体的牺牲难以避免。

【原文】

王子敬数岁时，尝看诸门生樗蒲，见有胜负，因曰："南风不竞。"门生辈轻其小儿，乃曰："此郎亦管中窥豹，时见一斑。"子敬瞋目曰："远惭荀奉倩，近愧刘真长！"遂拂衣而去。

【译文】

王献之很小的时候，曾经看一群门生在玩樗蒲这种游戏，看出胜负后，王献之说："南风处于劣势。"门生们听完，轻视他是个小孩，于是说："你这个小孩子，只是管中窥豹罢了，至多只能看到豹子身上的一个斑纹。"王献之听完，瞪着眼睛说："我远比不上荀粲，近愧对刘惔啊。"说完拂袖而去。

【解读】

荀粲"简贵不与常人交接，所交皆一时俊杰"，而刘惔也是"为政清整，门无杂宾"，王献之的言下之意，即是说自己结识了一些不三不四、目中无人的朋友，因此愧对荀粲、刘惔两人。“道不同则不相为谋”，王献之年龄虽小，却一身正气，他的拂袖而去，令人刮目。

王献之的门生仅仅因为荀粲是个小孩儿，就对他的言论全盘否定，这种明显带有主观情绪的论断是非常不正确的。我们在评判一件事情时，应保持一个客观公正的视角和立场，杜绝想当然和自以为是，否则我们很可能自己打自己的脸。

【原文】

王爽与司马太傅饮酒，太傅醉，呼王为“小子”。王曰：“亡祖长史，与简文皇帝为布衣之交；亡姑、亡姊，伉俪二宫。何小子之有？”

【译文】

王爽和司马道子一起喝酒，司马道子喝醉之后，直呼王爽“小子”。王爽说：“我的祖父王濛，和简文帝是布衣之交，先姑、先姊，则是两宫皇后，你怎么能喊我‘小子’呢？”

【解读】

司马道子直呼王爽“小子”，自然有他过分的地方，但王爽因此就把祖上和皇室的交情全都搬出来，未免就有矫枉过正、大动干戈。别人的醉话或玩笑话，大可不必太过认真，做人还是宽容大度一些的好。

【原文】

张玄与王建武先不相识，后遇于范豫章许，范令二人共语。张因正坐敛衽，王孰视良久，不对。张大失望，便去，范苦譬留之，遂不肯住。范是王之舅，乃让王曰：“张玄，吴士之秀，亦见遇于时，而使至于此，深不可解。”王笑曰：“张祖希若欲相识，自应见诣。”范驰报张，张便束带造之。遂举觞对语，宾主无愧色。

【译文】

张玄和王忱起先并不认识，一次在范宁家里，两人偶遇，范宁于是让两人坐在一起交谈。张玄正襟危坐，毕恭毕敬，王忱却一言不发，只是盯着张玄看。张玄非常失望，起身便走，范宁苦留不住。范宁是王忱的舅舅，随即对他说：“张玄是吴中的杰出人才，非常受人推崇，你为什么要这么对待他，简直无法理解。”王忱笑着说：“张玄如果想认识我，应该到我家里拜访我。”范宁随后将王忱的话转告给了张玄，张玄听说后，整好衣冠，到王忱家里拜访他。之后，两人举杯痛饮，把酒言欢，毫无惭愧的神色。

【解读】

王忱一言不发，潜台词其实就是在告诉张玄。他之所以这样做，一方面可能是出于自我能力的极度自信，另一方面也可能源于他爱慕虚荣、喜欢摆架子或者“滥发淫威”的本性。而张玄在知道了王忱的想法后，没有显现出任何的抵抗和反感，毕恭毕敬地穿戴好衣服前往王忱的府第，对人的尊重和不与人计较的性格一览无余。

生活总有一些人，时刻都以一副盛气凌人抑的姿态生活，他们不见得有什么真才实学，但却处处咄咄逼人，以为自己是最厉害的。不可否认，这种人中有极少的一部分人确实拥有过人的天分和才学，但绝大部分都是“纵然生得好皮囊，腹内原来草莽”。而另有一部分人，不论拥有才学与否，待人接物都始终保持一种尊重对方的姿态，不与他人计较，宽容大度。我们应该努力成为后者。

雅量第六

【原文】

豫章太守顾劭，是雍之子。劭在郡卒。雍盛集僚属自围棋，外启信至，而无儿书，虽神气不变，而心了其故，以爪掐掌，血流沾褥。宾客既散，方叹曰："已无延陵之高，岂可有丧明之责！"于是豁情散哀，颜色自若。

【译文】

豫章太守顾劭，是顾雍的儿子。顾劭在任上去世了。当时顾雍正和幕僚们聚在一起下围棋，府里的差役禀告说郡上来信了，但里面没有儿子的信，顾雍神色未变，但心里却料到发生了什么事，随后用指甲掐自己的手掌，流出的血沾湿了衣服。等到宾客散去后，才哀叹道："我虽然没有季札那样的旷达胸怀，但也不能像子夏那样受人责备啊！"随后开豁胸怀，排遣哀痛，神色安然自若。

【解读】

生命中总有些东西是你无法左右的，与其沉溺其中不能自拔，倒不如顺其自然，乐天知命。丧子之痛不言而喻，但顾雍的所作所为其实还谈不上"雅量"，雅量是内心自然而然生发出的一种处世态度，毫不勉强，毫不伪装。

【原文】

嵇中散临刑东市，神气不变。索琴弹之，奏《广陵散》。曲终，曰："袁孝尼尝请学此散，吾靳固不与，《广陵散》于今绝矣！"太学生三千人上书，请以为师，不许。文王亦寻悔焉。

【译文】

嵇康即将被处死，神色不变，命人取来一张琴，弹奏了一曲《广陵散》，弹完之后，说："袁准曾经想跟我学这首曲子，我因为吝惜这首曲子，所有没有教给他。从今往后，《广陵散》就成为绝唱了！"当时，有三千多名太学生上书，请求拜嵇康为师，但没有得到朝廷的允许。嵇康死后不久，司马昭也心生悔意。

【解读】

嵇康是"竹林七贤"之一，崇尚老庄哲学，工书画，善鼓琴，是"正始文学"的代表人物，文风泼辣，恣意洒脱，诗文讲求"心写心声不失真"。后来，嵇康因得罪钟会，被钟会构陷，最终被司马昭杀害。

面对死亡，嵇康毫无惧色，独奏一曲《广陵散》，从容就义，正体现了他豪迈洒脱的性格。这种看淡生死的豁然，的确算得上是一种雅量。

【原文】

夏侯太初尝倚柱作书，时大雨，霹雳破所倚柱，衣服焦然，神色无变，书亦如故。宾客左右，皆跌荡不得住。

【译文】

夏侯玄曾经靠在一根柱子上写信，当时正下着大雨，一个闪电突然劈到柱子上，夏侯玄的衣服都被烧焦了，但他神色不变，继续倚着柱子写信。一旁的宾客和随从，全都吓得站不稳脚，跌倒在地。

【解读】

“泰山崩于前而色不变”，我们常常以此来形容一个人处变不惊、沉稳冷静的样子，但如夏侯玄一般，衣服被闪电劈焦了还镇定自若的人，确属罕见。在突发状况面前未尝仓皇失措，不失为一种气量宽宏的表现，算得上是一种雅量。

【原文】

王戎七岁，尝与诸小儿游。看道边李树多子折枝，诸儿竞走取之，唯戎不动。人问之，答曰：“树在道边而多子，此必苦李。”取之，信然。

【译文】

王戎七岁的时候，曾经和许多小孩子一起玩耍。一次，大家看到路边有一棵李子树，上面结满果子。孩子们看到后，争相去摘李子，唯独王戎站在原地不动，有人问他原因，王戎回答说：“李树种在路边而且结满果子，却没有人去摘，这李子一定是苦的。”大家摘了一尝，果然如此。

【解读】

王戎是“竹林七贤”之一，自幼聪颖过人，善于思考和论断。通过苦李这个故事，我们可以一窥他敏捷的思维能力。

以一个正常人的阅历而言，做出王戎般的判断并不难，真正让众人无法认清真相的，其实是果实带来的诱惑。在利益和诱惑面前，一个人很容易失去判断力和洞察力，而克服它们的方式其实有很多，最重要的一点就是和王戎一样，学会深入的分析和思考，凡事三思而后行，杜绝贸然行事。

【原文】

王夷甫尝属族人事，经时未行。遇于一处饮燕，因语之曰：“近属尊事，那得不行？”族人大怒，便举樏掷其面。夷甫都无言，盥洗毕，牵王丞相臂，与共载去。在车中照镜，语丞相曰：“汝看我眼光，乃出牛背上。”

【译文】

王衍曾嘱咐一位族人办事，但对方过了很久也没有办。一次，王衍在一个宴会上碰到了那个人，于是就对他说：“之前我嘱咐你办的那件事，你怎么到现在还没办呢？”族人听完非常生气，举起手中的食盆摔在王衍脸上。王衍一句话也没有说，洗完脸，拉着王导的胳膊，和他一起乘车离去。在车上，王衍照了照镜子，说：“你看我的眼光，简直高过牛背。”

【解读】

愤怒是所有情绪，或者说处事方式中最愚昧、最粗鲁的一种，它常常会很大限度地暴露一个人的阴暗面，让众人避而远之。不要和愤怒的人动气，王衍的处理方式很值得借鉴和学习，与其和愤怒的人较真，倒不如以一种幽默自嘲的方式解决。用智慧的方式战胜他们，同时让他们无从还击，无力还击。

【原文】

裴遐在周馥所，馥设主人。遐与人围棋。馥司马行酒。遐正戏，不时为饮，司马恚，

因曳遐坠地。遐还坐，举止如常，颜色不变，复戏如故。王夷甫问遐："当时何得颜色不异？"答曰："直是暗当故耳。"

【译文】

裴遐在周馥的住所，周馥做东请客。裴遐和人下棋。周馥的司马巡行劝酒，裴遐因为下棋投入，没有及时饮酒，结果司马非常生气，将他从坐榻上拽下来，裴遐摔倒在地。裴遐起身回到座榻上，举止和平常一样，脸色不变，继续下棋。后来王衍问裴遐："当时你为什么能够神色不变呢？"裴遐回答说："只是当时的光线太暗罢了。"

【解读】

对于他人满含褒奖意味的疑问，裴遐选择以一个貌似合理的借口予以回答，但实际情况显然不是如此。裴遐无意让他人知道自己的品行和胸怀，并以此赢得赞许和肯定，看透名利，方能快意地生活。

【原文】

刘庆孙在太傅府，于时人士多为所构，唯庾子嵩纵心事外，无迹可间。后以其性俭家富，说太傅令换千万，冀其有吝，于此可乘。太傅于众坐中问庾，庾时颓然已醉，帻堕几上，以头就穿取。徐答云："下官家故可有两娑千万，随公所取。"于是乃服。后有人向庾道此，庾曰："可谓以小人之虑，度君子之心。"

【译文】

刘舆在太傅府上任职，当时很多士大夫都被他构陷，唯独庾敳超然世外，因此没有把柄可供刘舆利用。后来因为他生性节俭而家中富裕，于是有人劝说太傅，让他向庾敳借一千万钱，希望庾敳能够因为吝惜钱财而拒绝他们，这样就可以乘机构陷。太傅于是趁众人在座时，向庾敳借钱。庾敳当时已经喝醉，浑身无力，头巾掉在桌子上。庾敳一边将头靠近头巾，一边缓缓地回答说："我家里确实有两三千万，随便你拿。"刘舆听完，心服口服。后来有人跟庾敳提起这件事，庾敳说："这可以说是以小人之心，度君子之腹。"

【解读】

用卑劣的想法去揣度正人君子，刘舆的做法实在可笑。而我们也不得不说，在一个构陷无所不用其极的时代，千万不要予人把柄。最好的方式，就是无愧于心，堂堂正正做人，所谓身正不怕影子歪就是这个道理。

【原文】

王夷甫与裴景声志好不同，景声恶欲取之，卒不能回。乃故诣王，肆言极骂，要王答己，欲以分谤。王不为动色，徐曰："白眼儿遂作。"

【译文】

王衍和裴邈志趣爱好不同，裴邈不喜欢王衍任用自己，但终究改变不了他的看法。于是，裴邈故意到王衍家里破口大骂，希望王衍回骂自己，从而让他和自己同时受到非议。结果王衍不动声色，缓缓地说："白眼儿终于发作了。"

【解读】

"道不同不相为谋"，既然和王衍兴趣不同，那裴邈不想和他共事是可以理解的；但为了让对方放弃任用自己的想法，到对方家里毫无顾忌地谩骂，这显然就是裴邈的不对了。从此来看，裴邈即使很有才华，但性情却不够沉稳和豁达，因此终究还是一个不完美的人。王衍并无意和裴邈计较，但他用自己的稳重打败了浮躁的裴邈。

【原文】

王夷甫长裴成公四岁，不与相知。时共集一处，皆当时名士，谓王曰："裴令令望何足计！"王便卿裴，裴曰："自可全君雅志。"

【译文】

王衍比裴頠大四岁，两人交情不好。一次两人聚在一起，在场的都是当时的一些名流，有人对王衍说："裴頠的声望算不了什么。"王衍于是用"卿"称呼裴頠，裴頠说："完全可以满足你高雅的志趣。"

【解读】

在座者的那句话，明眼人一听就知真假，但王衍却偏偏信以为真，并以"卿"这个不怎么敬重的称谓直呼裴頠，这种伎俩实在不怎么样。裴頠倒是不以为然，是非公道自在人心。王衍自以为占了便宜，其实输得彻头彻尾。

【原文】

许侍中、顾司空俱作丞相从事，尔时已被遇，游宴集聚，略无不同。尝夜至丞相许戏，二人欢极，丞相便命使入己帐眠。顾至晓回转，不得快孰。许上床便咍台大鼾。丞相顾诸客曰："此中亦难得眠处。"

【译文】

许璪和顾和都是王导府上的从事，当时已经很受器重和赏识，受到王导相同的礼遇。两人曾经在夜里前往丞相府作乐嬉戏，欢畅之极。夜深了，丞相让两人到自己的帐中睡觉过夜。顾和辗转难眠，直到清晨也没有睡着，许璪却一上床就睡着了，而且鼾声大作。丞相对诸位宾客说："看来这里不容易睡觉啊。"

【解读】

从故事看来，顾和还是比不上许璪，顾和依旧有所惦记，因为他有所求，他生怕自己的一些举动会让自己失去一些东西，但他并不知道，他为此付出的东西多于他想要的一切。而许璪呢，了无牵挂，活得痛快潇洒。有时候，一个人什么都放得开，反而也就什么都拥有了。

【原文】

庾太尉风仪伟长，不轻举止，时人皆以为假。亮有大儿数岁，雅重之质，便自如此，人知是天性。温太真尝隐幔怛之，此儿神色恬然，乃徐跪曰："君侯何以为此？"论者谓不减亮。苏峻时遇害。或云："见阿恭，知元规非假。"

【译文】

庾亮仪表堂堂，举止端庄，当时的人都认为他是装出来的。庾亮的大儿子庾会只有几岁，便已经显露出端庄持重的气质，人们知道庾会生性如此。温峤曾经躲在帷幕后面吓唬庾会，庾会神色安闲，慢慢地跪下说："你为什么要这样做呢？"议论这件事的人认为庾会不输给庾亮。后来，庾会在苏峻叛乱时被害，有人说："看见庾会，就知道庾亮没有装假。"

【解读】

庾会年幼知事，端庄持重，待人接物彬彬有礼，肯定能够大有可为，可惜被苏峻陷害，令人扼腕。常言道"有其父必有其子"，父母是孩子的人生导师，父母的教导和举止言行，将直接影响到孩子人生观、价值观的养成和建立，世人根据庾会的品行推测庾亮的为人也不无道理。

【原文】

褚公于章安令迁太尉记室参军，名字已显而位微，人未多识。公东出，乘估客船，送故吏数人投钱唐亭住。尔时，吴兴沈充为县令，当送客过浙江，客出，亭吏驱公移牛屋下。潮水至，沈令起彷徨，问："牛屋下是何物？"吏云："昨有一伧父来寄亭中，有尊贵客，权移之。"令有酒色，有遥问："伧父欲食𩞁不？姓何等？可共语。"褚因举手答曰："河南褚季野。"远近久承公名，令于是大遽，不敢移公，便于牛屋下修刺诣公，更宰杀为馔具，于公前鞭挞亭吏，欲以谢惭。公与之酌宴，言色无异，状如不觉。令送公至界。

【译文】

褚裒从章安令调任太尉记事参军，虽然名声在外，但地位卑微，没有几个人认识他。一次，褚裒从章安出行，搭乘商船，和为自己送别的几个官吏一起停驻在钱塘亭。当时，吴兴人沈充任钱塘县令，那天，褚裒正赶上沈充送别一位客人，客人到了江边，沈充手下的官吏便把褚裒等人暂时驱赶到一间牛棚里。之后，潮水涨了起来，沈充到外面散步，问道："牛棚里住的是些什么人？"官吏回答说："昨天有一个北方佬到亭中寄宿，因为有尊贵的客人到来，我便将他们安置到牛棚里面去了。"沈充带着几分醉意，远远地冲着牛棚里问："北方佬想吃饼吗？姓什么？出来聊聊吧。"褚裒随即举手回答说："我是河南的褚裒。"沈充早就听说过褚裒的大名，大为惊慌，但又不敢让褚裒挪换地方，于是在牛棚地下写了一封名帖，杀鸡宰羊置办酒菜，并在褚裒面前鞭打亭吏，以此谢罪。褚裒和沈充一起喝酒吃菜，神色没有变化，就像什么也没有发生一样。之后，沈充一直把褚裒送出了钱塘县界。

【解读】

"大人不记小人过"，褚裒的事例，可以算得上对这句话的一个生动阐释了。生活就是这样，不要太拿自己的面子当回事儿，否则你会有很多事儿。面子是个奇怪的东西，你天天惦着的时候，可能没人把他当回事儿，但当你把它放到一边的时候，却有很多人替你惦着它。

【原文】

郗太傅在京口，遣门生与王丞相书，求女婿。丞相语郗信："君往东厢，任意选之。"门生归，白郗曰："王家诸郎亦皆可嘉，闻来觅婿，咸自矜持，唯有一郎在东床上坦腹卧，如不闻。"郗公云："正此好！"访之，乃是逸少，因嫁女与焉。

【译文】

太傅郗鉴在京都时，派人送信给王导，想在他家找一个女婿。王导对郗鉴说："你去东厢房吧，随便你挑。"信使回去对郗鉴说："王家的许多少爷都很好，听说有人到府上挑女婿，全都正襟危坐，庄重拘谨，只有一个少爷在东床上露着肚皮睡觉，像是没有听说一样。"郗鉴说："就是这个好！"随即派人打听，原来是王羲之，于是将女儿嫁给了他。

【解读】

王羲之不在乎这次招婿吗？不见得。他只是忠于自己的性情，不做戏，不假装，率性而为，顺应自然。这种人通常活得很自由，他们从来不苛求什么，反而比很多人得到的都要多。

【原文】

庾太尉与苏峻战，败，率左右十余人乘小船西奔，乱兵相剥掠，射，误中舵工，应弦而倒，举船上咸失色分散。亮不动容，徐曰："此手那可使着贼！"众乃安。

【译文】

庾亮和苏峻交战，战败，率领十多个手下乘小船向西奔逃。苏峻的乱兵争相剥夺追赶，船上的人射箭还击，结果有一个人误将舵手射死，舵手顺着船舷倒下，船上的人全都大惊失色。四散躲避。庾亮却不为所动，缓缓地说："这样的箭法怎么能够射中贼兵呢！"众人这才安静下来。

【解读】

处变不惊，临危不乱，庾亮是个压得住阵脚的人，这种人平日里可能并没有什么过人的举动，但关键时刻却能改变战局，左右结果。那庾亮到底是怎么做的呢？其实说来也简单，即把危机还原到一个最真实客观的层面上，不虚张声势，不添油加醋。很多时候，事情就是这样，吓怕你的不是事情本身，而是你的内心，你的内心强大了，恐惧感自然也就不复存在了。

【原文】

桓宣武与郗超议芟夷朝臣，条牒既定，其夜同宿。明晨起，呼谢安、王坦之入，掷疏示之。郗犹在帐内。谢都无言，王直掷还，云："多！"宣武取笔欲除，郗不觉窃从帐中与宣武言。谢含笑曰："郗生可谓入幕宾也。"

【译文】

桓温和郗超商议着铲除一部分朝中大臣，名单定好之后，睡在一起。第二天清晨，桓温将谢安、王坦之叫过来，将文书扔给他们看，郗超还在帐里睡觉。谢安看完，一句话也没有说，王坦之则把文书扔回去说："人名太多了。"桓温拿起笔来，想要修改文书。郗超不自觉地在帐中和宣武说话，谢安笑着说："郗超真算得上入幕宾客了。"

【解读】

桓温想要让王坦之和谢安提意见，结果一个心情直率，毫无顾忌地提出自己的意见；一个则沉默不语，透出些明哲保身的意味。王坦之虽然刚烈正直，却很容易触犯权贵，因此并不见得是最明智的处世手段；谢安虽然没有明说自己的立场，却通过一句一语双关的玩笑话，点名了自己的想法：郗超是你的心腹幕僚，我们这些人，提了意见又有什么用呢？生活中有很多想法和观点是不能明说的，语言的魅力在于，一方可以不批评你，但却可以让你感觉的惭愧。有时候，这种委婉地进攻，要比真刀真枪的对峙更有成效。

【原文】

谢太傅盘桓东山时，与孙兴公诸人泛海戏。风起浪涌，孙、王诸人色并遽，便唱使还。太傅神情方王，吟啸不言。舟人以公貌闲意说，犹去不止。既风转急，浪猛，诸人皆喧动不坐。公徐云："如此，将无归！"众人即承响而回。于是审其量，足以镇安朝野。

【译文】

谢安隐居在东山的时候，和孙绰等人乘船出海游玩。突然，风起浪涌，孙绰、王羲之等人全都神色慌张，高喊着回去。谢安兴致正浓，吟啸不语。船夫见谢安神情愉悦安闲，继续向海中划去。不久之后，风浪变大，众人全都坐不住了，不停地喧哗。谢安这才徐徐地说："这样的话，我们难道要回去吗？"众人立即回应点头，船夫随即掉头回去。根据这件事审视谢安的气量，足以镇守朝廷内外。

【解读】

沧海横流，方显英雄本色。谢安的"量"，可以镇住一船人的躁动，使他们不至因慌乱而引发不必要的危险，从这一点上讲，他是可以镇住风浪的。朝野的风云变幻一点也不逊于巨浪酣风，尽管虚实之间有所区别，但谢安的镇定自若却是客观而真实存在的，这一点不变，足以应对万千的变化。

【原文】

郗嘉宾钦崇释道安德问，饷米千斛，修书累纸，意寄殷勤。道安答，直云："损米，愈觉有待之为烦。"

【译文】

郗超钦佩道安和尚的德望，送给他一千斛米，写了一封好几页纸的长信，以示殷勤。道安回答说："让你破费米了，我更加觉得人身必须有可依赖的烦恼。"

【解读】

人都是凡体肉身，不吃不喝肯定活不下去，因此郗超如果执意送道安和尚一千斛米，道安还真不好拒绝。这就是道安的烦恼之源，倘若能无所寄托，了无牵挂，那该多好！此般情怀，令人敬佩。

【原文】

谢公与人围棋，俄而谢玄淮上信至，看书竟，默然无言，徐向局。客问淮上利害，答曰："小儿辈大破贼。"意色举止，不异于常。

【译文】

谢安和人下棋，过了一会儿，谢玄从淮上派来的信使到了。谢安看完书信，默然无语，慢慢地转向棋局，继续下棋。客人追问淮上的战事如何，谢安回答说："我手下的兵卒，已经大败贼军。"说话间，神色举止，和往常没什么两样。

【解读】

淮上之战，指的就是淝水之战，结果很多人都知道，东晋以区区八万兵力，大败八十万前秦军，书写了一段以少胜多的战争佳话。面对如此令人振奋的消息，谢安却从容淡定，继续若无其事地与人下棋。这种器量和气度，一般人还真是做不到。

【原文】

苻坚游魂近境，谢太傅谓子敬曰："可将当轴，了其此处。"

【译文】

苻坚的部队像游魂一样骚扰边境，谢安对王献之说："可以将前秦的当权者拿下，以此了却边境的动荡。"

【解读】

射人先射马，擒贼先擒王。抓住事物的要害解决问题，往往是最快捷也是最有效的途径。在谢安眼里，苻坚的部队并没有什么可怕的，因为他清楚，只要取了上将首级，先秦的攻势就会瞬间瓦解。镇定自若，明智善思，这不失为一种雅量。

【原文】

王僧弥、谢车骑共王小奴许集。僧弥举酒劝谢云："奉使君一觞。"谢曰："可尔。"僧弥勃然起，作色曰："汝故是吴兴溪中钓碣耳！何敢诪张！"谢徐抚掌而笑曰："卫军，僧弥殊不肃省，乃侵陵上国也。"

【译文】

王珉和谢玄曾经一起聚在王小奴家里，王珉举酒劝谢玄说："敬你一杯。"谢玄说："可以。"王珉勃然大怒地站起来，变了脸色，说："你本来不过是个吴兴溪中钓鱼用的石头，为什么这么嚣张无理？"谢玄拍手笑着说："王荟，你看王珉这么不庄重敬慎，竟然冒犯到我头上来了。"

【解读】

谢玄的回答虽然看似轻率，但也没有什么恶意。王珉的举动却无疑有些过分了，这足以看出其胸襟之狭小。面对王珉的诋毁和污蔑，谢玄却能半开玩笑地予以回应，足以称得上雅量了。

【原文】

王东亭为桓宣武主簿，既承藉，有美誉，公甚欲其人地，为一府之望。初，见谢失仪，而神色自若，坐上宾客即相贬笑，公曰："不然。观其情貌，必自不凡，吾当试之。"后因月朝阁下伏，公于内走马直出突之，左右皆宕仆，而王不动。名价于是大重，咸云："是公辅器也。"

【译文】

王珣担任桓温的主簿，继承先业名声，同时又颇受美誉，桓温非常敬重他的人才和地位，幕僚们也很敬重他。刚刚到府里的时候，王珣致谢问候有失礼节，但神情自若，座上的宾客都贬低耻笑他，桓温说："事情不是这样的。我看他的神情和相貌，必定非同一般，应该试探一下。"后来，桓温趁着月初朝拜，众人都伏在衙门口的时候，从里面骑着一匹马，奔袭而出，左右见状，全都扑倒在地，唯独王珣动也不动。从此，王珣名声大振，人们全都称赞说："他真是个辅佐宰相的人才啊。"

【解读】

经得住动荡，耐得住惊吓，这就是王珣。一个时刻保持心平气和的人，是令人敬畏的，因为你无法揣测他们究竟隐藏着多少能力和才学。他们像一潭宁谧的湖水，没有任何波澜，但说不定什么时候就会掀起一阵惊涛骇浪。他们当然受得了大场面，因为他们本身就是制造大场面的人。

【原文】

太元末，长星见，孝武心甚恶之。夜，华林园中饮酒，举杯属星云："长星！劝尔一杯酒，自古何时有万岁天子！"

【译文】

太元末年，彗星出现，孝武帝司马曜非常讨厌这件事情。夜里，孝武帝在华林园中饮酒，举杯对着星空说："彗星啊，请你喝一杯酒吧，自古以来哪里有万岁的天子啊。"

【解读】

彗星出现在古代被视为一种不祥之兆，会发生兵革之事。孝武帝担心彗星的出现会带来废立之事，因此饮酒感怀。

世间哪里有万岁的天子，酒后的孝武帝似乎一下子顿悟了，天子即使做得再长久，也终有结束的一天，一味地忧心废立之事无异于杞人忧天，到最后只会空耗时光，徒劳无益。真正决定孝武帝是否能够长久稳坐太子之位的当然不是彗星，而是他是否是一位心存天下和社稷的明君。

识鉴第七

【原文】

曹公少时见乔玄，玄谓曰："天下方乱，群雄虎争，拨而理之，非君乎！然君实是乱世之英雄，治世之奸贼。恨吾老矣，不见君富贵，当以子孙相累。"

【译文】

曹操年少的时候曾经拜见乔玄，乔玄对他说："天下正乱，群雄相争，治理乱世的人，非你莫属啊！你实在是乱世中的英雄，治世的奸贼啊。可惜我已经老了，无法看到你富贵的样子了，应当把子孙托付给你才是。"

【解读】

"乱世之英雄，治世之奸贼"，乔玄的话，算得上对曹操最具代表性的评价了。乔玄慧眼独具，很早就看出曹操身上治世之能。结果如他所说，曹操建立曹魏，军事上的才能锋芒毕露，政绩上也十分突出。想必曹操自己回想起当初乔玄的话，也会禁不住一声赞叹吧。

【原文】

曹公问裴潜曰："卿昔与刘备共在荆州，卿以备才如何？"潜曰："使居中国，能乱人，不能为治；若乘边守险，足为一方之主。"

【译文】

曹操问裴潜说："昔日你曾经和刘备一起待在荆州，你觉得刘备的才能怎么样？"裴潜说："如果让他占据中原，那他只会扰乱民生，无法好好治理；但如果让他占据边疆，镇守险要的地方，他完全可以成为一方霸主。"

【解读】

看人看问题务求全面。现实生活中，其实有很多像刘备一样的人，在一些领域丝毫没有价值，但在另一些领域却可以自由驰骋，崭露才华。在评价他人时，不要因为对方在某一领域没有作为就对他们全盘否定，世上很少有样样精通的全才，但真正一无是处的人也是很少的。

汉末时期天下大乱，群雄割据，曹操雄踞中原地带，一统北方，和孙权、刘备的两股势力形成三足鼎立之势。作为曹操一统天下的最主要竞争对手之一，刘备自然倍受曹操的重视和关注。曹操的问话，看似波澜不惊，实际却充满了火药味。裴潜了解曹操奸诈多疑的性情，因此在回答时亦真亦假，投其所好：曹操志在夺取中原，因此如果裴潜承认刘备有能力夺取中原，很可能会惹怒曹操，甚至惹来杀身之祸，因此裴潜上来先说了半句谎话，谎称刘备不可能在中原有所作为，而只会扰乱中原格局，先给曹操打了一针镇定剂，随后才说刘备在边陲地带能够有所作为，这才是裴潜想要诉说的实情。

聪敏如曹操，显然能够听出裴潜的意思，一个能够在动乱的边疆有所作为的人，显然也能够在中原地带有所作为，而裴潜的高明之处就在于不直言刘备才能过人，而是通过话中套话的方式表明自己的看法。这样，他既没有得罪曹操，又能够传递自己的真实用意，果然高明。

【原文】

何晏、邓飏、夏侯玄并求傅嘏交，而嘏终不许。诸人乃因荀粲说合之，谓嘏曰："夏侯太初一时之杰士，虚心于子，而卿意怀不可交。合则好成，不合则致隙。二贤若穆，则国之休。此蔺相如所以下廉颇也。"傅曰："夏侯太初志大心劳，能合虚誉，诚可谓利口覆国之人。何晏、邓扬有为而躁，博而寡要，外好利而内无关籥，贵同恶异，多言而妒前。多言多衅，妒前无亲。以吾观之，此三贤者，皆败德之人尔，远之犹恐罹祸，况可亲之邪？"后皆如其言。

【译文】

何晏、邓飏和夏侯玄都想和傅嘏交往，但傅嘏一直没有同意。三人于是让荀粲帮忙说和。荀粲对傅嘏说："夏侯玄是当今的杰出人才，虚心想要结识你，但你却认为不能和他交往。结交的话，你们会成为朋友；不结交的话，你们之间则会产生隔阂。如果两个贤能之士和睦相处，那就是国家的福气，这就是蔺相如对廉颇谦让恭敬的原因。"傅嘏回答说："夏侯玄志向高远但心力不足，只能迎合各种虚名，实际上是凭借能言善辩颠覆国家的人。何晏和邓飏有才能但很浮躁，博学但不精专，喜爱功名利禄而且不加约束，亲近同党，排除异己，话多而且嫉妒比自己能力出色的人。话语多便容易挑起事端，嫉妒能人就没有亲近的朋友。在我看来，这三个人全是道德败坏的人，我离他们远远的都害怕惹上灾祸，怎么可能和他们亲近呢？"后来，三人的结局和傅嘏说的一样。

【解读】

傅嘏知人善断，敢于批判名流，质疑权威，无论时代对某些的人或者事物的评价是怎样的，他始终保有自己的观点和想法，因此他从不迷失和盲从。人无论在什么时候都应拥有的独立自主的思考，盲目的接受和依赖只会让我们成为时代的附庸者，不见得能与时代同辉煌，但却一定会和时代同灭亡。

何晏和邓飏因党附曹爽被杀，夏侯玄则因与李丰等人意图谋杀大将军司马师被杀。何晏、邓飏和夏侯玄三个人不能说没有才华，但最终却全都如傅嘏预言的一样，惹祸上身，丢了性命。而他们之所有丢了性命，实际上是因为没有在才学和品性之间谋得一种平衡。生活中其实不乏像何晏等人一样的人才，恃才傲物，因为自己在才能方面的突出，而放纵了自己的品行和处事原则，结果品德的丧失与放纵，最终葬送了他们的未来甚至生命。一个人越有才能，就越要检省自己，很多人都在关注着你，你的每一个不当的举动都可能在人群中掀起轩然大波。我们甚至可以说，当一个人足够优秀时，决定他命运的不是他的长处，而是他的缺点，这可以算是人才的"木桶效应"。

【原文】

晋武帝讲武于宣武场，帝欲偃武修文，亲自临幸，悉召群臣。山公谓不宜尔，因与诸尚书言孙、吴用兵本意。遂究论，举坐无不咨嗟，皆曰："山少傅乃天下名言。"后诸王骄汰，轻遘祸难。于是寇盗处处蚁合，郡国多以无备，不能制服，遂渐炽盛，皆如公言。时人以谓"山涛不学孙、吴，而暗与之理会"。王夷甫亦叹云："公暗与道合。"

【译文】

晋武帝司马炎在宣武场讲武。武帝想要停止武备，发展文化教育，于是亲临现场，将大臣们全部召集起来。山涛认为不该这样，于是和诸位尚书谈起孙武、吴起用兵的原意，并进行了深入的探讨，在座的人全都赞叹惊呼，说："山涛的话真是至理名言啊。"后来，诸多王侯骄纵奢靡，轻易地酿造了很多祸患。于是各地的强盗像蚂蚁一样聚集，郡国大都因为没有武备而无法制服他们，战乱随即愈演愈烈，全都如山涛所说。当时的人认为山涛虽然没学孙武、吴起的兵法，但见解和想法却和他们暗合。王衍也赞叹说："山涛所思，和道相吻合。"

【解读】

"铸剑习以为农器，放牛马于原薮，室家无离旷之思，千岁无战斗之患"，《孔子家语》中曾经提到的愿景一直是我们所追求和向往的。但追求和平而美好的生活，并不代表就要放弃战备、铸剑为犁。历史从来都不是风平浪静的，在多数情况下，和平是需要捍卫的。晋武帝提倡放弃武备的初衷可能是好的，但这种做法显然过于绝对了，反而滋长了贵族阶层骄奢颓废的生活作风。将摒弃战事等同于放弃武备，这种做法无异于自欺欺人。

【原文】

王夷甫父乂，为平北将军，有公事，使行人论，不得。时夷甫在京师，命驾见仆射羊祜、尚书山涛。夷甫时总角，姿才秀异，叙致既快，事加有理，涛甚奇之。既退，看之不辍，乃叹曰："生儿不当如王夷甫邪？"羊祜曰："乱天下者，必此子也！"

【译文】

王衍的父亲王乂，任北平将军，派遣使者去解决一件公务，没有结果。当时王衍在京城，命人驾车带自己去见仆射羊祜以及尚书山涛。王衍当时还没有成年，但容貌和才华都非常优秀，陈述表达流利畅快，论述事理十分透彻，山涛对此很惊讶。等到王衍离开时，山涛依旧不停地盯着他看，并感叹说："生儿子难道不应该像王衍一样吗？"羊祜回答说："将来扰乱天下的人，必定是他！"

【解读】

羊祜的判断没有错，王衍后来因清谈而误国，最终导致了国破家亡的结局。山涛欣赏的是王衍的才华，而羊祜担心的也正是王衍的才华。什么样的时势便造就什么样的"英雄"，王衍的确富有才华，但却过早地暴露在公众面前，经受社会的影响和熏陶，他纯洁的生命品质被混乱的时局影响之后，王衍很可能失去对真善美的正确判断，而成为一个在时代操纵下成长起来的野心家。

【原文】

潘阳仲见王敦小时，谓曰："君蜂目已露，但豺声未振耳。必能食人，亦当为人所食。"

【译文】

潘滔见到小时候的王敦，评价说："你凶恶的目光已经崭露出来，只是还没有发出豺狼般的吼叫声罢了。将来，你一定可以吃人，同时也会被别人吃掉。"

【解读】

潘滔是东海王司马越的心腹，和刘舆、裴邈合称"越府三才"，后因晋惠帝厌恶东海王专权，潘岳被牵累，被捕之际连夜遁逃，得以保全性命。王敦是王导的从兄，妻子是晋武帝的女儿，官至镇东大将军，执掌兵权后起兵造反，自立为丞相，后在起兵期间病死。

潘滔是逆臣身边的心腹之将，因此他品评人的优劣也是看对方够不够凶恶，有没有野心。然而，潘滔虽然崇尚凶恶和野心，但又知道富有野心的人最终难以逃脱一个悲惨的结局，算得上有"自知之明"。一个拥有自知之明的人，便能够对自己的能力乃至时局有一个客观清晰的判断，不高估自己，不肆意妄为。这种能力，最终促使潘滔成为一个有所作为的"人才"。

【原文】

张季鹰辟齐王东曹掾，在洛，见秋风起，因思吴中菰菜羹、鲈鱼脍，曰："人生贵得适意尔，何能羁宦数千里以要名爵？"遂命驾便归。俄而齐王败，时人皆谓见机。

【译文】

张翰被授为齐王司马冏的东曹掾，在洛阳，见秋风吹起，想起了吴中的菰菜羹和鲈鱼脍，说："人生贵在顺心快意，怎么能够离家几千里来求取功名利禄呢？"随即命人驾车回家。不久之后，司马冏失败，当时的人都认为张翰能够预见事情的动向。

【解读】

"安能摧眉折腰事权贵，使我不得开心颜"，人不能离自己的本心太远，否则你就不再是你，而是一个没有灵魂的自我。很多人都说要活出自我，这并没有想象中的那么简单，毫不夸张地说，有些人一辈子也没有活出自己，因为他们忙着伪装，忙着奔波，忙着追求功名利禄。张翰最终做出了自己的选择，可以想见，他的生活可能会因此变得清贫，交际圈也变得越来越简单，但他却活得比原来自由。

【原文】

周伯仁母，冬至举酒赐三子曰："吾本谓度江托足无所，尔家有相，尔等并罗列吾前，复何忧？"周嵩起，长跪而泣曰："不如阿母言。伯仁为人志大而才短，名重而识暗，好乘人之弊，此非自全之道；嵩性狼抗，亦不容于世；唯阿奴碌碌，当在阿母目下耳。"

【译文】

周𫖮的母亲，在冬至这天拿出酒来赐给三个儿子说："我本来以为渡江之后就没有立足的地方了，但你们家有福相，你们全都站在我跟前，还有什么好担忧的呢？"周嵩站起来，直着上身跪在母亲跟前，哭着说："不像母亲说的那样啊。周𫖮志向远大但才华疏浅，名声很高但见识短浅，喜欢乘人之危，这不是保全自己的方法；我生性狂妄自大，也不能被世人所容；只有弟弟平庸无能，能够留在母亲身边罢了。"

【解读】

一个平庸的人可能终其一生都无所作为，但他很可能也是活得最平坦、最平静的一类人，对他们而言，生活虽然未曾谱写什么精彩的华章，倒也安闲幸福。相较之下，那些富有能力和心计的人，虽然可能会谱写更精彩的人生篇章，却也更容易卷入漩涡甚至招来杀身之祸。我们当然不能甘于平庸，但也要不断地完善自己，剔除自己的阴暗面，因为葬送你的不是你的优点，而是你的缺点和不足。

【原文】

王大将军既亡，王应欲投世儒，世儒为江州；王含欲投王舒，舒为荆州。含语应曰："大将军平素与江州云何，而汝欲归之？"应曰："此乃所以宜往也。江州当人强盛时，能抗同异，此非常人所行。及睹衰厄，必兴愍恻。荆州守文，岂能作意表行事？"含不从，遂共投舒。舒果沈含父子于江。彬闻应当来，密具船以待之。竟不得来，深以为恨。

【译文】

王敦病死后，王应想要投靠王彬，王彬当时是江州刺史；王含则想要投靠王舒，王舒是荆州刺史。王含对王应说："王敦平时跟王彬关系怎么样呢？你为什么要投靠他？"王应说："这正是投靠他的原因。王彬在他人强盛的时候，敢于坚持主张，这不是一般人能够做出来的，等到目睹别人的衰落和厄运，他一定会生出恻隐之心。王舒遵守礼法，墨守成规，怎么可能不按成法办事！”王含不听，于是两人一起投奔王舒。王舒果然逼迫两人投江自杀。王彬听说王应想要投靠自己，秘密地准备了船等待他。最终，王应没有来，王彬非常遗憾。

【解读】

王含虽然扮演着一个父亲的角色，但较之于儿子，他对事情的洞察和分析反而显得肤浅。王彬与王敦不合，表面上看投靠他更加危险，但实际上他却是一个有原则、有担当的人，这种人是值得信赖和依托的。相反，王舒墨守成规，对王敦唯命是从，发生变故时必然会急于保全自己，这时候投靠他，只会让他视为累赘和负担。很不幸，王应虽然做出了正确的判断，但最终还是听从了父命，结果两人双双殒命。做出正确的选择很重要，坚守正确的选择同样很重要。

【原文】

武昌孟嘉作庾太尉州从事，已知名。褚太傅有知人鉴，罢豫章，还过武昌，问庾曰：“闻孟从事佳，今在此不？”庾曰：“卿自求之。”褚眄睐良久，指嘉曰：“此君小异，得无是乎？”庾大笑曰：“然。”于时既叹褚之默识，又欣嘉之见赏。

【译文】

武昌人孟嘉任庾亮的江州从事，已经颇有名声。褚裒有鉴别人才的能力，免去豫章太守之后，再回去的路途中经过武昌，问庾亮说：“听说孟从事很好，今天他在这里吗？”庾亮说：“你自己找吧。”褚裒顾盼很久，指着孟嘉说：“这人看起来有些不同于常人，难道就是他吗？”庾亮大笑着说：“是。”当时的人既赞叹褚裒暗中识人的能力，又替孟嘉被赏识感到高兴。

【解读】

一个人不可能在身上贴上“人才”的标签，而且很多人才的优点和长处是隐性的，因此生活中，我们很难一眼辨识出谁是人才，谁是庸才。但“难”并不代表“不能”，实际上，如果我们观察得足够仔细，是能够发现人才身上不一样的气质的，一个人的举止和言行都可以折射出他的才能和学识，一个灵动的人和一个木讷的人，肯定是不一样的。

【原文】

戴安道年十余岁，在瓦官寺画。王长史见之，曰：“此童非徒能画，亦终当致名。恨吾老，不见其盛时耳！”

【译文】

戴逵十几岁时，曾经在瓦官寺画画。王濛见到他后，说：“这人不止能画画，也终将成名。可惜我已经老了，看不到他名望彰显的时候了。”

【解读】

戴逵是东晋时期著名的音乐家和美术家，博学多才，能书善画，曾多次被招出仕做官，但皆不就，终生淡泊名利。

对于一个善于识人相人的人来说，人生最大的遗憾无疑就是无法看见自己的预言和判断变为现实，王濛认识戴逵时年事已高，因此才有了上面的感慨。王濛自己在书画方面本身也有一定的造诣，因此他在发现“同道中人”在书画方面的造诣后，肯定有一种惺惺相惜的情感在里面。透过他既遗憾又抱有几分欣喜的慨叹，可以看出王濛是个率真的性情中人。而结果也正如他所预想的一样，戴逵在日后果然成了一名书法名家。

【原文】

小庾临终，自表以子园客为代。朝廷虑其不从命，未知所遣，乃共议用桓温。刘尹曰：“使伊去，必能克定西楚，然恐不可复制。”

【译文】

庾翼临终前，上表推荐儿子庾爰接替他做荆州刺史。朝廷担心庾爰不服从命令，不知道派谁好，于是一起商议着任用桓温。刘惔说：“让桓温去，必定能平复荆州一带，然而从此以后恐怕就无法再控制他了。”

【解读】

看重某位臣子的能力，却又害怕他将来势力起来后不再受自己控制，这是古时很多掌权者都十分苦恼的事情，不足为奇。在这里，刘惔的想法多少有些草木皆兵的意味了，庾氏后代倘若不启用，桓温再不任用，那还有没有合适的人选呢？悲观的人很难创造人生的大境界，因为他们自始至终都困囿在一个狭小的空间里。

【原文】

桓公将伐蜀，在事诸贤咸以李势在蜀既久，承藉累叶，且形据上流，三峡未易可克。唯刘尹云：“伊必能克蜀。观其蒲博，不必得，则不为。”

【译文】

桓温将要讨伐蜀汉，执政的大臣全都认为李势在蜀地盘踞已久，累积了几代家业，而且地势上也占据着上游的优势，三峡不是那么容易攻克的。只有刘尹说：“桓温一定能够拿下蜀汉。我看他玩蒲博的时候，没有把握的事情绝对不干。”

【解读】

蒲博是古代的一种博戏，和现在的很多博弈类游戏一样，非常注重策略和智慧。一个人骨子里的东西是不会变的，不管是在日常的游戏中，还是面临重大决策时，左右他判断和抉择的，永远是烙刻在心底深处的原则和处世态度。因此可以说，刘惔通过蒲博判断桓温的秉性，一点问题都没有，甚至可以说是英明的。

【原文】

谢公在东山畜妓，简文曰：“安石必出，既与人同乐，亦不得不与人同忧。”

【译文】

谢安在东山收养了一批女妓，简文帝司马昱说：“谢安一定会出仕的，既然与人同乐，那就不得不与人同忧。”

【解读】

谢安隐居东山时，曾经收养了几名女妓，每次出游都带上她们，因此算得上“与人同乐”。人活一世，既然与人同乐，亦当与人同忧，但这种人与人之间的“同甘苦共患难”是有先决条件的，既双方都应拥有足够的担当和意气。简文帝能够以一条“人应该如此”的规则判断谢安一定会按照规则行事，这说明他非常了解谢安，知道谢安一定不会破坏约定俗成的处世规则。简文帝并不见得英明或者善于判断，他只是善于观察他人而已。能力比天赋更主要，因为能力可以塑造和培养，一个人只要不断地尝试和努力，完全可以不输“天才”。

【原文】

郗超与谢玄不善。苻坚将问晋鼎，既已狼噬梁、岐，又虎视淮阴矣。于时朝议遣玄北讨，人间颇有异同之论。唯超曰："是必济事。吾昔尝与共在桓宣武府，见使才皆尽，虽履屐之间，亦得其任。以此推之，容必能立勋。"元功既举，时人咸叹超之先觉，又重其不以爱憎匿善。

【译文】

郗超和谢玄关系不好。苻坚图谋东晋政权，已经吞噬了梁州、岐山，又对淮河以南虎视眈眈。当时的朝中大臣商议着让谢玄北上讨伐，人群中颇有不同意见。只有郗超说："这样安排必能成功。我昔日曾经和谢玄在桓温府上共事，见他能够让人各尽其才，即使是非常小的事情，也能够任用合适的人选。以此推算，我决定谢玄必定能够建立功勋。"谢玄大功即成，当时的人全都赞叹郗超有先见之明，同时又敬重他不因个人恩怨埋没人才。

【解读】

意见不同是一回事儿，但这并不意味着争执的双方就必然有一个是错的，可能只是看待问题的角度不同而已。郗超并未因为谢玄和自己意见相左就全盘否定对方，相反，他却从两人的交往包括对峙中发现了对方的优点，这一点是非常值得肯定的。郗超肯定会有一番作为，因为他处世很纯粹，立场不同，但不交杂任何主观感情，别人的优点就是优点，喜不喜欢是你的事情，但推荐不推荐是你的原则。很庆幸，郗超坚持了正确的选择。

【原文】

王恭随父在会稽，王大自都来拜墓，恭暂往墓下看之。为人素善，遂十余日方还。父问恭："何故多日？"对曰："与阿大语，蝉连不得归。"因语之曰："恐阿大非尔之友，终乖爱好。"果如其言。

【译文】

王恭和父亲一起住在会稽，王忱从京都赶来拜谒陵墓，王恭到墓地看望他。两人向来关系很好，于是王恭十多天之后才返回。父亲问王恭："怎么这么多天才回来？"王恭回答说："和王忱交谈，连续不断，因此回来晚了。"父亲因此对王恭说："王忱恐怕不是你的朋友，你们终将断绝友谊。"后来，果然和王恭的父亲说得那样。

【解读】

当局者迷，旁观者清，王恭和王忱关系很好，过度的信任和欣赏，让他们很难发现彼此价值观和人生观上的本质区别。而王恭的父亲作为一个冷静的旁观者，却能够比较准确地发现两人本质上的区别和分歧，并且做出了正确的判断。因此，在判断一件事情是，我们实在应该保持足够的冷静和泰然，以防主观因素影响了我们的客观判断。

【原文】

车胤父作南平郡功曹，太守王胡之避司马无忌之难，置郡于澧阴。是时胤十余岁，胡之每出，尝于篱中见而异焉。谓胤父曰："此儿当致高名。"后游集，恒命之。胤长，又为桓宣武所知。清通于多士之世，官至选曹尚书。

【译文】

车胤的父亲任南平郡功曹，太守王胡之为了躲避司马无忌的报复，将郡府设在澧阴。当时车胤十多岁，王胡之每次出行，经常在篱笆里看到车胤，感到十分奇异。王胡之对车胤的父亲说：

“你的儿子必将取得很高的名声。”后来，王胡之每次游玩集会，总是叫上车胤一起参加。车胤长大后，又得到桓温的赏识，在人才济济的时代以清明通达著称，官至选曹尚书。

【解读】

王敦曾经命令王胡之的父亲王愿杀害司马无忌的父亲，司马无忌因此和王胡之结下仇怨，立誓要替父亲报仇，王胡之这才选择躲避，也算是一种以退为进的周全之计。

车胤自幼聪颖好学，博览群书，而且相貌清秀，算得上一个美少年，只是他家境贫寒，为了节省灯油，曾在夏日将萤火虫收入囊中，用以照明夜读。王胡之第一眼看到车胤时，即被他的仪表吸引，觉得他身上有不凡之气，这本身并没有太多值得称道之处。难能可贵的是，王胡之认定了车胤的出众资质后，能够持之以恒地对他进行提携和帮助，最终帮助车胤成名。车胤的成名，固然和自己的勤奋好学有关，但王胡之的帮助同样功不可没，“好风凭借力，助我上青云”，一个人完全依靠自己取得成功是非常艰难的，我们应该学会借助外力获取成功。

【原文】

王忱死，西镇未定，朝贵人人有望。时殷仲堪在门下，虽居机要，资名轻小，人情未以方岳相许。晋孝武欲拔亲近腹心，遂以殷为荆州。事定，诏未出，王珣问殷曰：“陕西何故未有处分？”殷曰：“已有人。”王历问公卿，咸云：“非。”王自计才地，必应任己。复问：“非我邪？”殷曰：“亦似非。”其夜，诏出用殷。王语所亲曰：“岂有黄门郎而受如此任！仲堪此举，乃是国之亡徵征。”

【译文】

王忱死后，荆州长官人选未定，朝中的显贵全都想要得到这个职位。当时殷仲堪在门下省，虽然身居机要机构，但资历浅薄，名声弱小，人们不会想到朝廷会将地方长官交给他。晋武帝想要提拔自己的心腹，于是任命殷仲堪为荆州刺史。事情敲定下来，诏书还没有颁布，王珣问殷仲堪：“荆州的职位为什么还没定下来？”殷仲堪回答说：“已经有人选了。”王珣于是挨个提出公卿的名字询问他，殷仲堪说：“不是。”王珣自认才华和地位突出，觉得自己被任用了。于是又问：“是我吗？”殷仲堪回答说：“似乎也不是。”当夜，诏书颁布，殷仲堪获任荆州刺史。王珣对他亲近的人说：“哪有黄门侍郎接受如此重任的！殷仲堪被举用，是国家灭亡的征兆啊。”

【解读】

晋武帝司马炎是晋朝的开国君主，起先逼迫魏元帝曹奂禅让给自己，之后又出兵灭吴并统一全国。建国初期，晋武帝曾采取一系列的经济手段发展生产，但灭吴之后逐渐变得怠慢朝政，奢靡无为。文中的故事，就是在晋武帝转向奢靡无为的历史背景下发生的。

殷仲堪军政才能一般，任官时纲目不举，好行小惠，颇为一些高洁之士不齿，后被桓玄袭击，被逼自杀。殷仲堪清楚以自己的名声和能力就任机要之位必定会招致群臣非议，因此在和王珣对话时可以说讳莫如深，闪烁其词，这无疑体现了他处事圆滑、富有心机的一面。相比之下，王珣则性情耿直，直言不讳。就两人对话时体现出来的性情和品格，王珣就比殷仲堪更适合担任荆州刺史这个职位。

赏誉第八

【原文】

陈仲举尝叹曰："若周子居者，真治国者器。譬诸宝剑，则世之干将。"

【译文】

陈蕃曾经感叹说："像周乘这样的人，真是治理国家的人才啊。把他比作宝剑的话，就是世上的干将。"

【解读】

干将是春秋末年吴国的名匠，善于铸造兵器，尤其善于铸造宝剑。为了给吴王阖闾造剑，他"采五山之铁精，六合之金英"，其妻则削发剪指投入炼炉中，终于铸成两把宝剑，分别以他们的名字"干将"和"莫邪"命名。干将剑是古代的名剑之一，象征着果断和坚决。

古语中说"治大国若烹小鲜"，这是说处理事情要细致，要专注；但另一方面，治国者同时也应该具有快刀斩乱麻的气魄和果决，就这一点而言，用"干将"来形容周乘无疑非常合适。国家是个相当庞杂的系统，治理起来必然要面对非常多的琐事，如果一个统治者事无巨细地处理每一件事情，必然要耗费巨大的精力和时间，这显然是不合适乃至不切实际的。这种情况下，一个统治者或者权臣就应该有魄力和胆识，不拘泥于微小的事物和纠缠，用"干将"般锋利的决断力，果断地处理解决事情。

治大国如此，做人其实也是如此，该投入的时候我们绝不马虎，该果断的时候我们也绝不犹豫，该出手时就该出手，果断亮剑，斩断生活中的"乱麻"，切记不要拖延和犹疑，它们只会让你空耗时间，一无所获。

【原文】

世目李元礼："谡谡如劲松下风。"

【译文】

世人评价李膺说："像劲松下的风一样，清冽强劲。"

【解读】

从世人的评价来看，李膺应该是一个刚正不阿、铁骨铮铮的人。人不见得要多有才学和能力，但应该成为一个有气节和主见的人，什么事情该做，什么事情不该做，什么事情应该坚守，什么事情应该唾弃，心里都要有一个准则，并努力地坚持下去。做人要有傲气和傲骨，不管他人有什么样的观点和主张，我们都坚守自己的活法，不见风使舵，不见利忘义。一个拥有主见的人是有根基的，诚如一棵劲松一样，纵使外界狂风大作，自己仍然岿然不动，保持自己的风度和气节。

【原文】

羊公还洛，郭奕为野王令。羊至界，遣人要之。郭便自往。既见，叹曰："羊叔子何必减郭太业！"复往羊许，小悉还，又叹曰："羊叔子去人远矣！"羊既去，郭送之弥日，一举数百里，遂以出境免官。复叹曰："羊叔子何必减颜子！"

【译文】

羊祜返回洛阳，郭奕任野王令，羊祜到了野王县界，郭奕派人拦住羊祜，随后亲自去迎接他。见到羊祜，郭奕感叹说："羊叔子哪里比不上我郭太业啊！"后来，郭奕又到羊祜的住所探望他，不一会儿返回来，再次感叹说："羊叔子比我好太多了！"羊祜离开的时候，郭奕送了他一整天，送出去几百里路，结果因为擅自出境被免去官职。郭奕又赞叹说："羊叔子哪里比不上颜渊！"

【解读】

郭奕可以说是惜才如命，求贤如渴了，即使因此丢了职位都全不在意，依旧沉浸在对人的赞美和赏识之中。这是他的价值观所决定的，在他眼里，功名利禄都是次要的，唯有才学和能力才是真正值得尊敬和追寻的。从大方向上说，这种价值观正确，它会让人关心真正能够改变世界的东西，而不是掩饰和伪装个人能力的事物。就这一点而言，郭奕值得我们尊敬和学习。

【原文】

王戎目山巨源："如璞玉浑金，人皆钦其宝，莫知名其器。"

【译文】

王戎评价山涛说："像璞玉和浑金一样，人人都钦佩羡慕他的珍贵，但又没人知道他到底有多大本领。"

【解读】

生活中确实存在一些名人名士，我们可以通过他们的名声间接地意识到他们的才学，但却从来没有和他们谋面，没有当面见识过他们的能力。这种人对我们来说，可以说是"神龙见首不见尾"。客观而言，单凭间接地认识和了解而言，我们很难断定他们是否真的本领过人，才高八斗。对于这种人，我们大可持一种观望的态度，淡然视之。况且，他人的立场和观点不见得就是正确的，每个人对生活和人生都有自己的了解和认识。

【原文】

羊长和父繇与太傅祜同堂相善，仕至车骑掾，卒。长和兄弟五人，幼孤。祜来哭，见长和哀容举止，宛若成人，乃叹曰："从兄不亡矣！"

【译文】

羊忱的父亲羊繇和太傅羊祜是同族，关系非常好，官至车骑掾，很早就去世了。羊忱弟兄五个人，很小就成了孤儿。羊祜来哭吊羊繇，见羊忱哀伤的容貌和举止，像是一个成年人，于是感叹说："堂兄没死！"

【解读】

羊繇虽然已经亡故，但其子羊忱却继承了父亲的气质和处世风范，这样看来，说羊繇没死，似乎也没什么不妥。人的生命是有限的，但人的精神却可以长久的留存下去，影响更多的人。

【原文】

山公举阮咸为吏部郎，目曰："清真寡欲，万物不能移也。"

【译文】

山涛举荐阮咸作吏部郎，评价说："纯洁朴素，没有什么贪欲，任何事物都不能改变他的意志。"

【解读】

“壁立千仞，无欲则刚”，欲望可以说是人的一种生理本能，人活在世，就难免会有各种各样的欲望。但凡事总要有个尺度和分寸，欲望多了就会产生贪心，欲望大了则必然会导致欲壑难填。一旦被贪欲迷住心窍，很快就将成为贪欲的奴隶，唯利是图，失去判断是非好恶的能力。

心无所念，无欲无求，阮咸这种人是最坚定的也是最难改变的。当外界的干扰和诱惑成了摆设，你将成为一个真正意义上的“自己”，你的所有判断都将完全倾听自己内心的声音，因而不会盲从和迷失，一个时代正需要这样的引路人和高明之士。

【原文】

王汝南既除生服，遂停墓所。兄子济每来拜墓，略不过叔，叔亦不候。济脱时过，止寒温而已。后聊试问近事，答对甚有音辞，出济意外，济极惋愕；仍与语，转造精微。济先略无子侄之敬，既闻其言，不觉懔然，心形俱肃。遂留共语，弥日累夜。济虽俊爽，自视缺然，乃喟然叹曰：“家有名士三十年而不知！”济去，叔送至门。济从骑有一马绝难乘，少能骑者。济聊问叔：“好骑乘不？”曰：“亦好尔。”济又使骑难乘马，叔姿形既妙，回策如萦，名骑无以过之。济益叹其难测，非复一事。既还，浑问济：“何以暂行累日？”济曰：“始得一叔。”浑问其故，济具叹述如此。浑曰：“何如我？”济曰：“济以上人。”武帝每见济，辄以湛调之，曰：“卿家痴叔死未？”济常无以答。既而得叔，后武帝又问如前，济曰：“臣叔不痴。”称其实美。帝曰：“谁比？”济曰：“山涛以下，魏舒以上。”于是显名，年二十八始宦。

【译文】

王湛守丧期满后，除掉丧服，留在墓地。他的侄子王济每次来拜谒陵墓，从不探望叔叔，叔叔也不等候他。王济偶尔探望王湛，也不过寒暄几句而已。后来试着询问最近的情况，王湛对答非常有言辞，出乎王济的意料，让他感到十分的怅惋惊愕；继续和他交流，言辞更加精深高妙。王济之前丝毫没有子侄的敬意，听到王湛的言谈，不禁肃然起敬，从内心到外在举止都变得严肃起来。于是留下来和王湛交谈，从早到晚，夜以继日。王济虽然才能卓著，但自认比不上王湛，于是叹了口气说：“家里有这样的名士，三十年了都没被发现！”王济离开时，叔叔送他到门外。王济的侍从有一匹很难骑的马，很少有人能够驾驭。王济随口问叔叔说：“喜欢骑马吗？”王湛说：“喜欢。”王济于是让叔叔骑那匹难骑的马，叔叔骑马的姿势神情非常优雅高妙，挥动马鞭环绕自如，著名的骑手也无法超越他。王济更加感叹叔叔难以预测，不只是一件事、一个方面而已。回去之后，王浑问王济：“为什么说去那看看却停留了几天呢？”王济说：“我今天才得到了一位叔叔。”王浑问他原因，王济于是感慨地把之前的事情说了一遍。王浑说：“比起我怎么样？”王济说：“至少在我之上。”晋武帝每次见到王济，都拿王湛来调侃他，说：“你家的傻叔叔死了没有？”王济常常无以应答。自从了解叔叔之后，武帝又像以前一样问他，王济回答说：“我的叔叔不傻。”并称赞他其实很优秀。武帝问道：“那可以和谁相比呢？”王济说：“他在山涛之下，魏舒以上。”于是，王湛的名声从此彰显，二十八岁时才出来做官。

【解读】

识人不易，即使是最亲近的人，可能都无法在短时间了解和赏识你。其实任何人才都要经历一段这样的“潜伏期”，在此期间，才学被尘世掩盖，如果坚持不过去，很可能会就此埋没。王湛的做法并不值得提倡，因为他太过保守，既然有才华和学识，就应该找到合适的途径宣传和包装自己，这是对自己负责，也只有自己对自己负责，别人才有可能对你负责。

【原文】

裴仆射，时人谓为“言谈之林薮”。

【译文】

裴頠，当时的人称他是“言谈汇集的地方”。

【解读】

一个崇尚清谈和言论的时代，孕育出裴頠这种善言能言、通晓各种言论的人并不奇怪。我们改变了世界，世界也在改变我们，一个人和他的世界是息息相关的，相互影响。只是，很多人通常被时代所影响，却无力影响或者改变世界而已，相比于做一个时代的宠儿或者受益者，我们应该努力成为一个缔造者。

【原文】

人问王夷甫：“山巨源义理何如？是谁辈？”王曰：“此人初不肯以谈自居，然不读《老》《庄》，时闻其咏，往往与其旨合。”

【译文】

有人问王衍：“山涛的经义名理怎么样？是什么样的人？”王衍回答说：“这个人一点都不以善清谈自居，然而他虽然不读《老子》和《庄子》，人们却常常听到他的讽咏，而且往往与老子和庄子的意旨相合。”

【解读】

很多生活的哲理其实都很简单，只要你懂得感悟和倾听，便能有所觉悟，并不一定需要太深的阅历和涉猎。就这一点而言，我们和圣人并没有什么本质的区别，生活在同一个世界里，目睹相同的人和事物。只要肯思考，能够在喧嚣的尘世中静下来，每个人都能成为一个有所领悟的人。

【原文】

洛中雅雅有三嘏：刘粹字纯嘏，宏字终嘏，漠字冲嘏，是亲兄弟，王安丰甥，并是王安丰女婿。宏，真长祖也。洛中铮铮冯惠卿，名荪，是播子。荪与邢乔俱司徒李胤外孙，及胤子顺并知名。时称“冯才清，李才明，纯粹邢”。

【译文】

洛阳温文尔雅的人之中，有三个带“嘏”的人，刘粹字纯嘏，刘宏字终嘏，刘漠字冲嘏，这三人是亲兄弟，都是王戎的外甥，同时也都是王戎的女婿。刘宏是刘惔的祖父。洛阳名声响亮的冯惠卿，名荪，是冯播的儿子。冯荪和邢乔都是司徒李胤的外孙，和李胤的儿子李顺都非常知名。当时有“冯荪才学清明，李顺通达明理，邢乔道德高尚”的说法。

【解读】

“一门父子三词客，千古文章四大家”，人才在门族里集中出现并不罕见，一个家族的风气和传统如果足够优秀，有多个有为之士是正常的。所谓“与善人居，如入芝兰之室，久而不闻其香；与恶人居，如入鲍鱼之肆，久而不闻其臭”，一个好的成长环境能够在很大程度上影响一个人的未来。就这一点而言，我们除了通过个人努力谋取进步和成长外，也要学会用一种长远的眼光观察自己，保证自己时刻能从周围的环境中汲取营养，而不是相反。

【原文】

卫伯玉为尚书令，见乐广与中朝名士谈议，奇之曰："自昔诸人没已来，常恐微言将绝。今乃复闻斯言于君矣！"命子弟造之，曰："此人，人之水镜也，见之若披云雾睹青天。"

【译文】

卫瓘任尚书令，见到乐广和洛阳的名士畅谈议论，很惊讶，说："自从何晏、邓飏等人去世之后，我常担心精妙的言谈已经消失了，今天竟然在你们面前重新听到了！"于是命令身边的弟子拜访，说："这个人，是人群中的水镜，见到他就像拨开云雾看到晴朗的天空一样。"

【解读】

对于自身而言，我们通常很难成为一个认知者，而是要通过与他人的交往和比对来看清楚自己的模样，了解自己的优点和不足。人人都可以成为他人的一面镜子，只是镜子的清晰和明亮程度不同而已。像乐广这种人，则不仅能够让人看清自己是什么，还能给人带来一种参透和顿悟，"一语点醒梦中人"，说的就是乐观这种人。

【原文】

王平子目太尉："阿兄形似道，而神锋太俊。"太尉答曰："诚不如卿落落穆穆。"

【译文】

王澄评价王衍说："你的神形像一个僧人，但神采太过俊秀明显。"王衍回答说："实在不如像你一样，平和疏淡。"

【解读】

每个人其实都会经历一段追求名声的阶段，但随着时间的推移和阅历的增加，我们会变得越来越内敛和含蓄。这并非表示我们变得不求进取或者安于现状，而是我们开始将更多的注意力放在内心修养的提升上。尖利的山风收住了劲，湍急的河水汇成了湖，它们看似平静，却拥有摧毁事物的能力。

【原文】

太傅府有三才：刘庆孙长才，潘阳仲大才，裴景声清才。

【译文】

司马越府上有三个人才：刘舆是才华出众的人才，潘滔是博学的人才，裴邈是清廉方正的人才。

【解读】

"单丝不成线，独木不成林"，一个府第需要各种各样的人才才能够强盛，推演到一个人而言，则提醒我们要博采众长，汲取各方面的营养，吸取各家的长处和优点。《说苑·君道》中曾说："凡处尊位者，必以敬下顺德规谏，必开不讳之门，蹲节安静以藉之，谏者勿振以威，毋格其言，博采其辞，乃择可观。"这和林则徐的"海纳百川，有容乃大"其实有异曲同工之意，一个人要想强盛，就该敞开胸怀，集众家所长为己所用。

【原文】

林下诸贤，各有俊才子：藉子浑，器量弘旷；康子绍，清远雅正；涛子简，疏通高素；咸子瞻，虚夷有远志，瞻弟孚，爽朗多所遗；秀子纯、悌，并令淑有清流；戎子万子，有大成之风，苗而不秀；唯伶子无闻。凡此诸子，唯瞻为冠，绍、简亦见重当世。

【译文】

竹林七贤，各有一个才华卓越的儿子：阮籍的儿子阮浑，气量宏远旷达；嵇康的儿子嵇绍，清明高远，优雅正直；山涛的儿子山简，疏朗通达，高雅淳朴；阮咸的儿子阮瞻，清心寡欲，志向远大；阮瞻的弟弟阮孚，性情直爽，不拘小节；向秀的儿子向纯和向悌，全都善良美好，清高有名望；王戎的儿子王绥，有成大器的迹象，可惜英年早逝；唯独刘伶的儿子，没有什么名声。所有这些人，唯独阮瞻可以作为冠首，最为突出，嵇绍和山简也被当时的人看重。

【解读】

“时无英雄，使竖子成名”，然而这个世界绝大多数时候都是有“英雄”，有人才的。竹林七贤的后代们，就是那个时代的“英雄”，他们像是点亮这个世界的火种一样，照亮世界的角落。

【原文】

庾子躬有废疾，甚知名，家在城西，号曰：“城西公府。”

【译文】

庾琮身体有残疾，名声很高，家住在城西，被称作“城西公府”。

【解读】

庾琮因为服用寒食散变成残疾，但这并没有危及他的名望，这表明魏晋时期的门阀斗争虽然非常激烈，地位的优劣评判也非常苛刻，但还没有失去一些基本的准则和坚守。不得不说，魏晋时期的风气在一定程度上说是病态的，当时不乏因服用“仙药”实际上也是毒药的寒食散而丧命的人，他们为了追求精神风貌和气色，已经丧失了基本的理性和判断力。这也注定了魏晋风气不可能持续太久。

【原文】

王夷甫语乐令：“名士无多人，故当容平子知。”

【译文】

王衍对乐广说：“名士没有几个人，因此应该让王澄品评人物。”

【解读】

究竟是千里马重要还是伯乐重要？这似乎一直是个值得思索的问题，如果没有千里马，也就无所谓“伯乐”；而空有千里马，缺少伯乐，结局大同小异。比较现实的一点是，一个时代通常是不缺千里马的，因此伯乐终究是一个相对重要的角色。千里马能够决定一个时代走多快，但伯乐却是决定一个时代走多远的人。

【原文】

王太尉云：“郭子玄语议如悬河泄写水，注而不竭。”

【译文】

王衍说：“郭象的言谈就像瀑布倾斜水流一样，宣泄不停。”

【解读】

任何事情和道理，都可以找到一个言简意赅的阐释方式，或者至少相对言简意赅的方式。滔滔不绝并不是一个口才上好者的专利，实际上一个普通人也可以滔滔不绝地谈论某件事情，只是他的谈论可能显得烦冗而无趣罢了。口若悬河不是错，但言简意赅才是我们真正要追求的。从复杂到简单，返璞归真，这是人生的必修课之一。

【原文】

司马太傅府多名士，一时俊异。庾文康云："见子嵩在其中，常自神王。"

【译文】

司马越府上有很多名士，都是当时的优秀人才。庾亮说："看到庾敳在其中，精神常常很旺盛而自在。"

【解读】

一个人是否有精气，从他的外貌而神态就可以看出来。忧郁和懈怠可以传染周围的人，阳光和活跃则可以感染周围的人，相比于那些暮气沉沉的人，人们无疑更喜欢和神清气爽的人待在一起，庾敳定是一个受欢迎的人。能够在纷扰的人际交往中活得自在而精神饱满，这种人，恐怕就是庄子眼中的逍遥之人吧。

【原文】

王公目太尉："岩岩清峙，壁立千仞。"

【译文】

王导评价王衍说："高耸秀拔，像屹立的千仞石壁。"

【解读】

高挺秀拔，这除了包含对别人品质的赞扬，也包含对人体外貌和体型的评价。在魏晋时期，一个外貌出众的人通常是很受欢迎和推崇的，一些富有才华的人有时只因其貌不扬就沉寂一生。这无疑是一件令人失望的事情，但它确实是当时的一个现实。庆幸的是，相比于魏晋时期，我们活在一个更开明的时代，相貌是次要的，只要你富有才华，你就可以施展你的抱负。

【原文】

庾太尉在洛下，问讯中郎，中郎留之云："诸人当来。"寻温元甫、刘王乔、裴叔则俱至，酬酢终日。庾公犹忆刘、裴之才俊，元甫之清中。

【译文】

庾亮在洛阳，问候庾敳，庾敳挽留他说："几个人马上就赶过来。"不一会儿，温几、刘畴，以及裴楷全都过来了，大家饮酒畅谈了一整天。后来，庾亮一直记得刘畴、裴楷的才华，以及温几的清明中正。

【解读】

温几、刘畴以及裴楷都是当时的清谈名士，善谈玄理，庾亮留下来后，算是得到了一个不小的惊喜。只见一面，而念念不忘，一个人的好是可以长记于他人心中的。就这一点而言，我们应该更有自信，也应更努力地提高自己——你的优点和好处都在别人心里留有印记，甚至在潜移默化地影响着他们，虽然他们并不见得说出来。

【原文】

蔡司徒在洛，见陆机兄弟在参佐廨中，三间瓦屋，士龙住东头，士衡住西头。士龙为人文弱可爱，士衡长七尺余，声作钟声，言多忼慨。

【译文】

司徒蔡谟在洛阳，见到陆机兄弟住在僚属的官舍里，三间瓦房，陆云住在东头，陆机住在西头。陆云为人文静柔弱，惹人喜爱；陆机身高七尺有余，谈论时常常慷慨激昂。

【解读】

一个文静，一个慷慨激昂，两人性情迥异，但都是当时不可多得的人才。人才各有不同，但他们并没有让世界显得杂乱不堪，相反，他们让世界变得异彩纷呈。

【原文】

王平子迈世有俊才，少所推服。每闻卫玠言，辄叹息绝倒。

【译文】

王澄超脱世俗，才智卓越，很少有被他推崇佩服的人。每次听说卫玠的言论，都赞叹不已，为之倾倒。

【解读】

我们佩服什么样的人？这样的问题仁者见仁，但有一点是肯定的，对方应该是一个比自我更优秀的人，至少在某些方面比我们优秀。一个优秀却几乎没有崇拜者的人只有两种可能：太过优秀；目中无人。从文中看来，王澄应该属于后者，由此可以推断，卫玠应该也是一个绝世奇才了。惺惺相惜，为之绝倒，知己就是这么一回事儿。

【原文】

王大将军与元皇表云："舒风概简正，允作雅人，自多于邃，最是臣少所知拔。中间夷甫、澄见语：'卿知处明、茂弘。茂弘已有令名，真副卿清论；处明亲疏无知之者。吾常以卿言为意，殊未有得，恐已悔之？'臣慨然曰：'君以此试。'顷来始乃有称者。言常人正自患知之使过，不知使负实。"

【译文】

王敦上表给晋元帝司马睿说："王舒风度气概简朴正直，的确是个品行高雅的人，本来就胜过王邃，是我最赏识也最想提拔的一个人。其中王衍和王澄曾对我说：'你欣赏王舒和王导，王导已经享有盛名，的确符合你对他的评价；但王舒不管是亲近他的人，还是疏远他的人，没有一个欣赏他的。我曾经很重视你的话，现在却一无所获，恐怕已经开始后悔你对王舒的评价了。'我感慨地说：'你可以用我对王舒的评价应验一下。'最近才开始有人称赞王舒。我觉得人们通常担心对一个人的推崇和赏识超过了他的实际能力，却不考虑不赏识提拔他们，就辜负了他们的才华和能力。"

【解读】

王衍和王澄自称很重视、信任王敦，但实际上他们还做不到。信任一个人，不是说在你从对方那里谋得利益和长进时的亦步亦趋，而恰恰是遭受白眼和非议时的共同坚守和承担。王衍和王澄一遇到逆境和挫折就想放弃对他人的信任，这只能说明他们没有毅力，没有成大事的气候。

【原文】

卞令目叔向："朗朗如百间屋。"

【译文】

卞壸评价卞向说："明朗豁亮，像是一百间的屋子。"

【解读】

心胸如果通达，确实像是一间明亮的大屋子，不仅自己过得敞亮，连身边的人都感到通透和自由。不纠缠琐事，不计较是非，明朗豁达的人往往如此。其实，每个人的心原本都是一间阔达明亮的屋子，只是很多人过于纠缠是非和琐事，结果在这件心灵的屋子里填充了太多的杂物，使得屋子拥挤逼仄，别说他人，连自己待在里面都感觉喘不过气来。因此，我们可以说，予人空间就是予己空间，同样的，予己空间也是予人空间。

一个心胸阔达的人，不仅自己过得轻松舒畅，连身边的朋友亲人也会和他同享这份优渥和舒适。不要抱怨身边没有朋友，那是因为你的心灵不够宽敞，容不下他们而已。

【原文】

王敦为大将军，镇豫章，卫玠避乱，从洛投敦，相见欣然，谈话弥日。于时谢鲲为长史，敦谓鲲曰：“不意永嘉之中，复闻正始之音。阿平若在，当复绝倒。”

【译文】

王敦做大将军时，镇守豫章，卫玠为了躲避战乱，从洛阳赶来投奔王敦。两人见面之后非常高兴，交谈了一整天。当时谢鲲是长史，王敦对谢鲲说：“没想到在永嘉年间，又听到正始年间的清谈之音了。王澄如果还在的话，应当为你们绝倒。”

【解读】

卫玠是王澄的后辈，两人同为东晋名士，善于清谈。清谈之风在魏晋时期非常盛行，士族名流相遇，常常不谈国事，也不谈民生，而专谈老庄、周易，也即清谈。清谈的目的不是论政，不过是文人为了消遣而显示自己的清高而已，很多人对清谈之士的赞誉和肯定，也只是一种对自己品味和眼光的标榜而已。

【原文】

世目周侯：“嶷如断山”。

【译文】

世人评价周顗：“高峻挺拔，向断崖一样。”

【解读】

周顗性格清高刚正，故被比作高俊的断崖，这种人严正而不可侵，富有正义感和原则，但又缺了几分温柔和通融之心，因此虽然正气凛然，却也难于靠近。

【原文】

王丞相召祖约夜语，至晓不眠。明旦有客，公头鬓未理，亦小倦。客曰：“公昨如是，似失眠。”公曰：“昨与士少语，遂使人忘疲。”

【译文】

王导召来祖约夜谈，到了天亮还没有睡。第二天清晨，有客人拜访，王导来不及整理头发，面露倦色。客人说：“你怎么这个样子，昨晚失眠了吗？”王导说：“昨天晚上和祖约倾谈，竟然让人忘记了疲倦。”

【解读】

彻夜清谈而不知疲倦，反而觉得高兴和兴奋，魏晋人士对清谈就是这么的热衷和沉迷。后世对于魏晋时期的清谈是否误国一直存有争议，但作为一个局限于时代大背景中的人来说，王导能够以极大的热情和发自内心的欣喜投入到清谈之中去，也不失为一个富有追求、活出了生命意义的人。

【原文】

王大将军与丞相书，称杨朗曰："世彦识器理政，才隐明断。既为国器，且是杨侯淮之子。位望殊为陵迟，卿亦足与之处。"

【译文】

王敦给王导写信，称赞杨朗说："识鉴能力突出，才学深邃，明辨善断。既是治国人才，又是杨准的儿子，地位名声却很低，你值得和他交往。"

【解读】

能力和才学过人，地位和名声却很低，可以说每个时代都有这样被忽视乃至埋没的人才。在这种情况下，像王敦这种能够识鉴和发掘人才的人就显得尤为珍贵，他们是为一个时代提供新鲜血液的人。

【原文】

何次道往丞相许，丞相以麈尾指坐，呼何共坐曰："来，来，此是君坐。"

【译文】

何冲到王导的住处，王导用麈尾指着座位，叫他一起过来坐，说："来，来，这是你的座位。"

【解读】

魏晋时期，清谈之士喜欢手持麈尾，以彰显他们的容仪，透过王导的举止和说话的口气，他的那份自矜以及对他何冲的"溺爱"之情，可以说呼之欲出。

【原文】

丞相治扬州廨舍，按行而言曰："我正为次道治此尔！"何少为王公所重，故屡发此叹。

【译文】

王导修治扬州的官舍，一边巡行一边说："我正在给何冲修理这里！"何充年少时就被王导看重，因此王导屡次发出这样的感叹。

【解读】

何充是王导妻子的姐姐的儿子，颇有文才，非常受王导器重。王导的言下之意其实就是说，自己找到了继承人。后继有人，这的确是一件令人欣喜的事情，但王导的眼光和追求未免有些短浅，他仅仅满足于后人接替他，却从没有想到过后人完全可以超越他。而早在初秋战国时期，孔子就曾经说过："后生可畏，焉知来者之不如今也？"由此来看，王导或许足够优秀，但离着圣人之治还有一段相当长的距离。

历史的推衍是开放而迅速的，简单地将自己所处的时代视为文明的最高峰无异于自欺欺人。眼光决定一个人的境界，我们宁愿做一只孤独的飞鸟，也不要做一只生活安逸的井底之蛙。

【原文】

王丞相拜司徒而叹曰："刘王乔若过江，我不独拜公。"

【译文】

王导在授官司徒之后，感慨地说："刘畴如果过江的话，我不会独自接受这个职位。"

【解读】

刘畴善谈玄理，颇有时名，官至司徒左长史。一个身处官场的人，应该非常清楚竞争对手对自己的影响，如果是一个普通人的话，看到对手无法和自己竞争应该是非常高兴的，但王导却体现除了惋惜慨叹之情。王导是能容的，他的气度决定了他的地位和价值。

对他人的肯定，其实也是对自己的一种肯定。通常，一个人只有足够自信，足够相信自己的能力，才会给别人足够的肯定与尊重，因为他们相信别人的能力不会影响到自己。而且，一个乐于肯定他人，懂得包容的人，很少顾虑他人对自己地位的影响，在他们眼中，两个人之间相处是互相学习和借鉴的过程，而不是互相诋毁和排挤。

【原文】

王蓝田为人晚成，时人乃谓之痴。王丞相以其东海子，辟为掾。常集聚，王公每发言，众人竞赞之；述于末坐曰："主非尧、舜，何得事事皆是？"丞相甚相叹赏。

【译文】

王述成名较晚，当时的人认为他痴呆。王导因为他是王承的儿子，于是招他做手下的属官。众人一次聚集在一起，王导每说一句话，众人竞相称赞；王述坐在后面说："主公不是尧、舜，怎么可能每件事都说得正确呢？"王导非常赞赏王述的话。

【解读】

人们常说"虎门无犬子"，这在一定程度上说不无道理，但将它作为准则来筛选人才却未免有失妥当。王导仅仅因为王述是王成的儿子就启用它，这其实是不可取的。一个人在做任何决定的时候，都不能让主观情感左右自己的思维，用客观事实来做出评判，拒绝想当然，我们才能少犯错误。

人非圣贤，孰能无过，一个人再博学，也难免会有说错话、办错事的时候。几乎可以断言，王导说的话肯定不是每句话都正确的，但却依旧得到了除王述以外所有人的肯定和赞誉。是其他人真的意识不到王道说错了什么吗？显然不是，对权势的惧怕和敬畏让他们成了没有主见的附庸者，当所有人都选择不说话的时候，坚守真相的竟然是生性"愚笨"的王述。王述一点都不愚笨，他聪明而富有胆识。

【原文】

桓茂伦云："褚季野皮里阳秋。"谓其裁中也。

【译文】

桓彝说："褚裒是皮里阳秋。"意思是说他在心里进行评价和判断。

【解读】

"皮里阳秋"指一个人在心里有言论但却不说出来，保留或者隐藏自己的观点。心知肚明的道理，不一定要挂在口上，每个人都有言论的自由权，说与不说全由自己决定。通常情况下，一个人在产生新的观点和想法之后，第一反应通常是诉诸表达；而如果他们选择"不说"，肯定有自己的考虑和理由。说也好，不说也罢，我们应时刻明白什么是正确的，什么是错误的。一个人可以选择沉默，这是的自由，但是否坚守原则和正义，决定了他们的沉默是一种纵容，还是一种随时都可能爆发的抗拒。

【原文】

何次道尝送东人，瞻望，见贾宁在后轮中曰："此人不死，终为诸侯上客。"

【译文】

何冲曾经送别东边来的客人，远远看见贾宁在后面的一辆车上，说："这个人如果不死的话，终将成为诸侯身边尊贵的客人。"

【解读】

能够远远地通过他人的举止容貌判断对方能够显达，可见何冲是一个有识鉴能力的人。人要学会察己，如此方能无过，人也要学会察人，如此便不至盲从。

【原文】

有人目杜弘治："标鲜清令，盛德之风，可乐咏也。"

【译文】

有人评价杜乂："风采出众，清秀美好，有盛德，可以歌咏传诵。"

【解读】

名声到了一定程度，是可以写进旋律里传诵的，这是一种对人较高形式的尊崇和肯定，因此并不是每个人都可以做到和企及的，但我们不妨将其是为自己的人生目标。如果你想要成为一个优秀的人，就应该立志成为一个最棒的人，目标会为你带来足够的动力和与之相对应的耐性和毅力。

【原文】

庾公云："逸少国举。"故庾倪为碑文云："拔萃国举。"

【译文】

庾亮说："王羲之是国中被推崇的人物。"于是侄子庾倩给他写的碑文中说："出类拔萃，举国推崇。"

【解读】

庾亮的评价，显然对庾倩撰写碑文产生了直接的影响。庾倩应该是十分敬重和推崇的庾亮的，这本身并没有什么，但需要警醒的是，我们不该进行任何形式的盲目崇拜和信仰。我们可以有自己的偶像，可以将他们的很多为人处事方式或者观点作为自己的标杆和准则，但我们必须拥有自己的判断力，拥有主见和自我意识。否则终其一生你都是一个飘来飘去的人，像浮萍一样。

【原文】

谢太傅未冠，始出西，诣王长史，清言良久。去后，苟子问曰："向客何如尊？"长史曰："向客亹亹，为来逼人。"

【译文】

谢安未成年时，刚到京城建康，拜访王濛，清谈了很久。谢安离开后，王脩问道："刚才的客人和父亲您比起来怎么样？"王濛说："刚才这位客人侃侃而谈，气势逼人。"

【解读】

从这则故事里，我们首先可以看出谢安的才学。自古英雄出少年，有志不在年高，谢安虽然没有成年，但却能够和清谈名士王濛侃侃而谈，才学着实不容小觑。其次，也可以看出王濛胸襟之豁达，为人之诚恳，面对儿子颇有些"童言无忌"意味的问题，王濛并没有为了维护自己的尊严和颜面而诋毁谢安的才学，而是将自己的想法如实地告诉了王脩，对谢安不吝赞美，令人尊敬。父母是孩子的第一任老师，有这样的父亲，王脩成长为一个为人正直、赏罚分明的人也就不足为奇了。

【原文】

王右军语刘尹："故当共推安石。"刘尹曰："若安石东山志立，当与天下共推之。"

【译文】

王羲之对刘惔说："我们应该一起举荐谢安。"刘惔说："如果谢安决心隐居东山，那我们应该让全国的人举荐他。"

【解读】

谢安生于东晋，对汉末、西晋以来的名士风度有很大继承，加上先辈谢鲲就是玄学名士，这使得谢安成为承前启后的名士典范。他追求优雅从容的气度，简约玄澹，鄙薄功名利禄，率真通达，同时又富有文学素养，在音乐和书法方面也颇有造诣，算得上是魏晋风度的代表人物之一，备受时人尊崇，故"天下共推之"的说法并非夸张。

【原文】

谢公称蓝田："掇皮皆真。"

【译文】

谢安称王述去掉外在的东西后，全是直率、爽直。

【解读】

魏晋时期，包括谢安在内的许多帝王将相对王述的评价几乎都一致，即认为王述很"真"。王导曾经感叹王述性痴——"痴"在魏晋时期并非指生理上的愚钝，而是说一个人率真人性，异于常人。晋文帝则认为王述有无才干或者荣辱之心都不重要，重要的是他的真率，单凭真率一点，他就胜过很多人。然而，率真既是王述的优点，同时也是他的软肋。一个人如果率性而没有节制，就会做出一些反常乃至过分的事情来，轻则遭人嘲笑，重则可能引来杀身之祸。

【原文】

桓温行经王敦墓边过，望之云："可儿！可儿！"

【译文】

桓温经过王敦的陵墓，看着它说："称心的人！称心的人！"

【解读】

"可儿"是汉魏六朝时期的常用语，用以形容一个人出类拔萃，令人满意。王敦和桓温同为忤逆犯上的权臣，却因各种缘由而未能实行篡位之举。王敦谋反前因开朗朴实而获得"可儿"的好声名，死后却受人唾弃。桓温在王敦死后依旧称赞他，正反映了他视王敦为同类，图谋篡逆的野心。

【原文】

王长史谓林公："真长可谓金玉满堂。"林公曰："金玉满堂，复何为简选？"王曰："非为简选，直致言处自寡耳。"

【译文】

王濛对支遁说："刘惔可以说才学丰富。"支遁说："才学丰富，为什么还挑选言语。"王濛说："不是挑词捡句，只是因为话语本来就少罢了。"

【解读】

一个才学丰富、见多识广的人不见得就多言。实际上，一个人的学识和阅历越广博，通常言语就越精简，因为他们能够清楚地意识到自己究竟想要表达什么，从而用最简单直接的言语表达自己的观点和态度。生活中，无论是说话还是从事其他任何的事情，我们都应该努力做到精简高效，这会让我们拥有清晰的思路，从而最大限度地避免出现失误。精简不仅是一种处事技巧，也是一种人生哲学，“精”则能抓住事物的要害，“简”则能透析事情的真相。精简者，高效而洞察世事。

【原文】

王长史道江道群：“人可应有，乃不必有；人可应无，己必无。”

【译文】

王濛评论江灌说：“人能够拥有的，他不一定拥有；但人不该拥有的，他一定没有。”

【解读】

王濛的言下之意是，江灌或许没有其他人的优点，但他身上却一定没有人不该拥有的缺点。由此来说，江灌虽然不见得是个出类拔萃的人，但他至少是一个可塑之才。优点可以培养，只要他的本性是善良的，而如果一个人从本性上就是恶的，那么他的优点也就无从谈起。因此，不要急于表现和培养自己的长处和优势，我们首先应该学会的是怎样做人，怎样做一个于社会有益的人。

【原文】

会稽孔沈、魏𫖮、虞球、虞存、谢奉并是四族之俊，于时之杰。孙兴公目之曰：“沈为孔家金，𫖮为魏家玉，虞为长、琳宗，谢为弘道伏。”

【译文】

会稽的孔沈、魏𫖮、庾球、庾存、谢奉都是四大家族的才俊，当时的杰出人才。孙绰评价他们说：“孔沈是孔家的黄金，魏𫖮是魏家的宝玉，庾家尊崇庾球和庾存，谢家敬佩谢奉。”

【解读】

孔沈是孔子的二十六代孙，文思通达，曾被任命为司徒掾、琅邪王文学，但均未就任。魏𫖮、庾球、庾存、谢奉等人也各有各的才学，并各自任官，在当时颇有名气。正如孙绰评价的一样，这几个人，都是各自家族里的优秀人物，是最宝贵的“财富”，犹如黄金，犹如宝玉。人才的确是一个时代最宝贵的东西。

【原文】

简文目庾赤玉：“省率治除”，谢仁祖云：“庾赤玉胸中无宿物。”

【译文】

简文帝评价庾统“减省率直，常常地涤荡扫除内心”。谢尚说：“庾统心中没有过夜的东西。”

【解读】

一个人胸无宿物，则能够忘掉过去的琐事，因为能够摆脱琐事的纠缠，所以他们总能够面对新鲜的事物，体验生命的快意和乐趣，同时不断地学习和进步。在生活中，人们难免会遇到挫折、矛盾等障碍和干扰，如果执意一一面对和解决他们，势必要消耗大量的精力和时间，而且，长时间地面对和接触给人带来负面和消极情绪的琐事，会很大程度上打击我们自信心和勇气。

结果，我们付出了精力和时间，却丢失了进取的动力和勇气。

如果事情已经注定无法改变抑或本身就没有深究的必要和价值，那我们就当作了一场梦好了，安心地睡上一夜，将它们全部忘掉，然后开始崭新的一天。人生其实很短暂，将宝贵的时光用在有意义的事情上，不要再纠缠往事，不要再感时伤怀，要面向明天，拥抱未来。

【原文】

殷中军道韩太常曰："康伯少自标置，居然是出群器；及其发言遣辞，往往有情致。"

【译文】

殷浩评价韩伯说："康伯很少标榜宣扬自己，显然是出类拔萃的人才；轮到他发言的时候，常常富有情致。"

【解读】

不事炫耀和张扬，这是一个人才所应当具有的品质。当一个人将荣耀和名利看淡的时候，就会自然而然地将更多的注意力放到提升和完善自己上去。而结果也常常证明，这种不带任何功利性质的自我提升，恰恰会给一个人带来意想不到的荣耀和赞誉。

【原文】

简文道王怀祖："才既不长，于荣利又不淡；直以真率少许，便足对人多多许。"

【译文】

简文帝评价王述："才能不算优秀，对名利看待的也不算淡泊，但仅凭他真诚坦率这一点，就比其他人好很多。"

【解读】

一个真诚坦率的人或许会做出蠢事、傻事来，或许有自己的小算盘和小聪明，但在关乎做人底线和道德底线的问题上却一点也不含糊，绝不允许自己做出有违良心的事情来。这无疑比那些通过欺诈和诱骗来谋取利益的人好许多。

真诚是一种美德，真诚的人开朗豁达，因此总是能够广结善缘，建立稳定而和谐的交际圈。人都是富有感情的，你待人真诚，坦白无欺，他人自然也会饱含诚意地与你沟通和交流，而这无疑会让我们的生活进入一个以善报善的良性循环。但不得不说，生活中真正能够做到真诚待人的人并不多，他们或多或少都希望能够通过欺骗和隐瞒的方式来谋取利益，结果导致双方互相欺骗，两败俱伤。相信这也正是简文帝感慨的。

【原文】

许玄度送母，始出都，人问刘尹："玄度定称所闻不？"刘曰："才情过于所闻。"

【译文】

许询刚送母亲到京都，有人问刘惔："许询衬得上他的名声吗？"刘惔说："他的才情比他的名声还要高。"

【解读】

对于一个真正有才学的人来说，他的才情是无法被传闻和名声概括和形容尽的，名声终究只是才情的附属物和装饰品，它能够在一定程度上成为才情的标签，但却无法面面俱到地覆盖一个人才情的方方面面。因此，我们不必太过关心名声，一个人的才学不会因为名声而作一丝一毫的改变，我们要做的就是不断地学习和进步。当然，名声可以给我们提供一种鞭策，我们可以不追求名声，但至少应该让自己的才学和名声相称，如果你自认名声高出了才学，那就是你要努力进步和成长的时候了。

【原文】

阮光禄云："王家有三年少：右军、安期、长豫。"

【译文】

阮裕说："王家有三个青年才俊：王羲之、王应和王悦。"

【解读】

王羲之、王应和王悦各有才华，年轻时就已经颇有声名，得到了很多人的赞誉。一个人能够在年幼时就崭露头角，一定程度上有其自身努力的原因，但更多的可能还是他生来便具有的特质和天分成全了他。对绝大多数人而言，天分都是非常有限的，很多人之所以成功，靠的都是后天不懈地拼搏和努力。

必须承认，有时在同一件事情上，我们的起点处于他人之后，但终点线却是和他人一样的。这肯定会在一定程度上打击我们的自信心，但人生的赛跑的特殊性在于，如果我们落后，那我们可以提前出发，在别人休息和懈怠的时候拼命追赶，如此，我们同样可以成为第一个到达终点的人。

【原文】

谢公道豫章："若遇七贤，必自把臂入林。"

【译文】

谢安评论谢鲲说："如果遇到竹林七贤，谢鲲一定会挽着他们的手臂一起到山林里游玩。"

【解读】

竹林七贤即指嵇康、阮籍、山涛、向秀、刘伶、王戎和阮咸七人，魏晋时期，这七个人时常共游山林，饮酒放歌，恣意狂欢。久而久之，竹林七贤也就成了放任不羁、不与世俗同流合污的一种象征。

谢鲲则是当时声名显赫的谢氏家族中的一员，高明有学识，不修威仪，不拘小节。据说他曾被邻家的一个织女断掉两颗牙齿，但回家后的谢鲲依旧长啸不绝，还说："这也不能阻止我吟啸歌唱。"其性情之肆意不羁，由此可见一斑。所谓"物以类聚，人以群分"，谢鲲和竹林七贤算得上同道中人，倘若他们见了面，应该诚如谢安所说，一定会一起共游山林的。

【原文】

王长史叹林公："寻微之功，不减辅嗣。"

【译文】

王濛赞叹支遁说："探寻玄学上的功夫，不比王弼差。"

【解读】

王弼喜好老庄哲学，曾经和何晏一起倡导玄学，开魏晋玄谈的风气，是魏晋玄学的主要代表人物之一。支遁不仅精通老庄哲学，在佛学上的造诣也颇为高深，他虽然是一名僧人，但对《庄子》等典籍却有着自己独到的理解，同样算得上魏晋清谈玄学的代表人物之一。

【原文】

谢公作宣武司马，属门生数十人于田曹中郎赵悦子。悦子以告宣武，宣武云："且为用半。"赵俄而悉用之，曰："昔安石在东山，缙绅敦逼，恐不豫人事。况今自乡选，反违之邪？"

【译文】

谢安做了桓温的司马，将几十个门生托付给田曹中郎赵悦。赵悦将这件事告诉了桓温，桓温说："暂时先任用一半。"赵悦不久之后将门生全部录用了，说："昔日谢安在东山的时候，士大夫不停地敦促，生怕他不参预世事。现在这些门生全是他亲自从乡里选出来的人才，我们难道要违背他的意愿吗？"

【解读】

赵悦对谢安的信任和依赖，已经接近一种信仰，在他看来，谢安挑选的门生一定全部是优秀可用的人才，显然，他还不够理智和英明。无论什么时候，我们都要有自己的判断力和鉴赏力，因为这世上几乎没有人能够保证一辈子不做错事。如果我们将一个人的所有话语都视为金科玉律，所有行为都视为行为规范，那难保有一天会替他的过失和错误买单。

相比之下，桓温的意见就显得理智许多。虽然门生都是谢安挑选出来的人才，但这并不能保证他们全是成大事、担重任的人才，先启用一半，以此观察和考量他们的真实能力，之后再根据结果定夺用还是不用。处理所有事情时，我们都要考虑给自己留条后路。

【原文】

桓宣武表云："谢尚神怀挺率，少致民誉。"

【译文】

桓温上表说："谢尚胸怀直率，年少时就得到百姓的称赞。"

【解读】

"君子坦荡荡，小人长戚戚"，一个坦荡直率的人通常是受人尊敬和称赞的，因为他们从来不掩盖和伪装，有什么说什么，想什么说什么，直言不讳，话由心生。他们的内心就像一潭清澈的湖水，一望到底，让人感到舒畅和安心。我们应该努力成为一个坦荡直率的人，不必做到有一说一，但至少不应该拥有太多的心计。这是对自己的尊重，也是对他人负责。虽然有可能因此白白地失去些机会和利益，但却会让你变得越来越成熟，越来越受人信任。

【原文】

孙兴公为庾公参军，共游白石山，卫君长在坐。孙曰："此子神情都不关山水，而能作文。"庾公曰："卫风韵虽不及卿诸人，倾倒处亦不近。"孙遂沐浴此言。

【译文】

孙绰是庾亮的参军，一起游览白石山，卫永也在。孙绰说："这人神情完全不在山水之上，竟然能写出文章来。"庾亮说："卫永风度气韵虽然比不上你们几个人，但令人钦佩的地方也不浅。"孙绰一直沉浸在这句话里。

【解读】

一个人不钟情山水，不见得就写不出好文章来，他完全可以从其他地方品悟道理，陶冶情操。孙绰之所以片面地对卫永作出评价，多少有一些忌妒的成分在里面。当一个人心存忌妒的时候，他看待事物的角度就很难做到合理，而眼光也很容易流于肤浅。这种人或许因为对他人的指责和否定获得些许虚无的成就感，但却让他们的人生观肤浅而偏执，最终导致他们很难有所作为。

庾亮的做法就体现出了一个人的宽宏和大度，他能够发现别人的优点同时不吝赞誉和肯定，这不仅让他富有公信力而令人尊重，同时也让他们的眼光格外宏远，看待事物透彻而有主见。

【原文】

王右军目陈玄伯："垒块有正骨"。

【译文】

王羲之评价陈泰："心中郁结有正气。"

【解读】

公元年，魏帝曹髦率兵攻打司马昭，事败被杀司马昭杀害。陈泰得知后，伏在魏帝身旁，悲痛万分。司马昭赶到现场后问陈泰如何谢天下之愤怒，陈泰说要斩杀贾允，但遭到司马昭拒绝。陈泰愤恨交杂，当场吐血而亡。由此看来，王羲之的评价其实颇为中肯，陈泰心怀正气，却无从施展和抒发，以致抑郁而终，此般郁结，算得上是一种极端的表现了。

一个人心中的正义感可以强烈到什么程度，相信陈泰的经历已经给了我们答案。有时候，一个人为了捍卫自己的正义感和尊严，会选择舍生取义，而陈泰并没有主动地"舍"，而是直接在追寻正义的过程中，献出了宝贵的生命。每个人都有自己的追求和坚守，但能够做到陈泰这种地步的却并不多，一个人并不一定非要像陈泰一样，但我们至少应该做到胸有正气，不盲从，不轻易屈服和让步。

【原文】

王长史云："刘尹知我，胜我自知。"

【译文】

王濛说："刘惔了解我，胜过我了解自己。"

【解读】

一个人对自己的了解胜过自己，其中原因可以从两方面考虑，一种是他人对自己的了解过于深入和透彻，以致自己都达不到那种境界；另一种则是自己对自己的了解不足，很少去审视自己，洞察自己。显然，第一种情况出现的可能性非常小，只要你想做，怎么可能有人比你还了解自己呢？人这一生最大的意义就是认识自己。在这个世界上，只有我们能够完整准确地认识了解自己，只有自己有能力给予自己客观公正的评价。

【原文】

王、刘听林公讲，王语刘曰："向高坐者，故是凶物。"复更听，王又曰："自是钵钎后王、何人也。"

【译文】

王濛、刘惔听支遁讲道，王濛对刘惔说："刚才在讲台上高坐的，是个不好招惹的人物。"又听了一会儿，王濛又说："这真是佛门中王弼、何晏之流的人物啊。"

【解读】

支遁是东晋时期著名的高僧，颇有威望。世上确实有一批像支遁一样的人才，让人敬畏，当一个人的才华和能力达到一定的程度时，尊敬已经不足以代表其他人对他的感觉和想法了，停留在他们心中的，不只是敬，更有“畏”的成分在里面。其实这很容易理解，当无法判断一个人的能力究竟有多突出时，我们通常会对他人抱有一丝恐惧和敬畏，然而当我们清楚地了解到对方的能力之后，却能够比较从容而坦然地面对对方。

【原文】

许玄度言：“《琴赋》所谓‘非至精者，不能与之析理’，刘尹其人；‘非渊静者，不能与之闲止’，简文其人。”

【译文】

许询说：“《琴赋》里说的‘不是极其精通的人，不和他们分析义理’，说的就是刘惔这样的人；‘不是深沉的人，不和他们闲处’，说的是简文帝这样的人。”

【解读】

当我们试图和一些人探讨和分析一些问题时，最主要的目的无非就是想从别人那里得到一些建设性的建议，以便自己更好地解决身边的问题。就这一点而言，你找的人对相关问题的认识越精专，越有经验，当然越好。

但这种人并不多见，所以类似刘惔的做法并非没有可取之处，但也不是我们要提倡的。多数情况下，我们要和一些经验和阅历相对较少的人群探讨问题，这无疑会增加你的时间和精力投入，因为你们彼此可能都不具有压倒性的思维优势，甚至很难说服对方相信自己，但这并不表明你就无法从中得到你想要的东西。而且“三人行必有我师”，普通群众中一定拥有足够的智慧和经验有待我们发觉，多和普通人交流，总比枯等寥寥无几的“极其精通的人”来的实际和划算。

刘惔、简文帝等人在为人处事方面是有原则的，他们追求生命品位和质量，但也因此失去了许多得到意外惊喜和收获的机会。实际上，只有我们的姿态足够低，我们的人生才能足够高，一味地摒弃底层的事物，只会架空自己。

【原文】

魏隐兄弟少有学义，总角诣谢奉，奉与语，大说之，曰：“大宗虽衰，魏氏已复有人。”

【译文】

魏隐兄弟从小就有学识，未成年时拜访谢奉，谢奉和他们交谈一番后，非常高兴，说：“你们家的大宗虽然已经衰落，但魏家现在后继有人了。”

【解读】

魏隐兄弟虽然年幼，但谢奉并没有因此而轻视他们，而是和他们真诚地交谈与沟通，并对他们的学识和才能予以褒奖，不吝赞美之词。由此可见，谢奉是一个不关心身价和地位的人，在他眼中，人才都是纯粹的，无关地位，无关身份，也无关年龄，优点就是优点，才学就是才学，就是这样简单。

无论到什么时候，人才都是一个时代最宝贵的财富之一。当今很多人都在竭尽全力的网罗人才，但他们中的很多人都为人才设定了或多或少的门槛和标准，结果一些本来非常富有才学和能力的人，就被他们心中的门槛和标准挡在了门外，最终人才没有被发觉，发觉人才的人也没有得到自己的得力助手，“两败俱伤”。而谢奉式的人物，则总是能够简单而高效地从人海中挑选出人才。他能够放得下身段和成就感，结果他们总是能够得到最真实而宝贵的东西。当一个人忘了自己的成就和地位，就是他最有成就和地位的时候。

【原文】

简文云："渊源语不超诣简至，然经纶思寻处，故有局陈。"

【译文】

简文帝司马昱说："殷浩的言论虽然不够高超精要，但思路的安排上，确实有阵势。"

【解读】

无论是说话还是做事，过程可以复杂曲折一些，但思路却一定要清晰明了。一件事情，如果没有一个合理的思路和流程，就会导致解决问题的低效和烦冗，最后虽然自己付出的很多，结果却可能并不理想。做事情思路清晰明确与否，有时并非决定于一个人的能力，而是一个人的态度。有些人，做很多事情都懒得去思考，懒得去设计一个高效合理的计划，喜欢敷衍了事，他们总是存有侥幸心理，以为这样就可以"不劳而获"，但这样其实无异于自欺欺人，最后的代价往往都由他们自己来买单。如果说成功是一把锁的话，思路就像一把钥匙，你的思路或许并不能保证你一下子就打开成功这把锁，但至少能够保证让你做合理的尝试和努力。

【原文】

初，法汰北来，未知名，王领军供养之。每与周旋，行来往名胜许，辄与俱。不得汰，便停车不行。因此名遂重。

【译文】

起初，竺法汰从北边过来，没有名气，王洽供养他。王洽常常和他亲密交往，每次拜访著名人士的住所，都和他一起去。见不到竺法汰，王洽就停车不走。于是竺法汰逐渐被人看重。

【解读】

竺法汰是东晋著名高僧之一，般若学派代表人物，自幼聪慧过人，好学多问，但年轻时并不知名。如果说竺法汰是一匹千里马的话，那王洽无疑就是一个发掘千里马的伯乐了，他发现了竺法汰的优点和长处，因此非常用心地培养他，同时给他提供彰显自己的机会和平台。可以说，竺法汰的成功，一方面归结于自己的能力，一方面也离不开王洽的推举和重视。

【原文】

简文语嘉宾："刘尹语末后亦小异，回复其言，亦乃无过。"

【译文】

简文帝对郗超说："刘惔的话说到最后常常和开始有些差别，但反复回味后，也没有什么不对的地方。"

【解读】

生活中，我们常常听到有人会说，"这件事乍听起来怎样"或者"这件事乍看起来怎样"，之所有出现这种情形，往往是因为当事者刚开始对事物的了解相对肤浅而片面，但在经过深入的思考后又对事物有了不一样的认识，所以有感而发。初次接触一个人时，我们通常会在短时间内形成自己对对方的第一印象，这种感觉和印象通常能够在较长的时间里左右我们对一个人的评价。但我们应该意识到，这种印象可能从开始就是不合理甚至是完全错误的。

在足够了解一个人之前，我们不该对他人的品行做出判断和定性，不要轻易地相信他人，当然也不要贸然地否定排斥他人。我们应该学会深入地了解和分析，不妄下评论，不想当然。当我们学会深入和反复的思考时，就能从对人片面的第一印象中解脱出来，认识到他们真正在说或者在做的事情。懂得倾听，懂得思考，这可以视为一种知人的艺术，做到这些，我们便可以成为一个睿智的人。

【原文】

孙兴公、许玄度共在白楼亭，共商略先往名达。林公既非所关，听讫云："二贤故自有才情。"

【译文】

孙绰、许询同在白楼亭，一同讨论过往的名流贤士。支遁一言不发，听完之后说："两位贤人确实有才华。"

【解读】

支遁虽然一言不发，但这并不意味着他没有自己的想法和观点，实际上他一直在通过孙绰和许询之间的交谈判断两个人的才华和学识。支遁沉得住气，静得下心，这种人无论是在动乱的时代，还是凋敝的时代，都能保持自己的生命活力，保持自己的判断力和悟性。他们或许不够优秀，但必定是富有韧性的。

人不仅要能动，更重要的是要学会"静"，于静中，审视自己和他人，不断地进步和完善自己。能静的人，通常沉着而冷静，没有贪心和欲念，因此活得洒脱而自由。当然，静不是死板，而是告诫一个人要心无旁骛，用心思考和看待问题；静也不是不行动，相反，它恰恰是让我们在充分的准备之后，做出决定性的一击。

【原文】

王右军道东阳："我家阿林，章清太出。"

【译文】

王羲之说："我们本家的王临之，才思突出。"

【解读】

王临之曾任东林太守，是王羲之的本家，但是是晚辈，因此被王羲之称为"阿林"。王羲之非常欣赏王临之，对他有着很高的评价，从文中的话也可见一斑。王羲之的话里，不仅有对王临之才思的肯定，也包含着身为王临之同族人的自豪和荣誉感。一个人的优秀，其实也是整个家族的荣耀；而相反的，一个人的恶行，同样可以成为一个家族的耻辱。

【原文】

王长史与刘尹书，道渊源："触事长易。"

【译文】

王濛给刘惔写信，称赞殷浩："处理事情通常很平和从容。"

【解读】

勇者从容，智者淡定。通常，一个人越有能力和才学，就越从容淡定，越平和近人，因为他们有所得有所擅长，所以他们无所争。推而衍之，那些整日说自己快乐的人，可能是最缺乏快乐的；那些整日声称自己视金钱如粪土的人，可能是最看重钱财的，一个人越缺乏什么，往往就越记挂什么。

"行到水穷处，坐看云起时"，人应该学会淡定从容地面对这个世界，淡定从容地生活。得意时不忘形，失意时不悲伤，人誉之付之一笑，人辱之亦付之一笑，理解尊重别人，容得下别人的过失。淡定从容的人，能在喧哗的人群中保持清醒的头脑，能够客观地评价他人，也能够清醒地认识自己，因为活得明白，他们从来不会迷失。

【原文】

谢中郎云："王脩载乐托之性，出自门风。"

【译文】

谢万说："王耆之放荡不羁的性情，来自他的家风。"

【解读】

成长环境对一个人的影响其实是非常显著的。一个人即使再富有判断力和主见，如果长时间浸润在一个不良的生存环境中，也很难成长为一个有品行的人。一个富有名望的家族通常非常看重家庭教育，原因也在这里。

其实不止家庭环境，整个外界环境都能对一个人的成长产生深远而明显的影响，因此我们要避免和一些素质恶劣的人相处，不要认为自己不会变坏，很多改变是我们无法左右的。我们应该努力培养自己坚守自我的品格，但也应清醒地认识到环境对个人的影响，与正义、善良、忠诚的人为伍。

【原文】

林公云："王敬仁是超悟人。"

【译文】

支遁说："王脩是绝顶聪明的人。"

【解读】

王脩少时便有美善的称誉，颇得支遁欣赏，曹操曾评价他"澡身浴德，流声本州，忠能成绩，为世美谈，名实相副，过人甚远"。

绝顶聪明固然很好，但我们也应知"难得糊涂"之道，不要聪明反被聪明误。

【原文】

谢太傅道安北："见之乃不使人厌，然出户去，不复使人思。"

【译文】

谢安评价王坦之说："见到他并不会使人生厌，但他离开后，你也不会思念。"

【解读】

活得既不让人讨厌，不让人惦念，这也不失为一种境界。这种人，像是一溪清水，恬淡雅致，不会在人们心中留下什么痕迹，来去如风。他们不会在尘世荡起尘埃，因此他们总能一尘不染。

【原文】

谢公云："司州造胜遍决。"

【译文】

谢安说："王胡之探究玄理一旦进入佳境，可以解决所有的疑难问题。"

【解读】

其实处理任何事情都有个所谓的"最佳状态"，人一旦达到了这种状态，处理起问题来会特别顺心，灵思和思路也非常多。许多人认为这种状态是"可遇而不可求"的，但实际情况可能并非如此，平日的积累和阅历将在一定程度上成为你获得此种状态的催化剂。此外，时刻保持一个活跃的头脑和一颗上进心，也能让你更接近完美状态。

【原文】

刘尹云："见何次道饮酒，使人欲倾家酿。"

【译文】

刘尹云说："看见何次道喝酒，真想把家里的酒全部拿出来跟他一起喝。"

【解读】

一个人做一件事，能让别人也想着跟他做，那这个人在做这件事的时候必定是全情投入的，而且表现出了一种极致的快乐，使旁观的人也受到感染。何次道能表现出这种让人想与之痛饮的魅力，就是因为他喝酒的时候很尽兴。他喝酒不仅是喝酒，而是以超然于物外的态度纵情于酒水之间犹如纵情于山水之间，所以让人觉得跟他一起喝是人生乐事。有超脱的人生态度，能饮酒，这就是魏晋名士的一大特征。

【原文】

谢镇西道敬仁："文学镞镞，无能不新。"

【译文】

谢尚赞许王修说："他的文藻出类拔萃，没有什么他不能推陈出新的。"

【解读】

王修学东西，不满足于从前辈或者老师那学来的技巧和知识，而是结合自己的思考，创作出不同于人甚至更胜于前人的作品。他不止在文学创作上取得了成就，十六岁就写出《贤令论》，而且在书法上也推陈出新。王修曾向王羲之要书法墨迹，王羲之给他《东方朔画赞》让他临摹。后来王献之看到王修的书法，惊叹道："敬仁的书法进步特快，其势咄咄逼人！"

王修是个学习天才，可惜的是他二十四岁就去世了。然而，尽管他的生命只有短短几年，却能让后人为他做记录。这点说明，一个人的成就并不仅仅在于他留下了多少有价值的东西，还在于他的精神。能够推陈出新，活出自己的风范，这就是活得有价值，有意义。

【原文】

简文云："刘尹茗柯有实理。"

【译文】

简文帝说："刘惔看上去懵懵懂懂的，其实他的思路很清晰。"

【解读】

刘惔是当时有名的清谈家，他交游广泛，与老一辈的王导、支遁、蔡谟、何充，以及同辈的王濛、桓温、殷浩、谢尚、许询、谢安等人都有所交往。他身居高位，曾任简文帝的宰相。一个人有着众多知名人士作为朋友，且又被一朝皇帝所看重，他不可能对人情世故是懵懂无知的。所以，刘惔看上去懵懂，应该只是他故作懵懂罢了。毕竟，自古官场险恶，太过于暴露自己的聪慧，可能会惹祸上身。有时候，睁一只眼闭一只眼，或者对所闻所见假装不知，是一种必要的保护自己的手段。

不仅在官场，在现代社会的人际交往中，一个人也应该在必要的时候"懵懂"一些。适当的懵懂，是圆润处理人际关系的必要手段。当然，假装懵懂的前提是你内心是清明的，思路清晰的。

【原文】

谢胡儿作著作郎，尝作《王堪传》，不谙堪是何似人，咨谢公。谢公答曰："世胄亦被遇。堪，烈之子。阮千里姨兄弟，潘安仁中外。安仁诗所谓'子亲伊姑，我父唯舅'。是许允婿。"

【译文】

谢郎任著作郎时，想要为王堪做传。因不了解王堪，就去请教叔叔谢安。谢安回答说："世胄也受到朝廷的重用。他是王烈的儿子，阮瞻的姨表兄弟，潘安仁的姑表兄弟，就是潘安仁诗中所说的'子亲伊姑，我父唯舅'。王堪也是许允的女婿。"

【解读】

谢安的回答，其实已经概括了王堪的一生。也就是说，王堪的一生，毫无事情可言，根本没有为他写传记的必要。平平凡凡的一个人，几句"他是谁的谁"就足以论述他的一生了。

【原文】

谢太傅重邓仆射，常言："天道无知，使伯道无儿。"

【译文】

谢安很欣赏邓攸的品格，常常说："天地无知，竟然让邓攸没有子嗣。"

【解读】

邓攸生活的年代，社会动乱。邓攸带着自己的妻儿以及去世的弟弟留下来的儿子遗民逃亡他乡，食物吃光后，他对妻子说："我的弟弟死得早，只留下了遗民这么个孩子。如果我们带着两个孩子逃命，恐怕谁也保不住。"他决定撇下自己的孩子，只带遗民逃亡。他的妻子痛哭不肯，他劝慰妻子说："我们还年轻，日后还会有孩子的。"

从情感角度上来说，骨肉至亲，如果不是万不得已，邓攸根本没必要舍弃自己的孩子。在当时，道德声望好便有可能被举荐做官。所以邓攸弃子救侄，不免让有的人怀疑他是为了树德求官。

邓攸当时的处境和心境我们无法得知，但从历史记载来看，邓攸并非一个执着于功名利禄的人。这么看来，谢安的感叹是有道理的。在"不孝有三，无后为大"的古代，邓攸能忍痛弃子，舍生取义，实属大义无私。所以难怪谢安会为之钦佩，乃至哀叹他没有子嗣是"天地无知"。

【原文】

谢公语王孝伯："君家蓝田，举体无常人事。"

【译文】

谢安对王孝伯说："你们家的王述，整个人跟平常人不一样。"

【解读】

说一个人不同于常人，有可能是褒扬他超凡脱俗，也有可能是贬损他反常。从王述其人以及谢安对他的另一些评价之语来看，谢安对王孝伯评论王述的话，应该是褒扬之意。

王述的身上，有着明显的人性矛盾，然而他每做一件事情，都痛快淋漓，毫不扭捏地将自己的态度展现出来。王述丧母时，王羲之前去吊丧，到了门口看见王述出来迎接就故意不进去了。王述后来做了王羲之的顶头上司，让人检举王羲之为政中的错误，把王羲之逼得主动辞职。

王述的不同于人，大概在于他可好可坏，而无论是好是坏他都光明磊落。谢安还评论过他说："掇皮皆真"——剥去他的皮，体内也全是真诚的。

【原文】

许掾尝诣简文，尔时风恬月朗，乃共作曲室中语。襟怀之咏，偏是许之所长。辞寄清婉，有逾平日。简文虽契素，此遇尤相咨嗟，不觉造膝，共叉手语，达于将旦。既而曰："玄度才情，故未易多有许。"

【译文】

许玄度有一次拜访简文帝，当时正风清月郎，于是二人一起来到房间里畅谈。抒情咏诗是许玄度的特长。这个晚上，他的言辞清丽婉约，胜于往日。简文帝平日里就与他要好，这次更是赞叹许玄度的才华，不自觉地坐在许玄度的旁边，握着他的手交谈，一直到天明。后来简文帝赞赏说："许玄度的才华，真是不可多得。"

【解读】

许玄度是东晋的清谈名家，也是才华卓越的文学家。他与当时的王羲之、孙绰等人齐名，和名士刘惔、王濛、王坦之、谢安等都有交往。许玄度好游山水，不争名利，为了逃避做官而隐居。他又擅长分析玄理，具有优雅清净的气质。时人赞誉他"询有才藻，善属文，时人士皆钦爱之""能清言，于时士人皆钦慕仰爱之"。

简文帝对许玄度十分欣赏，经常找他聊天或者设话题进行辩论。当时的社会盛行玄谈之风，上至皇帝官员，下至平民百姓都以有文采学识，善于清谈为荣。简文帝"清虚寡欲，尤善玄言"，与许玄度有着相同的爱好。

【原文】

殷允出西，郗超与袁虎书云："子思求良朋，托好足下，勿以开美求之。"世目袁为"开美"，故子敬诗曰："袁生开美度。"

【译文】

殷允到了京城，郗超写信把他介绍给袁虎，信中写道："殷允想找个良友，我就把他委托给您了，请不要用'豁达开朗'的标准要求他。"世人都认为袁虎气度豁达，为人开朗，所以王献之曾写诗说："袁生开美度。"

【解读】

殷允是否豁达开朗，史上并无记载。时人何以以豁达开朗评价殷允，我们不得而知。郗超作为殷允的朋友，与殷允有过实际接触，相对于其他人，他更了解殷允本人。他知道人们的评价可能言过其实，所以才在信中特别嘱咐袁虎不要把世人对殷允的评价作为要求殷允的标准。

又或者，殷允本人确实是豁达开朗的，但为了确保袁虎能够接受这么个新朋友，郗超还是先提醒一下，让袁虎降低期望值。期望值降低了，到真正接触的时候，才不会因为预想过高而失落。毕竟，被人捧得再高的优点，也难免有无法发挥的时候。而两个互相不认识的人相处，也是需要磨合的。从这点来说，郗超的介绍信写得十分好。他既指出了殷允的优点，也表明了自己希望袁虎宽容对新友这一期望。

【原文】

谢车骑问谢公："真长至峭，何足乃重？"答曰："是不见耳！阿见子敬，尚使人不能已。"

【译文】

谢玄问谢安："刘惔非常苛刻严厉，为什么还这么推崇他？"谢安回答他说："你是没有见过他罢了！我见到子敬还禁不住赞美，更何况是刘惔呢！"

【解读】

谢玄因为刘惔苛刻严厉而否定他，谢安却认为刘惔优点多于缺点，值得赞美。谢安说出了做人、待人的真理：一个人不可能是完美的，他多多少少会有一些缺点，但我们能因为一个人的某个缺点就否定他所具有的优点吗？很明显，优点掩盖不了缺点，缺点也同样也不能抹杀优点的存在。所以说，要学会欣赏一个人，必须要与他有真实的接触和了解。

谢安看人，不以单方面的好坏做定论，而是从这么一个道理去论定：一个人即使他不如别人优秀，但只要他有优秀的一面，他就值得我们为那一面而赞美。

【原文】

谢公领中书监，王东亭有事应同上省。王后至，坐促，王、谢虽不通，太傅犹敛膝容之。王神意闲畅，谢公倾目。还谓刘夫人曰："向见阿瓜，故自未易有。虽不相关，正是使人不能已已。"

【译文】

谢安任中书监时，王珣有事要和他商量，和他一起坐车到中书省。王珣后来的，没有座位。谢安跟王珣虽然平日里不来往，但依然收拢膝盖让出空位给王珣坐。虽然很挤，王珣依然神情安定。谢安在旁边侧目注视。谢安回到家中，对刘夫人说："刚才我看到王珣，确实是不可多得的人才。虽然我们平时不来往，但我还是不自禁地佩服他。"

【解读】

王珣和弟弟王珉都曾是谢家的女婿，后来两家互相猜忌，两兄弟就都与谢家女儿离了婚，自此两家成仇敌，不相往来。

王珣和谢安同坐车时，两人行同陌生人。然而，谢安却表现出了豁达，收拢膝盖让出空位给王珣，而王珣也表现出了非仇敌的友好，坦然自若地与谢安相对无语。他们两人对待仇敌的态度，优雅大方。王珣和谢安两人不因关系不好而在对方面前表现得粗俗无礼，而谢安更是能够欣赏与自己有间隙的人，他们这种处理人际矛盾的良好态度值得我们现代人学习。

【原文】

王子敬语谢公："公故萧洒。"谢曰："身不萧洒，君道身最得，身正自调畅。"

【译文】

王献之对谢安说："你确实洒脱。"谢安说："我并不洒脱，你看到我身心惬意，只不过是因为我身心畅通罢了。"

【解读】

谢安的回答指出他并非天生洒脱，而是因为他善于调节自己，使自己身心畅通。

谢安的话，道出了洒脱的真相：人生不如意之事十有八九，人与人纵使境遇不同，但整体面对的喜怒哀乐比例并无多大差别。一个人，快乐不快乐，洒不洒脱，关键不在于他的天性，而在于他是否能够疏通自己的内心，让自己保持身心畅通。——学会平衡自己的情绪，调整自己的态度，让自己从容地面对所有的逆境，消除消极心态，这才是洒脱的由来和本质。

【原文】

谢车骑初见王文度，曰："见文度，虽萧洒相遇，其复愔愔竟夕。"

【译文】

谢玄初次见到王坦之后，对别人说："初见王坦之，开始我觉得他风流潇洒、和颜悦色，后来发现他整个晚上都是这样的。"

【解读】

一个人能给另一个人良好的第一印象，已经十分难得。能在长时间都给对方好印象，那就更能难得了。所以说，如果不是王坦之平时就有好的素质和修养，并有着迷人的个性或风姿，他根本就不可能自然而然地做到一整晚都是风流倜傥、和颜悦色的样子。历史记载，王坦之有气魄，年轻时与郗超齐名，当时有谚云"盛德绝伦郗嘉宾，江东独步王文度"。从这点来说，谢玄的评价应该是正面的。

【原文】

范豫章谓王荆州："卿风流俊望，真后来之秀。"王曰："不有此舅，焉有此甥？"

【译文】

范豫章对王忱说："你才华横溢，名声雀起，真是后起之秀。"王忱说："没有您这样的舅舅，哪里会有我这样的外甥。"

【解读】

生活中，很多人都受到过别人的赞美，然而不一定人人都会正确回应他人的赞美，而又极少有人能做出精彩的回应。受到赞美时，更多的人会因为高兴而只想到礼貌简单地回复一句"谢谢"，如果是同辈的人赞美我们，那"谢谢"的回答只是刚好达到交际礼仪的要求而已。而如果是尊敬的长辈或者比我们更优秀的人赞美我们，那"谢谢"显然不够用。因为这些人的赞美是很难得的，他是对我们的极大肯定，甚至还带有一种厚望，所以在接受赞美的时候我们应该想着如何表示谦虚。这时候，自谦才是最好的礼貌，而不是代表感激的"谢谢"。王忱回答的高妙之处，就在于他在接受赞美的同时还表现出了谦虚，而他的谦虚中还有着对舅舅范宁的赞美，甚至可以说是奉承。

【原文】

张天锡世雄凉州，以力弱诣京师，虽远方殊类，亦边人之桀也。闻皇京多才，钦羡弥至。犹在渚住，司马著作往诣之。言容鄙陋，无可观听。天锡心甚悔来，以遐外可以自固。王弥有俊才美誉，当时闻而造焉。既至，天锡见其风神清令，言话如流，陈说古今，无不贯悉。又谙人物氏族中表，皆有证据。天锡讶服。

【译文】

张天锡世代雄霸凉州，后来因为势力变弱，来到京都。他虽然是异族之人，但在边疆也算得上是一位枭雄。听说京都人才济济，张天锡羡慕至极。他还在江边的小岛上住着时，司马著作前去拜访。张天锡见司马著作言语鄙陋，没有一点值得欣赏的地方，很是后悔来这里，认为在凉州还能自守。王弥有俊才的美称，当时他听说张天锡的消息后就去拜访他。张天锡见他风度翩翩，说话机敏，谈论古今，无所不知，又对士族之间的关系很熟悉，讲起来有根有据。张天锡很惊讶也很佩服。

【解读】

人们都不愿与言语粗俗的人交往，而是愿意与有学识、口才的结交。因为跟这样的人在一起，你可以学到东西，甚至可以找到为人处事乃至建功立业的方法。所以，自古以来，有志之人都喜欢与有才之人结识，而英雄好汉、帝王将相也都会寻觅贤才来做自己的臣子下属。每个人都知道择友、择人才的标准，张天锡自然也不例外。他虽然流落京城，但他到底做过一朝之主，知道什么样的人值得交往，什么样的人是平庸无用之辈。所以，他对司马著作到来的失望，以及对王弥的欣赏，就有理可循了。

【原文】

王恭始与王建武甚有情，后遇袁悦之间，遂至疑隙。然每至兴会，故有相思。时恭尝行散至京口射堂，于时清露晨流，新桐初引，恭目之曰："王大故自濯濯。"

【译文】

王恭起初与王忱交情很好，后来他们受到袁悦的挑拨，彼此有了间隙。然而每次触景生情，王恭总会思念王忱。有一次，王恭服药后，走到京口射堂行散，见到晨露附着在梧桐新发的枝芽上，闪着光芒，说道："王忱就像这新芽一样清雅明净。"

【解读】

关系不在了，情谊还在。在东晋，这种现象其实反映了当时文人名士内心的清高和矛盾。关系破裂了，心里又还有着对对方的欣赏或思念，这是他们内心矛盾的体现。然而纵使欣赏、思念，他们也不会主动示好、求和，这是源于他们内心的清高。

从另一个方面来说，在心里有间隙甚至可能记恨对方的同时，又还保留对对方的欣赏，这又是一种理性和宽容的性格体现。不把双方的矛盾、仇恨和对方的人品混为一谈，而是将它们分开，正确看待对方，承认对方的优点——能够做到这样，心必须是清明而宽厚的。所以说，王恭对王忱的赞赏，除了说明王忱本人的魅力之大外，也可见王恭这个人的大度。

【原文】

司马太傅为二王目曰："孝伯亭亭直上，阿大罗罗清疏。"

【译文】

司马太傅评论王恭、王忱："王恭孤傲正直，如树之亭亭；王忱开朗豁达，如木之清疏。"

【解读】

司马道子是晋孝武帝的弟弟，王恭是晋孝武帝皇后的兄长，两人有亲家关系，经常来往。司马道子说王恭孤傲正直，是因为他多次见识王恭的孤高正直之行。司马道子曾任会稽王，手下有一人叫袁悦之。袁悦之受司马道子宠信，常劝司马道子专掌朝权。王恭于是将这事情上报孝武帝，袁悦之不久就被论罪处死。王恭还在司马道子面前批评过他的尚书令谢石，谢石醉酒后唱起粗俗的民谣，被王恭严正指责。司马道子喜爱有夫之妇裴氏，竟纵容她在宾客面前要疯卖癫。众人慑于司马道子的权威，敢怒不敢言。王恭直接向司马道子抗议道："未听闻过宰相座上会有失行妇人。"

王忱曾是王恭的朋友，他为人真诚坦率，开朗豁达。王忱好饮酒，曾感叹"三日不饮酒，觉形神不复相亲"。他可以连醉数月，不管人世，甚至到了裸体行走而不自知的地步。他有一次拜访王恭，看上王恭一张竹席，于是直接开口索要。他的舅舅范宁一日同时接见他与张玄，范宁让王忱与张玄说话。张玄整好衣服等待王忱上前主动攀谈，王忱却一言不发，以至张玄羞愧离去。过后范宁责怪王忱，王忱说："他想要认识我的话，为何要等我上前呢？"

【原文】

王恭有清辞简旨，能叙说而读书少，颇有重出。有人道："孝伯常有新意，不觉为烦。"

【译文】

王恭口才很好，说话辞藻清雅，简明扼要，只是读书太少，经常重复引用某些典故。但是，人们常夸赞："王恭说话有新意，听多少遍也不觉得厌烦。"

【解读】

读书多的人不一定有口才，因为口才不是对知识的重复，而是个人思想的表达。王恭虽然书读得少，所知道的典故和别人的知识言论不多，但他有自己的思想见解。所以，即便是重复多次的典故，他也能讲出不一样的精彩。他言语之间透露的新意是个人思想的体现，他的头脑是灵活的，思想也是变通的，所以说出的话也不是死板的。

相对于读书多而没有自己思想主张的人来说，像王恭这样读书少但能够进行自我思考的人更让人喜欢。听这样的人说话，也是一种乐趣。

【原文】

殷仲堪丧后，桓玄问仲文："卿家仲堪，定是何似人？"仲文曰："虽不能休明一世，足以映彻九泉。"

【译文】

殷仲堪死后，桓玄问殷仲文："你哥哥仲堪到底是个什么样的人？"仲文说："虽然不能休明一世，也足可以照彻九泉。"

【解读】

殷仲堪生性质朴而忠孝。父亲重病卧床多年，他一直侍奉前后，还为了治好父亲的病而钻研医术。看见父亲深受病痛，他常垂泪不知，最后竟因用涂药的手抹眼泪而弄瞎了一只眼睛。殷仲堪又有报复之心，期望能尽一己之力为国家做贡献。他出任荆州刺史时，王珣怀疑他过于仁厚，无能为政，他回答说："帝舜时的法官皋陶制订了刑法，不算不贤德；孔子担任了司寇的职责，也不算不仁爱。"上任后，殷仲堪也因仁德为政而深受百姓爱戴。荆州常遭水旱之灾，殷仲堪吃饭时不敢有一粒剩余，还告诫他的孩子们说："人们以为我升官后就不会像以前那样简朴了，但我坚持不变。清贫本是一个人的操守，怎能登上树枝而损毁树根呢？你们千万不要忘本！"

殷仲堪的仁厚，即使是杀死他的桓玄也不得不承认。殷仲堪曾挟持桓玄兄长桓伟为人质。桓玄却不担心桓伟安危，说："仲堪这个人没有决心，也没有狠心，我的兄长一定不会有事！"殷仲堪果然没有伤害桓伟。

品藻第九

【原文】

汝南陈仲举，颍川李元礼二人，共论其功德，不能定先后。蔡伯喈评之曰："陈仲举强于犯上，李元礼严于摄下，犯上难，摄下易。"仲举遂在"三君"之下，元礼居"八俊"之上。

【译文】

人们评论汝南陈仲举和颍川李元礼时，认为二人都做出了瞩目的功绩，不分上下。蔡伯喈则评论说："陈仲举有胆量冒犯上司，李元礼对部下很严厉；敢于犯上很难，威慑部下容易。"所以，陈仲举位于在"三君"之末，李元礼位于"八俊"之首。

【解读】

自古以来，评论功绩时，人们都常常是只以结果论成败或主次排名。其实，这种论定方式是有失公正的。正如蔡伯喈所说的，论定一个人的功劳，不单要看他的结果，还要看他取得功劳的方式，他与其他伙伴包括上司的人际处理态度。也就是说，功绩的评定应该加入个人人格魅力这一项考核因素。同样的功劳，人格魅力更大的人，他的功劳也应该更高。因为人格魅力高的人，他能舍己为人，又能圆润地处理自己和部下、上级的关系，他在建功的时候所损耗的团队力量也必定是较少的，而他付出的努力也会更大。所以，相对于敢威慑部下的李元礼，敢于犯上的陈仲举应该功劳一筹。

【原文】

庞士元至吴，吴人并友之。见陆绩、顾劭、全琮，而为之目曰："陆子所谓驽马有逸足之用，顾子所谓驽牛可以负重致远。"或问："如所目，陆为胜邪？"曰："驽马虽精速，能致一人耳。驽牛一日行百里，所致岂一人哉？"吴人无以难。"全子好声名，似汝南樊子昭。"

【译文】

庞统来到吴国，吴人都把他当朋友。见过陆绩、顾劭、全琮后，庞统对三人评论说："陆绩就像驽马一样，跑得快；顾劭就像驽牛一样，能到远方。"有人问道："照你这么说，陆绩应该胜过顾劭？"庞统解释说："驽马虽然跑得快，也只能载一人而已；驽牛一日只行百里，但它能载动的岂止一人？"吴人无可反驳。庞统又说："全琮喜欢追求名声，和汝南的樊子昭一样。"

【解读】

按照庞统的比喻，驽马型的人即爆发型的人，而驽牛型的人属于脚踏实地型的。"驽马"追求速度，无法与多人合作，他的优秀能干即使能把他带向更远的境界，但却不能广泛地有益于他人。"驽牛"不急于前进，而是脚踏实地，有团队精神。他到达目的地没有那么快，但他能引领更多的人一起奔向成功，所以最终他的功劳会比"驽马"大得多。也因此，庞统认为顾劭比陆绩优秀。

在现代社会，很多企业都注重企业文化、团队精神。如果一个人在自己获得成功的同时，还能帮助其他同事一起进步。无疑，他属于驽牛型的人，而他也会更受欢迎。

【原文】

顾劭尝与庞士元宿语，问曰："闻子名知人，吾与足下孰愈？"曰："陶冶世俗，与时浮沉，吾不如子；论王霸之余策，览倚仗之要害，吾似有一日之长。"劭亦安其言。

【译文】

顾劭曾经与庞士元秉烛夜谈。顾劭问庞士元："听说您以知人善用闻名，我跟足下比较，谁更胜一筹？"庞士元说："教化万民，与时俱进，这方面我不如你；但论帝王之策，观察祸福转化的关键，我更强一些。"顾劭也认可他说的。

【解读】

顾劭有知人善用的才能，庞统在评价他与陆绩时就把他比作一头"驽牛"，说他相对于"驽马"陆绩，能承载更多的人。从庞统的评价可见他十分欣赏顾劭，而两人能够秉烛夜谈又说明了他们情谊深厚。在两个交情至深的人之间，没有什么话是不可以公正说出来的。庞统对顾劭的回答，正是基于他们之间的理解和欣赏。当然，无论是不是朋友，当拿自己和别人比较时，也都应该是这样：同时看到双方的优缺点。只有看清了各自的优劣，才能取长补短，与时俱进。

【原文】

诸葛瑾弟亮，及从弟诞，并有盛名，各在一国。于时以为"蜀得其龙，吴得其虎，魏得其狗"。诞在魏与夏侯玄齐名；瑾在吴，吴朝服其弘量。

【译文】

诸葛瑾和弟弟诸葛亮，以及堂弟诸葛诞，各在一国，并都有很高的名望。当时的人们都说："蜀国得到了龙，吴国得到了虎，魏国得到了狗。"诸葛诞在魏国与夏侯玄齐名；诸葛瑾在吴国，吴国人都很佩服他宽宏的气量。

【解读】

诸葛亮蜀汉的丞相，同时是一名杰出的政治家、军事家。他为蜀汉鞠躬尽瘁，呕心沥血。诸葛亮在军事行动中为了帮助蜀汉赢得胜利，充分发挥他的才智，发明了木牛流马、孔明灯等，并改造连弩，使一弩可同时发射十支箭。

诸葛瑾是诸葛亮的兄长，他为东吴效力，深得孙权信赖。诸葛瑾的最大功劳就是帮助东吴建国，并努力缓和蜀汉与东吴的关系。孙权称帝后，诸葛瑾官至大将军。

诸葛诞是诸葛亮、诸葛瑾的宗族，他在曹魏做事，与夏侯玄等人交好。魏明帝曹叡不喜欢诸葛诞和夏侯玄，认为他们两人不过追求浮华的沽名钓誉之辈，于是将他们免职。

时人根据诸葛亮、诸葛瑾和诸葛诞的才能，分别把他们比作龙、虎、狗，这评定既是公平的，也是戏谑的。

【原文】

司马文王问武陔："陈玄伯何如其父司空？"陔曰："通雅博畅，能以天下声教为已任者，不如也；明练简至，立功立事，过之。"

【译文】

司马昭问武陔："陈泰比起他的父亲来，怎么样？"武陔说："通达事理，清雅博学，能够把教化百姓为己任，从这方面比，陈泰不如他父亲；但陈泰精明干练，能够建功立业，这方面远胜过他父亲。"

【解读】

陈群和陈泰都是曹魏重臣，为曹魏做出了巨大贡献。虽然是父子，但他们个性、才能有所不同，所立的功劳也不一样。

《三国志》评价陈群："动仗名义，有清流雅望。"相对于做将领的陈泰，陈群更博学而有清雅之风度。他做官的时候，对人对事都没有厚薄之分，而是"贵雅而执名杖义，不会为媚人而违背道德。"他知人善用，曾推荐广陵人陈矫、丹阳人戴干，这两人都被曹操加以任用。此外，曹魏建国后，陈群还帮助曹操制定了法度，著有《魏律》。曹丕即位后，陈群又制定了九品官人法，这一选举制度是中国封建社会三大选官制度之一，约存在了年之久。

陈群的功劳不在于建功立业，而在于利用自己的学识做了有益于当时乃至后世的事情。陈群的功劳可以说是"文功"，而陈泰的功劳则是"武功"。他是领兵打仗的将领，其最大的贡献就是镇守魏国的西陲边境，多次成功防御蜀将姜维的进攻。后来陈泰被调回中央，不断升迁，直至尚书左仆射。

【原文】

刘令言始入洛，见诸名士而叹曰："王夷甫太解明，乐彦辅我所敬，张茂先我所不解，周弘武巧于用短，杜方叔拙于用长。"

【译文】

刘讷到了洛阳，见到很多名士，感叹说："王夷甫过于清谈，乐彦辅是我所敬佩的人，张茂先是我不了解的人，周弘武能巧妙地运用自己的短处，杜方叔则不擅长用自己的长处。"

【解读】

善于清谈是好，而"过于清谈"则不一定。人本来各有长短，但若能巧用短处，则短处可能就不再是短处，而如不善用长处，长处也就不能再称为长处。刘讷对他人的评价，其实秉持了一种中庸的态度。评论乐彦辅和张茂先时，他也不说他们的优劣，只说自己的感觉。这仍是中庸的表现。

中庸而客观，往往准确。刘讷看人非常精确，说明他眼光敏锐，善于观察。他评人公正，又说明他实事求是，不说他人是非。刘讷这种观人知人的客观态度值得我们学习。很多人，出于个人的喜好，往往会过于褒扬自己喜欢的人，而贬低自己不喜欢的人。这样评人，因为主观性太强而容易有失公正，一旦所说言论传出去，还可能会对他人造成不良影响。很多流言蜚语就是这么制造出来的。所以，品评他人应该学习刘讷的这种方式：从公正客观的角度去简短评说，不褒不贬。

【原文】

王夷甫云："闾丘冲优于满奋、郝隆。此三人并是高才，冲最先达。"

【译文】

王夷甫说："闾丘冲的才能超过了满奋、郝隆。三人都是才高八斗的人，闾丘冲最有名望。"

【解读】

满奋、郝隆和闾丘冲三人同样才高八斗，但闾丘冲在当时是最为有名望的。闾丘冲博学多才且个性通达，此外，他身上还具有当时人们所推崇的名士气节。他看淡名利，不执着于功名利禄，所以官爵并不高。王衍给他们三人做评价时，他的官爵比其他两位都低。闾丘冲出门喜欢坐高耸的车子，当时的人也不觉得的他奢侈或有失礼仪，名士们更是欣赏他的这种清高个性。

闾丘冲比满奋、郝隆能够获得更大的好评，说明活出自己的风范最为难得，而能做到这样的，当然就更“显达”。

【原文】

王夷甫以王东海比乐令，故王中郎作碑云：“当时标榜，为乐广之俪。”

【译文】

王夷甫曾把王承比作乐广。所以王坦之写碑文道：“当时人们赞美王承，说他跟乐广不分上下。”

【解读】

乐广是西晋人物，《晋书》记载他“有远识，寡嗜欲，与物无竞。尤善谈论，每以约言析理，以厌人之心，其所不知，默如也”。王承生于两晋交替时期，他“清虚寡欲，无所修尚。言理辩物，但明其指要而不饰文辞，有识者服其约而能通”。可见，乐广和王承确有相像之处，也难怪王衍会拿他们做类比。

【原文】

庾中郎与王平子雁行。

【译文】

庾中郎与王平子并列，分不出高低。

【解读】

庾敳出身世族，是西晋名士，擅于清谈，时人称之“庾中郎”。庾敳擅长在乱世之中使自己身居高位而明哲保身。他有一句名言：“意在有无之间耳。”也就是说以模棱两可的中间态度，冷眼旁观政治争斗。当时，司马氏集团内部杀得天昏地暗，以致后来发生骨肉相残的“八王之乱”，很多名人将士死于其中，而庾敳却能坚持到最后，还凭借自己的名士声望加入了入东海王司马越的王府。王澄同样出身世族，是琅邪王氏的族人。他跟庾敳一样好清谈，同样身居要职，后来也依托东海王司马越，而他为官的态度也是不理政务，无所事事。稍微不同的是，王澄的行为举止比较放诞，不拘礼俗。

总的来说，庾敳和王澄子的做人处世理念是一样的，他们都擅长在高职位中明哲保身。

【原文】

王大将军在西朝时，见周侯，辄扇障面不得住。后度江左，不能复尔，王叹曰：“不知我进，伯仁退？”

【译文】

王敦在西晋时，见到周顗，不停地用扇子扇风。到了江东，就不再这样了。王敦叹道：“不知道是我进步了，还是伯仁退步了？”

【解读】

职位的高低、权力的多少，影响自信心的建立。王敦此前权位不如周顗，所以在他面前战战兢兢。到了江东，王敦协助司马睿建立东晋，成为当时的权臣。他的权力职位都高于周顗，理所当然就不会“辄扇障面不得住”。王敦还自问：“不知我进，伯仁退？”其实他心里已有了答案，是“我进”了。从这里可以看出王敦已经步入权力的怪圈，变得飘飘然了。

权力给了王敦自信，给了他满足感，也给了他一种恐惧感。他不再害怕周顗，反而中了权势的魔咒，害怕有朝一日会失去现有的高官厚禄。自信从权利中来，然恐惧也由权利而起，从此王敦已经变成权利的奴仆，在恐惧与欲望中挣扎，不得解脱。

【原文】

会稽虞騑，元皇时与桓宣武同侠，其人有才理胜望。王丞相尝谓騑曰：“孔愉有公才而无公望，丁潭有公望而无公才，兼之者其在卿乎？”騑未达而丧。

【译文】

会稽虞騑，在晋元帝时与桓武同朝为官，此人很有才华，名声远播。王导曾经对他说：“孔愉有做三公的才能，只是没有做三公的名声；丁潭有做三公的名望，但没有做三公的才能。才能与名望都有的人，大概就是你吧？”可惜虞騑还未显达就死了。

【解读】

天地之间所发生的遗憾诸多，而遗憾的发生往往是不论对象的。在不可知的命运面前，人才也是普通人，命运的变化也会发生在他身上。所以，英才早逝的遗憾，说到底也属于普通的遗憾。

浩瀚宇宙中，所有的事物有来有去，有生有死，所以遗憾注定存在。个人既然改变不了现实，也只有接受遗憾，才不会过于执着于自己或他人生命中的得与失。

【原文】

明帝问周伯仁：“卿自谓何如郗鉴？”周曰：“鉴方臣，如有功夫。”复问郗，郗曰：“周顗比臣，有国士门风。”

【译文】

晋明帝问周顗：“你和郗鉴比起来怎么样？”周顗说：“郗鉴的修养比我深。”又问郗鉴，郗鉴说：“周顗和我比起来，更有国士之风。”

【解读】

周顗和郗鉴在比较他人和自己时不做啰唆的评论，而是以一句简短的评论推崇他人。这样的言简意赅，其实是建立自信且自知的基础上。自信而知道自己的优势，所以敢于说出他人所有而自己没有的优点。这么做，既表现出了赞赏他人的谦虚气度，同时也不会有贬低自我之嫌。可见，他们都是聪明且自谦之人。而这样的回答技巧，也值得我们学习。

【原文】

王大将军下，庾公问：“闻卿有四友，何者是？”答曰：“君家中郎、我家太尉、阿平、胡毋彦国。阿平故当最劣。”庾曰：“似未肯劣。”庾又问：“何者居其右？”王曰：“自有人。”又问：“何者是？”王曰：“噫！其自有公论。”左右蹑公，公乃止。

【译文】

王敦来到京都建康，庾亮问他：“听说你有四位好友，都是哪几位？”王敦回答说：“你家的中郎庾敳，我家的太尉王衍、阿平、胡毋彦国。阿平的才能是应该是最差的。”庾亮说：“未必是最差的。”又问：“谁是最好的？”王敦说：“自然有人。”庾亮又问：“是谁？”王敦说：“噫！是谁自有公论。”旁边的人踩庾亮的脚，庾亮才不再问下去。

【解读】

王敦主动说自家阿平的才能是最差的，而当庾亮问到庾敳、王衍、阿平、胡毋彦国这四人谁是王敦心中的“第一名”时，王敦却不做回答。为何会这样呢？从庾亮被踩脚后不再追问这一情况来看，王敦的答案可能是庾敳。庾亮当时权位比王敦高，而庾敳和庾亮是一家族的人，如果王敦在庾亮面前赞赏庾敳，可能会使庾亮不高兴。庾亮得到了旁人的提醒，为了避免尴尬，也不再追问了。

【原文】

明帝问周侯：“论者以卿比郗鉴，云何？”周曰：“陛下不须牵顗比。”

【译文】

晋明帝问周顗：“人们议论时把你跟郗鉴比较，你觉得怎么样？”周顗说：“陛下不必拉我出来比较。”

【解读】

人各有优劣长短，明白这点的人不会拿自己和他人作对比。他有自知之明，也有知人的智慧，不用比就可知道自己与他人的优劣。周顗对晋明帝做出的回答，正是基于他有这样的认识。

人比人气死人。一旦陷入比较的心态中，一个人不是表现得满足自傲，就会因为觉得自己处处不如人而愤怒不满。所以，何必与人比呢？做自己，取长补短，每天进步一点，这就是做人的最高境界了。

【原文】

王丞相云：“顷下论以我比安期、千里。亦推此二人；唯共推太尉，此君特秀。”

【译文】

王导说：“时下人们都把我跟王承、阮瞻相比，都推荐他们俩。但大家应该一起推荐王衍，这个人太优秀了。”

【解读】

王衍是著名的清谈家，他博学多才，个性儒雅。他解读老庄玄理的时候，手里总是拿着一把玉拂尘，神态从容潇洒，谈论精辟透彻，倾动当时。王衍曾托族人办事，但久未得到回复，于是在一次宴会上问那个人怎么回事。没想到那个人突然恼怒，举起酒器就砸王衍的脸。王衍一言不发，清洗完毕，领着当时还年少的王导乘牛车离去。

也许是同属一族人，王导对王衍推崇有加。但其实王衍本身并不如王导，王导是东晋政权的奠基者，功劳巨大。而王衍却因清谈误国，在国土失陷时没有抗敌救国的念头，他因此备受后人非议。从这点来说，王导推崇王衍，其实是有点盲目的。不过这也说明了每个人对人事的看法都不同，而每个人也都有各自的偶像。

【原文】

宋祎曾为王大将军妾，后属谢镇西。镇西问祎：“我何如王？”答曰：“王比使君，田舍、贵人耳。”镇西妖冶故也。

【译文】

宋祎曾经是王敦的妾，后来服侍谢尚。谢尚问她：“我跟王敦比怎么样？”宋祎回答说：“王敦跟你比，好像田间农夫跟贵人比。”这是因为谢尚容貌俊美的缘故。

【解读】

人与人，可以从诸多方面来比较，如才情、相貌、地位、个性等。所以，当谢尚问宋炜时，宋炜的回答可以是很多种。宋炜做过王敦的妾，如今又来服侍谢尚，在男尊女卑的古代，这样的经历必定又使得她的地位降低了一等。宋炜很聪明，她知道谢尚的相貌明显优于王敦，所以只从这方面回答。她聪明的回答大大满足了谢尚的自尊心，也避免了自己因回答不当而可能遭到的恶劣后果。

【原文】

卞望之云："郗公体中有三反，方于事上，好下佞己，一反；治身清贞，大修计校，二反；自好读书，憎人学问，三反。"

【译文】

卞壶说："郗鉴身上有三个矛盾：对上级坚持原则、正直不阿，却喜欢下属的奉承，这是第一个矛盾；以好的德行要求自己，却很计较利害得失，这是第二个矛盾；自己喜欢读书，却讨厌别人做学问，这是第三个矛盾。"

【解读】

郗鉴严格要求自己的上级和作为下属的自己，而当自己作为上级时，他却不那么要求自己和他的下属。他的第一个矛盾叫作严以待人，宽容对己。郗鉴的第二个矛盾其实是建立在第一个矛盾的基础上，两者都表现出了郗鉴的一个性格缺陷：他有提高自我修养的追求，却放不下世俗利害、得失。郗鉴的第三个矛盾，可以说是自大的表现。他讨厌别人做学问，根本原因是不觉得别人做的学问有用。

郗鉴的矛盾其实是很多人的矛盾，因为这些矛盾所体现出了人们常具有的惰性、无恒心、对人对己的不公正、傲慢以及行动力不足等缺点。人本身就是一个矛盾体，因为我们的性格、思想是多面的、会变的。所以说，卞壶评价的郗鉴，其实正是我们自己。

【原文】

世论温太真是过江第二流之高者。时名辈共说人物，第一将尽之间，温常失色。

【译文】

世人评论温峤，说他是第二流过江名士中的佼佼者。当时名流一起谈论人物，每当将要谈论完第一流名士时，温峤常常变了脸色。

【解读】

晋时盛行人物品鉴，当时的过江人物王导、王敦、庾亮、郗鉴、何充、卞壶、陶侃、祖逖等被评为第一流人物。第一流人物要么有家世背景，要么就是带着一批流民过江，又或者在未过江之时就身居要职。温峤被评为第二流人物，这可能跟他最初的身份有关。他原是并州刺史刘琨手下的右司马，被刘琨派到江南，他孤身一人，不像第一流人物有权有势有帮派，所以自然更不被人看重。

然而温峤却是有才华的，他后来在王敦第二次兵变和苏峻之乱中充分发挥了中流砥柱的作用，为晋室稳定立下汗马功劳。

温峤二次救晋室于危乱之中，在江州任上后施行仁政，施惠于百姓，深受民众爱戴，在他死后"江州士庶闻之，莫不相顾而泣。"房玄龄修《晋书》，将温峤评为东晋一朝真正的"社稷之臣"。可见，温峤其实可以位列当时第一流人物之中。

温峤大概也知道自己的能力吧，但又因为出身背景不足，所以他也不敢高攀第一流之内，只求是第二流中的第一名。故此，在第一流人物被说尽时，他就特别慌张，以至脸都变色了。温峤对自己排名结果的惶恐，非但没有让人觉得他可笑，反倒让人觉得他很可爱。很多时候，人一旦有了功绩，就会得意忘形而高估自己。温峤不争第一流，只唯恐自己连二流都排不上，他的惶恐既是谦虚，也是上进的表现。

【原文】

郗司空家有伧奴，知及文章，事事有意。王右军向刘尹称之。刘问："何如方回？"问曰："此正小人有意向耳，何得便比方回？"刘曰："若不如方回，故是常奴耳。"

【译文】

郗鉴家有个北方的奴仆，知书达理，办起事来很用心。王羲之在刘惔面前称赞他，刘惔问："跟方回比起来怎么样？"王羲之说："他只是一个用心的小人罢了，怎么能跟方回比呢？"刘惔说："如果不如方回，就是普通的奴仆。"

【解读】

王羲之对一个人前后不同的评论说明，很多时候，一个人能够得到的评价不是固定的。有参照物和没参照物的情况下，评论也许是相反的。而与不同的参照物对比，结果也不一样。从这点来说，优秀永远可以再优秀，而不优秀的人，也不见得就毫无可取之处。因为，也许有比他更糟的人。

刘惔的回答明显有赞赏郗愔的意思在里头，也说明他定义优秀的标准，要比王羲之高很多。

【原文】

时人道阮思旷："骨气不及右军，简秀不如真长，韶润不如仲祖，思致不如渊源，而兼有诸人之美。"

【译文】

当时的人评论阮裕，说他有风骨之气但不如王羲之，简约俊秀但不如刘惔，清雅有韵味但不如王濛，有思想有情趣但不如殷浩，却拥有有这些人的优点。

【解读】

拥有众多不突出的优点和拥有一个突出的优点，这两个情况到底哪种更有利或者更吸引人？这个问题很难回答。毕竟，优点不是才能。才能的话，当然是一个拔尖的才能胜过很多平庸无奇的才能。然而优点本身并无拔尖之说，只要是优点就能使人格魅力提高一个档次。所以可以说，优点不在于突出，而在于多。基于此，我们可以认为当时人评价阮裕"兼有诸人之美"，其实是一种称赞。

【原文】

人问殷渊源："当世王公以卿比裴叔道，云何？"殷曰："故当以识通暗处。"

【译文】

有人问殷浩："当下王公大臣，拿你跟裴遐相比，这是为什么？"殷浩说："当然是因为我们都能领略到隐晦微妙之处。"

【解读】

殷浩和裴叔道都是东晋官员，他俩都擅长玄谈，为当时人推崇，所以殷浩回答说自己和裴叔道都能领会奥妙深邃的玄理。从殷浩的回答可以看出他对自己的优势很有把握和自信，甚至还有点得意。不过，这也是他爽朗率真的表现。

【原文】

抚军问殷浩："卿定何如裴逸民？"良久答曰："故当胜耳。"

【译文】

简文帝问殷浩："你跟裴頠比怎么样？"过了很久殷浩回答说："我应该比他强。"

【解读】

殷浩的回答不同于周顗说的："皇上你何必拉我出来比。"也不同于那些分别评说自己和对方优劣的回答。殷浩在思考很久之后才做出回答，这说明他的回答是真诚的。而他敢于在皇帝面前直言自己比他人优秀，也足见他是个率真之人。

【原文】

桓公少于殷侯齐名，常有竞心。桓问殷："卿何如我？"殷云："我与我周旋久，宁作我。"

【译文】

桓温年少时与殷浩齐名，经常有一争高低之心。桓温问殷浩："你怎么能比得上我？"殷浩说："我跟我自己周旋很久了，宁愿做我自己。"

【解读】

人比人气死人，被气死的原因有一种：互相不服，互相争高。然而，纵使你果真比对方高一等，对方坚决不服你也没办法。殷浩就是这么气桓温的。

另外，"我与我周旋久，宁作我"一句，其实是唯心主义说法，等同于"我说我比你好，那我就比你好"。这样的说辞根本让桓温没有反驳的余地，而如果非要反驳的话，桓温也只能以同样的一句话来辩论。如此一来，比较的结果还是各自以为各自比对方好，也就是没有结果。所以说，殷浩的回答也说明了一个道理：纯粹以自我为中心的争论比较是没有结果的。

【原文】

抚军问孙兴公："刘真长何如？"曰："清蔚简令。""王仲祖何如？"曰："温润恬和。""桓温何如？"曰："高爽迈出。""谢仁祖何如？"曰："清易令达。""阮思旷何如？"曰："弘润通长。""袁羊何如？"曰："洮洮清便。""殷洪远何如？"曰："远有致思。""卿自谓何如？"曰："下官才能所经，悉不如诸贤；至于斟酌时宜，笼罩当世，亦多所不及。然以不才，时复托怀玄胜，远咏《老》《庄》，萧条高寄，不与时务经怀，自谓此心无所与让也。"

【译文】

简文帝作抚军将军时，曾问孙绰："刘惔怎么样？"回答说："他的文藻清雅简约，很美好。"又问："王濛怎么样？"回答说："他性情温和。"又问："桓温怎么样？"回答说："高昂豪爽，很出众。"又问："谢尚怎么样？"回答说："清雅淡然，通达美好。"又问："阮裕怎么样？"回答说："恭敬谦和，很大度。"又问："袁乔怎么样？"回答说："条理清晰，善谈论。"又问："殷融怎么样？"回答说："旷远，有独到的见解。"又问："你自己怎么样？"回答说："下官的才能特长，都不如诸位贤士；至于评论时事，治理国家，也不如他们。虽然我没有才华，但常常寄情于玄理，沉浸在《老子》《庄子》的吟咏声中，清闲自得，有所寄托，不让时务扰乱情怀。自认为这种心境谁也比不上我。"

【解读】

孙绰知人知己，又不因各方面比不上诸多人而自卑，而以自己所擅长的为荣，自得其乐。他具有不与他人比较的悠然心境，所以可以清闲自得地做自己。他寄情于玄理，沉醉于《老子》《庄子》中，使得自己的文采横绝一世，被时人称誉，当时的王公大臣都以得到孙绰的诗文为荣。孙绰擅长写玄言诗，被后代史学家认为玄言诗的大师。

从孙绰这个人的身上，我们可以学到一个做人的道理：既要看到别人的优点，也要善于挖掘并利用自己的长处。悠然自得地做最好的自己，无愧于天地则足矣。

【原文】

桓大司马下都，问真长曰："闻会稽王语奇进，尔邪？"刘曰："极进，然故是第二流中人耳。"桓曰："第一流复是谁？"刘曰："正是我辈耳！"

【译文】

桓温顺流而下，来到都城建康，问刘惔："听说会稽王的清谈有很大的进步，是真的吗？"刘惔说："是有很大的进步，但仍旧是第二流的人。"桓温说："第一流又是谁？"刘惔说："正是我们这些人！"

【解读】

刘惔确实是当时清谈名士中的一流人物，相对于他，会稽王司马昱虽有所长进，但仍只算是二流。不过，司马昱毕竟是皇室族人，且问刘惔话的是功高权大，有图谋之心的桓温，而刘惔却敢于如此夸赞自己，说明他并不畏惧桓温。此外，也有可能是因为当时的社会重文不重武，桓温虽然位高权重，但他是武将出身，刘惔作为一流名士，在他面前不免有孤高自傲的心态。

【原文】

未废海西公时，王元琳问桓元子："箕子、比干迹异心同，不审明公孰是孰非？"曰："仁称不异，宁为管仲。"

【译文】

没有废黜海西公时，王珣问桓温："箕子、比干行事途径不同，但心意却一致，不知道您认为谁对谁错呢？"桓温说："他们都很仁义，这无可争议。但我宁肯做管仲。"

【解读】

箕子和比干都是仁义正直的臣子，箕子因力劝暴虐的商纣王而惨遭囚禁，后来他假装疯癫，逃过了一死。比干是商纣王的亲生儿子，他同样苦谏纣王停止暴行，却遭纣王剖心。箕子和比干都是忠臣，他们的所作所为都是为了国家社稷，出发点并没有错。但从理智上来看，他们的做法却不是最好的。商纣王当时暴虐成性，根本已无挽回的余地。面对这么一个滥杀无辜的恶魔，劝谏是毫无用处的。桓温回答自己都不愿做他们两人，而愿意做如同管仲一样可以在明君手下效劳的忠臣，意即表明自己不是个愚蠢的忠臣，不会做不必要的牺牲。

【原文】

刘丹阳、王长史在瓦官寺集，桓护军亦在坐，共商略西朝及江左人物。或问："杜弘治何如卫虎？"桓答曰："弘治肤清，卫虎奕奕神令。"王、刘善其言。

【译文】

刘惔、王濛在瓦官寺聚会，桓伊也在其中。他们评论西晋和东晋的人物。有人问："杜乂和卫玠相比怎么样？”桓伊说：“杜乂外表美貌清秀，卫玠神采奕奕精神焕发。”王濛、刘惔都同意他的观点。

【解读】

杜乂和卫玠都是美男子。杜乂是东晋人士，王羲之曾评价杜乂：“肤若凝脂，眼如点漆，此神仙人也。”卫玠是魏晋之际继何晏、王弼之后的著名的清谈名士和玄学家，他的美则更胜于杜乂，是从内散发出来的。他被时人称誉“见者皆以为玉人，观之者倾都。”他的舅舅说站在卫玠旁边时，“珠玉在侧，觉我形秽。”

【原文】

刘尹抚王长史背曰：“阿奴比丞相，但有都长。”

【译文】

刘惔抚着王濛的背说：“阿奴比起丞相来，的确美好。”

【解读】

能够拍着一个人的背称赞他，可见拍背的人与被拍的人关系很好。王濛与刘惔正如是如此。《晋书》载，王濛与沛国刘惔齐名友善，惔常称濛性至通，而自然有节，濛每云：“刘君知我，胜我自知。时人以惔方荀奉倩，濛比袁曜卿，凡称风流者，举濛、惔为宗焉。”

【原文】

王修龄问王长史：“我家临川，何如卿家宛陵？”长史未答，修龄曰：“临川誉贵。”长史曰：“宛陵未为不贵。”

【译文】

王修龄问王濛：“我家王羲之，比你家王述怎么样？”王濛没回答，王修龄说：“王羲之声名远播。”王濛说：“王述未必不出名。”

【解读】

王羲之因为书法造诣极高，且又与当时的军政高官谢安、孙绰等交往密切，所以极负盛名。王述才华不及王羲之，且他年轻时不求闻名显达，所以直至三十多岁仍未出名。王羲之和王述关系不和，所以，王修龄的问话明显有挑衅的意思。王濛可能不想贬低自己人，又或者他不想斤斤计较，所以一开始没有回答。但王修龄非要争个高下，后来竟自问自答，从中可见他的虚荣。

在王修龄的挑衅下，王濛做了个委婉却非常有力量的回答。他的回答暗含了“王述未必不如王羲之”这层意思。后来事实证明确实如此，王述后来出来做官，官职比王羲之还大。王羲之不甘屈于王述之下，又因得罪过王述而被他检举为政不利，最后只好称病辞职。

从王濛的回答，可见他做人的高妙。人与人，确实不必急于相比。有句话说，“但行好事，莫问前程。”做人做事也应如此，只需努力做自己。是非功过，留给后人比。

【原文】

刘尹至王长史许清言，时苟子年十三，倚床边听。既去，问父曰：“刘尹语何如尊？”长史曰：“韶音令辞，不如我，往辄破的，胜我。”

【译文】

刘惔到王濛那里清谈，当时王修十三岁，靠在床边听。刘惔走后，王修问他父亲：“刘惔清谈跟父亲相比怎么样？”王濛说：“辞藻方面他不如我的美妙，但他说话往往能一语中的，这方面他胜过我。”

【解读】

刘惔和王濛是好友。最好的朋友之间是不用顾忌拿彼此的优缺点进行对比的，所以王濛会直言告诉王修自己与刘惔的优劣之处。

王濛的回答还向王修说明了说话的一个玄妙之处：当一个人把话讲得好听美妙时，往往更不容易一语中的。因为过于注重辞藻华丽的话，总是说得委婉、玄妙，且悠长。而犀利的话一针见血，更简短有力。

【原文】

谢万寿春败后，简文问郗超：“万自可败，那得乃尔失士卒情？”超曰：“伊以率任之性，欲区别智勇。”

【译文】

谢万在寿春战败后，简文帝问郗超：“谢万本该败，但为什么如此不得军心呢？”郗超说：“他把率真的性情当作大智大勇。”

【解读】

谢万是个在军事史上备受争议的人物。他没有军事才能，却因为擅长表现自我而年少有名，后来被桓温重用，领兵北伐。在战场上，谢万把自己文人的傲气用在军事管理中。他骄傲自夸，轻视将领。幸亏有谢安为他向各位将领谦虚谢罪，他早就在兵败时被将领们趁乱杀死了。

率真的性情固然是心里想什么就说什么，但智慧的率真应是敢于说正确的话，而傲慢的率真却是说自以为是的话。谢万自以为是，把傲慢无礼的率真当成勇敢，伤害了他手下将领的自尊，所以才会如此不得人心。这是他的不自知，也是做人的失败之处。

【原文】

刘尹谓谢仁祖曰：“自吾有四友，门人加亲。”谓许玄度曰：“自吾有由，恶言不及于耳。”二人皆受而不恨。

【译文】

刘惔对谢尚说：“自从我有了颜回，人们更加亲近我了。”对许询说：“自从我有了仲由，就听不到恶言恶语了。”二人听了都接受，没什么不满意。

【解读】

颜回和仲由都是孔子的学生。孔门诸弟子中，孔子对颜回最为称赞，说他不仅“好学”，还称他是一个“仁人”。孔子对仲由的评价也很高，说他善于管理，“千乘之国可使治其赋”，又说仲由可使他自己“恶言不闻于耳”。

刘惔把谢尚比作颜回，把许玄度比作仲由，表明自己欣赏谢尚的“仁”，看重许玄度的克己奉事，能使他自我约束。

刘惔借用孔子的话，虽然主要是称赞谢尚、许玄度，但仍带有自比孔子，把自己放在一个更高位置的嫌疑。然而，尽管如此，谢尚和许玄度并不因此而觉得不满。也许在他们看来，刘惔的修养确实比自己高一层。

【原文】

世目殷中军："思纬淹通，比羊叔子。"

【译文】

世人评价殷浩："思路开通广大，堪比羊叔子。"

【解读】

羊祜是西晋开国功臣，殷浩是东晋的名臣，两人都曾带兵打仗。个性方面，他们的相同之处在于都忠诚爱国，清心寡欲。司马炎评价羊祜"蹈德冲素，思心清远""乃心笃诚，左右王事，入综机密，出统方岳"。《晋书》则说殷浩："清徽雅量""是知风流异贞固之才"。

至于思维的开放通达，羊祜确实有这方面的优点。西晋灭吴时，羊祜施行宽仁治军的政策，命令士兵不准伤害东吴百姓，就连东吴将领陆抗也十分欣赏他。但是从史料来看，殷浩的通达个性则不明显，甚至可以说他个性纠结。他领兵北伐失败后被黜免，心里愤愤不平，终日写"咄咄怪事"来发泄愤懑。

可见，时人把殷浩比作羊祜，并不十分妥当。为《世说新语》作注的南朝刘孝标也对此不平，说："羊祜德高一世，才经夷险；渊源蒸烛之曜，岂喻日月之明也。"

【原文】

有人问谢安石、王坦之优劣于桓公。桓公停欲言，中悔，曰："卿喜传人语，不能复语卿。"

【译文】

有人问桓温，谢安、王坦之谁优谁劣。桓温正要回答，中间又后悔了，说道："你喜欢传谣言，我不能告诉你。"

【解读】

东晋时盛行品评他人，一个人在背后说他人的好坏成为一种风尚。桓温作为一个独揽朝政的大臣，却不敢随随便便在一个人面前品评他人，这首先说明他是一个十分谨慎的人。

桓温的谨慎其实跟他的处境和对谢安的态度有关。孝武帝司马曜即位后，谢安和王坦之辅政。桓温曾想设计杀死他们俩，没想到谢安却坦然赴会，并暗指桓温不够光明磊落，由此震慑了桓温。桓温因此曾说过谢安具有"居然不可陵践其处"的优点，可见他对谢安确实是有敬畏的。

其实，在那个盛行品评的年代，很多人并不畏惧自己对他人的评论四处传播。桓温谨慎如此，也证明了他不敢得罪谢安和王坦之。

【原文】

刘尹云："人言江虨田舍，江乃自田宅屯。"

【译文】

刘惔说："人们谈论江虨土气，有种田人的气质，江虨确实是在村庄里自营田地，自建房舍。"

【解读】

一个人的气质跟他的生活环境有关，所以，一个人是农人还是商人、官员、学者，是很容易看出来的。可以说，人创造了自己的生活，也同时被自己的生活环境塑造成了现有的形象。

【原文】

谢公云："金谷中苏绍最胜。"绍是石崇姊夫，苏则孙，愉子也。

【译文】

谢安说："金谷群宴的名士中，苏绍最出众。"苏绍是石崇的姐夫，苏则的孙子，苏愉的儿子。

【解读】

富豪石崇修建金谷园林后，在金谷园大宴宾客，计三十人，一起饮酒赋诗。谢安认为这三十人中数五十岁的苏绍最为出众。他之所以这么评论，除了跟苏绍的才华有关，也许还跟苏绍的家世背景有关。苏绍的祖父苏则是曹魏时期的官员，他曾在曹操手下做事，为人秉直，敢于直言进谏，就连曹丕也不得不敬畏他，说他是"直臣"。苏绍的父亲苏愉曾任凉州刺史、尚书、都亭侯、太常、光禄大夫。

【原文】

刘尹目庾中郎："虽言不愔愔似道，突兀差可以拟道。"

【译文】

刘惔评论庾敳："他的言谈虽然没有表现出道的宁静致远，但是其中仍有突出之处，大体反映出道的精神。"

【解读】

《世说新语》中记载，庾敳"善于托大，长于自藏"。说他善于让自己隐藏在高官职位上，不管政事，明哲保身。庾敳在东海王司马越府下任职，却慵懒无为，不管事务。他的隐居方式跟汉时的东方朔很像，有"大隐隐于朝"的意思。在乱世中位居高官却"无为"，这点与道家倡导的"寂静无为"思想核心有外表上的相似之处。

庾敳的慵懒无为曾被崇尚玄谈的刘舆看不惯，刘舆认为庾敳是在投机取巧地活着，于是他出计让司马越考验庾敳。司马越开口向庾敳借钱一千万，说是有救国之用，没想到庾敳开口说："我家产两三千万，全给你了。"——庾敳在无为中表现出了自己有所作为的一面。

庾敳位居高官却无为，而他的无为却不是"无心"。这个矛盾在他身上的体现，也许是刘惔对他做出矛盾的评价的原因。此外，庾敳在得知借钱事件的原委后，对人说："刘舆这个人，以小人之心，度君子之腹啊！"从这句话也可见庾敳的豁达。

【原文】

孙承公云："谢公清于无奕，润于林道。"

【译文】

孙统说："谢安比谢奕清逸高洁，比林道温和宽厚。"

【解读】

谢安机智沉着，性情温和。他曾在会稽坐船出行，船夫驾船技术不高，船驶得跌跌荡荡，谢安也不责骂船夫。他的侄子们犯错了，他从不当满斥责他们，而是委婉地教导他们。

根据史料，谢奕性格粗鲁，他有一次被王述惹怒后跑到王述家里，对王述一顿咒骂。王述面壁不理他，他还是坚持了骂了半天才离去。

两相对比，可见谢安确实比谢奕清逸高洁。至于林道其人，史书上并无相关记载，也许只是个泛泛之辈。这么说来，谢安比他突出，也就理所当然的了。

【原文】

或问林公："司州何如二谢？"林公曰："故当攀安提万。"

【译文】

有人问林公："王胡之比起谢安、谢万来怎么样？"林公说："当然比不上谢安，但比谢万强。"

【解读】

拿某人和谢安、谢万相比，成为东晋时期名士品评他人的方式之一。从这一点可以看出，谢安和谢万在当时极负盛名。其实他们俩优劣分明，提问题的人已经知道了答案。王羲之就拿许询和"安万"比过，此篇支遁又比王胡之和"安万"，结果许询和王胡之都是"比安不足，比万有余"。

【原文】

孙兴公、许玄度皆一时名流。或重许高情，则鄙孙秽行，或爱孙才藻，而无取于许。

【译文】

孙绰、许询都是当时的名士。有的人看中许询高尚的品格，鄙视孙绰污秽的行径；有的人喜欢孙绰的才华，而对许询不屑一顾。

【解读】

一个人再优秀，也无法让所有人都认同你、欣赏你。有人赏识你，就会有人对你不屑一顾。所以，有人称赞与世无争的许询，也有人更看重孙绰的文才。

其实，人不是完美的。有的人之所以赏识你，是因为他们更看重你的优点。而不屑于你的人只是觉得你的缺点更明显，以至掩盖了你的优秀。从这点来说，别人对我们的态度，都不会是莫名其妙的。

再者，每个人的思维观念都不同，因此一个人不可能迎合所有人。这么说来，别人的看法有时候并不重要。最重要的是好好地活出自己的风采，做最优秀的自己。

【原文】

简文问孙兴公："袁羊何似？"答曰："不知者不负其才，知之者无取其体。"

【译文】

简文帝问孙绰："袁乔怎么样？"孙绰回答说："不了解他的人不会辜负他的才干；了解他的人瞧不起他的德行。"

【解读】

听闻袁乔才能的人会重用他，所以不会辜负他的才干，而一旦与袁乔深入接触，就会发现他没有德行。孙绰这一回答指出了袁乔是个有才无德之人。

有关袁乔的德行记载没有相关事例，所以孙绰为何对他做出如此评论不得而知。袁乔的才华倒有一例可证。桓温伐蜀时，他理性分析敌我形势，力排众议，让桓温主动进攻。在战场上，他勇猛率军，集中兵力于一点，最终大破敌军。袁乔英年早逝，桓温对此十分惋惜，从中也可见袁乔的才华卓越。

如果袁乔确如孙绰所言，自然十分可惜了。才德兼备是一个人优秀的标志，退而求其次，优秀的标准也是要有德行。有才无德，远远称不上优秀。做人，终归德行是最重要的。

【原文】

卫君长是萧祖周妇兄，谢公问孙僧奴："君家道卫君长云何？"孙曰："云是世业人。"哀

叹："殊不尔，卫自是理义人。"于时以比殷洪远。

【译文】

卫永是萧轮妻子的哥哥。谢安问孙腾："你们家认为卫永怎么样？"孙腾说："卫永是个能做事业的人。"谢安哀叹说："太不对了，卫永本是个精通道义的人。"当时的人都拿卫永跟殷融比较。

【解读】

有关卫永的事迹记录在《世说新语》中较少，但有关他的评价却不少。东晋将领祖约见他第一面后评说："这个人有将帅的风度。"卫永曾任温峤的长史，温娇非常赞许他。二人经常喝酒聊天，一喝就是一天。温峤的德行被时人乃至后人称赞，卫永能得到温峤的赏识，可见他不是个普通人。庾亮也曾赞赏卫永，说卫永虽然其貌不扬，但有许多令人钦佩之处。

从众人对卫永的评价看来，卫永这个人可能与温峤、罗含一样，具有通达的智慧，能够巧妙地周旋于不同势力之间。而殷融这个人也有相似的性格特点，他"饮酒善舞，终日啸咏，不以世事自缚"。

能够在乱世中有所为而不被世俗和他人束缚，同时还能获得各方面的好评。这样的人必定是精通道义、善于为人处事的。卫永、殷融、谢安都是这样的人。从这点来说，谢安对卫永的理解就很自然了。因为属于同道中人，所以更了解对方的突出特点。

【原文】

王子敬问谢公："林公何如庾公？"谢殊不受，答曰："先辈初无论，庾公自足没林公。"

【译文】

王献之问谢安："支遁和庾亮比起来怎么样？"谢安很不想发表评论，说道："先辈们本来就没有评论过，庾亮应该超过支遁。"

【解读】

庾亮曾参与平定王敦叛乱，后与王导辅佐晋成帝执掌朝政，因一意孤行而引起苏峻叛乱。苏峻叛乱平息后，庾亮反省自身，退居低位，后平定郭默叛乱，任征西大将军，领兵北伐。庾亮一生虽然有功有过，但整体来说他功大于过。支遁的身份是崇尚玄谈的名士兼探究思想奥妙的高僧，他在自己擅长的领域方面也有所成就，著有禅学诗作《支遁集》等作品。但从实用角度来说，支遁的成就远没有庾亮的功绩大。

支遁和庾亮是两个不同时代，不同特性的人。所以正如谢安所说，此前无人拿他们来对比过。然而问谢安问题的人，他的本意就在刁难谢安。支遁是谢安的好友，他明显不如庾亮。谢安答支遁更优秀则落入无知、虚伪之流，答庾亮比朋友优秀则的话，传到支遁耳朵，则有可能让朋友不高兴。不过，从谢安的回答来看，他是个实事求是的人。

【原文】

谢太傅谓王孝伯："刘尹亦奇自知，然不言胜长史。"

【译文】

谢安对王恭说："刘惔也深知自己的才学，然而从来不说超过王濛。"

【解读】

谢安的话，指出了刘惔两种性情：他一方面很自信，但同时又性情谦虚，不自夸自大。谢安为何会做出如此评论呢？有事实为证。

王濛与刘惔是好友，两人别后重逢，王濛对刘真长说："你更有长进了。"刘真长回答说："我就像天一样，本来就那么高啊。"自比天高，虽是朋友之间的戏谑，也可见刘惔的自信乃至自负。但正如谢安所说，刘惔从不会说自己超过王濛。这也许是因为刘惔和王濛是好友，也可能是因为他深知自己与王濛不相上下。又或者，真正的名士之间的情谊是高尚的，不掺杂世俗对比的。他们知道自己，也知道对方，同时他们也接受自己和对方的样子，所以不会互相比较。

【原文】

王黄门兄弟三人俱诣谢公，子猷、子重多说俗事，子敬寒温而已。既出，坐客问谢公："向三贤孰愈？"谢公曰："小者最胜。"客曰："何以知之？"谢公曰："吉人之辞寡，躁人之辞多。推此知之。"

【译文】

王氏三兄弟拜访谢安。王徽之和王操之说了很多俗事，王献之只是嘘寒问暖。他们走后，座上的客人问谢安："刚才的三位贤士谁更优秀？"谢安说："小的最优秀。"客人问："从哪里可以看出？"谢安说："贤人话少，浮躁的人话多。由此推知。"

【解读】

不聪明的人为了证明自己聪明，往往滔滔不绝。而聪明的人无须证明自己，说话会更少。谢安的评论正是基于这个原理得出的。

古人说"言多必失""讷于言而敏于行"，这也证明了贤人话少这一道理。孔子也说过类似的话："无多言，多言多败；无多事，多事多患。"说话多，容易出错。少说话，才能说重要的话，聪明的话，不说不该说的话。所以说，少说话的人才是聪明之人。

与人交往时，做一个少说话的聪明人，还不会至于引人厌烦。在我们身边，那些话匣子一打开就止不住的人，不顾他人听的感受，还自以为口才极好，殊不知别人早就反感他。

【原文】

谢公问子敬："君书何如君家尊？"答曰："固当不同。"公曰："外人论殊不尔。"王曰："外人那得知。"

【译文】

谢安问王献之："你的书法和你父亲比起来怎么样？"王献之说："一定不相同。"谢安说："外面的人的评论可不是这样。"王献之说："外人懂什么！"

【解读】

王献之自幼学习书法，一开始他跟随父亲王羲之，后来兼学东汉书法家张芝的书法艺术。他不局限于学一门一体，而是"兼众家之长，集诸体之美"，在此基础上创造出自己独特的书法风格。王献之能够突破，在书法上进行创新，他的草书和行书尤为著名。当时人评论说，王献之的草书、隶书，连他父亲也比不上。他们同时认为王献之的字虽然好看，但在力度上远远比不上王羲之。不过，总的来说，当时外界对王献之的赞誉几乎超过了对王羲之的赞誉。从人们将他与王羲之合称"二王"可见。

谢安有意刁难王献之，让他自比其父亲王羲之。王羲之从艺术角度来分析，以无可辩驳的"固不当同"来回应谢安。没想到谢安咄咄逼人，非要王献之与自己父亲比个高低。王献之很聪明，干脆以一句"外人懂什么"来否定所有人对他们父子的对比。

【原文】

王孝伯问谢太傅："林公何如长史？"太傅曰："长史韶兴。"问："何如刘尹？"谢曰："噫！刘尹秀。"王曰："若如公言，并不如此二人邪？"谢云："身意正尔也。"

【译文】

王恭问谢安："支遁跟王长史比怎么样？"谢安说："王濛清谈时言语清新优美。"又问："跟刘惔比起来呢？"谢安说："噫！刘惔更优秀。"王恭说："如果按你这么说，支遁不如这两位了？"谢安说："我正是此意。"

【解读】

王濛、支遁、刘惔都是谢安的朋友，谢安自然不愿说他们任何一人的坏话，所以他不直言支遁不如王濛、刘惔，而只赞后两人更优秀。谢安的委婉是对支遁的尊重，但王恭却不依不饶，非要把话挑明了问。面对王恭的咄咄逼人，谢安干脆也挑明了回答。谢安无论是委婉还是直接，其实都没有违背他做人的光明磊落。他在不同的形式下选择不同的应对方式，是一种随机应变的聪明。

【原文】

人有问太傅："子敬可是先辈谁比？"谢曰："阿敬近撮王、刘之标。"

【译文】

有人问太傅谢安："王献之可以跟哪位先辈相比？"谢安说："王献之最接近王濛、刘惔的风格。"

【解读】

在王献之年幼拜访谢安时，谢安就透露出自己对王献之的欣赏和喜欢，称赞他说话少而有才华。谢安曾对说王献之"实自清立，但人为尔多矜咳，殊足损其自然"，这句话虽是批评王献之，但从中也可见谢安认为王献之有自然的清秀之气。大概正是因为王献之具有这超凡脱俗的气质，谢安才会认为他跟同样有高洁风骨的王濛、刘惔相像。

【原文】

谢公语孝伯："君祖比刘尹，故为得逮。"孝伯云："刘尹非不能逮，直不逮。"

【译文】

谢安对王恭说："你的祖父王濛跟刘惔比起来，应该能赶得上。"王恭说："并非不能赶上刘惔，只是不想赶上。"

【解读】

谢安的话看似称赞王濛，其实意在指出王濛不如刘惔。王恭听出谢安话中之意，于是做出了"非不能逮，直不逮"的回答。这一回答表达了一个意思：王濛的能力本在刘惔之上，只是他不想赶超刘惔罢了。

【原文】

王子敬问谢公："嘉宾何如道季？"答曰："道季诚复钞撮清悟，嘉宾故自上。"

【译文】

王献之对谢安说："郗超跟庾龢比起来怎么样？"谢安回答说："庾龢诚然能汲取各个人的好处，也很机敏有悟性，但郗超确实比他强。"

【解读】

谢安擅长就事论事，从他对众多人的评价可以看出来。此外，他还擅长不伤害他人的感情。即使在评论某人不如另一个人时，他也总会先说那个人的优点。此次评价郗超和庾龢，他又运用了高妙的说话技巧，说出了自己内心的真实想法。

谢安的评论中有一处值得人思索的地方：既然庾龢能吸收其他人的优点，且又机敏而有悟性，为何他还不如郗超呢？一个人，他可以集众人的优点长处，但如果他没有自己的东西，那他充其量不过是别人的结合体。也就是说，他什么都是，结果只能是他什么都不是。

【原文】

王珣疾，临困，问王武冈曰："世论以我家领军比谁？"武冈曰："世以比王北中郎。"东亭转卧向壁，叹曰："人固不可以无年！"

【译文】

王珣生病，临危时问王谧："世人把我父亲和谁相比？"王谧说："世人都拿王坦之相比。"王珣转身面对着墙壁，叹息说："人实在不能短命呀！"

【解读】

世人拿王珣父亲王洽比王坦之，王珣心里不服，认为父亲胜过王坦之，所以他才叹气。他感叹所说的话表明王洽是因为死得早才没有声望，如果他活得够长的话，名望肯定大过王坦之。

王珣的感叹有一定道理的。王导有六子，王洽是他所有孩子中名声最大的，深受世人称赞。王洽擅长行书和草书，他的从兄王羲之曾赞他："弟书遂不减吾"。王洽才华卓越，可惜寿短。王坦之同样有书法才华，后来在政绩上有所建树，取得的成就超过了王洽。

【原文】

王孝伯道谢公："浓至。"又曰："长史虚，刘尹秀，谢公融。"

【译文】

王恭评价谢安："很厚重。"又说："王濛清虚，刘惔秀气杰出，谢安大度通达。"

【解读】

王恭说王濛清虚，是从精神方面评论，指出王濛有超凡脱俗的气质。说刘惔，王恭从才华方面进行评价，指明刘惔才智出众。对于谢安，他则是从道德个性方面进行评说，认为谢安道德深厚而个性大度。

王恭抓住各人的优势，分别指出了王濛、刘惔、谢安三人的鲜明个性。这样的评价言简意赅而又正中要害，说明王恭是个善于观察也善于总结的人。

【原文】

王孝伯问谢公："林公何如右军？"谢曰："右军胜林公，林公在司州前亦贵彻。"

【译文】

王恭问谢安："支遁跟王羲之比起来怎么样？"谢安说："王羲之胜过支遁，支遁在王胡之面前也很尊贵通达。"

【解读】

很多人都请谢安评价过支遁。有人让他比支遁和庾亮，谢安说支遁当然不如庾亮。又有人请他比支遁和王濛、刘惔，谢安说支遁在王、刘二人之下。此篇，谢安是第一次赞誉支遁。

【原文】

桓玄为太傅，大会，朝臣毕集，坐裁竟，问王桢之曰：“我何如卿第七叔？”于时宾客为之咽气。王徐徐答曰：“亡叔是一时之标，公是千载之英。”一坐欢然。

【译文】

桓玄升任太傅，宴请宾客，朝廷的官员们都来了。人们刚刚入席，桓玄问王桢之：“我比你七叔王献之怎么样？”宾客们听到后，都屏住了呼吸。王桢之不慌不忙地说：“亡叔是一代楷模，您是千载英豪。”满座都欢欣喜悦。

【解读】

桓玄得势时，王家的势力早已衰弱。桓玄恃强凌弱，有意刁难王桢之。众人都为王桢之捏把汗，王桢之却表现出了冷静从容的智慧。他的回答既没有损坏自家人的声誉，又满足了桓玄的虚荣心，让桓玄羞辱王家的企图无法得逞。

【原文】

桓玄问刘太常曰：“我何如谢太傅？”刘答曰：“公高，太傅深。”又曰：“何如贤舅子敬？”答曰：“楂、梨、橘、柚，各有其美。”

【译文】

桓玄问刘太常：“我跟谢安比起来怎么样？”刘太常说：“你高洁，谢太傅深远。”桓玄又问：“跟你舅舅王献之相比呢？”刘太常说：“楂、梨、橘、柚，各有美好之处。”

【解读】

谢安和是一流名士，王献之是刘太常的舅父。桓玄自然比不上谢安，为了应付桓玄的故意刁难，他巧妙地敷衍了第一问。到第二问时，刘太常不愿意说自家人不如桓玄，于是干脆以“各有千秋”来结束桓玄的刁难。

刘太常的回答大方得体，且一言以蔽之，让桓玄再也没有发作的余地。他从容不迫应付上级领导刁难，从中表现出的不惊不乍和口才能力，令人佩服，也值得学习。

【原文】

旧以桓谦比殷仲文。桓玄时，仲文入，桓于庭中望见之，谓同坐曰：“我家中军那得及此也！”

【译文】

原先人们拿桓谦与殷仲文相比较。桓玄把持朝政时，殷仲文走进来，桓玄在房中远远地望到后，对同座的人说：“我家桓谦哪里比得上他啊！”

【解读】

桓玄的赞叹说明了殷仲文的外貌、风度给他的感觉十分好，使他都忍不住惭愧自家人不如对方。为何桓玄会对殷仲文发出如此感叹呢？《晋书》记载，殷仲文“少有才藻，美容貌”。才貌兼备的男子，往往会令他的同胞也倾倒。当年司马相如到卓文君家做客，他一到场，在座之人无不为之风度震惊。

从另一角度来说，一个人的外貌风度是由内在散发出来的，所以外表美还不足以吸引人，内在美更重要。

规箴第十

【原文】

汉武帝乳母尝于外犯事，帝欲申宪，乳母求救东方朔。朔曰："此非唇舌所争，尔必望济者，将去时，但当屡顾帝，慎勿言！此或可万一冀耳。"乳母既至，朔亦侍侧，有谓曰："汝痴耳！帝岂复忆汝乳哺时恩邪！"帝虽才雄心忍，亦深有情恋，乃凄然愍之，即敕免罪。

【译文】

汉武帝的乳母曾经在宫外犯了罪，汉武帝想要依法处置。乳母向东方朔求救。东方朔说："这不是靠言辞争辩的事，你一定想要得到救助的话，应该在将要离开时，只管多看几眼皇帝，千万不要说话，还可能还有一线希望。"乳母来到汉武帝身边，东方朔站在一边对乳母说："你痴啊！皇帝怎么还会记起你哺乳时的恩情呢？"汉武帝虽然才能雄武，心肠硬，但对乳母的感情很深，听到这句话，很痛心地怜悯乳母。于是立即赦免了乳母的罪。

【解读】

道德、感情和法律总是对立的，汉武帝作为一个皇帝，要想树立威望，有时候必须舍弃道德和情感。他深知这个道理，所以一开始要不顾情面，严惩乳母。东方朔非常了解汉武帝，他知道汉武帝纵使心肠再硬，也无法扼杀心中对乳母的感情。因此，他出了一个"苦情计"，让汉武帝重新回忆起乳母对他的恩情，由此内心产生怜悯和宽容。

东方朔这一计策的巧妙之处在于，他抓住了皇帝的心理。一般说来君无戏言，惩罚令一旦下达了就不好再收回。而如果让乳母开口求情的话，啰啰唆唆地叙旧可能会引起汉武帝的反感。

【原文】

京房与汉元帝共论，因问帝："幽、厉之君何以亡？所任何人？"答曰："其任人不忠。"房曰："知不忠而任之，何邪？"曰："亡国之君各贤其臣，岂知不忠而任之？"房稽首曰："将恐今之视古，亦犹后之视今也。"

【译文】

京房与汉元帝一起讨论。京房问汉元帝："周幽王、周厉王二君为什么败亡？他们任命的臣子都是什么人？"汉元帝说："他们任用的人不忠。"京房说："明明知道不忠，却又任用，这是为什么？"汉元帝说："亡国之君都认为他们的臣子是贤臣，怎么会是知道他们不忠而任用呢？"京房叩头说："恐怕我们今天看古人，如同后人看今天。"

【解读】

京房以古喻今，意在提醒汉元帝用人要小心，以免误用奸臣。京房何以对汉元帝发出此番言论呢？这跟他当时所处的环境有关。当时，京房被汉元帝赏识，任为改革官员。京房的改革有理想主义色彩，他认为制度不好是因为制定制度和负责管理的官员不是能人贤臣，因此将人事制度作为改革的重中之重。又因当时中书令石显以及其党羽反对京房的改革，使得京房提出的《考功课吏法》被搁置，所以他才借助与汉元帝交谈的契机，婉转指出朝中有不忠之臣。

虽说京房进谏的出发点带有私人目的，但他的言论确有可取之处。俗话说，当局者迷，旁观者清。帝王用人有时候就是凭一己之见，往往不能看清所用之人。以史为镜，关照自身，也许会更能看清所见人事物。

【原文】

孙皓问丞相陆凯曰："卿一宗在朝有人几？"陆曰："二相、五侯、将军十余人。"皓曰："盛哉！"陆曰："君贤臣忠，国之盛也；父慈子孝，家之盛也。今政荒民弊，覆亡是惧，臣何敢言盛！"

【译文】

孙皓问丞相陆凯说："你们陆家在朝为官有几人？"陆凯说："二相、五侯，将军有十余人。"孙皓说："兴盛啊！"陆凯说："君贤臣忠，国家才会兴盛；父慈子孝，家族才会兴盛。如今政事荒废，民不聊生，有覆亡的征兆，实在令人担忧。臣怎么敢说兴盛。"

【解读】

陆凯之话，意在规谏孙皓要关心百姓民生，做一个有德行、有作为的君主。他的规谏有理有据，且诚恳至极，所以听起来让人动容。

从陆凯的规谏可以看出来他是个忠君忠国之人。陆凯身居要职数十年，他以忠厚且刚正不阿著名，被人称为良吏。

【原文】

何晏、邓飏令管辂作卦，云："不知位至三公不？"卦成，辂称引古义，深以戒之。扬曰："此老生之常谈。"晏曰："知几其神乎，古人以为难，交疏吐诚，今人以为难。今君一面，尽二难之道，可谓'明德惟馨'。《诗》不云乎，'中心藏之，何日忘之！'"

【译文】

何晏、邓飏让管辂算卦，问："不知道我们能不能位列三公？"卜卦完成后，管辂引用先人的故事，深刻地劝诫他们。邓飏说："这是老生常谈。"何晏说："洞悉事物变化的征兆，是很玄妙的，古人认为很难；交情不深，吐露真诚，现在的人认为很难。今天您第一次见到我们，行尽了二难之道，可以称得上'明德惟馨'。《诗经》里不是说吗，'中心藏之，何日忘之！'"

【解读】

何晏、邓飏两人都是曹爽的心腹，他们倚仗权势，作恶多端，因此管辂趁机劝诫他们。听了管辂的话后，两人却有不同的表现。从何晏、邓飏的不同表现可以看出这两人具有不同的个性。何晏更能听进别人的教导，如果他有心改正的话，也许可以改变自己的命运。而邓飏不思悔改，一意孤行，得到忠告也不以为然，结果堪忧。历史结局证明管辂的忠告是对的，何晏和邓飏两人最后都因与曹爽谋反而被诛杀。

【原文】

晋武帝既不悟太子之愚，必有传后意，诸名臣亦多献直言。帝尝在陵云台上坐，卫瓘在侧，欲微申其怀，因如醉跪帝前，以手抚床曰："此坐可惜！"帝虽悟，因笑曰："公醉邪？"

【译文】

晋武帝不领悟太子愚钝，坚决把皇位传给太子，诸臣纷纷直言相谏。晋武帝在凌云台上坐着，卫瓘在旁边，想要申述自己的想法。于是假装喝醉，跪在晋武帝前面，用手抚摸皇帝的坐榻，说：

“这个座位真是可惜了！”晋武帝虽然领悟了他的意思，但仍然笑着说：“你喝醉了吧？”

【解读】

皇帝选继承人这样的事情，虽说属于国家大事，但它同时也是皇帝的家事，外人是不便插手的。帮助刘邦建立汉朝的功臣张良，在吕后来找他劝谏刘邦不要改立太子时，他就说过：“外人再如何有才能，也无法插手帝王的家事。”然而，继承人的选择事关一个皇朝的生死存亡。作为一名忠臣，又不能眼看着皇帝将要犯错而不提醒。因此，如何劝谏皇帝选择正确的继承人，就成了一门学问。卫瓘假装醉酒说出心里话，这种规谏正是有技巧的方法之一。他以无意识的形态说最真诚、最正经的话，即使触犯了皇帝，也只不过被处以“酒后失言”的惩罚。这样，就保全了自己的性命。

生活中，当我们规谏他人的时候，也可以学习卫瓘的方法。在不便发言的情况下，掩藏规谏的意图，说规谏的话。这样一来，没有明摆着指出对方的错误，也许更容易让对方思考和接受。

【原文】

王夷甫妇，郭泰宁女，才拙而性刚，聚敛无厌，干预人事。夷甫患之而不能禁。时其乡人幽州刺史李阳，京都大侠，犹汉之楼护，郭氏惮之。夷甫骤谏之，乃曰：“非但我言卿不可，李阳亦谓卿不可。”郭氏为之小损。

【译文】

王夷甫的妻子是郭泰宁的女儿，才学低略，性情刚烈，喜欢聚敛钱财，常常干预别人家的事。王夷甫对此很担心，却不能制止她。当时郭氏的同乡幽州刺史李阳在京都，是出了名的侠客，很像汉代的楼护，郭氏很怕李阳。王夷甫屡次劝诫妻子说：“非但我说你这样做不对，李阳也说你不对。”郭氏听后，稍微有所收敛。

【解读】

彪悍如郭氏，连自己丈夫的话都不听，却也有畏惧的人。可见，世上的事情，一物降一物。当遇到自己无法对付的人时，不如找来他惧怕的人或事。借力使力，不用自己出手就可以达到比自己出手更好的效果。这是解决问题的最聪明的方法。

【原文】

王夷甫雅尚玄远，常疾其妇贪浊，口未尝言“钱”。妇欲试之，令婢以钱绕床，不得行。夷甫晨起，见钱阂行，令婢：“举却阿堵物！”

【译文】

王夷甫高雅清远，常常厌恶妻子贪婪之性，口中从来没说过“钱”字。他的妻子想要试试他，吩咐婢女用钱把丈夫的床围起来，让他不能走出去。王夷甫早晨起床，看见周围的钱阻碍行走，叫来婢女说：“拿走这些东西！”

【解读】

虽说王衍妻子对钱的贪婪让人不敢苟同，但王衍清高到了洁癖的地步，也不值得推崇。因为，一个人对钱的正确态度应该是“君子爱财，取之以道”，应是敢于说钱，理性赚钱、花钱，不以钱为最重要之事，也不对钱嗤之以鼻——毕竟，钱虽然不是万能的，但没有钱是万万不能的。总之，钱是生活中必需品，它的名字也很普通。话中有“钱”字，并不代表一个人就是贪婪势力之人。所以说，王衍故意不提“钱”字，有作秀之嫌。

【原文】

王平子年十四、五，见王夷甫妻郭氏贪欲，令婢路上檐粪。平子谏之，并言诸不可。郭大怒，谓平子曰："昔夫人临终，以小郎嘱新妇，不以新妇嘱小郎。"急捉衣裾，将与杖。平子饶力，争得脱，逾窗而走。

【译文】

王澄十四五岁时，见王夷甫的妻子郭氏贪婪爱财，让婢女在路上担粪。王澄劝谏郭氏，并说这样做不可取。郭氏很愤怒，对王澄说："昔日夫人临终时，把你托付给我，不是把我托付给你。"郭氏抓住王澄的衣裙，想要用棍子打他。王澄有力气，挣脱出去，从窗子里逃跑了。

【解读】

有些人粗俗不堪，自私自利，又因没有见识，所以凡事以自我为中心。这样的人，别人的任何看法对他来说都是没有意义的。郭氏正是这么一种人，她听不进他人的劝谏，还会抓住把柄，说对方没有资格。于是，王澄对她的规谏，简直如同对牛弹琴。弹得多了，让"牛"变得狂躁，最后反招致"牛"的反攻。所以说，即使确定某人的言行是错误的，规谏也要看对象。

【原文】

元帝过江犹好酒，王茂弘与帝有旧，常流涕谏，帝许之，命酌酒一酣，从是遂断。

【译文】

晋元帝过江后依然喜欢喝酒，王导与晋元帝有交情，常常流泪劝谏。晋元帝最终答应了他，让人斟满一杯酒，一饮而尽，从此就戒掉了。

【解读】

自古以来，忠言逆耳，正常人都不喜欢也不愿意接受别人说自己的不是。皇帝高高在上，掌握生杀大权，是最能随心所欲，也是最难劝谏的一类人。劝谏皇帝是需要一套方法的。如果把他说急了，则有可能引来杀身之祸。而如果不指出要害，又达不到劝谏的目的。历史上，不乏有忠臣因为劝谏皇帝而被惩罚乃至诛杀的。如被挖心的比干。

王导坚持不懈，以泪苦劝晋元帝戒酒。他的方法虽然笨拙，却非常用心。笨拙而用心，且持之以恒，这就是王导能劝谏成功的奥妙。当然，王导的成功必须建立在晋元帝可劝的基础上。

【原文】

谢鲲为豫章太守，从大将军下至石头。敦谓鲲曰："余不得复为盛德之事矣！"鲲曰："何为其然？但使自今以后，日亡日去耳。"敦又称疾不朝，鲲谕敦曰："近者，明公之举，虽欲大存社稷，然四海之内，实怀未达。若能朝天子，使群臣释然，万物之心，于是乃服。仗民望以从众怀，尽冲退以奉主上，如斯则勋侔一匡，名垂千载。"时人以为名言。

【译文】

谢鲲任豫章太守时，与大将军王敦来到石头城。王敦对谢鲲说："我不能再做辅佐王室的事了！"谢鲲说："为什么这样说？只要从今以后，日复一日，让群臣淡忘前嫌就行了。"王敦称病不去上朝，谢鲲对他说："最近你的行为，虽然想要救助国家，但四海之内，都不理解你。如果你能朝见天子，让群臣释怀，万民才会归心。依仗民意顺从了众人的心愿，谦虚退让地侍奉君王，这样的成就和匡正天下一样伟大，名垂千年。"当时的人认为此话是名言。

【解读】

谢鲲本为王敦长史，他因劝诫王敦不要谋反而被贬为豫章太守。王敦爱惜他的才华，没有让他上任，仍把他留在身边。谢鲲虽然遭过王敦贬职，却“不思悔改”，依旧对王敦动之以情，晓之以理，一心想说服王敦放弃谋反。谢鲲的刚正不阿，是其为时人称道的主要原因。

谢鲲对王敦劝阻的话之所以被人视为名言理论，原因有三：他没有直接说出王敦的叛逆罪行，反说王敦所作所为是为了救助国家。将不好听的话说得很好听，这是谢鲲的高明之处。其二，他说王敦不受广大人民的理解，其实是指出了王敦的形势非常不利。其三，他劝诫王敦放弃谋反，并为王敦假设了一个美好的结果，虽然这种假设主要是为了诱使王敦，但从中也可见谢鲲的宽容，以及他具有远见。最主要的是，他指出了作为臣子的一个真理：顺应民心，对君主忠贞不二。

【原文】

元皇帝时，廷尉张闿在小市居，私作都门，蚤闭晚开。群小患之，诣州府诉，不得理；遂至檛登闻鼓，犹不被判。闻贺司空出，至破冈，连名诣贺诉。贺曰：“身被征作礼官，不关此事。”群小叩头曰：“若府君复不见治，便无所诉。”贺未语，令：“且去，见张廷尉当为及之。”张闻，即毁门，自至方山迎贺，贺出辞见之，曰：“此不必见关，但与君门情，相为惜之。”张愧谢曰：“小人有如此，始不即知，早已毁坏。”

【译文】

晋元帝时，廷尉张闿在小市居住，私自建了一道城门，早上很晚开，晚上很早关，这引起周围百姓的不满。他们到州府申诉，没人理会；又敲打登闻鼓，还是没人管。听说贺司空出行，来到了破冈，百姓们联名向贺循申诉。贺循说：“我被征为礼官，不管这种事。”百姓们叩头说：“如果你也视而不见，我们就无处诉讼了。”贺循没有说话，过了一会儿，吩咐说：“你们先回去。我见了张廷尉会跟他提起此事。”张闿听说此事后，立即把门毁了，并亲自来到方山迎接贺循。贺循拿出百姓的诉状，交给张闿，并说：“这件事跟我没关系，但因为我家跟你家是世交，为你惋惜。”张闿很惭愧地说：“百姓们有这种情况，我开始不知道，现在早就把门毁了。”

【解读】

《晋书》记载，贺循“操尚高厉，童龀（chèn）不群，言行进止，必以礼让。以宽惠为本，不求课最。政教大行，邻城宗之。”贺循是个具有儒家思想的官员，他做官不贪图名利，做事以百姓为出发点。

贺循与张闿有家族世交，他听说张闿管辖的地区有问题，而这问题正是因为张闿自己。以他的个性及与张闿的交情，他自然会来更正张闿的做法，帮助当地百姓解决困难。所以，他路过破冈并非偶然。但是，又因为他并非当地官员，为了不伤害张闿的面子，所以他一开始只得对当地群众推托不管。从贺循的这个做法来看，可见他做事有分寸，不会擅自越权。张闿听闻贺循到来之后就把那扇不利于百姓的门给关闭了，可见他对贺循十分敬重。

【原文】

郗太尉晚节好谈，既雅非所经，而甚矜之。后朝觐，以王丞相末年多可恨，每见必欲苦相规诫。王公知其意，每引作他言。临还镇，故命驾诣丞相。翘须厉色，上坐便言：“方当乖别，必欲言所见。”意满口重，辞殊不流。王公摄其次曰：“后面未期，亦欲尽所怀，愿公勿复谈！”郗遂大瞋，冰衿而出，不得一言。

【译文】

郗鉴晚年喜欢谈论，这完全不是他平日里擅长的，他却以此为耀，很自负。后来入京朝见皇帝，因为觉得丞相王导晚年做了很多不让人满意的事，每次见到王导，郗鉴一定会苦口婆心地规劝他。

王导知道他的意图，总是把话题引到别处。将要返回地方时，郗太尉坐车来拜访王导。王导翘着胡须，脸色阴沉。郗鉴坐定后说道："将要分别了，我一定要说说我所见的事情。"郗鉴情绪激动，说话不流畅。王导抓住他停顿的时刻，说："以后我们还会见面，那时我一定会畅谈心中所想，现在希望你不要再说了！"郗鉴非常生气，脸色很难看地走了，想说的话一句也没说出来。

【解读】

郗鉴以刚好在仕途上犯错的王导为谈论、训导对象，这就是他的失策了。王导晚年仕途不利，本来就抑郁不得志。他为官多年，当然知道自己的功过，不必他人言说。郗鉴不会照顾他人，一厢情愿地以自己的爱好出发，且不顾自己的谈话技巧的拙劣，所以就触到了王导的痛处。

人都想受到尊重，听好听的话。即使犯错了，也不想被人一再揭伤疤。郗鉴却以不正确的强硬态度说不该说的话。他这么做，自然是自讨无趣。

【原文】

小庾在荆州，公朝大会，问诸僚佐曰："我欲为汉高、魏武，何如？"一坐莫答。长史江彪曰："愿明公为桓、文之事，不愿作汉高、魏武也。"

【译文】

庾翼任荆州刺史时，在一个官员聚会上，对诸位官员说："我想做汉高祖、魏武帝，怎么样？"在座的所有人都不吭声。唯独长史江彪说："希望明公成就齐桓公、晋文公的事业，不希望您做汉高祖、魏武帝。"

【解读】

汉高祖刘邦被称为一带枭雄，他在秦末乱世中与项羽争夺天下，最后凭借其手下各路贤才而夺得天下，建立了汉朝。魏武帝曹操同样是乱世英雄，他以奸诈著称，被后人称为一带奸雄。曹操和刘邦的相似之处，都是在乱世中起家，最终建功立业。此外，他们都有心狠手辣的一面。刘邦在称帝后为了巩固霸业，诛杀功臣。曹操则一生多疑，滥杀无辜。

齐桓公和晋文公分别是春秋时期的齐国国君和晋国国君。虽然同处乱世，他们获得王位的手段却与刘邦、曹操不同。如果说刘邦、曹操是靠打打杀杀得来的，那他们就是靠自身的才能和品德而被人拥立的。且即位后，他们都施行仁政，善用贤臣，使得自己的国家称霸一时，而他们自己也都被列入"春秋五霸"之中。

刘邦、曹操以武力在乱世中称霸，齐桓公、晋文公以德行在乱世中建功。很明显，后者才是贤明君主的代表。庾翼当众表明自己要成为刘邦、曹操那样的人，说明他有武力篡位之野心。因为当时庾翼的权势较大，所以众人不敢回应他的话。江彪"不识好歹"，表明自己不认同庾翼的理想。然而他的回答是机智的，因为他并没有表现出自己对庾翼理想的完全否定，而是换了一种说法，提醒庾翼的理想可以更高一层。

【原文】

罗君章为桓宣武从事，谢镇西作江夏，往检校之。罗既至，初不问郡事，径就谢数日，饮酒而还。桓公问："有何事？"君章云："不审公谓谢尚是何似人？"桓公曰："仁祖是胜我许人。"君章云："岂有胜公人而行非者，故一无所问。"桓公奇其意而不责也。

【译文】

罗含做桓温的从事时，谢尚做江夏相。罗含前往江夏，考察谢尚政绩。罗含到了后，完全不问郡事，径直到谢尚那里喝酒，数日后才回来。桓温问："考察得怎么样了？"罗含说："不知道你认为谢尚是个什么样的人？”桓温说：“谢尚比我们这些人强。”罗含说：“比您强的人怎么会做坏事呢？所以我什么也没问。”桓温觉得罗含的说法很新奇，便没有责怪他。

【解读】

罗含是东晋思想家、哲学家、文学家、地理学家，被称为东晋第一才子。谢尚赞他为“湘中之琳琅”，而桓温亦当众说他是“荆楚之材”，还是“江左之秀”。罗含的才华，从他考察谢尚政绩一事可见。

桓温派罗含去考察谢尚，本是为了揪出谢尚的为政错误以便弹劾他。罗含与谢尚交好，不愿给朋友难堪，所以到了江夏郡却不向谢尚询问有关工作的事情。交差时，为了不让自己受桓温指责，他充分发挥自己的哲学辩论思想，给了桓温一个没有结果的考察结果。罗含的回答，充分体现了他做人处事的智慧。

【原文】

殷觊病困，看人政见半面。殷荆州兴晋阳之甲，往与觊别，涕零，属以消息所患。觊答曰：“我病自当差，正忧汝患耳！”

【译文】

殷觊病重之时，看人只看半边脸。殷仲堪在晋阳起兵，前往殷觊家辞别。眼泪流了出来，并嘱咐殷觊好好调养身体。殷觊说：“我的病自然会好，只是担心你。”

【解读】

殷仲堪打算起兵时，曾请堂兄殷觊一同起兵，殷觊不答应，且多次劝说殷仲堪放弃。殷仲堪不听殷觊劝告，殷觊不想殷仲堪送死，于是趁他来拜访自己时最后一次忠告他。按照《晋书》记载，殷觊当时还说了一句：“我病不过身死，但汝病在灭门，幸熟为虑，勿以我为念也。”殷觊一语成谶，殷仲堪兵败，自己被桓玄逼令自杀，他的侄儿殷道护牵连丧命。

殷觊的病是有形的，可以医治的，殷仲堪的病是无形的，他本人却不知道自己已经生病。很多时候，人犯错就是生病。从殷仲堪的“病例”，我们可以悟出一个道理：当局者迷，旁观者清。有时候，不妨把旁观者当成我们的医生。

【原文】

远公在庐山中，虽老，讲论不辍。弟子中或有惰者，袁公曰：“桑榆之光，理无远照，但愿朝阳之晖，与时并明耳。”执经登坐，讽咏朗畅，词色甚苦，高足之徒，皆肃然增敬。

【译文】

远公在庐山中，虽然年老体衰，依旧传经论道，从不懈怠。弟子中有些懒惰的，远公说：“落日照在桑树、榆树上，其光亮不会太久。但愿朝阳的光辉能够随着时间的推移，越发明亮。”远公拿起经书，登上坐榻，咏诵经文，言辞神态都很恳切。子弟们都肃然起敬。

【解读】

此篇中，慧远不以威严之词批评他那些不上进的子弟，而是以深邃的生命哲理表达自己的期望。他言传身教，用心良苦，其言行举止和表现出的仪态完全出自于自己内在的智慧和感情，因此让弟子们受到了感染。由此可见，感人教化的事情，不是任何人都做得来的。

【原文】

桓南郡好猎，每田狩，车骑甚盛，五六十里中，旌旗蔽隰。骋良马，驰击若飞，双甄所指，不避陵壑。或行陈不整，麏兔腾逸，参佐无不被系束。桓道恭，玄之族也，时为贼曹参军，颇敢直言。常自带绛绵着绳腰中，玄问："此何为？"答曰："公猎，好缚人士，会当被缚，手不能堪芒也。"玄自此小差。

【译文】

桓玄喜欢打猎，每次狩猎，车马众多，前后五六十里，旌旗飞扬。他骑着良马，让左右两翼队伍严整分开，自己则驰骋如飞一样，不避沟壑山陵。有时行列不整，有獐子兔子逃脱的事情发生。桓玄便大发雷霆，令人把左右参军绑起来。桓道恭是桓玄的族人，任贼曹参军，有胆量，也很会说话。他常常将一条绛红的绵绳系在腰间。桓玄问他："这是为什么？"桓道恭回答说："你打猎时，喜欢绑人。我终究要被你绑，我的手忍受不了麻绳的芒刺，所以自己带了一根绵绳。"桓玄自此对部下宽松了。

【解读】

劝谏权势比自己高的人其中的困难之处在于：对方总认为自己是对的，对于你的劝诫，他可能非但听不进去，还会给你套上违令、不忠的罪名加以惩治。所以，聪明的劝谏会避免这两种可能的发生。劝谏的时候既要表现出自己对领导的恭顺，又要表达出自己对领导某些行为的不满。桓道恭正是用这一方法来规劝桓玄的。他没有说一句桓玄的不是，而是表演出做好挨打的准备，他看似认同桓玄，实则表明了相反的意思。

【原文】

王绪、王国宝相为唇齿，并上下权要。王大不平其如此，乃谓绪曰："汝为此歘歘，曾不虑狱吏之为贵乎？"

【译文】

王绪、王国宝勾结在一起，玩弄权势。王忱对他们的所作所为愤愤不平，对王绪说："你这么胡作非为，难道没有想过狱吏的尊贵吗？"

【解读】

王忱的话同时指出了两个道理：恶有恶报，善有善报；好运总是用尽的，为人处事，要给自己留条后路。王绪和王国宝的结局证明了王忱的劝告是对的。他们两人不听忠告，继续在会稽王司马道子面前妖言惑众，玩弄权势。时任青兖二州刺史的王恭素与王国宝有仇，他以王国宝乱政为由，起兵讨伐王国宝。司马道子为了息事宁人，赐死王国宝，又斩杀王绪。

【原文】

桓玄欲以谢太傅宅为营，谢混曰："召伯之仁，犹惠及甘棠；文靖之德，更不保五亩之宅？"玄惭而止。

【译文】

桓玄想占用谢太傅的家宅作为军营，谢混说："周召公的仁义，还能惠及甘棠树；谢太傅的德行，难道保不住五亩之宅吗？"桓玄很惭愧，放弃了这个想法。

【解读】

谢混拿自己的祖父谢安和周公相比，提醒桓玄对有德行的贤臣应有起码的尊敬。桓玄自知理亏，于是放弃了原本的打算。

捷悟第十一

【原文】

杨德祖为魏武主簿，时作相国门，始构榱桷，魏武自出看，使人题门作“活”字，便去。杨见，即令坏之。既竟，曰：“‘门’中‘活’，‘阔’字，王正嫌门大也。”人饷魏武一杯酪，魏武啖少许，盖头上提“合”字以示众，众莫能解。次至杨修，修便啖，曰：“公教人啖一口也，复何疑？”

【译文】

杨修在曹操手下当主簿，当时正在修建相国府大门，刚开始架椽子。曹操亲自出来看，让人在门上写了一个“活”字，便离开了。杨修看到后，立即让人把门拆了，说：“‘门’中写个‘活’字，是‘阔’，魏王是嫌门太大了。”

有人赠给曹操一杯奶酪，曹操吃了一点，在盖子上写了个“合”字给众人看，大家都不理解其中的意思。轮到杨修，他便吃了起来，说道：“曹公让我们每人吃一口，还疑虑什么？”

【解读】

杨修以学识渊博著称，这应该也是他能得到曹操重用的原因。以前的将领、君王喜欢有一个懂得自己的下臣，以现代职场角度来说，每个领导也都喜欢都喜欢有一个了解自己心思的亲近下属。这么一个下属，领导不必对传达的命令做多余解释，他也能快速领悟、贯彻实施，让领导省心省力。不过，从另一方面来说，杨修因太过于了解曹操而做出的某些举动也很危险。比如，他猜出了门上写“活”字的寓意而直接拆掉大门，此举就太过于草率而自负。虽说你猜出了领导的意图，但在行动前应该请示一下领导的意思。作为下属，这一规则无论在任何年代都使适用。

【原文】

魏武尝过曹娥碑下，杨修从。碑背上见题作“黄绢幼妇，外孙齑臼”八字，魏武谓修曰：“解不？”答曰：“解。”魏武曰：“卿未可言，待我思之。”行三十里，魏武乃曰：“吾已得。”令修别记所知。修曰：“黄绢，色丝也，于字为‘绝’；幼妇，少女也，于字为‘妙’；外孙，女子也，于字为‘好’；齑臼，受辛也，于字为‘辞’；所谓‘绝妙好辞’也。”魏武亦记之，与修同，乃叹曰：“我才不及卿，乃觉三十里。”

【译文】

魏武帝曾经从曹娥碑前经过，杨修跟随其后。碑背上题有“黄绢幼妇，外孙齑臼”八个字，魏武帝问杨修：“理解吗？”杨修回答说：“理解。”魏武帝说：“你不要说出来，等我思考一下。”走了三十里后，魏武帝才说：“我已经得到答案了。”让杨修在别处写下他的见解。杨修写道：“黄绢，有颜色的丝，组成‘绝’字；幼妇，既少女，组成‘妙’字；外孙，是女儿的儿子，组成‘好’字；齑臼是用来容受辛辣物的，便是个‘辞’字。连起来就是‘绝妙好辞’。”魏武帝也写下了其中的含义，跟杨修的一样。于是魏武帝感叹说：“我的才能不及你啊，相差三十里。”

【解读】

杨修的聪明自不必多言，然而曹操的谦虚更令人称赞。作为一个君王，他有着不可触犯的威严，却在一个下臣面前感叹自己的才能与之相差三十里。这样直接的感叹，是历代君王中很少有的。从这点来说，曹操的谦虚行为是难能可贵的，也足以见他的度量之大。

【原文】

郗司空在北府，桓宣武恶其居兵权。郗于事机素暗，遣笺诣桓："方欲共奖王室，修复园陵。"世子嘉宾出行，于道上闻信至，急取笺，视竟，寸寸毁裂，便回。还更作笺，自陈老病，不堪人间，欲乞闲地自养。宣武得笺大喜，即诏转公督五郡，会稽太守。

【译文】

郗愔在北府，桓温厌恶他握有兵权。郗愔在处事方面比较直率，他派人给桓温送去一封信，说想与桓温共同辅佐王室、收复失地。郗愔的长子郗超外出，在路上遇到信使，急忙取出信，看完，撕个粉碎，返回家代父另外写了一封信。信中陈述说自己年老多病，不能承受繁重的职务，想求个闲逸的地方养老。桓温读完信后大喜，立即下令升任郗愔都督五郡，任会稽太守。

【解读】

桓温是权欲心极重的人，自永和二年（公元年）剿灭成汉政权后，他名声大震，逐起独揽朝政的野心。太和四年（公元年），桓温北伐前燕，请郗愔一同出兵北伐。郗愔以为桓温对自己有赏识之心，根本没想到桓温请他出兵的本意是想夺他的兵权。郗愔不明就里，还写信给桓温表明自己有志于跟桓温一起建功立业。这封信如若被桓温看到，桓温必定防范有志气的郗愔。郗愔的儿子郗超在桓温手下做事，他深知桓温的个性和野心，所以以相反的意思改动了郗愔的书信。郗超这一改，其实是表明郗愔没有什么志向野心，消除桓温的防范。

【原文】

王东亭作宣武主簿，尝春月与石头兄弟乘马出郊。时彦同游者连镳俱进，唯东亭一人常在前，觉数十步，诸人莫之解。石头等既疲倦，俄而乘舆回，诸人皆似从官，唯东亭奕奕在前，其悟捷如此。

【译文】

王珣任桓温主簿时，曾在一个春日与桓熙兄弟骑马外出郊游。当时一起游玩的名流俊杰都并马前行，唯独王珣一个人在前面，大概有数十步远。大家都不理解。过了不久，桓熙兄弟游累了，转乘车前行，诸人都好像桓熙兄弟的侍从，唯独王珣神采奕奕地走在前面。由此可以看出他高人一等的机敏才智。

夙慧第十二

【原文】

宾客诣陈太丘宿，太丘使元方、季方炊。客与太丘论议，二人进火，俱委而窃听。炊忘著箄，饭落釜中。太丘问："炊何不馏？"元方、季方长跪曰："大人与客语，乃俱窃听，炊忘著箄，饭今成糜。"太丘曰："尔颇有所识不？"对曰："仿佛志之。"二子长跪俱说，更相易夺，言无遗失。太丘曰："如此但糜自可，何必饭也？"

【译文】

宾客拜访陈寔，留宿在陈家。陈寔让陈纪、陈谌做饭。客人与陈寔讨论义理，陈纪、陈谌正在烧火，都丢下手里的活偷偷地听。蒸饭时忘了放竹箄，饭落进锅里。陈寔问："怎么没有蒸饭。"陈纪、陈谌直身而跪说："父亲与客人谈话，我们因为都在偷听，做饭时忘记放竹箄，饭已经成了粥了。"陈寔说："你们记得什么？"二人回答说："好像记得。"两个孩子一起说了一遍，并相互补充，没有一点遗漏。陈寔说："既已如此，喝粥又何妨？"

【解读】

陈纪和陈谌蒸饭成粥，虽说有错，但他们错的出发点是好的：他们想学习义理，汲取前辈的智慧。陈寔考察他们学习的效果，看出他们确实有认真学习的态度，并且学有所得，于是就不再追究孩子们的过错。

陈纪和陈谌能得到原谅，说明了为人父母始终更注重孩子的学习能力。如果孩子犯错的结果是收获比损失大得多，那错也是值得。另外，陈寔在孩子做错的时候采取的处理方式也值得我们学习。当别人犯错时，不急于兴师问罪，而是先搞清楚对方犯错的缘由。心平气和，才会得到真相。

【原文】

何晏七岁，明慧若神，魏武奇爱之，因晏在宫内，欲以为子。晏乃画地令方，自处其中。人问其故，答曰："何氏之庐也。"魏武知之，即遣还。

【译文】

何晏七岁时，非常聪慧，魏武帝特别地喜欢他，他把何晏留在宫中，想要收他作义子。何晏在地上画了一个方框，自己站在里面。有人问他缘故，他回答说："这是何氏家的房子。"魏武帝知道后，立刻把他送回家。

【解读】

何晏年幼，无心于攀权富贵，作为一个孩子，他当然只念自家的好。虽然得到曹操的看重，他却已知道有些话是不能直接说的，于是借助作画传达自己的心愿。由此可以看出，何晏是个早慧的人。

【原文】

晋明帝数岁，坐元帝膝上。有人从长安来，元帝问洛下消息，潸然流涕。明帝问何以致泣，具以东渡意告之。因问明帝："汝意长安何如日远？"答曰："日远。不闻人从日边来，居然可知。"元帝异之。明日，集群臣宴会，告以此意，更重问之。乃答曰："日近。"元帝失色，曰："尔何故异昨日之言邪？"答曰："举目见日，不见长安。"

【译文】

晋明帝几岁时，坐在元帝的膝上。有人从长安来，元帝询问洛阳的消息，潸然流泪。明帝问发生什么事以至于掉眼泪，元帝把东渡的缘故告诉了明帝。随后问明帝："你觉得长安远还是太阳远？"明帝回答说："太阳远。没有听说过有人从太阳那边来。"元帝很惊异。第二天，元帝召集大臣宴会，把这件事告诉了诸官员，又重新问明帝。明帝回答说："太阳近。"元帝脸色变了，说："你为什么与昨日说得不一样？"明帝回答说："抬头可以见到太阳，却看不见长安。"

【解读】

晋元帝司马睿曾是西晋丞相，他在西晋灭亡前东渡建康。西晋最后一个皇帝晋愍帝被俘后，司马睿在晋朝贵族与江东大族的支持下称王，建立东晋。也就说，晋王朝虽说还是王朝，但实则已经摇摇欲坠，而晋室子弟也都成为流浪他乡的人儿。听闻原都城洛阳陷落后，晋元帝有感于国家已不再是国家，心中更是思念家乡，于是向年幼的儿子提了一个问题。

晋明帝的第一次回答很有意思，且说得挺有道理，让做父亲的晋元帝不免想对众臣炫耀一下自己有个聪明的儿子。晋晋明帝的第二次回答其实更显出他的聪明，他说出了一个真理：回不去的故乡，比太阳更远。这一回答道出了在场的官员的境遇或者还有心情。

【原文】

韩康伯年数岁，家酷贫，至大寒，止得襦，母殷夫人自成之，令康伯捉熨斗，谓康伯曰："且著襦，寻作复裈。"儿云："已足，不须复裈也。"母问其故，答曰："火在熨斗中而柄热，今既著襦，下亦当暖，故不须耳。"母甚异之，知为国器。

【译文】

韩伯几岁的时候，家里很贫穷，到了大寒的时节，只穿了件短袄。他的母亲殷夫人亲自为他缝制衣服，让康伯拿着熨斗，并对他说："暂且穿着短袄，一会就做夹裤。"韩伯说："已经够了，不需要做夹裤了。殷夫人问他缘故，他回答说："火在熨斗中，柄也热了。我现在上身穿着短袄，下身也会暖和，所以不需要了。"殷夫人很惊讶，认为韩伯是治国之才。

【解读】

韩康伯小小年纪就懂得剖析事物的内在关联，在生活中能节约有道，所以他的母亲惊叹他有治国之才。从韩康伯成长后的历程来看，他并无让人赞颂的治国功绩，不过倒是成为当时著名的思想家。

韩康伯从熨斗可传热这一现象出发，提出上身会把热量传给下身这一理论。这一理论看似浅显，实则深奥。如果运用发散思维可以得出一个事理：天地万物无不是一个整体，都是有内在联系的。局部可以影响全局，一个客体可以影响另一个客体，由此影响整体。从本质上来说，没有什么东西是单独存在的。

【原文】

晋孝武年十二，时冬天，昼日不著复衣，但著单练衫五六重；夜则累茵褥。谢公谏曰："圣体宜令有常。陛下昼过冷，夜过热，恐非摄养之术。"帝曰："昼动夜静。"谢公出，叹曰："上理不减先帝。"

【译文】

晋孝武帝十二岁，在冬日里，白天不穿夹裤，只穿五六层熟绢做的单衫，夜里却盖着好几层被褥。谢安进言说：“圣体应该有规律，陛下白天太冷，晚上太热，恐怕不是养生之道。”孝武帝说：“白天走动多，晚上安静。”谢安出来，感叹说：“陛下说理的本领不比先帝差。”

【解读】

谢安劝说孝武帝的话虽然被反驳了，但它确有一定道理。白天太冷，晚上太热，其实都是极端做法。极端的生活方式不是养生之道，因为人身体的健康是建立在营养、体温、劳作和休息等各方面都平衡的基础上。所以说，保持健康，不应使自己处于任何一种极端状态中。

【原文】

桓宣武薨，桓南郡年五岁，服始除，桓车骑与送故文武别，因指语南郡：“此皆汝家故吏佐。”玄应声泣恸，酸感傍人。车骑每自目己坐曰：“灵宝成人，当以此坐还之。”鞠爱过于所生。

【译文】

桓温死时，桓玄只有五岁，丧服刚除，桓冲跟送葬的文武百官道别。桓冲指着文武百官，对桓玄说：“这些人都是你家的旧部下。”桓玄听后恸哭起来，其辛酸感动了旁边的人。桓冲常常看着自己的座位说：“桓玄长大成人后，应该把此座还给他。”桓冲爱护桓玄胜过了亲生儿子。

【解读】

桓冲是桓温的弟弟，也就是桓玄的叔父，他的职位是在桓温死后继任而得，因此他对桓玄说那些官员都曾是桓温的部下。桓玄听后恸哭，既是有感悟父亲逝去后物是人非，也是感叹本是自己家的“东西”如今成了别人家的。桓玄小小年纪就如此看重权利地位，竟不以叔父为自家人，可见他人虽小志气却很高。

桓玄虽有志向，但从他的恸哭中也可见他的得失心也很重。然而桓冲看不到后一点儿只看到前一点，因此非常欣赏桓玄。桓玄长大后果然蓄势以待，后来发动兵变，建立桓楚政权。遗憾的是，这个政权仅存在了两年。

得失心太重的人，性情浮躁，做事急于求成，结果往往是败给了自己。

豪爽第十三

【原文】

王大将军年少时，旧有田舍名，语音亦楚。武帝唤时贤共言伎艺事，人皆多有所知，唯王都无所关，意色殊恶，自言知打鼓吹，帝即令取鼓与之。于坐振袖而起，扬槌奋击，音节谐捷，神气豪上，傍若无人，举坐叹其雄爽。

【译文】

王敦年少时，有乡巴佬的称呼，说话的口音也很土气。武帝招来贤士一起谈论技艺，人人都能知道些，唯有王敦没有接触过，神情脸上都很难看。王敦自己说能打鼓，武帝让人取出鼓给王敦。于是王敦从座位上起来，扬袖击鼓，音节都很迅速，神气高昂，旁若无人，满座赞叹他雄武豪爽。

【解读】

别人怎么称呼你并不重要，因为别人的看法始终是别人的。只要你认识自己，认可自己，以自信爆发出自己的能量，那最终满座都会为你喝彩。所以说，即使真是个乡巴佬也不必自卑。大胆地挥洒出自己的本色，爽朗地面对他人，那你就是那个让人瞩目的英雄。王敦正是以自己的豪爽自信赢得了满堂喝彩。

【原文】

王处仲，世许高尚之目。常荒恣于色，体为之弊，左右谏之，处仲曰：“吾乃不觉尔。如此者甚易耳！”乃开后阁，驱诸婢妾数十人出路，任其所之，时人叹焉。

【译文】

世人评价王敦很高尚。但他曾纵情于女色，身体因此衰弱。身边的人劝诫他，王敦说：“我自己竟没察觉，如果真的是这样也很好办。”于是他打开内室的门，让数十个婢妾出走，任由她们另谋生路。当时的人为此称赞他。

【解读】

大丈夫是做事就是要干脆利落，不拖泥带水。王敦遣散奴婢一事，再次彰显了他大丈夫的风范。王敦这样的性格是成大事的性格，又或者说是因为他本人想成大事所以才具有这一个性。

有高远志向的人，他会下定决心不惜一切实现自己的理想。他知道什么是对自己有利的，什么是对自己有害的，会果断地采取相应措施，拯救自己于危险发生之前。

【原文】

晋明帝欲起池台，元帝不许。帝时为太子，好养武士，一夕中作池，比晓便成。今太子西池是也。

【译文】

晋明帝想建造池台，元帝不允许。明帝当时为太子，喜欢养武士，让他们一夜间建成池台，早上就修成了。就是现在的太子西池。

【解读】

晋元帝是晋明帝的父亲，又是一个君王。按道理，晋明帝是不该违抗晋元帝的命令的。晋明帝在晋元帝不允许的情况下修建池台，明显违反了君令，触犯了君威。他的行为是固执而草率、不顾后果的。但结合晋元帝宠爱晋明帝这点来看，确也可以理解。

【原文】

王大将军始欲下都，处分树置，先遣参军告朝廷，讽旨时贤。祖车骑尚未镇寿春，瞋目厉声语使人曰："卿语阿黑：何敢不逊！摧摄面去，须臾不尔，我将三千兵，槊脚令上！"王闻之而止。

【译文】

王敦想到京都安排朝廷官员，先派参军通知朝廷，暗示当时的贤士。祖逖还没有镇守寿春，睁大眼睛厉声厉色地对使者说："你告诉阿黑：怎么这么放肆！赶快收起脸面，稍有耽搁，我就领三千兵用长矛戳他的脚，让他回去。"王敦听后放弃了此想法。

【解读】

王敦有篡逆之心时，手中兵权比祖逖大得多，但他听说祖逖的训斥后，竟然暂时放弃了谋反的打算，可见他很敬畏甚至惧怕祖逖。王敦一向敢想敢做，且心狠手辣，他这样的人都惧怕祖逖，说明祖逖这个人的人格足以威慑他人。祖逖的人格从他训斥王敦的话中可以看出。他说王敦的行为放肆且失去脸面，这表明在他看来，作为臣子的应忠君忠国，不应做叛逆之事。也就是说，祖逖是个忠臣正直之人。祖狄威震桓温的事例说明，当一个人有同时具有正义和勇猛的能量时，他是最令人折服的。

【原文】

庾稚恭既常有中原之志，文康时权重，未在己。及济坚作相，忌兵畏祸，与稚恭历同异者久之，乃果行。倾荆、汉之力，穷舟车之势，师次于襄阳，大会参佐，陈其旌甲，亲授弧矢曰："我之此行，若此射矣！"遂三起三叠。徒众属目，其气十倍。

【译文】

庾翼一直都有收复中原的志向。庾亮当政时，权力不在自己手上。等到庾冰做丞相后，忌讳用兵，害怕起祸端，与庾翼的政见不同，很长时间后才同意北伐。倾尽荆州、汉水之力，出动所有船只战车，集师于襄阳，大会部下。庾翼陈列旌旗甲兵，亲自抓起弓箭说："我此次北伐，就像这支箭一样。"遂三发三中。众部下看到后，士气高涨。

【解读】

庾翼屡受阻挠却从不放弃自己的志向，他具有坚持不懈的精神。根据《晋书》记载，庾翼接替庾亮的职位，他为政业绩深得百姓认可，自己也受朝廷重用。但他始终不忘北伐之志，为了一步步实现自己的理想，他先上表请求移镇安陆（湖北孝感地区）。当时朝中大臣都不认同庾翼的行为并阻止他，庾翼不惜违背诏令，擅自北行。到了夏口后又上表请求移镇襄阳，朝廷最终答应庾翼北伐的请求，并任他为征西将军。不久，康帝和兄长庾冰先后逝世，庾翼终于等来了北伐的诏命。

坚持不懈的精神是实现理想的必备条件，庾翼正是因为具有这种精神才等来了实现理想的机会。也许很多人都有理想，但像庾翼一样坚持理想的人却很少。

【原文】

桓宣武平蜀，集参僚置酒于李势殿，巴蜀缙绅莫不来萃。桓既素有雄情爽气，加尔日音调英发，叙古今成败由人，存亡系才，其状磊落，一坐叹赏。既散，诸人追味余言。于时寻阳周馥曰："恨卿辈不见王大将军。"

【译文】

桓温平定蜀地，在李势的殿中召集部下宴会，巴蜀的士大夫们都来了。桓温本来就透露出一股雄伟的神态和豪爽的气息，再加上那天声音高昂，雄姿英发，谈论古今成败、国家存亡之理。桓温仪态洒脱，心胸坦荡，在场的所有人都对他赞叹不已。聚会散后，大家都回味他的话。当时寻阳周馥说："遗憾的是你们都没见过王大将军。"

【解读】

在平常的时候，我们大多数人被生活琐碎磨平了志气。而一旦看到那些取得成功的人慷慨陈词，意气风发，就会意气风发。所以说，英雄豪气是一种感染人的巨大能量，这是因为人的内心里其实都有一种争取成功的欲望。从这个角度来说，周馥所说的"没见过王大将军"的遗憾，更像是一种没有发现自己的遗憾。这意即，如果看到了那天的王敦，说不准"你们"也会受到感染，有所思考，给自己重新定位人生理想。

虽说人不能老是以别人的成功来激励自己，而是应以实际行动来证明自己并鼓励自己。但以"近朱者赤近墨者黑"这一理论来说，经常接触那些成功的人，确实有助于培养自己具有成功的性格、思想。

【原文】

桓公读《高士传》，至於陵仲子，便掷去，曰："谁能作此溪刻自处！"

【译文】

桓温读《高士传》，读到於陵仲子时，就把书扔掉，说："谁能这样苛刻要求自己呢！"

【解读】

《高士传》主要讲的隐士、高僧的事迹，表达的是清净无为的思想。《高士传》中记录的不少隐士，有的为了遵循自己的志向爱好，而选择自残自虐的行为。陈仲子就是这么一个隐士，他辞官隐居后，坚持"不入污君之朝，不食乱世之食"，最终饥饿而死。这样的行为在对权威名利看得很重的桓温看来，自是不可理解，所以他扔书表示自己的不认同。

不认同而表现出来，即使对方是书上的一个人，也要向"他"表达自己的观点。桓温这样的个性，既显率真，又可见他在学习时具有独立思考的能力。有句话说，"尽信书不如无书"。书中的教诲也是人写出来的，别人的思想见解也许并不符合你的生活理念。所以，对于书中知识，我们应该先思考再吸收，不可未经思考就直接吸收，奉为教条、真理。

【原文】

桓石虔，司空豁之长庶也，小字镇恶，年十七八，未被举，而童隶已呼为镇恶郎。尝住宣武斋头。从征枋头。车骑冲没陈，左右莫能先救。宣武谓曰："汝叔落贼，汝知不？"石虔闻之。气甚奋，命朱辟为副，策马于万众中，莫有抗者，径致冲还，三军叹服。河朔后以其名断疟。

【译文】

桓石虔是司空桓豁的庶长子，小名镇恶，年龄十七八，没有被正式承认地位和身份。年幼的仆人都称呼他镇恶郎。他曾经住在桓温的书房里。桓温北伐，在枋头之战，车骑将军桓冲陷入敌人的阵营，左右没有人能够救出来。桓温对桓石虔说："你叔叔陷落贼兵阵营，你知道吗？"桓石虔听后，振奋勇气，任朱辟为副将，策马于万众中，没有人敢抵抗，直接把桓冲救出来了，让全军赞叹佩服。

【解读】

桓石虔的勇猛是一种什么都不怕的勇猛，虽然这种勇猛带有不顾性命危险的草率，但它仍是一种值得钦佩的英勇。因为，一个能将性命豁出去的人是最让人恐惧的，而能将这种勇敢用在正义上的话，那他就会使众人佩服。他什么都不怕，就会使得别人都怕他。桓石虔救叔父一事体现了他这种英勇，所以才使得人们对他的态度发生改变。原先，人们因为他年幼而没有身份地位，只是以他的小名称呼他。自他勇闯敌营救桓冲后，人们直接呼唤他的名字。后来，人们还以"桓石虔"来恐吓患疟疾的人。据说，患病的人多数吓得把病气都涌出来了。

【原文】

桓玄西下，入石头，外白司马梁王奔叛。玄时事形已济，在平乘上笳鼓并作，直高咏云："箫管有遗音，梁王安在哉？"

【译文】

桓玄率军从西边顺流而下，攻入石头城，部下报告说司马梁王背叛逃跑了。当时桓玄自认为灭晋的大局已定，他正在大船上吹笳击鼓，只是高声咏诵："箫管有遗音，梁王安在哉？"

【解读】

桓玄吟咏"萧管"的诗句出自阮籍《咏怀》，大意是：萧管奏出的乐曲里仍有魏国时的音调，可是如今魏王又在哪里呢！原本，梁王是指魏王曹操，而阮籍表达的是历史的沧桑无奈。桓玄听说司马梁王逃跑后，借用阮籍的诗句，改"梁王"曹操为梁王司马珍之，其实是骄傲地感叹自己大业将成，"梁王"不再。从中可见桓玄当时的傲气和豪爽。虽说桓玄兵变以失败告终，但他的豪气仍让人佩服。

容止第十四

【原文】

魏武将见匈奴使，自以形陋，不足雄远国，使崔季珪代，帝自捉刀立床头。既毕，令间谍问曰："魏王何如？"匈奴使答曰："魏王雅望非常，然床头捉刀人，此乃英雄也。"魏武闻之，追杀此使。

【译文】

魏武帝将要接见匈奴使者，认为自己相貌丑陋，不足以威慑远国，便让崔琰代替他，自己则持刀立于坐榻边。接见完毕后，魏武帝让间谍问匈奴使者："魏王怎么样？"匈奴使者回答说："魏王仪容不凡，很有雅量，但坐榻边持刀的人，才是英雄。"魏武帝听后，立即派人追杀使者。

【解读】

匈奴赞曹操是个英雄，却遭曹操杀害。这篇故事的结局是很多人议论的话题。有人说使者说崔琰"雅望非常"一句，特别是"非常"一词让本就貌丑的曹操十分不爽，因此起了杀心。又有人认为，曹操恐怕匈奴使者认出了自己才是真正的帝王，怕他回去以后宣传自己貌丑且自卑。另有说法是，曹操觉得这个匈奴使者的眼光非常犀利，是个人才，留着是个祸害，于是杀了他。

回头看看曹操让催琰假扮自己的原因，更为合理的解释应该是：如果匈奴使者误认为崔琰就是曹操，那么他回去以后可能散布这样的舆论：传说中的英雄曹操还不如曹操身边的一个侍卫。这样一来，曹操本想威慑远国的目的就达不到了。与其让匈奴造谣，不如杀了他威慑匈奴族，因此曹操毫不犹豫地杀了使者。

【原文】

何平叔美姿仪，面至白。魏明帝疑其傅粉，正夏月，与热汤饼。既啖，大汗出，以朱衣自拭，色转皎然。

【译文】

何晏仪容美貌，脸色白皙。魏明帝怀疑他擦了粉，正当夏天，就给何晏吃热汤面。何晏吃完后，大汗淋漓，就用红衣服擦，脸色更加白净明亮了。

【原文】

魏明帝使后弟毛曾与夏侯玄共坐，时人谓"蒹葭倚玉树"。

【译文】

魏明帝让皇后的弟弟毛曾与夏侯玄坐在一起，当时的人评论说"芦苇挨着玉树"。

【解读】

美和丑在一起的时候，强烈的对比往往会让美更显得美丽，丑显得更加丑陋。毛曾没有身份地位也没有才华，且相貌一般，而夏侯玄才貌双全，气质突出，他俩凑在一起，自然就对比鲜明。于是，人们拿芦苇比毛曾，而以玉树比夏侯玄。

【原文】

时人目夏侯太初"朗朗如日月之入怀"，李安国"颓唐如玉山之将崩"。

【译文】

当时的人评论夏侯玄"神态朗朗，如日月入怀"，评价李安国"颓废不振，如玉山将崩"。

【解读】

长得俊美，给人的感觉不一定都是赏心悦目的。因为，一个人的整体视觉印象不仅跟外貌有关，还跟他本人的精神状态有关。如果只是貌美，但心情不佳或者没有乐观的处事心态，又或萎靡颓废，不思进取，那原有的美就被浪费了。从时人对夏侯玄和李安国的评价看来，他们都是俊美之人，但因为他们各自的精神状态有天壤之别，所以给人的感觉完全不同。李安国精神颓废，即使原本是一棵"玉树"，也是一颗摇摇欲坠的玉树。而夏侯玄神态朗朗，让人见之如见日月。

一言蔽之，外貌不是决定一个人真正美丽的关键因素，内在的精神和气质才是最主要的。其实，只要保持积极良好的心态，活出自己的精彩，就是美的。

【原文】

嵇康身长七尺八寸，风姿特秀。见者叹曰："萧萧肃肃，爽朗清举。"或云："肃肃如松下风，高而徐引。"山公曰："嵇叔夜之为人也，岩岩若孤松之独立；其醉也，傀俄若玉山之将崩。"

【译文】

嵇康身长七尺八寸，风姿秀美。看见他的人赞叹说："风姿潇洒，俊朗清雅。"有的人说："如松下飒飒之风，清高悠长。"山涛说："嵇叔夜的为人，若孤松之独立，洒脱高耸；他酒醉时，如玉山之将崩，潦倒颓废。"

【解读】

《晋书》上说嵇康"有奇才，远迈不群。身长七尺八寸，美词气，有风仪，而土木形骸，不自藻饰，人以为龙章凤姿，天质自然"，嵇康的美在他所生活的年代众所周知，赞他美貌的人很多。然而众人都只看到嵇康的片面之美，而嵇康的好友阮籍却能看到他的全面之美，乃至他不美时候的美。阮籍对嵇康的评价，不是从容貌上赞美嵇康，而是从嵇康的精神上去说他的美。所以说，最了解你的人还是和你有心灵之交的人。

【原文】

裴令公目王安丰："眼烂烂如岩下电。"

【译文】

裴楷评论王戎："眼睛明亮闪烁，如山崖下的闪电。"

【解读】

《晋书》记载王戎："幼而颖悟，神彩秀彻。视日不眩……"王戎的美不在于貌，而在于神采，而最能突出神采的地方莫过于眼睛。时人评价王戎视力好，裴楷说他眼睛明亮闪烁，说到底他们都是在说王戎聪明而内心透彻。因为，眼睛是心灵的窗户。唯有心灵纯净，眼睛才会明亮，而唯有脑袋聪明才会使这明亮闪耀如闪电。

【原文】

潘岳妙有姿容，好神情。少时挟弹出洛阳道，妇人遇者，莫不连手共萦之。左太冲绝丑，亦复效岳游遨，于是群妪齐共乱唾之，委顿而返。

【译文】

潘岳天生貌美，神态美好。年少时拿着弹弓走在洛阳的街道上，妇女们遇到他，都拉着手一起围着他。左太冲长得很丑陋，也效仿潘岳出去游玩，却被一群妇女胡乱唾弃了一番，尴尬而回。

【解读】

为什么"东施"总爱"效颦"，甚至如左太冲一样有才华的人都要为自己的丑陋外貌争一口气？这跟人的本性有关。人天性爱美，喜欢被人喜爱，这是任时代进步也改变不了。所以，换个角度想想的话，"东施效颦"这件事虽说可笑，但其实也很正常。因为，即使长得貌丑，一个人也有争取他人喜爱和认同的权利。只是，"效颦"的"东施"用的方式是错的。效颦者被自己的嫉妒心蒙蔽，忘记了这么一层道理：人获得他人认同和称赞不是因为他像谁，而是因为他是他自己。做自己，再丑也不会遭人唾弃。模仿别人，既不成别人也丢了自己，才遭人唾弃，让自己尴尬。

【原文】

有人语王戎曰："嵇延祖卓卓如野鹤之在鸡群。"答曰："君未见其父耳。"

【译文】

有人对王戎说："嵇延祖超然挺拔，如鹤立鸡群。"王戎说："你是没有看见他的父亲。"

【解读】

当看到一个人出类拔萃时，人们往往不由感叹自己见到了"鹤立鸡群"的人物。殊不知，天外有天，人外有人，一山更比一山高。王戎的回答，正指出了这个道理。不过，王戎本意并不在于说明这一点，而更在于赞叹嵇康的美貌和自己对他的高度认同。王戎的话，大有"曾经沧海难为水，除却巫山不是云"的感慨。

【原文】

裴令公有俊容仪，脱冠冕，粗服乱头皆好，时人以为"玉人"。见者曰："见裴叔则，如玉山上行，光映照人。"

【译文】

裴楷仪容俊美，脱去精致的帽子，穿着粗布衣服，头发蓬乱，依然美好。当时的人称他"玉人"。见到他的人说："看见裴楷，就像走在玉山上，光彩照人。"

【解读】

真正的美，无论你穿什么，头发怎么乱，别人也能看出你的美。当然，真正的美除了要有外貌的铺垫，还需要跟人的精神气质做衬托。即使长得貌若天仙，但如果精神颓废，别人也不可能说你美。裴楷不仅人长得好看，还非常有气质，他的美好当然就势不可挡。

【原文】

刘伶身长六尺，貌甚丑悴，而悠悠忽忽，土木形骸。

【译文】

刘伶身长六尺，相貌很丑陋，但他飘忽自在，如土木般自然质朴。

【解读】

刘伶是“竹林七贤”之一，他个性放荡不羁，嗜酒如命。在思想上，他推崇无为而治，崇尚自然，对人情世事很冷漠。刘伶曾对仆人说，如果他醉死了，醉在何处就将他葬在何处。他还曾赤裸于屋内饮酒，被人讥讽后他说：“我以天地为屋，以屋为衣裤，你为何闯入我的裤裆来？”这两句话表现出了刘伶超然于万物的智慧。这样一个人，他从天地之大而知自己的渺小，又从一己之小而知自己的重要。所以，他既不会自大也不自卑。外貌对他来说，不过是一层皮，他是不会以外貌论英雄的。刘伶就在他的著作《酒德颂》里提到这一思想智慧，他自称“大人先生者”，说自己“以天地为一朝，万朝为须臾”“行无辙迹，居无室庐，幕天席地，纵意所如”。

虽然貌丑，但刘伶不卑不馁，他只管做简单通透的自己，把一身才情寄于酒中，因此给人以飘忽而自然质朴的感觉。

【原文】

骠骑王武子是卫玠之舅，俊爽有风姿。见玠，辄叹曰：“珠玉在侧，觉我形秽。”

【译文】

骠骑王武子是卫玠的舅舅，风姿俊朗洒脱。见到卫玠，他却叹息说：“珍珠美玉在一旁，让我觉得自己很丑陋。”

【解读】

王武子长得英姿飒爽，在卫玠面前尤叹自己丑陋，由此可见卫玠是个极其俊美的人。《晋书》中描写卫玠“风神秀异”，连他祖父卫瓘都不由夸赞说：“此儿有异于众，顾吾年老，不见其成长耳！”又说每当卫玠乘车入市时，“见者皆以为玉人，观之者倾都”。

【原文】

有人诣王太尉，遇安丰、大将军、丞相在坐。往别屋，见季胤、平子。还，语人曰：“今日之行，触目见琳琅珠玉。”

【译文】

有人拜见王衍，遇到王戎、王敦、王导都在座。到了另外一个房间，看见王诩、王澄。回来后，对人说：“我这次出行，看到的都是珠宝和美玉。”

【解读】

说自己“今日之行，触目见琳琅珠玉”的人，心里必定异常开心，感觉不虚此行。从他的感叹中可以看出来，王衍、王导等人都是极其优秀的人，他们有的有才，有的有貌，有的则才貌兼备。这不并奇怪，这些人本是一族人。王诩、王澄是王衍的弟弟，王戎、王敦是他们的堂兄，而王敦也是王导的堂兄。这些人同出于有名的琅邪王氏，是魏晋时期的一大家族，在朝中掌有重要政权，地位名望之高，其他家族根本没法相比。

【原文】

王丞相见卫洗马，曰：“居然有羸，虽复终日调畅，若不堪罗绮。”

【译文】

王导见到卫玠，说：“居然有这么瘦弱的身体，虽然终日调理，好像也不能承受罗绮衣衫。”

【解读】

卫玠被人比作玉，传闻他一进城，百姓蜂拥观之，他的美可以“倾都”。卫玠美而虚弱，这大概是他的美不同于常人的原因。

然而，独特性的美是不可以靠刻意追求得来的。它应是来自于天然，又或者出自个人的习性、志向。一旦刻意，美也就假了。

【原文】

王大将军称太尉：“处众人中，似珠玉在瓦石间。”

【译文】

王敦称赞太尉王衍：“伫立在众人中，好似珠玉在瓦砾石头之间。”

【解读】

魏晋时期形容一个人美的时候，常拿众人跟他比较，以突出其外貌。嵇绍的美被赞为如“鹤立鸡群”，王衍的美被王敦比作“珠玉在瓦”，都是如此。比较产生好坏、美丑、黑暗、善恶、高低，从这点来说，世界万物的性质无不是在比较得出的。有比较才有鉴别，也才有事物的真面目。

【原文】

庾子嵩长不满七尺，腰带十围，颓然自放。

【译文】

庾子嵩身长不满七尺，腰带有十围，但为人优雅，奔放洒脱。

【解读】

人是由肉体和思想灵魂组成的，外貌作为肉体的一部分，在整体中所占比例很小，它也不是最终决定一个人本质的因素。最终决定一个人是什么人的，是他人内在的部分，包括思想、情感、个性、才能等。因此。当外貌长得不尽如人意时，大可不必失魂落魄，自惭形秽，更不应自卑自弃。修身养性，培养良好的心态、性格，那么内在的优点可以掩盖外貌的缺陷。庾敳虽然长得身矮体胖，但人们还是欣赏他，就是以为他的个性迷人。

【原文】

卫玠从豫章至下都，人闻其名，观者如堵墙。玠先有羸疾，体不堪劳，遂成病而死，时人谓“看杀卫玠”。

【译文】

卫玠从豫章来到京都建康，人们久闻他的名气，观看者如一堵墙。卫玠本来体弱多病，不堪劳苦，遂生病死了，当时的人评论说“看杀卫玠”。

【解读】

卫玠美而体弱，他的舅舅王武子把他比作“玉人”，王导曾说真担忧他的身体撑不起一件衣衫。从“美应该是健康美好的”这一前提来说的话，卫玠的美其实是一种病态的美。这样的美是不值得推崇的。因为，凡是“病”都是危险的。一旦生命堪忧，美也将不存在。我们当然可以追求美，但应该要知道，真正的美丽会使别人敬重你，而不是好奇。此外，真正的美丽是健康的，而不是以生命为代价获得某种名声。

【原文】

周伯仁道桓茂伦："嵚崎历落，可笑人。"或云谢幼舆言。

【译文】

周顗赞美桓彝："挺拔磊落，是个了不起的人。"有人说这句话是谢鲲说的。

【解读】

周顗对桓彝的评价，是从桓彝的个性上说的。桓彝是东晋功臣，他在苏峻叛乱时领兵抵抗叛军。因前锋部队败给了叛军，桓彝的部下唯恐无法取胜，建议桓彝向敌人求和，暂且避开敌人的锋芒。桓彝听下属们的建议后痛斥说："吾受国厚恩，义当致死焉，能忍垢蒙辱，与丑逆通问，如其不济，此则命也。"他坚持抗战，死守城池，最终在撤退时被叛军所杀。

【原文】

庾太尉在武昌，秋夜气佳景清，佐吏殷浩、王胡之之徒登南楼理咏，音调始遒，闻函道中有屐声甚厉，定是庾公。俄而率左右十许人步来，诸贤欲起避之，公许云："诸君少住，老子于此处兴复不浅。"因便据胡床，与诸人咏谑，竟坐甚得任乐。后王逸少下，与丞相言及此事，丞相曰："元规尔时风范，不得不小颓。"右军答曰："唯丘壑独存。"

【译文】

庾亮镇守武昌时，秋天夜里空气爽快，景色清朗，属下官吏殷浩、王胡之等人登上南楼咏唱诗歌。音调刚刚到了高昂的时候，听到楼道里有很重的木屐声，一定是庾亮。过了一会，庾亮带着十几个人走上来，诸位贤士想起身回避。庾亮不急不忙地说："诸位稍请留步，我对这方面的兴趣也不浅。"于是依靠在胡床上与诸人吟咏戏谑，满座都尽情欢乐。后来王羲之来到建康，把此事告诉丞相王导，王导说："庾亮那时的风姿不得不减退了。"王羲之说："不过超脱的情怀还在。"

【解读】

庾亮原来执掌朝政，有重权在手，可谓春风得意。然而，苏峻之乱后，他深感自己失责，于是引咎从高位退居下来，镇守武昌。这时，他春风得意的时光已去。殷浩、王胡之等恐怕庾亮失意怅然，于是在进行高昂欢快的闲谈时不敢让庾亮看到。庾亮知道下属们的心意，但他却表现出了超脱豁达的一面，大方地说自己同样对吟诗唱歌有兴趣。庾亮原本是一个专注于政事、有理想抱负的人，如今却甘于同清谈名士吟诗闲谈，并以此为乐。王导因此说他风姿减退了，没有了当年的豪迈壮志。王羲之却指出了庾亮的超脱放达的一面，说明庾亮不以境遇为悲喜的精神难能可贵。王羲之所指其实道出了一个人生真谛：境遇随时会变，但只要高贵超脱的精神不变，一个人就值得人钦佩。

【原文】

王敬豫有美形，问讯王公。王公抚其肩曰："阿奴恨才不称！"又云："敬豫事事似王公。"

【译文】

王恬外表美好，有一次他去问候父亲王导，王导拍着他的肩膀说："阿奴，遗憾的是你的才能跟你的外表不相称！"又有人说："王恬每个地方都像王导。"

【解读】

王恬多才艺，爱武术，善隶书，又精通棋艺，是当时的围棋高手。王导却仍认为王恬的才能赶不上他的外貌，可见王恬的外貌极其俊美。从这一角度来说，当时人认为王恬就是王导的模子，是一种反驳王导的评论。它说明了王导对王恬的评价正是对他自己的评价。

【原文】

王右军见杜弘治，叹曰："面如凝脂，眼如点漆，此神仙中人。"时人有称王长史形者，蔡公曰："恨诸人不见杜弘治耳！"

【译文】

王羲之见到杜乂，感叹说："面如凝脂，眼如点漆，像一位神仙。"当时有称赞王濛外貌姣好的人，蔡公说："遗憾的是你们没有见过杜乂啊！"

【解读】

极致的美能让人生出超乎寻常的崇拜，和对美消逝的遗憾。正如王羲之、蔡公感叹杜乂的美。不过，因为本来人们对美的审美定义就不同，所以他们两人的感叹也可能有偏颇之嫌。也就是说，可能是杜乂并没有他们夸赞的那样美，只不过他体现出来的气质刚好符合王羲之和蔡公的审美标准罢了。

【原文】

刘尹道桓公：鬓如反猬皮，眉如紫石棱，自是孙仲谋、司马宣王一流人。

【译文】

刘惔评论桓温："鬓毛像刺猬竖起来的鬃毛，眉毛像紫石的棱，应该是孙仲谋、司马宣王一类的人。"

【解读】

从外貌可见一个人的气质，从气质可知一个人有无理想抱负。所以，有的人即便其貌不扬，但因它内心有着远大的志向，所以仍能让人一眼看出他的不平凡。刘坦对桓温鬓毛、眉毛的评论，以及拿他与孙权、司马懿比较，就是为了说明桓温这个人具有高远的志向。

总之，精神气质全在外貌上。因此，注重自己的外貌气质是很重要的。精神面不好，给人的感觉也不好。

【原文】

王敬伦风姿似父。作侍中，加授桓公，公服从大门入。桓公望之曰："大奴固自有凤毛。"

【译文】

王劭的风姿很像他的父亲王导。他做侍中时，给桓温加授官爵，穿官服从大门而入。桓温远远地看着他说道："大奴确实有他父亲的气度。"

【解读】

世间的美有多种。家庭遗传的美浑然天成，还彰显了生命传递的真理，弥补了美逝去的遗憾，往往更令人心生敬畏。从桓温对王劭的赞叹中可以听出他对这种美的由衷欣赏，以及对王导的风度魅力的褒扬。

【原文】

林公道王长史："敛衿作一来，何其轩轩韶举！"

【译文】

支遁评论王濛："看他整理衣襟，每个动作都是那么的轩昂美好。"

【解读】

王濛性情优雅，为人随和，支遁因此说他的动作美好。然而，从支遁和王濛的关系来看，支遁的评价可能掺杂了个人感情而言过其实。支遁和王濛本是相交至深的一对朋友，他们互相欣赏，很少评论对方的坏。所谓爱屋及乌，支遁说王濛每个动作都美好，难免有夸张之嫌。

【原文】

王长史为中书郎，往敬和许。尔时积雪，长史从门外下车，步入尚书，著公服，敬和遥望，叹曰："此不复似世中人！"

【译文】

王濛做中书郎时，去拜访王洽。当时地上有积雪，王濛在外面下了车，穿着公服，来到尚书省。王洽在远处望着他，赞叹道："此人不是凡间的人吧。"

【解读】

王濛本就超凡脱俗，支遁曾赞他每一个动作都美好至极。这样一个人，有遍地白雪这样的背景做衬托，以白雪的纯洁之美配上自己的超脱清逸之美，必定是一幅美得令人心仪的画面。所以难怪王洽会发出这样的感叹。

【原文】

简文作相王时，与谢公共诣桓宣武。王珣先在内，桓语王："卿尝欲见相王，可住帐里。"二客既去。桓谓王曰："定何如？"王曰："相王作辅，自然湛若神君。公亦万夫之望，不然，仆射何得自没？"

【译文】

简文帝做相王时，与谢安一起去拜访桓温。王珣先到了桓温那里，桓温对他说："你一直想见相王，可以躲在帐幕后面。"简文帝、谢安走后，桓温问王珣："究竟怎么样？"王珣说："相王辅政，自然会像神君一样清澈。而您也是受到万民敬仰的，不然谢安怎么会甘心屈居您之下？"

【解读】

桓温一直有谋逆之心，想取代司马氏，登上君王之位。简文帝是晋元帝的少子，此时虽是相王，但继位成为新皇帝不无可能。桓温让王珣拿他与简文帝比较，其意并不在于比较相貌，而是通过相貌比较谁更有称王的气质。

王珣的回答指出了简文帝有做明君的神韵，等同于表明了自己的政治立场。然而为了不得罪桓温，他又拿出众的谢安对比桓温，以谢安甘于屈居桓温之下说明桓温的优势也很鲜明。

【原文】

海西时，诸公每朝，朝堂犹暗；唯会稽王来，轩轩如朝霞举。

【译文】

司马奕在位时，诸位官员每次上朝，朝堂上都会暗淡无光。唯有会稽王司马昱来到，气宇轩昂，生气勃勃，如同朝霞升起。

【解读】

司马奕被拥有强权的桓温所威慑，成为一个不敢抵抗的傀儡皇帝。他的精神是颓靡不振的，无法令观者振奋起来，甚至还造成了全场黯淡无光的局面。司马昱本来就清秀俊美，气质突出。此外，他对待桓温的态度还跟司马奕不同。他积极地想方设法，力图与桓温抗衡，这又使得他的美具有了感染人的力量。所以，群臣看到他时感觉好像看见朝阳升起。

【原文】

谢车骑道谢公："游肆复无乃高唱，但恭坐捻鼻顾睐，便自有寝处山泽间仪。"

【译文】

谢玄评论谢安："走到集市上，他只需正襟危坐，做洛下书生咏的神情，不需向世人表达自己的思想，就能给人一种隐居山林之间的仪态。"

【解读】

真性情无须表演，也无须多说，一言一行，甚至无言无行，就足以让人看出他的个性。相反，虚伪的或者分量不足的东西，才会借助外物的修饰。所以说，如谢安一样的超脱也好，其他如率真、真诚、优雅之类的品性也好，只要是纯度够真，浓度够高，无须表演，只需自然而然，就能让人承认它的真实性。而唯有这样的呈现，才足以让真成为真。否则，太过于求真，反回失真。

【原文】

庾长仁与诸弟入吴，欲住亭中宿。诸弟先上，见群小满屋，都无相避意。长仁曰："我试观之。"乃策杖将一小儿，始入门，诸客望其神姿，一时退匿。

【译文】

庾统与几个弟弟来到吴郡，想在驿亭中留宿。几个弟弟先进去，发现满屋的老百姓，谁都不想回避。庾统说："我去看看。"于是手拿一只拐杖，带着一个小孩，进了门。其他客人看到他的风姿，一下子躲开了。

【解读】

在别人对你不了解的情况下，即使你的德行足以令人敬仰，但你原有的外貌气质也许仍较难将你美好的内在完全展露出来。这时候，必要的场景、道具是必不可少的。在文学上，这叫以景衬人。庾统正是用了这一手法，将自己的威严用一只拐杖和一个小孩衬托出来。

【原文】

有人叹王恭形茂者，云："濯濯如春月柳。"

【译文】

有人赞叹王恭的相貌美好，说："像春日里的柳树一样明亮清新。"

【解读】

赞誉王恭为春天的柳树，其实不再是从身形上去赞美他，而是从内在上。春日之柳最明显的特点就是生机勃勃，飘逸自如。王恭的性格开朗清澈，他为人最大的特点就是刚正秉直，坦率真诚。他最后也因这一性格而被执掌朝政的司马道子所杀，临死时他仍保持自身高风亮节的精神，说自己一生所为无愧于天地。如此洒脱奔放的性格，与春柳呈现出的生气和飘逸是相似的。所以，人们拿他与春柳相比。

自新第十五

【原文】

周处年少时，凶强侠气，为乡里所患，又义兴水中有蛟，山中有邅迹虎，并皆暴犯百姓，义兴人谓为“三横”，而处尤剧。或说处杀虎斩蛟，实冀三横唯余其一。处即刺杀虎，又入水击蛟，蛟或浮或没，行数十里，处与之俱，经三日三夜，乡里皆谓已死，更相庆。竟杀蛟而出。闻里人相庆，始知为人情所患，有自改意。乃自吴寻二陆，平原不在，正见清河，具以情告，并云：“欲自修改而年已蹉跎，终无所成。”清河曰：“古人贵朝闻夕死，况君前途尚可。且人患志之不立，亦何忧令名不彰邪？”处遂改励，终为忠臣孝子。

【译文】

周处年少时，凶狠强悍，横行乡里，为害一方。当时人们把他和义兴水中的蛟龙，山中的跛脚老虎，合称“三横”，而周处危害最大。有人说服周处去杀老虎斩蛟龙，实际上是希望只留下一个祸害。周处上山杀了老虎，又入水去杀蛟龙。蛟龙在水中起起伏伏，行了数十里，周处也跟蛟龙一起去了。三天三夜后，人们以为蛟龙和周处都死了，就相互庆贺。等周处杀了蛟龙回来，听到乡人们的庆祝声，才知道自己被人们视为祸害，才有悔改的意愿。于是周处到吴郡寻找陆机和陆云。周处没有见到陆机，正好见到陆云，就把实情告诉了陆云，并说：“我很悔恨，决定改过自新，只是很多年蹉跎而过，恐怕不会有什么成就。”陆云说：“古人看重‘朝闻道夕死可矣’，况且你的前途很有希望。人怕的是不能立志，你何必担心能不能扬名呢？”周处于是改过自新并勉励自己，最终成了忠臣孝子。

【解读】

有一句话说，浪子回头金不换。最好且令人高兴的事情，莫过于一个误入歧途的人走回正道。因此古人说，“知错能改，善莫大焉”。然而，知错想改的人又常怕自己已经改得太晚了，又或者担心自己改不了，于是在犹豫、害怕中又做回了此前的自己。正如陆云所说，改正错误其实是需要立志的。明白道理还不行，还须用行动来贯彻道理。如果只是想而不做，那么就一点意义都没有。“朝闻道夕死可矣”，“可”的要点是你“闻道”之后按照“道”的理去做。要想做一个与此前完全不同的自己，是一件不容易的事，所以人改错也需要立志。有心悔改、立志而付诸行动，才能有所成就。扬不扬名，那已经是其次。

【原文】

戴渊少时，游侠不治行检，尝在江淮间攻掠商旅。陆机赴假还洛，辎重甚盛。渊使少年掠劫，渊在岸上，据胡床指麾左右，皆得其宜。渊既神姿峰颖，虽处鄙事，神气犹异。机于船屋上遥谓之曰：“卿才如此，亦复作劫邪？”渊便泣涕，投剑归机，辞厉非常。机弥重之，定交，作笔荐焉。过江，仕至征西将军。

【译文】

戴渊年少时，喜欢行侠仗义，不修品行操守，常常在江淮一带打劫客商。陆机休完假回洛阳，带着很多财物，戴渊带着一群年轻人打劫掠夺。戴渊在岸上，倚在胡床上指挥，安排得很得当。

戴渊身姿挺拔突出，虽然处理打劫这种事，神色很不寻常。陆机在船屋上远远地对戴渊喊："你有这么好的才能，为什么做打劫之事？"戴渊听后便哭了，丢掉剑投奔陆机。他言辞激动，陆机也很看重他，跟他成了朋友，并写书信推荐他。渡江后，戴渊官至征西将军。

【解读】

在乱世之中，有的人为了过日子或者为了保全自身，会做出一些不符合自身品性的有违伦理道德的事情。戴渊行侠仗义，打劫客商，就属于这样的例子。此外，乱世之中，各种道德规范会降低，人也会比较放纵自己。所以，戴渊的所作所为，在原本的他看来，也许并没有什么不妥。然而，也正是因为他觉得自然、正常，将精力用在不正道的事情上，才忽略了自身的才能。当陆机一语点醒他后，他本性中做善、正直、有理想的部分被唤醒。他重新给自己定位，才发现自己原本的自己，以及自己可以做什么。戴渊由一个劫匪变成将军，固然有机遇的恩宠。但如果不是他改过自新，也无法取得这样的成就。所以说，做一个什么样的人，最终还是要靠自己决定。只要有能力，即便不用他人点拨，也应该积极地做更好的自己。

企羡第十六

【原文】

王丞相拜司空，桓廷尉作两髻，葛裙策杖，路边窥之，叹曰："人言阿龙超，阿龙故自超！"不觉至台门。

【译文】

王导任司空时，桓彝头上扎了两个发髻，身穿葛布衣，手拿拐杖，假装成普通百姓，混迹在人群里偷窥王导的风采。看到王导后他赞叹说："人们都说王导不凡，王导确实不凡。"不觉得走到了台门。

【解读】

桓彝跟王导同年出生，他称呼王导的小名，可见他跟王导本是很熟悉的。那么，他为何要乔装打扮，混在人群中偷窥王导呢？也许是因为他原本就听别人评说王导的风采不凡，但他一直不服气，所以要以另一种身份远远地观看王导。摆脱了他原有的执念，他才发现王导确实不凡，由此发出感叹。这说明，一个人只有站在一个客观的角度，才能真正认识到自己和他人。

【原文】

王丞相过江，自说昔在洛水边，数与裴成公、阮千里诸贤共谈道。羊曼曰："人久以此许卿，何须复尔？"王曰："亦不言我须此，但欲尔时不可得耳！"

【译文】

王导渡江后，自己说起昔日在洛水边多次与裴頠、阮瞻等贤士论道。羊曼说："人们很早就以此赞美你了，何须再重复此事？"王导说："并不是我要标榜自己，只是感叹那些时光不能再有了。"

【解读】

王导跟随晋世东渡，眼看着时过境迁，物是人非，心中自然感慨万千。对往日的好时光，他怎能不追忆？然而旁人只以为他的追忆是炫耀，并不懂得他心里的怅然和伤感。然而，又真的是旁人不懂吗？如果旁人不是羊曼，而是裴頠或者阮瞻之类曾跟王导相谈甚欢的人，或许不会做如此解释。所以说，羊曼的曲解可能是来自于他对王导的不理解。人与人的交际玄妙之处正在于此，你的言行，在不同的人眼中有不同的释义。所以，为了避免不必要的误会和麻烦，在什么样的人面前要说什么样的话。

【原文】

王右军得人以《兰亭集序》方《金谷诗序》，又以己敌石崇，甚有欣色。

【译文】

王羲之得知有人以《兰亭集序》比《金谷诗序》，又把自己跟石崇比较，欣喜之情溢于言表。

【解读】

大多数人的人都有与人比较的心理，特别是想要确认自己某方面的好时，人们更想通过比较来加强这种确认感。这种比较的心理，说到底是一种不够自信同时又执着于名誉的心理。如果自信，他知道自己好在何处，不足又在哪里。他根本不想也无须与他人相比，而是会承认自己，取长补短，再接再厉。不自信，害怕自己不够好，才会以别人的好来衬托自己。

爱比较的人，被众人意见左右，执着于胜负，患得患失。从这点来说，不比较是自信，也是自谦。然而，连才学兼备的王羲之都不免与人比较，足见拥有不与人比的心态不是件容易的事。因为，自信和谦虚，本就难得。不过，只要认识到人各有长短，这两中心心态还是可以培养的。

【原文】

王司州先为庾公记室参军，后取殷浩为长史，始到，庾公欲遣王使下都，王自启求住曰："下官希见盛德，渊源始至，犹贪与少日周旋。"

【译文】

王胡之先来到庾公门下做记室参军，后来王胡之又任命殷浩为长史。殷浩刚到任，庾公想要派遣王胡之到京都建康。王胡之亲自请求留下，说："下官一直希望能见到大德之人，殷浩才来，我还想再留几日与他交往。"

【解读】

人生路上，能找到一个自己真正喜欢欣赏的人不容易。如果有这么一个人出现，这样的机会如同升官发财的机会一样珍贵。理解这一点的人当然会抓住机会，因为他明白：机不可，失不再来。所以说，王胡之的行为是可以理解的。

从另一方面来说，他胆敢违抗领导的命令，还斗胆陈述自己违令的理由是想见一个钦慕已久的人——这样的行为是十分不妥的。一个人可以直爽，但在领导面前还是要顾及领导的面子为好。不过，王胡之敢这么做，也说明庾亮这个人的度量很大，不会因此而怪罪他。

【原文】

郗嘉宾得人以己比苻坚，大喜。

【译文】

郗超得知有人拿自己和苻坚相比，非常高兴。

【解读】

郗超只是桓温手下一个臣子，他虽有名望，然而远远比不上作为皇帝的苻坚。他被人们拿来与一个地位、名望成就都高于自己的人相比，心中自然大喜。这样的欢喜是正常的，它最起码表明了一个人有上进心理，想成为一个更优秀的人。所以，这时候喜形于色并无不妥。

【原文】

孟昶未达时，家在京口。尝见王恭乘高舆，被鹤氅裘。于时微雪，昶于篱间窥之，叹曰："此真神仙中人！"

【译文】

孟昶还未显贵时，家住京口。曾看到王恭乘着高大的轿子，身披鹤氅裘经过。当时正下着小雪，孟昶在篱笆间偷看，赞叹说："这真是神仙中人啊。"

伤逝第十七

【原文】

王仲宣好驴鸣，既葬，文帝临其丧，顾语同游曰："王好驴鸣，可各作一声以送之。"赴客皆一作驴鸣。

【译文】

王仲宣喜欢学驴叫。他下葬时，魏文帝曹丕亲临他的丧礼。曹丕回头对同行的人说："王仲宣喜欢学驴鸣，可以每人作一声驴鸣送他。"于是到场的人都作了一声驴鸣。

【解读】

王仲宣原本在蜀汉刘表手下做事，后来投奔曹操。在曹操幕府，王粲不但受到曹操的赏识和重用，他同曹丕、曹植的关系也相当密切，与他们建立了至深的友谊，成为"建安七子"之冠。

曹丕让众人学驴叫，一是因为他再也听不到王仲宣学驴叫，一是以此承认王仲宣的价值。承认死者生前最喜欢做的事情而模仿他，做他生前最喜欢做的事情，这是给死者最好的礼物，也是怀念死者的最好方式。

【原文】

王濬冲为尚书令，著公服，乘轺车，经黄公酒垆下过。顾谓后车客："吾昔与嵇叔夜、阮嗣宗共酣饮于此垆。竹林之游，亦预其末。自嵇生夭、阮公亡以来，便为时所羁绁。今日视此虽近，邈若山河。"

【译文】

王戎任尚书令时，穿着公服，乘着马车，经过黄公的酒店，回头对车上的人说："昔日，我与嵇叔夜、阮嗣宗一起在此处饮酒。竹林之游中，我的年龄也是排在末位。嵇叔夜早逝、阮嗣宗离世之后，我被时事羁绊。今天这酒家尽在眼前，却感觉如隔着山河一样遥远。"

【解读】

通常情况下，人们喜欢、留恋一个地方，并非那个地方的景观、环境有多么吸引自己，而是因为那个地方有我们与某些人欢乐的记忆。从这个度来说，王戎在阮籍、嵇康死后没有再到原先的酒馆处逍遥，并非公事缠身，而只是因为物是人非，当年能与他饮酒畅谈的人已经不在了。如果去，无非空添伤感罢了。所以，当他再次路过酒馆时，只觉好友的音容及往日情景历历在目，但因没真实的视觉、触觉质感，美好的记忆也不过加重了生死距离之间的无奈罢了。所谓逝者不可追，就是这个意思。

【原文】

孙子荆以有才，少所推服，唯雅敬王武子。武子丧时，名士无不至者。子荆后来，临尸恸哭，宾客莫不垂涕。哭毕，向灵床曰："卿常好我作驴鸣，今我为卿作。"体似真声，宾客皆笑。孙举头曰："使君辈存，令此人死！"

【译文】

孙楚因为有才气，很少佩服推崇别人，唯独敬佩王济。王济死时，所有的名士都参加了丧礼。孙楚后来才到，在王济的尸体前大声痛哭，宾客们无不落泪。哭完后，对着灵床说："卿平常喜欢听我学驴叫，现在我为卿作驴鸣。"模仿得惟妙惟肖，很逼真，客人们都笑了。孙楚抬起头说："竟然让你们这些人活着，让此人死掉。"

【解读】

虽说孙楚对王济的至深感情让人动容，然而他在葬礼上对别人的无礼却不值得我们学习。众人的笑并无恶意，然而孙楚所说的话却明显藐视了所有人。这纵然能够表现出他对孙楚的敬佩，然而却是一种非常傲慢无礼的行为。

【原文】

卫洗马以永嘉六年丧，谢鲲哭之，感动路人。咸和中，丞相王公教曰："卫洗马当改葬。此君风流名士，海内所瞻，可修薄祭，以敦旧好。"

【译文】

卫玠在永嘉六年去世，谢鲲前去哭吊，感动了路边人。咸和年中，丞相王导教导说："卫玠应该改葬。他是风流名士，受国人瞻仰，可设置简单的祭奠，以加深往日的情谊。"

【解读】

卫玠是美男子，在世时受到了当时很多人的追捧。然而，从谢鲲、王导等人对卫玠逝世的痛惜来看，卫玠必定不仅有外貌之美。只有内在同时美，一个人才能深入人心。否则，等他的美凋零时，人们最多不过一句叹息罢了。

当一个人同时具有里外之美时，他无疑是一件很美好的"东西"。有句话说，悲剧就是把美的东西打碎给人看。卫玠去世，正如悲剧发生，让人心碎。然而这个悲剧能让谢鲲心碎到让路人为之动容的地步，说明谢鲲和卫玠的关系不平常。事实上，谢鲲与卫玠的确是相知非常深的一对知己。谢鲲曾与卫玠秉烛夜谈，两人都不觉累。

【原文】

顾彦先平生好琴，及丧，家人常以琴置灵床上。张季鹰往哭之，不胜其恸，遂径上床，鼓琴作数曲竟，抚琴曰："顾彦先颇复赏此不？"因又大恸，遂不执孝子手而出。

【译文】

顾荣平时喜欢弹琴，他死时，家人把琴放在灵床上。张翰前去哭吊，恸哭不能自已，直接上了灵床，弹起琴来。弹完几首曲目后，手抚琴身说："顾彦先可还喜欢这几首曲子吗？"于是又大哭起来，没有执孝子之手就出去了。

【解读】

哀痛至极，不想再触景生情，而悲痛亦需要释放，于是赶快逃离现场。那时候，整个人的心都被"逝去的再也回不来"这样的绝望所浸泡，根本无心关注世事和他人，甚至无法关注自己。失魂落魄的逃亡之中，那还顾得上什么礼仪？所以说，当情绪到某一顶点时，人是会失常的。要想控制自己，避免自己做出失常的行为，就要学会控制自己的喜怒哀乐。

【原文】

庾亮儿遭苏峻难遇害。诸葛道明女为庾儿妇，既寡，将改适，与亮书及之。亮答曰：

"贤女尚少，故其宜也。感念亡儿，若在初没。"

【译文】

庾亮的儿子在抗击苏峻叛乱时被杀，庾亮的儿媳是诸葛恢的女儿，成了寡妇，将要改嫁。诸葛恢写信向庾亮提出此事。庾亮回信说："贤女还很年轻，本来就应该这样。但我很怀念我死去的儿子，就好像他刚刚死去。"

【解读】

庾亮还处于丧子之痛中，根本没有觉察到时间已经过去了很久。相对来说，诸葛恢犹如外人，他对女婿的死自然无多大感觉。时间流转的速度对他来说，仍是一样的。他不会像庾亮一样，仍觉昨日犹在，觉得死去的人只是刚刚死去。从庾亮和诸葛恢对庾亮之子的死的不同感觉可以得出一个结论：

人死这件事，也正如这个人的存在一样，对于不同的人来说意义是不同的。无论生也好死也罢，我们每个人，终究只是在很少的一部分人心里占有一席之席。而这少数人，家人就是最惦记我们的那些人。

【原文】

庾文康亡，何扬州临葬云："埋玉树著土中，使人情何能已已！"

【译文】

庾亮死时，何充在他的丧礼上说："把玉树埋在土中，人的心情怎么能平静呢？"

【解读】

庾亮德行美好，善于为政。他对东晋的贡献虽说没有如后来的谢安那么大，但他参与平定王敦之乱，又出镇外省，发动北伐，同样为东晋立下了汗马功劳。此外，他具有超脱的个性，修养极好。陶侃在苏峻之乱时本欲杀死庾亮，却在见到他后心生敬佩，可见庾亮的人格魅力之大。何充以玉树比喻庾亮，正是基于他的为人品性和他生前的作为。

美好事物的消逝会让一些钟爱美的人愤慨不平，从何充的感慨看来，他正是这么一个对美极其贪恋的人。何充本人也是个外貌俊美而气质优雅的人，结合这一点来看，他的感慨也可能同时是对自己结局的感慨。

【原文】

王长史病笃，寝卧灯下，转麈尾视之，叹曰："如此人，曾不得四十！"及亡，刘尹临殡，以犀柄麈尾著柩中，因恸绝。

【译文】

王濛病重时，躺卧在灯下，一边看着麈尾一边转，叹息说："我这样的人，竟然不能活到四十岁。"死后，刘惔来到丧礼上，把犀柄麈尾放在棺材里，后因为太悲痛，晕厥过去。

【解读】

王濛才德兼备，个性放达不羁，为人却清静寡欲，克己厉行，谦虚平和，深受当时名士称赞。这样的人，在任何人看来，都应该是长寿的。所以，就连王濛也不免对自己的短命发出不平的感叹。王濛的感叹虽有对命运的抱怨，但更多的却是对命运的无奈之感。一句简单的话，包含了王濛将死时的所有复杂心绪，让任何人听了为之动容。刘惔作为他最好的朋友，自然更加感同身受，更为王濛的逝去而痛惜万分。

【原文】

支道林丧法虔之后，精神霣丧，风味转坠。常谓人曰："昔匠石废斤于郢人，牙生辍弦于钟子，推己外求，良不虚也。冥契既逝，发言莫赏，中心蕴结，余其亡矣！"却后一年，支遂殒。

【译文】

支遁在法虔死后，精神颓废，风采逐渐衰退。他常对人说："当初匠石因为郢人之死，而放下斧头，俞伯牙因钟子期的离世而不再弹琴，推己及人，我现在才知道这不是虚言。知音已离去，我说的话没人赏识，心中有了郁结，恐怕死期就要到了！"一年后，支遁便去世了。

【解读】

古人有云："人生得一知己足矣。"知己在一个人人生中的地位不亚于亲人。知己为何物？这个问题，恐怕只有有知己的人才能回答出来。然而，从各种故事中可见，知己到最后其实代表了一种情意。这种情意深到一定地步，知己间不分你我，如同连体，胜似亲人。

【原文】

王东亭与谢公交恶。王在东闻谢丧，便出都，诣子敬道："欲哭谢公。"子敬始卧，闻其言，便惊起曰："所望于法护。"王于是往哭。督帅刁约不听前，曰："官平生在时，不见此客。"王亦不与语，直前哭，甚恸，不执末婢手而退。

【译文】

王珣与谢安交情不好。王珣在会稽听说谢安的死讯后，便赶赴京都，来到王献之家中，说："我要去拜祭谢安。"王献之开始躺着，听了王珣的话，很惊讶地跳起来说："这正是我对你所期盼的。"王珣于是来到谢家哭吊。督帅刁约不肯让他进去，说："大人在世时，不见此客。"王珣也没有说话，径直先前哭吊，非常悲痛。哭完，没有执孝子的手就退出来了。

【解读】

在魏晋，交情不好并不代表一个人嫌恶另一个人。两个人关系不好，也可能一方很欣赏另一方。王珣曾是谢安的女婿，后来因有仇隙才和谢家断绝了关系。这一层关系说明他曾经得到过谢安的认可。谢安是心胸豁达的人，即使断交了关系，他也不会因此否认一个人原本的优点。王珣其实一直都是谢安欣赏的人，而王珣自然也该了解谢安的为人。他们两人虽然断绝了情谊，却没有扼杀内心对彼此的欣赏和喜欢。如此说来，王珣哭吊谢安，并非在演戏，而是内心感情的真诚袒露。

【原文】

王子猷、子敬俱病笃，而子敬先亡。子猷问左右："何以都不闻消息？此已丧矣！"语时了不悲。便索舆奔丧，都不哭。子敬素好琴，便径入坐灵床上，取子敬琴弹，弦既不调，掷地云："子敬！子敬！人琴俱亡。"因恸绝良久。月余亦卒。

【译文】

王徽之、王献之都得了很重的病，而王献之先去世。王徽之问左右之人："为什么没有听到他的消息？一定是他已经死了！"说此话时，王徽之没有悲伤。他要了一辆马车前去奔丧，一直没有哭。因为王献之喜欢弹琴，王徽之直接坐在灵床上，取来王献之的琴来弹。发现音调不对，便把琴扔在地上说："子敬！子敬！人和琴都亡了。"悲恸很久。王徽之一个月后也死了。

【解读】

不是琴的音调不对，而是王献之死后王徽之没有了谈弹琴的心。他的灵魂已经跟着王献之去了，他的手指因为悲痛而哆嗦，又怎能弹得出和谐的音律？所以说，不只是王献之与琴俱亡，而是王徽之与王献之惧亡矣。

王徽之为何对王献之的逝世如此悲痛？王徽之孤傲清高，不拘礼节而被诸多名士所排挤，唯有王献之认为他有高雅的情怀，对他十分崇拜。俩兄弟还曾彻夜读书，谈古论今。王献之一死，世界上唯一懂得王徽之的人没了，王徽之自然悲恸。

【原文】

孝武山陵夕，王孝伯入临，告其诸弟曰："虽榱桷惟新，便自有《黍离》之哀！"

【译文】

晋孝武帝驾崩时，王恭入都哭吊，告诉几个弟弟说："虽然屋椽是新的，却让人有如处陈旧宗庙宫室的悲哀之感。"

【解读】

王恭感慨之意：皇室易主，宫廷"变新"，然而我觉得这宫室更加苍凉颓败了。

王恭其实话里有话。晋孝武帝是王恭的姐夫，王恭因此深得他的重用。他死后，晋安帝继位，然而掌权的却是司马道子。司马道子跟王恭不是一路人，王恭还得罪过他，王恭自然担心自己的势力不如以前。所以，面对晋孝武帝的死，他深感物是人非，自己可能受环境变化的牵连而颓败。

【原文】

桓玄当篡位，语卞鞠云："昔羊子道恒禁吾此意。今腹心丧羊孚，爪牙失索元，而匆匆作此诋突，讵允天心？"

【译文】

桓玄即将篡位，对卞范之说："当时，养子道一直禁止我这种想法。现在心腹中失去了羊孚，爪牙中没有了索元。我却匆忙作这种犯上的事，怎么能够合乎天意呢？"

【解读】

桓玄是矛盾，他明知道不该做某件事情而还是做，在做之前还坦诚自己的知错之心。为何他会这样呢？从他所说的话来看，当时的形势应该是紧迫的，他到了不得不谋反篡位的地步。也就是说，他可能此前做了太多的铺垫，即使放下野心，也会成为公众的敌人而被追杀。当事情到了无可挽回的地步时，也只能将错就错，侥幸取胜。

桓玄知道自己急功近利，担心天也不会帮助自己。其实，他不过是为了从卞范之的口中听到一丝支持的话。然而，连自己都觉得不符天理了，别人还能说什么？

栖逸第十八

【原文】

阮步兵啸闻数百步。苏门山中，忽有真人，樵伐者咸共传说。阮籍往观，见其人拥膝岩侧，籍登岭就之，箕踞相对。籍商略终古，上陈黄、农玄寂之道，下考三代盛德之美以问之，仡然不应。复叙有为之教、栖神导气之术以观之，彼犹如前，凝瞩不转。籍因对之长啸。良久，乃笑曰："可更作。"籍复啸。意尽，退还半岭许，闻上唒然有声，如数部鼓吹，林谷传响，顾看，乃向人啸也。

【译文】

阮籍吟啸声能传百步远。苏门山中，忽然来了一位得道的真人，樵夫们都向人说他的事。阮籍前去观看，见那人抱膝坐在岩石旁边。阮籍登上山岭靠近他，岔开双脚坐在那人对面。阮籍开始评论古人之事，上至黄帝轩辕氏和炎帝神农氏的无为之治，下至夏、商、周三代的盛德之事，并考问那人。那人昂着头，不予理睬。阮籍又陈述儒家经典、道家学术，并观察那人，依然和刚才一样，凝神不动。阮籍于是对着他吟啸。过了很久，那人才笑着说："可以再来一次。"阮籍又吟啸一遍。兴致消退后，阮籍下山，走到一半，听到山上传来悠长的声音，如同数支乐队在鼓吹，山林溪谷中也传来回音。阮籍回头看，原来是先前那人在吟啸。

【解读】

阮籍一开始对那位得到真人谈古论今，他挑起的话题根本不对真人口味，自然无法引起真人的兴趣。所以说，与陌生第一次见面，要想对方有兴趣跟你结交，选择什么样的话题很重要。要想选择正确的话题，就应该根据对方的身份、性格、爱好、志向等来筛选。阮籍多次碰壁后终于摸清了真人的兴趣，所以才会得到真人"可再来一曲"的邀请。阮籍下山后真人对他吟啸相送，其实是真人对阮籍的认可。

【原文】

嵇康游于汲郡山中，遇道士孙登，遂与之游。康临去，登曰："君才则高矣，保身之道不足。"

【译文】

嵇康在汲郡山中游玩，遇到道士孙登，遂与他同求学。嵇康将要离去时，孙登说："你的才情很高，只是自保的本领不足。"

【解读】

才情高的人多有孤傲之气，而孤傲就容易得罪他人，引来杀身之祸。嵇康才高八斗，性情也孤傲。他与孙登一起游学三年，孙登对他自是了解。最了解你的朋友，对你也是最剖心的。人在相别时，说的话也分外真诚。所以，孙登对嵇康说的话，嵇康本应放在心上，引以为戒。然而，嵇康始终不改孤傲之气，一再得罪当权者，最终被钟会冠上罪名而遭杀害。

【原文】

山公将去选曹，欲举嵇康，康与书告绝。

【译文】

山涛将要离开选官的职位，想要推荐嵇康接任，嵇康写了一封书信跟他绝交。

【解读】

嵇康不愿与司马氏妥协的心志，他的朋友都知道。山涛作为嵇康的好朋友之一，按理说应该是对嵇康了解而支持的，然而他却推荐嵇康接任自己的职位。他这一做法无疑是跟嵇康对着干的，所以嵇康因此写了著名的绝交书《与山巨源绝交书》，表明自己坚持不愿与世俗同流合污的志向。

【原文】

阮光禄在东山，萧然无事，常内足于怀。有人以问王右军，右军曰："此君近不惊宠辱，遂古之沈冥，何以过此？"

【译文】

阮裕在东山隐居，冷清无事，心中却很充实。有人以此人问王羲之，王羲之说："此君几乎不被宠辱得失所惊扰，就算古代隐居避世的人，也不过如此！"

【解读】

最充实的心并非靠繁杂的生活琐事和内心情绪来填补的，而是清净。也就是说，只要心静了，平和的喜悦和充实就会油然而生。这就是隐居的真意。从这点来说，隐居的关键并不在于你在哪里，而在于隐者的心态。古人说的"小隐隐于野，大隐隐于市"正是这个意思。一个人，如果能保持这样的状态，不用隐居也类似隐居，没有隐居的圣名也如同得到真人。

【原文】

孔车骑少有嘉遁意，年四十余，始应安东命。未仕宦时，常独寝，歌吹自箴诲。自称孔郎，游散名山。百姓谓有道术，为生立庙，今犹有孔郎庙。

【译文】

孔愉年轻时就有隐居避世的意向，到了四十岁时，才应了晋文帝的征召，入朝为官。他未做官时，常常独处，并咏歌告诫自己。自称孔郎，游历名山。百姓认为他有道术，为他修了庙，到现在还有孔郎庙。

【解读】

孔愉有隐居之志并坚持多年，到了四十岁时还是出来做了官。很多时候，我们不得不做违背自己志向的事情。为什么呢？因为一个人是不可能完全脱离社会的。古代的隐士，大多是才情极高的人，即使隐居了也会被当权者请出来。所以说，人生在世，总有身不由己的时候。当然，我们也不必为此悲观。即使是处在一种不合自己意愿的环境之下，我们也可以保持积极向上的生活态度，尽量做有意义的事情且不辜负自己。

【原文】

南阳刘驎之，高率善史传，隐于阳岐。于时苻坚临江，荆州刺史桓冲将尽吁谟之益，征为长史，遣人船往迎，赠贶甚厚。驎之闻命，便升舟，悉不受所饷，缘道以乞穷乏，比至上明亦尽。一见冲，因陈无用，翛然而退。居阳岐积年，衣食有无，常与村人共，值己

匮乏，村人亦如之。甚厚为乡闾所安。

【译文】

南阳的刘驎之，高尚率真，善于谈论史传，隐居在阳岐。当时苻坚率军打到长江沿岸，靖州刺史桓冲将要竭尽全力实施防御计策。桓冲招刘驎之做长史，派人用船去接他，并赠给他很厚的礼品。刘驎之听了征召文书后就登上了船，所有的礼品都没有接受，沿路把这些礼物给了穷人，等到了上明全赠送完了。一见到桓冲，就陈述自己没有才能，然后翛然而退。他在阳岐居住多年，衣食常给村上的人用，等到了自己匮乏时，村子里的人也会帮助他。乡里人跟他相处得非常安适。

【解读】

隐居之士中有很多人都遵循这一处世原则：不问世事，即使关心天下苍生，也不会把自己放在一种与社会互动的处境中。像刘驎之这样的隐士很少，也很难得。他只隐自己的身躯和欲望，而不隐藏自己的美好德性，他敢于将德行付诸行动。可以说，刘驎之这样的隐才是真正的隐。这就叫作“隐而不匿”，也是为“能出世而入世”。

【原文】

南阳翟道渊与汝南周子南少相友，共隐于寻阳。庾太尉说周以当世之务，周遂仕。翟秉志弥固。其后周诣翟，翟不与语。

【译文】

南阳翟道渊与汝南周子南年轻时交情很好，一起隐居在寻阳。庾太尉以时务劝说周子南，周子南随后入仕做了官。翟道渊隐居之志更加坚定。后来周子南拜访翟道渊，翟道渊不和他说话。

【解读】

翟道渊对曾经的好友保持沉默，从礼节角度来说，是有失礼仪的。即使是对待陌生人的拜访，也应以礼相待，更何况是曾经的朋友？然而从另一个角度来看，道不同不相与谋，翟道渊不再把周子南当成自己的朋友就直接地表现出来，毫不掩饰自己的态度，这又体现了他的率真。

【原文】

孟万年及弟少孤，居武昌阳新县。万年游宦，有盛名当世。少孤未尝出，京邑人士思欲见之，乃遣信报少孤，云：“兄病笃。”狼狈至都，时贤见之者，莫不嗟重。因相谓曰：“少孤如此，万年可死。”

【译文】

孟嘉和弟弟孟陋居住在武昌阳新县。后来孟嘉外出做官，有了很高的名望。孟陋从未入仕，京都的人很想见见他，于是派人给孟陋送去一封信，信中说：“你的兄长病重。”孟陋赶忙来到京都，当时的贤士见到他，没有一个不赞美推崇的。他们相互说：“孟陋如此出众，孟嘉后继有人了。”

【解读】

大众的好奇心可以是一种正面的力量，也可以是一种负面的力量。当众人把好奇心变成没有节制的观赏之心时，被好奇的对象有可能因此遭殃，这时好奇心就是负面的力量。当众人将好奇与应有的礼节和对人的尊敬结合起来，给被好奇对象相应的自由，那好奇心可以成为一种宣传手段，帮助某人获得声名。孟陋很幸运，他没有像卫玠一样被观赏至死，还赢得众人的高度认可。

【原文】

康僧渊在豫章，去郭数十里立精舍，旁连岭，带长川，芳林列于轩亭，清流激于堂宇。乃闲居研讲，希心理味。庾公诸人多往看之。观其运用吐纳，风流转佳，加已处之怡然，亦有以自得，声名乃兴。后不堪，遂出。

【译文】

康僧渊在豫章，在离城几十里的地方建了一座讲经的处所，依傍山岭，临着长河，芳草树木陈列在庭院之中，还有清澈的溪流激荡地流过堂前。他在此地独居，讲习经文，潜心研究义理。庾亮等人前去拜访他，见他谈吐自由顺畅，风姿美好，加上此地风景怡人，所以他的名声大振。后来，康僧渊因为忍受不了寂寞，就出山了。

【解读】

康僧渊的出山无可厚非，因为他原本就没有隐居的志向。他入山独处是为了自得其乐，修身养性，他出山是因为不堪寂寞，想重新找回与人互动的乐趣。他做什么都是以自己的性情出发，只为自己快乐。这样的逍遥自在，是很多人无法做到的。所以，无论是独居于山野还是出山入世，他都值得钦佩。

【原文】

戴安道既厉操东山，而其兄欲建式遏之功。谢太傅曰："卿兄弟志业，何其太殊？"戴曰："下官不堪其忧，家弟不改其乐。"

【译文】

戴逵隐居在东山，历练操守，而他的兄长想要入朝做官，建功立业。谢太傅说："你们兄弟二人的志向，怎么有这么大的差异？"戴逵的哥哥说："下官不堪忍受隐居时的忧愁，家弟不想舍弃隐居的快乐。"

【解读】

有的人认为隐居是寂寞的，使人"不堪甚忧"，而有的人则认为隐居能带来内心的寂静平和，让人觉得快乐。其实，这两种观点都有道理。因为，本来一件事情就会有两面性。此外，人与人本来就存在差异性。每个人都是独立的，只要会自己思考，就会有自己的观念。所以，世界上的任何事情，在不同的人眼里有不同的意义，所谓"仁者见仁，智者见智"。

【原文】

郗超每闻欲高尚隐退者，辄为办百万资，并为造立居宇。在剡，为戴公起宅，甚精整。戴始往旧居，与所亲书曰："近至剡，如官舍。"郗为傅约亦办百万资，傅隐事差互，故不果遗。

【译文】

每当郗超听说有辞官隐居追求高德的人，就会为他置办百万钱财，并为其建造住房。在剡县，郗超为戴逵建造了一座宅院，非常精致工整。戴逵开始住在此处时，给亲近的人写信说："来到剡县，如同到了官邸。"郗超也为傅约置办了百万钱财，因为傅约隐居之事没有实现，所以没有馈赠给他。

【解读】

隐居者不需要一个精美的宅院来束缚自己，而是需要一颗清净的内心装下广阔寂静的天地。戴逵虽然可能也不懂得何为隐居，但他知道什么事情绝对不是隐居之行。所以，他戏谑郗超的精美屋子是官舍，犹如又把他送回了官场。

不过，从另一方面来说，郗超这么做也许是故意的。他本人很聪明，《晋书》评价他："卓荦不羁，有旷世之度，交游士林，每存胜拔，善谈论，义理精微。"所以，他送有志隐居的人大宅大院，很有可能是为了考验他们的隐居志向到底有多坚定，或者考察这些人到底是不是真正地想隐居。

【原文】

许掾好游山水，而体便登陟。时人云："许非徒有胜情，实有济胜之具。"

【译文】

许询喜欢游山玩水，而且身体轻盈便于攀登。有人说："许询不但有游山玩水的兴致，还具备这方面的身体条件。"

【解读】

有兴致爱好固然好，然而没有相应的硬件、能力的话，是无法让爱好成为现实行动的。人们常说的"身体是革命的本钱"一句意即这个道理：做什么事情，都要有基础，即最起码的资本。只有打好了坚实的基础，我们才有更上一层楼的资本。

【原文】

郗尚书与谢居士善，常称："谢庆绪识见虽不绝人，可以累心处都尽。"

【译文】

郗恢与谢敷交情很好，常常称赞谢敷说："谢庆绪的见识虽然不能超越别人，但他能把世俗的烦恼羁绊彻底抛弃掉。"

【解读】

一个人的见识原本就是有限的，他不可能在任何方面都能发表出一番超越别人的言论。所以不必非要以高于某个人或多少人来衡量自己的价值，而只需把自己的优势发挥到最好的状态就行了。纵使别无所长，很多方面都不如比别人，但如果能如谢敷一样拿得起放得下，那也是一种成功。人生在世，快乐最重要。一山总有一山高，攀比不过是徒增怅然罢了。所以不如将比较的心和所有烦恼全部抛掉，自然自在做自己。

贤媛第十九

【原文】

陈婴者，东阳人。少修德行，著称乡党。秦末大乱，东阳人欲奉婴为主，母曰："不可。自我为汝家妇，少见贫贱，一旦富贵，不祥。不如以兵属人，事成，少受其利；不成，祸有所归。"

【译文】

陈婴是东阳县人，从小修身养性，有德行，闻名乡里。秦末年，天下大乱，东阳人想推举陈婴为首领，起兵反秦。他母亲说："不可以。自从我嫁到你们家，很早就遭受贫穷。一朝富贵，不祥。不如把兵权交给别人，事成多少也能获得些利益，不成灾祸也有人担着。"

【解读】

天下做父母的，无人不希望自己的孩子能够出人头地。然而，相对于孩子的安危，出人头地又不是最重要的。孩子能够平安快乐地度过一生，这才是父母最看重的。所以，陈婴的母亲很理智地让陈婴放弃权利。因为在乱世中出头的人，也往往容易惹来杀身之祸。陈婴之母深知这点，她的聪明与其说是来自她人生的经验，不如说来自她对孩子的爱。如她所说，一朝富贵这种事情，任何时候都应该谨慎对待。突如其来的福、祸，会暗藏动荡的因素，福可变祸，祸可变福。古人说的"祸兮福之所倚，福兮祸之所伏"正是这个意思。

【原文】

汉元帝宫人既多，乃令画工图之，欲有呼者，辄披图召之。其中常者，皆行货赂。王明君姿容甚丽，志不苟求，工遂毁为其状。后匈奴来和，求美女于汉帝，帝以明君充行。既召，见而惜之，但名字已去，不欲中改，于是遂行。

【译文】

汉元帝后宫人数太多，于是让画师画出她们的相貌，想召见她们时，就翻看图像选择。相貌一般的人，都向画师行贿赂。王昭君姿态容貌非常美好，立志不苟求，画师便丑化了她。后来匈奴来和亲，向汉元帝求美女。汉元帝就让王昭君充数。汉元帝召见王昭君后，非常可惜，但名字已经送出去，不能中途更改，于是王昭君就出塞了。

【解读】

有的人只是徒有外表，内心其实卑微低贱，他看不起自己，不相信自己，所以使尽手段证明自己。而能认清自己，相信自己的人，如莲花出淤泥而不染，不会参与世俗的蝇营狗苟之事。当然，那些贿赂画师的宫女也有环境因素造成的迫不得已的因素在内。在女子地位卑微的古代，宫女有几个不想成为皇帝的宠妾？她们明争暗斗，都是为了让自己看起来尊贵一点。只是她们不知道，真正的尊贵首先来源于自我承认，而不是地位高人一等。

【原文】

汉成帝幸赵飞燕，飞燕谗班婕妤祝诅，于是考问。辞曰："妾闻死生有命，富贵在天。

修善尚不蒙福，为邪欲以何望？若鬼神有知，不受邪佞之诉；若其无知，诉之何益？故不为也。”

【译文】

汉成帝宠幸赵飞燕，赵飞燕诬告班婕妤通过鬼神毒害她，于是班婕妤被审问。班婕妤的供辞说：“我听说生死有命，富贵在天。修善不能得到保佑，那做坏事还会有指望吗？如果鬼使有知，就不会听奸佞之人的诉说；如果鬼神无知，诉说又有什么用？所以我不会做这种事。”

【解读】

班婕妤的聪明在于她处乱不惊，没有被突发事件吓得六神无主，失去理智。所以，她的辩词说得有情有理。作为一个女子，她能够在生命面临危险时还保持这种镇静，这跟她的个人性格有关，也跟她的文化修养有关。班婕妤是中国历史上罕见的擅长辞赋的女作家之一，文才卓越，连太后都对她欣赏有加，赞曰：“古有樊姬，今有班婕妤。”

【原文】

许允妇是阮卫尉女，德如妹，奇丑。交礼竟，允无复入理，家人深以为忧。会允有客至，妇令婢视之，还答曰：“是桓郎。”桓郎者，桓范也。妇云：“无忧，桓必劝入。”桓果语许云：“阮家既嫁丑女与卿，故当有意，卿宜察之。”许便回入内，既见妇，即欲出。妇料其此出无复入理，便捉裾停之。许因谓曰：“妇有四德，卿有其几？”妇曰：“新妇所乏唯容尔。然士有百行，君有几？”许云：“皆备。”妇曰：“夫百行以德为首。君好色不好德，何谓皆备？”允有惭色，遂相敬重。

【译文】

许允的妻子是阮共的女儿，阮侃的妹妹，相貌很丑。行过夫妻之礼后，许允没有入洞房的意思，家人很为他担忧。这时许允的一个客人来了，妇人让婢女看是谁。婢女回来后回答说：“是桓公子。”桓公子就是桓范。妇人说：“不用担心了，桓公子一定能把他劝进来。”桓范果然对许允说：“阮家既然把丑女嫁给你，一定有原因，你应该仔细体会。”许允便回到洞房，见到妇人，又想出来。妇人料到他出去就再不会进来，便抓住许允的衣襟留住他。许允说道：“妇人应该有四德，你有几个？”妇人说：“新妇缺少的只有容貌而已。但男子应该有许多品行，你有几个？”许允说：“都有。”妇人说：“所有的品行中，以德为首。你好色不好德，怎么能说全部具备呢？”许允很惭愧，从此很敬重妻子。

【解读】

孔子说：“吾未见好德如好色者。”可见，把“德”和“色”并列对待，已是很难。男人好色，情有可原，所以许允一开始的逃避也是可以理解的。然而，无论在哪个年代，任何一个正常的男人也都知道：一个女人的德行才是决定她整体价值的关键因素。因为，没有德行的泼妇或者恶妇，娶回家也不过添乱罢了。如果一个男人迫不得已非要在外貌和德行之间做选择的话，他应该会选择德行好而不只是外貌好的女人做妻子。许允最终敬重了貌丑的妻子，说明他以德为重，是个会取舍的智慧之人。

【原文】

许允为吏部郎，多用其乡里，魏明帝遣虎贲收之。其妇出诫允曰：“明主可以理夺，难以情求。”既至，帝核问之，允对曰：“‘举尔所知’，臣之乡人，臣所知也。陛下检校，为称职与不？若不称职，臣受其罪。”既检校，皆官得其人，于是乃释。允衣服败坏，诏赐新衣。初，允被收，举家号哭。阮新妇自若，云："勿忧，寻还。"作粟粥待。倾之，允至。

【译文】

许允做吏部郎时，选用了许多同乡，魏明帝派卫士来捉拿他。他的妻子出来告诫说："贤明的君主可以用道理来规劝，不可以用人情哀求。"许允到了朝廷上，魏明帝审问他，许允说："'举尔所知'，我的同乡，正是我所了解的。陛下可以检查，看看他们是不是称职。如果不称职，我甘受其罪。"明帝检查后，各个都很称职，于是把许允释放了。许允的衣服破了，明帝下诏赐给他一件新衣。许允开始被捕时，全家都大哭。新妇阮氏神情自若，说："不用担心，一会就回来了。"并做小米粥等着。不久，许允果然回来了。

【解读】

为人妻子必备的素质之一：相信自己的丈夫。唯有相信，才不会在家庭突遭灾祸时乱了分寸，让一家子失去了安稳祥和。然而，相信却不是简简单单能做到。这需要一个妻子必须了解丈夫的为人品质，在任何时候都支持他，而不是像一棵脆弱的小草一样，闻风就动。只有做到了相信和支持，妻子才有可能在丈夫面临突发灾祸时保持镇静。而这种镇静是解决问题的前提，也是一个人有高素质修养的体现。一个女人能做到这样的话，她就可以称为贤妻了。

【原文】

王经少贫苦，仕至二千石，母语之曰："汝本寒家子，仕至二千石，此可以止乎！"经不能用。为尚书，助魏，不忠于晋，被收，涕泣辞母曰："不从母敕，以至今日！"母都无慽容，语之曰："为子则孝，为臣则忠，有孝有忠，何负吾邪？"

【译文】

王经年轻时很贫苦，后来做到二千石的官时，母亲对他说："你本是贫穷人家的孩子，官做到二千石，可以到此为止了！"王经没有听从。后来王经做了尚书，协助魏室，不忠于晋室，最终被捕。王经流着泪向母亲道歉说："没有听从母亲的告诫，才导致今日结局。"母亲没有一点悲伤的脸色，对王经说："为人子则尽孝，为人臣则尽忠，你尽了孝又尽了忠，还辜负我什么？"

【解读】

"见好就收"的道理，听着人人都懂，然而却很少有人能做到。对于钱财、功名、地位、虚荣、成就等一切看起来美好的东西，人天生都有贪欲，好了只想更好、最好，有了还想更多、更大。然而，无止尽追求的结果并不一定都是原以为的那么美好。很多人会在不断追逐的路上迷失自己，或者卷入生死争斗。其实，只要退一步，少一点欲望，多一丝对现状的满足，人就可以安度一生——这并非是在宣扬"得过且过"。当然，如果如王经之母所说，前进之后的危险是值得的，你所做的一切都无愧于心，那也不必为自己选择的后悔。

【原文】

山公与嵇、阮一面，契若金兰。山妻韩氏，觉公与二人异于常交，问公，公曰："我当年可以为友者，唯此二生耳。"妻曰："负羁之妻亦亲观狐、赵，意欲窥之，可乎？"他日，二人来，妻劝公止之宿，具酒肉。夜穿墉以视之，达旦忘反。公入曰："二人何如？"妻曰："君才致殊不如，正当以识度相友耳。"公曰："伊辈亦常以我度为胜。"

【译文】

山涛与嵇康、阮籍见了一面，就成了形同兄弟的朋友。山涛的妻子韩氏，觉得丈夫与二人的交情不一般，就问山涛缘故，山涛说："现在能称得上是我朋友的，只有这两位。"妻子说："当年喜负羁的妻子曾亲自见过狐偃、赵衰，我想看看他们俩，可以吗？”他日，嵇康、阮籍二人来到山涛家，妻子劝山涛让他们留下，准备了酒肉。夜里，山涛妻子穿透墙壁观察他们，直到天亮，竟忘了回去。山涛走进房内说：“二人怎么样？”妻子说：“你的才能情致都不如他们，只是因见识和气度结交他们。”山涛说：“他们也常常说我气度超出常人。”

【解读】

山涛妻子一句“君才致殊不如，正当以识度相友耳”指出了山涛和阮籍、嵇康的鲜明不同，可见她既对自己的丈夫很了解，也很擅长从他人的言行举止中剖析一个人。她的话还说明了人际交往的一个道理：有时候，人与人的相交，可能并不是建立在才情学识对等的基础上，而是基于个性相辅相成，互相吸引。山涛正是因度量不凡，才得到才情比自己高的阮籍、嵇康的认同。

【原文】

王浑妻钟氏生女令淑，武子为妹求简美对而未得，有兵家子，有俊才，欲以妹妻之，乃白母，曰：“诚是才者，其地可遗，然要令我见。”武子乃令兵家儿与群小杂处，使母帷中察之。既而母谓武子曰：“如此衣形者，是汝所拟者非邪？”武子曰：“是也。”母曰：“此才足以拔萃；然地寒，不有长年，不得申其才用。观其形骨，必不寿，不可与婚。”武子从之。兵儿数年果亡。

【译文】

王浑的妻子钟氏所生的女儿美丽贤淑，王济想要为妹妹寻一佳偶，却一直没找到。有一个军人的儿子，俊朗有才华，王济想把妹妹嫁给他，就把这件事告诉了母亲。母亲说：“如果真有才能，他的出身门第可以暂且不考虑。但我要亲自见见他。”于是王济让那个军人的儿子跟一群普通人站在一起，让母亲在帷幕后察看。过了一会，母亲对王济说：“穿这样衣服，长这样相貌的人，是你挑选的那个吗？”王济说：“是的。”母亲说：“他的才能足以出类拔萃，只是出身寒微，活不久，不能施展他的才能。看他的外貌和骨骼，一定不会长寿。不能跟他结婚。”王济听从了母亲。几年后那个军人的儿子果然死了。

【原文】

贾充前妇，是李丰女。丰被诛，离婚徙边。后遇赦得还，充先已娶郭配女，武帝特听置左右夫人。李氏别住外，不肯还充舍。郭氏语充，欲就省李，充曰：“彼刚介有才气，卿往不如不去。”郭氏于是盛威仪，多将侍婢。既至，入户，李氏起迎，郭不觉脚自屈，因跪再拜。既反，语充。充曰：“语卿道何物？”

【译文】

贾充的前妻是李丰的女儿。李丰被杀后，李氏与丈夫离婚，并被流放到远方。后来遇到赦免才得以归来，此时贾充已经娶了郭氏女儿为妻。晋武帝特意允许贾充设有左右两夫人。李氏住在别处，不肯回到贾充那里居住。郭氏想去拜访李氏。贾充说：“她刚直耿介，有才气，你还是不要去了。”郭氏于是盛装打扮，并带了很多婢女，来到李氏家里。郭氏进门，李氏起来迎接。郭氏见到李氏，不觉得两脚发软，于是跪下来拜见李氏。郭氏回来后，把情况告诉了贾充。贾充说：“我说什么来着？”

【解读】

不自量力的人，非要自顾向敌人冲去，结果只能是腿脚发软。本身没有气场，再大的排场，再隆重的乔装打扮，也不会显出真正的尊贵。而自身有尊贵资本，且内心也尊贵的人，她即使孤单影只，也足以威慑前者。所以，虽说“人靠衣装”，但更需可彰显实力的才情学识、良好的性格、尊贵的精神来“装”。

【原文】

贾充妻李氏作《女训》，行于世。李氏女，齐献王妃；郭氏女，惠帝后。充卒，李、郭女各欲令其母合葬，经年不决。贾后废，李氏乃祔葬，遂定。

【译文】

贾充的妻子李氏作《女训》流传于世。李氏的女儿是齐献王的妃子；郭氏的女儿是晋惠帝的皇后。贾充死后，李氏和郭氏的女儿都想让自己的母亲与贾充合葬，争论多年没有结果。贾后被废后，才决定李氏与贾充合葬。

【解读】

郭氏女位高权重，以势压人。她正如生前的郭氏，满心的嫉妒，一身的蛮横。这母女俩，做母亲的使得李氏自返回后都无法进入贾充的家门，而做女儿的仍想依靠自己的地位，强行拆散死后的李氏和贾充。然而，蛮横的势力最终会在邪恶的争斗中耗尽自己，正义的力量却保持下来。

【原文】

王汝南少无婚，自求郝普女。司空以其痴，会无婚处，任其意，便许之。既婚，果有令姿淑德，生东海，遂为王氏母仪。或问汝南：“何以知之？”曰：“尝见井上取水，举动容止不失常，未尝忤观，以此知之。”

【译文】

王湛年少未婚时，自己要求娶郝普的女儿。他的父亲王昶认为他痴傻，恰好又没有婚配，就随了他的心意，允许了他。婚后，郝氏果然美好有淑德，生了王承，成了王家良母的典范。有人问王湛：“你怎么识得她的？”王湛说：“我曾经看见她在井边取水，一举一动不失规矩，也不会举目直视，由此得知。”

【解读】

王湛并不痴傻，他娶妻不是乱来的，而是通过一番细致的观察和评定后才做出的决定。你的一举一动都可见你的性格和为人处事的态度，所以注意自己的言行是很重要的。要想了解一个人并不难，只需在平常生活中观察他的一言一行就可知道。总之，生活中观人察己，可以了解别人和自己的优点和不足。

【原文】

周浚作安东时，行猎，值暴雨，过汝南李氏。李氏富足，而男子不在。有女名络秀，闻外有贵人，与一婢于内宰猪羊，作数十人饮食，事事精办，不闻有人声。密觇之，独见一女子，状貌非常，浚因求为妾。父兄不许。络秀曰：“门户殄瘁，何惜一女？若联姻贵族，将来或大益。”父兄从之。遂生伯仁兄弟。络秀语伯仁等：“我所以屈节为汝家作妾，门户计耳！汝若不与吾家作亲亲者，吾亦不惜余年！”伯仁等悉从命。由此李氏在世，得方幅齿遇。

【译文】

周浚做安东将军时，外出打猎，遇到暴雨，经过汝南李家房舍。李家很富足，男子都不在家。有个女子叫络秀，听到外面有贵人来，就和一位婢女在房内杀猪宰羊，做了数十人的饭，每件事办得有条有理，屋外面的人没听到一点声音。周浚偷偷地观察，只见一女子，相貌出众。周浚便要娶她为妾，后来络秀的父亲和兄长都不肯答应。络秀说："门户衰落，何必怜惜一个女子！如果能与贵族联姻，将来或许有益处。"父亲和兄长答应了她。后来络秀生了周伯仁兄弟。络秀对周伯仁等人说："我之所以屈身到你们家作妾，是为门第考虑。你们如果不与我家做亲戚，我也没有什么理由活下去了！"周伯仁等都依从了母亲。从此，李家在社会上得到公正的礼遇。

【解读】

络秀的聪明在于她知道自己要什么，也知道什么是更重要的。一个将军府中的妾，地位高于一个富户之家的正妻。地位在古代基本上就代表了一切。如果络秀嫁给周浚，不仅她的地位得到提升，她的家族地位也会得到提升。所以，络秀舍身做妾，与其说牺牲自己，不如说是一种成全自己和家族的聪明之举。

【原文】

陶公少有大志，家酷贫，与母湛氏同居。同郡范逵素知名，举孝廉，投侃宿。于时冰雪积日，侃室如悬罄，而逵马仆甚多。侃母语侃曰："汝但出外留客，吾自为计。"湛头发委地，下为二髲。卖得数斛米，斫诸屋柱，悉割半为薪，剉诸荐以为马草。日夕，遂设精食，从者无所乏。逵既叹其才辩，又深愧其厚意。明旦去，侃追送不已，且百里许。逵曰："路已远，君宜还。"侃犹不返。逵曰："卿可去矣。至洛阳，当相为美谈。"侃乃返。逵及洛，遂称之于羊晫、顾荣诸人，大获美誉。

【译文】

陶侃年少时就有大志向，家里非常贫寒，跟他的母亲湛氏住在一起。同郡的范逵很有名气，被举为孝廉。范逵投宿到陶侃家中。当时下了好几天的雪，陶侃家一无所有，而范逵的仆人和马匹很多。陶侃的母亲湛氏说："你只管出去招待客人，我自有办法。"湛氏把头发垂到地上，剪下来做成两个假发，卖掉的钱买了几斛米。把房间的柱子砍掉一半，当作柴。把所有的草席铡成马草。晚上，置办了精美的食物，范逵的随从们没什么可缺的。范逵很赞叹陶侃的才能，又非常感谢他的厚礼相待。第二天早上范逵离开时，陶侃追送不止，走了百余里。范逵说："已经走了很远了，您该回去了。"陶侃依然不返回。范逵说："你回去吧。到了洛阳我一定为你美言的。"陶侃才回去。范逵到了洛阳，就向羊晫、顾荣等人称赞陶侃，陶侃大大获美誉。

【解读】

陶侃母亲为了成就儿子，想尽办法，抓住这难得的机会。她的聪明既源于她的生活积累，也源于她的对儿子深沉的爱。天下父母心，因着有爱的支撑，所以最有力量。

【原文】

陶公少时，作鱼梁吏，尝以坩鲊饷母。母封鲊付使，反书责侃曰："汝为吏，以官物见饷，非唯不益，乃增吾忧也。"

【译文】

陶公年少时，做管理鱼梁的小官，曾经把一坩腌鱼送给母亲。母亲把腌鱼封好交给送来的人，并给陶公回了一封信责备说："你作为官吏，用官家的东西作为赠品，不但没有益处，反而增添了我的忧愁。"

【解读】

母爱之伟大，在于一个母亲能够言传身教，教会自己的孩子正直做人，培养孩子一身的正义能量。因为她知道，只要孩子有了这股能量，有一天即使她不在了，她的孩子也能靠这份力量在这动荡的世界里好好地存活下去。反过来说，一个会爱孩子的母亲，她会教育孩子什么事情是正确，什么又是错的，不能做的。由此推及，一个真正懂得孝的人，他也应该知道怎么做才能报答母亲。真正的孝，是首先让自己的父母放心，不受牵挂担忧之苦。

【原文】

桓宣武平蜀，以李势妹为妾，甚有宠，常著斋后。主始不知，既闻，与数十婢拔白刃袭之。正值李梳头，发委藉地，肤色玉曜，不为动容，徐曰："国破家亡，无心至此，今日若能见杀，乃是本怀。"主惭而退。

【译文】

桓温平定蜀地，把李势的妹妹纳为妾，非常宠爱她，常常把她安置在书斋后面。南康公主开始不知道这件事，后来听说后，就带着数十名奴婢拿着刀想要去杀她。恰好碰到李氏在梳头，头发垂到地上，肤色像玉一样光鲜夺目。李氏见到南康公主，毫不动容，徐徐地说："国破家亡，我无心来此，今日如果能被你杀，也是我的本意。"南康公主惭愧而退。

【解读】

南康公主因妒生恨，杀心顿起。她的见识只是妇人之见。而李氏在经历了国破家亡后，已经认识到了何为生、何为死，生死之意义又在于何处，她的思想境界跟南康公主根本不是一个级别。李氏女有着一股忠诚的家国情怀，这种情怀比女人的小肚鸡肠宽广雄厚万倍。在这股情怀面前，争风吃醋的李氏自然羞愧。一个人连死都不怕了，她无疑就是强大的。所以，南康公主的羞愧退却，既是羞愧，也是诚服。

【原文】

庾玉台，希之弟也。希诛，将戮玉台。玉台子妇，宣武弟桓豁女也，徒跣求进。阍禁不内。女厉声曰："是何小人！我伯父门，不听我前！"因突入，号泣请曰："庾玉台常因人脚短三寸，当复能作贼不？"宣武笑曰："婿故自急。"遂原玉台一门。

【译文】

庾友是庾希的弟弟。庾希被杀后，将要杀庾友。庾友的媳妇是桓温弟弟桓豁的女儿，她光着脚要求见桓温。守门人禁止她入内，女子厉声说："哪个小人！我伯父家的门，不让我进？"于是冲了进去，大哭，说道："庾友常常依靠别人走动，腿比别人短三寸，还能造反吗？"桓温笑着说："侄女婿确实是着急了。"随后放了庾友一家。

【解读】

最危急的情况下，一个人可能退缩，也可能像庾友的媳妇一样勇往直前，说出最质朴而聪慧的话来，教敌人放弃杀心。这就是所谓的"情急生智"。从这点来说，遇到危急状况时，如无法做到处乱不惊，"就事论事"也不失为一个好方法。

【原文】

王凝之谢夫人既往王氏，大薄凝之。既还谢家，意大不说。太傅慰释之曰："王郎，逸少之子，人身亦不恶，汝何以恨乃尔？"答曰："一门叔父，则有阿大、中郎；群从兄弟，则有封、胡、遏、末。不意天壤之中，乃有王郎！"

【译文】

王凝之的妻子谢氏嫁到王家，很看不起王凝之。回到娘家，很不高兴。太傅谢安安慰她说："王郎，是王羲之的儿子，品行也不错，你为何还这么不满意呢？"回答说："我们谢家，叔父中有阿大，中郎；我堂兄中有谢韶、谢朗、谢玄、谢渊。想不到这天地间，还有王郎这样的人。"

【解读】

"曾经沧海难为水，除却巫山不是云。"看惯了高山大海的人，又怎会把丘陵、小溪这样的景致放在眼里？一个人的眼界越高，他对人事物的评判标准也越高。谢道韫本就才情极高，而她的家人也各个才华卓越，她对她夫君的不屑正源于此理。

【原文】

韩康伯母隐古几毁坏。卞鞠见几恶，欲易之。答曰："我若不隐此，汝何以得见古物？"

【译文】

韩伯母亲倚靠的几案破旧了，卞范之见到后，想要给她换一个新的。韩伯的母亲说："我如果不一直倚靠这个古几，你怎么能见到古物呢？"

【解读】

"物不经用如何成古物"跟桓冲妻子所说"衣不经新如何变旧"的道理是一样的：每样事物的成型都有一个过程，过程就是它的根本。我们既不能舍本逐末，也不能只取其本而扔其末。桓冲只喜旧衣服，那是舍本逐末、不切实际的浪费。而卞范之见旧则换新，也同样是浪费。因为旧也有旧的价值，只要东西还能用，何必直接扔弃？

【原文】

王江州夫人语谢遏曰："汝何以都不复进？为是尘务经心，天分有限？"

【译文】

王凝之的夫人对谢玄说："你为何不肯努力上进呢？是因为世间俗事而烦心，还是因为天分不够？"

【解读】

批评人的话要委婉地说，如谢道韫对她弟弟谢玄的批评。如果谢玄是俗事烦心，那情有可原，可以解决。如果是天分不够，那也就算了。而如果两者都不是，那就是谢玄不跟努力上进。看上去，是谢道韫替谢玄寻找开脱的理由，其实暗中有自己对谢玄不够优秀的不满和希望他再接再厉的警醒。

【原文】

郗嘉宾丧，妇兄弟欲迎妹还，终不肯归。曰："生纵不得与郗郎同室，死宁不同穴！"

【译文】

郗超死后，他夫人的兄弟们想要把妹妹迎回娘家，郗超妻子始终不肯，说："即使活着的时候不能同郗郎居一室，死了还不能葬在同一坟墓里吗？"

【解读】

对一个人爱到情深之处时，人往往会这样：不求生前如何如何，但求死后相依相随。爱情如此，友情也如此。这种爱，其实已经超越了感情的定义，变成了一种个人的信仰。而坚持这个信仰的人，唯有一条走到头，才觉得自己的死是有意义的。感情的神圣正在于此它可以让一个人全身心地充满力量。即使这种力量是悲痛的，他也宁愿沉浸其中，自得其乐。

【原文】

谢遏绝重其姊，张玄常称其妹，欲以敌之。有济尼者，并游张、谢二家，人问其优劣，答曰：“王夫人神情散朗，故有林下风气；顾家妇清心玉映，自是闺房之秀。”

【译文】

谢玄很敬重他的姐姐。张玄之常常称赞自己的妹妹，想跟谢氏比较一下。有个姓济的尼姑，跟张、谢两家都有交情，有人问她两人的优劣之处，回答说：“王夫人神情洒脱，有竹林贤士的风采；顾家的儿媳心地纯净，如玉般闪耀，当然是闺房中的佼佼者。”

【解读】

美好的女子如不同的香水，各有各的“味儿”。再平凡的女子，只要活出自己的“味儿”，就是不平凡的、美丽的。所以，别人拿你和别人怎么比，这并不重要的。重要的是，做你自己，活出你独特的风姿韵味。即使没法做香水，做一滴平淡无味的白水，你也可以让自己不同于其他的水滴。

【原文】

王尚书惠尝看王右军夫人，问：“眼耳未觉恶不？”答曰：“发白齿落，属乎形骸；至于眼耳，关于神明，那可便与人隔？”

【译文】

王惠曾经看望王羲之的夫人，问：“眼睛耳朵都还好使吧？”回答说：“头发白了，牙齿落了，这是属于躯体的原因；至于眼睛和耳朵，都和精神有关系，我能让它们失去作用？它们跟别人还有感应呢！”

【解读】

真正懂得生命真谛的人，知道人与外界的互动不在于言语之交，而在于个人内心、精神的感应。所以，只是与吃饭、说话有关的嘴巴，在个人的生命中起到的作用其实是很小的。王羲之夫人所说之话，正是此意。一个人，只要精神清朗，内心有自己的一片天地，那他就是健康的。

【原文】

韩康伯母殷，随孙绘之之衡阳，于阖庐州中逢桓南郡。卞鞠是其外孙，时来问讯。谓鞠曰：“我不死，见此竖二世作贼！”在衡阳数年，绘之遇桓景真之难也，殷抚尸哭曰：“汝父昔罢豫章，征书朝至夕发。汝去郡邑数年，为物不得动，遂及于难，夫复何言！”

【译文】

韩康伯的母亲殷氏，随孙子韩绘之来衡阳上任，在阖庐州遇到桓玄。卞鞠是殷氏的外孙，常来探望她。殷氏对卞鞠说：“我不死，会看到桓温、桓玄父子俩造反。”在衡阳住了数年后，韩绘之被桓亮杀害。殷氏抚着韩绘之的尸体哭着说：“你父亲当年被罢免豫章太守的职位时，公文早上送到，晚上就出发走了。你离官数年，不被外物所动，却仍遭这种难事。我还能说什么呢？”

【解读】

殷氏预料到了别人家的事情，却预料不到自家人的结局。人往往这样，旁观别人，别人的一切都清楚在眼。但对自己的命运，却是无论如何也拿捏不准。儿子升迁，一日之内就调职出发。孙子被杀，也是转眼之间就成定局。世事难料，天命难违。所以，殷氏一个柔弱女子，除了感叹“夫复何言”，又能说什么呢？

术解第二十

【原文】

荀勖善解音声，时论谓之“闇解”，遂调律吕，正雅乐。每至正会，殿庭作乐，自调宫商，无不谐韵。阮咸妙赏，时谓“神解”。每公会作乐，而心谓之不调。既无一言直勖，意忌之，遂出阮为始平太守。后有一田父耕于野，得周时玉尺，便是天下正尺，荀试以校己所治钟鼓、金石、丝竹，皆觉短一黍，于是伏阮神识。

【译文】

荀勖精通音律，当时有人称赞他“闇解”，于是朝廷让他调整音律，校正宫廷音乐。当正会时，宫殿之中吹奏音乐，他亲自调整音律，都非常和谐。阮咸很擅长鉴赏音乐，当时人们称他“神解”。每次公会作乐，他都觉得音乐有点不协调，所以没有一句肯定荀勖的话。荀勖私底下很忌恨阮咸，把他调出京都作了始平太守。后来有一位农夫在田间耕种，得到了一把周朝时的玉尺，是制定音律的标准尺。荀勖用此尺校正自己所治的钟鼓、金石、丝竹等乐器，发现都短了一黍，于是很佩服阮咸神妙的鉴赏能力。

【解读】

通常，一个人在某方面有所成就，被众人认可后，都会以为自己是这方面的权威。认为自己的所有定论都是对的，很难听进去别人的非议。然而，天外有天，人外有人。殊不知，骄傲自负于已取得成就，甚至因他人的否定而心生嫉恨，最终只会禁锢自己。只有虚心听取他人意见，才能发现问题，使自己更加优秀。荀勖虽然一开始禁锢自己，但他在得知自己的错误后由衷地佩服阮咸，说明他最终明白了这个道理。

【原文】

荀勖尝在晋武帝坐上食笋进饭，谓在坐人曰：“此是劳薪炊也。”坐者未之信，密遣问之，实用故车脚。

【译文】

荀勖在晋武帝旁边吃竹笋下饭，对在座的人说：“这菜是用劳薪烧的。”在座的人都不相信，秘密地派人去问，确实是用旧车轮烧的。

【解读】

荀勖天生敏感，不仅听觉厉害而精通音律，嗅觉也很灵敏，可“食辨劳薪”。然而，人们只习惯相信自己见过的，经历过的事情。因为天才的才能超乎寻常，所以一开始总是难以让众人相信。即使说对了，也可能会被人们说成是幸运。当然，久而久之，人们不得不相信天才的才能确实不一般。

【原文】

人有相羊祜父墓，后应出受命君。祜恶其言，遂掘断墓后以坏其势。相者立视之，曰：“犹应出折臂三公。”俄而祜坠马折臂，位果至公。

【译文】

有人相羊祜父亲的坟墓，说羊家要出个受命于天的君王。羊祜很厌恶此话，就掘断墓穴后面的风水。相墓的人观察后说："仍然能出个断臂的三公。"不久，羊祜坠马，折断了手臂，而且官位果然至三公。

【解读】

有时候，人不得不信命。不信命的人，与命运对抗，最终发现命运是无法抵抗的。所谓天数，就是这个意思。所以，有时候不如安然地接受命运的安排，何必在乎别人说什么，又何必刻意去改变什么呢？

【原文】

王武子善解马性。尝乘一马，著连钱障泥，前有水，终日不肯渡。王云："此必是惜障泥。"使人解去，便径渡。

【译文】

王济熟悉马性。曾经骑着一匹马，这匹马披着钱币花纹的新马鞍，看到前面有水，整天不肯渡过去。王济说："这匹马一定是舍不得新马鞍。"让人解去后，马就直接渡水了。

【解读】

一个人，即使熟知另一个人，也难以时时猜透对方的心思。王济知马性到这种地步，也许除了说明他对马很熟悉之外，还说明马比人还简单，一举一动都透露着它的意图。然而，人却不是如此，人会演，会装，会口是心非，会笑里藏刀，会以退为进……

【原文】

陈述为大将军掾，甚见爱重。及亡，郭璞往哭之，甚哀，乃呼曰："嗣祖，焉知非福！"俄而大将军作乱，如其所言。

【译文】

陈述是大将军王敦的属官，王敦非常器重他。陈述死后，郭璞前往哭吊，非常哀痛，他呼喊说："嗣祖啊，怎么知道这不是你的福气呢！"不久大将军王敦造反，真中了郭璞所说的话。

【解读】

古人说："塞翁失马，焉知非福？"人的境遇有好有坏，好运降临时切不要得意过头，厄运到来时也不必捶胸顿。因为，好运过后的灾祸也许大于好运带来的益处，而厄运过后则可能柳暗花明，境遇比厄运之前更好。所以，不必为自己或他人一时的境遇所困。郭璞吊念陈述时的哀叹正是源于此，而陈述死后发生的事情也证明了郭璞的哀叹是对的。

【原文】

晋明帝解占冢宅，闻郭璞为人葬，帝微服往看，因问主人："何以葬龙角？此法当灭族！"主人曰："郭云此葬龙耳，不出三年，当致天子。"帝问："为是出天子邪？"答曰："非出天子，能致天子问耳。"

【译文】

晋明帝会相墓穴风水，他听说郭璞给人选了墓地，就扮成百姓模样前往墓地观察。他问墓地主人："为什么葬在龙角上？这样会被灭族！"主人说："郭璞告诉我葬在龙耳上，不出三年，就会招来天子。"晋明帝问："是说要出天子吗？"回答说："不，是能把天子招来相问而已。"

【解读】

郭璞能够猜出晋明帝的行动，这跟他擅长看风水已经没有什么关系，而是跟他擅于洞察世事的能力有关。他为人选择了一处龙耳之地作为墓地，因龙耳靠近龙角，爱造谣的外行人必定会将这件事传出去，而晋明帝就会闻风而来。事实证明，一切尽在郭璞的预料之中。这并不意外，因为郭璞本就是个洞察世事，知因果关系的人。

【原文】

郗愔信道甚精勤，常患腹内恶，诸医不可疗，闻于法开有名，往迎之。既来便脉，云："君侯所患，正时精进太过所致耳。"合一剂汤与之。一服，即大下，去数段许纸，如拳大，剖看，乃先所服符也。

【译文】

郗愔信奉道教，而且很虔诚。他常常腹痛，请了很多医生都没有治好。听说于法开很有名望，便派人前去迎接。于法开来到后便诊脉，说："您所患的病是修行太急导致的。"配了一剂汤药给他。郗愔服下药后就腹泻，泻出很多纸，拳头般大小，剖开一看竟是自己所吞的符。

【解读】

有信仰不是件坏事，但抱着急功近利的心态则歪曲信仰的真意。真正的信仰，不管所信仰事物是什么，心态都应该是平和的。想要以不正确的手段使自己快速达到所信仰宗教或某种理念的极致状态，只能说明这个人很无知或者急功近利。这么做的人是盲目的，他根本不理解信仰为何物。郗愔追求信仰的过程中采取吞符的方法，就是一种极端而急功近利的表现。他的行为既不符合修身养性的法则，也与道教追求自然和谐、崇尚返璞归真的道义相违背。所以，他的结果也只能适得其反。

【原文】

殷中军妙解经脉，中年都废。有常所给使，忽叩头流血。浩问其故，云："有死事，终不可说。"诘问良久，乃云："小人母年垂百岁，抱疾来久，若蒙官一脉，便有活理。讫就屠戮无恨。"浩感其至性，遂令舁来，为诊脉处方。始服一剂汤，便愈。于是悉焚经方。

【译文】

殷浩精通把脉，熟悉人体经络，但在中年时全部荒废了。有个常在身边的仆人，突然给他跪下来叩头，直到头破血流。殷浩问缘故，回答说："有关生死之事，始终不敢说。"殷浩追问很久，那人才说："小人的母亲年纪将近百岁，病了很久，如果得到主人诊脉，就会有活下去的方法。事后，就算让我死我也没有遗憾。"殷浩被他的孝心感动，就让他把他的母亲抬来，为她把脉开处方。开始吃了一剂汤药就痊愈了。后来殷浩把他所有的医书都烧了。

【解读】

殷浩本来是个医学人才，可惜他作为当时的一流清谈名士，是瞧不起行医这门行当的，所以将一身的医学才华白白浪费。诊脉救人本是一件好事，照理说殷浩应该重拾医书，继续深造，但他却出乎意料地把书给烧了。殷浩这么做，或许是自傲于自己的才华，或许只是不想因为行医的事情毁了他的清谈之名。

巧艺第二十一

【原文】

弹棋始自魏宫内，用妆奁戏。文帝于此戏特妙，用手巾角拂之，无不中。有客自云能，帝使为之。客著葛巾角，低头拂棋，妙逾于帝。

【译文】

弹棋最初是从三国魏朝的宫室兴起的，是一种在梳妆的镜匣上玩的游戏。魏文帝非常擅长这个游戏，用手巾拨动棋子，都能打中。有一个客人说他的技艺也很高，文帝便让他当场试玩。这个客人戴着葛巾，低下头用葛巾角拨动棋子，比魏文帝的技艺更加巧妙。

【解读】

才能是不论身份、地位的。皇帝能做的事情，平民可能比他做得更好。出于宫室的游戏，不一定宫室内的人更会玩。俗话说，“山外有山，人外有人”“青出于蓝而胜于蓝”。所以，当自己擅长某项技能时，不要就自以为天下无敌。中国不是还有古话：“书山有路勤为径，学海无涯苦作舟。”学习的最高境界是永远在学习，不奢望做最厉害的人，但求自己能一天比一天进步。

【原文】

陵云台楼观精巧，先称平众木轻重，然后造构，乃无锱铢相负揭。台虽高峻，常随风摇动，而终无倾倒之理。魏明帝登台，惧其势危，别以大材扶持之，楼即颓坏。论者谓轻重力偏故也。

【译文】

凌云台楼观建造得非常精细巧妙。先称量所用木料的重量，使之平均，之后才会用来建造楼台，所以高低轻重没有丝毫误差。楼台很高大，经常会随着风摇动，但绝对不会倒塌。魏明帝曹睿登上这座楼台，担心它会被风吹倒，就命人用长大的木头支撑楼台。可是没多久，楼台倒塌了。议论的人都说楼台失去了重心，再也不能保持平衡，所以才会倒塌。

【解读】

万事万物都有一个平衡点，只有处在那个平衡点时，人、事、物才能稳住自身，不至于倒塌崩溃。根据事物的平衡原理来为人处事，是保证自己不会受损，事情不会失败的前提。懂得这个道理的人，他会保持自身的平衡，不会让自己过于骄傲、放肆，为所欲为，也不会让自己太过于保守、谨慎、做事畏畏缩缩。这样的人，他在处理事情时也不会只根据一己之见，而是悉心听取别人的建议，综合历史经验。

保持事物的平衡，第一要做到的就是不要去干涉自己不知道的事情。因为不知道，我们往往容易弄巧成拙。

【原文】

韦仲将能书。魏明帝起殿，欲安榜，使仲将登梯题之。既下，头鬓皓然，因敕儿孙勿复学书。

【译文】

韦仲将擅长书法。魏明帝修建了宫殿，想要安放牌匾，让韦仲将登着梯子去写字。韦仲将书写完毕，下来之后，头须都变白了。他告诫子孙，不要再学习书法。

【解读】

韦仲将对子孙的劝诫本意，其实是让他们不要在皇帝手下做事。为什么这么说呢？因为皇帝总是喜怒无常，为所欲为。牌匾本来是写好了字再挂上去的，然而皇帝让你爬梯子写你就不得不写。所谓伴君如伴虎，高处不胜寒。皇帝的一句话说得轻松，臣子领命后却心惊胆战。哪怕如在牌匾上写字这样的小事，也要谨而慎之再慎之。于是，从拿笔到完成，头发胡子都吓白了。写字不辛苦，辛苦的其实是那颗战战兢兢的心。

【原文】

钟会是荀济北从舅，二人情好不协。荀有宝剑，可直百万，常在母钟夫人许。会善书。学荀手迹，作书与母取剑，仍窃去不还。荀勖知是钟而无由得也，思所以报之。后钟兄弟以千万起一宅。始成，甚精丽，未得移住。荀极善画，乃潜往画钟门堂，作太傅形象，衣冠状貌如平生。二钟入门，便大感恸，宅遂空废。

【译文】

钟会是荀勖的堂舅，两人相处得并不好，感情一直不和。荀勖有一把宝剑，价值百万钱，经常放在母亲钟夫人的住所。钟会的书法很高明，偷偷模仿荀勖的笔迹，写信给钟夫人索要宝剑。钟会得到宝剑，就不再归还给荀勖。荀勖知道是钟会所为，但无法要回宝剑，就寻思着找机会报复。后来，钟氏兄弟花千万钱建了一座精美、华丽的新宅，暂未搬进去住。荀勖画技高超，潜入钟会的新宅，在屋里画了一幅太尉钟繇的画像，衣冠容貌跟钟繇在世之时一模一样。钟氏兄弟进门看到画像，感到非常悲伤，就没有搬进宅子，于是这所新宅就空置荒废了。

【解读】

兵书上说，“知彼知己，百战百胜”。钟会和荀勖斗智，两人知彼知己，每一步每都是建立在充分了解对方的基础上，以我方的优势攻取对方的弱点。所以他们难分胜负，各有输赢。

从这则故事中可见，钟会和荀勖各自的技艺都已经达到了一定的高度，也可见他们相知甚深。可惜的是，他们的相知是对敌关系的相知。他们各有才情，还有着家族关系，却结怨结仇，让最懂得自己的人成为冤家。钟会和荀勖两个人的才情如果能够配上友谊而不是相互的仇恨，那他们的相交将会是一段令人感动的“管鲍之交”。

【原文】

羊长和博学工书，能骑射，善围棋。诸羊后多知书，而射、奕余蓺莫逮。

【译文】

羊长和博学多才，精于书法，善于骑马射箭，并且精通围棋。羊家的后代子孙大多数都懂得书法，但是射箭、下围棋等技艺都比不上羊长和。

【解读】

一个家庭背景的传承，不仅金钱财富会代代递减，天资才能也可能如此。这其实还跟个人努力程度有关系。才华即便会遗传，但如果当事人不学习、深造，那他的才也不过是泛泛之才。也就是说，会不会作画，能不能骑马，最终还是看个人后天的努力。没有天才，也没有会永远传承的才华，只有勤奋的人才。所以说，一代不如一代，不过因为一代不如一代努力罢了。

【原文】

戴安道就范宣学，视范所为，范读书亦读书，范抄书亦抄书。唯独好画，范以为无用，不宜劳思于此。戴乃画《南都赋》图，范看毕咨嗟。甚以为有益，始重画。

【译文】

戴安道跟随范宣学习，完全以范宣为榜样。范宣读书，戴安道跟着读书；范宣抄书，戴安道也跟着抄书。唯独对于绘画这一方面，范宣认为没有一点用处，不应该在这方面浪费精力。戴安道画了一幅《南都赋》图，请范宣欣赏。范宣看后赞不绝口，认为绘画非常有益，于是开始重视画画了。

【解读】

戴安道是范宣的学生，他却能够以行动来反驳乃至改变范宣的观点，这种不盲目学习榜样，敢于质疑权威的精神值得我们每一个人学习。生活中，如“老师”“学者”“长辈”等代表权威的人也经常会给我们传达某种知识或理念，他们说的也并非都是对的，或者是不符合我们生活方式和做人原则的。这时候，只要我们的想法或选择正确，就应该像戴安道一样坚持自己的立场和观点，如果有能力且有必要，我们也可以试着以行动来质疑所谓的权威。

【原文】

顾长康画裴叔则，颊上益三毛。人问其故，顾曰：“裴楷俊朗有识具，正此是其识具。”看画者寻之，定觉益三毛如有神明，殊胜未安时。

【译文】

顾恺之给裴叔则画像，在他的脸颊上多画了三根毫毛。人们问顾恺之缘故，他说：“裴叔则英俊爽朗，有见识，有才能，这三根毫毛正好能表现出他的见识和才能。”欣赏画的人寻思了一会儿，确实觉得三根毫毛更能彰显裴叔则的神韵，远远胜过没有增添毫毛的时候。

【解读】

作画讲究要有“点睛之笔”，所谓点睛之笔，即突出所画人、物、景特色的那一笔或几笔。没有“点睛之笔”的画作没有灵魂，看起来平庸无奇。不仅作画，写文章、说话也要有“点睛之笔”，在关键的地方，以生动形象的某个“点”来吸引读者、听者的注意力。有“点睛之笔”的作品，总是更能让欣赏它的人领悟它的神韵，也因此更容易赢得大众的喜欢。而擅长“点睛”的创作者，也才能算是一个真正的大师。

【原文】

顾长康好写起人形。欲图殷荆州。殷曰：“我形恶，不烦耳。”顾曰：“明府正为眼尔。但明点童子，飞白拂其上，使如轻云之蔽日。”

【译文】

顾恺之喜欢画人物肖像，想给荆州刺史殷浩画像。殷浩说：“我的外貌不好，就不必劳烦你了。”顾恺之说：“您只是因为眼睛的缘故所以才这样说。我只要清楚地画出你的瞳孔，再用飞白笔法轻轻掠过上面，就会使眼睛看起来如一抹轻云遮住太阳一样。”

【解读】

有能力的艺术家，总是善于从不完美的生活里勾勒出美的画面。以美的形式，将不美的东西呈现出来，这是艺术的美，也是艺术的善。当然，我们也不必为自己的某个缺陷而自卑，只要装饰得当，丑也可以变成美。人一旦对自己产生了自信，神韵气质就会给人以美感。如果说化妆是外在的装饰，则自信则是一种内在的装饰，它比外在的装饰更有力。

【原文】

顾长康画谢幼舆在岩石里。人问其所以，顾曰："谢云：'一丘一壑，自谓过之。'此子宜置丘壑中。"

【译文】

顾恺之把谢幼舆画在岩石之中。有人问他原因，他回答说："谢幼舆自己说过'一丘一壑，自谓过之。'所以理应让谢幼舆在画里置身于山谷中。"

【解读】

艺术来源于现实。有创新思维、能够做出成就的艺术家，总是能够善于在生活中观察、倾听、发现。正如顾恺之。只因听谢幼舆说他自己是"纵情山水第一人"，顾恺之便将他画在岩石中。这样的创作，必定能使得画中的人物有着鲜明的个性，栩栩如生。这样的作品，既是艺术，也是生活的写照。

【原文】

顾长康画人，或数年不点目精。人问其故，顾曰："四体妍蚩，本无关于妙处；传神写照，正在阿堵中。"

【译文】

顾恺之画人，有时几年过去了，还没画上人的眼珠。人们问他缘故，他回答说："身体的美丑，本来跟画的奥妙无关，画像的传神之处，只在于眼睛这一点。"

【解读】

眼睛是心灵的窗户。看一个人美不美，只看他的眼睛就足够了。凶神恶煞的人，眼睛透出杀气。善良温柔的人，眼睛会散发出春天般的温暖气息。而天真纯洁的人，眼睛如一片清泉，清澈明亮。眼睛传神，可见人心，可窥人的灵魂。所以说，真实的一个人也好，人物画像也好，其神韵都跟眼睛有关。而要想把眼睛画得传神，须对所画人物的精神面貌有透彻的了解。顾恺之画人，几年过去才"点睛"，正是因为基于这种认识才这么做的。

【原文】

顾长康道："画'手挥五弦'易，'目送归鸿'难。"

【译文】

顾恺之说："画手指拨动琴弦的动作很容易，画目送归鸿的神态很难。"

【解读】

画动作，只要画出人物在干什么就行了，这是将实的东西画出来。画神态，其实是要画出人物的思想、情绪，画出他内心里不为人知的喜怒哀乐，甚至画出他的灵魂。这是将虚的东西画成实在可见。画神态之难，难于上青天。能够将这一工夫练到极致的艺术家，他的画作也堪称顶级杰作。

宠礼第二十二

【原文】

元帝正会。引王丞相登御床，王公固辞。中宗引之弥苦。王公曰："使太阳与万物同辉。臣下何以瞻仰！"

【译文】

晋元帝在元旦那天朝会见大臣，拉着王导一起坐皇帝宝座，王导坚决推辞不肯就座。晋元帝又极力拉着王导就座，王导说："假如太阳和万物都释放光辉，做臣子的还能瞻仰什么呢？"

【解读】

没有规矩不成方圆，无礼仪没有上下，没有上下则容易乱套。所以古代讲君臣之礼，为臣之道。君臣之礼既是一种礼仪，也是一种国家制度。作为臣子，就要懂得礼仪的重要，遵守礼仪，不做违背礼仪、规矩之事。即使是国君礼让，也要谨慎行之，否则容易招惹灾祸。

【原文】

桓宣武尝请参佐入宿，袁宏、伏滔相次而至，莅名，府中复有袁参军，彦伯疑焉，令传教更质。传教曰："参军是袁、伏之袁，复何所疑？"

【译文】

桓温曾经请幕僚到府里过夜，袁宏、伏滔二人相继到达。点名之时，府中还有个姓袁的参军，袁宏不能确定名单上的袁参军是不是自己，于是就让小吏再次询问一下。小吏说："参军就是袁伏的袁，还有什么可怀疑的呢？"

【解读】

袁宏、伏滔都是桓温手下的参军，当时被并称为"袁伏"。袁宏只是个小小的参军，没有想到自己也会被桓温邀请到府中过夜。他对自己能得到这样的礼遇有所怀疑，于是先去确认一下有没有搞错。这种谨慎，既是一种礼节，也是对自己的保护。想想看，如若搞错，后果轻则让自己出笑话，重则也许会被桓温视为不知好歹，论罪处罚。

【原文】

王珣、郗超并有奇才，为大司马所眷拔。珣为主簿，超为记室参军。超为人多髯。珣状短小。于时荆州为之语曰："髯参军，短主簿。能令公喜，能令公怒。"

【译文】

王珣、郗超才华出众，受到大司马桓温的器重和提拔。王珣担任主簿，郗超担任记室参军。郗超满脸胡须，王珣身材矮小。当时荆州人为他们两个人编了几句歌谣："满脸胡须的参军，身材矮小的主簿，能让桓温欢喜，也能让桓温发怒。"

【解读】

人们习惯以貌取人，然而才华与长相并没有必然的联系。相貌不是评价一个人的标准，长得丑的人不一定无能，长得玉树临风的人也不一定是"花瓶"。客观地看待他人，是认识对方的前提。一个当领导的人，也必须有这样的认识，才能得到真正的人才。

【原文】

许玄度停都一月，刘尹无日不往，乃叹曰："卿复少时不去，我成轻薄京尹！"

【译文】

许玄度在京城逗留了一个月，刘惔每天都去看望他。刘惔感叹说："你若是还不走，我就要成为空有头衔的京兆尹了。"

【解读】

许玄度没有官职，以游山玩水为乐。这样一个人，也许难以体会到刘惔有公务在身的痛苦。刘惔明知因私事放下公务不对，还每天接待许玄度，可见他与许玄度的感情很深。自古忠孝难两全，公私难兼顾。在无奈之下，刘惔只好以一种幽默的戏谑方式来坦白自己的尴尬。

【原文】

孝武在西堂会，伏滔预坐。还，下车呼其儿，语之曰："百人高会，临坐未得他语，先问'伏滔何在？在此不？'此故未易得。为人作父如此，何如？"

【译文】

晋孝武帝司马曜在西堂会见群臣，伏滔也在场。伏滔回到家里，一下车就唤出儿子，对他说："在这次百余人的大会上，皇帝坐下之后什么都没说，先问'伏滔在哪里？是否在场？'这种荣誉非常难得啊！为父做人能做到这种地步，你觉得怎么样？"

【解读】

得到皇上的器重，不向别人炫耀，不在心里沾沾自喜，而是回到家中跟儿子分享，征求儿子对于自己所获荣誉的意见。这样一个父亲，实在可爱。他的可爱在于，他不隐藏自己的喜悦和得意，而是率真地将它们呈现出来。

开心就面露喜悦，悲痛时也不要强颜欢笑，这是一种自然率真的生活态度。

【原文】

卞范之为丹阳尹，羊孚南州暂还，往卞许，云："下官疾动，不堪坐。"卞便开帐拂褥，羊径上大床，入被须枕。卞回坐倾睐，移晨达莫。羊去，卞语曰："我以第一理期卿，卿莫负我！"

【译文】

卞范之任丹阳尹的时候，羊孚从南州暂时回到京城，顺便到卞范之家去看望他。羊孚说："我的疾病发作了，不能坐。"卞范之拉开床帐子，拂拭干净褥子，接着羊孚就上了床，钻进被子靠着枕头睡觉。卞范之坐下，侧身对着羊孚，从早晨一直到傍晚都没有离开。羊孚临走之际，卞范之对他说："我希望你能坚持头等重要的事理，一定不要辜负我啊。"

【解读】

真正的朋友，为你屈尊身份，在你需要时侍奉前后，犹如你忠贞的臣子。但是他却不求任何回报，只希望你能够以大事为重，在自己的职责范围内做出一番业绩。当年齐桓公让鲍叔牙做宰相，鲍叔牙力推管仲，让管仲坐上了相位，自己却屈尊其下，也不觉得有什么。而管仲也不辜负鲍叔牙的一番推荐，帮助齐桓公整治国家，为国君出谋划策，使齐国率先称为了中原霸主。相知的朋友，就是如鲍叔牙、卞范之一样，知道你心里所想，并甘愿为你的理想忍让的人。

任诞第二十三

【原文】

陈留阮籍、谯国嵇康、河内山涛三人年皆相比。康年少亚之。预此契者，沛国刘伶、陈留阮咸、河内向秀、琅邪王戎。七人常集于竹林之下，肆意酣畅，故世谓“竹林七贤”。

【译文】

陈留人阮籍、谯国人嵇康、河内人山涛三人年龄差距不大，嵇康比另外两人稍微小一些。参与他们集会的还有沛国的刘伶、陈留的阮咸、河内的向秀、琅邪郡的王戎。七个人时常在竹林下集会，纵情饮酒，人们称他们为“竹林七贤。”

【解读】

“竹林七贤”追求清静无为的生活，不以礼法、功名束缚自己。他们都“非汤武而薄周孔，越名教而任自然”“弃经典而尚老庄，蔑礼法而崇放达”。在这样的思想下，个人的身份、地位、年龄根本不是成为他们挑选朋友的参考要素，志同道合才是他们心中对朋友的标准要求。

【原文】

阮籍遭母丧，在晋文王坐，进酒肉。司隶何曾亦在坐，曰：“明公方以孝治天下，而阮籍以重丧显于公坐饮酒食肉，宜流之海外，以正风教。”文王曰：“嗣宗毁顿如此，君不能共忧之，何谓？且有疾而饮酒食肉，固丧礼也！”籍饮啖不辍，神色自若。

【译文】

阮籍为母亲守孝期间，在司马昭的酒席上喝酒吃肉。司隶校尉何曾也在场，对司马昭说：“您主张以孝治天下，阮籍却在服丧之时公然在您的酒席上喝酒吃肉，理应把他流放到边远地区，以端正风俗教化。”司马昭说：“阮籍因为丧母而过度悲伤，已经非常劳累了，你不能和我一起为他分担忧愁也就罢了，为什么还要说这种话呢？况且生病的人喝酒吃肉，本就合乎丧礼！”阮籍依旧吃喝不停，神情毫无异样。

【解读】

阮籍以放浪形骸的个性闻名于当时乃至后世，他的很多行为在别人看来都是怪诞嚣张的。然而这正是他真诚坦率，不受世俗限制的不羁表现。母亲死去，难道他不难过吗？只是，世俗之人将心中悲痛流露在外，而阮籍有自己的方式。他照常吃喝，甚至比以往更加畅怀。这看似没心没肺，实则如司马昭所说，是因悲伤过度以致身体生病，继而又借酒肉消愁、解乏。

在当时的社会，像阮籍这种不符礼数的大逆不道的出格行为，很有可能会召来与他对立的人的弹劾。阮籍并非不知道，但他还是选择按照自己的思维和个性来行事。他不管别人非议，即使可能会使自己遭到批判甚至处罚也我行我素，坦然自若。

【原文】

刘伶病酒，渴甚，从妇求酒。妇捐酒毁器，涕泣谏曰：“君饮太过，非摄生之道，必宜断之！”伶曰：“甚善。我不能自禁，唯当祝鬼神自誓断之耳。便可具酒肉。”妇曰：“敬闻命。”供酒肉于神前，请伶祝誓。伶跪而祝曰：“天生刘伶，以酒为名；一饮一斛，五斗解酲。妇人之言，慎不可听。”便引酒进肉，隗然已醉矣。

【译文】

刘伶喝醉了酒，感到身体不适，十分口渴，就向夫人要酒喝。夫人倒掉酒，砸了酒具，哭着劝说刘伶："过度饮酒，不是养生的方式，你一定要把酒戒掉才行。"刘伶说："你的话很有道理，可是我自己戒不掉，只有先向鬼神祷告，之后发誓戒酒才可以。你去准备祷告用的酒肉吧。"夫人说："我遵命照办。"把酒肉供奉在神像前，请刘伶祷告发誓。刘伶跪下祷告说："刘伶天生以酒为命，一喝就是一斛，五斗酒就能除去我的病症。女人的话万万不能听啊。"说完，便喝酒吃肉，没一会儿又喝得烂醉如泥。

【解读】

刘伶曾经在将军王戎手下做过参军，他为官强调无为而治，最终因无能被罢免。刘伶平时不爱说话，对人情世事漠不关心，是个冷漠寡交的人。他只跟阮籍、嵇康交往密切。

刘伶对酒的依赖，在当时乃至后世人都可以说无人能及。他曾在出游时对仆人说，他要是在哪里醉了就将他埋在哪里。也因此，刘伶被称为“酒仙”。对于一个嗜酒如命的人来说，酒就是他，他就是酒。然而他的妻子却以饮酒伤身为由苦劝他戒酒。妻子不了解自己的心病，刘伶大概也不想伤妻子的心，所以撒谎骗酒喝。

【原文】

刘伶恒纵酒放达，或脱衣裸形在屋中，人见讥之。伶曰：“我以天地为栋宇，屋室为裈衣。诸君何为入我裈中！”

【译文】

刘伶经常毫无节制地饮酒，行为放任不羁，有的时候在屋里赤身裸体开怀喝酒。有人见到这种情况，就讥笑他。刘伶说："我把天地当成房屋，把居室当成衣裤，为什么你们都进到我的裤子里呢？"

【解读】

刘伶的狂放和机智让人佩服。他的狂放已经到了超脱于天地之间的地步了，这并非言过其实。他曾经对人说过，醉死何处葬于何处。一个人，看透了生死，以天地为家，人世间就没有了让自己牵挂的东西，他人的是非议论更不值一提。做人洒脱至此，与人生和际遇，他不过是个旁观者。

【原文】

阮籍嫂尝还家，籍见与别，或讥之。籍曰：“礼岂为我辈设也？”

【译文】

有一次，阮籍的嫂子要回娘家，阮籍去看她并同她告别。有人以此讥笑他，阮籍说："难道礼法是为我们这样的人制定的吗？"

【解读】

古代讲究“男女有别”，按照礼数，阮籍是不该去给嫂子送行的。但在阮籍看来，各种世俗礼数不过是给想遵守或者该遵守这些礼数的人制定的，而自己不属于其中。

确实，不同的阶层有不同的生活方式和礼仪标准，而不同的人亦有不同的思维方式。在不违背法律，不伤害他人的前提下，各人有各人的处世之道。有时候，不必过于以各种礼数、规矩来束缚自己。只要自己喜欢、愿意以某种方式处事，即使被讥笑又何妨？

【原文】

阮公邻家妇有美色，当垆酤酒。阮与王安丰常从妇饮酒，阮醉，便眠其妇侧。夫始殊疑之，伺察，终无他意。

【译文】

阮籍的邻居有一个妇人，长得很漂亮，在酒店里卖酒。阮籍和王安丰经常去妇人那里买酒喝，喝醉了就睡在妇人身旁。起初，妇人的丈夫怀疑阮籍行为不轨，后来经过认真观察，才得知阮籍根本就没有不良意图。

【解读】

阮籍买酒看美人，醉后卧躺美人旁。看也看过了，靠也靠近了，夫复何求？阮籍酒醒后，必定是告别妇人，知足离去。等哪日想起来这位美人，就又来找她买醉，再睡靠她身旁。阮籍这种爱，如爱一朵花，但闻花、看花，却不采花。这样率真坦诚的性情，使人只见他的纯洁而无法说其是非。所以说，心中清明的人，他做的事情即使不符合传统礼仪，也不会受人指责。

【原文】

阮仲容、步兵居道南，诸阮居道北；北阮皆富，南阮贫。七月七日，北阮盛晒衣，皆纱罗锦绮；仲容以竿挂大布犊鼻裈于中庭。人或怪之，答曰："未能免俗，聊复尔耳！"

【译文】

阮仲容和叔叔阮籍住在路南，其他阮姓人住在路北。住在路北的阮姓人都很富有，南边的则很穷。七月七日那一天，路北阮家晾晒衣服，晒得都是名贵的丝织品。阮仲容把粗布短裤挂在竹竿上在院子中晾晒。有人对此感到很奇怪，阮仲容告诉他们说："这个习俗是免不了的，就暂时用它们应付应付吧。"

【解读】

七夕晒衣的风俗起源于汉代。据说汉朝建章宫的北边有个太掖池，池的西边是汉武帝的晒衣阁，每到七月七日，宫女就会拿出皇帝皇后的衣服出来晒。

汉代晒衣的风俗后来演变成了豪门富士夸耀财富的手段，魏晋时的有钱人家更是非常钟爱这个习俗。阮咸瞧不起这种作风，所以，当他看到路北阮家拿出昂贵的陵罗绸缎出来炫耀时，就故意用竹竿挂起破旧的衣服。

阮仲容的炫耀，除了表现对追求浮华的富贵人家的嘲讽，还表现对自己所选择的道路的坚定信念。每个人所拥有的都不一样。因为每个人做出了不同的选择。世俗有世俗的看法，我有我的追求。我既然不稀罕世俗主人所追求的，又何惧自己做出另类选择的"后果"？

【原文】

阮步兵丧母，裴令公往吊之。阮方醉，散发坐床，箕踞不哭。裴至，下席于地。哭，吊唁毕，便去。或问裴："凡吊，主人哭，客乃为礼。阮既不哭，君何为哭？"裴曰："阮方外之人，故不崇礼制；我辈俗中人，故以仪轨自居。"时人叹为两得其中。

【译文】

步兵校尉阮籍的母亲去世了，中书令裴楷前去吊丧。阮籍刚刚喝醉，披头散发，伸开两腿坐在床榻上，也没有哭，直到裴楷前来，才离开座位。裴楷哭着吊完丧以后，就转身走了。有人问裴楷："吊丧的时候，只有主人先哭，客人才能按照礼仪哭。阮籍没有哭，您为什么哭了呢？”裴楷回答说：“阮籍超脱了世俗，因而不必尊崇礼法和制度。我们都是俗人，理应遵循世俗的礼仪。”当时的人称赞他们两个人的行为都很得当。

【解读】

人们常说，做事要“量力而为”，不要勉强自己。其实，做事也需要“依性而为”，各人按各人的个性、胆量做事。阮籍一向超脱世俗，所以他不以不遵礼仪为耻。凡夫俗子放不下面子，不能超越世俗，那就只能按世俗规则办事。裴楷的回答体现了他有自知，以个性出发选择适合自己的方式做事，而不是为谁改变自己的做人理念和处事方式，也不强求别人都像他一样。

【原文】

诸阮皆能饮酒，仲容至宗人间共集，不复用常杯斟酌，以大瓮盛酒，围坐相向大酌。时有群猪来饮，直接去上，便共饮之。

【译文】

阮家的人都能喝酒，阮仲容到族人那里参加集会，不用平常的小杯子盛酒，而是用大瓮装酒。众人围在酒瓮旁边，面对面大喝。当时有一群猪也来喝酒，直接走到酒瓮跟前，于是阮仲容就和它们一同畅饮。

【解读】

阮仲容等人以豪迈粗犷的“无礼”之行来反抗当时社会中的种种桎梏，表达自己不屑于士大夫阶层的庸俗，以及对社会的不满。然而这种反抗俨然无力，因为一小撮人以酒买醉是改变不了现实的。这一场反抗的闹剧其实已经走到了悲剧的尽头。

【原文】

阮浑长成，风气韵度似父，亦欲作达。步兵曰：“仲容已预之，卿不得复尔！”

【译文】

阮浑长大成人，气质风度跟他的父亲阮籍都很相像，也想放达不羁。阮籍说：“阮仲容已经这样做了，你就不能再这样了。”

【解读】

邯郸学步，东施效颦，结果只会既不像别人，也不像自己。表面的东西犹学不来，何况内在的？气质是个人外貌和内在修养的综合体现，它不是想学就能学会的，而是经由一定的阅历沉淀后得以自然形成的。想具备某种气质，内心必须具有相应的情怀。比如，想具备娴静优雅的气质，须内心平和，不斤斤计较，时常保持安静和愉悦。总之，气质与个性紧密联系，而这两者都不是靠学习别人就能得来的。阮浑想放达不羁，说明他本身并非放达不羁之人。既然不是，学也不会。所以，阮籍会阻止他。而阮仲容不会遭到阮籍的阻止，是因为他本人就放达不羁。

【原文】

裴成公妇，王戎女。王戎晨往裴许，不通径前。裴从床南下，女从北下，相对作宾主，了无异色。

【译文】

裴成公的夫人是王戎的女儿。一天清早，王戎到裴成公家，没有经过通报，就直接到了屋里。裴成公先从床上下来，夫人紧随其后也下了床。几人分主客相对而坐，完全没有一点儿不自在的神色。

【解读】

王戎是“竹林七贤”中年龄最小的一员，裴成公是当时的思想家，同样属于“蔑礼法而崇放达”的清淡名士。这两个人都不是以世俗礼仪为生活导向的凡夫俗子，在他们看来，凡是人之所为，都是合乎常理而自然存在的。一些无关痛痒的礼节，遵守不会使一个人变得更好，不遵守也不会降低一个人的品质。所以，即使两人有岳婿关系，且又是在卧室中相见，也不觉得有何尴尬。

【原文】

阮宣子常步行，以百钱挂杖头，至酒店，便独酣畅。虽当世贵盛，不肯诣也。

【译文】

阮宣子时常步行出门，把一百钱挂在手杖之上，到了酒店里，一个人尽情喝酒。当时的显贵人物有很多，可是阮宣子不会前去拜访他们。

【解读】

一个人最难得就是有闲情逸致。乱世之中，执一根杖，把一百钱挂在杖上，然后一个人悠哉地走一段路，不紧不慢去到酒店，也不与他人说话，只顾自己尽情地喝。这样的逍遥自在，即使是神仙也未必能有。可见，阮宣子是个会享乐之人，而他最拿手的娱乐不是跟别人寻欢作乐，而是跟自己相处，跟酒相处，在一个人的世界里找到清静无为的快乐。这种乐趣，是人生最高境界的乐趣。

【原文】

山季伦为荆州，时出酣畅。人为之歌曰：“山公时一醉，径造高阳池。日莫倒载归，茗艼无所知。复能乘骏马，倒著白接篱。举手问葛彊，何如并州儿？”高阳池在襄阳。彊是其爱将，并州人也。

【译文】

山季伦在荆州当官期间，常常出去开怀畅饮。人们给他编写了一首歌：“山季伦去高阳池喝酒，傍晚时分归来之时，早已醉得不省人事，没有一点儿知觉。酒劲儿稍微下去一点儿，他又骑着骏马，倒戴着帽子，挥手问葛彊，我比你这个并州人怎么样啊？”高阳池在襄阳。葛彊是他的得力手下，并州人氏。

【解读】

有的人醉态丑陋，有的人醉态可掬。一个人醉了会成什么样，看看他平时的为人就可知道了。山季伦为人性情文雅，有其父山涛（竹林七贤）的风骨。从他醉后与手下相比这一点就可以看出他的个性温和，善与人交。

【原文】

张季鹰纵任不拘，时人号为“江东步兵”。或谓之曰：“卿乃可纵适一时，独不为身后名邪？”答曰：“使我有身后名，不如即时一杯酒！”

【译文】

张季鹰纵情放任，不拘泥于礼法，被当时的人称为“江东步兵”。有人对他说：“你可以尽情享乐一时，难道就不为今后的名声打算了吗？”张季鹰回答说：“与其今后有一个好名声，不如此刻眼前有一杯美酒。”

【解读】

“与其今后有一个好名声，不如此刻眼前有一杯美酒。”用现在的话说就是“活在当下”。活着是为了追求快乐幸福的，唯有活在当下，乐于当下，才能体会到真实的幸福。张季鹰不因未来的功名放弃当下的一杯美酒，这是他会活在当下的体现。张季鹰不贪婪名声，但求享受当下的一杯美酒，他个虔诚的受馈者，也是一个“活在当下，及时行乐”的践行者。

知道自己想要什么，哪怕自己所追求的是别人不以为然甚至以为荒唐的东西，也不管不顾，随心而活，这是真正的旷达不羁，也是真正地在活着。

【原文】

毕茂世云：“一手持蟹螯，一手持酒杯，拍浮酒池中，便足了一生。”

【译文】

毕茂世说：“一手拿着螃蟹腿，一手端着酒杯，在酒池中游泳，这一辈子就够了。”

【解读】

世间的诱惑很多。有人为财富拼命，有人为功名舍身，有人追求美女，有人追求爱情。欲望以不同的面目现形，芸芸众生总是沉迷其中而不自知。然而，回头想想，人的一生如白驹过隙，每个人不过一个匆匆的过客，所追求的一切名利财富不过是虚幻。

什么才不是虚的？一颗看清了人生虚无的心。真心有什么用？真心可以发现自己，让自己在万物的虚空中找到内心里追求的单纯的快乐。“一手持蟹螯，一手持酒杯，拍浮酒池中，便足了一生。”这便是毕世茂了悟人生虚无之后的真心之愿。

【原文】

贺司空入洛赴命，为太孙舍人，经吴阊门，在船中弹琴。张季鹰本不相识，先在金阊亭，闻弦甚清，下船就贺，因共语，便大相知说。问贺：“卿欲何之？”贺曰：“入洛赴命，正尔进路。”张曰：“吾亦有事北京。”因路寄载，便与贺同发。初不告家，家追问乃知。

【译文】

贺司空要到京城洛阳任职，担任皇太孙的属官，路过吴阊门时，在船上弹起了琴。张季鹰原本不认识他，在金阊亭中听见琴声非常清爽，就下船拜访贺司空。两个人一起谈天说地，彼此感到非常契合。张季鹰问贺司空：“你要去哪里啊？”贺司空说：“我要到洛阳上任，如今正在赶路呢。”张季鹰说：“我也要到洛阳忙一些事情。”两个人便同乘船上路了。张季鹰并没有把这件事告诉家里人，家里人经过多方打听才得知此事。

【解读】

人生难得一知己，千古知音最难觅。知己是什么？是能通过你的音、貌、行为，甚至通过你的沉默就能了解你内心的人。当年伯牙鼓琴，钟子期倾听。钟子期一死，伯牙谓世再无知音，乃破琴绝弦，终身不复鼓。张季鹰与和贺司空只有一面之交，两人短暂交谈后，张季鹰觉得对方与自己情投意合就“离家出走”，他们两人同样是知己。因知己难得，所以伯牙为钟子期的逝去而摔琴，张季鹰为贺司空而相随到洛阳。

【原文】

祖车骑过江时，公私俭薄，无好服玩。王、庾诸公共就祖，忽见裘袍重叠，珍饰盈列。诸公怪问之，祖曰：“昨夜复南塘一出。”祖于时恒自使健儿鼓行劫钞，在事之人亦容而不问。

【译文】

祖逖刚过江的时候，府库和个人都很贫穷，没有贵重的衣服和玩物。有一次，王导、庾亮等大臣一同去看望祖逖，发现他的家中堆满了皮衣和珍贵的饰品。王导等人觉得很奇怪，就问祖逖是怎么回事儿。祖逖回答说：“昨晚我又去了一趟南塘。”祖逖经常派军中勇士公开抢劫，相关官员对此都能容忍而不究问。

【解读】

自古以来，名人英雄最看重的就是名誉，他们不做污名之事，即使迫不得已做了也会想办法隐藏事实或者给自己找理由。祖逖却不同，他直言相告，陈述事实。是所谓光明磊落。相对于面对绝境就退缩或者做了事情不敢承认，能够坦然自己面对的无奈和不得已的“无耻”，更是英雄的表现。祖逖的坦荡让王导等人了解到了他的苦处，知道他是出于无奈，也因此没有追究他的抢劫盗窃之行。

【原文】

鸿胪卿孔群好饮酒。王丞相语云：“卿何为恒饮酒？不见酒家覆瓿布，日月糜烂？”群曰：“不尔。不见糟肉，乃更堪久？”群尝书与亲旧：“今年田得七百斛秫米，不了麴糵事。”

【译文】

鸿胪卿孔群非常喜欢喝酒，王丞相劝他说：“你为什么不停地喝酒呢？你难道看不见盖酒坛子的布时间长了就会烂掉吗？”孔群说：“不是这样的。你难道没看见用酒腌制过的肉能保存更长时间吗？”孔群曾经给亲友写信说：“今年收获了七百斛高粱，用来酿酒还不够用呢！”

【解读】

正如“水可载舟，亦可覆舟”，酒会腐蚀物品，缩短它的寿命，却也可以延长其他物品的寿命。用法不一样，效果就会不一样。所以说，不能对某样东西或者某件事一概定论，而应从多角度去看待它，并根据它不同的功效利用它。此外，人的思维方式以及喜好不一样，对事物的看法也不一样，处世之道也就不同。有的人忙升官发财，有的人忙生计，有的人帮国仇家恨，有的人则忙着酿酒。爱什么就忙什么，这本就无可厚非。

【原文】

有人讥周仆射与亲友言戏秽杂无检节。周曰：“吾若万里长江，何能不千里一曲！”

【译文】

有人嘲笑周仆射和亲友说笑之时言语污秽，一点儿也不检点。周仆射说：“我就像那万里长江一样，哪能流了千里而不拐个弯呢？”

【解读】

周顗向来心直口快，估计他也知道自己本是个口无遮拦，想到什么说什么的人。所以他做了一个生动的比喻，既生动地彰显了自己奔放不羁的性格，同时又不避讳自己的过错，说那是“千里一曲”。有自知之明，敢做敢当，这样的真性情让人莞尔。

人非圣贤，孰能无过？犯错之后，学一学周顗，对自己宽容一点，不失为一种愉悦自己的方式。如果一旦犯错，被人指责，就愧疚难当，陷于深深的自责中，不但毫无用用处，反倒还会毁了自己的生活。

【原文】

温太真位未高时，屡与扬州、淮中估客樗蒱，与辄不竞。尝一过，大输物戏屈，无因得反。与庾亮善，于舫中大唤亮曰："卿可赎我！"庾即送直，然后得还。经此数四。

【译文】

温太真还没有做到高官的时候，多次跟扬州、淮中的商贩们赌博，一次也没有赢过。有一回，他下了大赌注，结果输得精光，没办法脱身。他和庾亮关系不错，在船上冲着庾亮大声喊："你能把我赎走吗？"庾亮立即送去赎金，温太真才得以离开。类似这样的情况还有很多次。

【解读】

人们常说，患难见真情。在你走投之路时，为你伸出援手的朋友，必定是你真正的朋友。这样的朋友，甘愿为你的过错买单，只因他了解你的为人，知道你的优点，从心底欣赏你。

史书记载，温太真刚到江南时，"王导、周顗、庾亮等皆爱峤才，争与之交"。虞亮看重温太真的才华，不因他的赌博嗜好和屡次输钱而疏远他，而是三番五次赎回他。虞亮虽不言说，但想必温太真也能体会虞亮的心意。

【原文】

温公喜慢语，卞令礼法自居。至庾公许，大相剖击。温发口鄙秽，庾公徐曰："太真终日无鄙言。"

【译文】

温太真喜欢说傲慢放肆的话，尚书令卞壸则看重礼法。两人到庾亮那里，相互激烈地批评、揭发对方。温太真出口庸俗，庾亮非但不觉得他粗鄙，反而缓缓地称赞说："温太真一整天都没有说粗俗的话。"

【解读】

俗话说，"道不同不相为谋"。不相为谋的双方，话不投机半句多。同样的话，在道同者看来并不无礼，而在道不同者看来则粗鄙庸俗。这就是朋友与非朋友的区别。朋友支持你的言行，非朋友特别是那些与自己对立的人，则认为你言行有失礼节。

其实，合不合"礼"岂是外人说了算的。礼制是死的，人是活的。合不合"礼"，个人有个人的看法。把持中立，却又表明了观点，这是庾亮的机智表现。从中，还可见庾亮和温太真的交情之深。

【原文】

周伯仁风德雅重，深达危乱。过江积年，恒大饮酒，尝经三日不醒。时人谓之三日仆射。

【译文】

周伯仁的风范德行高尚庄重，对国家的危乱形势了如指掌。过江以后，他常年无节制地饮酒，有一次醉了三天都不醒，当时的人以"三日仆射"称呼他。

【解读】

一般说来，如不是像"竹林七贤"一样是因性情而爱酒，那一个不嗜酒的人突然变成了酒鬼，必定是因为心中郁闷。想必周伯仁也是因这个缘由才变成"三日仆射"的。他洞悉国家大事，为人正直，是个尽职尽责的官员。然而他担任荆州刺史时率军作战不利，屡吃败仗。在无法改变的大局面前，除了饮酒又能做什么呢？人们只看到他饮酒，却不知道他的忧愁。

【原文】

卫君长为温公长史，温公甚善之。每率尔提酒脯就卫，箕踞相对弥日。卫往温许亦尔。

【译文】

卫君长做温公长史之时，温公对他非常好。温公经常带着酒肉去卫永那里，一点也不拘束。两个人就地相对而坐畅饮，一喝就是一天。卫君长到温公那里也是这样。

【解读】

酒逢知己千杯少，与友饮酒时日短。相向而坐，毫不拘束，彼此或针砭时弊或闲聊文章，又或者什么都不说，只是欢心对饮。这样的交情，已经不再是简单的友谊，而是相知相惜的珍重和逍遥。人生得一知己，夫复何求。

【原文】

苏峻乱，诸庾逃散。庾冰时为吴郡，单身奔亡，民吏皆去，唯郡卒独以小船载冰出钱塘口，蘧篨覆之。时峻赏募觅冰，属所在搜检甚急。卒舍船市渚，因饮酒醉还，舞棹向船曰："何处觅庾吴郡，此中便是！"冰大惶怖，然不敢动。监司见船小装狭，谓卒狂醉，都不复疑。自送过淛江，寄山阴魏家，得免。后事平，冰欲报卒，适其所愿。卒曰："出自厮下，不愿名器。少苦执鞭，恒患不得快饮酒；使其酒足余年，毕矣。无所复须。"冰为起大舍，市奴婢，使门内有百斛酒，终其身。时谓此卒非唯有智，且亦达生。

【译文】

苏峻起兵作乱之时，庾氏家族的兄弟都逃散了。庾冰当时是吴郡的内史，独自一人奔逃。城里的百姓和官吏都逃跑了，只有一个小吏用小船载着庾冰逃到了钱塘江口，用席子把他盖住。当时，苏峻悬赏捉拿庾冰，要求各个地方都搜索他，催得非常紧急。小吏离开船，上岸买东西，喝醉了酒。回来之后，他挥舞着船桨对着小船说："还要到哪里找庾冰呢？他就在这里面。"庾冰感到很害怕，不敢弄出一点儿动静。搜查人员见船上的地方很狭窄，认为小吏酒后胡言乱语，完全不相信船上藏着人。小吏把庾冰送过浙江，让他在山阴县魏家暂住，就这样庾冰逃过了一劫。苏峻叛乱被平定后，庾冰想要报答那个小吏，任由小吏提出愿望。小吏说："我的出身不高，不想做官。只是我从小就当了奴役，一直为了不能畅饮而发愁，如果你能让我这辈子有充足的酒喝，我就没有遗憾了。除此之外，我没其他要求。"庾冰为小吏盖了一所大房子，买了一些奴婢，保证他家里有几百石酒，直到他死去。当时的人都觉得这个小吏既机智又通达人生。

【解读】

醉鬼的话，有人信以为真，有人听成胡言乱语。疑心重的人，会对醉鬼之话追究到底，他也许会发现自己上当了。没有心机，只看表面的人，他大意疏忽，却可能错过真相，就如上文中的搜查兵。很多时候，亲耳听到的不一定是事实，亲眼看到的也不一定是真相。人们认为小吏机智，也许正因为他懂得混淆视听，既施之以假（变成不可信的醉鬼）又施之以真（说出真相），最终使搜查兵更加真假难辨。以兵法来说，他就是兼施"以实就虚"和"以虚就实"之计策，让敌人虚实难分。

大隐者隐匿于尘世之中，甚至进入朝廷参与政务，却能够以"若愚"的"大智"淡然处之。把最不安全的地方当成最安全的地方，以最不"隐"的方式隐居。小吏的做法同样体现了这个智慧。而当他索要回报时只求"使其酒足余年，毕矣"，不做多余奢求，也可见他的机智达观。

【原文】

殷洪乔作豫章郡，临去，都下人因附百许函书。既至石头，悉掷水中，因祝曰："沉者自沉，浮者自浮，殷洪乔不能作致书邮！"

【译文】

殷洪乔要到豫章郡当太守，临走之际，京城的人托他捎带百来封信。到了石头城，殷洪乔把信都扔到了江水中，还祷告说："该沉的必定会沉下去，该浮的必定会漂浮。殷洪乔不能当送信的邮差。"

【解读】

魏晋时期，政权交替频繁，社会动荡不安。有的人争名夺利，有的人好清静无为。殷羡属于第二类。他看不惯那些官员为了名利而互相勾结，更看不惯人们为了攀权富贵而书来信往。然而，他最不能容忍的是自己要给这些人当邮差。所以，他不顾对错而任性地将他人嘱咐捎带的书信全扔到了水里。"沉者自沉，浮者自浮，殷洪乔不能作致书邮！"换而言之即：你们这些当官的就遵循优胜劣汰的生存规律吧，我不管你们谁沉谁浮，谁生谁死。反正我是不会给你们当信差的。

【原文】

王长史、谢仁祖同为王公掾。长史云："谢掾能作异舞。"谢便起舞，神意甚暇。王公熟视，谓客曰："使人思安丰。"

【译文】

王长史和谢仁祖都是王导的助手。王长史说："谢仁祖会跳奇异的舞蹈。"谢仁祖跳了起来，神色非常悠闲。王导仔细看了一会儿，对宾客说："他让我想起了王安丰。"

【解读】

王戎自幼聪慧，身材短小而风姿秀彻，尚清谈，思想脱俗。也许，谢尚跳舞时表露出的那种悠闲神态与王戎的精神是有相似之处的，所以王导看到他就想起了王戎。又也许，谢尚和王戎本不相像，只是有微妙的相似，如果不注意，这微妙的相似也是看不出来的。所以王导仔细地欣赏了跳舞的谢尚，才从这微妙的相似中看到了王戎的影子。其实，在谢尚出生的前三年，王戎就去世了。王导把谢尚和王戎微妙的相似之处联系在一起，大概是想表达他思念王戎吧。

【原文】

王、刘共在杭南，酣宴于桓子野家。谢镇西往尚书墓还，葬后三日反哭。诸人欲要之，初遣一信，犹未许，然已停车；重要，便回驾。诸人门外迎之，把臂便下。裁得脱帻著帽酣宴。半坐，乃觉未脱衰。

【译文】

王濛和刘惔住在杭南，两人一起到桓子野家里喝酒。镇西将军谢尚从尚书的陵墓回来，按照丧礼，三天以后要奉神主回祖庙哭祭。大家都想请他来喝酒，先派人去送信邀请他，谢尚没有答应，可是已经把车停住了。大家第二次邀请他，谢尚就立即掉转车头回来了。大家都到门外迎接他，挽着他的手臂下了车。谢尚摘掉帽子，带着发巾就喝起了酒，痛饮到中途，才发觉自己没有脱掉丧服。

【解读】

如果内心难以抑制地想做一件事，不如从一开始就付诸行动。跟随内心的愿望，干脆利落地实施，才才不至于让自己陷入犹豫的痛苦之中。当然，谢尚也未必有痛苦。只是，犹豫既然最终是不必要的，又何必多此一举呢？只要所做之事不危害社会，不违背道德伦理，那就遵循自己的内心，做自己想做的事情。

很多时候，只有做自己想做的事情才能全情投入。如谢尚痛饮到中途才发现没脱掉丧服，可见他喝得十分忘我，是一个有真性情的人。这种全身心投入一件事情的态度，是乐观的生活态度。

【原文】

桓宣武少家贫，戏大输，债主敦求甚切，思自振之方，莫知所出。陈郡袁耽俊迈多能，宣武欲求救于耽。耽时居艰，恐致疑，试以告焉，应声便许，略无慊吝。遂变服，怀布帽随温去，与债主戏。耽素有蓺名，债主就局曰："汝故当不办作袁彦道邪？"遂共戏。十万一掷，直上百万数。投马绝叫，傍若无人。探布帽掷对人曰："汝竟识袁彦道不？"

【译文】

桓温年轻之时家里经济条件不好，赌博输了很多钱，债主催债又催得非常紧，想来想去，也想不出好方法。陈郡的袁耽豪迈英俊，具有多种才艺，桓温想要找他帮忙。当时袁耽正在守孝，桓温担心他不同意，不过还是试着将自己的想法告诉了他。袁耽立即答应了桓温，丝毫没有为难。他换掉孝服，揣着布帽，跟着桓温去找债主赌博。袁耽向来就有技艺高超的名声，债主开赌之前，说："你该不会是袁彦道吧？"接着就跟他赌了起来。最初每一局的赌注是十万钱，后来一直增加到一百万钱。袁耽投掷筹码，大声喊叫，当周围的人不存在似的。赢了钱，他从怀中拿出布帽扔给债主，问："你到底认不认识袁彦道啊？"

【解读】

在守孝期间去赌博，袁耽为什么如此"不孝"？也许只能用《晋书·袁耽传》中的原话解释："少有才气，俶傥不羁。"

魏晋时期众多的狂放人物所做出的事情，很多都超乎了常理，违背了正常的礼节。然而，结合那个时代的整体氛围去理解他们的所作所为，却又觉得合乎情理。无论是谢尚的丧服赴宴，还是袁耽的守丧期去赌，除了让我们看到他们的狂放不羁，也让我们隐约感觉到那个时代的畸形之气。换句话说，也许反常、超常、脱俗、旷荡、不羁等行为，都不过是一种对时代的反抗，是思想叛逆之人发出的无声抗议。

【原文】

王子猷诣郗雍州，雍州在内，见有㲮㲣，云："阿乞那得此物！"令左右送还家。郗出觅之，王曰："向有大力者负之而趋。"郗无忤色。

【译文】

王子猷拜访雍州刺史郗恢，当时郗恢正在室内。王子猷看见客厅珍贵的毛毯，说："郗恢怎么会有这么好的东西！"随即让自己的手下把毛毯送到自己家里。郗恢出来寻找毯子，王子猷对他说："刚才有个力气很大的人背着它跑了。"郗恢并没有因此而不高兴。

【解读】

王徽之并非没有品德，而是不以常人之品德为品德。他遵循内心的喜好和厌恶，对所做之事、所见之物采取分明的态度。他像个单纯而直接的孩童，喜欢某样事物就尽力拥有它。按着自己心里的想法做事，不管别人怎么想，哪怕有时候会有损于自己的品德，也坚持自己的喜好或厌恶，这种爱憎分明的单纯和任性的坚定，是难得的自我坚持，也是王徽之旷达不羁的原因所在。

【原文】

谢安始出西，戏，失车牛，便杖策步归。道逢刘尹，语曰："安石将无伤！"谢乃同载而归。

【译文】

有一次，谢安出去游玩，丢了牛和车，就拄着拐杖步行回家，路上遇到了刘惔。刘惔问谢安："你没有受伤吧？"谢安搭载刘惔的车，一同回去了。

【解读】

《论语·乡党》中记载，孔子听说马厩失火后不问马损伤如何，第一反应是先问伤人了没有。刘惔听说谢安的马车丢了，也不问丢失的原因，而是问谢安本人是否受伤。刘惔的问和孔子的问是一样的，都是以人为本的问。

以人为本的思想其实是很平常的一个思想，并不高深，它是指要把人放在第一位。无论何时，人的生命安全是最重要的。社会是由人组成的，各种事业也都是由人来创造的。功名利禄等身外之物失去了都可以再要回来，然而一旦失去"人"，一切都将不再有意义。

【原文】

襄阳罗友有大韵，少时多谓之痴。尝伺人祠，欲乞食，往太蚤，门未开。主人迎神出见，问以非时何得在此，答曰："闻卿祠，欲乞一顿食耳。"遂隐门侧。至晓，得食便退，了无怍容。为人有记功，从桓宣武平蜀，按行蜀城阙簿观宇，内外，道陌广狭，植种果竹多少，皆默记之。后宣武溧洲与简文集，友亦预焉；共道蜀中事，亦有所遗忘，友皆名列，曾无错漏。宣武验以蜀城阙簿，皆如其言，坐者叹服。谢公云："罗友讵减魏阳元！"后为广州刺史，当之镇，刺史桓豁语令莫来宿，答曰："民已有前期，主人贫，或有酒馔之费，见与甚有旧，请别日奉命。"征西密遣人察之，至日，乃往荆州门下书佐家，处之怡然，不异胜达。在益州，语儿云："我有五百人食器。"家中大惊。其由来清，而忽有此物，定是二百五十沓乌樏。

【译文】

襄阳的罗友有大气度，不同于常人，年少时很多人认为他傻。有户人家要祭祀，罗友得知之后，想去乞讨一点儿吃的，可是去得太早，人家还没开门。主人出来迎神时看到他，问他："为什么还不到祭祀时刻，你就出现在这里呢？"罗友回答说："听说你家祭祀，我想讨顿饭吃。"说完就躲在大门一旁，等天亮拿到食物就走开了，没有一丝惭愧之情。罗友记忆力很强，跟随桓宣武平定蜀地，巡视当地的城池楼台之时，把道路宽窄、种植果树竹子的数量全都默默记在了心里。后来桓宣武和简文帝在溧洲碰面，罗友也参加了。他们一起谈论蜀国的事情，有遗忘的地方，罗友都能如实说出来，没有丝毫的差错。桓宣武拿出蜀王官中的簿册来看，证实罗友说得非常正确。在场的人都十分佩服他。谢公曾说："罗友怎么会比魏阳元差呢？"后来罗友当上了广州刺史，上任之前，荆州刺史桓豁让他晚上过去住。罗友说："我已经和别人约好了。他家条件不好，也许还需要我破费准备酒菜呢，不过我们的交情很深。改天我再来拜访您。"桓豁悄悄派人跟踪他。到了晚上，罗友去了荆州刺史门下掌管文书的小吏家里，在那里安适自得，跟达官贵人们在一起相处没什么两样。在益州时，他对儿子说："我有五百人的餐具。"家里人对此很吃惊。罗友向来为官清廉，却突然有了这么多东西，家人猜想一定是那二百五十套黑色食盒。

【解读】

与其说罗友是个不拘小节的人，不如说他是个敢于大胆地说出自己真实想法的猛士。他不虚伪，在对人有所求时不隐藏自己的意图，在拒绝别人时敢坦率地说出拒绝的理由。换句话说，就是他做人很直接，也很自我。不管别人怎么看自己，坚持按照自己的所思所想行事，并光明正大地将它们表现出来，这是一种坦荡。这样的坦荡可以让一个人永远对得起自己的灵魂。此外，因为没有了隐藏，少了钩心斗角，也会让他在人际交往中免掉很多烦恼。

古语说："君子坦荡荡"。罗友不仅是个坦荡荡的君子，还是个有着坚定的交友理念，不为权势放弃朋友的人。他不为了攀权富贵而毁约，亦不因为自己有了地位而看低身份卑微的朋友。

【原文】

张驎酒后，挽歌甚凄苦。桓车骑曰："卿非田横门人，何乃顿尔至致？"

【译文】

张湛酒后唱起了挽歌，歌声非常凄苦悲凉。车骑将军桓冲说："你又不是田横的门客，为什么突然悲伤到这种境地了呢？"

【解读】

田横门客之悲，是一种穷途末路的忠臣之悲。韩信破齐后，自立为王的田横带领五百门客逃到海岛之上躲避灾难。后汉高祖刘邦统一天下后，招降田横。在赶赴洛阳途中，田横不甘称臣受辱，选择了自杀。海岛上他的五百门客听说田横死讯，也全部自杀。张湛虽然不是田横门客，但他生在乱世，所以，他唱起挽歌来竟有了一种田横门客之悲的味道。

【原文】

王子猷尝暂寄人空宅住，便令种竹。或问："暂住何烦尔！"王啸咏良久，直指竹曰："何可一日无此君！"

【译文】

王子猷曾经暂住别人闲置的房子，总会吩咐手下人种竹子。有人问他："你只不过是暂住，为什么还要这么麻烦呢？"王子猷歌咏很久，用手指着竹子说："我一天也不能没有它啊！"

【解读】

一日不读书，便觉面目可憎。王子猷却认为竹子才是人生必需品。他对竹子的痴爱超乎了常人的理解，不懂竹子风骨的人难以体会其中的奥妙。其实，爱什么不重要，重要的是深爱。

对自己所爱之物毫不留余力，爱得彻底，爱得疯狂，爱得不可一日少之。这种爱就是深爱，正如王子猷对竹子的爱。虽然痴傻，却很执着。然而，这种执着却又不是放不下的执着，而是"既然可以爱，何不好好好爱，找机会去爱"的时时刻刻的追求。

【原文】

王子猷居山阴，夜大雪，眠觉，开室命酌酒。四望皎然，因起彷徨，咏左思《招隐》。忽忆戴安道，时戴在剡，即便夜乘小船就之。经宿方至，造门不前而返。人问其故，王曰："吾本乘兴而行，兴尽而返，何必见戴！"

【译文】

王子猷在山阴县居住，有一天夜里下起了大雪，一觉醒来，打开屋里的门，让人给他斟酒。他环视四周，看到处处都是洁白的雪，于是起身徘徊，咏唱左思的《招隐》诗。忽然间，他想起了戴安道。当时戴安道在剡县居住，王子猷连夜乘船要去拜访他。经过一宿的时间，他来到戴安道家门口，却没有进门，反而按照原路返回了。有人问他原因，他回答说："我原本就是乘着一时兴致去的，兴致没有了就返回来，为什么非得见戴安道呢？"

【解读】

做人，最重要的是快乐。乘兴而来，兴尽而返，就是一种快乐之道。当自己兴致来临时，不必瞻前顾后，左思右量，而是马上行动，让自己投入到那个兴致中并实现它。这个过程，本是就会给人带来极致的满足。所以说，做人何必太拘束？不如抛开计划，扔掉常规。没有了拘束，只是跟随自己的兴致来生活，快乐就会浮现。当兴致消失时，也不要勉强自己照着原计划坚持做某件事情。计划不如变化快，洒脱一点，自在一点，不强求自己。

【原文】

王卫军云："酒正自引人著胜地。"

【译文】

王卫军说："酒的确能引导人进入绝妙的境界啊！"

【解读】

"慨当以慷，忧思难忘，何以解忧，唯有杜康。"以酒消愁，忘乎所以，是人们爱酒的原因，这大概也是王卫军感慨的由来。

酒能把人引入何等的妙境？"酒仙"刘伶的故事也许可以回答这个问题。据说刘伶出游时曾让仆人扛把镢头跟在其后，并叮嘱道："我醉死何处，就将我埋在何处。"将人生引入一种彻底虚无的境界，并由此使人变得超然于万物，超脱了生死。也许，这就是酒带来的妙境。

【原文】

王子猷出都，尚在渚下。旧闻桓子野善吹笛，而不相识。遇桓于岸上过，王在船中，客有识之者，云是桓子野。王便令人与相闻，云："闻君善吹笛，试为我一奏。"桓时已贵显，素闻王名，即便回下车，踞胡床，为作三调。弄毕，便上车去。客主不交一言。

【译文】

王子猷乘船要去京都，出发之前，船在码头上停泊。他曾经只是听说桓子野擅长吹笛子，却并不认识他。碰巧桓子野从岸边路过此地，王子猷在船中。船上有个客人认识桓子野，便告诉了王子猷。王子猷命人传话给桓子野："听说你擅长吹笛子，还望你能为我吹奏一曲。"桓子野当时地位很显赫，早已听说过王子猷的名声，立即转身下车，坐在胡床上为王子猷吹奏了三支曲子。吹奏完毕后，桓子野上车离开了。宾主两人没有说过一句话。

【解读】

古人说，君子之交淡如水。真正的知己，无须多言，不必交流。如王子猷和桓子野，只一首曲子，就可以知道对方的心思。这样的交往，干脆利落，简洁纯净。人与人的交往，如果不是因为彼此有心知肚明的惺惺相惜，必定都带有利益的算计。而淡如水的君子之交，则不掺杂名利是非，也没有尔虞我诈。这样的交情，犹如泥泞肮脏的一池绿水中开出的一朵莲花，让人眼前一亮，使人心生欢喜。

【原文】

桓南郡被召作太子洗马，船泊荻渚。王大服散后已小醉，往看桓。桓为设酒，不能冷饮，频语左右："令温酒来！"桓乃流涕呜咽，王便欲去。桓以手巾掩泪，因谓王曰："犯我家讳，何预卿事！"王叹曰："灵宝故自达！"

【译文】

南郡公桓玄被朝廷任命为太子洗马，乘船赴任途中，船在荻渚停泊。王大服用五石散后有些醉意，到船上看望桓玄。桓玄为他准备了美酒，但是王大不能喝冷酒，于是他多次吩咐下人说："温酒。"桓玄听到这话，低声哭泣起来，王大见状，就想离开。桓玄用手巾擦干眼泪，对王大说："你犯了我的家讳，不过跟你没什么关系。"王大赞叹说："你的确是个旷达的人啊！"

【解读】

在古代，直呼一个人的名字是对人不尊重。一个家庭里，晚辈更不允许直呼长辈的名字，这就叫家讳。如果你直呼对方长辈的名字，那你就犯了对方的家讳，这是一种无礼之行。

王大微醉时说"温酒"，无意中触犯了桓玄的父亲桓温的名讳。六朝时重视家讳，如果外人触犯了，孝子贤孙就要流涕呜咽才符合当时礼节。因此，桓玄一听就痛哭起来。王大最初并没有意识到自己犯了桓玄的家讳，等他酒醒过来，意识到自己犯了错，就想离开。同一个王大，在桓玄看来却已前后不是一个人。此前的王大是无意犯错的王大，而此时的王大是知错改错于是不再有错的王大。因此，桓玄会说错虽是你犯的，但已经跟你没什么关系了。在讲究忠孝的古代，犯家讳是一种大不敬的行为。而桓玄却能对王大所犯过错给予原谅，可见他的旷达。

【原文】

王孝伯言："名士不必须奇才，但使常得无事，痛饮酒，熟读《离骚》，便可称名士。"

【译文】

王孝伯说："名士不一定要有特殊的才华，只要能时常无所事事，尽情畅饮，熟读《离骚》，就称得上是名士了。

【解读】

王恭这句话指出了当时的名士出名的捷径就是背《离骚》，然后做出一副逍遥自在的样子，用喝酒来表现出不问世事的态度。王恭是在抨击当时社会上已经糜烂的名士风气。

【原文】

王长史登茅山，大恸哭曰："琅邪王伯舆，终当为情死！"

【译文】

王长史登上茅山，非常伤心地哭道："琅邪的王伯舆终归要为情而死！"

【解读】

"问世间情为何物，直叫人生死相许。"我们不知道王长史甘愿为之而死的"情"是哪一种情，史书上也没有记载王长史是怎么死的，但从他发出的一声感叹可见他是个重情义的人。

简傲第二十四

【原文】

晋文王功德盛大，坐席严敬，拟于王者。唯阮籍在坐，箕踞啸歌，酣放自若。

【译文】

晋文王司马昭的功德很大，满座的客人在他面前都很庄重，把他比拟成帝王。只有阮籍一人伸开腿坐在座位上，任意歌唱，痛饮放纵，神色不改。

【解读】

阮籍在司马昭面前放浪形骸，不拘礼节，可见他具有坚持自我的胆量，而这种胆量必定是因为他心中有着与常人不一样的坚定的自我追求和信仰。他不以权势为贵，所以不以身份地位看人。说到底，在权贵面前坦然自若地做自己，须自己有一颗平常心，不做名利的奴隶。同时，还需要极大的自信，不因他人的显赫身份而自我贬低。

【原文】

和王戎弱冠诣阮籍，时刘公荣在坐，阮谓王曰："偶有二斗美酒，当与君共饮，彼公荣者无预焉。"二人交觞酬酢，公荣遂不得一杯；而言语谈戏，三人无异。或有问之者，阮答曰："胜公荣者，不得不与饮酒；不如公荣者，不可不与饮酒；唯公荣可不与饮酒。"

【译文】

王戎成年的时候去拜访阮籍，当时刘公荣也在场。阮籍对王戎说："我恰巧有两斗好酒，应当和你一起畅饮，没有刘公荣的份儿。"两人频频举杯，相互敬酒，刘公荣一杯酒也没有喝到。三个人言谈说笑，跟平时没什么区别。有人问为什么不让刘公荣喝酒，阮籍回答说："比刘公荣强的人，我必须要和他一起喝酒；比不上刘公荣的人，我也要和他喝酒；只有刘公荣这个人，可以不与他喝酒。"

【解读】

在这个故事之前，刘公荣曾被人讥笑喝酒不择友，刘公荣当时回答说："胜公荣者不可不与饮，不如公荣者亦不可不与饮，是公荣辈者又不可不与饮。故终日共饮而醉。"阮籍以他说过的话为把柄，得出"胜公荣者，不得不与饮酒；不如公荣者，不可不与饮酒；唯公荣可不与饮酒"的理论。阮籍对刘公荣的反驳，正是当时清谈之风盛行的例证。

阮籍对刘公荣并无恶意，而只是以其人之道还治其人之身，算是朋友之间的一种交流。阮籍以行动来反驳了刘公荣，但刘公荣却不以为意，三人仍旧说说笑笑。从这个故事中可见当时阮籍以及当时的名士之间的交流是奔放的，他们不拘礼节，有时候甚至针锋相对，但他们的交情却不会因此受影响。

【原文】

钟士季精有才理，先不识嵇康；钟要于时贤俊之士，俱往寻康。康方大树下锻，向子期为佐鼓排。康扬槌不辍，傍若无人，移时不交一言。钟起去，康曰："何所闻而来？何所见而去？”钟曰：“闻所闻而来，见所见而去。”

【译文】

钟会非常有才，之前和嵇康并不认识。他邀请了当时的贤人名流，一起去拜访嵇康。嵇康正在大树下打铁，向秀给他打下手拉风箱。嵇康不停地挥舞铁槌，就当周围没有人存在一样，过了很久，也没有跟钟会说一句话。钟会正要转身离开之时，嵇康说：“你听到了什么才来的？看到了什么才走的？”钟会说：“我听到了所听到的而来，看到了所看到的才离开。”

【解读】

钟会是司马昭的心腹，向来仰慕嵇康的才华。他专程去拜访嵇康，没想到却遭到嵇康的冷漠招待。他对嵇康做出回答时，想必已经因为嵇康桀骜不驯的个性而恼羞成怒了。其实，嵇康提出那样的问题是有理由的。如钟会一样“慕名而来”拜访他的人估计有很多，而他自己早就对这种拜访不以为然了。然而，这绝不是两人简单的问答。嵇康鄙视权贵，在政治上又倾向于曹魏家族而不是司马氏。钟会拜访他，他肯定不欢迎，故此以一贯的从容不迫来沉默应对。钟会既是司马昭的重臣，必定对嵇康的冷漠表现怀恨在心。但他同样没有表现出愤怒，而是以一句机智而具有禅意的回答应对嵇康。这一次短暂的只有两句话的拜访犹如一场战争，只是当时胜负未分。过后钟会向司马昭说稽康的坏话，司马昭便把稽康杀了。

【原文】

嵇康与吕安善，每一相思，千里命驾。安后来，值康不在，喜出户延之，不入，题门上作“凤（鳳）”字而去。喜不觉，犹以为欣。故作“凤”字，凡鸟也。

【译文】

嵇康和吕安的关系非常好，每当想念对方的时候，即使对方在千里之外，也会动身前去看望。后来，吕安去拜访嵇康，恰巧赶上嵇康不在家，嵇康的兄长稽喜出门迎接他。吕安没有进门，只在门上写了一个“凤（鳳）”字，接着就转身离开了。稽喜不明白其中的含义，还感到很高兴。“凤（鳳）”字拆开来就是凡鸟，吕安写这个字，讽刺稽喜是个庸才。

【解读】

吕安对嵇康，不惜“每一相思，千里奔访”。然而对嵇康的哥哥，只因他不是自己喜欢的人，即便是受到对方盛情接待也不领情，还要暗中讥讽对方。吕安的行为，可谓把当时名士的狂放、傲慢风气发挥到极致了。

【原文】

陆士衡初入洛，咨张公所宜诣，刘道真是其一。陆既往，刘尚在哀制中。性嗜酒，礼毕，初无他言，唯问：“东吴有长柄壶卢，卿得种来不？”陆兄弟殊失望，乃悔往。

【译文】

陆机刚到京都洛阳，向张华征求意见，问他该去拜访哪些人。张华认为其中之一就是刘道真。陆氏兄弟来到刘道真的家时，刘道真还在守孝。他生性喜欢喝酒，双方行过见面礼之后，没有说一句话，只是问陆氏兄弟：“东吴盛产长把儿的葫芦，你们有没有带种子来啊？”陆氏兄弟感到特别失望，后悔去拜访刘道真。

【解读】

一个真性情的人，他不拘泥于形式。一个真正的勇士，敢于乐观地面对死亡。所以，刘道真在守孝期间仍不忘盛酒的东吴长把儿葫芦，不忘生活中的乐趣（喝酒），而不是让传统和悲痛阻挡了生活的希望。可惜，陆氏兄弟只看到刘道真的好酒的一面，却没看到他乐观直率的自我性情，于是为之失望。

【原文】

桓宣武作徐州，时谢奕为晋陵，先粗经虚怀，而乃无异常。及桓迁荆州，将西之间，意气甚笃，奕弗之疑。唯谢虎子妇王悟其旨，每曰："桓荆州用意殊异，必与晋陵俱西矣。"俄而引奕为司马。奕既上，犹推布衣交，在温坐，岸帻啸咏，无异常日。宣武每曰："我方外司马。"遂因酒，转无朝夕礼。桓舍入内，奕辄复随去。后至奕醉，温往主许避之。主曰："君无狂司马，我何由得相见！"

【译文】

桓温当徐州刺史时，谢奕任晋陵郡太守，最初两人交往并不深，等到桓温升职当了荆州刺史，将要西去上任之时，两人的交情已经变得特别深厚了。谢奕对此并没有什么疑问，只有谢虎子的夫人王氏体会到了桓温的真实想法，经常说："桓温的用意很特别，一定会同谢奕西行的。"没多久，在桓温的推荐下，谢奕当上了司马。上任之后，谢奕还是和桓温保持着布衣之交，到桓温那里拜访时，掀起头巾，大声歌唱，跟平时没有什么不同。桓温常说："他是我超俗的司马。"谢奕醉酒到了不顾礼节的地步，桓温为了躲避他走到内室，谢奕总是跟进去。此后，每当谢奕喝醉了，桓温就躲到公主那里。公主说："要是没有这个狂放的司马，我怎么能见到你呢？"

【解读】

谢奕狂放，爱饮酒。桓温的个性与之不同，且本来和谢奕并无深交之情，但他却在要升职时与谢奕交往密切起来，可见他很欣赏谢奕的才华，有打算提携谢奕的意思。桓温的改变，连外人都看得出来是缘于何故，而谢奕却对此没有"感觉"。他的没感觉其实是因为他没有功利之心。

谢奕的不拘小节大概是桓温对他欣赏有加的原因，所以也对他的放荡行为给以包容。即使做了高官，还身为谢奕的顶头上司，桓温也没有对谢奕表露出威严的领导面目。朋友之间总是少不了这种一方的欣赏和包容。

【原文】

谢中郎是王蓝田女婿，尝著白纶巾，肩舆径至扬州听事见王，直言曰："人言君侯痴，君侯信自痴。"蓝田曰："非无此论，但晚令耳。"

【译文】

谢万是蓝田侯王述的女婿，曾经带着白色头巾，坐着轿子直接来到扬州府的大厅见王述，毫无避讳地说："人们都说你傻，你确实傻啊。"王述说："这样的议论早就有，我只不过成名比较晚罢了。"

【解读】

在自己岳父面前说岳父愚蠢，这样的直言不讳已经不是所谓的不拘礼节，而是"越矩"。谢万傲慢无礼，纵使他有才华，也让人觉得无趣。所以，就连他的侄子谢玄也批评他没有谦虚之态，说他"衿抱未虚"，算不上什么独一无二的人才。

王述的表现则让人称赞。面对傲慢无礼的女婿，他不批评不愤怒，倒以一种一边肯定又一边否定的态度来反驳女婿。肯定女婿的说法不是空穴来风，而是早已有之。同时又否定这种说法的正确性，以自己大器晚成来说明自己傻的原因。在王述的反驳中，可以看出他的宽容，还有一种不为他人言论左右的自信。

【原文】

王子猷作桓车骑骑兵参军。桓问曰："卿何署？"答曰："不知何署，时见牵马来，似是马曹。"桓又问："官有几马？"答曰："不问马，何由知其数！"又问："马比死多少？"答曰："未知生，焉知死！"

【译文】

王子猷担任车骑将军桓冲的骑兵参军。有一次，桓冲问："你在哪个官署当差啊？"王子猷回答说："我不知道是什么官署，只是经常看到有人牵马来，大概就是马曹吧。"桓冲又问："官府里有多少匹马？"王子猷说："不问马，怎么可能知道马的数量呢？"桓冲继续问："最近死了多少马？"回答说："马活着的时候，我尚且不知道，怎么能知道死的呢？"

【解读】

《论语·乡党》记载，孔子得知马棚失火后，"曰：'伤人乎？'不问马。"孔子"不问马"是因为他更关心人，王徽之却借孔子的"不问马"来搪塞自己的失责。"未知生，焉知死。"同样语出孔子，讲的是孔子只看重现实人事，不问死后鬼神之事。王徽之借用此话，再次为自己工作的失责找了个冠冕堂皇的借口。从这则故事中可见王徽之对"马曹"一职没有兴趣，还可以看出他善于诡辩。不过，他的这种工作态度并不值得学习。王徽之以名人语录搪塞自己失责，这还是他狂妄和清高的表现。不过这种狂妄清高并没有给他带来多好的名声，他因无所作为被后世人称为"伪名士"。

【原文】

谢公尝与谢万共出西，过吴郡，阿万欲相与共萃王恬许，太傅云："恐伊不必酬汝，意不足尔。"万犹苦要，太傅坚不回，万乃独往。坐少时，王便入门内，谢殊有欣色，以为厚待己。良久，乃沐头散发而出，亦不坐，乃据胡床，在中庭晒头，神气傲迈，了无相酬对意。谢于是乃还，未至船，逆呼太傅。安曰："阿螭不作尔。"

【译文】

太傅谢安曾和谢万一同西行到京城去。路过吴郡之时，谢万建议到王恬家里聚会。谢安说："恐怕他不一定会用酒食招待你，我看没有必要去拜访他。"谢万极力要求谢安前去，但谢安坚决不去，于是只好独自前往。谢万在王恬家坐了片刻，王恬就进了内屋。谢万感到非常高兴，以为他会厚待自己。很久之后，王恬洗完头，散着头发出来了，也不上座，就倚靠在胡床上，在院中晾晒头发，神态非常傲慢，根本就没有招待谢万的意思。谢万返回岸边，还没上船就大喊太傅。谢安说："王恬没有做作而随意应酬你吧！"

【解读】

王恬是个爱下棋之人，不喜为世俗事务打扰。谢安了解他的这一性格，因此不自讨没趣去拜访他。谢万却自以为是，非要自讨无趣，结果"如愿以偿"。

生活中总有这么些人，认为人人都喜欢自己。其实，这不过是一种极度的自恋罢了。自恋者，看不见他人，只看见自己，一切行动以自己所想为中心。不结合实际情况，不考虑他人的感受，拿自己的个性来与他人较量，结果只会像谢万一样，自己气坏自己罢了。

【原文】

谢万北征，常以啸咏自高，未尝抚慰众士。谢公甚器爱万，而审其必败，乃俱行。从容谓万曰："汝为元帅，宜数唤诸将宴会，以说众心。"万从之。因召集诸将，都无所说，直以如意指四坐云："诸君皆是劲卒。"诸将甚忿恨之。谢公欲深著恩信，自队主将帅以下，无不身造，厚相逊谢。及万事败，军中因欲除之；复云："当为隐士。"故幸而得免。

【译文】

谢万带兵北伐之时，经常以啸咏来抬高自己，不曾安抚军中的将士。谢安非常看重并且爱护谢万，心里很清楚他定会打败仗，于是就随他出征。谢安温和地对谢万说："你是军中元帅，应该常常宴请手下将领，让大家都高兴才对。"谢万采纳了谢安的建议，召集所有的将领前来赴宴，什么话也没说，只用如意指着在场的人说："你们都是精锐的士兵。"将领们听了非常怨恨他。谢安想要对将领多加恩惠与信任，便亲自看望了主帅以下所有的将领，并向他们真诚地道歉。谢万兵败之后，将士们想乘机杀死谢万，谢安说："你们应当看我的面子。"谢万因此侥幸逃过一劫。

【解读】

一个人可以无才，但不能无德。才是身外之物，德是成身之物。无才但有德不会被人看不起，有才无德却容易惹是生非，乃至招致杀身之祸。正如谢万。他狂妄无知，不把任何人眼看在眼里，贬低了在战场上出生入死的将领们，最终引起众人杀心。相反，谢安有才有德，不以自我为中心。他不把自己放在一个高高的位置上，而是用真诚谦虚的态度对待他人，最终以德服众。

一个人强不强大，从来不是自己说了算的。通常，令人折服的才华能力往往不是通过自以为是的高姿态表现出来的，而是通过谦虚的低调姿态来表现。换句话说，只有把自己放低，才能让别人毫不费力地看见你。

【原文】

王子敬兄弟见郗公，蹑履问讯，甚修外生礼。及嘉宾死，皆着高履，仪容轻慢。命坐，皆云："有事，不暇坐。"既去，郗公慨然曰："使嘉宾不死，鼠辈敢尔！"

【译文】

王子敬兄弟去拜见舅舅郗愔，穿着鞋问候舅舅，非常遵守做外甥的礼节。等到郗超死后，王子敬兄弟拜见舅舅之时，穿着高齿木屐，态度非常傲慢。郗愔让他们坐，他们都说："我们还有事情，没有时间坐。"离开之后，郗愔感慨说："如果郗超还在世，你们这些家伙怎么敢这样呢？"

【解读】

郗超自幼入桓温幕府，做桓温的顾问二十年，深受桓温器重。晋书说郗超自幼"卓荦不羁，有旷世之度，交游士林，每存胜拔，善谈论，义理精微"。可见，他的才华是让王献之兄弟俩佩服的。所以在他生前，他们会对他的父亲也多一丝敬重。然而这敬重是表面的。

【原文】

王子猷尝行过吴中，见一士大夫家极有好竹。主已知子猷当往，乃洒扫施设，在厅事坐相待。王肩舆径造竹下，讽啸良久，主已失望，犹冀还当通，遂直欲出门。主人大不堪，便令左右闭门，不听出。王更以此赏主人，乃留坐，尽欢而去。

【译文】

王子猷曾经路过吴中，看到一个士大夫家有上好的竹园。园子主人已经得知王子猷会来，便打扫庭院，备好酒食，在大厅中恭候。王子猷乘着轿子直接去了竹园，啸咏了很长时间。主人感到非常失望，可还是希望他能在临走之前问候自己。谁知王子猷竟然想直接离开园子，主人实在不能容忍，就让手下关闭大门，不让他离开。王子猷因为此举更加赏识主人，留下来坐了一段时间，尽情欢乐之后才离去。

【解读】

王徽之知道自己的狂放并能容忍他人对自己的狂妄进行驳斥，哪怕那个人用更任性狂放的举动来斥责他，他也能够以欣赏的眼光来看待他人。换句话说，王徽之的奔放不羁中还有包容性，使他不至于一意孤行，走入绝路。他再怎么狂放，他的世界还是能够容得下别人的。所以，他不会对园林主人“绑架”自己的行动不满，相反还因此赏识他。

王徽之由狂放的无礼转变为识趣的友好，这绝不是任性使然，而是因为他对人包容、理解，并善于从对立的关系中找到相同点。园林的主人想必也是这样一个人，所以才会对王徽之的无礼不计较，最后不惜闭门拦截，非要留他作客。这两个人，把任性和包容同时展现出来，使得一场即将发生的“恶交”变成了一次友好的会谈。

【原文】

王子敬自会稽经吴，闻顾辟疆有名园，先不识主人，径往其家。值顾方集宾友酣燕，而王游历既毕，指麾好恶，傍若无人。顾勃然不堪曰：“傲主人，非礼也；以贵骄人，非道也。失此二者，不足齿之伧耳！”便驱其左右出门。王独在舆上，回转顾望，左右移时不至。然后令送著门外，怡然不屑。

【译文】

王献之从会稽出发，路过吴郡，听闻顾辟疆有座名园，之前和园子主人并不认识，可还是直接到了顾府。当时顾辟疆和宾客正在畅饮，王献之游览完园子，只在那里评论园子的优劣，当周围的人不存在似的。顾辟疆非常气愤，忍不住大怒，说：“你对主人傲慢，不合礼节；你仗着地位高而看不起别人，不合道义。失去了礼节和道义的人，就是不值一提的粗人罢了。”于是把他的随从赶了出去。王献之一人坐在轿子里，四处张望，等了很久不见随从前来。接着，顾辟疆吩咐手下把他送出门外，王献之则是一副完全不在乎的样子。

【解读】

王献之不懂得为客之道吗？想必不是。他其实知道什么该说，什么不该说。但他又为何非好坏都说，让主人讨厌，自讨无趣呢？这固然有他清高傲慢的因素在内，但另一方面大概也因为他不吐不快的个性。王献之也许认为自己不过做了一件很正常的事，说了一些很合理的话罢了。然而真话总是伤人的。因为真话不一定全是好话，而人向来只喜欢听好话，不喜欢别人说自己的坏话。园林的主人因此对王献之的无礼愤怒了。

人与人的思维不同，处事方式不同。一个人认为自然合理的做法，也许在别人看来是粗鲁无礼。到底谁对谁错，有时候并不好下结论。只要你坚信你的言行是对的，那就以从容不迫的态度坦然对待他人的非议。从这点来说，王献之虽然可能确实无礼，但他的表现却是明智而令人佩服的。

排调第二十五

【原文】

诸葛瑾为豫州，遣别驾到台，语云："小儿知谈，卿可与语。"连往诣恪，恪不与相见。后于张辅吴坐中相遇，别驾唤恪："咄咄郎君！"恪因嘲之曰："豫州乱矣。何咄咄之有？"答曰："君明臣贤。未闻其乱。"恪曰："昔唐尧在上。四凶在下。"答曰："非唯四凶，亦有丹朱。"于是一坐大笑。

【译文】

诸葛瑾担任豫州牧之时，让别驾到京城办事，还告诉他说："我的儿子很善谈，你们可以聊一聊。"别驾连续多次拜访诸葛恪，但是诸葛恪都没有见他。后来别驾在辅吴将军张昭家里见到了诸葛恪，说："哎呀，好一个郎君。"诸葛恪嘲讽他说："豫州都不稳定了，你还惊叹什么啊？"别驾回答说："上级圣明、下属贤良，没有听说那里乱了呀。"诸葛恪说："古时虽然上有唐尧，但是下还有四凶啊。"别驾回答说："唐尧不仅只有四凶，而且还有丹朱。"在座之人听完之后，都哈哈大笑起来。

【解读】

一个人，不能因为自己的身份高别人一等就认为自己的智慧也高人一等。否则，自以为高人一等而对他人傲慢无礼，就有可能被人抓住把柄，让自己的傲慢变成笑话。

别驾以为之前收到诸葛恪的冷招待而在再次碰面时戏谑他"好郎君"，诸葛恪听出别驾的嘲弄，于是根据时事来反击他"称赞"的不是时候。别驾的上级是诸葛恪的父亲，于是他以"君明臣贤，未闻其乱"来反驳诸葛恪，还同时指出自己是个贤能之臣。诸葛恪也不示弱，又借用尧帝在世时有四个乱臣贼子的例证来反击别驾。别驾顺水推舟，说尧帝不成材的儿子朱丹也不是个好东西，暗指诸葛恪没有才能。

众人并不知道诸葛恢和别驾此前的恩怨，只见他们一相见就打嘴架，于是众人便都引以为乐。

【原文】

晋文帝与二陈共车，过唤钟会同载，即驶车委去。比出，已远。既至，因嘲之曰："与人期行，何以迟迟？望卿遥遥不至。"会答曰："矫然懿实，何必同群！"帝复问会："皋繇何如人？"答曰："上不及尧、舜，下不逮周、孔，亦一时之懿士。"

【译文】

晋文帝司马昭和陈骞、陈泰同车而行，路过钟会家门口，喊他一起乘车，随即驾车离开了。等到钟会出来，车已经没有了踪影。钟会达到之后，晋文帝嘲笑他说："你和别人约好了一起乘车，为什么这么慢呢？我们遥遥相望，你却迟迟不到。"钟会说："我'矫'然出众，'懿'行美好，没有必要与你们'群'而聚之。"晋文帝又问："皋'繇'这个人怎么样啊？"钟会回答说："他比不上之前的唐尧、虞舜，也不如之后的周公、孔子，但也算是一个具有'懿'德之人了。"

【解读】

钟会一人斗三人，在晋文帝的步步相逼之下，他几次妙语连珠，不仅反击了对方，也借着回答提高了自己。这一场辩论赛，钟会无疑是大赢家。司马昭才学不如钟会，只因钟会迟到，他就凭仗人多嘲讽“欺负”他，没想到却输得一败涂地。可见，与人斗嘴要量“才”而为，明知说不过就不要主动挑战了。当然，这则故事里，司马昭也许只不过是想见识一下钟会的才华罢了。

【原文】

晋武帝问孙皓：“闻南人好作《尔汝歌》。颇能为不？”皓正饮酒，因举觞劝帝而言曰：“昔与汝为邻，今与汝为臣。上汝一杯酒，令汝寿万春！”帝悔之。

【译文】

晋武帝司马炎问孙皓：“我听说你们南方人喜欢作《尔汝歌》，你能不能作一首呢？”孙皓正在喝酒，举起酒杯向晋武帝劝酒，说：“当年我们是邻邦，如今我是你的臣子。我敬你一杯酒，祝你长寿万年。”晋武帝听完之后，非常后悔让他作《尔汝歌》。

【解读】

孙皓是东吴的最后一位皇帝，他刚即位时施行仁政，一时被誉为贤君，然而他很快变得骄横粗暴，暴虐治国，最终使东吴灭亡，自己也成了晋武帝的俘虏。

晋武帝说出《尔汝歌》，借“尔”“汝”二字轻蔑讥讽孙皓，又想令孙皓在自己面前做一个不得不听王命的“歌手”。他这一问，本想侮辱孙皓，却没想到《尔汝歌》里带有“汝”字，从孙皓口中说出，也会让孙皓得以侮辱他。孙皓既是东吴之人，自然会唱《尔汝歌》，于是晋武帝就自取其辱了。

【原文】

王浑与妇钟氏共坐，见武子从庭过，浑欣然谓妇曰：“生儿如此，足慰人意。”妇笑曰：“若使新妇得配参军，生儿故可不啻如此。”

【译文】

王浑和妻子钟氏坐着聊天，见儿子王武子从门前经过，王浑高兴地对妻子说：“有一个这样的儿子，我非常欣慰啊。”钟氏笑着说：“如果我和参军王沦婚配，那么生的儿子肯定比他还优秀。”

【解读】

丈夫对妻子感叹“生儿如此，足慰人意”，除了可见他对儿子的满意，也可见他对妻子的感激。王浑说出这句话的时候，应该是幸福的。这种幸福也许有那么点自恋，却也是知足的智慧。王浑的自恋和知足是可爱的，他妻子钟氏的回答也有趣。在讲究世俗礼教和女子三从四德的时代，钟氏却敢说出那样的戏言，且王浑也没有计较，其中的原因，想必除了是受当时名士清谈之风的影响，更关键的还是因为王浑与妻子恩爱有加吧。

【原文】

荀鸣鹤，陆士龙二人未相识，俱会张茂先坐。张令共语，以其并有大才，可勿作常语，陆举手曰：“云间陆士龙。”荀答曰：“日下荀鸣鹤。”陆曰：“既开青云睹白雉，何不张尔弓，布尔矢？”荀答曰：“本谓云龙骙骙，定是山鹿野麋；兽弱弩强，是以发迟。”张乃抚掌大笑。

【译文】

荀鸣鹤、陆士龙两个人起初并不认识，有一次他们在张茂先的家里见面了。张茂先让他们相互介绍，考虑到他们的才华都很高，所以不让他们用普通的言语交谈。陆士龙举起手，说："我是云间的陆士龙。"荀鸣鹤说："我是日下的荀鸣鹤。"陆士龙说："云彩既然散去，看见了白色的野鸡，你为什么还不搭弓射箭呢？"荀鸣鹤说："本以为是云中壮健的龙，实际上却是山里的麋鹿，野兽弱小而弓弩强劲，所以还迟迟没有射箭。"张茂先听了，拍手大笑起来。

【解读】

自古以来，有才之人多爱逞一时口快，陆士龙和荀鸣鹤也不例外。张茂先原本不过请他们请互相自我介绍，并没有要求他们"斗才"。他们却自以为才高八斗，不自觉地斗起嘴来。他们争着当获胜的主角，却不知道唆使他们演戏的"导演"才是最大的受益者。

【原文】

陆太尉诣王丞相，王公食以酪。陆还，遂病。明日，与王笺云："昨食酪小过，通夜委顿。民虽吴人，几为伧鬼。"

【译文】

太尉陆玩拜访丞相王导，王导拿出奶酪招待了他。陆玩回家之后就病倒在床。第二天他写信告诉王导："昨天我奶酪略微吃多了，难受了一整宿。我虽然是吴人，却几乎做了北方的死鬼。"

【解读】

永嘉元年（公元年），王导主动为镇守建邺（今南京）的晋宗室司马睿出谋划策，在建邺建立了东晋政权。之后，王导在政治上施行"绥抚新旧"的政策，调节新来的北方士族和旧居的南方士族之间的矛盾，争取社会的稳定。"绥抚新旧"的政策起到了一定的作用，司马睿赢得了南北士族的拥戴。虽然如此，但因为政治权利掌握在北方人手中，所以不公的现象仍然存在。当时，朝廷中的高官要职，仍是以北方人在职居多，而南方士族即使有官也不过是一个空名，并无实权，于是致使"吴人颇怨"。

太尉陆玩是个南方人，而王导用来招待他的奶酪是北方人爱吃的东西。所以，他调侃奶酪差点让自己成为北方的"伧鬼"，其实也是间接发泄自己对北方人的不满。

【原文】

元帝皇子生，普赐群臣。殷洪乔谢曰："皇子诞育，普天同庆。臣无勋焉，而猥颁厚赉。"中宗笑曰："此事岂可使卿有勋邪？"

【译文】

晋元帝司马睿有了皇子，大力赏赐群臣。殷洪乔谢恩时说："陛下有了皇子，天下的人都应该庆祝。我没有立下什么功劳，反而得到了丰厚的奖赏，受之有愧啊！"晋元帝笑着说："生皇子的事儿能让你有功劳吗？"

【解读】

皇帝也是凡人，得到一个儿子他也是有凡人的欢乐的。这种欢喜不具有功利性，所以晋元帝对大臣们的赏赐不再是平时的封官加禄了，而是与人共享天赐的自然的欢乐。也正因此，他没有因殷羡傻气而带有冒犯的推辞而动怒，而是笑着给了他一个无法推辞的机智回答。这个时候的晋元帝不是皇帝，而是一个普通人。这个普通人道出了一个深奥的哲学思想：有时候，无须功劳，只需分享，分享忧思或者分享快乐。

【原文】

诸葛令、王丞相共争姓族先后。王曰：“何不言葛、王，而云王、葛？”令曰：“譬言驴马，不言马驴，驴宁胜马邪！”

【译文】

诸葛恢和王丞相（王导）因为姓氏家族的排列顺序起了争执。王丞相说：“为什么人们不说葛王，而说王葛呢？”诸葛恢说：“这好比就是说驴马，不是马驴，难道驴一定就比马强吗？”

【解读】

人们习惯说“王葛”来合称王导和诸葛恢，王导借此说王姓在先。诸葛恢反驳说，习惯说“驴马”并不代表驴比马强大。

真正有才能的人，是不用也不必在口头上争胜负的。是金子总会发光的，是能人的话别人也自然会看到你的才华。应争之事固然该争，但不值得的争的事何必浪费时间去争个虚名呢？不如把争的力气花在行动上。

【原文】

王长豫幼便和令，丞相爱恣甚笃，每共围棋，丞相欲举行，长豫按指不听。丞相笑曰：“讵得尔，相与似有瓜葛。”

【译文】

王长豫从小就非常和善乖巧，丞相王导十分疼爱他。每次下棋王导要悔棋的时候，王长豫就会按住他的手指，不让他动棋子。王导笑着说：“怎么能这样？我们之间貌似还有什么关系吧？”

【原文】

明帝问周伯仁：“真长何如人？”答曰：“故是千斤犗特。”王公笑其言。伯仁曰：“不如卷角牸，有盘辟之好。”

【译文】

晋明帝司马绍问周伯仁：“刘真长这个人怎么样啊？”周伯仁回答说：“他像是一只能负重千斤的公牛。”王导听了他的话，在一旁取笑。周伯仁继续说：“他比不上懂得与人周旋，讨好别人的老母牛。”

【解读】

王导不理解周伯仁为什么把刘真长比作负重千斤的公牛，所以就取笑他的比喻滑稽。这笑并无恶意，周伯仁听了就改拿王导开涮，说他是一头会周璇讨好别人的老母牛。

周伯仁是贪图一时口快，语不惊人死不休。言多必失，言直必伤人。所以，贪图口舌之快，逞一时之能，不是什么好事。而快速反击对方，还给人以傲气和小气的感觉。像周伯仁一样，如果只因别人无意的一笑就反唇相讥，实在是没有度量的表现。这样的个性难交朋友，还有可能得罪他人。

【原文】

王丞相枕周伯仁膝，指其腹曰：“卿此中何所有？”答曰：“此中空洞无物，然容卿辈数百人。”

【译文】

丞相王导把头枕在周伯仁的膝盖上，用手指着他的肚子说：“你的肚子里都装着什么东西啊？”周伯仁说：“里面空空荡荡的，不过还是能容得下几百个像你这样的人。”

【解读】

王导之问其实不怀好意。肚子里能有什么，不过是五脏六腑和恶臭的屎尿罢了。王导想要周伯仁出丑，周伯仁却不上他的当，还反将王导一局。“此中空洞无物”一句，先贬损自己内里空荡荡的“一无是处”，但紧接着一句“然容卿辈数百人”，就改变了整句话的意思。“空洞无物”变成了“宰相肚里能撑船”的豁达大度。周伯仁借此指出，自己胸怀宽阔，大肚能容，且度量之大，是王导的好几百倍。

先放低自己，再抬高自己，此种回答可谓先抑后扬之法，堪称精妙。

【原文】

干宝向刘真长叙其《搜神记》，刘曰："卿可谓鬼之董狐。"

【译文】

干宝向刘真长讲述他的《搜神记》，刘真长说："你称得上是鬼神中的董狐！"

【解读】

董狐是春秋时晋国的史官，他记录历史，敢于陈述事实，不畏权贵。《左传·宣公二年》记载，赵穿策划并谋杀了晋灵公，身为正卿且掌有一国政权的赵盾没有加以干涉，他就等于主谋。所以董狐在史策上记载说“赵盾弑其君”。孔子称赞董狐是“古之良史也，书法不隐。”意即指他尊重事实。

干宝与董狐有相似之处。他学识渊博，曾任著作郎，修国史。他的写作，“其书简略，直而能婉，咸称良史。”在创作《搜神记》时，他仍坚持尊重事实的态度，不杜撰捏造莫须有的鬼神故事。在《搜神记》的《自序》中，他称自己的创作目的是想通过搜集前人著述及传说故事，证明鬼神是存在的。《搜神记》多以神灵怪异故事为主，也有一部分属于民间传说，揭露了现实问题。如其中《干将莫邪》《李寄》《韩凭夫妇》《吴王小女》《董永》等，暴露统治阶级的残酷，歌颂反抗者的斗争，确是“直而能婉”的典范。大概因此，刘真长称赞他是写鬼神小说的“董狐”。

【原文】

许思文往顾和许，顾先在帐中眠，许至，便径就床角枕共语。既而唤顾共行，顾乃命左右取杭上新衣，易己体上所着。许笑曰："卿乃复有行来衣乎？"

【译文】

许思文来到顾和的住处，顾和正在床上睡觉，他直接走到床边靠着枕头和顾和谈话。过了一会儿，许思文叫顾和一起出去散步。顾和让侍者为他拿来枕头边上的新衣服，换掉身上穿的衣服。许思文笑着说："你怎么出门的时候还换上专门的衣服呢？"

【解读】

许思文直闯顾和内室，顾和不觉得被冒犯。顾和不整衣冠，仍旧躺在床上招待许思文，许思文也不觉得顾和无礼。两人之间的交往没有繁文缛节，种种行为在外人看来冒昧无礼，于他们来说确实自然合理，可见他们的关系非常好。而当顾和准备出门时，要换上一套专门的衣服，这是以有礼之貌应对外头与自己没有交情的陌生人。

往往如此：越亲密的关系越不受礼节的束缚，也就越简单。初次见面或交往不深的人，为了给对方留下好印象，同时出于对对方的尊重，交往时他们的顾虑就多一点，对礼节也会十分看重。而一旦他们越来越熟悉，礼节就变得没那么重要了。相反，如果一个人礼仪过头，还会造成距离，让对方不舒服。

【原文】

康僧渊目深而鼻高，王丞相每调之。僧渊曰："鼻者面之山，目者面之渊；山不高则不灵，渊不深则不清。"

【译文】

康僧渊的眼睛深陷，鼻梁又很高，丞相王导经常嘲笑他。康僧渊说："鼻子是脸上的山；眼睛是脸上的深渊。山不高，就没有灵气；水不深，就不会清澈。"

【解读】

康僧渊是西域人，他鼻子高挺，眼睛深凹王导嘲笑他的长相，他却不以为然。而是用鼻喻山，用眼喻泉，以"山不高则不灵，水不深则不清"来说出自己的美。他的回答同样尊重事实，但换了个说法却成了完全相反的意思。康僧渊还借此暗中指出自己其实比王导更帅气。

【原文】

何次道往瓦官寺礼拜甚勤。阮思旷语之曰："卿志大宇宙，勇迈终古。"何曰："卿今日何故忽见推？"阮曰："我图数千户郡，尚不能得；卿乃图作佛，不亦大乎？"

【译文】

何次道经常去瓦官寺拜佛，非常勤恳。阮思旷对他说："你的志向比宇宙还大，你的勇气古今没人能赶得上啊。"何次道说："你今天忽然推崇我，到底是什么原因呢？"阮思旷回答说："我想当一个管理数千户的郡守，尚且还不能实现，你居然想要成佛，难道你的志向还不够大吗？"

【解读】

阮思旷崇尚儒家学说，何充崇尚佛家学说。主张"德治""仁政"的儒家子弟都是现实主义者，他们注重以实际的做法解决现实问题。何充拜佛，诚恳之至，这一做法在阮思旷看来是很不现实的。所以他取笑何充志向远大，意即指出：生活中有那么多实际问题都是无法解决的，你还追求什么虚无缥缈的最高境界？

一个凡夫俗子立下成佛的远大志向，他的虔诚如若不是出于真心，而如果只是为了成佛而成佛，那他遭到耻笑也是必然的了。从历史对何充其人的记述来看，何充的确不是一个真正的佛家子弟，所以也难怪阮思旷会嘲笑他了。

【原文】

庾征西大举征胡，既成行，止镇襄阳。殷豫章与书，送一折角如意以调之。庾答书曰："得所致，虽是败物，犹欲理而用之。"

【译文】

征西将军庾翼大举征讨胡人，军队出发之后，驻扎在襄阳防守。豫章太守殷羡给他写了封信，并送了一个缺角的如意，以此来嘲笑他。庾翼回信答复说："我收到你送的东西了，虽然它破损了，但我还是想把它修好，继续使用。"

【解读】

庾翼是庾亮的弟弟。咸康五年（公元年），庾亮开始举兵北伐，任庾翼为辅国将军。次年，庾亮逝世，庾翼接替庾亮之职，镇守武昌，通过施行严明的军政，使得后赵黄河以南领地的人民争相归附。之后，庾翼想移镇襄阳，但朝廷不许。庾翼违背诏令，北行到下口，最终进驻襄阳。

庾翼北伐不顺之时，殷羡送他一个缺角的如意，“如意”与“庾翼”读音相似，而缺角即指不如意，因此有嘲弄之意。

庾翼收到殷羡送来的如意也不震怒，回信中也不问他何以送一个坏的礼物，却只是淡定地说自己会修好它，继续使用。可见庾翼的气度是很大的。他对事情胸有成竹，有自信让战事顺利进行，所以不会为殷羡的故意嘲弄而发怒。

【原文】

初，谢安在东山，居布衣时，兄弟已有富贵者，翕集家门，倾动人物。刘夫人戏谓安曰：“大丈夫不当如此乎？”谢乃捉鼻曰：“但恐不免耳。”

【译文】

当初，谢安在东山还是一个平民百姓之时，家族中的兄弟有富贵的已经不在少数，引起了他人的羡慕。刘氏对谢安开玩笑说：“大丈夫不都应如此吗？”谢安掩着鼻子，说：“只怕避免不了啊。”

【解读】

谢安的意思是：如果大丈夫就是如此（当权贵之人），恐怕我也避免不了要当大丈夫啊。

谢安的话，是无奈，也是自嘲，还透露着自信。他因知道自己的能力而自信，又因预感最终不能按照自己的理想来生活而无奈、自嘲。

无奈，大概就是生活的一部分吧。无论你追求什么，哪怕是追求“没有追求”的清静无为，生活也不一定会按照你喜欢的方式进行。因为，人生在世，身不由己。有时候，我们不得不去做自己不愿意做的事情。比如谢安，退隐会稽郡山阴县东山多年后，终因弟弟谢万被废黜事件而再次步入仕途。

【原文】

支道林因人就深公买印山，深公答曰：“未闻巢、由买山而隐。”

【译文】

支道林托人向竺法深买印山，竺法深说：“我不曾听说巢父、许由买山隐居。”

【解读】

自古以来，只有以钱买官，哪有买山隐居？真正的隐者，不用给自己画地为牢，防止别人打扰。因为隐不隐在于心，而不在于环境。心清净，到哪里都是隐居。心不清净，身处高山流水之中也不叫隐居。

真正达到物我两忘的隐者，能够排除周身的一切干扰。即使身处最嘈杂世俗的环境中，最复杂功利的朝廷之中，大智若愚的他亦可以有清静之心，淡然处世，不被世俗困扰而自得其乐。所以有人说：“小隐隐于野，中隐隐于市，大隐隐于朝。”朝廷尚能隐居，又何必买山隐居呢？

【原文】

王、刘每不重蔡公。二人尝诣蔡，语良久，乃问蔡曰：“公自言何如夷甫？”答曰：“身不如夷甫。”王、刘相目而笑曰：“公何处不如？”答曰：“夷甫无君辈客。”

【译文】

王濛、刘惔经常不尊重蔡谟。有一次，两人去拜访蔡谟，交谈了很长时间之后，问蔡谟：“你自认为比王夷甫怎么样啊？”蔡谟回答说：“我比不上他。”王濛和刘惔相视而笑说：“你哪里比不上他？”蔡谟说：“他身边没有你们这样的客人。”

【解读】

王濛、刘惔之问，意在让蔡谟下不了台，但他们没想到自己反被蔡谟反击得毫无招架之力。

蔡谟的观点：近朱者赤，近墨者黑。“我”比不上他人，是因为我靠近你们，沾染了你们的缺点。所以，如果说“我”不好，其实等于说你们自己很不好。王濛、刘惔的清高孤傲，让他们自己成了自讨没趣的小丑。

【原文】

张吴兴年八岁，亏齿，先达知其不常，故戏之曰：“君口中何为开狗窦？”张应声答曰：“正使君辈从此中出入。”

【译文】

张吴兴八岁的时候，门牙掉了。一些贤达前辈知道他不平凡，故意调笑他说：“你的嘴里为什么有一个狗洞呢？”张吴兴随即回答说：“正是为了让你们这类人从这里进出啊。”

【解读】

嘴里有个狗洞，不代表嘴的主人是狗，而从狗洞进出的人，往往跟狗没什么区别。当然，嘴里的洞再大也不可能是个狗洞。然而，既然对方认为狗洞存在于人的嘴巴中合理，那么人从那个“狗洞”中进出也不足为奇了。张吴兴的回答很精彩，这就是以牙还牙，以眼还眼。

【原文】

郝隆七月七日出日中仰卧，人问其故，答曰：“我晒书。”

【译文】

郝隆在于七月七那天在太阳下仰卧，有人问他缘故，他回答说：“我在晒书。”

【解读】

魏晋七夕晒书的习俗是由汉代七夕晒衣的习俗演变过来的：据说司马懿因权力过大被魏武帝曹操猜忌，他于是装疯窝在家中。曹操还是放心不下，派人去探查他在家中忙什么。这天正好是七夕，使臣去到司马懿府上时，装疯卖傻的司马懿不在晒衣，却在家中晒书。使臣将所见禀报曹操，曹操于是令司马懿立刻回朝任职。晒书由此成为习俗，后来被文人所用，以彰显自己的学识。

七夕这天，郝隆在太阳底下亮出肚皮，谓之“晒书”。郝隆学识渊博，无书不读，家中自有藏书，但他不晒书而晒肚子，其一是为了表示自己对晒书习俗的藐视，其二是夸耀之腹中有才学，所以晒肚皮就是晒书。

【原文】

谢公始有东山之志，后严命屡臻，势不获已，始就桓公司马。于时人有饷桓公药草，中有远志。公取以问谢：“此药又名小草，何一物而有二称？”谢未即答。时郝隆在坐，应声答曰：“此甚易解，处则为远志，出则为小草。”谢甚有愧色。桓公目谢而笑曰：“郝参军此过乃不恶，亦极有会。”

【译文】

谢安最初有隐居东山的念头，后来多次收到皇帝的诏命，形势所迫之下，才担任桓温的司马。当时有人给桓温送药，其中有一味药叫远志。桓温拿着远志问谢安：“这味药也叫小草，为什么同一种东西会有两个名字呢？”谢安没有马上回答。当时郝隆在场，随即回答说：“这不难解释，处于土内时就是远志，冒出土后就是小草。”谢安听了，感到非常惭愧。桓温笑着对谢安说：“郝隆的解释没有恶意，很有趣味啊。”

【解读】

“处则为远志，出则为小草。”——还没出土时叫“远志”，冒出地面生长后就是叫“小草”。“处”暗指谢安隐居山林，“出”暗指谢安出山做官。郝隆意即：隐居者志向远大，出仕者亦如卑微的小草。郝隆一语点破谢安的前后处境，毫不留情地指出他由“远志”“沦落”成为“小草”这一事实。纵使谢安是个无愧于天地亦无愧于自己的人，也被这个生动而又十分恰当的解释嘲讽得无言以对，羞愧难当，也难怪桓温会替他解围。

【原文】

郝隆为桓公南蛮参军。三月三日会，作诗，不能者罚酒三升。隆初以不能受罚，既饮，揽笔便作一句云：“娵隅跃清池。”桓问：“娵隅是何物？”答曰：“蛮名鱼为娵隅。”桓公曰：“作诗何以作蛮语？”隆曰：“千里投公，始得蛮府参军，那得不作蛮语也！”

【译文】

郝隆是南蛮校尉桓温的参军。三月三日的聚会上，大家要求作诗，不能作的就要罚喝三升酒。郝隆最初作不出诗而受到了惩罚，喝完酒后，挥笔写了一句：“娵隅跃清池。”桓温问：“娵隅是什么东西呢？”郝隆回答说：“南蛮人把鱼叫作娵隅。”桓温说：“你作诗为什么要用蛮语？”郝隆说：“我千里迢迢来投奔你，才做了一个南蛮参军，哪能不用蛮语呢？”

【解读】

郝隆心里对桓温有所不满，但他不直言相告，而是趁着桓温处于游戏之中时将它表露出来。以最委婉的方式，在领导心情快乐之时说出自己心中的不满。这样，既表达了自己的意思，又把领导动怒的概率降到最低。这样的说话之道，堪称艺术。

【原文】

郗重熙与谢公书，道：“王敬仁闻一年少怀问鼎。不知桓公德衰，为复后生可畏？”

【译文】

郗重熙写信告诉谢安说：“王敬仁听说一个年轻人怀有问鼎之志，不知是桓公的德行衰落，还是后来人令人敬畏啊？”

【解读】

郗重熙向谢安提到“闻一少年怀问鼎”的传言，一种可能是在暗指听说谢安有谋权篡位的野心，于是写信提醒他。郗重熙提醒之意：如果国君的德行没有衰落，却又有人敢问鼎，那说明后生可畏啊。另一种可能是在与谢安就事论事，闲谈王敬仁的“听说”。

【原文】

张苍梧是张凭之祖，尝语凭父曰：“我不如汝。”凭父未解所以，苍梧曰：“汝有佳儿。”凭时年数岁，敛手曰：“阿翁，讵宜以子戏父！”

【译文】

苍梧太守张镇是张凭的爷爷，曾经对张凭的父亲说：“我不如你啊！”张凭的父亲没明白是什么意思，张镇继续说：“你有一个优秀的儿子。”张凭当时还很年幼，恭敬地说：“爷爷，你怎么可以拿儿子来取笑父亲呢？”

【解读】

张镇明著称赞儿子，实际是称赞孙子，贬低了儿子。张凭年幼却不傻，知道自己被爷爷当作了挡箭牌，于是恭敬地说出事实：爷爷你拿我来取笑我的父亲。这三代人的对话透露出活跃的亲情之乐，让人觉得爷爷可爱，父亲无辜，孙子聪慧。

【原文】

习凿齿、孙兴公未相识，同在桓公坐。桓语孙：“可与习参军共语。”孙云：“蠢尔蛮荆，敢与大邦为仇！”习云：“薄伐猃狁，至于太原。”

【译文】

习凿齿和孙兴公本不相识，两人一同到桓温家里做客。桓温对孙兴公说：“你可以和参军习凿齿交流一下。”孙兴公说：“荆楚是南蛮之地，也敢和大国做对，真是愚蠢啊！”习凿齿说：“讨伐北方蛮夷，一直打到了太原。”

【解读】

未曾相识，一见面就引经据典对骂开来。“不骂不相识”成为魏晋时期部分士人的交流手段，这是清谈之风带来的负面效果。

结合当时的社会现状，习凿齿和孙兴公一见面就以地域歧视的态度看待对方，还是有深层原因。东晋政权中心是从北方的洛阳转移到南方的建邺（南京）的，当时除了东晋政府，还有十六国政权，天下几乎是分崩离析。所以，习凿齿和孙兴公两人对对方的态度也就“合理”了。但从中可见，国家分裂，不仅民族矛盾加深，地域矛盾也会出现。

【原文】

桓豹奴是王丹阳外生，形似其舅，桓甚讳之。宣武云：“不恒相似，时似耳！恒似是形，时似是神。”桓逾不说。

【译文】

桓嗣是丹阳尹王混的外甥，和舅舅长得非常像，他对此很是忌讳。桓温说：“并不总是相似，只是有时相似罢了。一直相似的是外形，偶尔相似的是神态。”桓嗣听到这话，更加不高兴了。

【解读】

在讲究精神意念、注重文化修养的魏晋时期，人们都以神行独特为傲，觉得那样的长相代表自己超凡脱俗。因此，当时的人们不喜欢自己跟谁长得像，更以与某人“神似”为耻，他们喜欢拥有自己独特的外貌、神态。桓豹奴跟他舅舅长得像，他已经是十分不高兴。桓温却还说只是“形似”而已，“神”是偶尔相似的。这让桓嗣更不加不爽了。

神由心生，一个人的神态就是自己的内心写照。即使跟别人相似，也是因为与对方有共同点。而且，这个特点不是别人给你强加上的，而是你自己养成的，所以对自己的神态不满就是对自己不满。

【原文】

王子猷诣谢万，林公先在坐，瞻瞩甚高。王曰：“若林公须发并全，神情当复胜此不？”谢曰：“唇齿相须，不可以偏亡。须发何关于神明！”林公意甚恶，曰：“七尺之躯，今日委君二贤。”

【译文】

王子猷去拜访谢万，当时支道林正坐在谢万家里，眼光非常高，看不起别人。王子猷说："假如支道林没有剃去胡须和头发，他的神情会比现在还要高傲吗？"谢万说："嘴唇和牙齿相互依靠，缺一不可啊。可是胡须、头发跟人的神情有什么关系呢？"支道林听了非常不高兴，说："我这七尺之躯，算是被你们两位贤人糟蹋了。"

【解读】

王徽之和谢万都是属于傲慢无礼，奔放不羁的人。相对于支道林来说，他们只是为人处事较为个性。所以，支道林大概是有点看不起他们的。王徽之看出了支道林对他们的蔑视，于是照旧发挥自己无所顾忌的"特长"，拿支道林的相貌开起玩笑来。王徽之意在指出支道林的高傲，谢万却故意歪曲话题，说胡须和头发对一个人的神情是没有影响的，嘴唇和牙齿才至关重要。王、谢两人你一言我一语，把支道林的胡须头发、嘴唇牙齿全否定了，在支道林面前描绘了一个没有胡须头发、嘴唇牙齿的支道林。

王徽之和谢万面对在自己面前露出不屑神色的人，既要指出他的傲气，又要挫伤他的骄傲，还有什么手段比装作不经意地评论他的外貌更适合的呢？这一招可谓"杀人不见血"。所以，就连修养极高的支道林也非常不高兴。

【原文】

郗司空拜北府，王黄门诣郗门拜，云："应变将略，非其所长。"骤咏之不已。郗仓谓嘉宾曰："公今日拜，子猷言语殊不逊，深不可容！"嘉宾曰："此是陈寿作诸葛评。人以汝家比武侯，复何所言！"

【译文】

司空郗愔当上了北府长官，黄门侍郎王子猷前去祝贺，说："随机应变和用兵谋略并不是他的强项。"这两句话接连说了好多次。郗仓对哥哥说："今天是父亲上任的日子，王子猷出言不逊，实在是不能忍啊！"嘉宾说："这是陈寿给诸葛亮做的评语。王子猷把父亲比作诸葛亮，你还抱怨什么呢？"

【解读】

一句话，有的人听来是出言不逊，有的人听来是恭维抬高。哪种结果是对的？也许只有说话的人才知道。从王徽之的个性来看，他可能是故意说出这种同时具有褒贬意思的话。生活中也不乏像他这样的人，明显是出言不逊，但为了防止别人觉得自己无礼，就以隐约不明的褒扬做底色。面对这种人，该如何理解他模棱两可的话呢？我们像郗超一样，按照好的意思去理解。一件事情，一句话，往好的方面去想，总比往坏的方面去想能让人快乐。所以何必庸人自扰，自己给自己添情绪？

【原文】

刘遵祖少为殷中军所知，称之于庾公。庾公甚忻然，便取为佐。既见，坐之独榻上与语。刘尔日殊不称，庾小失望，遂名之为"羊公鹤"。昔羊叔子有鹤善舞，尝向客称之。客试使驱来，氃氋而不肯舞。故称比之。

【译文】

刘遵祖年轻时受到中军将军殷浩的赏识，并被举荐给庾亮。庾亮非常高兴，就让他做了自己的属官。见面之后，庾亮让他坐在独榻上，和他一起交谈。刘遵祖那天的表现不尽如人意，庾亮感到些许失望，于是称他“羊公鹤”。从前羊叔子养了只善跳舞的鹤，并当着客人的面称赞它。客人试着让人把它赶来，发现鹤的羽毛非常松散，不肯跳舞。因此庾亮把刘遵祖比为羊公鹤。

【解读】

“发挥失常”是失败时最好的借口，它意即本来是可以胜利，但由于某种原因最终失败了。这个借口使失败看起来也很无辜，于是使人不好意思揭穿他失败的本质原因：没有真实能力！或者能力不足！

无论什么事情，能力不应该单指人在这件事情所持有的能力，还应包括心态能力。将军带领士兵打仗，有作战的谋略是其一，应对战争中的心态是其二。求职的人去面试，有能力是其一，表现出来的自信是其二。学生考试，掌握的知识是其一，考试的心理状态是其二。在一个人或众人面前展示才华，才华是其一，自然而自信的淡定是其二。所以说，只有硬件的能力还不够，还要软件方面的能力。武功再高，不敢与敌人对打，那就是无能。再有才华，没有自信，在比自己地位高的人面前就紧张起来，那等于是无才。

不是羊公鹤不会跳舞，而是它不敢在别人面前坦然自若地做自己。发挥失常，归根到底是自信不足，内在的定力不够。

【原文】

魏长齐雅有体量，而才学非所经。初宦当出，虞存嘲之曰：“与卿约法三章：谈者死，文笔者刑，商略抵罪。”魏怡然而笑，无忤于色。

【译文】

魏长齐很有气度，但是却不擅长做学问。他第一次当官，将要上任之时，虞存嘲笑他说：“我和你约法三章：高谈的人处死，写诗文的人判刑，进行学术研讨就治罪。”魏长齐和颜悦色地笑了笑，没有流露出不满的情绪。

【解读】

清谈、写文章、进行学术讨论，这三者都不是为魏颛擅长的。虞存表面上是警告魏颛混官场的规则，实际上是嘲讽他没有口才和学问。魏颛自然也知道虞存的嘲戏之意，但他却不计较，反而哈哈大笑，这正是他有气度的表现。

魏颛也可以选择发怒，然后以牙还牙，以眼还眼。但是，冤冤相报何时了？况且，如果他人的嘲弄是不带恶意的，且还是就事论事，又何必发怒呢？我们自身的缺点，别人不说，自己心里也很清楚。真话虽然不好听，但总好过对方对你说假话吧？而如果他人是恶意的，那最好的方法也是沉默应对。

【原文】

王文度在西州，与林法师讲，韩、孙诸人并在坐。林公理每欲小屈，孙兴公曰：“法师今日如著弊絮在荆棘中，触地挂阂。”

【译文】

王文度在西州，同支道林法师谈玄，当时韩康伯、孙兴公等人也都在场。每当支道林要落在下风之时，孙兴公就说：“法师今天就像是穿了破衣服在荆棘中行走，到处受到阻碍。”

【解读】

孙兴公一再把处于下风中的支道林说成穿破衣在荆棘中行走，可见他看到人不幸之时有一种幸灾乐祸的心理，并将这心理毫不掩饰地表现出来。幸灾乐祸、落井下石的人，是很让人讨厌的。损人的话说得再隐晦、再有文采，一旦多说，也表现出说话者的无礼和浅薄。

【原文】

范荣期见郗超俗情不淡，戏之曰："夷、齐、巢、许，一诣垂名，何必劳神苦形、支策据梧邪？"郗未答，韩康伯曰："何不使游刃皆虚？"

【译文】

范荣期见郗超非常世俗化，于是戏弄他说："伯夷、叔齐、巢父、许由都能一下子流芳百世，你何必劳心伤神，让自己疲惫不堪呢？"郗超还没有回答，韩康伯接着说："你为什么不让自己游刃有余呢？"

【解读】

范荣期嘲弄郗超世俗，还以伯夷、叔齐、巢父、许由等超俗之人能够流芳百世来"劝慰"他不要被世俗所困，不如像他们一样脱俗，那样反倒容易成名。韩康伯替郗超反唇相讥，说范荣期不会做人处事，让他学着游刃一点。

【原文】

苻朗初过江，王咨议大好事，问中国人物及风土所生，终无极已。朗大患之。次复问奴婢贵贱，朗云："谨厚有识中者，乃至十万；无意为奴婢问者，止数千耳。"

【译文】

苻朗刚过江来到晋朝，骠骑咨议王肃之非常好事，问他中原的贤人、风土民情和特产，一直问个不停。苻朗为此很讨厌他。王肃之又问奴婢的价钱，苻朗说："为人谨慎忠厚而且有见识的，能值十万钱；不想做奴婢而又喜欢提问的，仅仅需要数千钱而已。"

【解读】

苻朗回答的意思很明显：王肃之就跟喜欢提问题的奴婢一样，仅仅值数千钱而已。王肃之因为过于好奇，让苻郎产生了厌恶。

好奇本来是件好事，但放在人际关系中时，源源不断的好奇心会使人感到厌烦。如果对方对你的问题有兴趣或愿意与你交流，问是可以的，但也不宜太多，因为问多了等于什么都没问。什么都想知道等于对什么都不感兴趣，而你的好奇也只是无聊的随便问问罢了。一个人，只顾自己好奇，该问的不该问的都问，不顾别人的感受，这会让人感觉好很无礼，最终会被他人厌恶。

【原文】

东府客馆是版屋。谢景重诣太傅，时宾客满中，初不交言，直仰视云："王乃复西戎其屋。"

【译文】

东府用来招待宾客的屋子，是用木板修建成的。谢景重拜访太傅司马道子之时，宾客满座，他并没有和别人谈话，只是抬头仰望屋顶说："会稽王的客馆，竟然成了西戎人的住房了。"

【解读】

把知道的信息当成"学识"，有了点"学识"就卖弄起来，一抓到机会就用来嘲讽他人。这样的人既无学识，也无礼仪，不懂得尊重他人。正如谢景重。在他人之家宾朋满座之时对他人的屋子品头论足，这么一种趾高气扬的态度，也是人际交往的忌讳。

【原文】

顾长康啖甘蔗，先食尾。人问所以，云：“渐至佳境。”

【译文】

顾长康吃甘蔗，先从甘蔗尾部吃起。有人问他为什么，他说：“这样吃会渐入佳境。”

【解读】

吃得渐入佳境，意即会越吃越甜。顾恺之如此吃法，说明他非常会享受生活。

不会享受生活的人，先把甜头吃完，剩下没有味道的那部分，最后会觉得人生如从头（根部）到尾（细小的顶部）吃甘蔗——毫无甜蜜幸福可言。而会享受生活的人，先苦后甜，越来越甜。正如顾恺之所说，“渐至佳境”。甘蔗吃完，嘴巴上还余留甜味。生命走完，嘴角还挂着微笑。

渐入佳境，应该是每个人都追求的生活姿态。即使现在的日子有些苦，也要一步步地“吃”下去，让自己的生活越来越美好，让自己对生命感觉到越来越甜蜜。

【原文】

孝武属王珣求女婿，曰：“王敦、桓温，磊砢之流，既不可复得，且小如意，亦好豫人家事，酷非所须。正如真长、子敬比，最佳。”珣举谢混。后袁山松欲拟谢婚，王曰：“卿莫近禁脔。”

【译文】

晋孝武帝委托王珣为公主挑选夫婿，说：“王敦、桓温，都是才能特别出众人，不可复得。可是他们这种人稍一得志，就喜好掺和别人的事情，绝不是理想的女婿。只有刘真长、王子敬这样的人才是最佳人选。”王珣推荐了谢混。后来袁山松想让谢混做自己的女婿，王珣对袁山松说：“谢混是皇帝的禁脔，你就不要打他的主意了。”

【解读】

王敦跟东晋丞相王导同出于琅邪王氏，与王导一同协助司马睿建立了东晋政权。王敦功高权大，一直有叛乱之心，后因司马睿有意疏远琅邪王氏而在荆州起兵，发动政变。王敦之乱，以失败告终。

桓温出生于门将之家，他有勇有谋，凭借自己的努力，在官场上步步高升。后因剿灭成汉政权，又三次出兵北伐（前秦、姚襄、前燕），桓温名声大震，位高权重。他独揽朝政年，暗中策划篡位之事，最终因王坦之、谢安的阻碍而未能得逞，病重而死。

王敦和桓温都曾取王室公主为妻，王敦娶了晋武帝司马炎之女襄城公主，桓温娶了晋明帝的女儿南康公主。晋武帝说他们稍微得志就掺和别人的事情，就是指他们谋反叛乱。

与王敦、桓温不同，刘真长（刘惔）和王子敬（王献之）同样才华卓越，也有政治才能，但他们却淡泊名利，不问政事。特别是王献之，他一生宦途顺利，还同样取了王室公主，却始终寄情于山水，热衷于书法。

王珣推荐的谢混是谢安的孙子，文采飞扬，号称“风华江左第一”。王珣在向晋孝武帝推荐王珣时说：“虽然比不上刘惔，但应该不比王献之差。”袁松山来打谢混主意时，晋孝武帝已经去世，王珣戏称谢混是晋孝武帝碗里的肉，动不得。可见他是说话算话，答应他人的事情，即使他人不在，他依旧遵照承诺去完成。

【原文】

桓南郡与殷荆州语次，因共作了语。顾恺之曰："火烧平原无遗燎。"桓曰："白布缠棺竖旒旐。"殷曰："投鱼深渊放飞鸟。"次复作危语。桓曰："矛头淅米剑头炊。"殷曰："百岁老翁攀枯枝。"顾曰："井上辘轳卧婴儿。"殷有一参军在坐。云："盲人骑瞎马，夜半临深池。"殷曰："咄咄逼人！"仲堪眇目故也。

【译文】

南郡公桓玄和荆州刺史殷仲堪谈话时，一起谈起了了语。顾恺之说："火烧平原无遗燎。"桓玄说："白布缠棺竖旒旐。"殷仲堪说："投鱼深渊放飞鸟。"接下来，他们又谈论危语。桓玄说："矛头淅米剑头炊。"殷仲堪说："百岁老翁攀枯枝。"顾恺之说："井上辘轳卧婴儿。"在场的还有殷仲堪的一个参军，他说："盲人骑瞎马，夜半临深池。"殷仲堪说："你真是咄咄逼人！"原来殷仲堪是独眼龙。

【解读】

一个参军，可能不比在场的桓玄、殷仲堪、顾恺之有才识，无法凭空想象"了""危"的情景，但他却能结合当下所见，说出一句让人震惊的话来。可见，文采来源于现实生活，注意观察，善于思考，一个名不见经传的人也有一鸣惊人的时候。

但从另一方面讲，顾恺之等人如果没有邀请那位参军加入语言游戏，而参军却自作聪明蹦出一句咄咄逼人的话来，他的行为就是鲁莽的。与人交往时，不能贪图一时口快，逞一时之能。在不适当的时机，最好不要想着一鸣惊人。

【原文】

桓玄出射，有一刘参军与周参军朋赌，垂成，唯少一破。刘谓周曰："卿此起不破，我当挞卿。"周曰："何至受卿挞！"刘曰："伯禽之贵，尚不免挞，而况于卿！"周殊无忤色。桓语庾伯鸾曰："刘参军宜停读书，周参军且勤学问。"

【译文】

桓玄带领部下外出射箭，刘参军和周参军被分在同一组。在还有一箭就定输赢的时候，刘参军对周参军说："你这一箭要是射不中，我就拿鞭子打你。"周参军说："你为什么要打我？"刘参军说："西周的伯禽很尊贵，他都免不了被打，更何况是你呢？"周参军听了，没有任何不满。桓玄对庾伯鸾说："刘参军应该停止读书，周参军要努力用功读书。"

【解读】

伯禽尊贵，也难免挨他父亲打。所以，周参军凭什么就不会挨揍呢？——这样的逻辑本来就属于狡辩，而更没道理的是刘参军却以此来作为自己打周参军的理由。

刘参军把周参军狠狠地贬低了，周参军听完这两个没有逻辑的话却没有发怒，可见他如若不是宽宏大度就是根本不知道刘参军在损他。从桓玄的话来看，周参军应该属于后者——因为不学无术，腹中无学识，所以根本不知道伯禽是谁，也不知道刘参军开始在贬损他。

【原文】

桓南郡与道曜讲《老子》，王侍中为主簿，在坐。桓曰："王主簿可顾名思义。"王未答，且大笑。桓曰："王思道能作大家儿笑。"

【译文】

南郡公桓玄和道曜谈论《老子》，主簿王思道也在场。桓玄说："王主簿可以从他的名字中思考出道的含义。”王思道没有回应，只是放声大笑起来。桓玄说：“王思道能够发出大家子弟的笑声。”

【解读】

王思道的名字中有“思道”，所以桓玄说王思道可“顾名思义”——只从自己的名字就可以思考出道的含义。桓玄比王思道年长，他这么一说，也许有讥讽王思道不知“道”的隐藏意思。

王思道听了桓玄带有双关嘲讽的话后却不加辩驳，而是大笑应对。他的大笑来源于《老子》第四十一章：“上士闻道，勤而行之；中士闻道，若存若亡；下士闻道，大笑之。不笑不足以为道。”——悟性高的人对“道”坚信不疑，勤恳地在生活中运用它，以它为做人做事标准。悟性一般的人对“道”半信半疑，有时放在心上，有时不以为然那。没有悟性的人，一听“道”就大笑不止，认为“道”纯属无稽之谈，表现出鄙视、讥讽的否定态度。

王思道一笑，既表示自己对《老子》有所了解，又以一种不以为然的态度自我讥讽，表示是个闻道即大笑的“下士”。桓玄看出他悟性极高，于是说他的笑声是大家子弟的笑声。

【原文】

祖广行恒缩头。诣桓南郡，始下车，桓曰：“天甚晴朗，祖参军如从屋漏中来。”

【译文】

祖广经常缩着脖子走路。有一次，他去拜访南郡公桓玄，刚一下车，桓玄说：“今天是个大晴天，为什么祖参军像刚从漏雨的屋子里出来呢？”

【解读】

漏雨之屋内，人躲避雨滴的时候会不由自主地把脖子缩起来。祖光经常缩着脖子走路，让人看上去觉得很滑稽，所以桓玄说他刚从漏雨的屋子里走出来。

换种方式形容别人不好看的样子，又保证自己不会得罪他人，做到这样须学会说话的艺术。不过最基础的条件是保证自己没有取笑他人的心理。出发点没有恶意，才不会使自己出言不逊。

【原文】

桓玄素轻桓崖。崖在京下有好桃，玄连就求之，遂不得佳者。玄与殷仲文书以为嗤笑曰：“德之休明，肃慎贡其楛矢；如其不尔，篱壁间物亦不可得也。”

【译文】

桓玄向来就看不起桓崖。桓崖在京都家里种有上等的桃子，桓玄向他求取了多次，但终究没得到好的种子。桓玄写信给殷仲文，拿这件事情嘲笑自己说：“如果德行美好，那么肃慎族也会进贡弓箭；反之就连自己家里产的东西也得不到。”

【解读】

看不起对方，还直接地表现出来，却又向对方索要东西，最终落得个屡次碰壁的下场。这样做人，不亚于搬起石头砸自己的脚，自找无趣。桓崖是一个很有原则的人，也可以说他是个很有志气的人。他不讨好瞧不起自己的人，哪怕对方是自己的堂兄弟，他也坚持保守自己的尊严。现实中，有的人在瞧不起自己的人面前也表现得唯命是从。他们或者畏惧权势，或者顾于情面，于是不敢按照自己的内心想法做事。这样的人很可悲。正如桓玄最后自嘲所说的，人应该有德行，没有德行，一个人就会只知道以自我为中心。本着自己的劣性去与人交往，那交往必然失败。

轻诋第二十六

【原文】

王太尉问眉子："汝叔名士，何以不相推崇？"眉子曰："何有名士终日妄语！"

【译文】

太尉王衍问王眉子："你的叔叔王澄是名士，你为何不推崇他呢？"王眉子回答说："哪里有名士成天胡说八道的！"

【解读】

王澄好清谈，且善于从人的言行举止看出一个人的心思，于是也经常品评他人。在王玄看来，时常评论别人无异于胡说八道，没有什么可推崇的。

确实，一个经常对他人评头论足的人，是非常讨厌的，即使他有才，也难以称得上名士。真正的名士，如"竹林七贤"、谢安、王衍、刘惔等，无不是以自己的才华或超脱的个性来展现出自己的处世态度。他们或许会偶尔评论他人，但绝不会经常做这样的事。

【原文】

庾元规语周伯仁："诸人皆以君方乐。"周曰："何乐？谓乐毅邪？"庾曰："不尔，乐令耳。"周曰："何乃刻画无盐，以唐突西子也？"

【译文】

庾元规对周伯仁说："大家都将你比成乐氏。"周伯仁问："是哪个乐？说的是乐毅吗？"庾元规说："不是他，是尚书令乐广。"周伯仁说："怎么能美化无盐女而诋毁美女西施呢？"

【解读】

周伯仁年少时就具有贤明，是一代才俊，但他为人一向直言不讳，还有点孤高自傲。乐广善谈，有远识，为人谦虚低调。裴楷、王衍都曾称赞过他。周伯仁和乐广个性相反，虞亮却说大家都把周伯仁比作乐氏。周伯仁听虞亮说大家把他比作乐广后，孤高自傲的个性又表露了。他把乐广比喻成丑女，把自己比喻成美女西施，说把他和乐广相比是一种以丑比美的行为，以此显示出自己对乐广的不屑。

【原文】

深公云："人谓庾元规名士，胸中柴棘三斗许！"

【译文】

竺法深说："人们都认为庾元规是名士，其实他胸中装的不过是三斗多的荆棘而已。"

【解读】

说一个人心中装有荆棘，意思就是说他居心险恶。庾亮居心险恶吗？历史并无相关明显的记载。而与庾亮同时代的人，也没见谁评论他是一个居心险恶之人，相反还对他给予了很高的评价。与庾亮有矛盾的陶侃说他不仅风流，还有从政的品德。庾亮的好友何充则在庾亮死后将他比喻为有高尚情操的玉树。

既然庾亮并非险恶之人，一代高僧竺法深为何会对他做出“胸有柴棘”的评价呢？我们不知道其中的缘故。也许在竺法深看来，在官场中巧妙周旋的政客多多少少都是有险恶之心的。而庾亮作为一个曾掌握朝廷政权的人，“胸有柴棘”也不足为怪了。

【原文】

褚太傅初渡江，尝入东，至金昌亭，吴中豪右燕集亭中。褚公虽素有重名，于时造次不相识，别敕左右多与茗汁，少著粽，汁尽辄益，使终不得食。褚公饮讫，徐举手共语云：“褚季野。”于是四坐惊散，无不狼狈。

【译文】

太傅褚季野过江没多长时间，曾到吴郡的金昌亭游玩，遇到当地的豪门大族正在举行宴会。褚季野虽然早就名声很大，可是那些人在匆忙之中根本就没有认出他。那些人只是吩咐侍从多给他茶水，少摆放瓜果，茶喝完了就立即倒满，让他吃不到瓜果。褚季野喝完茶，缓缓地向大家行礼，说：“我就是褚季野。”在座的人无不感到惊慌失措。

【解读】

有种淡定叫“且喝茶”，有种宽容叫“不知者无罪”，而有一种智慧名为“皮里春秋”，即口头上不说什么，心里是非分明，自有褒贬。

褚季野被人冷漠对待，作为一个声望显赫的官员，他却不急不躁，悠然地享用茶水。他这种“且喝茶”的心态是一种沉得住气的淡定。人对褚季野无礼相待，褚季野以一种“不知者无罪”的宽容原谅了他们，最后还换之以礼，谦虚地报上自己的大名，引得众人哗然皆惊。

【原文】

王右军在南，丞相与书，每叹子侄不令，云：“虎豚、虎犊，还其所如。”

【译文】

王羲之在南面当官之时，丞相王导写信给他，总是叹息子侄不成材，说：“虎豚、虎犊两人就跟他们的小名一样。”

【解读】

王羲之是王导的堂侄子，他比王导的两个亲侄子要优秀很多。一对比起来，王导就难免感慨一番。“豚”“犊”本来是指幼小的意思，用作小孩的小名很贴切。但“豚犊”一词指愚蠢如猪的小孩，具有贬义。王导因为两个侄子没有出息，所以说他们人如其名。

【原文】

褚太傅南下，孙长乐于船中视之。言次，及刘真长死，孙流涕，因讽咏曰：“人之云亡，邦国殄瘁。”褚大怒曰：“真长平生何尝相比数，而卿今日作此面向人！”孙回泣向褚曰：“卿当念我！”时咸笑其才而性鄙。

【译文】

太傅褚季野南下任职，长乐侯孙绰到船上去探望他。谈到刘真长之死时，孙绰哭了起来，讽咏说：“人之云亡，邦国殄瘁。”褚季野听了，非常生气，说：“刘真长平生怎么能与他们相提并论呢？你今天竟然用这副嘴脸对我说话！”孙绰停止哭泣，对褚季野说：“你应该同情我。”当时的人都笑话他虽有才学但品性庸俗。

【解读】

孙绰的悼词经常故意夸大逝者的功绩和为人，也借此彰显自己的文采。褚季野是个就事论事的人，听见孙绰对刘真长的死给予“人之云亡，邦国殄瘁”的评价，觉得他虚伪过度，于是怒斥他。可笑的是，孙绰遭到褚季野怒斥后，不辩驳也不发怒，却请求褚季野怜悯宽恕他。

孙绰的表现，给人阿谀奉承的感觉。他讨好死人提高自己，却恐惧活人，生怕在他人面前表现不当。不管自己有没有做错就祈求原谅，完全没有个人立场。所以当时的人们笑他虽有文采但本性鄙俗。

【原文】

谢镇西书与殷扬州，为真长求会稽。殷答曰：“真长标同伐异，侠之大者。常谓使君降阶为甚，乃复为之驱驰邪？”

【译文】

镇西将军谢尚写信给扬州刺史殷浩，推举刘真长为会稽郡守。殷浩答复他说：“刘真长在标同伐异这一点上，可算是大侠级人物了。我常认为你对他的恭敬有些过分了，你如今却还为他奔走效力？！”

【解读】

刘惔和殷浩是同时代的清谈名家，他们既是朋友，又是对敌，经常在辩论时针锋相对。针锋相对的朋友之交，可以说是魏晋这个特定时期的特定环境下产生的奇异现象。

【原文】

桓公入洛，过淮、泗，践北境，与诸僚属登平乘楼，眺瞩中原，慨然曰：“遂使神州陆沉，百年丘墟，王夷甫诸人不得不任其责！”袁虎率尔对曰：“运自有废兴，岂必诸人之过？”桓公懔然作色，顾谓四坐曰：“诸君颇闻刘景升不？有大牛重千斤，啖刍豆十倍于常牛，负重致远，曾不若一羸牸。魏武入荆州，烹以飨士卒，于时莫不称快。”意以况袁。四坐既骇，袁亦失色。

【译文】

桓温带兵去洛阳驻扎，途中经过淮水、泗水，到达北部地区。他和下属们登上船楼，遥望中原大地，慨然说：“使国土沦陷长时间成为废墟，王夷甫等人脱不了干系啊！”袁虎未经思考，回答说：“国家的命运本来就有兴盛和衰落，怎么能肯定说是他们的责任呢？”桓温一下子就变了脸色，环顾在场的人，说：“你们都听说过刘景升吧？他有一只千斤重的大牛，吃的草料比普通牛多十倍；可是负重远行，它却比不上一只瘦弱的母牛。魏武帝曹操进入荆州之后，把它杀了犒赏士兵，当时的人都叫好。”桓温的意思是用牛比喻袁虎。在场之人听了都感到害怕，袁虎也大惊失色。

【解读】

王衍是西晋重臣，曾担任宰相。他在纷繁变乱的局势中身兼要职，却不认真为政，而是只求保全自己。西晋末年，北方少数民族纷纷起兵，企图在混乱中夺取政权，西晋局势岌岌可危。北方匈奴主刘渊派石勒、王弥攻打洛阳。王衍主持应战，曾击退石勒、王弥，后被人推举为抗敌元帅。王衍因惧怕而推辞。后来，西晋败亡，王衍又推脱说责任不在自己。为了免死，他说自己不想做官，又劝说石勒自称皇帝。石勒对他十分鄙视，最终将他杀死。

桓温感叹国家的沦丧，认为王衍等人与国家的衰亡脱不了关系。桓温有志气，一心想恢复中原，对于王衍这类有口才声名而无作为的文人，他自是怒其不争！袁虎却轻率地回复说国运兴衰跟天命有关，这样的思想跟桓温的实践主义是违背的。所以他怒叱袁虎，还说一个徒有其表的“人才”类似于不能干活的肥牛，最终会被杀死。

【原文】

孙绰作《列仙·商丘子赞》，曰：“所牧何物？殆非真猪。傥遇风云，为我龙摅。”时人多以为能。王蓝田语人云：“近见孙家儿作文，道‘何物真猪’也。”

【译文】

孙绰在写得《列仙·商丘子赞》中说：“商丘子放养的是什么牲畜呢？恐怕不是真猪吧。假若遇到风云，它就会让我像龙一样腾飞到空中。”当时的人几乎都认为他非常有才能。王蓝田跟别人说：“最近看了孙家那小子做的文章，说什么‘何物真猪’之类的话。”

【解读】

有的诋毁是真知灼见，有的只是嫉妒的言语。通常，旁人是可以听出你是在就事论事还是因嫉妒而诋毁他人。所以，何必在他人背后说另一个人坏话呢？如果你是嫉妒，则会让别人看出你的小心眼。而如果你说得有理，那就不必在背后说了，或者说根本不用说出来。因为功高自有定论，好坏自有后人评说。王蓝田在别人面前诋毁孙绰的文章这种行为其实是很无趣的。

【原文】

桓公欲迁都，以张拓定之业。孙长乐上表谏，此议甚有理。桓见表心服，而忿其为异，令人致意孙云：“君何不寻《遂初赋》，而强知人家国事！”

【译文】

桓温想把京都迁到洛阳，目的是为了扩展疆土，安定国家。长乐侯孙绰上奏阻止桓温之举，其主张非常有道理。桓温看了奏章心里没有不服，可是又恨孙绰对自己有异议。桓温让人给孙绰捎话说：“你为什么不追寻《遂初赋》里说的志向，反而却极力掺和别人的国家大事呢？”

【解读】

桓温被孙绰说服又反说孙绰。人心是矛盾的。一件事情的实施会带来好的结果也会带来坏的后果，一个人有优点，也就会有对应的缺点。所以，我们会一面欣赏他人一面排斥他人，会一边承认残酷的事实，一边又不愿意放弃理想。人如果不能按照正确的方法解决自身的矛盾，会使之牵连到外界，变成自身与他人的矛盾。如桓温违背内心的正确指引，执意要扩张领土，所以他才会反击孙绰。

【原文】

谢万寿春败后，还，书与王右军云：“惭负宿顾。”右军推书曰：“此禹、汤之戒。”

【译文】

谢万在寿春兵败之后，回到家里，写信给右军将军王羲之说：“我很惭愧啊，辜负了你之前对我的期望。”王羲之回信说：“这种做法是大禹、商汤式的自责。”

【解读】

升平二年（公元年），谢奕去世，桓温让谢万出镇豫州。王羲之劝阻桓温不得，于是转告谢万，劝他要与士卒们同心同德，不能任性行事。谢万不听王羲之的劝告，仍高傲待人，还把将帅称为士卒。将帅们对他心怀愤恨。升平三年（公元年），谢万率军北伐前燕，战败。将帅们本欲杀之，幸亏谢安求情，才免于一死。

战败后谢万给王羲之写信，他的言语之中只有遗憾，没有反省，所以会遭到王羲之的嘲讽。真正认识到错误的人，会以错误的经验为戒，改正自我缺点，创出功绩来弥补错误。谢安兵败，没有反省兵败的教训，只是说辜负了王羲之的期望，可见他并没有真正认识到自己的错误。

【原文】

蔡伯喈睹睐笛椽，孙兴公听妓，振且摆，折。王右军闻，大嗔曰："三祖寿乐器，虺瓦吊！孙家儿打折。"

【译文】

蔡伯喈制作的笛子，落到了孙兴公手里。孙兴公去听歌女唱歌，听得忘乎所以，敲击起笛子，结果把笛子弄断了。右军将军王羲之听说之后，非常愤怒，说："相传三代的乐器，被孙家的小儿像摔纺锤一样毁坏了。"

【解读】

孙绰必定不是故意毁坏蔡伯喈的笛子的，但王羲之的怒骂也并非没有道理。现实中的确有这么一种人，他们不知轻重，不识贵贱，对手上的宝物不以为然。这样的人确实让人很生气。

【原文】

庾道季诧谢公曰："裴郎云：'谢安谓裴郎乃可不恶，何得为复饮酒！'裴郎又云：'谢安目支道林如九方皋之相马，略其玄黄，取其俊逸'。"谢公云："都无此二语，裴自为此辞耳。"庾意甚不以为好，因陈东亭《经酒垆下赋》。读毕，都不下赏裁，直云："君乃复作裴氏学！"于此《语林》遂废。今时有者，皆是先写，无复谢语。

【译文】

庾道季对谢安说："裴郎说'谢安觉得裴郎很好，怎么会又喝酒呢'？又说'谢安评论支道林，就好比是九方皋相马，不管马是黑还是黄，只注重马不凡的神韵'。"谢安说："我从来没说这样的话，这是裴郎自己编造的。"庾道季不以为然，于是朗诵出东亭侯王珣的《经酒垆下赋》。朗读完毕之后，他请谢安评论。谢安没有评论好坏，只说了一句："你居然做起裴氏的学问来了。"自此以后，《语林》便不再流传。如今见到的，都是之前的抄本，上面根本就没有谢安的话。

【解读】

庾道季对谢安所说的裴郎评论是在裴郎所著《语林》中的话。《语林》记录了汉魏至两晋时期的知名人物精彩对话，描写了魏晋名士的才情风貌，反映了魏晋时期的时代特点和社会风气，同时它还记录了一些重大历史事件，具有很高的历史价值。《世说新语》就大量采用了《语林》的资料，后世的《艺文类聚》《太平御览》《太平广记》等也有以《语林》为参考。

《语林》的出现曾在当时掀起一股"裴氏学"之风。庾道季向谢安提出《语林》中的问题时，正是《语林》风行之时。谢安对《语林》没有很直接地评论好坏，只是作为作品中的当事者，他矢口否认裴郎的创作，说裴郎在造假。结合当时大众对《语林》的反映来看，裴郎不太可能造假，而即使他有造假，也不太可能拿位高权重的谢安的事情来造。

【原文】

王北中郎不为林公所知，乃著论《沙门不得为高士论》。大略云："高士必在于纵心调畅。沙门虽云俗外，反更束于教，非情性自得之谓也。"

【译文】

北中郎将王坦之不被林公支遁所赏识，于是写下了《沙门不得为高士论》。大概意思是："隐士必定会随心所欲，悠然自得其乐。和尚虽然是世俗之外的人，但是受宗教束缚，性情不可能自由自在。"

【解读】

王坦之和支遁向来不和。支遁曾把王坦之描绘成一个戴着白帽子，穿着粗布衣服，携带着《左传》在郑康成的车子后面跑的书呆子。王坦之才以牙还牙，写下《沙门不得为高士论》。

王坦之指出支遁就是一个被教条束缚的和尚，根本不可能悠然自得，暗中讥讽支遁做作。针锋相对的话语虽然可能夸大对方的不是，往往也可能指出事实。从支遁对王坦之的态度来看，他确实算不上一个超脱世俗的悠然之人。真正的超脱是不求功名利禄，不管他人是非，一日三餐简约解决，总而言之，就是不被世俗一切人、事打扰，也不被任何规则束缚。而支遁却被自己的思想、怨念束缚，与王坦之争斗不止，放不下俗人的斤斤计较，所以不可能悠然自得。

【原文】

人问顾长康："何以不作洛生咏？"答曰："何至作老婢声！"

【译文】

有人问顾长康："你为什么不学洛阳书生诵读的声调呢？"回答说："为什么要学老婢女的声音！"

【解读】

"洛生咏"又名"洛下书生"，这个读法的盛行来源于谢安的鼻音。《晋书·卷七十九·列传第四十九》："安本能为洛下书生咏，有鼻疾，故其音浊，名流爱其咏而弗能及，或手掩鼻以斅之。"说的是谢安鼻音重，许多士人为了模仿他的声音而捂着鼻子吟咏诗歌。

浓重的鼻音听起来像老妇的声音，顾恺之不屑于这种声音，更不屑于鹦鹉学舌。

声音是语言的一部分，它的美来源于个人的独特，以及其中的感情色彩。鹦鹉学舌，人"鼻"亦"鼻"，除了说明个人没有个性，也没有自信。既没个性也没自信，做什么都不会让人感觉到美。即使有外表的美，那也是做作的，抄袭的，不会让人诚服。

【原文】

殷颉、庚恒并是谢镇西外孙。殷少而率悟，庚每不推。尝俱诣谢公，谢公熟视殷，曰："阿巢故似镇西。"于是庚下声语曰："定何似？"谢公续复云："巢颊似镇西。"庚复云："颊似，足作健不？"

【译文】

殷颉、庚恒都是镇西将军谢尚的外孙，殷颉从小就坦率、聪慧，可是庚恒却不推崇他。有一次，他们随同谢尚一起去拜访谢安，谢安端详殷颉，说："阿巢的确跟谢尚相像啊。"庚恒小声问谢安："到底哪里像？"谢安说："他的脸像谢尚。"庚恒说："脸颊像就能称之为强者吗？"

【解读】

外貌从来不是论定一个人成败的依据。但有相似之处，特别是神色相似时，说明性格方面是有共性的。如果那样的性格曾使得一个人成功，那它也可能让后来者成功。所以，当谢安说殷颉长得像谢尚时，他意即指出殷颉将来会有出息。

庚恒知道殷颉比自己更受谢安器重，本来就心里不满。他听出谢安的话语意思，心里更加嫉妒，于是说出辩驳的话语。庾恒突兀的反问，不过是在跟自己辩驳。他由于心理嫉妒，不甘心自己被外祖父谢安“藐视”，所以才会先发制人，以一句话发泄自己长期以来积压在心底的嫉妒和不满。

【原文】

旧目韩康伯：将肘无风骨。

【译文】

时人对韩康伯的评价是：胳膊肥胖，摸不到骨头。

【解读】

魏晋时，“风骨”一词的含义是指人的外貌体现出来的风度气质，这种气质一般具有刚健遒劲之美，也是一个人具有修养和脱俗神韵的表现。当时很多人为了使得自己看起来有“风骨”，或者注重修身健美，或者借助言语，发表文章，彰显自己的才华气质。

韩康伯被时人评价没有风骨，大概是因为他个人从里到外都没有什么“风骨”之处。

【原文】

苻宏叛来归国，谢太傅每加接引。宏自以有才，多好上人，坐上无折之者。适王子猷来，太傅使共语。子猷直孰视良久，回语太傅云：“亦复竟不异人。”宏大惭而退。

【译文】

苻宏逃离前秦向晋朝投降，太傅谢安时常接待他。苻宏自认为有才能，经常喜欢压倒别人，在座的宾客没有人能让他屈服。适逢王子猷前来，谢安让他们俩交谈。王子猷只是仔细地看了苻宏很久，接着对谢安说：“他跟别人没有什么区别。”苻宏感到很羞愧，便离开了。

【解读】

对一个自以为是、咄咄逼人的人，你无须多说，只需仔细地打量他，看到他心慌、心虚，他的夜郎自大、不自量力就会显露出来，最终落荒而逃。当然，以这招取胜的前提是：你比他要强大。王徽之用的正是这一招。当他说苻宏只是一个普通之辈时，他就是在表明自己对苻宏的不屑。苻宏曾经“打败天下无敌手”，没想到原来此前的得胜不过是自己未曾遇上“高人”。他从王徽之的一句话和一个眼神中就看出了对方的能耐，终于醒悟到“山外有山，人外有人”，于是不敢再放肆。

【原文】

支道林入东，见王子猷兄弟。还，人问：“见诸王何如？”答曰：“见一群白颈乌，但闻唤哑哑声。”

【译文】

支道林前往东面的会稽，见到了王子猷兄弟。他回来之后，有人问：“王家的兄弟怎么样啊？”回答说：“我只看见了一群白颈乌鸦，只听见它们哑哑地叫。”

【解读】

丞相王导为了缓和南北士族的矛盾而鼓励说吴地方言，他本人也开始说吴地方言，其家族子弟多效仿他。支遁见到王徽之和王献之时，听到他们也在说吴语，于是讥讽他们是两只白颈乌鸦在叫。白颈乌鸦指颈部羽毛是白色的乌鸦，因王氏家族的人经常穿白色领子的服装，所以支遁把他们比作白颈乌鸦。

【原文】

王中郎举许玄度为吏部郎，郗重熙曰：“相王好事，不可使阿讷在坐头。”

【译文】

中郎将王坦之举荐许玄度为吏部郎，郗重熙说：“相王多事，不能让阿讷在吏部郎的座位上。”

【解读】

“好事”就是好管闲事，说的是一个人闲不住，没事找事。郗重熙的话指出简文帝司马昱是个不好伺候的主子，暗示许玄度不胜任此职。

许玄度出身世家，才华超群，“总角秀惠，众称神童”。按理说，他要做官非常容易。最初在会稽时，司徒蔡谟曾招募他，他不应。后来中宗也征他做官，他同样拒绝。为了摆脱被人纠缠的麻烦，他干脆迁居永兴。可是到了永兴，王坦之又推举他为吏部郎。同时，晋明帝也一连下诏，征他做司徒掾。

最终，王坦之失败了，晋明帝也失败了。因为许玄度为了表明自己不愿为官的决心，“乃策杖披裘，隐于永兴西山”。

【原文】

王兴道谓谢望蔡：“霍霍如失鹰师。”

【译文】

王兴道评论望蔡公谢琰：“急躁不安的样子，就像是丢了鹰的驯鹰师。”

【解读】

人急躁的时候看不到自己的样子，别人却看得清楚。王兴道评论望蔡公谢琰急躁不安的样子，犹如丢了鹰的驯鹰师——找不到事情的契入点，不知道接下来怎么办，犹如丢了心。

事情不顺利时，焦急也没用。少安勿躁，冷静下来，也许还能想出解决问题的办法。

【原文】

桓南郡每见人不快，辄嗔云：“君得哀家梨，当复不烝食不？”

【译文】

南郡公桓玄每次见人办事说话不利索，就生气地说：“你得到哀家梨，该不会蒸着吃吧？”

【解读】

相传汉代秣陵人哀仲所种之梨不但个儿大，而且味道鲜美，被称为“哀家梨”。后比喻说话或文章流畅爽利。桓玄看不惯别人说话做事不利索，于是很生气，用“煮哀家梨”来讥讽对方不会做事，把一件能利索办完的事情办得繁复，或本来可以干脆说明白的话非要绕个大弯。

每个人都有自己的做事风格，外人是无法改变的。如果看不惯别人的行事风格，那就只能改变自己的心态，容忍他人的不同的存在。

假谲第二十七

【原文】

魏武少时，尝与袁绍好为游侠。观人新婚，因潜入主人园中，夜叫呼云："有偷儿贼！"青庐中人皆出观，魏武乃入，抽刃劫新妇。与绍还出，失道，坠枳棘中，绍不能得动。复大叫云："偷儿在此！"绍遑迫自掷出，遂以俱免。

【译文】

魏武帝曹操小时候，曾和袁绍混在一起，非常喜好游侠。有一次，他们去看人家办喜事，潜入主人园子里，半夜时分大喊："有贼。"青庐里面的人都出来观看，曹操趁机进屋里，拔出刀子劫持走了新娘子。他和袁绍迅速地跑出来，途中迷了路，掉进荆棘丛中，袁绍动弹不得。曹操又大喊："贼在这里。"袁绍感到非常恐慌，竟然自己跳了出来，于是两人得以逃脱。

【解读】

在危急关头，对自己人撒谎，让他的恐惧达到极限，然后从中拼出一条活路来。曹操使"狗急跳墙"，让袁绍顺利从困境中脱线。这一招，是运用了"置之死地而后生"的思维。曹操能在危急之中想到运用这种谋略帮助朋友脱险，可见他是个擅长利用心理术的人。

【原文】

魏武行役，失汲道，军皆渴。乃令曰："前有大梅林，饶子，甘酸，可以解渴。"士卒闻之，口皆出水。乘此得及前源。

【译文】

魏武帝曹操带领部队前行途中，由于找不到取水的地方，士兵们都口渴难耐。曹操传令说："前面有片梅子林，结了许多果子，味道又酸又甜，可以解渴。"士兵们听了这话，嘴里的口水都流了出来。凭借这个办法，部队终于赶到了前面的水源地。

【解读】

困境之中，人最需要的莫过于希望。看到了希望，本来已经精疲力竭的人就会产生继续前进的动力，克服种种困难。曹操在士兵们陷入饥渴时对他们撒谎就是利用了人们的这种心理。他的这次撒谎，后来被人引述为"望梅止渴"。

光是望梅止渴，而不行动找水，那望梅止渴就是一种自欺欺人之举。它这时候是贬义的，指一个人用美好的空想来安慰自己，永远也不可实现愿望。而一边望梅止渴一边行动，那它就是一种用假设的希望来引导人走出绝望境地的有效手段。

【原文】

魏武常言："人欲危己，己辄心动。"因语所亲小人曰："汝怀刃密来我侧，我必说心动。执汝使行刑，汝但勿言其使，无他，当厚相报。"执者信焉，不以为惧，遂斩之。此人至死不知也。左右以为实，谋逆者挫气矣。

【译文】

魏武帝曹操曾经说："假如有人想要对我不利，我的心就会跳得很厉害。"他对一个亲近的人说："你携带着刀具，偷偷到我身边，我一定会说'心跳得厉害'。我命人给你行刑，你只要不说是我授意的，就不会有性命之忧，事后我一定会犒赏你。"那个人听信了曹操的话，不以为惧，结果被杀死了，到死也没明白是怎么回事。曹操的手下都信以为真，想要图谋造反的人也都丧了气。

【解读】

曹操以奸诈著称，他诈的对象经常亲近之人，且下手极狠。这些人对曹操没有大作用，也没什么智谋。他们看不穿曹操的伎俩，且又容易被收买，得到信任时就受宠若惊，完全失去理智。曹操理解这些人的心理，且知道利用他们帮助自己完成骗局是最让人信服的，于是毫不手软地拿他们开刀。

被曹操杀死的那些无辜之人确实让人同情，但从另一方面来说，他们的死也有自己的原因。俗话说，防人之心不可无。我们虽然不应学曹操的防人之道，但在关系生命安全的事情上，应保留一点防范之心。不要轻信狡诈之人，更不要被对方收买。

【原文】

魏武常云："我眠中不可妄近，近便斫人，亦不自觉。左右宜深慎此。"后阳眠，所幸一人窃以被覆之，因便所杀。自尔每眠，左右莫敢近者。

【译文】

魏武帝曹操曾经说："我睡觉的时候，你们不要随便接近我，否则我就会拿刀杀人，自己也不知道，你们都要小心。"后来有一次，曹操假装睡觉，有个亲信悄悄地给他盖被子，被曹操杀死了。自此以后，每当曹操睡觉，周围的人都不敢靠近他。

【解读】

曹操善用计谋，被后世尊为军事家，又因他的计谋多以使诈为基础，所以他又被称为奸雄。在上述事例中，曹操使诈的手段堪称无懈可击。他的第一诈是制造谣言，第二诈是装睡，第三诈是杀人使谣言应验，众人被迷惑。三重使诈之后，曹操杀鸡儆猴的目的也达到了。

然而，从另一个角度来说，曹操是失败的。一个人如果不相信任何人，提防所有人，那除非他把所有人都杀了，否则，持续的猜忌多疑只会让他活在无休止的惶恐不安之中。

【原文】

袁绍年少时，曾遣人夜以剑掷魏武，少下，不著。魏武揆之，其后来必高，因帖卧床上。剑至果高。

【译文】

袁绍年轻的时候，曾经派人在夜间用剑行刺曹操，剑稍微低了一些，没有刺着。曹操推测下一剑肯定会高一些，于是就紧紧贴在床上，刺过来的第二剑果真高了一些。

【解读】

从故事可以看出曹操能够准确地分析他人下一步的行动方向。能够预测他人的行动已实属难得，更能难得的是曹操即便是在危急之中也能够保持冷静，找出解决问题的最佳方法。这大概是他能够成功的关键原因，也是他能成为一代奸雄的主要因素。

【原文】

王大将军既为逆，顿军姑孰。晋明帝以英武之才，犹相猜惮，乃著戎服，骑巴賨马；赍一金马鞭，阴察军形势。未至十余里，有一客姥居店卖食，帝过愒之，谓姥曰："王敦举兵图逆，猜害忠良，朝廷骇惧，社稷是忧，故劬劳晨夕，用相觇察。恐形迹危露，或致狼狈。追迫之日，姥其匿之。"便与客姥马鞭而去，行敦营匝而出。军士觉，曰："此非常人也！"敦卧心动，曰："此必黄须鲜卑奴来！"命骑追之，已觉多许里。追士因问向姥："不见一黄须人骑马度此邪？"姥曰："去已久矣，不可复及。"于是骑人息意而反。

【译文】

大将军王敦发动叛乱之后，把军队驻扎在姑孰。晋明帝虽然文才武略，但还是对王敦有些疑惧，于是就穿上军装，骑着巴賨马，手执一条金马鞭，悄悄前去察看敌军的情况。距离王敦的军营还有十多里的地方，有一外乡老妇人在店里卖食物，晋明帝在那里停下来休息，对她说："王敦起兵图谋造反，猜忌并且陷害忠臣良将，朝廷非常惊恐。我担心国家的命运，所以昼夜辛劳，前来侦察王敦，但恐怕我的行迹败露，可能陷于危境。我被追击的时候，希望老人家不要说出我的行踪。"于是把马鞭送给这位老妇人，自己沿着王敦的军营走了一圈就出来了。王敦的士兵有所察觉，说："这个人异于常人啊！"王敦躺在床上，忽然觉得心跳得厉害，说："这一定是黄毛鲜卑奴来了！"下令骑兵去追赶，可是晋明帝早没了踪影。追击的士兵问那位老妇人："你有没有看见一个黄胡子的人骑马从这里路过呢？"老妇人说："他已经离开很长时间，你们再也追不上了。"于是骑兵就不再追赶，回去复命去了。

【解读】

自古以来，很少有帝王会以身冒险，亲自到敌营中试探军情。晋明帝敢于做出这样的举动，可见他为人有勇有谋，气度不凡。晋明帝收买老妇人是因为他的母亲有鲜卑人血统，所以他的外貌有几分像鲜卑人，容易被人认出。晋明帝预想到自己的外貌会带来麻烦，为了防患于未然，他对老妇人动之以情，晓之以理，成功说服老妇人帮助自己撒谎。

【原文】

王右军年减十岁时，大将军甚爱之，恒置帐中眠。大将军尝先出，右军犹未起。须臾钱凤入，屏人论事，都忘右军在帐中，便言逆节之谋。右军觉，既闻所论，知无活理，乃剔吐污头面被褥，诈孰眠。敦论事造半，方忆右军未起，相与大惊曰："不得不除之。"及开帐，乃见吐唾从横，信其实孰眠，于是得全。于时称其有智。

【译文】

右军将军王羲之在不满十岁的时候，深受大将军王敦的喜爱，常常在王敦的床帐中睡觉。有一次，王敦先起床，王羲之还没有起来。过了一会儿，钱凤进来，让手下的人都回避，完全忘了王羲之还在屋里，和王敦谈论起造反的事情。王羲之醒来，听到了他们的谈话，知道自己没有活命的可能，就吐出口水，把头脸和被子都弄脏了，假装熟睡。王敦两人谈论到一半之时，想起王羲之还在床上，都非常惊慌，说："只好把他除去。"等到掀起帐子，他们发现到处都是口水，于是相信王羲之确实在熟睡。王羲之保住了一条命，当时的人都称赞他机智。

【解读】

"不知者无罪"。有些事情还是不知道为好，一旦知道，生命堪忧。王羲之很聪明，他假装呼呼大睡，以无知保全了自己。

有时，装傻是一种智慧。装傻的目的，或者为了瞒天过海，保全自己，或者为了麻痹敌人，伺机而动。如果我们不是大智慧，偶尔装傻或许可以帮助我们渡过难关。

【原文】

陶公自上流来赴苏峻之难，令诛庾公，谓必戮庾，可以谢峻。庾欲奔窜，则不可；欲会，恐见执，进退无计。温公劝庾诣陶，曰："卿但遥拜，必无它，我为卿保之。"庾从温言诣陶，至便拜。陶自起止之，曰："庾元规何缘拜陶士行？"毕，又降就下坐；陶又自要起同坐。坐走，庾乃引咎责躬，深相逊谢，陶不觉释然。

【译文】

陶侃从上游赶来镇压作乱的苏峻，下令要杀掉庾亮，认为庾亮一死，就能让苏峻主动退兵。庾亮想要逃走，但是不可能；想要见陶侃，又担心会被抓住，因而进退两难。温峤劝庾亮拜访陶侃，说："你只需要远远地向他下拜，准没有事儿，我给你担保。"庾亮听了他的话，就去拜访陶侃，一见面就行了一个大礼。陶侃亲自站起来阻止他行礼，说："你为什么要拜我呢？"庾亮行完大礼，退下来坐在下座。陶侃又亲自请他和自己同坐。两人坐定后，庾亮主动承担错误，作了自我检讨，而且表示谢罪，不知不觉间，陶侃就没有了怨气。

【解读】

为何陶侃本想杀庾亮，见到庾亮之后却改变了主意呢？这跟他的为人个性有关。

《晋书·陶侃传》记载，陶侃为人处事讲究礼仪，注重君臣、尊卑、长幼、夫妻、兄弟等人伦关系。在他看来，君应有君德，臣子应有臣子的样子。即使皇帝也不该一意孤行，失去人心。而作为臣子的庾亮却利用手中大权镇压另一个臣子，以致引发内乱。这种行为让以遵循传统礼仪且胸怀正义的陶侃十分愤慨，所以他本想"诛庾亮以谢天下"。

陶侃原谅庾亮原因有二。其一应是为了顾全大局。陶侃、庾亮、温峤都有平叛之心，但庾亮和温峤是深交好友，如果陶侃诛杀庾亮，可能会导致他们内部分裂，无法平叛。其二还是跟陶侃的个性有关。陶侃注重礼仪，看到身份地位比自己高的庾亮在自己面前甘于屈尊，他十分震惊。而在之后的交谈中，他又看到庾亮确实是真心意识到了错误，所以怒气便消了。

【原文】

诸葛令女，庾氏妇，既寡，誓云："不复重出。"此女性甚正强，无有登车理。恢既许江思玄婚，乃移家近之。初诳女云："宜徙。"于是家人一时去，独留女在后。比其觉，已不复得出。江郎莫来，女哭詈弥甚，积日渐歇。江虨暝入宿，恒在对床上。后观其意转帖，虨乃诈厌，良久不悟，声气转急。女乃呼婢云："唤江郎觉！"江于是跃来就之，曰："我自是天下男子，厌何预卿事而见唤邪？既尔相关，不得不与人语。"女默然而惭，情义遂笃。

【译文】

尚书令诸葛恢的女儿是庾家的儿媳妇，守寡之后，发誓："终身不嫁。"这个女子性格非常刚强，根本就没改嫁的可能。诸葛恢已把她许配给了江思玄，全家搬到靠近江家的地方住。最初，诸葛恢欺骗女儿说："非常适合搬到那里。"后来家里人一起走了，唯独把女儿留在了后面。等她明白过来，已经不能出去了。江思玄傍晚过来，诸葛恢的女儿哭骂得更加厉害，过了好几天才平息。江思玄晚上来往宿，总是在对面床上睡觉，见她的心情更加平静了，就假装做噩梦，好长时间也没醒来，呼吸声愈加急促。诸葛恢的女儿把侍女叫来，说："叫醒江郎！"江思玄于是跳起来靠近她说："我本是男子汉，做噩梦跟你有什么关系，你为何要把我叫醒？既然你这么关心我，就不要不理我了。"她沉默不语，心中感到羞愧。自此以后，两人建立了深厚的感情。

【解读】

无论哪个朝代，男女之间的感情故事都难免会出现这样的情况：一方有意，一方无心。这种情势之下，古代的男子或女方家的长辈，经常用强硬的手段，使"生米煮成熟饭"。然而，江思玄和诸葛恢却不同。他们联合使诈，却不强女子所难，而是制造机会，让原本无心的女方逐渐了解男方，进而产生感情。

【原文】

愍度道人始欲过江，与一伧道人为侣。谋曰："用旧义在江东，恐不办得食。"便共立心无义。既而此道人不成渡，愍度果讲义积年。后有伧人来，先道人寄语云："为我致意愍度，无义那可立！治此计，权救饥尔，无为遂负如来也！"

【译文】

起初，愍度和尚想要过江到江南去，邀请一个北方的和尚结伴同行。两个人商讨说："在江东宣扬旧的教义，恐怕生存不下去。"于是就共同创立了"心无义"。之后，北方和尚没有过江，愍度和尚却在江南宣讲了多年的"心无义"。后来，有个北方人要过江，先前的北方和尚让他捎话说："请你替我告诉愍度和尚，'心无义'怎能成立呢！当初想出这个学说，只是暂且为了生计罢了，不要因此而辜负了如来佛祖啊！"

【解读】

心无义又称"心无宗"，是东晋般若学派六家七宗之一。《世说新语》作者刘义庆将"心无"解释为一种无所不知但虚静空无的智慧。作为创立者，北方和尚不可能不知道心无义是讲什么的。但是，在他看来，佛教学说不是用来谋生的，而心无义作为一种谋生手段而诞生，它的地位是卑贱的。所以，他认为愍度热衷于一种谋生方式，是忘记了初心和信仰，于是就劝诫愍度不要"无心无义"，辜负了如来佛祖。

【原文】

王文度弟阿智，恶乃不翅，当年长而无人与婚。孙兴公有一女，亦僻错，又无嫁娶理；因诣文度，求见阿智。既见，便阳言："此定可，殊不如人所传，那得至今未有婚处！我有一女，乃不恶，但吾寒士，不宜与卿计，欲令阿智娶之。"文度欣然而启蓝田云："兴公向来，忽言欲与阿智婚。"蓝田惊喜。既成婚，女之顽嚚，欲过阿智。方知兴公之诈。

【译文】

王文度的弟弟阿智，十分顽劣，年纪大了都没有人和他成亲。孙兴公有一个女儿，也很刁钻古怪，非常偏执，怎么也嫁不出去。有一次，孙兴公去拜访王文度，要求见阿智一面。见面后，他假装说："阿智很不错，根本就不像人们所传的那样，怎么可能至今没有娶亲呢？我有一个女儿，模样还可以，可是我出身低微，本不应该和你商量，但我想让阿智娶她。"王文度听了非常高兴，把这个消息告诉了父亲蓝田侯王述，说："孙兴公刚才忽然提出将女儿嫁给阿智。"王述听了也非常欣喜。成婚之后，王家发现孙兴公女儿冥顽愚妄的程度，简直比阿智还要厉害，这才明白上了孙兴公的当。

【解读】

王家阿智犹如抛售不出去的烫手山芋，王述及其儿子王文度内心焦急。有人主动上门提亲，他们求之不得。孙兴公从头到尾不说女儿好坏，而是奉承王家，夸赞阿智没有传说中的坏，又贬低自家身份地位。如此谦虚的拍马屁，满足了王家的虚荣心，使王述父子失去了理智。

【原文】

范玄平为人，好用智数，而有时以多数失会。尝失官居东阳，桓大司马在南州，故往投之。桓时方欲招起屈滞，以倾朝廷。且玄平在京，素亦有誉，桓谓远来投己，喜跃非常。比入至庭，倾身引望，语笑欢甚。顾谓袁虎曰："范公且可作太常卿。"范裁坐，桓便谢其远来意。范虽实投桓，而恐以趋时损名，乃曰："虽怀朝宗，会有亡儿瘗在此，故来省视。"桓怅然失望，向之虚伫，一时都尽。

【译文】

范玄平为人处世喜好用心计，然而有时却因此丧失了许多机会。他丢官之后曾在东阳居住，听说大司马桓温在南州，就特意前往投靠。当时桓温正想重用一批不得志的人才，以便反抗朝廷。范玄平在京都，素来名声不错。桓温见他远道来投奔自己，心里非常高兴。他刚到庭院之中，桓温便侧着身子看着他，谈笑之间非常融洽，还回头对袁虎说："他可以暂任太常卿。"范玄平刚刚坐下，桓温就感谢他远道而来投靠之意。范玄平虽然投奔桓温不假，但又怕人家说他趋炎附势，有损自己的名声，便说："我虽然想来拜访您，也是正巧有个儿子埋葬于此，所以特意前来看望。"桓温听了大失所望，刚才那种虚心期待之情，片刻之间都消失了。

【解读】

范玄平有智谋心计，却被智谋心计所误，不该用智谋心计时他也用来应对人事。有求于人却又要小聪明，做出不求的姿态，最终使得自己的求职宣告失败。

范玄平的失败跟他的性格有关。他爱好面子名声，放不下身段，执着于自己的个性。他个人仕途的悲剧印证了一个道理：性格决定命运，执迷不悟者被命运蹉跎。

【原文】

谢遏年少时，好著紫罗香囊，垂覆手。太傅患之，而不欲伤其意。乃谲与赌，得即烧之。

【译文】

谢遏年轻的时候，喜欢佩戴紫罗香袋，身上还挂着手巾之类的东西。太傅谢安为此十分担忧，但又不想直接伤害他的感情。于是谢安和他赌这些东西，赢到手后马上烧毁。

【解读】

谢安以游戏的方式，在无形中改变了谢玄。这种改变他人习惯的方法值得我们学习。人际交往中，有时候一个人作为旁观者会看到另一个人有着不良习惯，但直接对对方说出来又会令他尴尬，这个时候我们就要换一种委婉的方式提醒他或者帮他改正。谢安对谢玄的改教是成功的，谢玄长大以后成为一位骁勇善战又善于治军的军事家。

黜免第二十八

【原文】

诸葛厷在西朝，少有清誉，为王夷甫所重，时论亦以拟王。后为继母族党所谗，诬之为狂逆。将远徙，友人王夷甫之徒诣槛车与别，厷问："朝廷何以徙我？"王曰："言卿狂逆。"友曰："逆则应杀，狂何所徙！"

【译文】

诸葛厷在西晋时，年纪不大就有很好的名声，深受王夷甫的推崇，当时的人也都将他比拟成王夷甫。后来诸葛厷继母的亲族造谣陷害他，污蔑他狂放叛逆。他即将被流放远方之时，好友王夷甫等人到囚车旁边跟他告别。诸葛厷问："为什么朝廷要把我流放呢？"王夷甫回答说："他们说你狂放叛逆。"诸葛厷说："叛逆是死罪，可是狂放应该流放吗？"

【解读】

西晋后期，统治阶级内部的派系斗争十分复杂而激烈，伦理、法制失常，社会混乱。此时文学人士不受重用，只能依附于势力强大的世家大族。家族之间不断发生争斗乃至杀戮，他们也因此成为牺牲品。

诸葛厷因继母的亲族造谣诬陷就被处以狂放罪名和流放，可见他继母亲族的势力很强大。欲加之罪，何患无辞？诸葛厷有冤无处伸张，也只能以戏谑的言语来控诉朝廷了。这是文人的悲剧，也是当时那个时代的悲剧。

【原文】

桓公入蜀，至三峡中，部伍中有得猿子者，其母缘岸哀号，行百余里不去，遂跳上船，至便即绝。破视其腹中，肠皆寸寸断。公闻之怒，命黜其人。

【译文】

桓温率军进入蜀地，路过三峡时，军队中有人逮到一只小猿猴。母猿沿岸边悲伤哀叫，一直跟着船走了一百多里，还不肯离开。母猿跳上了船，可是很快就断了气。士兵剖开母猿的肚子，发现肠子已经一寸一寸地断开了。桓温听说后勃然大怒，下令免除了抓小猿猴的人的职务。

【解读】

母爱是世界上最无私、最伟大的一种情感，这种情感自古有之。它不仅出现在人类身上，也出现在其他动物身上。母爱往往是自发的，为了保护幼崽的安全，动物也会做出令人敬畏震撼的举动。

母猿奔走一百多里不停歇，以致肝肠寸断。这个感人的壮举令桓温十分动容，也使得他对引起这场悲剧的士兵相当愤怒，可见他是个极具真性情的人。他能够被爱感动，为一只母猿的冤死伸张，说明他本性至善。已经勃然大怒却又不失去理智，而是以合乎情理的方式处置那个无心犯下罪孽的士兵，说明桓温极通人性，不以自己的喜怒而控制他人的生死。

【原文】

殷中军被废，在信安，终日恒书空作字。扬州吏民寻义逐之，窃视，唯作"咄咄怪事"

四字而已。

【译文】

中军将军殷浩被免官以后，在信安县居住，从早到晚在空气中写字。扬州的官吏和百姓因念旧情跟着他来到了信安，暗中察看，发现殷浩只写了“咄咄怪事”四个字。

【解读】

大司马桓温想北伐中原，扩张势力。为了压制桓温，司马昱以殷浩为心腹，让他在桓温之前领兵北伐。殷浩与桓温不和，欣然受命。王羲之曾劝殷浩顾全大局，不要插手桓温和司马氏的矛盾，更不要与桓温作对。殷浩不听，出兵北伐，不料屡战屡败。桓温借此上奏他，说他的兵败使得国家损失惨重，应予处置。朝廷众臣商议之后，把殷浩贬为庶人。

殷浩本是受司马昱及这些大臣唆使才领兵北伐，如今却被他们贬职。他心中愤愤不平，又觉得整件事情怪异无理，所以整日写“咄咄怪事”表达心中不满。

殷浩其实只是政治中的一粒棋子。怪事不怪，因为它总是有内情的。

【原文】

邓竟陵免官后赴山陵，过见大司马桓公。公问之曰：“卿何以更瘦？”邓曰：“有愧于叔达，不能不恨于破甑！”

【译文】

邓遐被免去了竟陵太守的职位，参加简文帝的葬礼之时，顺便拜见了大司马桓温。桓温问他：“你怎么又瘦了？”邓遐回答说：“同孟叔达相比，我深感惭愧啊，我会为了破碎的陶器而感到遗憾。”

【解读】

邓遐曾是一名猛将，随从桓温南征北战，被世人比为樊哙。邓遐的威猛为桓温所忌，桓温败于枋头之战后，心觉羞耻而愤怒，更怕邓遐会危及自己，于是将他罢免。

邓遐被免职后念念不忘曾经拥有的名誉地位，因此消瘦了很多。他据实回答桓温，有自嘲之意，也许还暗中讥讽桓温害人不浅。

邓遐话中提到的孟叔达是东汉人士。孟叔达走在路上，不小心丢了手中的一个陶罐，他看也不看，继续走路。旁人问他为何不看一眼，孟叔达说：“破都破了，看它有什么用？”

破碎的就让它破碎，逝去的就让它远走。有些过往已无法改变，不如从容地丢弃它，走出失落，活在当下。

【原文】

桓宣武既废太宰父子，仍上表曰：“应割近情，以存远计。若除太宰父子，可无后忧。”简文手答表曰：“所不忍言，况过于言。”宣武又重表，辞转苦切。简文更答曰：“若晋室灵长，明公便宜奉行此诏；如大运去矣，请避贤路。”桓公读诏，手战流汗，于此乃止。太宰父子，远徙新安。

【译文】

桓温已经罢免了太宰司马晞父子，依旧上奏说：“您应当割断亲情，确保国家长远大计。假如杀了太宰父子，就可以免除后患。”简文帝在奏章上亲自回复说：“我都不忍心这样说，更何况要这样做呢？”桓温又呈上奏章，言辞更加急迫。简文帝再次回复说：“如果晋王室国运长久，那么就请你依照诏命行事；如果大势已去，那么我把位置让给贤能的人。”桓温读完诏书，手不断发抖，脸上不断冒汗，这才作罢。太宰父子被流放到边远的新安郡。

【解读】

司马晞是司马昱的哥哥，因有军事才能被桓温所忌。桓温一再直接或间接地奏请司马昱处死司马晞，司马昱坚决不肯。

司马昱深知桓温谋权篡位的企图，在桓温的一再逼迫下，他干脆挑明自己的态度。司马昱最后对桓温回复的话表面上谦虚容忍，实际字字如剑。它的意思很明显："要不我来当皇帝，要不我给你当。"这话说出来后，司马昱和桓温的关系剑拔弩张。司马昱主动出击的勇猛让桓温十分震撼。桓温虽一直以来心怀不轨，但也深知支持自己的人不多，决战的时机还未成熟。因此听到司马昱的挑战之词后他吓出了一身冷汗。

【原文】

桓玄败后，殷仲文还为大司马咨议，意似二三，非复往日。大司马府听前有一老槐，甚扶疏。殷因月朔，与众在听，视槐良久，叹曰："槐树婆娑，无复生意！"

【译文】

桓玄兵败之后，殷仲文回到京城任大司马咨议，心神似乎不定，不再像之前那样了。大司马府的厅堂前有一棵老槐树，枝叶十分繁茂。殷仲文每月初一照例集会，同大家在厅堂上商议事情，对着槐树看了很久，感叹说："槐树枝叶散乱，再也不会有生机了。"

【解读】

东晋末年，桓玄和大司马刘裕都有叛乱之心。桓玄首先发动叛乱，殷仲文是桓玄的姐夫，投靠了桓玄。桓玄兵变失败，刘裕掌权，殷仲文又被召回原职。

官位虽然没有变，但殷仲文知道自己已经不如从前受重用。他感慨老槐树不再有生机，其实是感慨自己大势已去。

【原文】

殷仲文既素有名望，自谓必当阿衡朝政。忽作东阳太守，意甚不平。及之郡，至富阳，慨然叹曰："看此山川形势，当复出一孙伯符。"

【译文】

殷仲文向来就有一定的名望，自以为能够主持国政。后来，他忽然被调任当了东阳太守，心里非常不满。赴任路过富阳，他感慨说："从这里的山川形势来看，定会再次出现一个像孙伯符那样的人物。"

【解读】

怀才不遇之人，通常自言自语，暗作比喻，借此聊以自慰，同时发泄心中不满。这是心理失衡时自我调节的一种方式。但也要注意，用语言发泄也要注意措辞。发泄得太露骨，还把自己夸到了天上，则有可能让当权者觉得你有图谋不轨之心。殷仲文最后被告发有叛逆之心，并被处以死刑，虽然不是因为他所说的叛逆之话造成的，但也跟他的不满之心有关系。

俭啬第二十九

【原文】

和峤性至俭，家有好李，王武子求之，与不过数十。王武子因其上直，率将少年能食之者，持斧诣园，饱共啖毕，伐之，送一车枝与和公。问曰："何如君李？"和既得，唯笑而已。

【译文】

和峤本性吝啬到了极点，家里种有上好的李子树。王武子向他讨要一些李子，他却只给了不过几十个。王武子趁着和峤上朝之时，带着一帮能吃的人，拿着斧子到他的果园去。大家吃饱之后，把李子树砍掉，并给和峤送去一车树枝，还问他："跟你家的李子树相比，怎么样啊？"和峤收下树枝，只是笑了笑。

【原文】

王戎俭吝，其从子婚，与一单衣，后更责之。

【译文】

王戎非常吝啬，侄子结婚之时，他送了一件单衣，后来又索要了回来。

【原文】

司徒王戎，既贵且富，区宅、僮牧、膏田、水碓之属，洛下无比。契疏鞅掌，每与夫人烛下散筹算计。

【译文】

司徒王戎不但显贵而且富有，房产、奴仆、良田、水碓之类，洛阳城里无人能及。他家的契约账簿很多，常常和妻子在灯光下摆开筹码算账。

【原文】

王戎有好李，卖之，恐人得其种，恒钻其核。

【译文】

王戎家有上好的李子，卖李子之时，生怕别人得到种子，总是将李子核钻破后才肯卖。

【原文】

王戎女适裴頠，贷钱数万。女归，戎色不说；女遽还钱，乃释然。

【译文】

王戎的女儿嫁给了裴頠，向王戎借了数万钱。女儿回到娘家，王戎的脸色非常不好，女儿立即把钱还给王戎，他才笑逐颜开。

【原文】

王丞相俭节，帐下甘果盈溢不散，涉春烂败。都督白之，公令舍去，曰："慎不可令大郎知！"

【译文】

丞相王导生性节俭，可是府上的甘果堆积如山，也不分给大家品尝。到了春天，甘果腐烂了，都督把这个情况报告给王导。王导让他扔掉，并嘱咐他："一定不要让王悦知道这件事！"

【解读】

节俭是一个人克己修身，不浮华浪费的表现，这本来是件好事。但如果节俭到不肯分享的地步，节俭就变成了吝啬。合理的节俭是为了好好利用某样东西，而吝啬的节俭只会让东西因过于长久的储存而变质，最终反倒起不了作用。吝啬之人不会分享，只能独自快乐。懂分享的人，拥有的快乐会传递。快乐的人越多，快乐的力度也就越大。

【原文】

苏峻之乱，庾太尉南奔见陶公，陶公雅相赏重。陶性俭吝，及食，啖薤，庾因留白。陶问："用此何为？"庾云："故可种。"于是大叹庾非唯风流，兼有治实。

【译文】

苏峻叛乱之时，太尉庾亮逃到南方，见到了长沙郡公陶侃。陶侃非常赏识和重视他。陶侃本性俭吝，吃饭之时桌上有薤菜，庾亮没有吃薤白，都留了下来。陶侃问他："你要干什么用呢？"庾亮说："还能种植"。于是陶侃极为赞叹庾亮不仅有风韵，而且也有务实精神。

【解读】

有的人节俭成吝啬，有的人节俭出务实精神。前者对财物的用处看得近、浅，所以只是想着尽可能延长财物的有用限期。后者对事物的用处看得远、看得深，他节俭的是想使财物用不完。这是一种善于使事物再生利用的智慧。

节俭、务实的性格更容易交到朋友，因为具有这种性格的人让人感觉到踏实。本想杀掉庾亮的陶侃能把对庾亮的愤怒化为欣赏，正是因为庾亮的务实精神和高远的眼光打动了陶侃。

【原文】

郗公大聚敛，有钱数千万，嘉宾意甚不同。常朝旦问讯，郗家法，子弟不坐，因倚语移时，遂及财货事。郗公曰："汝正当欲得吾钱耳！"乃开库一日，令任意用。郗公始正谓损数百万许，嘉宾遂一日乞与亲友，周旋略尽。郗公闻之，惊怪不能已已。

【译文】

郗公大肆收敛钱财，多达几千万钱，他的儿子郗嘉宾非常不赞同这种行为。有一次，郗嘉宾早晨来请安，按照郗家的家规，后辈是不可以坐的，所以只能站着说话。很久之后，他提到了钱财的事情。郗公说："你就是想要我的钱而已。"于是打开钱库，在一天之内任由郗嘉宾支配。郗公原本认为会损失几百万钱而已，可是郗嘉宾竟在一天之内送遍亲朋好友，把钱库里的钱都送了出去。郗公听说之后，惊讶不已。

【解读】

有其父未必有其子，郗超用事实证明了这点。他父亲爱敛钱财，他却散尽家产、郗超这么做，一是为了反驳父亲对他的论断，二是故意跟父亲对着干，同时为了向他那爱敛钱财的父亲说明一个道理：钱只有在用的时候才有价值。放在钱库里不过一堆废纸，而分给亲戚朋友，让他们开心，让有需要的人能够用上，它才是真正发挥了用处。

汰侈第三十

【原文】

石崇每要客燕集，常令美人行酒，客饮酒不尽者，使黄门交斩美人。王丞相与大将军尝共诣崇，丞相素不能饮，辄自勉强，至于沈醉。每至大将军，固不饮，以观其变。已斩三人，颜色如故，尚不肯饮。丞相让之，大将军曰："自杀伊家人，何预卿事！"

【译文】

石崇每次宴请宾客，都会让美人劝客人喝酒。如果哪位客人没有一饮而尽，他就会让侍者把美人杀掉。丞相王导和大将军王敦曾一同去石崇家做客，王导的酒量向来就差，可是担心石崇会杀美人，就勉强喝酒，以致喝得大醉。每当轮到王敦，他都坚持不喝，看事态会怎样发展。石崇接连斩杀了三个美人，可是王敦不改其色，依旧不肯饮酒。王导指责王敦过分，王敦却说："石崇杀自己府上的人，跟你有什么关系呢？"

【解读】

一个人的权欲大不大，不看他的权，应看他如何利用手中之权。权欲大的人，哪怕他手上只有一点小权，只能主宰少数人的生命，他也会极尽所能乃至骄奢暴虐地行驶自己的权。石崇正是一个权欲极大之人。他能主宰自家府中的"美人"生命，便滥用自己的权势乱杀无辜。

权欲使人迷失，跌落到人性中最丑陋黑暗的兽性一面，有时候甚至使人禽兽不如。然而，迷失之人往往已经看不清自己的面目，他们会以为自己所做一切都是正常的。所以，石崇会继续杀人不眨眼。王导被惊，是因为旁观者清，他知道这不符合人性常理。王敦不为所动，说明他本身也已迷失，所以才会对石崇的暴行不管不顾。

【原文】

石崇厕常有十余婢侍列，皆丽服藻饰；置甲煎粉、沉香汁之属，无不毕备。又与新衣著令出，客多羞不能如厕。王大将军往，脱故衣，著新衣，神色傲然。群婢相谓曰："此客必能作贼！"

【译文】

石崇家的厕所里经常有十来个婢女在一旁侍候着，她们都穿着华服，打扮得很美丽。厕所里还摆放着甲煎粉、沉香汁等物品，东西非常齐全。她们还让上厕所的客人换上新衣服出来，因而大多数客人都感到不好意思，不敢上厕所。大将军王敦上厕所，脱去旧衣，换上新衣，神态显得十分傲慢。那些婢女们纷纷说："这个人定能造反作乱。"

【解读】

一个人的神态可以泄露他的个性、心思。同样一件骄奢淫逸事情，有的人不好意思做，说明他知道礼义廉耻。有的人做得理所当然，甚至觉得"不过如此"，说明他对这样的事情已经习以为常，早已把礼义廉耻抛在脑后。知道礼义廉耻就不会为非作歹，肆意妄为，而失去礼义廉耻之人，则可以做出任何事情来。王敦高高在上的傲慢，说明了他在骄奢淫逸方面不亚于石崇，且野心更高。所以，他谋反叛乱，夺取最高权位的心理就显而易见了。

【原文】

武帝尝降王武子家，武子供馔，并用琉璃器。婢子百余人，皆绫罗绔䙆，以手擎饮食。蒸㹠肥美，异于常味。帝怪而问之，答曰：“以人乳饮㹠。”帝甚不平，食未毕，便去。王、石所未知作。

【译文】

晋武帝曾经到王武子家里吃饭，王武子供上的饭食都是用琉璃器皿盛的，上百名婢女都穿着绫罗绸缎，用手托着饭食。晋武帝尝了尝蒸熟的小猪，不仅肉质肥嫩而且味道鲜美，和一般的味道大不相同。武帝觉得很奇怪，就问王武子是什么缘故。王武子回答说：“用人奶喂养小猪。”晋武帝十分不高兴，没有吃完就回宫了。这种做法就连王恺、石崇也想不出来。

【解读】

骄奢之人总是喜欢摆大排场，炫耀他的所有。在比自己权利大的人面前炫耀，其实已经不单纯是炫耀，而是一种挑战，甚至是示威。如王武子，他毫不掩饰地表露出自己为所欲为的能力，就等于表明自己有着至高无上的权利，即使地位不如晋武帝，他同样可以做晋武帝所不能为或者不敢为的事情。

【原文】

王君夫以饴糒澳釜，石季伦用蜡烛作炊。君夫作紫丝布步障碧绫里四十里，石崇作锦步障五十里以敌之。石以椒为泥，王以赤石脂泥壁。

【译文】

王君夫用糖水和干饭洗锅，石季伦以蜡烛为柴用来做饭。王君夫用紫色丝绸和绿色绫罗做了步障，有四十里长；石季伦则做了五十里长的锦缎步障，来和王君夫斗富。石季伦用花椒泥刷墙；王君夫用赤石脂涂饰墙壁。

【解读】

骄奢的心性是一个无底洞，它可以把人吞噬。人一旦骄奢起来，由炫富变成斗富，到最后为了满足变态的虚荣心，就会变得无所不为，于是骄奢就成为权欲争斗。王恺和石崇比拼骄奢，说到底就是两人在进行权力欲望的比拼。

生活是过给自己的，不是斗给人看的。富有则享受富有的乐趣，或者分享富有，让其他人也享受生活，这才是真正且有价值的“斗富”。

【原文】

石崇为客作豆粥，咄嗟便办。恒冬天得韭蓱虀。又牛形状气力不胜王恺牛，而与恺出游，极晚发，争入洛城，崇牛数十步后迅若飞禽，恺牛绝走不能及。每以此三事为搤腕，乃密货崇帐下都督及御车人，问所以。都督曰：“豆至难煮，唯豫作熟末，客至，作白粥以投之。韭蓱虀是捣韭根，杂以麦苗尔。”复问驭人牛所以驶。驭人云：“牛本不迟，由将车人不及制之尔。急时听偏辕，则驶矣。”恺悉从之，遂争长。石崇后闻，皆杀告者。

【译文】

石崇给客人做豆粥，片刻之间就能做好，在冬天也常能吃上用切碎的韭菜、萍制成的腌菜。

他家的牛无论是体形还是气力都不如王恺家的牛。他和王恺一同出去游玩，回来之时，很晚才乘牛车回城。两人抢着进洛阳城，石崇的牛奔跑了几十步之后，快地像飞鸟一样，超过了王恺的牛，王恺的牛怎么跑都追不上石崇的牛。王恺经常为了这三件事而懊恼，于是悄悄贿赂石崇的都督和车夫，询问是什么缘故。都督回答说："豆子不容易煮熟，只有提前煮熟并且做成碎末，等到客人来时，再把碎末放进白粥里，就成了豆粥。韭蓱虀就是把韭菜根弄碎，掺杂上麦苗而已。"又问车夫："牛为什么跑得那么快。"车夫回答说："牛本来跑得不算慢，只是因为车夫不懂得控制牛车而已。情急之时，你让牛车的重心偏向一边，那么牛自然就能跑得快。"王恺全依照他们的话去做，终于胜过了石崇。后来石崇得知真相，把泄密之人全都杀了。

【解读】

比拼奢华的游戏中总是暗藏你争我斗，而争斗往往会让人失去人性。迷失人性之人，他只有心情，没有理性。他们一旦斗输就走火入魔，唯有杀人才能泄愤。石崇因被王恺比下去而杀人，就是例证。

【原文】

王君夫有牛，名八百里驳，常莹其蹄角。王武子语君夫："我射不如卿，今指赌卿牛，以千万对之。"君夫既恃手快，且谓骏物无有杀理，便相然可，令武子先射。武子一起便破的，却据胡床，叱左右速探牛心来。须臾，炙至，一脔便去。

【译文】

王君夫有一头牛，名叫八百里驳，经常把牛蹄和牛角磨得无比明亮。王武子对王君夫说："我射箭的技术不如你高明，但今天还是要赌你的牛，我若输了，就给你一千万钱。"王君夫仗着自己箭术高明，又认为好牛没有被杀的道理，就答应了他的提议，并让他先射。王武子一箭就射中了靶心，退下来坐在胡床上休息，喝令左右把牛心取过来。过了片刻，烤好的牛心端了上来，王武子吃了一口就离开了。

【原文】

王君夫尝责一人无服余衵，因直，内著曲阁重闺里，不听人将出。遂饥经日，迷不知何处去。后因缘相为，垂死，乃得出。

【译文】

王君夫曾经处置了一个不穿内衣的人，上朝之时，把他关进了深宅内室里，不允许任何人把他带出来。这个人饿了好几天，迷失了方向不知道往哪里走。后来他得到朋友的帮助，在生命垂危之际才得以出来。

【原文】

石崇与王恺争豪，并穷绮丽以饰舆服。武帝，恺之甥也，每助恺。尝以一珊瑚树高二尺许赐恺，枝柯扶疏，世罕其比。恺以示崇，崇视讫，以铁如意击之，应手而碎。恺既惋惜，又以为疾己之宝，声色甚厉。崇曰："不足恨，今还卿。"乃命左右悉取珊瑚树，有三尺、四尺，条干绝世，光彩溢目者六七枚，如恺许比甚众。恺惘然自失。

【译文】

石崇和王恺斗富，两人都用尽华丽的东西来装饰车马、衣服。晋武帝是王恺的外甥，经常帮助王恺，曾经把一棵二尺多高的珊瑚树赐给王恺。这棵珊瑚枝繁叶茂，是世间少有的宝贝。王恺让石崇看珊瑚树，石崇看后用铁如意把珊瑚树打碎了。王恺不仅感到惋惜，还认为石崇妒忌自己的宝物，一时间声色俱厉。石崇说："你不要生气，我赔你一个新的。"于是命令侍从把家里的珊瑚树都拿出来。三四尺高的，树干、枝条都绝世无双而且鲜艳照人的珊瑚树有六七棵，像王恺那样的更是数不胜数。王恺看了感到非常失意。

【原文】

王武子被责，移第北邙下。于时人多地贵，济好马射，买地作埒，编钱匝地竟埒。时人号曰"金沟。"

【译文】

王武子被处置之后，把家搬到了北邙山下。当时人多地贵，王武子喜欢跑马射箭，就买了一块地做跑马场。花费的金钱可以沿着跑马场围成一圈。当时的人称王武子的跑马场为"金沟"。

【解读】

不把钱当钱的人有两种：一种是以钱财为身外之物，可以散尽家产给他人。一种是极其有钱却无知的人，他们不把钱当钱看是因为有太多的钱，又不肯用来资助他人，于是无所不用其极地乱花。第一种人让人敬重，会给后世留下好声名，让人争相传颂他的故事。第二种人得到的不过是骂名。

【原文】

彭城王有快牛，至爱惜之。王太尉与射，赌得之。彭城王曰："君欲自乘，则不论；若欲啖者，当以二十肥者代之。既不废啖，又存所爱。"王遂杀啖。

【译文】

彭城王司马权有一头跑得很快的牛，非常爱惜。太尉王衍和他赌射箭，得到了这头牛。彭城王说："如果你把它当坐骑，我无话可说；如果你想吃它的肉，我就用二十头肥牛来换它。这样既不影响你吃肉，又能保住我爱惜的牛。"王衍最终还是把那头牛杀了吃了。

【解读】

王衍意不在吃牛肉，也不在骑好马，而在于打击司马权。在牛是生是死这件事情上，王衍是掌权者。而最大化地享受这种权力带来的乐趣的方式就是违背司马权的意愿，杀死那头牛。

【原文】

王右军少时，在周侯末坐，割牛心啖之，于此改观。

【译文】

右军将军王羲之年轻之时，曾到武城侯周颢家里做客，坐在末位上。宴会期间，周颢切牛心给王羲之吃。自此以后，人们对王羲之另眼相看。

【解读】

一个原本没有声名的人，一旦被一个身份地位显赫的人看重，那么别人也会因此改变对他的看法。周颢当时身份至侯爵，王羲之只是个右军。周颢对人一向高傲无礼，对待王羲之却以珍贵的牛心招待。王羲之得到这样的待遇，自然会让人觉得他是价值不凡之人。

忿狷第三十一

【原文】

魏武有一妓，声最清高，而情性酷恶。欲杀则爱才，欲置则不堪。于是选百人一时俱教。少时，果有一人声及之，便杀恶性者。

【译文】

魏武帝曹操有一名歌女，她的声音最为清亮高亢，可是性情却十分恶劣。曹操想杀了她，但又爱惜她的唱歌才能；想要把她留下，却又不能忍受她的脾气。曹操挑选了一百名女子，同时进行唱歌训练。没多久，曹操发现当中有一个女子的歌声不亚于那个歌女，于是就把歌女杀了。

【解读】

一个人有才华固然重要，但性格不好，难以与人相处，则不被人喜欢。在职场上，很多领导亦如曹操。也许他一开始会看在他有才能的份上容忍你，任用你，但一旦找到替补，他会毫不犹豫地辞退你。性格决定命运，一个人不仅要使自己有才能技术，还要培养出好个性，才能让领导真正看重你。

【原文】

王蓝田性急。尝食鸡子，以箸刺之，不得，便大怒，举以掷地。鸡子于地圆转未止，仍下地以履齿蹍之，又不得。瞋甚，复于地取内口中，齧破，即吐之。王右军闻而大笑，曰："使安期有此性，犹当无一豪可论，况蓝田邪！"

【译文】

蓝田侯王述是一个性情急躁的人。有一次，他吃鸡蛋，用筷子刺鸡蛋，没有刺进去，于是非常生气，拿起鸡蛋扔到了地上。鸡蛋在地上旋转不止，他下地用木履齿去踩，又没有踩到。他气不过，便从地上捡起鸡蛋放进嘴中，咬破鸡蛋又吐了出来。右军将军王羲之听说此事，哈哈大笑起来，说："即使王述的父亲王安期有这种急性子，尚且不值得一提，更何况是他呢！"

【解读】

性情急躁之人，一旦遇上不顺心的事就会极不耐烦。不耐烦而求快，快而不得，事情依旧没有解决，他就会越来越不耐烦，越来越暴躁。这是一环扣一环的蝴蝶效应，根本不会解决问题,只会把事情引向更糟糕的一面。急躁其实自己跟自己过不过去。如果能接受已经发生的坏事，调整好心态去应对，人就不会急躁，事情也会最终得到合理的解决。

【原文】

王司州尝乘雪往王螭许。司州言气少有牾逆于螭，便作色不夷。司州觉恶，便舆床就之，持其臂曰："汝讵复足与老兄计！"螭拨其手曰："冷如鬼手馨，强来捉人臂！"

【译文】

司州刺史王胡之曾经冒雪去拜访王恬，言谈和态度稍微冒犯了王恬，惹得王恬不高兴。王胡之觉得事情不妙，就把坐榻移近王恬，拉着他的手臂说："你跟我是兄弟，还计较这些，不值得啊！"王恬拨开他的手，说："你的手像鬼手一样冰冷，还强行拉我的胳膊。"

【解读】

人无完人，每个人都会犯错。人际交往中，我们可能会无意中冒犯他人，他人也有冒犯我们的时候。人一旦意识到自己的错误，都希望别人能原谅自己。既然我们希望他人宽容，那自己也应有宽容之心。如果没有宽容之心，纠结于别人的一点小过错，让自己困于怒气之中，等于拿他人的错误来惩罚自己。此外，不肯原谅他人，小肚鸡肠，也难以交到朋友。

【原文】

谢无奕性粗强。以事不相得，自往数王蓝田，肆言极骂。王正色面壁不敢动。半日，谢去良久，转头问左右小吏曰："去未？"答云："已去。"然后复坐。时人叹其性急而能有所容。

【译文】

谢无奕性格粗暴强横，曾因为一件事与蓝田侯王述不合，还亲自前去指责他，肆无忌惮地大骂一番。王述正色面壁，一动也不动。过了半天，谢无奕离开了。良久，王述回头问一旁的小吏："谢无奕走了吗？"小吏回答说："他早就走了。"这才转身坐到座位上。当时的人称赞他性子虽急躁，但却有容人的气量。

【解读】

王述性情急躁，一个鸡蛋夹不起来他都会大怒，不惜用鞋子踩鸡蛋，又捡回它吃掉一口才作罢。鸡蛋与自己作对，他都不放过鸡蛋。人与自己作对，按理说他更不会放过人。然而，面对谢无奕无礼粗暴的咒骂，王述却格外冷静，可以说，王述因自己急躁而对急躁之人深有了解。他明白人暴躁狂怒时无法沟通，与之对骂讲理根本没用，只有沉默才是应对的最好方法。

【原文】

王令诣谢公，值习凿齿已在坐，当与并榻。王徙倚不坐，公引之与对榻。去后，语胡儿曰："子敬实自清立，但人为尔多矜咳，殊足损其自然。"

【译文】

中书令王献之拜访谢安之时，正好习凿齿在座。依据礼法应该和他同坐，可是王献之来回走动，久久不肯就座。于是谢安就安排他坐在习凿齿的对面。他们离开之后，谢安对侄子胡儿说："王献之的确清高啊，不过他为人如此傲慢，大大减损了他本有的天然气度。"

【解读】

有清高的本事自可以清高，只要尺寸合理，别人也不会认为你过分，相反有可能欣赏你的自信和自我坚持。常人的清高，多半只是出于孤芳自赏或自以为高人一等，所以容易变成傲慢无礼。清高是自身内在的风度气节，而傲慢无礼却是不会做人的表现。所以谢安说王献之的自然气度被他的傲慢减损了。

【原文】

王大、王恭尝俱在何仆射坐，恭时为丹阳尹，大始拜荆州。讫将乖之际，大劝恭酒，恭不为饮，大逼强之，转苦，便各以裙带绕手。恭府近千人，悉呼入斋；大左右虽少，亦命前，意便欲相杀。何仆射无计，因起排坐二人之间，方得分散。所谓势利之交，古人羞之。

【译文】

王大和王恭曾经一同到尚书左仆射何澄家参加宴会，王恭当时担任丹阳尹，王大刚当上荆州刺史。在他们即将离去之时，王大劝王恭喝酒，王恭不肯喝，王大就更加强迫他喝。双方都把裙带缠在手上，想要动手打架。王恭府上有近千人，全都被叫到何澄家里。王大的随从虽然不多，但也被叫来助阵，意思是要和王恭拼一拼。何澄无计可施，只得挤开二人，在他们之间坐下，将他们两人分开。王大和王恭相交，因小小的矛盾就以权势和财富来比拼能耐，这就是势力之交。这种交往是古人所引以为羞的。

【解读】

王大和王恭曾经关系极好，后因爱好、理念不同，且有人从中离间，他们的关系便破裂了。

王大劝酒，意在使王恭难堪。王恭自然知道王大的意思，也坚决不给面子。曾经的一对好友，竟当众对干起来，最后还不管他人笑话，动用家族之人来给自己助阵。不念旧情，当众撕破脸皮，就是否定了此前自己的交友选择，等同于搬起石头砸自己的脚。而以权势打压对方，这又是不齿之行。君子可以有原则，但不争无用之气。关系既已破裂，就应好聚好散。缠绵斗殴，怒目相待，实不可取。

【原文】

桓南郡小儿时，与诸从兄弟各养鹅共斗。南郡鹅每不如，甚以为忿。乃夜往鹅栏间，取诸兄弟鹅悉杀之。既晓，家人威以惊骇，云是变怪，以白车骑。车骑曰：“无所致怪，当是南郡戏耳！”问，果如之。

【译文】

南郡公桓玄还是孩童之时，和几位堂兄弟分别养了鹅，并且经常一起斗鹅。桓玄的鹅总是败阵，为此他感到很不高兴。到了夜里，桓玄来到鹅栏里，把堂兄弟的鹅全都杀了。天亮以后，家人都感到惊骇，认为这是很怪异的事情，就告诉了车骑将军桓冲。桓冲说：“这没有什么奇怪的，大概是桓玄玩的把戏。”一问桓玄，果然是这样。

【解读】

输不起的人容易怒，一旦动怒，为了讨回失去的自尊，他们就会做出常人无法理解的举动。桓杀鹅也是出于同样的发泄心理。杀鹅并不能改变他失败的实施，也无法赢回他的自尊，相反还证明了他的狭隘和脆弱。一个真正强大的人，会从失败中吸取教训，赢取下一次的胜利，而不肯认输最终只会输得一败涂地。

谗险第三十二

【原文】

王平子形甚散朗，内实劲侠。

【译文】

王平子外表看似洒脱，内心却刚愎自用、心胸狭隘。

【解读】

王平子准备上任荆州磁石时，众官员给他送行，他却自顾爬到树上掏鸟窝。王澄因当众掏鸟窝一事被赞誉个性洒脱，不拘礼节。然而，这只是表面而已。

王澄任荆州刺史时，西晋内乱不断，百姓颠沛流离。巴蜀的流民曾进入王澄管辖的荆州境内，王澄没有资助他们，引起民众叛乱，之后他又举行大规模的镇压，民众愤怒，叛乱更甚。王澄在危乱之中刚愎自用，一意孤行，以暴制暴，还凶狠地对待他的部众。刘琨曾劝告他说："你这种性格恐怕容易惹祸，且死不得其所。"刘琨果真言中，王澄后被与他有宿怨的王敦所杀。

【原文】

袁悦有口才，能短长说，亦有精理。始作谢玄参军，颇被礼遇。后丁艰，服除还都，唯赍《战国策》而已。语人曰："少年时读《论语》《老子》，又看《庄》《易》，此皆是病痛事，当何所益邪！天下要物，正有《战国策》。"既下，说司马孝文王，大见亲待，几乱机轴。俄而见诛。

【译文】

袁悦口才很好，擅长游说，讲得道理非常精深。他最初担任谢玄的参军，深受礼遇。后来他回家守孝，期满后返回京城，身上只带着一本《战国策》而已。他对别人说："年轻时读《论语》《老子》，又看《庄子》《周易》，这些讲的都是小事情，有什么好处呢？天下最重要的书，非《战国策》莫属。"到了京城以后，他游说会稽王司马道子，大受器重，同时几乎扰乱朝廷，因而没多久就被处死了。

【解读】

《战国策》主要讲述战国时期纵横家的政治主张和策略，看懂它并学会运用的人可以称得上最厉害的外交家。袁悦擅辩能言，又大赞《战国策》这类书，肯定会令人觉得他有野心。到了京城之后，他果真游说司马道子，使得朝廷内乱，致使司马道子和晋孝武帝的争斗更加激烈。这种乱国之罪，已经足以使他性命堪忧。为了玩弄权势，无所顾忌地妖言惑众还会给自己树敌。袁悦后来在司马道子面前诬陷王恭，又间接离间王恭和王大的关系，他因此惹怒王恭。王恭在晋孝武帝面前告发袁悦谗言乱国，袁悦才被处死。

【原文】

孝武甚亲敬王国宝、王雅。雅荐王珣于帝，帝欲见之。尝夜与国宝、雅相对，帝微有酒色，令唤珣。垂至，已闻卒传声，国宝自知才出珣下，恐倾夺要宠，因曰："王珣当今名流，陛下不宜有酒色见之，自可别诏也。”帝然其言，心以为忠，遂不见珣。

【译文】

晋孝武帝司马曜十分亲近与敬重王国宝和王雅。王雅向孝武帝举荐了王珣，孝武帝想要见他一面。一天晚上，孝武帝同王国宝和王雅同席对坐，已经稍微有些醉意，下令让王珣前来。王珣将到之时，大家都听到了吏卒传话的声音。王国宝深知自己的才能远远不及王珣，担心王珣会得到宠幸，就对孝武帝说："王珣是当代名士，陛下您带着醉意见他，非常不合时宜，希望陛下改天召见他。"晋孝武帝同意他的话，认为他对自己忠心耿耿，于是就没有召见王珣。

【解读】

执迷权势的人，容不下比自己优秀的人。这是自古以来不变的真理。所以才会有官场中的各种尔虞我诈和争斗杀戮。不仅臣子会嫉妒和防范比自己有能力的人，当权者也会如此。英雄项羽不肯赏识任用有才能的人，而做了皇帝的刘邦也开始残杀那些跟他打拼过江山的忠良，一代奸雄曹操即便爱才，最终也无法容忍聪明到对他本人无所不知的杨修。

然而，嫉妒和防范甚至残杀终究无用。人才辈出，江山换代，权势地位最终会成为浮云。而尔虞我诈的争斗只会把自己置于危险之中，一旦丧失性命，一切成空，又有何用呢？所以，与其防范别人，不如好好做自己。

【原文】

王绪数谗殷荆州于王国宝，殷甚患之，求术于王东亭。曰："卿但数诣王绪，往辄屏人，因论它事；如此，则二王之好离矣。"殷从之。国宝见王绪，问曰："比与仲堪屏人何所道？"绪云："故是常往来，无它所论。"国宝谓绪于己有隐，果情好日疏，谗言以息。

【译文】

王绪屡次在王国宝面前诋毁荆州刺史殷仲堪。殷仲堪对此非常担忧，向东亭侯王珣讨教应对之法。王珣说："你只要多去王绪家走动，每次去都把手下人屏退，之后谈论一些不重要的话题。用不了多长时间，他们两人的交情就会疏远。"殷仲堪按照王珣的话去做了。王国宝见到王绪，问："你最近同殷仲堪交往，屏退侍从，都谈了什么事情啊？"王绪回答说："我们只是普通往来，没谈什么。"王国宝认为王绪隐瞒了自己，渐渐地两人的交情果然疏远了。关于殷仲堪的谣言随即停止了。

【解读】

殷仲堪与王绪并无交情，他依照王珣所教，施计制造出了他和王绪有深交乃至会谈秘密论事的假象。不仅众人被这假象迷惑，王国宝也被这假象迷惑，认为王绪是两面派，便疏远了王绪。

尤悔第三十三

【原文】

魏文帝忌弟任城王骁壮。因在卞太后阁共围棋，并啖枣，文帝以毒置诸枣蒂中，自选可食者而进；王弗悟，遂杂进之。既中毒，太后索水救之；帝预敕左右毁瓶罐，太后徒跣趋井，无以汲，须臾遂卒。复欲害东阿，太后曰："汝已杀我任城，不得复杀我东阿！"

【译文】

魏文帝曹丕忌惮弟弟任城王曹彰骁勇强壮。趁着在卞太后房里一起下围棋、吃枣的机会，文帝悄悄地把毒药放在枣蒂里，自己专挑没毒的吃。曹彰对此毫不知情，混着吃下了有毒的和没毒的枣。中毒以后，卞太后找水救他，可是文帝早已让人把盛水的瓶罐都打碎了。卞太后光着脚跑到井边，却没有取水的工具，没多久曹彰就死了。魏文帝又想加害东阿王曹植，卞太后对他说："你已经害死了我的曹彰，不能再害我的曹植了。"

【解读】

在专权的帝制年代，为了保全权力和地位，兄弟相残、父子相弑这类同室操戈的行为比比皆是。曹丕野心极大，从其父曹操在世时就使用手段，让最受曹操喜爱的曹植名誉扫地，自己成为王储。封帝后，其狭隘阴毒的个性让他急于清除潜在的威胁——自己的亲弟弟曹彰和曹植。

卞太后作为一个母亲，眼看着自己的大儿子残忍至极，二儿子被毒杀，三儿子也可能将惨遭毒害，她必定是痛心疾首。她以一个母亲的身份去劝告曹丕，这种劝告既是请求也是命令，还包含着无可奈何的妥协之意——已经害死曹彰，不能再害曹植。

【原文】

王浑后妻，琅邪颜氏女，王时为徐州刺史，交礼拜讫，王将答拜，观者咸曰："王侯州将，新妇州民，恐无由答拜。"王乃止。武子以其父不答拜，不成礼，恐非夫妇，不为之拜，谓为颜妾。颜氏耻之，以其门贵，终不敢离。

【译文】

王浑的后妻，是琅邪颜家的女儿。王浑时任徐州刺史，颜氏行完交拜礼，王浑正要回拜，周围的人说："你是州郡的长官，新娘子是百姓，没有回拜她的道理。"于是王浑就没有回拜。王武子认为自己父亲不拜，婚礼就不成，觉得他们算不上真正的夫妻，因而也就不承认颜氏是后母，只称她为颜妾。颜氏以此感到耻辱，可是考虑到王浑家门第高贵，终究还是不敢提出离婚的要求。

【解读】

自古嫁娶讲究三拜礼仪，其中夫妻交拜实为夫妻双方互相平等尊重之意。然而在古代，官、民地位差别巨大，阶级制度和这样的交拜礼仪必定有冲突的时候。所以，贵为徐州刺史的王浑和普通出身的颜氏根本不可能平等。王浑本想回拜新娘，说明他本对新娘有尊重之意。在众人的唆使下，他丢掉了结婚中的礼仪，这表明他终究是个极其爱好面子，讲究权势的人。

王浑的儿子王武子本来就是个自大张狂之人，看见父亲不尊重颜氏，他自然对身份低微的颜氏更不尊重。

颜氏进门第一天就遭到夫君家的无礼相待，于她，结婚的喜乐应该是全无了。这注定了她的婚姻是场悲剧。所以，以后面对王武子更加无礼乃至带有羞辱性的称呼时，因家世相对卑微，她也只能忍气吞声。

【原文】

王大将军起事，丞相兄弟诣阙谢。周侯深忧诸王，始入，甚有忧色。丞相呼周侯曰："百口委卿！"周直过不应。既入，苦相存救。既释，周大说，饮酒。及出，诸王故在门。周曰："今年杀诸贼奴，当取金印如斗大，系肘后。"大将军至石头，问丞相曰："周侯可为三公不？"丞相不答。又问："可为尚书令不？"又不应。因云："如此，唯当杀之耳！"复默然。逮周侯被害，丞相后知周侯救己，叹曰："我不杀周侯，周侯由我而死，幽冥中负此人！"

【译文】

大将军王敦起兵造反，丞相王导兄弟到宫里向皇帝请罪。周侯非常担心王姓一家，刚到宫里，脸上尽是愁容。丞相对周侯喊道："我全家百余人的性命都交给你了。"周侯径直走过，没有回应王导，见到了皇帝，力保王导全家。事情办妥后，周侯非常高兴，并喝酒庆祝。他出宫后，发现王氏兄弟依旧跪在宫门之外，说："今年要是能把贼人消灭了，定能得到一个斗大的金印，系在胳膊肘后面。"大将军王敦进入石头城，问王导："周侯可以做三公吗？"王导没吭声。又问："他可以做尚书令吗？"王导沉默不语。王敦说："如果是这样，那就只好把他除掉。"王导还是没说话。周侯被处死后，王导得知周侯救了自己一家，感叹说："我不杀他，他却为我而死，到了阴间我也对不起他啊！"

【解读】

周伯仁本心善良，有情有义，然而他又一向傲慢。王导跟他的关系，一直以来似敌似友。他们互相开玩笑，但王导总觉得周伯仁与他针锋相对。两人最后的交往也如此，周伯仁明明打算帮助王导，却表现出不理不睬的样子。已经帮助了，却又说一番风凉话。

王导只见周伯仁的傲慢，不知他已经为自己求情，心中必定怨恨。而当王敦向他询问周伯仁其人时，他的沉默正是长久以来积累的怨气、怒气所致。王导的沉默明摆着表示对周伯仁的否定，直接导致了王敦对周伯仁的杀心。

【原文】

王导、温峤俱见明帝，帝问温前世所以得天下之由。温未答，顷，王曰："温峤年少未谙，臣为陛下陈之。"王乃具叙宣王创业之始，诛夷名族，宠树同己，及文王之末高贵乡公事。明帝闻之，覆面著床曰："若如公言，祚安得长！"

【译文】

王导和温峤一同去拜见晋明帝，明帝问温峤司马家先祖能够得到天下的缘由。温峤没有回答，过了片刻，王导说："温峤年轻不熟悉这段历史，请允许我为陛下诉说。"王导叙述了晋宣王司马懿创业之时，诛杀有名望的家族，宠幸并培植党羽，以及晋文王司马昭晚年杀高贵乡公曹髦的事。晋明帝听后，把脸贴在床上，说："如果实情如你所说，那么晋朝的皇位如何能长久呢！"

【解读】

王导对晋明帝的回答，指出司马氏王朝是靠杀人和叛乱起家。晋明帝的反问意思是：如果司马氏是靠争抢才取代曹魏皇室，得到王权，没有臣民的拥护，那是也不会长久的吧？把脸贴在床上的动作，体现出了他的忧虑。晋明帝的忧虑和思考，说明了他是个贤明之君，他明白掌管天下不能靠强权暴力，而是要有仁德和治国的韬略。

【原文】

庾公欲起周子南，子南执辞愈固。庾每诣周，庾从南门入，周从后门出。庾尝一往奄至，周不及去，相对终日。庾从周索食，周出蔬食，庾亦强饭，极欢；并语世故，约相推引，同佐世之任。既仕，至将军二千石，而不称意。中宵慨然曰："大丈夫乃为庾元规所卖！"一叹，遂发背而卒。

【译文】

庾亮想启用周子南，可是周子南执意拒绝，并且态度愈加坚决。庾亮每当拜访周子南，从前门进去，周子南就从后门出去。有一次，庾亮突然来到周子南的住处，周子南无从躲避，就和他面对面坐了一天。庾亮向周子南讨要一些饭吃，周子南拿出野菜粗粮，庾亮勉强进食，还装作十分高兴的样子。两人还一起谈论了天下大势，并且相约一同担负起辅佐皇帝的大任。周子南出来做官，当上了将军、郡守，可是心里很不愉快。半夜时分，他感慨说："我堂堂一个大丈夫，竟被庾元规出卖了。"一声叹息之后，他背上的疮伤发作，没多久就死了。

【解读】

在政局不稳，仕途险恶之时，很多具有文韬武略的能人因为不想卷入权力和政治的斗争中，选择回避、隐居于尘世。但因为执掌政权的人爱惜他们的才华，想尽办法要重用他们，所以他们的愿望也并非都能实现。庾亮多次拜访，最终打动周子南。然而他违背了自己的初心，又被官场所累，虽然名利双收、物质丰厚，终究抑郁而亡。

【原文】

阮思旷奉大法，敬信甚至。大儿年未弱冠，忽被笃疾。儿既是偏所爱重，为之祈请三宝，昼夜不懈。谓至诚有感者，必当蒙佑。而儿遂不济。于是结恨释氏，宿命都除。

【译文】

阮思旷信奉佛教，非常虔诚。他的大儿子还不满二十岁，忽然得了重病。他十分偏爱重视这个儿子，为了儿子能早日康复，便向三宝祈祷，日夜不敢松懈。他自认为至诚之心定能感动佛祖，得到佛祖的庇佑，然而这个儿子最终还是死了。自此以后，阮思旷与佛教结恨，再也不相信宿命论了。

【解读】

信仰是一个人思想、灵魂的寄托和载体，不是一种手段。一个真正有信仰的人，他知道自己所信仰的东西不是帮助自己解决任何生活问题的万能之神。而虚伪的信仰者，他盲目地崇拜其实是迷信。正如阮思旷。他佑儿心切，将一腔执念寄望于佛祖身上，却不是求医治病，对症下药。

盲目的信仰，结果往往事与愿违。因为能改变现状的只有正确的行动。所以说，有时候，求佛不如求自己。

【原文】

桓公卧语曰："作此寂寂，将为文、景所笑。"既而屈起坐曰："既不能流芳后世，亦不足复遗臭万载邪！"

【译文】

南郡公桓温躺在床上，说："默默无闻过一生，会被晋文帝和晋景帝耻笑的。"说完，他坐起来说："虽然不能流芳百世，难道还不能遗臭万年吗？"

【解读】

桓温一生对名誉声望的追求近乎偏执，这可能跟他的成长环境有关。桓温的父亲桓彝曾在王敦之乱中立下汗马功劳，后来在苏峻之乱中战死。东晋王朝向来重文轻武，桓彝死后，桓家家道中落。桓温有勇有谋，不甘心做一个没有名声的庸人。他以当兵为进入政界的第一步，后来逐渐声名显赫。然而，即使有了名望，因他的出身不好，没有文学方面的才华，所以他仍挤不进当时的名流阶层。当时，与桓温私交甚好的谢奕、王坦之等也都讥讽他为"老兵"。这种嘲笑辱骂，一直都让桓温深恶痛绝，也加强了他争取至高功名的野心。

虽然即便征战沙场多年，战功显赫，但桓温得到的他人支持仍是不多。时至晚年，他还是没有等来合适的机会。桓温自觉如不另辟他径，他将失去名留青史的机会。他感叹"既不能流芳后世，亦不足复遗臭万载邪"之时，已经起了谋权篡位的念头。后来，他掌权政权，果然野心外露，以废除旧皇帝，改立新皇帝的伎俩，打算间接谋权。但因为他年事已高，身染重病，且被谢安、王坦之等人暗中阻挠篡位行动，所以他最终带着充满悲剧色彩的一生离开了人世。

【原文】

谢太傅于东船行，小人引船，或迟或速，或停或待；又放船从横，撞人触岸，公初不呵谴。人谓公常无嗔喜。曾送兄征西葬还，日莫雨驶，小人皆醉，不可处分。公乃于车中手取车柱撞驭人，声色甚厉。夫以水性沉柔，入隘奔激，方之人情，固知迫隘之地，无得保其夷粹。

【译文】

太傅谢安在会稽坐船出行，船夫驾船时快时慢，停停走走，任由船航行，即使船撞了别人的船，或是碰触了河岸，谢安也不责备船夫。人们都说谢安没有喜怒之情。有一次，他给兄长镇西将军谢奕送葬回来之时，已是傍晚时分，天还下起了急雨，车夫喝醉了没有办法驾车。谢安从车里拿起车柱戳撞车夫，声色俱厉。水本来沉静柔和，可是一流经狭窄的地方，就会奔流激荡。以此来比喻人的性情，就能得知人在险境中无法保持平和心态。

【解读】

在顺境中保持平和愉悦的心态，不因一点小小的不顺而丢掉风度，这是很容易的。因为那点不顺相对于怡然自得的生活来说就如一点小风相对于深海，是无法激起波浪的。然而一个人一时似深海容易，但总具有深海的性格却很难。如果修养没有到能使自己"不以物喜，不以己悲"的程度，人还会被境遇所困。就如谢安。谢尚、谢奕相继死去，谢氏家族在朝廷掌权的人越来越少，那也意味着谢家开始没落，这样的没落还会对谢安原本的隐居生活产生影响。所以，他对醉酒车夫的痛打应有因境遇改变而不安的原因。

【原文】

简文见田稻，不识，问是何草，左右答是稻。简文还，三日不出，云："宁有赖其末，而不识其本！”

【译文】

简文帝不认识田里的稻子，问左右是什么草。左右回答说是稻子。简文帝回到宫里，连续三天没有出门，说："难道有依靠它的果实来维持生命，而不认识它的根本的道理吗？"

【解读】

不知道稻谷长什么样的皇帝大有人在，然而历史上几乎没有人发出简文帝这样的感叹。简文帝话里的意思，或许稻谷已经不仅代表稻谷，还代表百姓。一个国家的建立是以百姓为基础的，一个国君以及他下面的臣子都是靠吃百姓粮食来生存。所以，国君本应了解百姓，了解民生。然而在当时，国君只是傀儡，而充当统治阶级的世家大族只会互相争斗、杀戮，两者都没有把民生社稷放在心上，根本不了解最基层的情况。如此说来，简文帝的感叹，有可能是对自己作为一国之君失责无能的感叹。

【原文】

桓车骑在上明畋猎，东信至，传淮上大捷。语左右云："群谢年少大破贼！"因发病薨。谈者以为此死贤于让扬之荆。

【译文】

车骑将军桓冲在上明打猎，东边的信使送来淮上捷报。桓冲对周围的人说："谢家的几个年轻人大破敌军。"于是发病而死。时人都认为他这样死去，比让出扬州刺史而担任荆州刺史更加贤明。

【解读】

桓冲与他的哥哥桓温不同，他忠于晋室。桓温死后，他接替兄职，都督江扬豫州军事、扬豫二州刺史。桓温自觉才华能力不如谢安，将扬州刺史职位让给谢安，自愿出镇外地。当时很多人都极力阻止他这么做，但桓冲以大局为重一直不顾他们的反对。

桓冲解任扬州刺史给谢安，已经被人称道。后来淝水之战，他又甘愿屈尊，以辅将的身份，与谢氏一起率军抵抗前秦。交战之中，桓冲对谢安、谢玄等人的战略不赞同，然而谢安等最终大破前秦，还救回来了因作战不利而被前秦军俘虏去的序。谢氏破敌的消息传回来后，桓冲羞愧不已，发病而死。

【原文】

桓公初报破殷荆州。曾讲《论语》，至"富与贵，是人之所欲，不以其道得之，不处"，玄意色甚恶。

【译文】

桓玄当初为了报复，派兵击败了殷仲堪。桓玄曾经讲解《论语》，讲到"富有和尊贵，是每个人都想得到的，假如不通过正当途径得到它，那么就不会被人接受"一句时，脸色变得非常难看。

【解读】

桓玄是桓温的儿子，他继承了桓温的篡位之心，先后消灭了同谋殷仲堪和杨佺期，然后又杀死了掌握朝政的司马道子父子。以谋反叛乱来获得荣华富贵并非正当途径，所以，他看到《论语》上面所说的话，心中自然嫌恶，脸色难看。因为，那句话明显说到了桓玄的要害。

纰漏第三十四

【原文】

王敦初尚主，如厕，见漆箱盛干枣，本以塞鼻，王谓厕上亦下果，食遂至尽。既还，婢擎金澡盘盛水，琉璃碗盛澡豆，因倒著水中而饮之，谓是干饭。群婢莫不掩口而笑之。

【译文】

王敦和舞阳公主刚刚成亲，上厕所时，见漆箱中有干枣。本来干枣是用来堵鼻子的，可是王敦以为厕所里也备有食品，就把干枣全部吃光了。出来之时，侍女端着有水的金澡盘和装着澡豆的琉璃碗，让王敦洗手。王敦却把澡豆倒进水里，一口吃了下去，以为这是干饭。侍女们都捂着嘴笑话王敦。

【解读】

每个人有每个人的生活习惯，不同阶级有不同的生活方式。遇到新的环境，看见新奇的现象，与一个人“新”人交往时，应该对某些新鲜的事物保持一种谨慎的态度。如果总按自己老一套的“我以为”来做事，则有可能像王敦一样，做出让人笑话的事情来。

【原文】

元皇初见贺司空，言及吴时事，问：“孙皓烧锯截一贺头，是谁？”司空未得言，元皇自忆曰：“是贺劭。”司空流涕曰：“臣父遭遇无道，创巨痛深，无以仰答明诏。”元皇愧惭，三日不出。

【译文】

晋元帝司马睿第一次见到司空贺循，谈论起吴国当年的事情，问他：“孙皓用烧红的锯子锯断了一个姓贺的头，你知道那个人是谁吗？”贺循没有回答，晋元帝独自追忆说：“是贺劭。”贺循哭着说：“我的父亲遇到了无道昏君，给我的心灵留下了深重的伤痛，所以我无法回答陛下的问题。”晋元帝知道自己失言，心里感到很羞愧，连续三天没有上朝。

【解读】

人的好奇心往往会使得自己犯错，有时候错虽然是无意犯下的，却又非常伤人，而且根本无法弥补。晋元帝的失言正是如此，因冒失而失言，因失言而给对方带来伤害。这样的失言，犹如把贺循心里的伤疤狠狠地揭起。即便晋元帝真心意识到自己的错误，为自己的冒失感到惭愧，也无法减轻贺循心里的创痛。

【原文】

蔡司徒渡江，见彭蜞，大喜曰：“蟹有八足，加以二螯。”令烹之。既食，吐下委顿，方知非蟹。后向谢仁祖说此事，谢曰：“卿读《尔雅》不熟，几为《劝学》死！”

【译文】

司徒蔡谟渡江躲避战乱，见到彭蜞，兴奋地说：“螃蟹有八只脚，还有两个夹钳。”命人煮熟了吃。蔡谟吃完以后，腹泻了很多次，以致精神疲惫，后来才知道那不是螃蟹。蔡谟跟谢仁祖提及此事，谢仁祖说："你的《尔雅》读得不熟，《劝学》几乎要了你的命。"

【解读】

《尔雅》是中国古代最早的词典，谢仁祖说蔡谟是因为《尔雅》读得不熟悉才不知道螃蟹是长什么样的。《劝说》是荀子所作，是《荀子》的开篇之作，它旁征博引，论述了学习的重要意义，劝导人们以正确的目的、态度和方法去学习。《劝说》中有一句："蟹六跪而二螯，非蛇蟮之穴，无可寄托者，用心躁也。"谢仁祖说《劝说》几乎要了蔡谟的命，意即讥讽他《劝说》学得模模糊糊，才把螃蟹有六只脚记成是八只。

【原文】

任育长年少时，甚有令名。武帝崩，选百二十挽郎，一时之秀彦，育长亦在其中。王安丰选女婿，从挽郎搜其胜者，且择取四人，任犹在其中。童少时，神明可爱，时人谓育长影亦好。自过江，便失志。王丞相请先度时贤共至石头迎之，犹作畴日相待，一见便觉有异。坐席竟，下饮，便问人云："此为茶为茗？"觉有异色，乃自申明云："向问饮为热为冷耳。"尝行从棺邸下度，流涕悲哀。王丞相闻之，曰："此是有情痴。"

【译文】

任育长年少之时，已经名声俱佳。晋武帝驾崩后，挑选了一百二十名唱挽歌的少年，都是当时德才兼备的人，任育长是其中一员。安丰侯王戎为女儿挑选夫婿，从挽郎里筛选出了四个优秀的人，任育长依旧在列。任育长小的时候，聪明可爱，当时的人认为他长得也非常好看，可是自从过江以后，他就神思不定了。丞相王导邀请之前渡江的名士一起去石头城迎接他，并以往昔贵宾之礼对待他。可是见面之后，他们发现任育长的风采不如从前了。众人坐定，摆上茶水，任育长问："这是茶还是茗？"话音刚落，发现别人变了脸色，就申明说："我刚才问茶是热的还是冷的。"有一回，任育长从棺材铺前走过，留下了悲伤的泪水。王导听闻此事，说："他心中还有解不开的情结！"

【原文】

谢虎子尝上屋熏鼠。胡儿既无由知父为此事，闻人道痴人有作此者，戏笑之，时道此，非复一过。太傅既了己之不知，因其言次，语胡儿曰："世人以此谤中郎，亦言我共作此。"胡儿懊热，一月日闭斋不出。太傅虚托引己之过，以相开悟，可谓德教。

【译文】

谢虎子曾经在屋顶上熏老鼠。他的儿子谢胡儿不知道他做过这样的事，听别人说傻子才会这样做，就取笑这种人，还不止一次说起这件事。太傅谢安明白自己的侄子不知晓实情，趁着和他谈话之时，告诉他说："有人拿这件事诋毁你的父亲，还说是我和他一块儿干的。"谢胡儿听了悔恨不已，躲在屋里一个月没出门。谢安假托事情是自己干的，以此来启发谢胡儿，使他醒悟，称得上是德教啊！

【解读】

谢胡儿跟着别人在讥笑自己的父亲是傻子，然而他自己却不知道。所以说，千万不要人云亦云，因为别人口中的"别人"有可能就是你自己。况且，笑话他人本就是没有修养的行为。在谢安的澄清下，谢胡儿应是认识到了自己内心羞耻的一面，所以才会悔恨不已。

惑溺第三十五

【原文】

魏甄后惠而有色，先为袁熙妻，甚获宠。曹公之屠邺也，令疾召甄，左右白："五官中郎已将去。"公曰："今年破贼正为奴。"

【译文】

魏甄后既聪明又漂亮，原本是袁熙的妻子，深受宠爱。曹操攻陷邺城之时，命人急召甄氏前来。左右报告说："五官中郎将把她带走了。"曹操说："今年大破敌军，就是为了你这个臭小子啊。"

【解读】

魏甄氏长得很漂亮，曹操父子心仪已久，不仅曹丕爱慕她，就连曹植也对她有意思。据说《洛神赋》原名《感甄赋》，写的正是后来成为他嫂子的魏甄氏。攻占邺城后，曹操就急寻魏甄后，可见他是迷恋魏甄后的，没想到儿子曹丕却捷足先登，将魏甄后劫走了。儿子抢走了自己所爱的美人，曹操当时一定大为恼火且失望嫉妒，但他以大局为重，没有表现出自己的感情，而只是说了句："今年破贼正为奴。"

【原文】

荀奉倩与妇至笃，冬月妇病热，乃出中庭自取冷，还，以身熨之。妇亡，奉倩后少时亦卒，以是获讥于世。奉倩曰："妇人德不足称，当以色为主。"裴令闻之，曰："此乃是兴到之事，非盛德言，冀后人未昧此语。"

【译文】

荀奉倩和妻子的感情十分深厚，妻子冬天患上了热病，他就到院子里把自己的身体冻凉，之后回到房里，紧贴着妻子的身体。妻子死后，荀奉倩没多久也与世长辞了。他为此受到世人的讥笑。荀奉倩曾说："妇女的德行没什么好称道的，应当以美貌为主。"中书令裴楷听到这话，说："这只是一时高兴说出来的话，并不是合乎仁德的言论，希望后人不要被他的话蒙蔽了。"

【解读】

女人的美貌自是吸引一个男人的先决条件，但光有美貌而无德行的话，恐怕也不会招人喜欢。可见，荀奉情的话根本就是无稽之谈。所以说，一个女子具有美貌固然更有优势，但如果没有美德，那她也是丑陋的。

【原文】

孙秀降晋，晋武帝厚存宠之，妻以姨妹蒯氏，室家甚笃。妻尝妒，乃骂秀为"貉子"。秀大不平，遂不复入。蒯氏大自悔责，请救于帝。时大赦，群臣咸见。既出，帝独留秀，从容谓曰："天下旷荡，蒯夫人可得从其例不？"秀免冠而谢，遂为夫妇如初。

【译文】

孙秀归降西晋后，晋武帝待他非常好，并将自己的姨妹蒯氏许配给他为妻，两人相处得十分融洽。有一次，蒯氏出于嫉妒，骂孙秀是貉子，孙秀怒气难消，不再跟蒯氏同房。蒯氏非常后悔，请求晋武帝帮忙。当时正值朝廷大赦天下，群臣都蒙皇帝召见。退朝后，武帝只让孙秀留下，温和地对他说："国家都已经大赦天下了，蒯夫人是否也能依据此例得到你的宽恕呢？"孙秀听了赶紧脱帽谢罪，于是夫妇两人和好如初。

【解读】

古代的丈夫有三妻四妾是很正常的，作为正妻的女子必须要有宽容大度之心，才能不被自己的嫉妒吞噬。蒯氏没有这样的度量，才使得自己和孙秀成为一对陌路夫妻。她本来是有骨气的，然而她最终为自己的行为后悔，这说明一个弱小女子最终是难逃时代赋予的命运的。于是，她对晋武帝的求情又使她显得更加的悲哀。借助皇帝的权威来维持婚姻的和谐，即使这样的和谐能够"和好如初"，也总是有点别扭的吧。

【原文】

韩寿美姿容，贾充辟以为掾。充每聚会，贾女于青琐中看，见寿，说之，恒怀存想，发于吟咏。后婢往寿家，具述如此，并言女光丽。寿闻之心动，遂请婢潜修音问，及期往宿。寿跻捷绝人，逾墙而入，家中莫知。自是充觉女盛自拂拭，说畅有异于常。后会诸吏，闻寿有奇香之气，是外国所贡，一著人，则历月不歇。充计武帝唯赐己及陈骞，余家无此香，疑寿与女通，而垣墙重密，门阁急峻，何由得尔！乃托言有盗，令人修墙。使反曰："其余无异，唯东北角如有人迹，而墙高，非人所逾。"充乃取女左右婢考问，即以状对。充秘之，以女妻寿。

【译文】

韩寿是一个美男子，贾充任命他为自己的属官。贾充每次召集属官开会时，他的女儿都从门窗中偷看，见到韩寿，喜欢上了他，心里还常常挂念，并在吟咏中表露自己的情意。后来婢女到韩寿家，把贾小姐的心思向他挑明，并说贾小姐是个美人儿。韩寿听了大为心动，请婢女暗中传信，约定时间与贾小姐过夜。韩寿身手矫捷，翻墙而入，贾家没有人知晓。此后，贾充发觉女儿越来越爱装扮自己，脸上欢喜舒畅的神情跟之前不大相同。又一次，贾充召开属官会议，从韩寿身上闻到一股异香。这种香料是外国贡品，一沾上身，香味几个月也不会消失。贾充心想皇帝把这种香料赏给了自己和陈骞，别人家不会有这种香料，就怀疑韩寿跟自己女儿有私情，可是围墙高大，门户紧闭，是从哪儿进来的呢？于是他假称有盗贼，命人修墙。修墙的人向他报告说："墙都完好，只是东北角仿佛有人爬过的痕迹。围墙非常高，常人没有办法翻越。"贾充盘问女儿的婢女，从她口中得知了实情。他命人不要张扬这件事，把女儿许配给了韩寿。

【解读】

贾充知道家丑不可外扬，所以从头到尾不动声色，只是自个儿暗中探出究竟。他的聪明还体现在他的通达上。他成人之美，让自己犯下大错的女儿和韩寿两个有情人终成眷属。这不仅维护了自家的名声，也防止了一场爱情的悲剧。

仇隙第三十六

【原文】

孙秀既恨石崇不与绿珠，又憾潘岳昔遇之不以礼。后秀为中书令，岳省内见之，因唤曰："孙令，忆畴昔周旋不？"秀曰："中心藏之，何日忘之！"岳于是始知必不免。后收石崇、欧阳坚石，同日收岳。石先送市，亦不相知。潘后至，石谓潘曰："安仁，卿亦复尔邪？"潘曰："可谓'白首同所归'。"潘《金谷集诗》云："投分寄石友，白首同所归。"乃成其谶。

【译文】

孙秀怨恨石崇不把绿珠送给自己，又不满潘岳曾经对自己无礼。孙秀当上中书令后，潘岳在中书省见到他，对他说："你还记得我们从前的交往吗？"孙秀回答说："那个情景一直藏在我的心里，我不会忘记的。"潘岳知道自己定会遭到他的报复。后来，孙秀下令逮捕了石崇、欧阳坚石，并于同一天逮捕潘岳。石崇先被押往刑场，并不知晓潘岳的处境。随后，潘岳也被押到刑场，石崇对他说："安仁，你也是这种下场吗？"潘岳说："可以说是'白首同所归'。"潘岳在《金谷集诗》中的诗写道："投分寄石友，白首同所归。"这句话预示了他们如今的下场。

【解读】

睚眦必报的人，一旦得势，就会玩弄权术，以泄旧恨。孙秀正是这么一个人。这种人是最歹毒阴险的，他忍辱偷生，不为正义，只为有一天能够翻手为云覆手为雨。孙秀的经历也证明了这点。他曾做过服侍潘岳的小吏，因性格狡诈且为人自负而被潘岳厌恶。潘岳当年凭借身份时常凌辱揍打孙秀，孙秀打不还手，骂不还口。如今一朝得势，他便向潘岳翻旧账，可见他的"忍"是邪恶、狠毒的，并非宽容。

孙秀固然是小人，但从潘岳与石崇的性格来看，他们的下场也有自己的原因。潘岳仗势欺人，石崇不会审时度势，于是，"白首同归"也是理所当然的了。

【原文】

刘玙兄弟少时为王恺所憎，尝召二人宿，欲默除之。令作坑，坑毕，垂加害矣。石崇素与玙、琨善，闻就恺宿，知当有变，便夜往诣恺，问二刘所在。恺卒迫不得讳，答云："在后斋中眠。"石便径入，自牵出，同车而去，语曰："少年何以轻就人宿！"

【译文】

刘玙、刘琨兄弟年轻时得罪了王恺，所以王恺对他们怀恨在心。王恺请他们到府上过夜，想要秘密地杀死他们。他命人挖坑，挖好之后，就等着除掉刘氏兄弟。石崇平时跟刘玙、刘琨关系不错，得知他们到王恺家住宿，心知会有不好的事情发生，于是就连夜来到王恺府上，问刘氏兄弟在哪里。王恺匆忙之间无法隐瞒，只得如实回答说："他们在后堂睡觉。"石崇径直走进去，亲自把刘氏兄弟拉出来，同乘一辆车离开了王恺的府第，还责怪他们说："你们年轻人，怎么这么草率地到别人家里过夜呢？"

【解读】

石崇和王恺的关系本就不好，两人曾“斗富”，互不相让。他救刘琨兄弟俩，除了出于救朋友之心，应该也有打击王恺的意思。

【原文】

应镇南作荆州，王修载、谯王子无忌同至新亭与别。坐上宾甚多，不悟二人俱到。有一客道：“谯王丞致祸，非大将军意，正是平南所为耳。”无忌因夺直兵参军刀，便欲斫修载。走投水，舸上人接取，得免。

【译文】

镇南大将军应詹出任荆州刺史时，王修载和谯王司马丞的儿子无忌一同到新亭为他饯行。前来送行的宾客很多，他们都没有想到这两人竟会同时到场。有一人说：“谯王司马丞遇害，不是大将军王敦的意思，是平南将军王廙干的。”司马无忌抢过值班参军的刀，就要砍杀王修载。王修载被迫跳进河里，幸好船上的人出手相救，才躲过一劫。

【解读】

司马无忌的悲剧在于，他想报仇，但不知道找谁报仇。王廙是杀他父亲的直接凶手，王敦才是杀他父亲的主谋。他无法了解真相，只能听信他人所说。杀死王廙的儿子，根本不是报仇，而同样是杀害无辜之行。然而，被仇恨冲昏头脑的人往往失去理智和仁德。司马无忌也不例外。

【原文】

王右军素轻蓝田。蓝田晚节论誉转重，右军尤不平。蓝田于会稽丁艰，停山阴治丧。右军代为郡，屡言出吊，连日不果。后诣门自通，主人既哭，不前而去，以陵辱之。于是彼此嫌隙大构。后蓝田临扬州，右军尚在郡，初得消息，遣一参军诣朝廷，求分会稽为越州。使人受意失旨，大为时贤所笑。蓝田密令从事数其郡诸不法，以先有隙，令自为其宜。右军遂称疾去郡，以愤慨致终。

【译文】

右军将军王羲之向来瞧不起蓝田侯王述，可偏偏王述晚年的名声越来越大，于是他心里更加不平。王述任会稽内史时，恰逢母亲去世，离职在山阴办理丧事。王羲之代替他的职位，多次说要去王述家吊丧，可是接连几天都没有去。后来他登门吊唁，见主人哭泣，也不上前慰问，以此来羞辱王述。双方的仇怨越来越深。不久，王述升为扬州刺史，王羲之还是会稽内史。得知这一消息后，王羲之派参军到京城，请求把会稽郡划为越州。参军没有正确领会王羲之的意图，结果此事成为名士们的笑柄。王述悄悄派从事察举会稽郡的种种不法行为。朝廷知道他们有仇隙，就让王述采取合理的处置办法。王羲之于是称病辞去职务，愤恨而死。

【解读】

王羲之自困于对王述的厌恶之中，竟乘人之危，在王述母亲的丧气羞辱他。这种行为已经将仇恨无名地扩大化，而王羲之自己亦被仇恨冲昏了头脑。他请求朝廷将自己管辖的属于王述之下的会稽郡规划到越州冶下，这种行为无异于表明自己不服从上级之心。王羲之最终让自己成为笑话，并且因过分的仇视行为被王述反击，使得自己无地自容，只能辞职。

宽容与忍耐与一个人有没有才华没有关系，而是取决于他做人的心态。如果能放下高傲，尊重他人，厚道做人，人与人的关系就不至于有王羲之和王述这样的结局。

【原文】

王东亭与孝伯语，后渐异。孝伯谓东亭曰："卿便不可复测？"答曰："王陵廷争，陈平从默，但问克终云何耳。"

【译文】

东亭侯王珣与王孝伯的意见渐渐有了分歧。王孝伯对王珣说："你的心思确实不容易捉摸。"王珣回答说："王陵在朝堂上与吕后争论，陈平却顺从吕后的意思，只需要看最终结果如何就行了。"

【解读】

陈平和王陵都是西汉开国丞相。陈平在吕太后掌权后懂得暂时委曲求全，求国家安定，自己无恙，最后在适当的时机，与太尉周勃合伙诛杀了吕氏，重建刘氏政权。王陵却以秉直刚正的个性，坚决与吕太后作对，最后被贬职位。

王珣对王孝伯所说的话，意在指出不要插手他人的仇恨。作为臣子，最需懂得因时而动，随机应变，不要墨守成规，钻牛角尖。"留得青山在，不怕没柴烧"，保全了最基本的力量，等待有利的时机，最终就会解决问题，迎来胜利。这样的心思，其实类似作战中的"按兵不动"，因不露痕迹，所以让人难以猜测。

【原文】

王孝伯死，县其首于大桁。司马太傅命驾出至标所，孰视首，曰："卿何故趣欲杀我邪？"

【译文】

王孝伯被处死后，他的头被挂在朱雀桥上。太傅司马道子坐车来到跟前，仔细地看着王孝伯的头，说："你为何急着想要杀死我呢？"

【解读】

司马道子执掌朝政后，把大权交给王国宝，这令王恭（即王孝伯）不满，而王恭的不满亦激起了司马道子对他的忌惮和怨恨。后来，王恭以维护晋室朝权为由，出兵攻打王国宝。司马道子为了不使得事情闹大，处死王国宝，以示意王恭息事宁人。过后，司马道子对王恭心有余悸，于是想方设法防范王恭，两人的矛盾因此加深。王恭先发制人，再次举兵。王恭的靠山刘牢之劝阻王恭不要轻举妄动，王恭不听。司马道子以利诱惑刘牢之，刘牢之出卖王恭，王恭被俘。

王恭不听王珣劝告，操之过急要处死敌人，最终被敌人先处死。

【原文】

桓玄将篡，桓脩欲因玄在脩母许袭之。庾夫人云："汝等近，过我余年，我养之，不忍见行此事。"

【译文】

桓玄谋朝篡位之际，桓脩想利用桓玄拜访自己母亲的机会除掉他。庾夫人说："你们是近亲兄弟，等我死了再说吧。我把他抚养成人，实在不忍心看你杀了他。"